허공에서 춤추다

허공에서 춤추다

Beaker's Dozen

낸시 크레스 중단편선

정소연 옮김

폴라북스

차례

서문

자신의 단편소설을 소개하는 글을 쓰는 것은 항상 조금 민망하다. 뭐라고 써야 할까? 현자가 말하기를, 소설이 그 자체로 말하도록 두어야 한다. 지당한 말씀이다. 겸손함이 또한 말하기를, 작가가 "이 소설은 훌륭해요!"라고 써서는 안 된다고 했다. 역시 지당한 말씀이다. 신중함은, 시간이 흘러 소설이 지닌 결함들이 분명히 보이기 시작하고 어째서 대신 서문을 써줄 친구 하나 끌어다 놓지 못했나 하고 작가 스스로 자책하고 있을 바로 지금, 그런 생각들을 말로 해서는 안 된다고 한다.

하지만 나는 사실 이 책에 대해 하고 싶은 말이 있다. 그 자체로 말해야 하는(앞의 내용 참고) 소설들에 대해서가 아니라, 이 소설들이 쓰인 맥락에 대해서 말이다. 여기서 맥락이란 전 세계의 과학 실험실에서 이상하고 놀라운 일들이 벌어진 20세기의 마지막 10년을 가리킨다.

스코틀랜드의 과학자들은 성체 세포로부터 양을 복제한다.

대장균의 전체 DNA 서열을 마지막 게놈 하나까지 모두 해독한다.

유전자 조작 동물을 이용한 의약개발 실험인 파밍Pharming 산업이 급성장한다.

일본의 연구 그룹은 인간 염색체의 상당 부분, 즉 1,000개에 이르는 유전자를 쥐의 게놈에 삽입할 수 있다는 사실을 발견한다.

인간 유전자가 유방암을 포함한 여러 유전적 경향의 이유로 지목된다.

21세기에는 우리의 생물학적 지식이 20세기의 물리학이 변했듯이 달라지리라고들 한다. 그리고 지식에는 물론, 응용이 따른다. 우리가 유전공학에서 배우고 있는 모든 지식의 응용에는 사회적·윤리적 의문이 따르고, 어떤 질문은 복잡하게 뒤틀려 있다.

바로 여기, 무대 왼쪽에서 과학소설이 등장한다. 실험실에서 새로운 기술들이 시험된다. 과학소설은 그 새로운 기술들의 함의를 시험한다. 새로이 발견한 힘으로 결국 우리는 무엇을 할 수 있을까? 그 일을 해야만 하는 걸까? 그렇다면 누가 해야 할까? 또 누가 영향을 받게될까? 그리고 그 영향은 어떻게 나타날까? 그것은 과연 좋은 일일까, 나쁜 일일까? 또 누구에게 그러한 것일까?

이 책에 실린 열세 편의 소설 중 여덟 편은 미생물학의 비커와 시험관과 유전자 서열로부터 나올 수 있는 문제를 다룬다. 이 소설들의 가정이 모두 현실이 되지는 않으리라. 어쩌면 단 하나도 실제로는 일어나지 않을 일일지 모른다. 소설은 예언이 아니다. 그러나 나는 내 소설들이, 최소한 빛이 아니라 생각의 속도로 우리에게 달려들고 있는 세상에게 의문을 제기하기를 바란다.

그리고, 아, 물론…… 당신이 이 소설들을 즐겁게 읽길 바란다. 독자가 즐겁지 않다면 이 모든 일에 무슨 의미가 있으랴? 그렇지만 그에 대한 판단이야말로, 오로지 당신의 몫이리라.

1998년 3월 29일
낸시 크레스

스페인의 거지들
Beggars in Spain

Nancy Kress

1

옹 박사의 고급 앤티크 의자에는 이 자리에 있고 싶지 않은 두 사람이 뻣뻣하게 앉아 있었다. 아니, 여기 있고 싶지 않은 한 사람과 그녀의 반항을 불쾌해하는 또 다른 한 사람이었다. 옹 박사는 예전에도 이런 광경을 본 적이 있었다. 그리고 채 2분이 지나기 전에 확신이 들었다. 여자 쪽은 조용히 분노하는 저항자였다. 아마 그녀가 지겠지만, 나중에 남자는 사소한 일들로 오랫동안 대가를 치르리라.

"제가 필요한 비용을 지불할 수 있다는 사실은 이미 확인하셨겠지요."

로저 캠든이 쾌활한 목소리로 입을 열었다.

"바로 세부적인 논의로 들어갑시다. 괜찮습니까?"

"물론이지요. 우선 아기에게 어떤 유전자 조작을 하고 싶으신지 말씀해보시겠습니까?"

여자가 갑자기 의자에서 몸을 움직였다. 20대 후반이었지만—틀림 없이 후처일 터였다—벌써 시들어가는 듯한 안색이었다. 마치 로저 캠든의 아내로 버티는 일에 지칠 대로 지쳐버린 것 같았다. 쉽게 상상 이 갔다. 캠든 부인의 머리카락은 갈색이었고, 눈도 갈색이었으며, 피 부 역시 볼에 홍조가 좀 있었다면 예뻐 보였을지도 모를 연한 갈색이 었다. 세련되지도 싸 보이지도 않는 갈색 코트를 걸치고, 조금 금욕적 인 느낌의 구두를 신었다. 옹 박사는 파일을 흘끗 보고 그녀의 이름을 확인했다. 엘리자베스였다. 박사는 사람들이 그녀의 이름을 종종 잊어 버리리라고 확신했다.

그녀 옆에 앉은 로저 캠든에게서는 신경질적인 활력이 뿜어져 나왔 다. 그는 중장년이었고, 총알같이 생긴 머리통에 어울리지 않게 세련 된 머리 모양을 하고 이탈리안 실크로 만든 정장을 입고 있었다. 캠든 에 관해 확인하기 위해 파일을 다시 찾아볼 필요는 없었다. 바로 어제 《월 스트리트 저널》의 온라인판 첫 페이지에 총알 모양의 머리를 한 캐리커처가 실렸다. 캠든은 국경 간 데이터 아톨 투자에서 큰 성공을 이끌었다. 옹 박사는 국경 간 데이터 아톨 투자가 무엇인지 감을 잡을 수 없었다.

"여자아이로요."

엘리자베스 캠든이 입을 열었다. 그녀가 먼저 말할 줄은 예상하지 못했다. 그녀의 목소리 또한 옹 박사를 놀라게 했다. 영국 상류층 말투 였다.

"금발에 녹색 눈. 키 크고 날씬한 아이로."

옹이 미소를 지었다.

"이미 아시겠지만, 외모 인자 수정은 가장 쉬운 작업입니다. 하지만 날씬한 몸매를 위해 저희가 할 수 있는 일은 그쪽으로 유전적 경향성을 부여하는 것뿐입니다. 아이의 식생활이 어떤가에 따라 자연히……."

"그래, 그래요, 당연히 그렇겠죠. 그리고 지능, **높은** 지능과 대담한 성격도 추가하고 싶습니다."

"캠든 씨, 죄송합니다만, 성격 인자들은 유전적으로 변형할 만큼 분석되지 않……."

"시험 삼아 말해본 겁니다."

캠든이 가볍게 미소를 지으려는 듯한 표정으로 말했다.

엘리자베스 캠든이 다시 입을 열었다.

"음악적 재능요."

"자, 캠든 부인, 그에 대해서도 저희가 보장할 수 있는 것은 음악적 기질에 관한 경향성뿐입니다."

"그 정도면 됩니다. 물론 유전자와 관련된 잠재적인 건강 문제들도 모두 교정하고 싶습니다."

캠든이 말했다.

"알겠습니다."

옹 박사가 대답했다. 부부는 입을 다물었다. 지금까지 나온 요구 사항들은 캠든의 재력을 고려하면 상당히 무난한 편이었다. 대부분의 고객들을 대할 때마다 그는 상반되는 유전적인 경향성과 조작 과부하를 설명하며 비현실적인 기대들을 단념시켜야 했다. 박사는 기다렸다. 긴장이 열기처럼 실내를 채웠다.

"그리고."

캠든이 입을 열었다.

"잠을 자지 않아도 되는 아이를 원합니다."

엘리자베스 캠든이 고개를 홱 젖히며 창밖으로 시선을 돌렸다.

옹 박사는 책상에서 종이 자석을 집어 올리며 싹싹하게 말했다.

"그런 유전자 조작 프로그램이 있다는 말을 어디에서 들으셨는지 여쭤봐도 되겠습니까?"

캠든이 씩 웃었다.

"있다는 건 부정하지 않는군. 그 점은 높이 쳐드리지, 박사님."

옹 박사는 성질이 나려는 걸 억눌렀다.

"그런 프로그램이 있을지도 모른다는 얘기를 어디에서 들으셨는지 여쭤봐도 되겠습니까?"

캠든이 정장 안주머니에 손을 집어넣었다. 실크가 주름졌다가 다시 팽팽해졌다. 몸과 옷이 다른 계급 출신이었다. 옹 박사는 캠든이 요가이스트이자, 겐조 요가이 본인과 개인적인 친구 사이라는 사실을 떠올렸다. 캠든이 옹 박사에게 문서를 건넸다. 프로그램의 세부 사항이 담긴 문서였다.

"데이터 뱅크의 보안에서 허점을 찾아내려고 애쓰지 마시죠, 박사. 아마 못 찾을 테니까. 위안이 될지는 모르겠지만, 다른 사람들도 아무도 못 찾을 거요. 이제는 말이지."

그가 갑자기 몸을 앞으로 쑥 내밀었다. 그의 어조가 바뀌었다.

"나는 당신이 지금까지 잠을 자지 않는 스무 명의 아이들을 만들어 냈고, 그중 열아홉 명이 건강하고 똑똑하며 정신적으로 정상이라는 걸 알고 있어. 솔직히, 정상보다 나은 애들이지. 모두들 유달리 조숙하니까 말이야. 벌써 네 살인 가장 큰애는 2개 국어를 할 정도야. 당신이 몇 년 안에 이 유전자 조작 기술을 시장에 내놓을 생각이라는 것도 알아. 나는 그저 **지금 당장** 내 딸아이를 위해 그걸 사고 싶을 뿐이야. 달라는 대로 얼마든지 주겠어."

옹 박사가 일어섰다.

"캠든 씨, 우리끼리 일방적으로 논의할 수 있는 문제가 아닙니다. 저희 데이터에 대한 절도 행위와……."

"도둑질이라니, 시스템상의 문제 때문에 공개 영역으로 데이터 버블이 역류됐을 뿐이지. 증명하려면 골치가 아프겠지만."

"……이 특정한 유전자 조작 프로그램에 대한 구입 제안 **양쪽 다** 제권한 안에서 처리할 수 있는 문제가 아닙니다. 연구소의 이사회에서 검토해야 해요."

"그래, 그래, 알았어. 그럼 그 사람들과는 언제 만날 수 있나?"

"당신이 직접 말입니까?"

캠든이 자리에 앉은 채 박사를 쳐다보았다. 시선에서 50센티미터쯤 낮은 자리에서도 그토록 자신만만해 보일 수 있는 사람은 몇 없으리라는 생각이 들었다.

"당연하지. 실질적 권한을 가진 사람이 누구든, 그 사람에게 나의 제안을 직접 선보일 기회를 갖고 싶어. 좋은 사업이란 그런 법이지."

"캠든 씨, 이 일은 단순한 사업 계약이 아닙니다."

"단순한 과학 연구도 아니잖아."

캠든이 코웃음 쳤다.

"당신네는 이윤을 추구하는 기업이지. 공정거래법상의 조건을 만족하는 회사에게만 제공되는 특정한 세금 우대 혜택을 **받고 있는** 기업이고 말이야."

옹 박사가 캠든의 말을 이해하는 데는 잠시 시간이 걸렸다.

"공정거래법은……."

"……사회적 약자인 공급자를 보호하기 위해 만들어졌지. 고객의 경우에 적용된 적이 없다는 건 알고 있네. 유일한 예외가 Y-에너지 도입에서의 담보 융자 거부 건이었지. 하지만 옹 박사, 고객에게 적용될 수도 있어. 소수자들에게는 다수와 동일한 상품을 제공받을 권리가 있지. 연구소에서는 법정까지 가는 사태를 반기지 않을걸. 당신네 유전자 베타 테스트에 참가한 스무 쌍 중에는 흑인도 유태인도 없었지."

"법정이라니…… 하지만 당신은 흑인이나 유태인이 **아니잖아!**"

"나는 다른 소수 집단이야. 폴란드계 미국인이지. 원래 성은 카민스키였어."

캠든이 마침내 몸을 일으키고 다정한 웃음을 머금었다.

"이봐, 터무니없는 소리지. 당신도 알고 나도 알아. 우리 둘 다 말이 되든 안 되든 어쨌든 기자들이 이 떡밥에 얼마나 흥겨워할지도 알고 있어. 그리고 내가 그저 공식적인 발표 전에 불리한 여론을 일으키겠다는 협박으로 원하는 것을 얻어내려고, 터무니없는 소장이나 제출할 사람이 아니라는 것도 알겠지. 사실, 협박 따위 하고 싶지 않아. 진심이네. 그저 당신들이 고안해낸 이 경이로운 진보를 내 딸에게 주고 싶을 뿐이야."

캠든의 표정이 바뀌었다. 옹 박사가 이 사람의 얼굴에서 보리라고 상상하지 못했던 표정이었다. 동경.

"박사, 내가 평생 잠을 **자지 않아도** 됐다면 얼마나 더 많은 것을 성취했을지 아나?"

엘리자베스 캠든이 거칠게 말했다.

"지금도 거의 안 자잖아요."

캠든은 아내가 있었다는 사실을 깜박 잊어버렸던 듯이 옆을 내려다보았다.

"뭐, 여보, 그래요, 지금은 그렇지. 하지만 젊었을 때…… 대학생 때였다면, 학교를 무사히 마치고도 지원을…… 흠, 이제 다 상관없는 얘기야. 지금 중요한 건, 의사 선생, 당신과 나와 당신네 이사회가 합의를 해야 한단 점이지."

"캠든 씨, 제 사무실에서 지금 당장 나가주십시오."

"댁이 내 뻔뻔스러움에 폭발하기 전에 말이지? 당신이 처음은 아니라네. 다음 주말까지 회의 일정이 확정되길 기다리고 있겠어. 물론 당신네가 편한 날, 편한 장소에서 말이야. 그저 내 개인 비서인 다이앤 클레버스에게 세부 사항을 알려줘. 당신이 편한 시간으로 정하면 돼."

옹 박사는 그들을 문까지 배웅하지 않았다. 관자놀이가 쑤셨다. 엘리자베스 캠든이 문가에 서서 돌아보았다.

"스무 번째 아이에게는 무슨 일이 일어났나요?"

"네?"

"스무 번째 아이요. 남편은 열아홉 명이 건강하고 정상이라고 했죠. 스무 번째 아이는 어떻게 됐나요?"

두통이 심해지며 머리에 열이 올랐다. 옹 박사는 답을 하지 말아야 한다는 것을 알고 있었다. 캠든의 아내는 모른다 해도 캠든은 벌써 그 답을 알고 있을 가능성이 높다는 것, 자신이 어쨌든 답을 하게 되리라는 것도 알고 있었다. 나중에 자제심을 잃었던 일을 몹시 후회하리라는 것도.

"스무 번째 아기는 죽었습니다. 부모가 불안정한 사람들이었음이

드러났죠. 부부는 임신 중에 별거에 들어갔고, 산모는 스물네 시간 내
내 잠도 자지 않고 울어대는 아기를 견뎌내지 못했습니다."

엘리자베스 캠든의 눈이 커졌다.

"아이 엄마가 죽었나요?"

"실수였어."

캠든이 무뚝뚝하게 말했다.

"그 조그만 것을 너무 세게 흔들었지."

그가 옹 박사에게 시선을 주며 얼굴을 찌푸렸다.

"의사와 간호사들이 아이를 교대로 봤어야지. 아이를 교대로 봐줄
간호사를 둘 수 있을 만큼 부유한 부모들만 골랐어야 했소."

"끔찍한 일이군요!"

캠든 부인이 소리쳤다. 옹 박사는 그녀가 끔찍하게 생각한 것이 아
이의 죽음인지, 간호사들의 부재인지, 연구소의 부주의인지 알 수 없
었다. 그는 눈을 감았다.

캠든 부부가 떠난 후, 그는 사이클로벤자프린-3 10밀리그램을 삼켰
다. 등 때문에, 오로지 등의 통증 때문이었다. 오래된 상처가 다시 쑤
셨다. 그런 다음, 그는 종이 자석을 손에 쥔 채 오랫동안 창가에 서 있
었다. 관자놀이에 쏠렸던 압력이 잦아들고 기분이 서서히 진정되었다.
아래로는 미시건 호의 물이 호수 기슭에서 평화롭게 찰랑거렸다. 경
찰들은 바로 어젯밤에 노숙자들을 급습해 몰아냈고, 그들은 아직 돌
아오지 못했다. 해진 이불, 신문, 비닐봉지 같은 노숙자들의 잔해만이
애처롭게 짓밟힌 상식처럼 호숫가 공원 풀숲에 처박혀 있었다. 공원
에서 자는 것은 불법이었다. 공원에 거주민의 허가 없이 출입하는 것
은 불법이었다. 집 없는 노숙자로 사는 것은 불법이었다. 옹 박사가 지

켜보고 있는 사이, 작업복을 입은 공원 관리인들은 질서 정연하게 신문지를 집어내 깨끗한 쓰레기통에 집어넣기 시작했다.

옹 박사는 바이오테크 연구소의 이사장에게 연락하기 위해 수화기를 집어 들었다.

*

회의실의 윤기 나는 마호가니 탁자에 남자 네 명과 여자 세 명이 둘러앉았다. **의사, 변호사, 원주민 추장이로군.** 수전 멜링은 옹 박사에서 설리번과 캠든 쪽으로 시선을 옮기며 생각했다. 웃음이 나왔다. 옹 박사가 그녀의 미소를 보고 싸늘한 표정을 지었다. 그는 잘난 체하는 속물이었다. 연구소의 변호사인 주디 설리번이 캠든의 변호사에게로 몸을 돌리고 목소리를 낮추어 말을 걸었다. 변호사는 소유당한 사람이라는 느낌의, 마르고 소심한 남자였다. 원주민 추장 같은 소유주 로저 캠든은 회의실 안에서 가장 행복해 보였다. 그 작고 대담한—어떻게 했기에 맨손으로 시작해서 그만한 부자가 되었을까? 수전은 분명 결코 알수 없으리라—남자는 흥분을 뿜어내고 있었다. 희색이 만연한 얼굴이 밝게 빛났다. 그 모습이 보통의 예비 부모들과 너무나 달라서 수전의 관심을 끌었다. 예비 엄마 아빠들은—특히 아빠들은—대개 기업합병협상이라도 하러 온 것처럼 행동했다. 캠든은 생일파티에 참석한 듯한 모습이었다.

사실 그런 셈이긴 했다. 수전은 그를 향해 생긋 미소를 지었고, 그가 마주 웃어주자 기쁨을 느꼈다. 음험한 웃음이었지만, 그 안에는 오직 순진함이라고밖에 달리 표현할 수 없을 듯한 환희 비슷한 감정이

들어 있었다. 침대 위에선 어떨까? 옹 박사가 젠체하며 얼굴을 찌푸리더니 일어나 입을 열었다.

"여러분, 이제 시작합시다. 먼저 소개부터 해야겠지요. 로저 캠든 씨와 캠든 부인은 물론 우리 고객이십니다. 이쪽은 존 야보르스키 씨로, 캠든 씨의 변호사입니다. 캠든 씨, 이쪽은 연구소의 법조부장인 주디스 설리번 씨입니다. 유감스럽게도 오늘 이 자리에 참석하지 못하신 연구소장 브래드 마스타이너를 대신해, 새뮤얼 크렌쇼 씨가 오셨습니다. 그리고 수면과 관계된 유전자 조작 기술을 개발한 수전 멜링 박사입니다. 양측이 관심을 갖고 있는 몇 가지 법률적인 논점에 관해……."

"계약서는 잠시 잊고, 수면에 관련된 이야기를 나눠봅시다. 몇 가지 질문이 있습니다."

캠든이 그의 말을 잘랐다.

"무엇을 알고 싶으십니까?"

수전이 물었다. 캠든의 얼굴은 투박했지만, 두 눈은 아주 새파랬다. 수전이 상상했던 모습과 달랐다. 이름도 없고 (야보르스키가 그녀가 아니라 남편의 변호사로 소개된 점으로 미루어) 변호사도 없는 캠든 부인은 기분이 나쁘거나 겁에 질린 것처럼 보였다. 어느 쪽인지는 짐작하기 어려웠다.

옹 박사가 불쾌해하며 말했다.

"그러면 우선 멜링 박사로부터 간략한 설명을 듣기로 합시다."

수전은 질의응답 방식으로 캠든이 어떤 질문을 던질지 알고 싶었다. 하지만 벌써 회의 한 번 치만큼 옹 박사의 신경을 거슬렀기에, 그녀는 고분고분 자리에서 일어섰다.

"우선 수면에 관한 간략한 설명부터 시작하겠습니다. 오래전부터 연구자들은 실제로 수면에는 세 가지 종류가 있다는 사실을 알고 있었습니다. 첫 번째는 수면뇌파에 델타파로 나타나는 '서파수면'입니다. 다른 하나는 '신속안구운동수면' 또는 렘수면입니다. 훨씬 얕은 수면이고, 대부분 꿈을 꾸는 때이지요. 이 둘을 합쳐 '핵심수면'이라고 합니다. 세 번째는 '선택수면'으로 불리는데, 어떤 사람들은 이 수면 상태 없이도 아무런 이상 없이 생활하고, 어떤 단시간 수면인들은 아예 선택수면을 취하지 않고 본래부터 하룻밤에 서너 시간만 자기 때문입니다."

"내가 그렇지. 스스로 훈련해서 그렇게 되었죠. 아무나 다 할 수 있는 일이 아닙니까?"

보아하니 결국은 질의응답 시간이 될 모양이었다.

"네, 실제로 수면 메커니즘에는 어느 정도 유연성이 있지만, 모든 사람들이 똑같은 유연성을 가지는 것은 아닙니다. 뇌간의 솔기핵이⋯⋯."

옹 박사가 말을 끊었다.

"수전, 그렇게 상세한 수준까지 들어갈 필요는 없다고 봐요. 기본적인 부분에 충실합시다."

캠든이 말을 이었다.

"솔기핵이 신경전달물질과 수면 압력으로 이어지는 펩티드 간의 균형을 조절합니다. 그렇죠?"

참을 수가 없었다. 수전은 싱긋 웃었다. 레이저처럼 날카롭고 무자비한 자본가인 캠든이 숙제를 칭찬받고 싶어 하는 초등학교 3학년처럼 애써 엄숙한 체하며 앉아 있었다. 옹 박사는 속이 쓰린 듯한 표정이었다. 캠든 부인은 고개를 돌려 창밖으로 시선을 향했다.

"네, 캠든 씨, 맞습니다. 조사를 많이 하셨군요."

"이 아이는 **제 딸**입니다."

캠든이 말했고, 수전은 숨을 삼켰다. 누군가의 목소리에서 이와 같은 위엄을 마지막으로 느껴본 적이 언제였던가? 다른 사람들은 아무도 눈치채지 못한 것 같았다.

"음, 그렇다면, 사람들이 잠을 자야 하는 이유가 뇌에서 수면 압력이 증가하기 때문이라는 사실은 이미 아시겠군요. 지난 20년 동안, 연구자들은 그것을 수면의 유일한 이유라고 결론지었습니다. 서파수면이나 렘수면이 수행하는 모든 기능은 신체와 뇌가 깨어 있을 때에도 가능합니다. 자는 사이에 많은 일이 일어나지만, 적절한 호르몬 조절만 이루어진다면 깨어 있을 때에도 다 할 수 있는 일입니다.

수면은 진화에서 중요한 기능을 담당했습니다. 굶주린 원포유류가 배를 채우고 정액을 뿜어내고 나면, 수면은 더 이상의 불필요한 움직임을 멈추게 함으로써 포식자들로부터 그 동물을 보호했습니다. 수면은 생존을 도왔지요. 하지만 이제 수면은 찌꺼기로 남은 메커니즘으로, 맹장과 같은 흔적에 불과할 뿐입니다. 매일 밤마다 켜지지만 필요하지는 않은 기능인 거죠. 그래서 저희는 유전자에 포함된 그 스위치를 껐습니다."

옹 박사가 움찔했다. 그는 수전이 이런 식으로 지나치게 단순화하는 것을 싫어했다. 어쩌면 그녀의 명랑한 접근 방식을 싫어하는지도 몰랐다. 마스타이너가 설명을 맡았다면, 원포유류는 등장하지 않았으리라.

캠든이 물었다.

"꿈을 꿀 필요는 어떻게 됩니까?"

"꿈꿀 필요란 없습니다. 꿈은 수면 중에 포식자가 공격할 때를 대비해 대뇌 피질을 반각성 상태로 유지하기 위한 완충 장치의 흔적입니다. 완전히 깨어 있으면 더 낫지요."

"그러면 왜 자는 대신 완전히 깨어 있지 않습니까? 진화 초기부터?"

캠든은 그녀를 시험하고 있었다. 수전은 그의 뻔뻔함을 즐기며 그를 향해 화사하게 웃었다.

"이미 말씀드렸습니다. 포식자로부터의 안전을 확보하기 위해서이지요. 하지만 현대의 포식자로부터, 예를 들어 국경 간 데이터 아톨 투자자로부터 공격을 받는다면, 완전히 깨어 있는 편이 더 안전하겠지요."

캠든이 몰아붙였다.

"태아와 영아의 높은 렘수면 비율은 어떻게 합니까?"

"그것 역시 진화의 잔류물입니다. 대뇌는 수면 없이도 아무 문제 없이 발달합니다."

"서파수면 시에 나타나는 신경 재생 과정은?"

"그 과정은 여전히 필요합니다. 하지만 DNA를 프로그래밍하면 깨어 있는 동안 교정을 진행하게 할 수 있습니다. 저희가 아는 한, 신경의 효율성에는 지장이 없습니다."

"서파수면 동안 높은 농도로 방출되는 성장효소 문제는 어떻게 해결하죠?"

수전은 감탄하여 그를 바라보았다.

"자지 않을 때에도 계속됩니다. 유전자 조절로 그 부분을 뇌의 송과선의 다른 변화들에 연결시킵니다."

"그리고……."

"**부작용**은요?"

캠든 부인이 불쑥 말했다. 입술 끝이 아래로 처져 있었다.

"젠장 맞을 부작용은요?"

수전이 엘리자베스 캠든을 돌아보았다. 부인이 있는 줄도 잊고 있었다. 연하의 여자가 입술을 일그러뜨리고 수전을 응시했다.

"캠든 부인, 좋은 질문입니다. 부작용도 있습니다."

수전은 말을 잠시 멈췄다. 그녀는 이 순간을 즐기고 있었다.

"잠을 자지 않는 아이들은 또래들에 비해 유전적으로 아이큐를 조작하지 **않은** 경우에도, 더 영리하고, 문제 해결 능력이 뛰어나며, 더 즐거워합니다."

캠든이 담배를 꺼냈다. 그 불결하고 케케묵은 습관에 수전은 놀랐지만, 곧 그것이 의도적인 행동임을 알아차렸다. 로저 캠든은 허식에 다른 사람들의 관심을 집중시킴으로써 자신의 실제 감정에서 주의를 돌리고 있었다. 이니셜이 새겨진 황금 라이터는 천진하리만큼 화려해 보였다.

"설명해드리겠습니다. 렘수면은 뇌간에서 방출되는 임의적인 신경 신호격발이 대뇌 피질에 충격을 주는 과정입니다. 공격받은 가엾은 대뇌가 그 활성화된 이미지와 기억들을 납득 가능하게 재배열하려고 애쓴 결과, 사람은 꿈을 꾸게 되지요. 그 과정에는 많은 에너지가 소요됩니다. 그러한 에너지 지출이 없다면, 수면을 취하지 않는 대뇌는 피로해지거나 손상을 받지 않기 때문에 실제 삶에서 입력받는 정보들을 더 잘 조정할 수 있습니다. 그 결과, 지능과 문제 해결 능력이 향상됩니다.

또한 의사들은 지난 60여 년 동안 우울한 환자의 기분을 향상시키는 항우울제도 렘수면을 완전히 억제한다는 것을 알고 있었습니다. 그들이 지난 10년 사이에 알아낸 바에 따르면, 그 반대도 마찬가지입니다. 즉, 렘수면을 억제하면 사람들은 우울해지지 **않습니다**. 잠을 자지 않는 아이들은 활발하고 외향적이며…… **즐거워합니다**. 달리 적절한 표현이 없군요."

"대가가 뭐죠?"

캠든 부인이 물었다. 그녀는 목을 꼿꼿이 들었지만, 턱 가장자리가 실룩이고 있었다.

"아무런 대가도 없습니다. 또한, 어떠한 비관적인 부작용도 없습니다."

"지금까지는 그렇다는 말이겠죠."

캠든 부인이 쏘아붙였다.

수전이 어깨를 으쓱했다.

"지금까지는요."

"걔들은 겨우 네 살이잖아요! 많아봤자!"

옹 박사와 크렌쇼가 부인을 유심히 관찰하고 있었다. 수전은 캠든 부인이 이를 깨달은 순간을 포착했다. 부인은 의자에 도로 몸을 묻고, 무표정한 얼굴로 모피 코트를 여몄다.

캠든은 아내 쪽을 보지 않았다. 담배 연기가 피어올랐다.

"멜링 박사, 모든 일에는 대가가 따릅니다."

그녀의 자신의 이름을 부르는 캠든의 어조가 마음에 들었다.

"보통은 그렇겠지요. 유전자 조작에서는 특히 그렇습니다. 그렇지만 저희는 정말로, 아무리 찾아보아도 어떤 부작용도 발견하지 못했습니다."

그녀는 캠든의 눈을 똑바로 응시하며 미소 지었다.

"그저 이번 한 번만, 우주가 우리에게 뭔가 참으로 좋은 것, 참으로 한 걸음 진보한 것, 참으로 이로운 것을 아무런 숨은 벌칙 없이 선물했다고 믿는 일이 그토록 어렵습니까?"

"우주가 아니라 당신 같은 사람들의 지성이 선물한 것이지요."

캠든이 말했다. 수전은 지금까지 중에 가장 놀랐다. 그가 그녀의 시선을 붙들었다. 숨이 가빠왔다.

"제가 보기에, 우주의 철학은 여기에서 우리가 논의할 범위를 넘어섭니다."

옹 박사가 무미건조하게 말했다.

"캠든 씨, 더 이상 의학적인 질문 사항이 없다면, 이제 설리번 씨와 야보르스키 씨가 제기한 법적인 논점들을 검토해봅시다. 멜링 박사, 수고했어요."

수전은 고개를 끄덕였다. 그녀는 캠든 쪽으로 다시 눈길을 주지 않았다. 하지만 그녀는 그의 말, 그의 얼굴, 그의 존재를 느끼고 있었다.

*

시카고 북부, 미시건 호숫가에 위치한 저택은 박사가 예상한 모습과 거의 흡사했다. 튜더 스타일의 거대한 건물이었다. 정문과 저택 사이의 부지에는 숲이 무성했고, 저택과 물결치는 호수 사이는 열린 공간이었다. 얼어붙은 잔디밭 곳곳에는 눈이 남아 있었다. 바이오테크 연구소에서 캠든 부부를 맡은 지 4개월이 지났지만, 수전이 그들의 집으로 찾아온 것은 이번이 처음이었다.

저택으로 걸어가고 있는데, 뒤에서 다른 차가 나타났다. 트럭이었다. 트럭은 구부러진 차도를 돌아가 저택 부지 측면에 있는 고용인용 출입구로 향했다. 한 남자가 벨을 울렸다. 다른 남자가 짐칸에서 비닐 포장으로 싸인 유아용 놀이터 장난감을 내리기 시작했다. 분홍색과 노란색 토끼로 장식된 흰색 놀이터였다. 수전은 잠시 눈을 감았다.

캠든이 직접 문을 열었다. 염려를 숨기려는 그의 노력이 한눈에 보였다.

"수전, 여기까지 직접 올 필요는 없는데! 내가 시내로 데리러 갔을 거요."

"아뇨, 로저, 그렇게 하시길 바라지 않았어요. 캠든 부인은 안에 계신가요?"

"거실에 있소."

캠든은 수전을 석조 벽난로, 영국 귀족들이 사는 교외 별장에 있을 법한 가구들, 50센티미터쯤 높게 걸린 개와 배 사진들로 장식된 넓은 방으로 안내했다. 틀림없이 엘리자베스 캠든이 꾸민 방이리라. 수전이 들어섰지만, 부인은 안락의자에서 일어나지 않았다.

"간단하게 빨리 말씀드리겠습니다. 이 일을 필요 이상으로 피곤하게 만들고 싶지 않거든요. 양수, 초음파, 랭스턴 검사 결과가 모두 나왔습니다. 태아는 건강하고 2주째 정상적으로 발달하고 있으며 자궁 벽의 삽입물에도 아무 문제가 없습니다. 하지만 복잡한 상황이 발생했습니다."

"뭐라고?"

캠든이 말했다. 그는 담배를 꺼내 들다가, 아내 쪽을 보고 불을 붙이지 않은 담배를 도로 집어넣었다.

수전이 차분하게 말을 이었다.

"캠든 부인, 정말 우연히도, 지난달에 부인의 두 난소에서 모두 난자가 나왔습니다. 저희는 그중 하나를 유전자 수술을 위해 채취했습니다. 그런데 더 우연하게도, 두 번째 난자가 수정되어 착상되었습니다. 지금 부인은 두 아이를 임신한 상태입니다."

엘리자베스 캠든의 몸이 경직되었다.

"쌍둥이인가요?"

"아뇨."

수전은 대답했다가 그녀의 말뜻을 다시 깨닫고 고쳐 말했다.

"아, 네. 쌍둥이지만 이란성입니다. 한쪽만 유전적으로 수정되었어요. 둘은 일반적인 자매들 정도로만 서로 비슷할 겁니다. 한쪽은 소위 보통 아기입니다. 그리고 여러분이 보통 아기를 바라지 않으셨다는 점은 잘 알고 있습니다."

"그렇소."

캠든이 말했다.

"아니, 전 원했어요."

엘리자베스 캠든이 말했다.

캠든이 아내에게 수전으로서는 뜻을 알 수 없는 날카로운 시선을 던졌다. 그는 다시 담배를 꺼내더니 불을 붙였다. 수전 쪽에서는 그의 옆모습이 보였다. 그는 골똘히 생각에 잠겨 있었다. 캠든이 담배가 거기 있다는 점이나, 자기가 불을 붙였다는 사실을 의식하고 있을지도 의심스러웠다.

"아기가 다른 아기의 존재에 영향을 받고 있소?"

"아니오. 물론 아닙니다. 그 둘은 그저…… 공존하고 있습니다."

"유산시킬 수 있나?"

"둘을 동시에 유산시키지 않는 한 안 됩니다. 유전적으로 수정되지 않은 태아를 없애면 자궁막에 변화가 생기고, 그 결과 다른 한쪽도 자연스럽게 유산될 가능성이 높습니다."

수전이 숨을 깊이 들이쉬었다.

"물론 다른 길이 있기는 합니다. 모든 과정을 처음부터 다시 시작할 수도 있습니다. 하지만 그때 말씀드렸듯이, 시험관 수정이 두 번 만에 성공한 것은 무척 운이 좋은 경우였습니다. 어떤 부부들은 여덟 번이나 열 번을 시도하기도 합니다. 만약 처음부터 다시 한다면, 그 과정에는 긴 시간이 소요될 겁니다."

"이 둘째 태아의 존재가 내 딸에게 해가 되오? 영양 공급을 빼앗아 간다든지 하는 식으로? 아니면 임신 후기에 딸애에 관계된 요소를 변형시킨다든지?"

"아니오. 단지 조산할 가능성은 있습니다. 태아 둘은 자궁에서 훨씬 더 많은 자리를 차지하게 될 테고, 만약 너무 비좁아지면 출산이 예정보다 빨라질 수도 있지요. 그러나……"

"얼마나 빨라지나? 생존을 위협할 정도인가?"

"그럴 가능성은 거의 없습니다."

캠든은 계속 담배를 피웠다. 문가에 한 남자가 나타났다.

"주인님, 런던에서 전화가 왔습니다. 요가이 선생님 사무실의 제임스 켄들입니다."

"받겠네."

캠든이 일어섰다. 수전은 아내의 얼굴을 살피는 그를 쳐다보았다. 그는 입을 열고, 아내에게 말했다.

"알았어, 엘리자베스. 알았다고."

그는 방에서 나갔다.

오랫동안 두 여자는 아무 말 없이 앉아 있었다. 수전은 실망감을 느꼈다. 캠든의 이런 모습을 기대한 게 아니었다. 그녀는 엘리자베스 캠든이 재미있다는 듯한 표정으로 자신을 바라보고 있음을 깨달았다.

"아아, 그래요, 의사 선생님. 그는 늘 저런 식이죠."

수전은 아무 말도 하지 않았다.

"정말 고압적인 남자예요. 하지만 이번에는 아니에요."

부인이 기쁜 얼굴로 부드럽게 웃었다.

"둘이라니. 혹시…… 다른 한쪽의 성별이 뭔지 아나요?"

"둘 다 여자아이입니다."

"잘 아시다시피 난 딸을 원했어요. 이제는 딸을 갖게 되었네요."

"그러면 임신을 유지하실 생각이군요."

"아, 그럼요. 와주셔서 고마워요."

그녀의 일은 끝났다. 아무도 그녀를 배웅하지 않았다. 그러나 그녀가 차에 타려는 순간, 캠든이 코트도 걸치지 않고 저택에서 뛰어나왔다.

"수전! 고맙다고 인사하고 싶었어. 우리에게 직접 소식을 전하기 위해 이 먼 곳까지 와주어서 말이야."

"인사는 벌써 하셨잖아요."

"그랬지. 음, 둘째 태아가 내 딸애에게 해가 안 되는 게 확실해?"

"유전자를 수정한 태아도 자연스럽게 수태된 태아에게 해가 되지 않아요."

수전은 의도적으로 말했다.

그가 미소를 지었다. 그가 낮고 민망해하는 듯한 목소리로 말했다.

"내가 그쪽도 똑같이 신경을 써야 한다고 생각하는군. 그런데 신경이 쓰이지 않아. 내가 뭐 하러 없는 감정이 있는 척하겠어? 특히 당신에게?"

수전은 차 문을 열었다. 그녀는 이럴 준비가 되어 있지 않았다. 아니면 생각을 바꾸었거나, 어쨌든. 그러나 그때, 캠든이 차 문을 닫아주려 몸을 숙이고, 유혹하려는 의도나 간살스러운 희롱이 전혀 느껴지지 않는 태도로 입을 열었다.

"유아용 놀이터를 하나 더 주문하는 편이 낫겠지."

"네."

"유아용 카시트도."

"네."

"하지만 야간 근무 간호사를 한 명 더 고용할 필요는 없겠군."

"원하는 대로 하시면 돼요."

"당신도 그러면 돼."

그가 갑자기 고개를 숙이더니 그녀에게 입을 맞췄다. 너무나 예의 바르고 정중한 키스라 수전은 깜짝 놀랐다. 욕망이나 정복욕을 보였다면 당황하지 않았을 것이다. 이 키스는 놀라웠다. 캠든은 수전에게 반응할 시간을 주지 않았다. 그는 차 문을 닫고 등을 돌려 집으로 돌아갔다. 수전은 정문으로 차를 몰았다. 감탄이 충격을 몰아낼 때까지, 운전대를 잡은 손이 떨렸다. 그것은 의도적이고 뻔뻔하고 정중한 키스, 계획적인 수수께끼였다. 다른 무엇으로도 다음 키스가 있으리란 것을 그토록 확실하게 약속할 수 없었으리라.

캠든 부부가 딸들에게 어떤 이름을 붙일지 궁금했다.

*

옹 박사는 조명을 낮춘 병원 복도를 걸어갔다. 산부인과 간호사실에서 간호사 한 명이 옹 박사를 막아서려는 듯이 앞으로 나왔다가—면회 시간이 한참 지난 한밤중이었다—박사의 얼굴을 자세히 살펴보고는 간호사실로 조용히 돌아갔다. 모퉁이를 돌자 신생아실의 유리창이 있었다. 짜증스럽게도, 수전 멜링이 유리에 딱 붙어 서 있었다. 더 짜증스럽게도, 그녀는 울고 있었다.

옹 박사는 자신이 그 여자를 전혀 좋아하지 않았다는 것을 깨달았다. 어쩌면 어떤 여자도 좋아하지 않는지도 모른다. 탁월한 지성을 가진 여자들조차도, 감정에 휩쓸려 바보처럼 굴지 않을 수가 없는 것 같았다.

"저길 봐요."

수전이 얼굴을 닦고 작게 웃음을 터뜨리며 말했다.

"박사님, 저 아기 좀 보세요."

유리 뒤에서 가운을 입고 마스크를 쓴 로저 캠든이 흰색 내의를 입고 분홍색 이불을 덮은 아기를 안고 있었다. 캠든의 푸른 눈—연극적인 푸른색이었다. 남자라면 그렇게 지나치게 화려한 눈을 가지지 않아야 마땅했다—이 빛났다. 아기의 머리는 금색 잔털로 덮여 있었다. 눈은 컸고 피부는 진주빛이었다. 마스크 위로 보이는 캠든의 두 눈이, 이런 아기는 생전 처음 본다고 말하고 있었다.

옹 박사가 물었다.

"출산에는 이상이 없었나?"

"네."

수전 멜링이 훌쩍거렸다.

"더할 나위 없이 순조로웠어요. 엘리자베스는 건강해요. 지금은 자고 있죠. 정말 아름답지 않나요? 그는 제가 만난 그 누구보다 대담하고 용기 있는 사람이에요."

수전이 소맷자락으로 코를 닦았다. 옹 박사는 그녀가 술에 취해 있다는 사실을 깨달았다.

"제가 한 번 약혼한 적이 있었다는 얘길 했던가요? 15년 전 의대생 때 그이가 너무 평범하고 지루해져서 파혼했었죠. 아, 세상에, 선생님께 할 만한 이야기가 아닌데. 죄송해요, 죄송해요."

옹 박사는 수전에게서 물러섰다. 유리창 뒤에서 로저 캠든이 아기를 바퀴가 달린 작은 아기 침대에 눕혔다. 침대의 이름표에는 '캠든 딸 #1 2.68킬로그램'이라고 쓰여 있었다. 야간 근무 간호사가 간섭하지 않은 채 가만히 지켜보고 있었다.

옹 박사는 캠든이 신생아실에서 나오기를 기다리거나 수전 멜링이 캠든에게 무슨 말을 할지 듣고 싶지 않았다. 그는 산부인과 의사를 찾으러 갔다. 상황으로 미루어 보건대, 멜링의 보고서는 신뢰할 만하지 못할 터였다. 유전자 조작의 결과를 통제받지 않고 세부 사항까지 빠짐없이 기록할 전에 없이 완벽한 기회를 앞에 두고, 멜링은 자신의 나약한 감정에 더 취해 있었다. 보아하니 옹 박사가 산부인과에 연락한 다음 직접 보고서를 작성해야 할 모양이었다. 그는 세세한 부분까지 하나도 빠짐없이 알고 싶었다. 캠든의 품에 안긴 분홍빛 뺨의 아기에 대해서만이 아니라, '캠든 딸 #2 2.31킬로그램'이라고 쓰인 유리면으로 된 아기 침대에 누워 있는 아기의 출생에 대해서도 하나도 빠짐없이 알고 싶었다. 얼굴이 얼룩덜룩 붉고 머리카락은 짙은 색인 아기가 분홍색 이불을 덮고 몸을 웅크린 채, 잠들어 있었다.

2

리샤의 첫 기억은 실제로는 존재하지 않는 부유하는 선들이었다. 리샤는 선들이 실재하지 않는다는 것을 알았다. 만져보려 손을 뻗어 주먹을 쥐었을 때, 손안에 아무것도 잡히지 않았기 때문이었다. 나중에 리샤는 부유하는 선들이 빛이라는 것을 깨달았다. 햇살이 침실의 커튼, 식당의 목제 블라인드, 온실의 격자창 사이로 막대 모양으로 비스듬히 들어왔다. 금빛 흐름이 빛이라는 것을 깨달은 날, 그녀는 더없는 발견의 즐거움에 사로잡혀 큰 소리로 웃었고, 아빠는 꽃병에 꽃을 꽂다 말고 그녀를 돌아보며 미소 지었다.

집은 빛으로 가득 차 있었다. 빛은 호수에서 넘실대다 튀어 올라 높고 하얀 천장을 가로질러 흐르고, 윤기 나는 나무 바닥에 고였다. 리샤와 앨리스는 끊임없이 빛을 통과하며 움직였다. 리샤는 가끔 멈추어 서서 고개를 뒤로 젖히고 빛이 얼굴 위를 흐르게 했다. 마치 물처럼, 그녀는 빛을 느낄 수 있었다.

가장 멋진 빛은 물론 온실에 있었다. 아빠가 돈을 벌고 집에 돌아온 다음에 즐겨 머무르는 곳이었다. 아빠는 흥얼거리며 화분에 꽃씨를 심고 나무에 물을 주었다. 리샤와 앨리스는 커다란 보라색 꽃들이 자라는 온실의 어두운 쪽에서 작고 노란 꽃들이 핀 밝은 쪽으로, 빛 속으로 들어갔다 나갔다 하며 기분 좋은 흙 내음이 나는 꽃들이 놓인 나무 탁자 사이를 이리저리 뛰어다녔다.

"성장이란."

아빠가 리샤에게 말했다.

"꽃들은 늘 약속을 지키지. 앨리스, 조심해! 난초 화분을 넘어뜨릴 뻔했잖아!"

그러면 말 잘 듣는 앨리스는 한동안 뛰지 않았다. 아빠는 리샤에게는 한 번도 뛰지 말라고 한 적이 없었다.

시간이 좀 더 지나면 빛이 사라졌다. 앨리스와 리샤가 목욕을 하고 나면, 앨리스는 말이 없어지거나 까탈스럽게 굴었다. 리샤가 앨리스에게 하고 싶은 놀이를 고르라고 해도, 가장 좋은 인형을 모두 다 가져도 된다고 해도 리샤와 잘 놀려고 하지 않았다. 그러면 유모가 앨리스를 침대로 데려가고, 리샤는 아빠가 서재에서 돈을 버는 서류들을 보면서 일해야 한다고 할 때까지 아빠와 좀 더 이야기를 나누었다. 리샤는 아빠가 가야 한다고 할 때마다 좀 서운했지만, 서운함은 오래 가는 법이 없었다. 곧 맴젤이 와서 리샤가 좋아하는 수업을 하기 때문이었다. 수업은 정말 흥미진진했다! 리샤는 벌써 노래를 스무 곡이나 부를 줄 알았고 알파벳을 다 쓸 줄 알았으며 숫자를 50까지 셀 수 있었다. 수업이 끝나자 빛이 돌아왔고 아침 식사 시간이 되었다.

리샤는 아침 식사 시간만은 좋아하지 않았다. 아빠가 회사에 갔기 때문에, 리샤는 앨리스와 엄마와 넓은 식당에서 밥을 먹었다. 엄마는 리샤가 좋아하는 붉은 가운을 입었고, 나중처럼 이상한 냄새를 풍기며 이상한 말을 하진 않았지만, 그래도 아침 식사는 재미가 없었다. 엄마는 언제나 '그 질문'부터 했다.

"사랑스러운 앨리스, 잘 잤니?"

"네, 엄마."

"멋진 꿈을 꾸었니?"

오랫동안 앨리스는 꿈을 꾸지 않았다고 답했다. 그러던 어느 날, 앨리스가 말했다.

"말이 나오는 꿈을 꿨어요. 제가 말을 탔어요."

엄마는 박수를 치더니 앨리스에게 키스를 하고는 달콤한 롤빵을 하나 더 주었다. 그다음부터 앨리스는 언제나 엄마에게 얘기할 만한 꿈을 꾸었다.

리샤는 한번, "저도 꿈을 꿨어요. 유리창으로 빛이 들어와서 저를 이불처럼 감싸더니 제 눈가에 뽀뽀하는 꿈을 꿨어요"라고 말한 적이 있었다.

엄마가 찻잔을 세게 내려놓았다. 커피가 잔에서 넘쳐흘렀다.

"리샤, 거짓말하지 마. 넌 꿈을 꾸지 않았어."

"꿈꿨어요."

"잠을 자는 아이들만 꿈을 꿀 수 있어. 나한테 거짓말하지 마. 넌 꿈을 꾸지 않았어."

"꿨어요! 꿈꿨단 말이에요!"

리샤는 고함을 질렀다. 리샤는 마치 실제로 꿈을, 유리창을 통해 흘러들어 와 그녀를 금빛 이불처럼 감싸 안는 빛을 본 것 같았다.

"거짓말쟁이 아이는 봐주지 않을 거야! 리샤, 엄마 말 알겠니? 안 봐줄 거야!"

"엄마는 거짓말쟁이야!"

리샤가 소리쳤다. 리샤는 자기 말이 사실이 아니라는 것을 알고 있었다. 거짓말을 하는 자신이 싫었지만 그보다 엄마가 더 싫었고, 그것도 잘못된 행동이었다. 게다가 앨리스는 뻣뻣하게 얼어붙은 채 눈을 크게 뜨고 앉아 있었다. 리샤의 잘못 때문에 앨리스가 겁을 먹었다.

엄마가 새된 소리로 유모를 불렀다.

"유모! 유모! 당장 리샤를 방으로 보내요. 거짓말을 하는 아이는 교양 있는 사람들과 같이 있을 수 없으니까!"

리샤가 울기 시작했다. 유모가 리샤를 안아 식당 밖으로 데리고 나갔다. 리샤는 아직 아침도 못 먹었지만, 식사는 아무래도 좋았다. 겁먹은 채 부서진 빛의 조각들을 반사하는 앨리스의 두 눈이 리샤의 시야를 가득 채웠다.

하지만 리샤는 금세 울음을 그쳤다. 유모가 동화책을 읽어주었고, 같이 데이터 점프 놀이를 했다. 그다음에는 앨리스가 방으로 돌아왔고, 유모는 둘을 차에 태워 리샤가 꿈에서도 보지 못했던—**앨리스도 못 보았을**—굉장한 동물들이 있는 시카고의 동물원으로 데려갔다. 집으로 돌아오니 엄마는 자기 방에 들어가 있었다. 리샤는 이제 엄마는 밤까지 방에 틀어박혀 유리잔에 이상한 냄새가 나는 뭔가를 채우며 보낼 테니, 엄마와 마주칠까 봐 신경 쓰지 않아도 된다는 것을 알았다.

하지만 그날 밤, 리샤는 엄마의 방에 갔다.

"화장실에 갈래요."

리샤가 말하자 맴젤이 "도와줄까?"라고 물었는데, 아마 앨리스는 여전히 혼자 화장실에 못 가기 때문인 것 같았다. 리샤는 알아서 다 할 수 있었기 때문에 맴젤의 도움을 거절하고 고맙다고 말했다. 리샤는 맴젤에게 한 말이 거짓말이 되지 않게, 변기 위에 잠깐 앉아만 있었다.

리샤는 까치발로 복도를 걸어갔다. 처음에는 앨리스의 방에 갔다. 유아용 침대 옆 벽에 걸린 작은 등이 방을 밝히고 있었다. 리샤의 방에는 유아용 침대가 없었다. 침대살 사이로 동생을 살펴보았다. 앨리스는 눈을 감고 옆으로 누워 있었다. 눈꺼풀이 마치 바람에 흔들리는 커튼처럼 빠른 속도로 떨렸다. 앨리스의 턱과 목은 늘어진 것처럼 보였다.

리샤는 아주 조심스레 문을 닫고 부모님의 방으로 갔다.

부모님은 유아용 침대가 아니라, 둘 사이에 다른 사람들이 더 누워도 될 만큼 공간이 남는 엄청나게 큰 침대에서 잤다. 엄마의 눈꺼풀은 떨리지 않았다. 엄마는 바로 누워 코로 형형 소리를 내고 있었다. 엄마에게서 이상한 냄새가 진동했다. 리샤는 물러나 발소리를 죽이고 아빠 쪽으로 몸을 기울였다. 아빠는 앨리스와 비슷해 보였지만, 턱과 목이 더 늘어져 뒷마당의 넘어진 텐트처럼 피부가 겹겹이 처져 있었다. 이런 모습의 아빠는 무서웠다. 그때 갑자기 아빠가 눈을 떴고, 리샤는 비명을 질렀다.

아빠가 침대에서 굴러 내려와 리샤를 안아 올리고, 얼른 엄마 쪽을 살폈다. 엄마는 움직이지 않았다. 아빠는 팬티만 입고 있었다. 아빠가 리샤를 복도로 데려가자, 맴젤이 서둘러 다가오며 말했다.

"이런, 캠든 씨, 죄송합니다. 아이가 그저 화장실에 간다고 해서⋯⋯."

"괜찮아. 내가 데려가지."

"싫어요!"

리샤가 크게 소리쳤다. 아빠는 속옷 바람이었고 목은 우스꽝스러웠으며 엄마 때문에 방에서는 고약한 냄새가 났기 때문이었다. 하지만 아빠는 리샤를 안고 온실로 갔고, 리샤를 벤치에 앉히더니 식물들을 덮는 데 쓰는 녹색 비닐로 몸을 감싸고 리샤 옆에 앉았다.

"자, 리샤, 무슨 일이니? 뭘 하고 있었어?"

리샤는 대답하지 않았다.

"잠든 사람들을 보고 있었지?"

아빠의 목소리가 아까보다 상냥했기 때문에 리샤는 "네" 하고 입속으로 웅얼거렸다. 즉시 기분이 나아졌다. 거짓말을 하지 않으니 기분이 좋았다.

"너는 잠을 자지 않으니 호기심이 생겨서 잠든 사람들을 보았던 거지? 네 동화책에 나오는 호기심 많은 조지처럼?"

"네, 저는 아빠가 밤새도록 서재에서 돈을 버는 줄 알았어요!"

아빠가 웃었다.

"밤새도록은 아니란다. 밤에도 일하지만, 그런 다음에는 잠깐이지만 잠을 자야 해."

아빠는 리샤를 무릎 위에 앉혔다.

"나는 잠을 많이 자지 않아도 된단다. 그래서 대부분의 사람들보다 밤에 훨씬 더 많은 일을 할 수 있지. 사람들이 필요로 하는 수면 시간은 제각기 달라. 그리고 몇몇 사람들, 아주 적은 수의 사람들은 너와 같아. 너는 전혀 잠을 자지 않아도 되지."

"왜요?"

"넌 특별하니까. 다른 사람들보다 더 나은 존재니까. 네가 태어나기 전에, 아빠는 의사들의 도움을 받아 너를 특별하게 만들었단다."

"왜요?"

"네가 원하는 일은 무엇이든 하고, 다른 사람과 다른 너만의 개성을 꽃피우게 하려고 그랬단다."

리샤는 아빠의 얼굴을 쳐다보려고 아빠의 품 안에서 몸을 비틀었다. 아빠의 말을 전혀 이해할 수 없었다. 아빠는 긴 도자기 화분의 화초에서 자라난 한 송이 꽃으로 손을 뻗었다.

"리샤, 보렴. 이 나무가 이 꽃을 만들었단다. 나무가 **할 수 있는** 일이기 때문이야. 이 나무만이 이렇게 생긴 아름다운 꽃을 피울 수 있단다. 이 꽃은 저 위에 매달린 화분에서는 자라지 못해. 저쪽 풀들도 마찬가지야. 오직 이 나무만이 할 수 있는 일이지. 그래서 이 나무에게 세상에서 가장 중요한 일은 이 꽃을 피워내는 것이란다. 이 꽃이 나무의 개성이야. 다시 말해, 다른 무엇도 아닌 오직 **이 나무만이** 발현시킬 수 있는 것이야. 그 외에는 다 상관없는 일이지."

"아빠, 이해가 안 돼요."

"이해하게 될 거야, 언젠가는."

"하지만 **지금 당장** 이해하고 싶어요."

리샤가 말하자, 아빠는 순수한 기쁨에 사로잡혀 웃음을 터뜨리고 리샤를 꼭 끌어안았다. 아빠에게 안기니 기분이 좋았지만, 리샤는 여전히 이해하고 싶었다.

"아빠가 돈을 버실 때요, 그게 아빠의 개스…… 그거예요?"

"그래."

아빠가 기뻐하며 대답했다.

"그럼 다른 사람들은 아무도 돈을 벌 줄 몰라요? 저 나무만 저 꽃을 피우는 것처럼?"

"다른 누구도 아빠처럼 돈을 벌지 못하지."

"그 돈으로 뭘 하세요?"

"널 위해 이것저것 산단다. 이 집, 네 옷들, 널 가르치는 맴젤, 타고 다닐 차 같은 것들 말이야."

"저 나무는 저 꽃으로 뭘 하나요?"

"단지 번성할 뿐이야."

아빠가 전혀 이해가 안 되는 말을 했다.

"탁월함만이 가치 있단다. 개인의 노력으로 뒷받침된 탁월함 말이다. 오직 **그것만이** 가치 있는 것이야."

"아빠, 추워요."

"그럼 이제 널 맴젤에게 도로 데려가야겠구나."

리샤는 일어나지 않았다. 손가락을 하나 내밀어 꽃잎을 건드려보았다.

"아빠, 전 자고 싶어요."

"아가, 아냐. 잠은 그저 잃어버리는 시간, 낭비되는 삶일 뿐이다. 작은 죽음과 같지."

"앨리스는 자요."

"앨리스는 너와 달라."

"앨리스는 특별하지 않나요?"

"그래, 네가 특별해."

"왜 앨리스도 특별하게 만들어주지 않았어요?"

"앨리스는 저절로 만들어졌단다. 내가 특별하게 해줄 기회가 없었어."

모두 다 너무 어려운 이야기였다. 리샤는 꽃잎을 쓰다듬던 손을 멈추고 아빠의 무릎에서 미끄러져 내려갔다. 아빠가 리샤를 응시하며 미소 지었다.

"귀여운 호기심꾸러기야. 어른이 되면, 너는 스스로의 탁월함을 찾아낼 거야. 그리고 그건 지금까지 세상이 한 번도 본 적 없는 특별한 것, 이 세계의 새로운 질서가 되겠지. 어쩌면 자그마치 겐조 요가이 같은 사람이 될지도 몰라. 그는 전 세계에 에너지를 제공하는 요가이 발전기를 발명했단다."

"아빠, 화분 덮개를 쓰고 있으니까 우스워 보여요."

리샤가 웃음을 터뜨렸다. 아빠도 웃었다. 그러나 리샤가 이어서 "어른이 되면 저는 제 특별함으로 앨리스도 특별하게 만들 방법을 찾아낼 거예요"라고 말하자, 아빠는 웃음을 멈추었다.

아빠가 리샤를 맴젤에게로 데려갔고, 맴젤은 리샤에게 이름 쓰는 법을 가르쳐주었다. 이름 쓰기가 어찌나 재미있던지, 리샤는 아빠와 나누었던 혼란스러운 대화를 잊어버렸다. 각기 다른 세 글자들이 한데 모여 리샤 **자신의** 이름을 이루었다. 리샤는 웃으며 이름을 쓰고 또 썼고, 맴젤도 웃었다. 그러나 나중에 아침이 되자, 리샤는 아빠와 나눈 이야기를 다시 생각했다. 리샤는 낯선 단어들을 마치 작고 딱딱한 돌처럼 머릿속에서 굴리고 또 굴리며, 그 대화를 종종 다시 떠올렸다. 하지만 리샤가 그날의 대화에서 가장 자주 생각한 부분은 그런 말이 아니었다. 리샤가 자신의 특별함으로 앨리스도 특별하게 만드는 방법을 찾겠다고 말했을 때 아빠의 얼굴에 떠올랐던, 불쾌한 표정이었다.

*

멜링 박사는 매주 리샤와 앨리스를 보러 왔다. 혼자 올 때도 있고, 다른 사람들과 함께 올 때도 있었다. 리샤와 앨리스는 자주 웃고 밝고 따뜻한 눈매를 가진 멜링 박사를 좋아했다. 아빠도 종종 같이 있었다. 멜링 박사는 그들과 놀이를 했다. 처음에는 앨리스, 리샤와 따로 놀았고, 그다음에는 셋이 같이 놀았다. 박사는 둘의 사진을 찍고 몸무게를 쟀다. 또 탁자 위에 눕힌 다음 관자놀이에 작은 금속을 붙였다. 무서울 것 같았지만, 누워 있는 동안 재미있는 소리를 내는 기계들을 잔뜩 볼 수 있어서 무섭지 않았다. 멜링 박사는 아빠만큼이나 질문에 답을 잘했다. 언젠가 리샤는 아빠에게 한번 물어본 적이 있었다.

"멜링 선생님은 특별한 사람이에요? 겐조 요가이처럼?"

아빠는 껄껄 웃더니 멜링 박사 쪽으로 잠깐 시선을 주고 말했다.

"아아, 그럼, 그렇고말고."

다섯 살이 되자, 리샤와 앨리스는 학교에 들어갔다. 아빠의 운전기사가 그들을 매일 시카고까지 데려갔다. 리샤는 앨리스와 다른 반에 들어가게 되어 실망했다. 리샤의 반 학생들은 모두 리샤보다 나이가 많았다. 하지만 입학 첫날부터 리샤는 학교생활에 푹 빠졌다. 학교는 매혹적인 실험 도구, 수학 문제로 가득한 전자 서랍, 지도에서 나라를 같이 찾아볼 다른 아이들로 가득했다. 반년 뒤에 리샤는 또 다른 반으로 옮겼다. 새로운 반 학생들은 이전 반 학생들보다 더 나이가 많았지만, 상냥했다. 리샤는 일본어를 배우기 시작했다. 두툼한 백지에 아름다운 글씨를 그리는 일이 정말 좋았다.

"설리 학교에 보내길 잘했어."

아빠가 말했다.

앨리스는 설리 학교를 좋아하지 않았다. 요리사의 딸과 같이 노란색 스쿨버스를 타고 학교에 가고 싶어 했다. 앨리스는 학교에서 큰 소리로 울고 그림을 바닥에 내동댕이쳤다. 그러던 어느 날 엄마가 방에서 나왔다. 리샤는 몇 주 동안 엄마를 본 적이 없었다. 앨리스가 엄마를 만나는 줄은 알고 있었지만 말이다. 엄마는 벽난로 장식장 위에 놓여 있던 촛대를 바닥에 집어던졌다. 도자기 촛대가 산산조각 났다. 리샤는 조각을 주우려 달려갔다. 엄마와 아빠는 홀의 큰 계단 옆에 서서 서로에게 고함을 질러댔다.

"걘 내 딸이기도 해요! 엄마인 내가 보내도 된다고 하잖아요!"

"당신에겐 이 일에 대해 왈가왈부할 자격이 없어! 질질 짜는 술꾼이라니, 아이들에게 최악의 본보기인 주제에…… 이런 줄도 모르고 내가 고상한 영국 귀족을 얻은 줄 알았지!"

"당신은 투자한 대로 얻은 거야! 아무것도 못 얻었다고! 당신이 나, 다른 사람한테서 뭘 필요로 한 적도 없었지만 말야!"

"그만하세요!"

리샤가 소리쳤다.

"그만하시라고요!"

정적이 내려앉았다.

리샤가 도자기 파편에 손을 베었다. 피가 융단으로 흘러내렸다. 아빠가 서둘러 달려와 리샤를 안아 올렸다.

"그만해요."

리샤는 흐느껴 울었다.

"리샤, **너야말로** 그만해라. **그들이** 무슨 짓을 하든 너는 상처받지 않아야 해. 최소한 그만큼은 강해져야 한다."

리샤는 아빠의 침착한 말을 이해하지 못한 채, 아빠의 어깨에 머리를 묻었다. 앨리스는 칼 샌드버그 초등학교로 전학해서, 요리사 딸과 함께 노란색 스쿨버스를 타고 학교에 갔다.

몇 주 뒤에 아빠는 엄마가 술을 너무 많이 마시지 않기 위해 병원으로 간다고 말했다. 엄마가 나오자, 아빠는 엄마가 한동안 다른 곳에 가서 살 거라고 했다. 엄마와 아빠는 행복하지 않았다. 리샤와 앨리스는 아빠와 같이 살면서 가끔 엄마를 보러 갈 것이다. 아빠는 둘에게 아주 신중하게, 진실에 해당하는 정확한 단어를 사용해 설명했다. 진실은 매우 중요했다. 리샤는 이미 알고 있었다. 진실함이란 자신에게, 나 자신의 특별함에 솔직해지는 것이다. 나 자신의 개성에. 주체적인 개인은 진실을 존중했고, 그러므로 언제나 진실을 말했다.

엄마는—아빠가 말한 적은 없었지만 리샤는 알고 있었다—진실을 존중하지 않았다.

"엄마가 안 갔으면 좋겠어."

앨리스가 말했다. 앨리스가 울음을 터뜨렸다. 리샤는 아빠가 앨리스를 안아주리라고 생각했지만, 아빠는 그러지 않았다. 아빠는 그저 리샤와 앨리스를 내려다보며 가만히 서 있었다.

리샤는 앨리스의 몸에 팔을 둘렀다.

"앨리스, 괜찮아. 괜찮아! 우리가 잘하면 돼! 학교에 갈 때 빼고는 내가 늘 너랑 같이 놀게. 엄마가 그립지 않게 말이야!"

앨리스가 리샤에게 매달렸다. 리샤는 아빠의 표정을 보지 않으려고 고개를 돌렸다.

3

겐조 요가이가 미국에 강연을 하러 왔다. 뉴욕, 로스앤젤레스, 시카고, 그다음에는 워싱턴의 의회에서 되풀이될 특별 강연의 주제는 '저렴한 에너지의 새로운 정치적 함의'였다. 열한 살인 리샤는 시카고에서의 강연이 끝난 다음에, 아버지가 준비한 자리에서 겐조 요가이에게 개인적으로 인사할 예정이었다.

리샤는 학교에서 저온융합 이론을 배웠다. 국제관계 수업 시간에는 요가이가 특허를 받기 전까지는 불가능한 것으로 여겨졌던 저비용 생활용품의 발명이 야기한, 제3세계의 경제 성장, 구 공산주의 체제 이론의 죽음, 산유국의 몰락, 미국의 신경제 부흥과 같은 변화를 짚었다. 리샤와 조원들은 국가보조금이 필요하다고 믿었고 값비싼 에너지를 사용했던 1985년 미국 가정의 삶과, 시민사회의 기반인 계약을 신뢰하며 저렴한 에너지를 사용하는 2019년 미국 가정의 삶이 어떻게 다른지에 관한 뉴스 대본을 써서, 학교의 전문가급 장비로 촬영을 했다.

조사 내용 중에는 리샤를 혼란스럽게 하는 부분도 있었다.

"일본 사람들은 겐조 요가이를 매국노라고 생각해요."

리샤는 저녁 식사 시간에 아빠에게 말했다.

"아냐, **일부** 일본인들만 그렇게 생각한단다. 리샤, 일반화에는 주의하렴. 요가이는 Y-에너지를 미국에서 특허출원해 인가를 받았지. 이 나라에는 최소한 죽어가는 개인 기업의 불씨라도 남아 있었기 때문이야. 그의 발명 덕분에, 나라 전체가 서서히 개인의 능력을 중시하는 사회로 돌아갈 수 있었어. 일본은 천천히 따를 수밖에 없었지."

"네 아버지는 처음부터 그렇게 믿었단다."

수전이 말했다.

"리샤, 땅콩도 먹으렴."

리샤가 땅콩을 먹었다. 수전과 아빠가 결혼한 지는 1년도 채 안 되었다. 수전이 가족의 일원인 것이 아직 조금 낯설긴 했지만, 마음에 들었다. 아빠는 수전이 우리 가정에 매우 이로운 새 식구라고 했다. 똑똑하고 적극적이며 쾌활했기 때문이었다. 리샤와 같았다.

"리샤, 이 점을 기억하렴. 자신이 속한 사회와 스스로에 대한 인간의 가치는, 다른 사람들이 어떻게 생각하거나 행동하거나 느껴야 하는지에 관한 그의 생각이 아니라, 그 자신에 의해 결정된다. 그가 실제로 할 수 있는 일, 잘할 수 있는 일에 따라 결정된다는 말이다. 사람들은 자신이 잘하는 역할을 서로 거래하고, 그 결과 모든 사람들이 이득을 얻지. 문명의 기본적인 도구는 계약이야. 계약은 자발적이고 상호 유익한 것이다. 그 반대인 억압은 잘못된 거야."

"강자에게는 약자로부터 억지로 무엇을 빼앗을 권리가 없어. 앨리스, 아가, 너도 땅콩 먹어야지."

수전이 말했다.

"전 땅콩이 싫어요."

앨리스가 대답하자, 캠든이 말했다.

"네 몸은 좋아한다. 건강에 좋아."

앨리스의 얼굴에 미소가 떠올랐다. 리샤의 마음이 가벼워졌다. 앨리스는 이제 저녁 식사 시간에 거의 웃지 않았다.

"제 몸은 땅콩과 계약을 하지 않았어요."

캠든이 성가신 듯이 대꾸했다.

"아니, 했다. 땅콩을 먹으면 네 몸에 유익하니까. 이제 먹거라."

앨리스의 얼굴에서 웃음이 사라졌다. 리샤는 접시를 내려다보았다. 갑자기 빠져나갈 길이 생각났다.

"아뇨, 아빠, 보세요. 앨리스의 몸은 이득을 얻지만, 땅콩에게는 이득이 없어요! 이건 상호 유익한 상황이 아니니까, 계약을 하지 않은 셈이죠. 앨리스의 말이 맞아요!"

캠든이 크게 웃더니 수전에게 말했다.

"열한 살인데…… 겨우 **열한 살**이라고."

앨리스까지 웃었다. 리샤는 기세등등하게 숟가락을 흔들었다. 그릇에 반짝이며 반사된 빛이 반대편 벽에서 은빛으로 춤췄다.

앨리스는 그래도 겐조 요가이의 강연을 들으러 가고 싶어 하지 않았다. 친구인 줄리의 집에 놀러 가서 자고 오겠다고 했다. 줄리와 같이 머리를 말기로 했단다. 더 뜻밖인 건, 수전도 참석하지 않았다는 사실이다. 현관에서 수전과 아빠는 좀 이상한 표정으로 서로를 보았다. 하지만 리샤는 너무 흥분해서 두 사람의 표정에 대해서 생각할 겨를이 없었다. **겐조 요가이**의 강연을 들으러 가는 것이다.

요가이는 얼굴색이 짙고 호리호리한 키 작은 남자였다. 리샤는 그의 악센트가 마음에 들었다. 요가이에게는 리샤의 마음에 드는 특징이 하나 더 있었다. 적절한 단어를 떠올리는 데 잠시 시간이 걸렸다.

"아빠."

리샤는 조명을 낮춘 강당에서 속삭였다.

"요가이 씨는 즐거운 사람이네요."

아빠가 어둠 속에서 리샤를 끌어안았다.

요가이는 숭고함과 경제학에 관해 이야기했다.

"인간의 숭고함, 인간으로서의 유일한 존엄성은 자신의 노력에 달려 있습니다. 단지 귀족 신분으로 태어난다고 저절로 존엄성과 가치를 얻는 게 아닙니다. 역사만 보아도 이 사실을 알 수 있습니다. 존엄성과 가치는 상속받은 재산에 저절로 따라오는 것이 아닙니다. 위대한 상속자가 도둑, 건달, 착취자, 잔혹한 사람, 세상을 자신이 태어났을 때보다 훨씬 더 가난하게 만들어놓고 떠나는 사람일 수 있습니다. 존엄성과 가치가 단지 존재 그 자체로부터 저절로 부여되는 것도 아닙니다. 연쇄살인범은 존재하지만, 사회에 부정적인 가치를 더할 뿐이고 살해 욕구에는 어떤 존엄성도 없습니다.

그렇습니다. 진정한 존엄성, 진정한 숭고함은 자신의 노력으로 성취해낼 수 있는 것들에 달려 있습니다. 인간에게서 성취할 기회와 자신의 성취를 타인과 거래할 기회를 빼앗는 일은 그에게서 인간으로서의 숭고한 존엄성을 빼앗는 것과 마찬가지입니다. 우리 시대의 사회주의가 실패한 이유가 바로 여기에 있습니다. **모든** 억압, 인간에게서 스스로 성취하려는 노력을 박탈하는 모든 권력은 정신을 상처 입히고 사회를 약화시킵니다. 징병제, 절도, 사기, 폭력, 복지, 법적 대리인의 부재…… 이 모든 것들이 선택할 기회, 자신의 힘으로 성취할 기회, 성취의 결과물을 타인과 거래할 기회를 박탈합니다. 억압은 사기입니다. 억압으로는 어떤 새로운 것도 만들어낼 수 없습니다. 오직 자유, 성취할 자유, 성취의 결과물을 자유롭게 거래할 자유를 통해서만 이 인간의 존엄성과 숭고함에 어울리는 환경을 창조할 수 있습니다."

박수를 너무 열심히 쳐서 손이 아팠다. 아빠와 강단 뒤편으로 가면서는 숨을 쉬기가 힘들 정도였다. 겐조 요가이!

하지만 강단 뒤는 예상보다 훨씬 붐볐다. 온통 카메라였다. 아빠가 말했다.

"요가이 씨, 제 딸 리샤를 소개하겠습니다."

카메라들이 별안간 가까이, **그녀에게로** 다가왔다. 한 일본인이 겐조 요가이에게 무어라 귓속말을 하자, 요가이가 리샤를 더 자세히 살폈다.

"아, 그렇군요."

"리샤, 이쪽을 보렴."

누군가 리샤를 불렀다. 리샤가 돌아보자, 로봇 카메라가 얼굴에 홱 다가왔다. 리샤는 놀라 뒷걸음질 쳤다.

아빠가 누군가에게, 그다음에는 또 다른 사람에게 날카롭게 말했다. 카메라들은 꿈쩍도 하지 않았다. 갑자기 한 여자가 리샤 앞에 무릎을 구부리고 앉았더니 마이크를 쑥 내밀었다.

"리샤, 잠을 전혀 자지 않으니 기분이 어때?"

"뭐라고요?"

누군가 웃었다. 친절한 웃음소리는 아니었다.

"교배해서 천재를 만……."

누군가 리샤의 어깨를 잡았다. 겐조 요가이가 리샤를 아주 단단히 움켜쥐더니, 카메라들로부터 떼어놓았다. 마치 마법처럼 요가이의 뒤로 일본인들의 줄이 즉시 생겨나 아빠만 지나가게 해주었다. 세 사람은 대기실로 들어갔다. 겐조 요가이가 문을 꽉 닫았다.

"리샤, 저들의 행동에 신경 써서는 안 돼."

그가 멋진 악센트로 말했다.

"절대 그래선 안 된다. 오래된 동양 속담 중에 이런 말이 있지. '개가 짖든 말든 마차는 달린다.' 너라는 개인의 마차가 무례하거나 질투하는 개들의 짖는 소리에 속도를 늦추는 일이 절대 없도록 해야 해."

"안 그럴 거예요."

리샤가 헐떡였다. 그의 말이 실제로 무슨 뜻인지는 아직 몰랐지만, 나중에 생각해보고 아빠와 논의해볼 시간이 있으리란 것을 알고 있었다. 지금 당장은 세상을 권력도 무력도 아닌 자신의 특별하고 개인적인 노력으로 바꾸어가는 사람인 겐조 요가이에게 압도당해 있었다.

"저희는 학교에서 선생님의 철학을 배워요."

겐조 요가이가 아버지 쪽으로 시선을 주었다.

"사립학교야. 하지만 리샤의 동생도 공립학교에서 피상적으로나마 배우고 있다네. 겐조, 느리긴 하지만, 세상은 변하고 있네. 변하고 있어."

리샤는 아빠가 앨리스가 오늘 밤에 같이 오지 않은 이유를 설명하지 않았다는 것을 눈치챘다.

집에 돌아와서 리샤는 몇 시간 동안 방에 앉아 일어났던 모든 일들을 다시 생각해보았다. 다음 날 아침, 앨리스가 줄리의 집에서 돌아오자, 리샤는 앨리스에게로 달려갔다. 하지만 앨리스는 화난 표정이었다.

"앨리스? 무슨 일이야?"

"지금 이대로도 내가 학교에서 충분히 시달리고 있다는 생각은 안 했어?"

앨리스가 고함을 질렀다.

"모두들 알고는 있었지만, 최소한 언니가 조용히 지내는 동안은 그렇게까지 힘들지 않았어! 얼마 전까지는 날 안 괴롭혔단 말이야! 왜 그랬어?"

"내가 뭘 했는데?"

리샤가 당황해서 물었다.

앨리스가 뭔가를 던졌다. 캠든 가에서 쓰는 것보다 얇은 신문 용지에 인쇄된 아침 신문이었다. 신문은 펼쳐진 채로 리샤의 발치에 떨어졌다. 리샤는 겐조 요가이와 자신이 나란히 찍힌 세 단짜리 사진을 멍하니 쳐다보았다. 기사의 헤드라인은 다음과 같았다. '요가이와 미래: 남은 우리에게 희망은 있는가? Y-에너지 발명가와 억만장자 로저 캠든의 '잠들지 않는' 딸이 만나다.'

앨리스가 신문을 발로 찼다.

"어젯밤에 텔레비전에도 나왔어. **텔레비전**에! 내가 잘난 척하거나 비굴한 것처럼 보이지 않으려고 애쓰는 사이에 언니는 나가서 이런 짓을 하다니! 이제 줄리는 다음 주에 열릴 파자마 파티에 날 초대하려고도 않겠지!"

앨리스는 넓게 구부러진 계단을 뛰어 올라가 방으로 사라졌다.

리샤는 신문을 내려다보았다. 겐조 요가이의 목소리가 머릿속을 울렸다. **개가 짖든 말든 마차는 달린다.** 그녀는 텅 빈 계단을 쳐다보았다. 그리고 큰 소리로 말했다.

"앨리스! 말아 올린 머리가 참 잘 어울리네."

4

"다른 사람들을 만나고 싶어요. 왜 지금까지 비밀로 하셨나요?"

"난 네게 비밀로 한 적 없다."

캠든이 대답했다.

"가르쳐주지 않았다고 거짓말을 한 건 아니지. 네가 먼저 물어보면 되지 않느냐? 지금 내게 묻듯이 말이다."

리샤는 캠든을 쳐다보았다. 열다섯 살인 리샤는 설리 학교의 졸업반이었다.

"왜 미리 알려주지 않으셨나요?"

"내가 왜 그래야 하지?"

"모르겠어요. 하지만 아빠는 다른 것은 모두 다 주셨잖아요."

"원하는 것을 요청할 자유도 주었지."

리샤는 모순점을 찾아냈다.

"아빠는 제 교육에 필요한 것이라면 달라고 하기 전에 챙겨주셨어요. 제가 어려서 무엇을 달라고 해야 하는지 몰랐기 때문이죠. 하지만 아빠는 다른 불면인 괴물들을 만날 기회는 한 번도 주지 않으셨……."

"그 말은 쓰지 말거라."

캠든이 날카롭게 말을 잘랐다.

"그러니 그들을 만나는 일이 제 교육에 필수적이지 않다고 생각하셨거나, 다른 이유가 있어서 제가 그들을 만나지 않기를 바라셨겠죠."

"틀렸다. 다른 경우도 있어. 그들을 만나는 일이 네 교육에 꼭 필요하고, 나 역시 네가 그들을 만나길 바라지만, 이번 일은 네 쪽에서 먼저 묻기를 기다림으로써 널 적극적인 아이로 키우려고 했을 수도 있지."

"알았어요."

리샤가 조금 대들듯이 대답했다. 최근 그들 부녀 사이에는 특별한 이유도 없이 반항적인 분위기가 자주 흘렀다. 리샤는 어깨를 폈다. 봉긋해지기 시작한 가슴이 앞으로 드러났다.

"그럼 여쭤볼게요. 이 세상에 불면인이 몇 명이나 있고, 그들은 누구이며 또 어디에 있나요?"

"'불면인'이라고 하는 걸 보니 나름대로 조사를 했구나. 아마 답도 이미 알고 있겠지. 미국에는 1,082명이 있고 외국에는 더 많지. 주로 대도시에 살아. 79퍼센트는 시카고에 있는데, 대부분은 아직 어린아이들이야. 전 세계에서 단 19명만 너보다 나이가 많아."

리샤는 알고 있다는 사실을 부인하지 않았다. 캠든이 의자에서 몸을 내밀어 그녀를 자세히 뜯어보았다. 리샤는 아버지의 시력이 나빠진 게 아닌가 싶었다. 마른 나뭇가지처럼 듬성한 머리도 완전히 세었다. 《월 스트리트 저널》은 그를 미국의 100대 부자 명단에 올렸고, 《일간 여성 패션》은 미국의 억만장자 가운데 국제적인 파티나 자선 행사, 비밀이 만발하는 사교계에 들어오지 않은 사람은 그뿐이라고 지적했다. 그는 전용 제트기를 타고 다니며 전 세계의 비즈니스 회의에 참석하고 요가이 경제연구소장직을 수행했지만 그 밖의 다른 일에는 일체 나서지 않았다. 해가 갈수록 아버지는 더 부유해졌고, 은둔했으며, 더 사색적이 되었다. 아버지에 대한 애정이 새삼 샘솟았다.

리샤는 길고 날씬한 다리를 높이 흔들며 가죽 의자에 비스듬히 기대앉았다. 그녀가 모기에 물린 허벅지를 무심히 긁으며 말했다.

"아, 그럼 리처드 켈러를 만나고 싶어요."

리처드는 시카고에 살았고, 열일곱 살로 리샤와 가장 비슷한 또래인 데다 베타 테스트 불면인이었다.

"왜 내게 물어보냐? 그냥 가지 않고?"

캠든이 조급해하듯 물었다. 그는 리샤가 먼저 탐험해보고 나중에 보고하는 편을 좋아했다. 두 단계 모두 중요한 일이었다.

리샤가 웃음을 터뜨렸다.

"아빠, 그거 아세요? 아빤 예측 가능한 사람이에요."

캠든도 웃었다. 한참 웃고 있는데 수전이 들어왔다.

"그건 아니지. 로저, 목요일에 부에노스아이레스에서 열리는 회의는 어떻게 됐죠? 참석해요, 안 해요?"

캠든이 대답하지 않자 수전이 새된 목소리로 다시 따졌다.

"로저, 내가 묻고 있잖아요!"

리샤는 눈을 피했다. 2년 전에 수전은 캠든의 저택과 일정을 관리하기 위해 결국 유전자 연구에서 손을 뗐다. 그 전까지는 둘 다 하려고 필사적이었다. 수전은 바이오테크 연구소를 그만둔 후부터 변하기 시작했다. 우선 말투가 딱딱해졌다. 요리사나 정원사에게 한 치의 오차도 없이 자기 지시대로 따르라고 고집스레 요구하기도 했다. 땋고 다니던 금발은 단단하게 고정시킨 은발 웨이브로 바뀌었다.

"가."

"알았어요. 최소한 대답이라도 해주니 다행이네요. 나도 가나요?"

"가고 싶다면."

"가겠어요."

수전이 방을 나갔다. 리샤는 일어나 몸을 쭉 펴고 긴 다리를 들어 발끝으로 섰다. 정면의 넓은 창을 통해 쏟아지는 햇살을 향해 몸을 뻗고 얼굴 가득 볕을 쬐니 기분이 좋았다. 그녀는 아버지를 향해 미소 지었다. 아버지는 뜻밖의 표정으로 딸을 바라보고 있었다.

"리샤……."

"네?"

"켈러를 만나렴. 하지만 조심해라."

"뭘요?"

캠든은 대답하지 않았다.

*

전화기 너머의 목소리는 무뚝뚝했다.

"리샤 캠든요? 네, 누구신지 압니다. 목요일 3시요?"

지은 지 30년 된 식민지풍 주택은 수수했다. 창밖으로 자전거를 타고 노는 어린아이들이 보이는 조용한 교외 주택가였다. 지붕에 Y−에 너지판을 하나 이상 단 집이 별로 없었다. 크고 오래된 사탕단풍나무

가로수가 아름다웠다.

"들어오세요."

리처드 켈러가 말했다. 리샤 정도의 키에 체격은 통통하고 얼굴은 여드름투성이였다. 아마 수면 외에는 유전자 조작을 받지 않은 모양이었다. 굵고 짙은 머리칼, 좁은 이마, 두툼한 검은 눈썹. 리샤는 그가 현관문을 닫기 전에 집 앞의 녹슨 10단 자전거 옆에 세워놓은 리샤의 차와 운전기사를 발견하고는 눈을 크게 뜨는 모습을 보았다.

"전 아직 운전을 못 해요. 열다섯 살이거든요."

"배우기 쉬워요. 자, 왜 여기까지 왔는지 말씀해주시겠어요?"

리샤는 단도직입적인 그의 태도가 마음에 들었다.

"불면인들을 만나고 싶어서요."

"한 번도 만나본 적이 없단 말입니까? 우리 중 누구와도?"

"여러분들끼리는 서로 알고 지낸단 말이에요?"

미처 생각하지 못한 일이었다.

"제 방으로 가시죠."

그녀는 그를 따라 집 뒤쪽으로 갔다. 집에는 아무도 없는 것 같았다. 넓고 바람이 잘 통하는 밝은 곳으로, 컴퓨터와 서류함으로 가득 차 있었다. 한쪽 구석에는 로잉머신이 놓여 있었다. 설리 학교의 똑똑한 학우들의 방보다 초라했다. 그래도 침대가 없으니 공간은 더 넉넉했다. 리샤는 컴퓨터 스크린으로 다가갔다.

"아, Boesc 공식을 공부하는 중이세요?"

"공식의 응용에 관해서요."

"어디에 응용하려고요?"

"어류 이동 패턴에요."

리샤가 미소를 띠었다.

"아, 그거 가능하겠네요. 생각도 못 해봤어요."

리처드는 리샤가 웃자 어쩔 줄 모르는 것 같았다. 벽을 쳐다보다 그녀의 턱으로 시선을 옮겼다.

"환경 쪽의 가이아 패턴에는 관심 있나요?"

"음, 아뇨."

리샤가 솔직히 대답했다.

"별로 없어요. 전 하버드에서 정치학을 공부할 생각이에요. 로스쿨 지망이거든요. 그래도 학교에서 가이아 패턴은 배웠어요."

리처드가 마침내 리샤의 얼굴에서 시선을 떼었다. 그는 손으로 머리카락을 빗어 넘겼다.

"앉으세요. 괜찮다면."

리샤는 앉아서 해류의 변화처럼 파란 바탕에 녹색으로 움직이는 벽의 포스터들을 감상했다.

"멋져요. 직접 프로그래밍했어요?"

"당신은 내 예상과 전혀 다르네요."

리처드가 말했다.

"어떨 거라고 생각하셨는데요?"

그는 망설이지 않고 대답했다.

"거만하고 잘난 척하는 사람일 줄 알았습니다. 머리는 좋아도 얄팍한 사람일 거라고요."

리샤는 생각보다 더 상처받았다.

리처드가 말을 쏟아냈다.

"당신은 정말로 부자인 단 두 명의 불면인 중 한 사람이잖아요. 당신과 제니퍼 샤리피, 둘이 그렇죠. 벌써 알고 있겠지만 말입니다."

"아뇨, 몰랐어요. 한 번도 확인해본 적이 없어요."

리처드는 리샤 옆에 놓인 의자에 앉아 통통한 다리를 앞으로 뻗었다. 근육을 풀어주는 데는 전혀 효과가 없을 듯한 구부정한 몸놀림이었다.

"생각해보면 당연해요. 부자들은 자기 아이들을 우월하게 만들기 위해 유전자 조작을 하진 않죠. 그들의 아이라는 이유 하나만으로, 그들이 가진 돈만으로도 이미 우월하다고 생각하니까요. 가난한 사람들에게는 유전자 조작을 할 돈이 없고요. 우리 불면인들은 딱 중상류층 이상도 이하도 아니에요. 교수, 과학자, 지성과 시간을 가치 있게 생각하는 부류의 아이들이죠."

"우리 아버지도 지성과 시간을 높이 평가하시는 분이에요. 겐조 요가이의 열렬한 지지자라고요."

"이봐요, 리샤, 그걸 내가 모를 것 같아요? 날 놀리는 겁니까?"

리샤는 일부러 삐딱하게 대꾸했다.

"그냥 **말했을** 뿐이에요."

하지만 바로 그 순간 그녀가 받은 마음의 상처가 얼굴에 드러나고 말았다.

"미안합니다."

리처드는 웅얼거리듯 사과하고 의자에서 벌떡 일어나 컴퓨터 쪽으로 왔다 갔다 했다.

"**정말** 미안해요. 하지만 전…… 전 당신이 왜 여기 왔는지 모르겠어요."

"외로웠어요."

리샤가 본인도 놀라며 말했다. 그녀는 리처드를 쳐다보았다.

"사실이에요. 전 외로워요. 네, 그래요. 친구들과 아빠와 앨리스가 있지만 아무도 몰라요. 아무도 이해하지 못해요. 무엇을? 제가 무슨 말을 하고 있는지 모르겠네요."

리처드가 미소 지었다. 그 미소가 인상을 완전히 바꾸었다. 어두운 얼굴에 빛을 비추는 듯한 웃음이었다.

"알아요. 그럼요, 알고말고요. 그들이 '어젯밤에 이런 꿈을 꾸었어'라고 말하면 어떻게 하나요?"

"맞아요! 하지만 그건 아주 사소한 일이죠. **제가** '오늘 밤에 내가 대신 찾아볼게'라고 말할 때 '내가 자는 사이에 찾아보겠지' 하는 표정은 또 어떻고요!"

"그조차도 정말 사소한 일이죠. 저녁 식사 후에 체육관에서 농구를 하고 카페에 가서 간식을 먹은 다음에 '호숫가로 산책 나가자'라고 하면, 그들은 '난 정말 피곤해. 이제 집에 가서 잘래'라고 해요."

"그 정도도 정말 사소한 일이죠."

리샤가 벌떡 일어섰다.

"정말 몰입해서 보던 영화에서 너무나 아름다운 장면이 나와서 벌떡 일어나 '와! 와!'라고 외쳤더니, 수전이 '리샤, 마치 세상에 너만큼 즐거워하는 사람은 없을 것처럼 구는구나'라고 지적할 때는 또 어떻고요."

"수전이 누군데요?"

리처드가 물었다. 분위기가 깨졌지만, 아주 사라진 것은 아니었다. 리샤는 수전이 되기로 약속했던 사람과 되어간 사람 사이의 간극에 대한 불편함을 거의 내색하지 않고 "새어머니예요"라고 대답할 수 있었다. 그녀를 이해하는 리처드가 즐거운 미소를 띠고 코앞에 서 있었다. 리샤는 갑자기 강렬한 안도감에 사로잡혔다. 그녀는 그에게 곧장 다가가 그의 목에 팔을 두르고, 그가 놀라 몸을 빼려고 하자 팔에 힘을 주었다. 리샤는 흐느끼기 시작했다. 절대 울지 않는 리샤가 말이다.

"이봐, 이봐."

"굉장해."

리샤가 웃음을 터뜨렸다.

"굉장한 코멘트네."

리처드가 부끄러운 듯 웃음 짓는 것이 느껴졌다.

"대신에 내 조류 이주 곡선을 볼래?"

"됐어."

리샤는 흐느꼈다. 리처드는 리샤를 끌어안고 어색하게 등을 토닥이며 그녀가 고향에 왔음을 말없이 전해주었다.

자정이 지났지만 캠든은 리샤를 기다리고 있었다. 그는 줄담배를 피우고 있었다. 검푸른 담배 연기 사이로 그가 조용히 물었다.

"리샤, 좋은 시간 보냈니?"

"네."

"잘됐구나."

그는 일어나 마지막 담배를 눌러 끄고 뻣뻣한 몸으로 천천히 계단을 올라가—그는 이제 칠순이 다 되었다—침대로 향했다.

*

리처드와 리샤는 1년 가까이 어디든 함께 다녔다. 수영, 춤, 미술관,

극장, 도서관. 리처드는 다른 사람들에게 리샤를 소개했다. 열네 살에서 열아홉 살 사이의 10대 12명으로, 모두 똑똑하고 열성적이었다. 모두 불면인이었다.

리샤는 배워나갔다.

토니 인디비노의 부모는 리샤의 부모처럼 이혼했는데, 열네 살인 토니는 잠 안 자는 아이를 그다지 원하지 않은 어머니와 함께 살았다. 불면아를 원했던 아버지는 빨간색 스포츠카와 파리에서 환경공학적인 의자를 디자인하는 젊은 애인과 살았다. 토니는 아무에게도, 친척에게도 학교 친구에게도 자기가 불면인이라는 사실을 밝힐 수 없다. "널 괴물로 볼 거야." 어머니는 아들의 얼굴에서 시선을 돌리며 말했다. 토니가 어머니의 말을 어기고 친구에게 잠을 자지 않는다고 말한 적이 딱 한 번 있었는데, 그때 어머니는 토니를 때리고는 다른 동네로 곧장 이사해버렸다. 토니가 아홉 살 때 일이었다.

리샤만큼이나 다리가 길고 늘씬한 지아넌 카터는 올림픽 빙상 스케이팅에 나가려고 준비하고 있었다. 그녀는 하루에 열두 시간씩 연습에 몰두했다. 수면인이라면 고등학생으로서는 불가능할 일이었다. 아직 기자들은 그녀에 관해 알아내지 못했다. 지아넌은 자신이 불면인이라는 게 밝혀지면 출전 금지를 당할까 봐 걱정하고 있었다.

잭 벨링햄은 리샤처럼 올가을 학기부터 대학에 입학할 예정이었다. 리샤와 달리 그는 이미 자기 사업을 시작했다. 법조인이 되려면 로스쿨에 들어갈 때까지 기다려야 하지만, 투자는 돈만 있으면 할 수 있었다. 잭은 돈은 별로 없었지만, 정확한 금융 정보 분석으로 여름방학 때 아르바이트로 번 600달러를 주식에 투자해 3,000달러로, 다시 1만 달러로 불려나갔다. 그는 이제는 정보 펀드에 투기할 만큼 돈을 모았다.

잭이 아직 열다섯 살이라 법적으로 투자자가 될 수 없기 때문에 모든 거래는 불면인 중에 가장 나이가 많은 케빈 베이커의 이름으로 이루어졌다. 그는 오스틴에 살았다. 잭이 리샤에게 말했다.

"2분기 연속으로 수익률 84퍼센트를 넘겼더니 데이터 분석가들이 접속해왔어. 그냥 흘끗 살피는 정도였지만, 뭐 그게 그 사람들 일이지. 총액은 작았지만 그들이 신경 쓰는 것은 패턴이니까. 만약 그들이 굳이 데이터 뱅크를 다각도로 확인하고 케빈이 불면인이라는 사실을 알아낸다면 우리가 투자하지 못하게 막으려고 할까?"

"지나친 생각이야."

"그렇지 않아."

지아닌이 말했다.

"리샤, 넌 **몰라**."

"부유한 아버지가 나를 보호해주기 때문에?"

리샤가 말했다. 아무도 얼굴을 찌푸리지 않았다. 그들은 모두 다른 사람의 견해를 열린 마음으로, 그늘진 암시 없이 받아들였다. 꿈 없이.

"그래, 네 아버지는 정말 멋진 분 같아. 널 성취를 속박해서는 안 된다고 생각하는 사람으로 키우셨지. 당연해. 그분은 요가이스트잖니. 뭐, 좋은 일이야. 너한테 잘된 일이지."

지아닌이 빈정거리는 기색 없이 말했다.

리샤가 고개를 끄덕였다.

"하지만 세상이 꼭 그렇지만은 않아. 그들은 우리를 증오해."

"그건 좀 너무한다. 증오까지는 아니야."

캐럴이 말했다.

"음, 그럴지도 모르지. 어쨌든 그들은 우리와 달라. 우리는 우월하고, 그들은 당연히 그 사실에 분개해."

"뭐가 당연하다는 말인지 모르겠어."

토니가 물었다.

"우월한 존재를 보고 감탄하는 게 당연하지 않을 이유가 뭐야? 우린 그러잖아. 우리 중에 겐조 요가이, 물리학자 넬슨 웨이드 혹은 캐서린 라두스키의 천재성을 질투하는 사람 있어?"

"우리는 그들을 질투하지 않아. 우리가 더 **나으니까.** Q.E.D.*"

리처드가 말했다.

"우린 우리들만의 사회를 가져야 해. 왜 그들의 규칙이 우리의 자연스럽고 정직한 성취를 제한하도록 내버려둬야 해? 왜 지아닌이 그들과 스케이팅 경기를 해선 안 되고, 잭이 그들과 같은 조건으로 투자해선 안 된다는 거야? 단지 불면인이라는 이유 때문에? 그들 중에도 남들보다 더 똑똑한 사람이 있어. 더 끈기 있는 사람도 있고. 마찬가지로 우리는 더 집중력이 강하고, 생화학적으로 더 안정적이고, 더 시간이 많아. 인간은 평등하게 창조되지 않았어."

"토니, 공정해야지. 아직 우리는 아무것도 금지당하지 않았잖아."

지아닌이 지적했다.

"결국 그렇게 될 거야."

"**잠깐만.**"

그들의 대화에 마음이 몹시 불편해진 리샤가 끼어들었다.

"내 말은…… 그래, 우리가 여러 가지 면에서 더 우월하긴 해. 하지만 토니, 넌 논리를 벗어나 인용하고 있어. 독립선언문은 모든 인간이

* quod erat demonstrandum. 수학에서 증명을 마칠 때 주로 사용하는 말로, '이것이 보여져야 할 것이었다'라는 뜻.

동등한 능력을 갖고 태어나지 않았다고 말하는 글이 아니야. 권리와 권력에 관한 글이지. 모든 사람들은 **법 아래에서** 평등하게 창조되었다는 뜻이야. 우리는 분리된 사회를 구성하거나 이 사회의 규칙을 벗어나서 마음대로 행동할 권리를 다른 사람들보다 더 많이 가진 게 아니잖아. 같은 계약 규칙이 모든 사람들에게 적용되지 않는다면, 개인의 노력을 자유롭게 거래할 방법도 없어져."

"진정한 요가이스트다운 말이네."

리처드가 리샤의 손을 꼭 쥐며 말했다.

"어려운 얘기는 그만하면 됐어."

캐럴이 웃으며 말했다.

"몇 시간이나 토론했잖아. 세상에, 우린 지금 바닷가에 와 있다고. 나랑 같이 수영할 사람?"

"나!"

지아닌이 외쳤다.

"잭, 어서 가자."

모두들 일어나 수영복의 먼지를 털고 선글라스를 벗었다. 리처드가 리샤를 당겨 일으켰다. 그러나 막 바다로 뛰어들려는 찰나, 토니가 마른 손으로 그녀의 팔을 붙잡았다.

"리샤, 하나만 더 묻자. 그냥 생각해볼 거리로 말이야. 만약 우리가 대부분의 사람들보다 더 많은 것을 성취하고, 그 성과를 상호 이익이 보장되고 강자와 약자 간에 차별을 두지 않은 상태에서 수면인들과 거래한다고 해. 그렇다면 너무 약해서 우리와 교환할 것이 전혀 없는 사람들에게 우리는 어떤 의무를 갖는 걸까? 우리는 어쨌든 받은 것 이상을 그들에게 줄 거야. 그런데 우리가 아무것도 얻을 수 없을 때까지 뭘 줘야 할까? 우리의 생산물로 그들의 기형, 장애, 질병, 나태, 무능력까지 보살펴야 해?"

"수면인들은 그래야 할까?"

리샤가 받아쳤다.

"겐조 요가이는 아니라고 하겠지. 그는 수면인이야."

"그는 그들도 계약을 통한 거래에서 이득을 얻는다고 할 거야. 비록 그런 사람들이 계약의 직접적인 당사자가 아니라도 말이야. 전 세계는 Y-에너지 덕분에 더 풍요롭고 건강해졌어."

"이리 와!"

지아닌이 소리쳤다.

"리샤, 얘들이 날 밀어넣고 있어! 잭, 그만하라니까! 리샤, 도와줘!"

리샤가 웃음을 터뜨렸다. 리샤는 지아닌을 움켜잡기 직전에 리처드와 토니의 표정을 보았다. 리처드는 대놓고 달아오른 표정이었고, 토니는 화난 표정이었다. 리샤에게. 그렇지만 왜? 리샤는 그저 존엄성과 거래를 옹호했을 뿐인데?

그때 잭이 그녀에게 물을 뿌렸고, 캐럴은 잭에게 물을 튀겼다. 리처드는 리샤를 두 팔로 감싸 안고 웃었다.

눈에 들어간 물을 닦아내고 보니 토니는 가고 없었다.

*

한밤중이었다.

"자, 누가 먼저 할래?"

캐럴이 물었다. 10대 여섯 명은 서로 눈치를 보며 가시덤불로 뒤덮인 공터에 앉아 있었다. 환경을 고려해 어둡게 밝힌 Y-에너지 램프가 그들의 얼굴과 맨다리에 괴이한 그림자를 드리웠다. 공터 주위로는 로저 캠든 소유의 숲이 그들과 캠든 소유지의 다른 건물들 사이를 어둡고 단단한 벽처럼 가로막고 있었다. 몹시 더웠다. 팔월의 대기가 무겁게 가라앉아 있었다. 그들은 냉방이 되는 Y필드를 가져오지 않기로 결정했다. 이번 모임의 목적은 원시적이고 위험한 상황으로 돌아가자는 것이기 때문이었다. 한마디로 자연 상태로 지내보자는 거다.

여섯 쌍의 눈동자가 캐럴의 손에 들린 유리잔으로 쏠렸다.

"이봐, 누가 마셔볼래?"

캐럴의 목소리는 의기양양하고, 연극 대사를 읊듯이 분명했다.

"구하는 것도 어려웠어."

"어떻게 구했는데?"

멤버들 중—토니를 제외하면—가장 영향력 없고 집안 형편도 넉넉지 않은 리처드가 물었다.

"액체 상태로?"

"제니퍼가 구했어."

캐럴이 대답하자, 다섯 쌍의 눈동자가 제니퍼 샤리피에게로 옮겨갔다. 지난 2주 동안 제니퍼는 캐럴의 가족과 함께 지냈는데, 다들 그 이유를 몰라 의아해하고 있었다. 미국에서 태어난 제니퍼는 할리우드의 영화배우와, 잠들지 않는 왕국을 건설하고 싶었던 아랍 왕자 사이에 태어난 딸이었다. 영화배우는 약물 중독이었다. 겐조 요가이가 아직 첫 번째 특허를 심사받고 있을 때 석유에 넣었던 재산을 빼내 Y-에너지에 투자했던 왕자는 이제 죽고 없었다. 제니퍼 샤리피는 리샤가 언젠가 될 수준보다도 훨씬 부유했다. 뭔가를 구해 오는 능력으로는 따를 자가 없었다. 유리잔에는 면역 체계 강화제인 인터루킨-1이 담겨 있었다. 뇌가 신속하고 깊은 수면에 빠져드는 부작용이 있는 물질이었다.

리샤는 유리잔을 응시했다. 리처드와 사랑을 나눌 때처럼 배에서 따뜻한 느낌이 스멀스멀 올라왔다. 리샤는 제니퍼가 자신을 관찰하고 있음을 깨닫고 얼굴을 붉혔다.

제니퍼는 리샤를 불편하게 했다. 그녀가 토니, 리처드, 잭을 불편하게 하는 당연한 이유, 즉 그녀의 길고 검은 머리, 늘씬한 몸매, 짧은 바지와 홀터넥 때문은 아니었다. 제니퍼는 웃지 않았다. 리샤는 제니퍼처럼 웃음이 없고, 말수가 적고, 태연한 척 꾸민 어조로 말하는 불면인을 한 번도 만난 적이 없었다. 리샤는 제니퍼 샤리피가 말하지 않는 부분을 추측하곤 했는데, 다른 불면인에게 이런 감정을 느끼다니 기분이 이상했다.

토니가 캐럴에게 말했다.

"나한테 줘!"

캐럴이 그에게 잔을 건넸다.

"알겠지, 조금만 마시면 돼."

토니가 유리잔을 입에 댔다가 멈추고 잔 가두리 너머로 강렬한 눈을 빛내며 그들을 보았다. 그리고 그는 마셨다.

캐럴이 잔을 도로 받았다. 그들은 모두 토니를 지켜보았다. 채 1분이 지나지 않아 그는 거친 맨땅에 누웠다. 2분이 지나기 전에 그는 눈을 감고 잠이 들었다.

부모나 형제자매, 친구들이 자는 모습을 볼 때와 전혀 달랐다. 잠든 사람은 토니였다. 그들은 서로의 눈을 피하며 시선을 돌렸다. 리샤는 다리 사이로 아릿하게 당겨오는, 희미하게 야한 열기를 의식했다. 그녀는 제니퍼 쪽을 보지 않았다.

리샤는 자신의 차례가 되자 천천히 내용물을 들이켜고 잔을 리처드에게 넘겼다. 마치 젖은 수건으로 눌린 듯 머리가 무거웠다. 공터의 나무들이 흐릿하게 보였다. 휴대용 램프도 흐릿해졌다. 램프의 불빛은 더 이상 깨끗하고 밝지 않았다. 얼룩진 듯 질퍽했고, 손을 대면 묻어날 것 같았다. 그리고 어둠이 뇌를 급습해 빼앗아갔다. **그녀의 마음을 빼앗아갔다.** "아빠!" 리샤는 소리치려 했지만, 아버지를 향해 손을 뻗으려 했지만, 어둠이 그녀를 지웠다.

나중에는 모두들 두통에 시달렸다. 희미한 아침 햇살을 받으며 숲에서 나오는 일은 야릇한 수치심이 더해진 고문이었다. 그들은 서로에게 손을 대지 않았다. 리샤는 가능한 한 리처드와 떨어져서 걸었다.

입을 연 사람은 제니퍼뿐이었다.

"이제 우린 알아."

그녀가 묘한 만족감이 느껴지는 목소리로 말했다.

왼쪽 머리를 들쑤시는 고통과 배 속의 욕지기가 잦아드는 데는 꼬박 하루가 걸렸다. 그녀는 방에 혼자 앉아 통증이 지나가기를 기다렸다. 열기에도 불구하고 온몸이 떨렸다.

꿈조차도 없었다.

*

"오늘 밤에 나랑 같이 가자."

리샤가 열 번도 넘게 말했다.

"우리 둘 다 모레면 대학으로 가잖아. 이번이 마지막 기회야. 너한테 리처드를 꼭 소개해주고 싶어."

앨리스는 침대에 엎드려 있었다. 푸석한 갈색 머리칼이 얼굴을 가렸다. 앨리스는 고급스러운 노란색 실내복을 입었다. 앤 패터슨이 디자인한 실크는 그녀의 무릎께에 구겨져 있었다.

"왜? 내가 리처드를 만나든 말든 언니가 무슨 상관이야?"

"넌 내 동생이잖아."

리샤가 말했다. 그녀는 '내 쌍둥이'라고 해서는 안 된다는 것을 알고 있었다. 그 말만큼 앨리스를 화나게 하는 것도 없었다.

"만나기 싫어."

앨리스의 표정이 바뀌었다.

"아, 언니, 미안해. 그렇게 땍땍거릴 생각은 아니었어. 하지만……하지만 만나고 싶지 않아."

"그들을 전부 만나라는 게 아니야. 리처드면 돼. 그냥 한두 시간이면 족하다고. 그러고 나서 여기로 돌아와서 노스웨스턴에 가져갈 짐을 싸면 될 거야."

"나는 노스웨스턴에 안 가."

리샤가 앨리스를 멍하니 바라보았다.

"나 임신했어."

리샤는 침대에 앉았다. 앨리스가 몸을 굴려 바로 눕더니 눈가를 덮은 머리칼을 걷어내고 웃음을 터뜨렸다. 리샤는 그 소리에 귀를 막았다.

"언니 표정 좀 봐. 누가 보면 **언니가** 임신한 줄 알겠다. 하지만 언니는 그러지 않겠지? 적당한 때가 될 때까지 말이야. 언니는 이러지 않겠지."

"어떻게? 우리 둘 다 캡을……."

"난 빼냈어."

"임신하고 싶었단 말이야?"

"지랄 맞게도 그랬어. 아빠 날 막을 수 없을 거야. 물론 금전적인 지원을 모두 끊을 수는 있겠지만, 아빠가 그렇게까지 하진 않겠지?"

앨리스가 다시 웃었다.

"아무리 그래도 나한테라도?"

"그렇지만 앨리스…… 왜? 아빠를 화나게 하려던 건 아니겠지?"

"아냐. 생각할 법한 이유지만 말이야. 난 뭔가 사랑할 대상을 갖고 싶었어. **나만의** 것을 갖고 싶었어. 이 집과 아무 상관 없는 것을 갖고 싶었어."

리샤는 오래전 온실에서 햇살을 받으며 함께 뛰어다니던 앨리스와 자신을 떠올렸다.

"이 집에서 자라온 날들이 그렇게 나쁘진 않았잖아."

"언니, 언니는 바보야. 언니같이 똑똑한 사람이 어쩜 이렇게 멍청할 수 있는지 모르겠어. 내 방에서 나가! 나가!"

"하지만 앨리스, **아기**라니……."

"나가!"

앨리스가 비명을 질렀다.

"하버드로 가! 가서 성공이나 해! 당장 나가!"

리샤가 침대에서 벌떡 일어났다.

"기꺼이! 앨리스, 넌 비이성적이야. 앞날도 생각하지 않고, 계획도 세우지 않잖아. **아기**라니……."

하지만 리샤는 결코 화를 오래 내지 못했다. 분노가 흘러나가며 그녀의 마음을 텅 비웠다. 그녀는 앨리스를 바라보았다. 앨리스가 갑자기 두 팔을 벌렸다. 리샤는 앨리스의 품에 몸을 맡겼다.

"언니가 아기였어."

앨리스가 놀란 듯이 중얼거렸다.

"**언니가** 아기구나. 언니는 정말…… 뭐라고 해야 할지. 언니는 아기야."

리샤는 아무 말도 하지 않았다. 앨리스의 팔은 따뜻하고, 완전하고, 햇볕 아래에서 뛰노는 두 아이처럼 느껴졌다.

"앨리스, 내가 도와줄게. 아빠가 안 돕는다면 내가 할게."

앨리스가 그녀를 불쑥 밀어냈다.

"언니 도움은 필요 없어."

앨리스가 일어섰다. 리샤는 텅 빈 팔을 문질렀다. 손톱이 팔꿈치를 긁었다. 앨리스는 노스웨스턴에 가져가려던 텅 빈 여행 가방을 걷어차더니, 리샤가 고개를 돌리고 싶어지게 하는 미소를 띠었다. 리샤는 더 심한 말을 들을 준비를 했다. 그러나 앨리스는 아주 부드럽게, 이렇게 말할 뿐이었다.

"하버드에서 즐겁게 지내."

5

마음에 쏙 들었다.

미합중국보다 반세기 더 유서 깊은 매사추세츠 홀을 처음 본 순간, 리샤는 시카고에는 없던 것을 느꼈다. 시간, 뿌리, 전통. 와이드너 도서관의 벽돌, 피보디 박물관의 진열장을 성배를 만지듯 쓰다듬었다. 리샤는 전설이나 희곡에 그다지 감동하지 않는 편이었다. 줄리엣의 고통은 인공적이고 윌리 로먼*의 괴로움은 낭비일 뿐이라고 느꼈다. 더 나은 사회 질서를 세우기 위해 발버둥 치는 아서 왕의 이야기 정도에나 흥미가 갔다. 그러나 육중한 가을 나무들 아래를 걸으며 리샤는 세대를 넘는 힘, 남긴 이들은 결코 보지 못할 배움과 성취를 위해 남겨진 유산, 다가올 수세기를 만들어갈 개인들의 노력을 순간적으로 느꼈다. 리샤는 멈춰 서서 나뭇잎 사이로 보이는 하늘과 목표를 갖고 굳건히 선 건물들을 쳐다보았다. 자신이 원하는 딸을 만들어내기 위해 유전자 연구소 전체의 의지를 꺾었던 아버지를 생각했다.

하지만 한 달이 채 지나지 않아 리샤는 이런 거창한 사색에 대해 까맣게 잊어버렸다.

해야 할 공부가 너무 많았다. 리사에게조차 그랬다. 설리 학교에서는 학생이 자기 나름의 속도에 맞추어 개인적으로 탐구해나가는 것을 권장했다. 하버드는 학생에게 무엇을 요구해야 하는지 알고 있었고, 자신들의 속도대로 나아갔다. 총장은 유년시절에 일본의 경제 독주를 질린 눈으로 바라보며 자란 사람이었다. 지난 20년 사이 그의 지도 아래 하버드는 사실, 이론, 응용, 문제 해결 교육의 첨단이자 지적 효율성으로의 귀환을 이끄는 논쟁적인 리더가 되었다. 전 세계에서 찾아오는 지원자들의 경쟁률이 이백 대 일이었다. 영국 총리의 딸도 입학한 지 1년 만에 낙제해서 집으로 돌아가야 했다.

리샤는 기숙사 신관의 1인실에 들어갔다. 시카고에 고립되어 오랜

---

* 아서 밀러의 희곡 〈세일즈맨의 죽음〉의 주인공.

시간을 보낸 터라 다른 사람을 만나고 싶은 마음에 기숙사에 들어갔고, 밤새 공부하느라 잠든 학생들을 방해하지 않기 위해 1인실을 잡았다. 입실한 지 이틀째 되는 날, 웬 남학생이 복도를 어슬렁거리더니 리샤의 방에 들어와 책상 구석에 엉덩이를 걸치고 앉았다.

"리샤 캠든이군요?"

"네."

"열여섯 살이죠."

"곧 열일곱이 돼요."

"노력도 하지 않고 우리 모두를 능가할 분이시라죠."

리샤의 얼굴에서 웃음기가 사라졌다. 남학생이 솜털처럼 부드러워 보이는 눈썹을 찌푸리고 그녀를 응시했다. 입은 웃고 있었지만 눈빛은 날카로웠다. 리샤는 리처드, 토니 그리고 다른 사람들을 통해 경멸의 탈을 쓴 분노를 읽는 법을 배운 터였다.

"네, 그럴 거예요."

리샤가 냉정하게 대답했다.

"확실해요? 예쁘장한 요조숙녀의 머릿결과 요조숙녀의 괴물 머리통으로?"

"이봐, 해나웨이, 시비 걸지 마."

다른 목소리가 들려왔다. 너무 말라서 바닷가 모래사장에 남은 파도의 흔적처럼 갈비뼈가 튀어나온 키 큰 금발 남학생이었다. 맨발에 청바지만 입고 젖은 머리를 말리고 있었다.

"멍청한 티 내며 돌아다니는 게 지겹지도 않냐?"

"너는?"

해나웨이가 대꾸했다. 그는 책상에서 내려와 문 쪽으로 발을 뗐다.

금발머리 남학생이 옆으로 비켜섰다. 리샤가 해나웨이를 가로막았다.

"제가 당신보다 더 뛰어난 것은 당신에게는 없는 이점을 몇 가지 갖고 있기 때문이에요. 잠을 자지 않게 타고난 점을 포함해서요. 당신보다 좋은 성적을 받고 나서 시험공부를 기꺼이 도와드리겠어요."

귀의 물기를 털어내던 금발머리가 웃음을 터뜨렸다. 해나웨이의 몸이 딱딱하게 굳었다. 그의 눈빛에 리샤가 주춤 물러섰다. 그는 리샤를 확 밀치고 씩씩대며 나갔다.

"캠든, 잘했어요. 그렇게 당해도 싼 녀석이죠."

금발머리 남학생이 말했다.

"전 진심이었는걸요. 공부를 도와줄 생각이에요."

금발머리가 수건을 든 손을 내리고 그녀를 빤히 응시했다.

"정말이었군요. 진짜로 도와줄 생각이었군요."

"네! 왜 다들 진심이냐고 자꾸 물어보죠?"

"음, **저는** 안 물어봅니다. 제가 뒤처지면 도와주세요."

그가 씩 웃었다.

"그럴 일은 없겠지만요."

"왜요?"

"왜냐하면 저도 당신만큼이나 뭐든지 잘하니까요, 리샤 캠든 양."

리샤는 그를 살폈다.

"당신은 우리 같은 사람이 아니군요. 불면인이 아니에요."

"잠을 자지 않아야만 하는 것은 아니죠. 저는 제가 무엇을 할 줄 아는지 알아요. 행하라, 되어라, 창조하라, 교환하라."

"요가이스트군요!"

"물론이죠."

그가 손을 내밀었다.

"스튜어트 서터라고 해요. 매점에서 피시버거 어때요?"

"좋고말고요."

리샤가 대답했다. 둘은 열정적으로 대화하며 함께 걸어갔다. 리샤는 사람들의 시선을 무시하려고 애썼다. 그녀는 여기, 하버드에 있었다. 그녀 앞에는 배움을 위한 시공간이 펼쳐져 있었다. 그녀를 받아들이고 자극하는 스튜어트 서터 같은 사람들이 있었다.

그가 깨어 있는 시간에는.

*

리샤는 학교 공부에 푹 빠져들었다. 로저 캠든은 학교에 찾아와 리샤와 함께 교정을 산책하며 미소 띤 얼굴로 딸의 이야기를 들었다. 캠든은 리샤의 예상보다 훨씬 편안해 보였다. 캠든은 스튜어트 서터의 아버지와 케이트 애덤스의 할아버지와 아는 사이였다. 부녀는 하버드, 사업, 하버드, 요가이 경제연구소, 하버드에 관해 이야기했다.

"앨리스는 어떻게 지내요?"

리샤의 질문에 캠든은 모른다고 대답했다. 앨리스는 가출했고, 아버지를 다시 보고 싶지 않다고 했단다. 그는 변호사를 통해 앨리스에게 돈을 보내고 있었다. 이렇게 말하는 캠든의 모습은 침착해 보였다.

리샤는 스튜어트와 함께 동창회 파티에 갔다. 스튜어트도 로스쿨 지망이었고, 리샤보다 두 학년 위였다. 리샤는 케이트 애덤스, 여자친구 둘과 함께 콩코드3를 타고 파리로 주말여행을 떠났다. 스튜어트와 초전도성 메타포가 요가이즘에도 적용되는지를 놓고 열띤 토론도 벌였다. 둘 다 멍청한 토론인 줄 알면서도 떠들었고, 토론 끝에 둘은 연인이 되었다. 리처드와의 서툰 탐색에 비해 스튜어트는 경험이 많고 솜씨가 좋았다. 그는 옅은 미소를 띠고 리샤에게 스스로 오르가즘에 이르는 방법과, 그와 함께 절정으로 치닫는 법을 가르쳐주었다. 리샤는 압도되었다.

"정말 **즐거워!**"

리샤가 말하자 스튜어트는 부드러운 눈으로 그녀를 바라보았다. 리샤는 그의 시선 한구석에 깃든 불편함을 느꼈지만 이유는 알지 못했다.

중간고사에서 리샤는 신입생 중 가장 높은 학점을 받았다. 전 과목 만점이었다. 리샤는 스튜어트와 학교 밖으로 나가 축하주를 마셨다. 돌아와보니 방이 난장판이었다. 컴퓨터는 망가졌고 데이터 뱅크는 완전히 지워졌으며 책은 철제 쓰레기통에 처박혀 있었다. 옷은 갈가리 찢겼고 책상과 옷장도 부서졌다. 오직 침대만이 손댄 흔적 없이 깨끗했다.

"아무 소리도 안 내고 이렇게까지 할 수 있었을 리가 없어. 같은 층에 있는 학생들은…… 젠장, 아래층 사람들도 알았을 거야. 누군가 경찰에게 말해주겠지."

리처드가 말했다.

아무도 경찰에 진술하지 않았다. 리샤는 침대 모서리에 걸터앉아 동창회 파티에 입었던 드레스 조각들을 넋이 나간 얼굴로 바라보았다. 다음 날 데이브 해나웨이가 그녀를 보며 씩 웃었다.

격노한 캠든이 동부로 날아왔다. 그는 케임브리지에 E-잠금 장치가 설치된 아파트를 빌리고 토시오라는 경호원을 고용했다. 아버지가 돌아가자 리샤는 경호원을 해고하고 아파트만 가졌다. 아파트 덕분에 생긴 둘만의 시간 동안 리샤와 스튜어트는 리샤가 처한 상황에 관해 끝없이 토론했다. 탈선이자 미성숙일 뿐이라고 주장한 쪽은 리샤였다.

"스튜어트, 증오는 언제나 존재했어. 유대인, 흑인, 이민자, 더 독창적이고 존엄한 요가이스트를 향한 증오는 늘 있었지. 난 단지 새로운 증오의 대상일 뿐이야. 새로운 일도 특별한 일도 아니야. 불면인과 수면인 사이의 근본적인 분열이라고 볼 수는 없어."

스튜어트가 침대에서 일어나 앉아 사이드테이블에 놓인 샌드위치로 손을 뻗었다.

"과연 그럴까? 리샤, 너는 완전히 다른 종류의 사람이야. 진화에 있어서 단지 생존뿐 아니라 번성에 더 적합한 인류지. 네가 말한 증오의 대상들은 사회적 약자였어. **열등한** 지위에 있었지. 하지만 넌 달라. 하버드 법대의 불면인 세 명은 모두 《로 리뷰》에 실렸어. 셋 다 말이야. 최연장자인 케빈 베이커는 벌써 바이오 인터페이스 소프트웨어 회사를 성공적으로 설립해 어마어마한 돈을 벌어들인다고. 불면인들은 성적도 좋고 정신적으로 아무 문제도 없고 건강해. 게다가 대부분이 아직 미성년자지. 너희가 재계와 금융계의 큰손으로 성장하고, 몇 안 되는 교수직이나 정계의 요직을 차지하고 나면 얼마나 엄청난 증오에 직면할지 생각해봤어?"

"나도 샌드위치 먹을래."

리샤가 말했다.

"네가 틀렸다는 증거를 대볼게. 바로 너 자신이야. 그리고 겐조 요가이, 케이트 애덤스, 레인 교수님, 우리 아버지처럼 공정 거래와 상호 이익인 계약의 세계에서 살아가는 모든 수면인들이 곧 증거지. 대부분의 사람들은, 최소한 고려해볼 만한 사람들 대부분은 그와 같다고 생각해. 너는 최적임자들 간의 경쟁이 강자에게든 약자에게든 가장 큰 이익을 주는 거래로 이어진다는 사실을 믿지. 불면인들은 이 사회의 여러 분야에 확실하고도 현실적으로 기여하고 있어. 우리는 너희에게 가치가 있어. 너도 알잖아."

스튜어트가 구겨진 시트를 손으로 폈다.

"그래, 난 알아. 요가이스트들은 알고 있어."

"재계, 금융계, 학계를 이끌어나가는 사람들은 요가이스트야. 아마 그렇게 될 거야. 능력주의 사회라면 그렇게 **되어야 해**. 넌 대중을 과소평가하고 있어. 선두에 선 사람들만 윤리적인 것은 아니야."

"네 말이 맞았으면 좋겠어."

스튜어트가 말했다.

"왜냐하면, 너도 알다시피 난 널 사랑하니까."

리샤가 샌드위치를 내려놓았다.

"즐거움."

스튜어트가 그녀의 가슴에 얼굴을 묻고 웅얼거렸다.

"넌 즐거움이야."

리샤는 추수감사절을 맞아 집에 돌아가서 리처드에게 스튜어트 이야기를 했다. 리처드는 입을 굳게 다물고 끝까지 들었다.

"수면인이군."

"**사람**이야. 똑똑하고 유능하고 좋은 사람이야!"

"네 똑똑하고 유능하고 좋은 수면인들이 무슨 짓을 했는지 알아? 지아닌은 올림픽 스케이팅 출전을 금지당했어. '스포츠맨십에 반하는 이득을 얻기 위한 스테로이드 사용과 유사한 유전자 조작'이라고 했지. 크리스 데브로는 스탠퍼드를 떠났어. 수면인들이 연구실을 습격해 기억형성단백질에 관한 2년치 연구를 박살냈지. 케빈 베이커의 소프트웨어 회사는 수면 아래로 악질적인 네거티브 광고에 시달리고 있어. 비인간적인 정신세계에서 만들어진 소프트웨어를 아이들이 쓰게 해서는 안 된다는 식이야. 타락, 세뇌, 사탄의 힘…… 마녀사냥의 온갖 수법 그대로야. 리샤, 꿈 깨!"

리샤와 리처드 둘 다 리처드가 방금 한 말을 들었다. 시간이 천천히 흘러갔다. 리처드는 상체를 앞으로 내밀고 이를 악문 채 권투 선수처럼 서 있었다. 마침내 그가 아주 조용히 물었다.

"그를 사랑해?"

"응."

리샤가 대답했다.

"미안해."

"네 마음이지."

리처드가 차갑게 대꾸했다.

"그가 자는 동안엔 뭘 해? 쳐다봐?"

"날 변태 취급하지 마!"

리처드는 아무 말도 하지 않았다. 리샤는 숨을 길게 들이마신 후, 빠르지만 차분하게, 감정을 억누르고 말했다.

"스튜어트가 자는 동안 나는 공부해. 너와 마찬가지지. 리처드, 이러지 마. 널 상처 입히고 싶진 않았어. 모임에서 떨어져 나오고 싶지도 않아. 나는 수면인들이 우리와 같은 종種임을 믿어. 그렇게 믿는다는 이유로 나를 응징하고 싶은 거야? 너까지 증오에 **동참하고** 싶어? 잠을 자든 안 자든 정직하고 훌륭한 사람들이 많은 더 넓은 세계에 내가 들어갈 수 없다고 말하고 싶은 거야? 경제적인 가치관이 아니라 유전자가 가장 중요한 분류 기준이라고 할 거야? 그들과 우리라는 인위적인 선택으로 나를 몰아넣고 싶어?"

리처드가 목걸이를 집어 올렸다. 리샤는 그 목걸이를 알아보았다. 지난여름에 리샤가 리처드에게 준 선물이었다. 리처드는 차분하게 말했다.

"아니, 선택의 문제가 아니야."

그는 손가락으로 한동안 목걸이를 만지작거리다가 고개를 들어 리샤를 마주 보았다.

"아직은."

*

봄방학이 왔다. 캠든의 걸음걸이는 더 느려졌다. 캠든은 혈압과 심장 질환 문제로 약을 복용하고 있었다. 그는 리샤에게 수전과 이혼한다고 말했다.

"그녀는 나와 결혼한 다음부터 변했어. 너도 봤잖아. 결혼 전에는 독립적이고 생산적이고 행복한 사람이었는데, 몇 년이 지나자 그런 모습은 다 사라지고 잔소리만 남았지. 넋두리나 늘어놓는 잔소리꾼만 남았어."

그가 진심으로 이해할 수 없어 하며 고개를 저었다.

"너도 그 변화를 보았지."

리샤도 보았다. 문득 리샤, 앨리스와 사실은 통제된 대뇌 활동 검사였던 '놀이'를 하던 수전의 모습이 떠올랐다. 리샤는 수전의 반짝이던 눈과 경쾌하게 흔들리던 땋은 머리를 기억했다. 그때는 앨리스도 리샤만큼이나 수전을 사랑했다.

"아빠, 앨리스의 주소를 알고 싶어요."

"하버드에서 말했잖니. 나는 모른다."

캠든이 의자에서 몸을 움찔거렸다. 결코 수명을 다하지 않을 것 같았던 몸에 남은 성급한 제스처였다. 일월에 겐조 요가이가 췌장암으로 죽었다. 캠든은 그 소식에 큰 충격을 받았다.

"변호사를 통해 돈을 보내고 있다. 앨리스가 바란 일이야."

"그러면 변호사의 연락처를 알고 싶어요."

변호사는 존 야보르스키라는 억눌린 인상의 남자였다. 그는 앨리스의 거취를 리샤에게 가르쳐주지 않았다.

"캠든 씨, 그녀는 발견되길 원치 않습니다. 완전히 인연을 끊고 싶어 해요."

"제 연락은 받을 거예요."

"아닙니다."

야보르스키의 눈에서 무언가가 번득였다. 예전에 데이브 해나웨이에게서 보았던 바로 그 눈빛이었다.

그녀는 개강일 수업을 빠지고 보스턴으로 가는 길에 오스틴에 들렀다. 케빈 베이커는 IBM과의 회의를 취소하고 즉시 그녀를 만났다. 리샤가 필요한 정보를 이야기하자 케빈은 가장 유능한 데이터넷 담당자들에게 이유를 말하지 않은 채 지시를 내렸다. 그 덕분에 두 시간 만에 야보르스키의 전자 파일에서 빼낸 앨리스의 주소를 받을 수 있었다. 리샤가 불면인에게 도움을 청한 것은 이번이 처음이었는데, 그는 즉시 도와주었다. 어떠한 거래도 없이.

앨리스는 펜실베이니아에 살고 있었다. 리샤는 그다음 주말에 공중차를 빌리고 운전사를 고용했다. 운전을 배웠지만 아직 지상차밖에 몰 줄 몰랐다. 리샤는 애팔래치아 산맥의 고원으로 갔다.

가장 가까운 병원에서 40킬로미터나 떨어진 고립된 촌락이었다. 앨리스는 스무 살 연상인 과묵한 목수 에드와 숲 속의 오두막에서 살고 있었다. 수도와 전기는 들어왔지만, 뉴스넷은 없었다. 이른 봄볕을 받은 헐벗은 땅에는 얼음이 녹아 갈라진 흔적이 남아 있었다. 앨리스와 에드는 아무 일도 하지 않는 것 같았다. 앨리스는 임신 8개월이었다.

"언니가 오길 바라지 않았어. 왜 왔어?"

"넌 내 동생이니까."

"맙소사, 언니 좀 봐. 하버드에서는 그런 옷을 입나 보지? 그런 부츠를 신고? 언제부터 패션에 그렇게 관심이 많았어? 항상 너무 똑똑하게 사느라 바빠서 신경도 안 썼잖아."

"앨리스, 이게 다 뭐니? 왜 여기 있어? 뭘 하고 있니?"

"살고 있어. 친애하는 아버지로부터, 시카고로부터, 술에 취하고 망가진 수전으로부터 멀리 떨어진 곳에서. 수전도 알코올중독인 거 알고 있었어? 꼭 엄마처럼 됐지. 아버지는 사람들을 그렇게 만들어. 난 아냐. 난 벗어났어. 언니는 과연 그럴 수 있을지 모르겠지만 말이야."

"벗어났다고? **여기로?**"

"난 행복해."

앨리스가 화를 냈다.

"행복하려고 사는 거 아냐? 언니네 위대하신 겐조 요가이가 말한 삶의 목적이잖아? 개인의 노력을 통한 행복의 달성?"

리샤는 앨리스가 아무런 노력도 하지 않는 것처럼 보인다고 말할까 생각했지만 입을 다물었다. 오두막 앞으로 닭 한 마리가 달려갔다. 뒤로는 푸른 안개 위로 산맥이 층층이 이어지며 솟아 있었다. 리샤는 목표를 갖고 배우고 변화해나가며 분투하는 사람들이 번성하는 세계로부터 단절된 이 공간이 겨울에는 어땠을까 생각했다.

"네가 행복하다니 기뻐."

"언니는 행복해?"

"응."

"그러면 나도 기뻐."

앨리스가 대들듯이 대꾸하더니 대뜸 다가와 리샤를 세게 끌어안았다. 단단하고 커다랗게 부푼 배가 두 자매 사이에서 눌렸다. 앨리스의 머리칼에서는 햇살을 받은 파릇파릇한 잔디처럼 달콤한 향기가 났다.

"또 만나러 올게."

"오지 마."

6

"불면 괴물이 유전자 역전을 애원하다!"

식료품점의 뉴스 헤드라인이 번쩍였다.

"'절 진짜 사람답게 잠들게 해주세요!' 아이의 애원!"

평소에는 전자 타블로이드 신문을 무시하는 리샤였지만, 신용 번호를 입력하고 뉴스를 인쇄했다. 헤드라인이 뉴스 가판대를 돌아 흘러가고 있었다. 상자와 진열장을 정리하던 점원이 손을 멈추고 그녀를 보았다. 리샤의 경호원이 점원을 응시했다.

스물두 살 리샤는 하버드 법대 졸업반으로, 《로 리뷰》의 편집장이

자 대학원 동기들 중 단연 1등이었다. 리샤 뒤로는 조너선 코키아라, 렌 카터, 마사 웬츠가 있었는데, 셋 다 불면인이었다.

리샤는 집에 돌아와 출력한 기사를 훑어본 다음 오스틴에서 운영하는 그룹넷에 접속했다. 아이에 대한 더 자세한 소식과 다른 불면인들의 댓글이 올라와 있었다. 리샤가 글을 읽으려는 순간 케빈 베이커가 접속해 말을 걸었다.

"리샤, 잘 왔어. 너한테 전화하려던 참이야."

"스텔라 베빙턴은 어떤 상황이야? 누가 확인해봤어?"

"랜디 데이비스가 가봤어. 시카고에 사는데, 너랑 만난 적은 없을 거야. 아직 고등학생이거든. 스텔라는 스코키에 살고, 랜디는 파크리지에 있어. 스텔라의 부모는 랜디를 쫓아내려고 했어. 까놓고 말해 꽤 심하게 굴었다나 봐. 그래도 어쨌든 스텔라와 직접 만나봤는데, 학대당하는 것 같지는 않았대. 그냥 흔히 있는 안타까운 상황이야. 천재를 낳고 싶어서 한 푼 두 푼 모았으면서 막상 딸이 진짜 천재니까 감당을 못 하는 거지. 스텔라에게 잠을 자라고 고함을 지르고, 딸이 거부하면 심한 말을 하지만 아직 폭력을 휘두른 적은 없어."

"정서적인 학대는 기소 가능한 수준이야?"

"아직 그렇게까지 진행할 일은 아닌 것 같아. 우리 중 두 사람이 스텔라와 계속 연락하기로 했어. 스텔라도 접속은 할 수 있고, 부모에게는 그룹넷에 관해 아무 말도 안 했대. 그리고 매주 랜디가 직접 찾아갈 거야."

리샤는 입술을 깨물었다.

"타블로이드에는 스텔라가 일곱 살이라고 나와 있었어."

"맞아."

"거기 그냥 두면 안 될지도 몰라. 나도 일리노이 주민이니까, 캔디가 맡은 사건이 너무 많다면 내가 여기에서 아동 학대 진정서를 제출할 수 있어……."

일곱 살.

"아니, 일단은 두고 보자. 스텔라는 괜찮아질 거야. 너도 알잖아."

그랬다. 불면인들은 어리석은 사회 일부가 아무리 적대적으로 굴어도 대체로 평온을 유지했다. 그리고 리샤는 그런 사람들이 사회의 일부일 뿐이라고, 지금은 한창 시끄러울지 몰라도 단지 소수일 뿐이라고 주장했다. 리샤는 불면인의 존재가 나라 전체에 힘이 될 뿐 아니라 이득이 된다는 사실이 명백해지면 다들 불면인의 증가에 적응하지 않을 수 없으리라고 생각했다.

이제 스물여섯 살인 케빈 베이커는 혁명적인 마이크로칩 연구로 막대한 돈을 벌었다. 그가 만든 칩 덕분에 한때는 비현실적인 공상에 불과했던 인공 지능 개발이 가까운 미래로 다가와 있었다. 캐럴린 리졸로는 스물네 살에 희곡 〈아침햇살〉로 퓰리처상을 받았다. 제러미 로빈슨은 스탠퍼드 대학원 시절에 초전도 응용에 관한 획기적인 연구를 내놓았다. 리샤가 하버드에 입학했을 당시 《로 리뷰》의 편집장이던 윌리엄 테인은 개인 사무소를 운영하는데, 지금까지 단 한 번도 패소한 적이 없었다. 스물여섯 살인 그에게 벌써 중요한 사건이 들어오고 있었다. 그의 고객들은 나이보다 능력을 중시했다.

모든 사람들이 그렇지는 않았다.

케빈 베이커와 리처드 켈러는 불면인들 간의 단단한 유대를 형성해줄 데이터넷을 만들었다. 불면인들은 데이터넷을 통해 각자가 겪는 개인적인 투쟁에 관련된 소식을 공유했다. 리샤 캠든은 법적 분쟁에 자금을 댔고, 교육비가 부족한 불면아의 부모나 정서적으로 열악한 환경에 처한 어린이들을 지원했다. 론다 라벨리어는 캘리포니아 주에서 위탁모 자격증을 땄다. 어린 불면인을 구출할 경우 모임에서는 그 아이들을 론다에게 적법하게 위탁했다. 모임에는 변호사가 세 명 있었고, 내년이면 다섯 주에서 활동 자격을 가진 변호사가 네 명 더 늘어날 예정이었다.

학대당한 불면아를 적법하게 구출하지 못한 적이 한 번 있었다. 그들은 그 아이를 납치해 왔다.

네 살짜리 티미 드마르조였다. 리샤는 반대했다. 윤리적·실용적인—리샤에겐 둘 다 같은 뜻이었다—이유를 댔다. 사회의 기본적 질서를 신뢰하고 규칙에 따라 자유롭게 거래하는 생산적인 개인이라면, 불면인도 일종의 사회적 계약인 법을 지켜야만 했다. 불면인들은 대개 요가이스트였다. 그러니 이 사실을 알아야 마땅했다. 미국 연방수사국FBI에 잡히는 날에는 법원과 언론의 공격을 받을 터였다.

하지만 그들은 잡히지 않았다.

티미 드마르조가 데이터넷으로 도움을 청하지도 못할 만큼 어렸기 때문에, 그들은 케빈이 회사를 통해 입수한 자동 경찰 기록으로 상황을 파악했다. 티미는 위치타에 있는 자기 집 뒷마당에서 납치되었다. 티미는 지난 1년 동안 노스다코타 주의 고립된 트레일러에서 살았지만, 세상에 접속하지 못할 만큼 고립된 곳은 없었다. 평생 그곳에서 살아온, 법적으로 아무 문제 없는 양어머니가 티미를 돌보았다. 그녀는 불면인의 친척이었다. 좀 뚱뚱하지만 명랑한 성격을 가진 요가이스트로 겉보기보다 훨씬 똑똑한 여자였다. 어떤 데이터 뱅크에도 티미의 존재는 남지 않았다. 미국 국세청IRS, 학교, 심지어 동네 식료품점의 자동화된 영수증에도 드러나지 않았다. 어린이 음식은 펜실베이니아 주립대학교에 있는 불면인 소유의 트럭으로 매달 배송되었다. 미국에서 태어난 3,428명의 불면인 중 납치 사건에 관해 아는 사람은 10명뿐이었다. 3,428명 중에 네트워크를 통해 모임에 참여하는 사람은 2,691명이었다. 701명은 너무 어려서 모뎀을 사용하지 못했다. 단 36명의 불면인들만 어떤 이유에서인지 모임에 참여하지 않았다.

납치를 주도한 사람은 토니 인디비노였다.

"토니에 관해 할 말이 있어."

케빈이 리샤에게 말했다.

"또 시작했어. 이번엔 진심이야. 땅을 사들이고 있어."

리샤는 신문을 아주 작게 접어 탁자에 조심스레 놓았다.

"어디에서?"

"뉴욕 주 남부의 앨러게니 대지에 상당히 넓은 땅을 사들였어. 이제 도로를 놓기 시작했고 봄부터는 건물이 들어설 거야."

"지금도 제니퍼 샤리피가 자금을 대고 있어?"

숲에서 인터루킨-1을 마신 지 여섯 해가 지났지만, 리샤는 그날 밤의 일을, 그리고 제니퍼 샤리피를 또렷이 기억했다.

"응, 그만한 돈이 있잖아. 토니를 따르는 사람들이 늘어나고 있어."

"알아."

"토니에게 연락해봐."

"알았어. 스텔라 소식은 계속 알려줘."

리샤는 자정까지 《로 리뷰》 작업을 한 다음, 새벽 4시까지 수업 준비를 했다. 4시에서 5시 사이에는 모임과 관련된 법률문제를 처리했다. 5시에는 아직 시카고에 사는 토니에게 전화를 걸었다. 토니는 고등학교를 졸업하고 노스웨스턴에서 한 학기를 마쳤다. 그리고 크리스마스 방학에, 수면인인 척하라고 강요했던 어머니에게 끝내 폭발하고 말았다. 리샤가 보기에 그 폭발은 결코 끝나지 않은 것 같았다.

"토니? 리샤야."

"답은 다음과 같아. 그래, 그래, 아니, 지옥으로 꺼져."

"좋아, 그럼 이제 질문을 들려줘."

리샤가 이를 악물고 말했다.

"불면인들이 자급자족하는 사회를 만들어 들어가겠다는 게 진심이야? 제니퍼 샤리피가 소도시 규모에 달하는 프로젝트를 지원하겠대? 주류 사회에 통합되려는 신중하고 점진적인 노력을 통해 달성할 수 있는 일을 그런 식으로 처리하다니, 기만적이지 않아? 무장한 폐쇄 사회에서 살면서 바깥세상과 거래해야 한다는 모순은 어떻게 해결할 생각이야?"

"난 **네게** 지옥으로 꺼지라고 말하지 않을 거야."

"잘났어."

잠시 후 토니가 덧붙였다.

"미안해. 마치 **그들** 같은 말이었어."

"토니, 이건 잘못된 방법이야."

"취소하면 안 되냐고는 안 하니 고맙네."

토니가 계획을 취소하지는 않을 것 같았다.

"토니, 우린 별개의 종이 아냐."

"수면인들한테 그렇게 말해봐."

"과장하지 마. 세상엔 우리를 증오하는 사람들이 있지만, 증오는 **언제나** 존재하지만, 그렇다고 포기하다니……."

"포기가 아냐. 우리가 창조하는 것은 무엇이든 자유롭게 거래할 수 있어. 소프트웨어, 하드웨어, 소설, 정보, 이론, 법률 자문. 우리는 어디든 들락날락할 수 있어. 그렇지만 우리가 **돌아갈** 안전한 장소를 만들자는 거야. 우월하다는 이유로 우리가 그들에게 빚졌다고 생각하는 거 머리들로부터 벗어난 곳 말이야."

"빚지네 마네 할 문제가 아냐."

"과연 그럴까? 리샤, 제대로 한번 얘기해보자. 전부 다 말이야. 넌 요가이스트지. 네가 믿는 건 뭐야?"

"토니……."

"말해봐."

그녀는 리처드에게 소개받았던 열네 살 소년의 목소리를 들었다. 동시에 아버지의 얼굴이 떠올랐다. 수술을 받고 난 지금의 모습이 아니라, 어린 리샤를 무릎에 앉히고 그녀가 특별하다고 말하던 아버지가 떠올랐다.

"난 자발적인 거래가 상호 이익이 된다고 믿어. 영혼의 존엄함은 자신의 삶을 스스로의 노력으로 지탱하고, 노력의 결과물을 사회에서 상호 협력적인 거래를 통해 교환하는 과정에 있다고 믿어. 이 과정의 상징이 계약이야. 우리는 가장 풍요롭고 가장 이익이 되는 거래를 위해 서로를 필요로 해."

"좋아."

토니가 말을 잘랐다.

"그럼 스페인의 거지들은?"

"누구?"

"스페인처럼 가난한 나라에서 길을 걷다가 거지를 본다고 쳐. 그에게 돈을 줄 거야?"

"아마도."

"왜? 그는 너와 아무것도 거래하지 않아. 그에게는 거래할 것이 없어."

"나도 알아. 친절이나 동정이지."

"거지가 여섯 명 있어. 모두에게 1달러씩 줄래?"

"아마도."

"너라면 그러겠지. 거지가 100명 있는데 너한테는 리샤 캠든의 돈이 없다면? 그래도 모두에게 1달러씩 줄까?"

"아니."

"왜?"

리샤는 애써 참았다. 리샤가 컴링크를 끊고 싶게 하는 사람은 거의 없었는데, 토니는 바로 그 소수 중 한 명이었다.

"내 자원을 지나치게 소진하는 결과가 될 테니까. 내가 획득한 자원은 우선 나를 위해 쓰여야 해."

"좋아, 그럼 이걸 생각해봐. 너와 내가 만들어진—친애하는 의자매여—바이오테크 연구소의 멜링 박사가 바로 어제……."

"누구?"

"수전 멜링 박사. 아, 세상에, 완전히 잊고 있었어. 네 아버지와 결혼했었지!"

"소식이 끊겼어. 연구를 재개한 줄 몰랐어. 예전에 앨리스가 말하기를…… 아, 아무것도 아냐. 바이오테크가 뭐라고?"

"중요한 소식 두 가지를 막 발표했어. 카를라 더처가 1개월 된 태아의 유전자 분석을 의뢰했거든. 불면은 우성 유전이야. 모임의 다음 세대 역시 잠들지 않을 거야."

"모두 알고 있었잖아."

카를라 더처는 세계 최초로 임신한 불면인 여성으로 남편은 수면인이었다.

"다들 예상했어."

"그래도 언론에서는 신나게 떠들겠지. 두고 봐. 괴물들이 번식한다! 다음 세대의 어린이를 지배할 신인류의 시작!"

리샤는 반박하지 않았다.

"다른 소식은 뭔데?"

"슬픈 일이야. 처음으로 죽은 사람이 나왔어."

긴장감에 위가 조였다.

"누군데?"

"시애틀에 사는 버니 쿤이야."

모르는 사람이었다.

"교통 사고였어. 즉사했다나 봐. 급커브를 돌다가 브레이크 고장으로 충돌했대. 운전을 시작한 지 몇 달 안 되었거든. 열일곱 살이었어. 어쨌든 그의 부모가 아들의 뇌와 시신을 바이오테크 연구소와 시카고 의대에 동시 기증했다는 게 핵심이야. 해부해서 지속적인 불면이 신체와 뇌에 어떤 영향을 끼쳤는가를 처음으로 자세히 살펴볼 예정이래."

"그래야겠지. 어린 나이에 안됐네. 근데 그들이 뭘 찾아낼지를 왜 그렇게 두려워해?"

"나도 의사가 아니니까 모르지. 어쨌든 뭐든 써먹을 만한 게 나오면, 우리를 증오하는 사람들은 그걸 이용해 우릴 공격할 거야."

"토니, 과대망상이야."

"천만에, 불면인은 정상인보다 더 차분하고 현실적이야. 너도 연구 결과를 봤잖아?"

"토니……."

"스페인의 골목에서 1달러씩 달라고 하는 거지를 100명 만난다면 어떻게 할래? 네가 싫다고 하면, 너와 거래할 생산물도 없는 주제에 네가 가진 것에 격노하며, 질투와 절망감에 사로잡혀 널 쓰러뜨리고 두들겨 팰 거지들에게 둘러싸인다면?"

리샤는 대답하지 않았다.

"리샤, 인간이라면 그러지 않으리라고 말할 작정이야? 그런 일은 결코 없다고?"

"있을 수 있는 일이지. 하지만 자주 일어나는 일은 아냐."

리샤가 차분하게 대답했다.

"웃기지 마. 역사 공부 좀 해. **신문**도 좀 읽고. 어쨌든 요점만 말하자면, 그런 경우에 넌 거지들에게 무슨 빚을 지고 있지? 상호 이익인 계약을 믿는 선량한 요가이스트는 거래할 생산물은 아무것도 없고 다만 받기만 하려는 사람들을 어떻게 대해야 할까?"

"넌 요가이스트가……."

"**뭐가**? 최대한 객관적으로 말해봐. 우리가 끈덕지고 비생산적인 빈민에게 무슨 빚을 지고 있어?"

"처음에 말한 대로 친절이나 동정이……."

"그들이 아무 대가를 지불하지 못해도? 왜?"

"그건……."

리샤는 입을 다물었다.

"왜? 어째서 법을 준수하는 생산적인 인간이 별로 생산적이지도 않고 준법정신도 없는 사람들에게 뭔가를 해야 할까? 우리가 그들에게 빚을 졌다고 할 만한 철학적이거나 경제적이거나 종교적인 근거가 있어? 넌 정직한 사람이지. 네 생각대로 말해봐."

리샤는 다리 사이로 고개를 숙였다. 토니의 질문이 그녀의 밑에서 크게 입을 벌렸다. 리샤는 피하지 않았다.

"몰라. 단지 그래야만 한다고 생각할 뿐이야."

"왜?"

리샤는 대답하지 않았다. 잠시 후 토니가 입을 열었다. 도전적인 기색이 사라진 목소리로 마치 다독이듯 말했다.

"봄에 피난처 부지를 보러 와. 그 즈음이면 건물이 들어서기 시작할 거야."

"싫어."

"네가 왔으면 좋겠어."

"싫어. 무장한 후퇴는 옳은 길이 아냐."

"리샤, 불면인들이 부유해지는 만큼 거지들은 점점 과격해져. 돈에 관한 얘기만은 아냐."

"토니……."

리샤가 그를 부르려다가 입을 다물었다. 할 말이 떠오르지 않았다.

"겐조 요가이에 대한 기억만 간직한 채로 너무 많은 골목을 돌아다니지는 마."

삼월이 왔다. 살을 에는 차가운 바람이 찰스 강을 내리치듯 불었다. 리처드 켈러가 케임브리지에 왔다. 리샤와는 3년 만의 만남이었다. 그는 그룹넷을 통해 리샤에게 케임브리지에 온다는 소식을 전하지 않았다. 얼음장 같은 추위에 맞서 눈만 내놓은 채 붉은색 모직 스카프를 덮어쓰고 서둘러 집으로 돌아가보니 그가 현관을 막고 서 있었다. 리샤 뒤에 있는 경호원이 긴장했다.

"리처드! 브루스, 괜찮아. 오랜 친구야."

"안녕, 리샤."

몸집이 커졌고 어깨도 리샤가 기억하는 것보다 넓게 벌어졌지만 얼굴은 분명 리처드였다. 나이는 들었지만 짙고 낮은 눈썹과 흐트러진 짙은 머리칼도 그대로였다. 그리고 턱수염을 길렀다.

"넌 여전히 예쁘네."

리샤는 집에 들어와 커피를 건넸다.

"일 때문에 왔어?"

그녀는 그룹넷을 통해 리처드가 박사과정을 마치고 카리브 해의 해양생물학 분야에서 탁월한 성과를 냈지만 작년에 일을 그만두고 넷에서 종적을 감추었다는 소식을 들은 터였다.

"아니, 놀러왔어."

그가 갑자기 웃음을 지었다. 예전처럼 어두운 얼굴을 한순간에 밝히는 미소였다.

"한동안은 재미를 잊고 살았어. 만족감은 있었지만, 우리 모두는 꾸준한 작업에서 만족감을 쉽게 느끼지. 하지만 즐거움? 변덕? 충동? 리샤, 마지막으로 바보 같은 짓을 해본 게 언제야?"

리샤가 웃었다.

"샤워하면서 솜사탕을 먹었어."

"진짜? 왜?"

"끈적끈적한 분홍색 패턴으로 녹을지 궁금했거든."

"그랬어?"

"응, 예쁜 패턴이었어."

"그게 가장 최근에 해본 바보짓이야? 언젠데?"

"작년 여름."

리샤가 대답하고 웃음을 터뜨렸다.

"흠, 내 바보짓은 더 최근이지. 바로 지금이야. 난 단지 널 만나는 즐거움 하나만을 위해 보스턴에 왔어."

리샤는 웃음을 멈추었다.

"단순한 즐거움을 말하는 것치곤 거창한데."

"그렇습니다용."

리처드가 엄숙한 어조로 말했다. 리샤가 다시 웃었다. 그는 웃지 않았다.

"리샤, 난 인도에 있었어. 중국과 아프리카에도 갔지. 주로 사색하거나 관찰하면서 지냈어. 처음에는 주목받지 않으려고 수면인인 척하며 다녔어. 그러다가 인도와 중국에서 불면인들을 찾아 나섰지. 알다시피 그쪽에도 여기까지 와서 시술을 받은 사람들이 낳은 불면인이 좀 있어. 그들은 대체로 사회에 받아들여져서 방해받지 않고 살고 있더군. 나는 우리 기준으로 보면 지독하게 가난한 나라에서—그쪽에선 Y-에너지가 대도시에만 공급되고 있어—불면인들의 우월함을 받아들이는 데 아무 거부감이 없는 이유가 뭔지 고민했어. 역사상 가장 풍요로운 미국에서는 우리를 점점 더 미워하는데 말이야."

"이유를 알아냈어?"

"아니, 하지만 수많은 코뮌, 마을, 캄퐁들을 둘러보고 다른 사실을 깨달았어. 우리는 지나치게 개인적이야."

리샤는 실망했다. 아버지의 얼굴이 떠올랐다. **리샤, 탁월함만이 가치 있단다. 개인의 노력으로 뒷받침된 탁월함 말이다. 오직 그것만이 가치 있는 것이야.**

그녀는 리처드의 컵을 향해 손을 뻗었다.

"커피 더 마실래?"

그가 리샤의 손목을 잡고 그녀의 얼굴을 쳐다보았다.

"오해하지 마. 일에 관한 얘기가 아냐. 우리는 사적인 삶에서도 지나치게 개인적이야. 정서적으로 너무 이성적이고, 또 고립되어 있어. 고립은 자유로운 사고는 물론 즐거움도 빼앗아가지."

리처드는 리샤의 손목을 놓지 않았다. 리샤는 리처드의 눈을, 예전에는 보지 못했던 그 깊이를 내려다보았다. 바닥에 금이나 어둠, 혹은 이 두 가지가 함께 있는 갱도를 바라보는 것처럼 어지럽고 무서운 기분이 들었다.

리처드가 속삭이듯 물었다.

"스튜어트는?"

"예전에 끝났어. 학부 시절 얘기지."

자기 목소리 같지 않았다.

"케빈은?"

"아니, 우린 그런 사이가 아니었어."

"확실히는 몰랐어. 만나는 사람 있어?"

"아니."

리처드가 그녀의 손목을 놓았다. 리샤는 조심스럽게 그를 찬찬히 살폈다. 갑자기 그가 크게 웃었다.

"즐기자, 리샤."

리샤의 마음속에서 불분명한 메아리가 울렸다가 사라졌다. 리샤도 웃음을 터뜨렸다. 가볍고 공허하고 여름의 분홍색 솜사탕 같은 웃음 이었다.

*

"리샤, 집으로 와. 또 심장 발작이 일어났어."

전화기 너머로 들리는 수전 멜링의 목소리에서 피로가 묻어났다.

"얼마나 심각한가요?"

"의사들도 정확히는 몰라. 말로는 모르겠다고 하고 있어. 널 만나고 싶어 하서. 잠깐 공부를 쉴 수 있니?"

기말고사 준비가 막바지에 이른 오월이었다. 《로 리뷰》 교정과 마감은 이미 지났다. 리처드는 새로운 사업을 시작해, 갑작스러운 해류의 이상 변동으로 난감해진 보스턴 어부들에게 해양 컨설팅을 하느라 하루에 스무 시간씩 일했다.

"갈게요."

시카고는 보스턴보다 추웠다. 나무에는 싹이 반쯤 돋아 있었다. 캠든 저택의 커다란 동쪽 창으로 보이는 미시건 호에서는 차가운 물보라가 하얗게 올라왔다. 수전은 그 집에 살고 있었다. 캠든의 경대에는 수전의 빗이, 현관 수납장에는 수전의 학술지들이 놓여 있었다.

"리샤."

캠든이 딸을 불렀다. 그는 나이 들어 보였다. 회색빛 피부, 푹 꺼진 뺨, 자신의 능력을 마치 공기처럼 삶과 불가분한 것으로 여기며 살아온 사람의 얼굴에 떠오른 당황하고 초조한 표정. 방 한구석에 놓인 18세기풍의 낮은 의자에 갈색 머리를 땋은 작고 통통한 여자가 앉아 있었다.

"**앨리스.**"

"안녕, 언니."

"**앨리스**, 널 찾았는데……."

부적절한 말이었다. 찾아보긴 했지만 앨리스가 원치 않는다는 생각에 열심히 찾지는 않았다.

"어떻게 지내?"

"잘 지내고 있어."

앨리스가 대답했다. 그녀는 차분하고 상냥해 보였다. 6년 전 펜실베이니아의 헐벗은 구릉에 서 있던 화난 앨리스와는 달랐다. 캠든이 침대에서 고통스러워하며 몸을 움직였다. 그는 리샤의 눈을 들여다보았다. 아버지의 밝고 푸른 눈빛은 여전했다.

"앨리스에게 와달라고 했다. 수전에게도. 수전과는 얼마 전부터 함께 지냈어. 리샤, 나는 죽어간단다."

아무도 반박하지 않았다. 진실을 존중하는 아버지의 성격을 아는 리샤는 아무 말 하지 않았다. 아버지에 대한 사랑으로 가슴이 아파왔다.

"존 야보르스키에게 유언장을 남겼다. 아무도 미리 열어볼 수 없어.

하지만 너에게 직접 말하고 싶었다. 지난 몇 년 동안 나는 재산을 팔아 유동자금으로 바꾸어왔어. 이제 내 자산 대부분은 처분 가능한 상태다. 앨리스, 수전, 엘리자베스에게 각각 자산의 10분의 1을 주고, 나머지는 너에게 남긴다. 그 돈의 잠재적 가치를 극대화할 만한 능력을 가진 사람은 너뿐이니까."

리샤가 앨리스를 홱 돌아보았다. 앨리스는 묘하게 차분하고 초연한 시선으로 리샤를 마주 보았다.

"엘리자베스라고요? 우리…… 어머니요? 살아 계셨어요?"

"그래."

"돌아가셨다고 했잖아요! 오래전에!"

"그래, 그렇게 말하는 편이 낫겠다고 생각했다. 엘리자베스는 널 좋아하지 않았고, 네가 성취할 것들을 질투했지. 게다가 네게 줄 수 있는 게 하나도 없었어. 정서적으로 해만 끼쳤을 거야."

스페인의 거지들…….

"아빠, 틀렸어요. 아빠가 잘못하셨어요. 그분은 제 어머니예요……."

리샤는 더는 말을 이을 수가 없었다.

캠든은 꿈쩍도 하지 않았다.

"내가 틀렸다고 생각하지 않는다. 하지만 넌 이제 성인이야. 원한다면 그녀를 만날 수 있어."

그는 푹 꺼졌지만 밝게 빛나는 눈으로 리샤를 응시했다. 리샤 주위로 공기가 내리쩍듯 휘몰아쳤다. 아버지가 자신에게 거짓말을 했다. 수전이 입가에 작은 미소를 띠고 리샤를 살피고 있었다. 캠든이 딸을 실망시키는 모습을 봐서 즐거운 걸까? 그들 부녀의 관계를, 리샤를 계속 질투했던 걸까?

리샤는 마치 토니처럼 생각하고 있었다.

그렇게 생각하니 조금 진정이 되었지만 아버지에게서 시선을 뗄 수 없었다. 캠든은 흔들림도 양보도 없는 시선으로 딸을 마주 응시했다. 죽음을 눈앞에 두고도 자신이 옳았다고 확신하는 남자의 눈이었다.

앨리스가 리샤의 팔에 손을 올렸다. 그리고 리샤에게만 들릴 정도로 작고 부드러운 목소리로 말했다.

"언니, 이제 아버지는 말씀을 끝내셨어. 언니도 곧 괜찮아질 거야."

*

앨리스는 아들과 남편을 캘리포니아에 두고 왔다. 인공섬 휴양지 식당에서 줄을 서 있다가 만난 남편 벡 와트러스와는 2년 전에 결혼했다. 벡은 앨리스의 아들인 조던을 입양했다.

"벡을 만나기 전까진 정말 끔찍했어."

앨리스가 초연한 어조로 말했다.

"있잖아, 조던을 임신했을 때 사실은 아이가 불면인인 꿈을 꿨어. 언니처럼 말이야. 매일 밤마다 그런 꿈을 꿨고, 아침에 일어나면 나처럼 멍청하고 별것 아닌 사람이 될 아이 때문에 입덧에 시달렸지. 에드하곤 2년 넘게 살았어. 애팔래치아 산맥에서, 기억해? 날 보러 한번 왔었지. 에드가 날 때리기 시작했을 때는 차라리 기쁠 지경이었어. 이 모습을 아빠가 봤으면 하고 생각했지. 최소한 에드는 나한테 손을 대기라도 했으니까."

리샤가 목에서 소리를 냈다.

"조던이 다칠까 봐 겁이 나서 결국 그를 떠났어. 캘리포니아에 가서

1년 동안 아무것도 안 하고 먹기만 했어. 86킬로그램까지 쪘지."

앨리스의 키는 165센티미터 정도였다.

"그리고 어머니를 만나러 집에 왔어."

"나한테 얘기 안 했잖아. 어머니가 살아 계신 줄 알면서도 나한테 가르쳐주지 않았어."

"어머니는 하루의 절반은 알코올중독 치료소에 갇혀 지내셔."

앨리스가 직설적으로 말했다.

"언니가 만나고 싶다고 해도 안 만나주셨을 거야. 하지만 나는 만나겠다고 하셨고, 날 보자 '진짜 딸'이라며 키스를 퍼붓더니 내 치마에 토했어. 난 물러서서 치맛자락을 내려다보았지. 그리고 토사물이 **묻어 마땅한** 옷이었다는 것을 깨달았어. 정말 추한, 끔찍할 만큼 형편없는 옷이었어. 어머니는 아빠가 오직 언니만을 위해 어머니와 내 삶을 엉망으로 만들었다고 비명을 지르기 시작했어. 내가 어떻게 했을 것 같아?"

"어떻게 했는데?"

리샤의 목소리가 떨렸다.

"집으로 돌아가서 입던 옷을 몽땅 태우고는 직장을 구하고 대학에 들어갔어. 체중을 23킬로그램 감량하고 조던을 놀이 치료 교실에 넣었지."

자매는 조용히 앉아 있었다. 달빛도 별빛도 비치지 않는 창밖의 호수는 깜깜했다. 갑자기 떨기 시작한 쪽은 리샤였다. 앨리스가 그녀의 어깨를 토닥였다.

"얘기해줘……."

리샤는 자신이 어떤 말을 듣고 싶어 하는지 알 수 없었지만, 그저 어둠 속에서 앨리스의 목소리를 듣고 싶었다. 이제는 리샤의 존재라는 파괴적인 현실에서 받은 상처가 느껴지지 않는, 차분하고 초연한 앨리스의 목소리를 듣고 싶었다. 리샤의 존재 자체가 상처였다.

"조던에 대해 얘기해줘. 이제 다섯 살이지? 어떤 아이야?"

앨리스가 고개를 돌려 리샤와 눈높이를 맞추었다.

"행복하고 평범한 보통 남자애야. 완벽한 보통 아이지."

*

캠든은 일주일 뒤에 죽었다. 장례식 후 리샤는 브룩필드 약물 및 알코올중독 치료소에 있는 어머니를 만나러 갔고, 엘리자베스 캠든은 외동딸인 앨리스 캠든 와트러스 말고는 아무도 만나지 않는다는 답을 들었다.

검은옷을 입은 수전 멜링이 리샤를 공항까지 배웅했다. 수전은 학업, 하버드, 《로 리뷰》에 관해 작정한 듯이 계속해서 물었다. 리샤는 퉁명스럽게 대답했지만, 수전은 끈질기게 묻고 말없이 대답을 재촉했다. '변호사 시험은 언제 치니?' '어느 로펌에 지원할 생각이니?' 리샤는 아버지의 관을 내린 다음부터 시작된 무감각한 상태에서 서서히 벗어나며, 수전의 끝없는 질문이 친절에서 우러난 것임을 깨달았다.

"아버지는 많은 사람을 희생하셨어요."

리샤가 불쑥 말했다.

"난 아냐. 그의 일을 맡으려고 연구를 그만두었을 때는 그랬지만, 로저는 희생을 높이 평가하는 사람이 아니었지."

"아버지가 틀렸나요?"

리샤의 질문에는 의도하지 않았던 절박함이 담겨 있었다.

수전이 슬픈 미소를 띠었다.

"아니, 틀리지 않았어. 내가 연구를 그만두지 말았어야 했어. 그 뒤에 제정신으로 돌아오는 데 오랜 시간이 걸렸지."

아버지는 사람들을 그렇게 만들지. 누가 했던 말이지? 수전? 앨리스? 정확히 기억나지 않았다. 리샤는 이제는 텅 빈 온실에서 아끼던 이국적인 화분을 갈고 또 갈던 아버지를 떠올렸다.

피곤했다. 스트레스 때문에 근육이 경직된 듯했다. 20분만 쉬면 회복될 터였다. 익숙지 않게 눈물을 흘린 탓에 눈이 따가웠다. 리샤는 머리를 뒤로 기대고 눈을 감았다.

수전이 공항 주차장에 차를 세우고 시동을 껐다.

"리샤, 할 말이 있어."

리샤가 눈을 떴다.

"유언장에 관해서요?"

수전이 딱딱한 미소를 띠었다.

"아니, 로저가 유산을 분배한 방식에 아무 문제도 없다고 생각하지? 네 기준으로 보면 합리적인 결정이었어. 그 일이 아냐. 바이오테크와 시카고 의대가 버니 쿤의 뇌 해부 결과 분석을 끝냈어."

리샤는 수전 쪽으로 시선을 돌렸고, 수전의 얼굴에 떠오른 복잡한 표정에 깜짝 놀랐다. 각오, 만족, 분노 그리고 말로 표현할 수 없는 감정이 담겨 있었다.

"다음 주에 《뉴잉글랜드 의학 저널》에 분석 결과를 발표할 거야. 언론으로 새어 나가지 않도록 보안에 각별히 신경을 써왔지. 하지만 우리가 무엇을 발견했는지 네게 지금 직접 말해주고 싶어. 네가 대비할 수 있도록 말이야."

"말씀하세요."

가슴이 답답해졌다.

"수면이 어떤 건지 궁금해서 다른 불면인들과 인터루킨-1을 마신 일 기억하니? 열여섯 살 때?"

"어떻게 아셨어요?"

"너희는 생각보다 훨씬 빈틈없이 관찰되고 있었어. 마신 다음의 두통도 기억하니?"

"네."

그녀와 리처드와 토니와 캐럴과 브래드, 지아닌…… 아니, 제니퍼. 숲에 함께 있었던 사람은 제니퍼였다.

"인터루킨-1에 관한 얘기야. 최소한 부분적으로는 관련이 있어. 인터루킨-1은 면역 체계를 강화하는 물질로 항체 형성과 백혈구의 활동을 촉진해. 보통 사람들은 장파수면 중에 인터루킨-1을 집중적으로 배출해. 그들은—우리는—자는 동안에 면역 체계를 강화한다는 뜻이지. 28년 전에 우리 연구자들은 인터루킨-1을 집중 배출하지 않는 불면아들이 병에 자주 걸리지 않을까 고민했어.

"전 한 번도 아픈 적이 없어요."

"있었단다. 수두를 앓았고 네 살 때까지 가벼운 감기를 세 번 앓았어."

수전이 정확하게 대답했다.

"하지만 전체적으로 너희들은 모두 굉장히 건강했지. 그래서 수면에 의해 유도된 면역 체계 강화에 관한 대안 가설이 남았어. 수면 상태의 신체가 질병에 더 취약하기 때문에 그에 대한 대응으로서 항체 형성 작용 역시 수면 중에 활발해진다는 가설이지. 렘수면 중의 체온 변화와 연관 있는 것 같아. 즉 **수면**이 면역 체계를 약화하는 원인이고, 그 결과 인터루킨-1 같은 내생적 발열원이 방출된다는 말이야. 수면이 문제의 원인이고, 항체 형성 작용이 해결책이었어. 잠을 자지 않으면 문제도 없어지지. 무슨 말인지 알겠니?"

"네."

"당연히 알겠지. 멍청한 질문이었네."

수전이 흘러내린 머리카락을 걷어냈다. 머리 뿌리가 하얗게 세었고 오른쪽 귀 아래로 작은 검버섯이 보였다.

"지금까지 우리는 수천 장, 아니 수십만 장의 뇌 단일광자 단층촬영을 하고, 뇌파 검사며 뇌척수액 샘플 검사 따위를 끝없이 해왔지만, 너희들의 머릿속을 직접 들여다보고 그곳에서 어떤 일이 일어나는지 알수는 없었어. 버니 쿤이 제방을 들이받기 전까지는 말이야."

"수전, 서론은 생략하고 간단하게 말씀해주세요."

"너희는 늙지 않아."

"뭐라고요?"

"아, 겉보기에는 조금 나이가 들겠지. 중력으로 피부가 처진다든지 하는 식으로 말야. 그러나 수면 펩티드 등의 결여로 인해 면역과 조직 재생 체계가 우리가 아직 이해하지 못한 방식으로 영향을 받아. 버니 쿤의 간은 깨끗했어. 폐, 심장, 림프선, 췌장, 연수도 모두 완벽했지. 단지 건강하거나 젊은 정도가 아니라 **완벽한** 상태였어. 분명히 면역 체계의 활동에 기인하지만 우리 예상과는 전혀 다른 조직 재생 촉진 기제가 있어. 장기들은 전혀 손상되지도 마모되지도 않았어. 보통의 열일곱 살이라면 당연한 정도의 변화도 없었다고. 너희의 장기는 그저 완벽하게 재생되고, 재생되고…… 재생돼."

"언제까지요?"

"누가 알겠어? 버니 쿤은 어렸어. 어쩌면 특정 시점에 다른 메커니즘이 끼어들어 너희 모두 『도리언 그레이의 초상』에 나오는 남자 주인공처럼 한꺼번에 쓰러질지도 모르지. 하지만 내 생각에는 그러지 않을 거 같아. 어떤 조직 재생도 영원히 계속되지는 않겠지만, 아주 오랫동안은 괜찮을 거야."

리샤는 앞 유리에 흐릿하게 비친 자신의 얼굴을 멍하니 쳐다보았다. 푸른 공단으로 덮인 관 속에서 백장미에 파묻혀 있던 아버지의 얼굴이 떠올랐다. 조직 재생을 하지 못한 아버지의 심장은 움직임을 멈추었다.

"지금 시점에서는 모두 추측일 뿐이야. 보통 사람에게 졸음을 유발하는 펩티드 구조는 박테리아 세포벽의 구조와 유사해. 어쩌면 수면과 병원균 수용체 사이에 관련이 있을지도 몰라. 아직 정확하게는 모르지만, 타블로이드가 모른다고 보도를 안 한 적은 없었잖아. 너에게 준비할 시간을 주고 싶었어. 너희는 슈퍼맨, **호모 퍼펙투스**homo perfectus, 전지전능자, 불사신으로 불릴 테니까."

두 여자는 차 안에 말없이 앉아 있었다. 마침내 리샤가 입을 열었다.

"다른 사람들에게 말해야겠어요. 데이터넷을 통해서요. 보안은 걱정하지 않으셔도 돼요. 케빈 베이커가 그룹넷을 설계했으니 아무도 우리의 비밀을 알아내지 못할 거예요."

"벌써 그만큼이나 조직화했니?"

"네."

수전이 입을 씰룩거리더니 리샤에게서 고개를 돌렸다.

"그만 들어가봐야겠다. 비행기를 놓치겠어."

"수전……."

"왜?"

"고마워요."

"천만에."

리샤는 수전의 목소리에서 조금 전에 수전의 얼굴에 떠올랐던 표정의 의미를 이해했다. 그것은 갈망이었다.

*

조직 재생. 오랫동안, 오랫동안. 보스턴으로 가는 내내 이명이 들렸다. **조직 재생. 그리고 결국은 불사.** 아니, 그건 아냐. 리샤는 마음을 다잡으려고 했다. 그러나 소리는 멈추지 않았다.

"계속 웃으시네요."

일등석 옆자리에 앉은, 리샤를 알아보지 못한 사업가가 말을 걸었다.

"시카고에서 큰 파티에라도 참석하셨나요?"

"아뇨, 장례식이었어요."

남자는 충격을 받은 듯하더니 역겹다는 표정을 지었다. 리샤는 창밖으로 아득한 지면을 내려다보았다. 집적회로 같은 강, 깔끔한 색인 카드 같은 논. 수평선 너머로 폭신폭신한 흰 구름이 빛으로 가득 찬 온실의 이국적인 꽃들처럼 피어올랐다.

*

봉투는 평범한 편지 두께였다. 그러나 손으로 쓴 편지가 오는 경우는 무척 드물었기 때문에 리처드는 긴장했다.

"폭발할지도 몰라."

리샤는 현관 서랍장 위에 놓인 봉투를 보았다. '레샤 캠든 씨께.' 철자가 틀린 대문자였다.

"어린아이가 쓴 것 같아."

리처드는 고개를 숙이고 다리를 벌린 채 서 있었다. 지친 표정이었다.

"일부러 아이 글씨를 흉내 냈을 수도 있지. 아이라면 의심하지 않을 거라고 생각했는지도 몰라."

"누가? 리처드, 우리의 피해망상이 그 정도까지 왔어?"

리처드는 질문에 움찔하지 않았다.

"그래, 지금은."

일주일 전 《뉴잉글랜드 의학 저널》에 수전의 신중하고도 냉철한 글이 실렸다. 한 시간 뒤부터 방송과 데이터넷 뉴스에는 추측, 신파, 분노, 공포가 넘쳐흘렀다. 리샤와 리처드는 그룹넷에 속한 불면인들과 함께 사람들의 반응을 추적하여 네 영역으로 분류하는 작업을 했다. 추측("불면인들은 수백 년 동안 살 것이고, 그 결과 다음과 같은 사건이 일어날……"), 신파("만약 불면인이 수면인하고만 결혼한다면 신부를 십수 명 얻어서 아이를 수십 명 낳고, 황당할 만치 피가 뒤섞인 가문이……"), 분노("자연의 법칙에 반한 유전자 조작의 결과 우리 사이에 불공평한 이점을 가지고 살아갈 부자연스러운 인간들을 만들어내어, 그들은 더 많은 자손을 낳고, 더 많은 권력을 갖고, 남은 우리들보다 더 많은 부를 쌓아올리고……"), 공포("초인들이 우리를 지배하는 데 시간이 얼마나 걸릴까?").

"어떻게 표현되든 결국은 모두 공포야."

캐럴린 리졸로가 마침내 결론을 내렸고, 그룹넷은 더 이상의 추적 분류를 그만두었다.

리샤는 로스쿨 졸업반으로 기말고사를 치고 있었다. 매일 교정, 복도, 교실에서 수군거림이 뒤따랐다. 그리고 매일 그녀는 모든 학생들이 위대하신 대학 앞에서 보잘것없는 청원자의 처지로 전락하는 힘든 시험을 치르며 그 사실을 잊었다. 시험이 끝나자 지친 리샤는 사람들의 시선과, 그들과 리샤 사이에 선 경호원 브루스의 존재를 느끼며 리처드와 그룹넷이 있는 집으로 걸어 돌아왔다.

"진정될 거야."

리샤가 안심시켰지만 리처드는 대답하지 않았다.

텍사스 주 솔트 스프링스에서는 불면인에게 주류 면허 발급을 금지하는 조례를 제정했다. 독립선언문상의 시민권은 '모든 사람들이 평등하게 창조된' 조건에서 인정되는 것이므로, 불면인에게는 해당되지 않았다.

솔트 스프링스로부터 100마일 근방에는 불면인이 한 명도 없었고, 지난 10년간 솔트 스프링스에서 주류 면허를 신청한 사람 역시 한 명도 없었다. 그럼에도 이 소식은 연합 언론과 데이터넷 뉴스를 통해 즉시 퍼져나갔다. 만 하루가 채 지나지 않아 찬반 양측의 격앙된 사설이 전국에서 쏟아졌다.

조례가 추가로 제정되었다. 펜실베이니아 주 폴룩스에서는 계속해서 깨어 있는 불면인들이 가옥 내 생활 시설의 수명을 단축하고 시설 사용료를 과다 지출시키므로 부동산 소유주가 불면인에게는 주택 임대를 거부할 수 있다는 조례를 통과시켰다. 캘리포니아 주 크랜스턴 에스테이트에서는 불면인들의 24시간 영업을 '불공정 경쟁'이라며 금지했다. 뉴욕 주 이로쿼이 카운티는 시간관념이 왜곡된 불면인들을 '동등한 사람들로 구성된 배심원'으로 볼 수 없다는 이유로 불면인의 배심 참여를 금지했다.

"모두 대법원에서 파기되겠지."

리샤가 말했다.

"하지만 맙소사! 쓸데없이 낭비될 돈과 시간을 생각하면!"

리샤는 마음 한구석으로 자신의 말투가 로저 캠든과 비슷하다는 사실을 깨달았다.

합의한 성인 간의 특정 성행위를 지금까지도 범죄로 처벌하는 조지아 주에서는 불면인과 수면인 간의 성관계를 수간에 준하는 제3급 중죄로 지정했다.

케빈 베이커는 뉴스넷을 고속 검색해 불면인을 대상으로 한 범죄나 차별 행위를 유형별로 분류하는 소프트웨어를 개발했다. 그룹넷으로 검색 결과를 조회할 수 있었다. 리샤는 결과를 훑어본 후 케빈에게 전화를 걸었다.

"우리를 옹호하는 입장을 검색하는 프로그램도 만들 수 있어? 우린 지금 왜곡된 정보를 제공받고 있어."

"맞는 말이야."

케빈이 조금 놀란 듯한 어조로 대답했다.

"그 생각은 미처 못 했네."

"생각해봐."

리샤가 침울한 어조로 말했다. 리처드는 말없이 그녀를 지켜보았다.

불면 아동들에 관한 이야기가 리샤를 가장 화나게 했다. 그들은 퇴학당하고, 형제자매에게 욕을 먹고, 이웃 아이들에게 괴롭힘을 당했다. 특별한 아이를 원했지만 수백 년을 살 자식을 받아들일 준비는 되어 있지 않았던 부모의 당혹감에 휩싸인 분노를 마주해야 했다. 아이오와 주 콜드 리버의 교육위원회는 불면아의 일반 학교 수업 참여를 금지시켰다. 불면아들의 신속한 학습 능력이 '다른 학생들의 학습을 방해하고 그들에게 열등감을 불러일으키기 때문'이었다. 위원회에서는 불면아들의 가정교사 지원금을 마련했지만, 어떤 교사도 자원하지 않았다. 리샤는 칠월에 치를 변호사 시험을 준비하는 동안에도 최대한 시간을 내어 그룹넷의 아이들과 밤새도록 이야기를 나누었다.

스텔라 베빙턴의 접속이 끊겼다.

케빈의 프로그램은 불면인들을 공정하게 대우하자는 주장이 담긴 여덟 편의 기사를 찾아냈다. 덴버의 학교위원회는 불면아를 포함한 영재들이 더 어린 아이들을 가르치면서 능력을 개발하고 팀워크를 익히는 교육 프로그램을 도입했다. 루이지애나 주 리브 보 주민들은 스물두 살이라 아직 피선거권이 없는 불면인인 대니엘 듀 체니를 시의회 의장으로 선출했다. 핼리 홀의 유명한 의료 회사는 세포물리학 박사인 불면인 크리스토퍼 암렌의 채용을 적극 홍보했다.

댈러스에 사는 불면인 도라 클라크는 자신에게 온 편지 봉투를 열었다가 사제 폭탄이 폭발해 한쪽 팔을 잃었다.

리샤와 리처드는 서랍장 위에 놓인 봉투를 응시했다. 연백색 종이는 두꺼웠지만 값비싼 것은 아니었다. 양피지처럼 보이도록 염색한 두툼한 신문 용지 같았다. 반송 주소도 없었다. 리처드는 미시건에서 범죄학을 전공하는 리즈 비숍에게 전화했다. 리즈는 둘과 모르는 사이였지만 즉시 그룹넷에 접속해 봉투를 안전하게 여는 방법을 가르쳐 주었고, 원한다면 직접 찾아와 열어주겠다고 했다. 리처드와 리샤는 지하실로 내려가, 리즈가 가르쳐준 대로 폭발 가능성을 가장 낮추는 방식으로 봉투를 열었다. 아무것도 폭발하지 않았다. 그들은 편지지를 꺼내 읽었다.

　　캠든 씨께

　　제게 친절하게 대해주셨지만, 죄송하게도 저는 그만둡니다. 조합이 골치 아프게 굴고 있어서요. 공식적인 일은 아니지만 어떤 건지 아시겠죠. 저라면 조합에 가서 새로운 경호원을 찾기보다는 따로 조용히 구할 겁니다. 어쨌든 조심하세요. 다시 한번 죄송합니다. 저도 먹고살아야 해서요.

　　　　　　　　　　　　　　　　　　　　　　　　　　　　　—브루스

"웃어야 할지 울어야 할지 모르겠어."

리샤가 입을 열었다.

"폭발물이 터질까 봐 온갖 장비를 구해다가 몇 시간씩 걸려 설치했는데……."

"난 별로 다른 할 일도 없었는걸."

리처드가 대답했다. 반反불면인 운동이 거세진 이후로 시장에서 약자이고, 그렇기 때문에 여론에 취약한 해양 컨설팅 고객은 단 두 명만

114

남았다.

리샤의 단말기에 켜둔 그룹넷에서 날카로운 경보음이 울렸다. 리샤
가 먼저 도착했다. 토니 인디비노였다.

"리샤, 법률문제로 도움이 필요해. 네가 날 도와주겠다면 말이야. 피
난처에 소송이 걸렸어. 여기로 와줘."

*

피난처는 늦봄의 대지에 생긴 적갈색 상처처럼 보였다. 그곳은 뉴
욕 주 남부의 앨러게니 산맥에 자리 잡고 있었다. 소나무와 히커리나
무가 세월에 둥글어진 언덕을 덮었다. 넓은 새 포장도로가 가장 가까
운 마을인 코네완고와 피난처 사이를 이었다. 저층 자가 발전 건물이
한창 들어서는 중이었다. 단순하면서도 세련된 디자인이었다. 제니퍼
샤리피가 굳은 얼굴로 그들을 맞았다. 6년 전과 거의 다르지 않은 얼
굴이었지만, 검고 긴 머리카락은 헝클어졌고 짙은 눈에는 피로한 기
색이 완연했다.

"토니가 너와 얘기하고 싶어 해. 하지만 그 전에 너희에게 피난처를
보여주라고 했어."

"무슨 일 있어?"

리샤가 조용히 물었다.

제니퍼는 질문을 피하지 않았다.

"나중에 설명할게. 우선은 피난처를 둘러봐줘. 리샤, 토니는 네 의견
을 무척 존중해. 네게 이곳 전체를 보여주라고 했어."

50명씩 모여 살 주택 단지는 공용 부엌, 식당, 휴게실, 욕실, 분리된

사무실과 작업실, 연구실 구역으로 이루어져 있었다.

"원래 뜻과는 다르지만 우린 여길 기숙사라고 불러."

다른 사람이 말했다면 농담처럼 들렸을 이 말에서조차 제니퍼 특유의 의식적인 차분함과 그녀가 지금 실제로 느끼는 긴장감 사이의 기이한 균형이 느껴졌다.

애초 토니의 주장에 반대했던 리샤에게도, 공동생활과 지극히 개인적인 생활의 공존을 완벽하게 구현해낸 토니의 계획은 매우 인상적이었다. 그곳에는 체육관과 작은 병원까지 있었다.

"알다시피 내년 말이면 우리 중에 자격증을 가진 의사가 열여덟 명으로 늘어나. 그중에 네 명이 이곳으로 들어올 예정이야."

탁아소, 학교, 집약작물 농장도 있었다.

"물론 음식은 대부분 밖에서 들여올 거야. 가능한 한 데이터넷을 이용해 여기에서 작업하겠지만, 직업도 대개 밖에서 구하겠지. 우린 세상으로부터 고립되려는 게 아니야. 그저 바깥 세계와 거래할 때 머무를 안전한 장소를 만드는 것뿐이지."

리샤는 아무 말도 하지 않았다.

발전소 시설과 자가 발전 Y-에너지 못지않게 인력 계획도 인상 깊었다. 토니는 피난처의 삶과 바깥 세계와의 거래 양쪽에서 필요한 거의 모든 분야의 불면인들과 접촉했다.

"변호사와 회계사들이 가장 먼저 올 거야. 우리의 첫 번째 방어선이지. 토니는 현대의 권력전은 대부분 법원과 이사회에서 치러진다는 사실을 알고 있었어."

하지만 모두 그렇지는 않았다. 제니퍼는 마지막으로 물리적인 방어계획을 보여주었다. 제니퍼가 처음으로 긴장을 조금 풀었다.

모든 방어 장치는 침입자를 해치지 않으면서 공격을 저지할 수 있도록 설계되었다. 전기 감시 장치가 제니퍼가 구입한 390제곱킬로미터의 땅을 완전히 에워쌌다. 리샤는 얼떨떨한 심정으로, 피난처의 규모가 몇몇 **카운티**보다도 크다는 사실을 떠올렸다. 감시 장치가 파괴되면 E-게이트로부터 0.8킬로미터 이내 영역의 전기 장치가 활성화되어, 그 안에 선 사람들 모두에게 전기 충격을 주었다.

"영역 바깥쪽으로만 활성화돼. 우리 아이들이 다치는 일은 없을 거야."

차량이나 로봇을 이용한 무인 침입은 피난처 내부에서 일정 질량 이상의 움직이는 금속 물체를 모두 탐지하는 시스템으로 판별해냈다. 핵심 전자 부품 특허를 가진 불면인인 도널드 포스풀라가 설계한 특별 신호 발송 장치를 부착하지 않고 움직이는 모든 금속 물체가 요주의 대상이었다.

"물론 하늘에서 공격하거나 군대가 곧장 치고 들어올 경우까지는 대비하지 못했어. 하지만 그런 일은 없으리라고 생각해. 그저 사적인 증오심에서 공격해오는 사람들 정도겠지."

리샤는 피난처 계획서의 출력본을 손으로 쓸었다. 마음이 불편했다.

"우리가 세계에 녹아들어 갈 수 없다면…… 자유로운 거래는 자유로운 이동을 수반해."

제니퍼가 망설임 없이 대꾸했다.

"자유로운 이동이 자유로운 정신을 수반할 때만 그렇지."

제니퍼의 어조에 리샤가 고개를 들었다.

"리샤, 너한테 할 말이 있어."

"뭔데?"

"토니는 여기에 없어."

"어디에 있는데?"

"코네완고의 카타라우구스 카운티 구치소에 있어. 우리가 피난처의 용도제한지역 문제로 고심하는 건 사실이야. 용도 제한이라니, 이렇게 고립된 곳에서! 어쨌든 다른 문제가 있어. 바로 오늘 아침 일이었어. 토니는 티미 드마르조 유괴 혐의로 체포되었어."

시야가 흔들렸다.

"FBI가?"

"그래."

"어떻게…… 대체 어떻게 알았지?"

"어떤 요원이 결국 상황을 알아냈나 봐. 어떻게 알았는지는 애길 안 해줬어. 리샤, 토니에게는 변호인이 필요해. 빌 테인이 맡겠다고 했지만 토니는 네가 맡아주길 바라고 있어."

"제니퍼, 변호사 시험은 칠월이야. 게다가 난 아직 시험을 치르지도 않았어!"

"토니는 기다리겠대. 그때까지는 빌이 변호를 맡을 거야. 시험은 합격할 수 있지?"

"물론이야. 그렇지만 벌써 뉴욕에 있는 '모어하우스, 케네디&앤더슨'에서 일하기로 했는걸……."

리샤는 입을 다물었다. 리처드가 그녀를 노려보고 있었다. 제니퍼는 뜻 모를 시선을 던졌다. 리샤가 나지막이 물었다.

"토니는 어쩔 생각인데?"

"유죄를 인정하고, 법률 용어로는 뭐라고 하지? 정상참작을 주장하겠대."

리샤가 고개를 끄덕였다. 토니가 무죄를 고집할까 봐 걱정한 터였다. 무죄를 주장하면 더 많은 거짓말, 속임수, 지저분한 협상이 기다리고 있었다. 리샤는 즉시 정상참작, 판례, 입증 등을 떠올리기 시작했다…… '클레먼츠 대 보이' 판례를 주장할 수 있을지도…….

"지금은 빌이 구치소에 갔어. 나와 함께 가볼래?"

제니퍼가 도전하듯이 물었다.

"응."

카운티 중심부에 있는 코네완고에서 그들은 토니를 만나지 못했다. 변호인인 윌리엄 테인은 자유롭게 오갈 수 있었지만, 아직 변호사 자격도 없는 리샤는 아무 데도 갈 수 없었다. 검사 사무실에 있던 남자는 굳은 표정으로 이렇게 말하고는 그들이 나가려고 등을 돌리자마자 섰던 자리에 침을 퉤 뱉었다. 자기가 일하는 법원 바닥에 가래 얼룩만 남을 뿐인데도.

리처드와 리샤는 보스턴으로 돌아가기 위해 렌터카를 몰고 공항으로 갔다. 가는 길에 리처드는 떠나겠다고 말했다. 지금 당장 아직 완성되지도 않은 피난처로 이사해서, 피난처의 계획과 완공을 돕겠다고 했다.

*

리샤는 변호사 시험에 대비해 맹렬히 공부하거나 그룹넷으로 불면 아들을 살피며 하루의 대부분을 집에서 보냈다. 브루스를 대신할 경호원을 구하지 않았기 때문에 집 밖으로 나서기가 불편했다. 불편한 마음은 스스로에 대한 증오가 되었다. 리샤는 하루에 한두 번씩 케빈의 뉴스넷을 훑어보았다.

희망적인 신호가 있었다.《뉴욕 타임스》는 전자 뉴스 서비스를 통해 널리 유포된 사설을 실었다.

번영과 증오 :
우리가 보아서는 안 될 논리적인 귀결

미국은 안정과 논리, 합리성을 중시하는 나라인 적이 없었다. 우리 국민은 이러한 것들에 '차갑다'는 꼬리표를 붙이는 경향이 있다. 우리는 우리의 역사와 기억을 찬양한다. 헌법의 제정이 아니라 이오지마에서의 헌법 수호에, 라이너스 폴링의 지적인 성취가 아니라 찰스 린드버그의 영웅적인 열정에 열광한다. 우리를 하나로 묶어주었던 모노레일과 컴퓨터의 발명가들이 아니라 우리를 분열시켰던 거칠고 반항적인 작곡가들에게 열광한다.

이런 현상의 독특한 성격은 번영기일수록 그 경향이 강해진다는 점이다. 시민의 삶이 개선될수록 우리를 그 자리로 이끌었던 차분한 논리에 대한 도전과 감정에 함몰되려는 열정이 거세진다. 지난 세기를 생각해보라. 포효하던 1920년대의 과장스러운 부절제와 1960년대의 반체제 운동을 상기해보라. 이번 세기에 Y-에너지가 가능케 한 전무후무한 번영과 겐조 야가이가 추종자 이외의 사람들에게는 탐욕스럽고 냉혹한 논리학자로 여겨졌다는 사실을 상기해보라. 국민들의 찬사는 네오니힐리즘 작가 스티븐 카스텔리, '감정적인' 여배우 브렌다 포스, 무모한 중력함정 다이버 짐 모스 루터에게로 쏟아졌다.

허나, 무엇보다도, 당신이 Y-에너지로 돌아가는 집에 앉아 이 현상에 관해 숙고할 때, 바이오테크 연구소와 시카고 의대의 불면 조직 재생에 관한 공동 연구 결과가 발표된 이후 '불면인'들에게 향하는 비이성적인 감정의 분출을 떠올려보라.

대부분의 불면인들은 명민하다. 대부분의 불면인들은 차분하다. 다분히 악의적으로 사용되는 이 표현을, 자신의 에너지를 잘난 체보다는 문제 해결에 사용한다는 의미로 정의한다면 말이다. (퓰리처상을 수상한 캐럴린 리졸로의 경탄스러운 연극조차도 고삐 풀린 열정이 아니라 아이디어의 향연이었다.) 그들은 모두 성취를 향한 자연스러운 지향성을 보인다. 성취에 쓸 시간을 하루에 3분의 1 더 가짐으로써 촉발되는 지향성이다. 그들의 성취는 대부분 컴퓨터, 법, 금융, 물리, 의료 등과 같이 감정보다는 이성의 영역에 있다. 그들은 논리정연하고 차분하고 명석하고 활달하고 젊으며, 아마도 아주 오래 살 것이다.

그리고 역사상 최대의 번영을 누리고 있는 미국에서 그들을 향한 증오는 점점 더 커지고 있다.

지난 몇 달 사이에 화려하게 피어난 증오의 꽃이, 과연 많은 사람들이 주장하듯이 직장을 구하고 승진하고 돈을 벌고 성공하는 데 대한 불면인의 '불공평한 이점'이라는 토양에서 자라났는가? 정말 불면인들의 행운에 대한 질시인가? '빨리 총 꺼내 쏘기'의 미국적인 전통에 기인한, 좀 더 치명적인 무언가에 뿌리를 둔 것은 아닌가? 논리, 차분함, 사려 깊음에 대한 증오는 아닌가? 사실은 우월한 정신에 대한 증오가 아닌가?

그렇다면 우리는 건국의 아버지들에 대해 깊이 생각해봐야 한다. 제퍼슨, 워싱턴, 페인, 애덤스……. 그들은 모두 이성의 시대를 살았다. 이들은 바로 균형적이고 이성적인 사람들의 개인적인 노력으로 일구어낸

번영과 성취를 보호하기 위해 질서정연하고 균형 잡힌 법률 체계를 만들었다. 불면인들은 우리 자신의 법과 질서에 대한 건전한 믿음을 향한 가장 힘든 내적 도전일지도 모른다. 그렇다, 불면인들은 '평등하게 창조되지' **않았다.** 허나 그들을 대하는 우리의 자세는 가장 엄정한 법리를 논할 때와 같이 신중하게 분석되어야 한다. 우리 자신의 동기에 관한 진실이 마음에 들지 않을 수도 있지만, 인간으로서 우리 존재의 진실성은 그 분석의 합리성과 지성에 달려 있을지도 모른다.

지난달 발표된 연구 결과에 대한 대중의 반응에는 합리성도 지성도 부족했다.

법은 연극이 아니다. 과장되고 극적인 감정을 반영하는 법안을 써내려가기 전에, 우리가 그 둘의 차이를 제대로 이해하는지를 먼저 확신할 필요가 있다.

리샤는 기쁨에 사로잡혀 모니터를 응시하며 자신을 꼭 끌어안으며 미소 지었다. 《뉴욕 타임스》에 전화하여 사설을 쓴 사람이 누구인지 물었지만, 친절하게 전화를 받은 상담원은 자사에서는 '내부 조사 전'에는 정보를 공개하지 않는다고 무뚝뚝한 어조로 대꾸했다.

그 정도로 리샤의 기분이 가라앉지는 않았다. 몇 날 며칠 동안 책상이나 모니터 앞에만 앉아 있다가 집 안을 빙글빙글 돌았다. 기쁠 때는 몸을 움직여야 했다. 설거지를 하고 책을 정리했다. 리처드가 자기 짐을 가지고 나간 자리가 군데군데 비어 있었다. 리샤는 마음이 조금 진정되자 가구를 옮겨 빈 공간을 메웠다.

수전 멜링이 《뉴욕 타임스》 사설을 읽고 전화했다. 둘은 몇 분 동안 살갑게 대화를 나눴다. 수전이 전화를 끊자마자 다시 전화벨이 울렸다.

"리샤, 네 목소리는 여전하네. 스튜어트 서터야."

"스튜어트."

리샤는 그를 4년 동안 보지 못했다. 2년 정도 이어졌던 그들의 연애는 고통스러운 사건이 아니라 학업의 압박에 눌려 자연스레 끝났다. 통신 단말기 앞에 서서 그의 목소리를 듣자, 비좁은 기숙사 침대 위에서 그녀의 가슴을 더듬던 그의 손길이 불현듯 다시 느껴졌다. 그 옛날, 리샤는 침대의 좋은 쓸모를 찾았었다. 상상 속의 손길이 리처드의 손으로 바뀌었고, 갑자기 날카로운 고통이 그녀를 꿰뚫었다.

"리샤, 네가 알아야 할 정보가 있어서 전화했어. 다음 주가 변호사 시험이지? 그다음에는 모어하우스, 케네디&앤더슨에서 인턴으로 일할 예정이고."

"스튜어트, 그걸 어떻게 알았어?"

"남자들 사이에 소문이 돌았어. 뭐, 사실 그 정돈 아니지만, 뉴욕의 법률 공동체는─최소한 일부분은─네 생각보다 훨씬 작아. 게다가 넌 상당히 눈에 띄는 인물이잖아."

"그렇지."

리샤가 애매한 어조로 대답했다.

"아무도 네가 시험을 불합격할 거라고는 생각지 않아. 하지만 모어하우스, 케네디에서 일할 수 있을지는 좀 걱정스러워. 시니어파트너 중에 엘런 모어하우스와 세스 브라운이 최근의 그…… 소동 이후로 생각을 바꿨어. 회사의 이미지에 해가 되네, 법률을 서커스로 만들고 있네 어쩌네 하면서. 너도 알겠지. 하지만 강력한 지지자도 두 명 있어. 앤 칼라일과 창립자인 마이클 케네디 본인이야. 그는 굉장한 인물이지. 어쨌든 네가 상황을 정확히 알고, 회사 내에서 투쟁할 때 누구에게 의지하면 될지 알았으면 해서 전화했어."

"고마워. 스튜…… 내가 자리를 잡을지에 대해 왜 신경을 써? 이게 너한테 무슨 의미가 있어?"

수화기 건너편에서 정적이 이어졌다. 마침내 스튜어트가 아주 낮은 목소리로 말했다.

"리샤, 바깥세상 사람들이 모두 멍청이는 아냐. 정의를 중요하게 생각하는 사람도 있어. 성취를 가치 있게 여기는 사람들도."

그녀의 마음속에 빛이, 가벼운 빛의 거품이 떠올랐다.

"피난처를 둘러싼 터무니없는 용도제한지역 문제에서 너희를 지지하는 사람들도 많아. 몰랐을지도 모르지만, 사실이야. 공원위원회 인간들이 끌어내리려고 하는 것은…… 허나 너도 알다시피 그 사람들은 앞잡이로 이용당하고 있을 뿐이지. 어쨌든 그 건이 법원까지 간다면 너에게 필요한 도움은 다 주어질 거야."

"피난처는 나와는 상관없어. 전혀."

"상관없어? 음, 내 말은 너희 전체에게 말이야."

"진심으로 고마워. 요새는 어떻게 지내?"

"잘 지내. 이제 아빠가 되었지."

"정말? 아들이야, 딸이야?"

"딸이야. 저스틴이라고, 날 미치게 하는 예쁘장한 꼬맹이지. 리샤, 다음에 네게 아내를 소개시켜 주고 싶어."

"좋아."

그날 밤 리샤는 변호사 시험 준비를 했다. 거품은 그녀의 마음속에 머물렀다. 리샤는 그 감정을 정확히 느낄 수 있었다. 그것은 즐거움이었다.

모두 다 괜찮아질 터였다. 그녀와 사회—겐조 야가이의 사회, 로저 캠든의 사회—사이의 암묵적인 계약은 지켜질 것이다. 반발, 다툼, 그리고…… 그래, 증오에도 불구하고. 문득 토니가 말한 스페인의 거지들이 떠올랐다. 자신들은 약하기에 강자에게 분노하는 거지들. 그래, 그렇지만 계약은 끝까지 지켜지리라.

리샤는 그렇게 믿었다.

믿었다.

7

칠월에 변호사 시험을 쳤다. 시험은 별로 어렵지 않았다. 동기인 남학생 두 명과 여학생 한 명이 리샤가 안전하게 택시를 탈 때까지 일부러 태연한 척 말을 걸었다. 택시 기사는 그녀의 얼굴도 신호등도 알아보지 못했다. 세 동기 모두 수면인이었다. 지나가던 학부생 두 명이 리샤를 훑어보더니 코웃음을 쳤다. 깔끔하게 면도한 얼굴에 멍청한 부자의 무의미한 오만함이 뚝뚝 떨어지는 금발의 남자였다. 리샤의 여자 동기가 맞서 코웃음을 쳤다.

리샤는 다음 날 아침에 시카고로 날아갈 예정이었다. 앨리스와 그곳에서 만나기로 했다. 호숫가의 저택을 청소하고 로저의 개인 사물을 정리한 다음, 집을 부동산 시장에 내놓아야 했다. 그동안 바빠서 처리할 겨를이 없었다.

리샤는 어디선가 구해 온 고풍스러운 모자를 쓰고 온실에서 난과 재스민, 시계꽃에 물을 주던 아버지를 떠올렸다.

갑자기 현관 벨이 울렸다. 찾아오는 사람이 거의 없었기에 리샤는 화들짝 놀랐다. 외부 카메라를 켰다. 어쩌면 조너선이나 마사가 깜짝 축하 파티를 해주러 보스턴으로 돌아왔는지도 모른다. 어째서 뭔가 축하할 이벤트를 생각하지 못했을까?

리처드가 카메라를 응시하고 서 있었다. 그는 울고 있었다.

리샤가 다급히 문을 열었지만 리처드는 들어오지 않았다. 리샤는 카메라에는 슬픔처럼 보였던 것이 사실은 다른 것이었음을 깨달았다. 그것은 분노의 눈물이었다.

"토니가 죽었어."

리샤가 멍하니 손을 내밀었지만 리처드는 마주 잡지 않았다.

"구치소에서 살해당했어. 교도관이 아니라 다른 죄수들이 마당에서 죽였어. 살인자, 강간범, 상해범, 그 인간쓰레기들…… 그런 자식들이 **토니**를 죽일 권리가 있다고 생각한 거야. 단지 토니가 그들과 다르다는 이유만으로."

리처드가 리샤의 팔을 움켜쥐었다. 너무 세게 쥐어서 살갗 아래의 뼈가 비틀리고 신경이 눌렸다.

"그저 다르지만은 않았지. 더 나았으니까. 토니가 우월했기 때문에, 우리 모두가 우월하기 때문에, 지랄 맞게도 우린 그들의 감정을 상하게 할까 봐 우리가 더 낫다고 나서서 외치질 않지…… 맙소사!"

리샤는 저린 팔을 빼내 문지르며 리처드의 일그러진 얼굴을 멍하니 응시했다.

"쇠파이프로 때려죽였대. 대체 죄수들이 어디서 쇠파이프를 구했는지는 아무도 몰라. 토니의 뒤통수를 쳐서 넘어뜨린 다음에 몸을 뒤집어서……."

"그만해!"

리샤가 울먹였다.

리처드가 리샤를 바라보았다. 고함을 치고 그녀의 팔을 거칠게 움켜쥐었으면서도, 리처드가 이제야 처음으로 리샤를 제대로 보고 있는 것만 같아 혼란스러웠다. 리샤는 공포에 질려 리처드를 바라보며 팔을 문질렀다.

그가 가라앉은 목소리로 말했다.

"널 피난처로 데려가려고 왔어. 댄 젱킨스와 버넌 불리스가 밖에 세워놓은 차에서 기다리고 있어. 필요하다면 강제로라도 끌고 가겠지만, 네가 직접 따라오겠지? 너도 어떤 상황인지 알겠지? 여기 있으면 위험해. 넌 눈에 띄는 데다 미인이야. 누구보다 자연스레 표적이 될 거라고. 널 강제로 데려가야 할까? 아니면 너도 이제는 우리에게 피난처 외의 다른 선택은 없다는 사실을—저 개새끼들이 우리에게 다른 선택지는 남겨놓지 않았다는 걸—이해하겠어?"

리샤는 눈을 감았다. 바닷가의 열네 살 토니. 토니의 사납게 빛나던 눈빛. 인터루킨-1에 가장 먼저 손을 내밀던 토니. 스페인의 거지들.

"갈게."

*

리샤는 지금껏 그토록 분노한 적이 없었다. 긴 밤 내내 발작적으로 찾아왔다가 잠시 잦아들었다가도, 곧 다시 밀려드는 분노가 두려웠다. 리처드는 서재의 벽에 등을 기대고 앉아 리샤를 품에 안았다. 리처드의 품 안이라도 전혀 나아지지 않았다. 거실에서는 댄과 버넌이 낮은 목소리로 이야기를 나눴다.

가끔 분노는 고함으로 분출되었다. 리샤는 자신의 목소리를 들으며 '난 널 몰라'라고 생각했다. 분노는 때로는 울음으로, 때로는 토니와 그들 모두에 대한 말로 튀어나왔다. 고함을 질러도 울어도 말을 해도 전혀 진정되지 않았다.

계획을 세우는 일은 조금 도움이 되었다. 자신의 목소리 같지 않은 차갑고 건조한 말투로, 리샤는 리처드에게 시카고의 저택을 정리하러 갈 계획이었다고 말했다. 그녀는 가야 했다. 앨리스는 이미 가 있었다. 만약 리처드와 댄과 버넌이 리샤를 비행기에 태우고, 앨리스가 시카고에서 경호원들과 함께 리샤를 마중 나오면 충분히 안전할 터였다. 그리고 돌아오는 비행기 티켓을 보스턴행에서 코네완고행으로 바꾸고 리처드와 함께 피난처로 들어가면 될 것이다.

"사람들이 벌써 도착하고 있어. 제니퍼 샤리피가 불면인 공급자들에게 도저히 거부하지 못할 만큼 돈을 쏟아부으며 준비를 서두르고 있어. 이 집은 어떻게 할래? 가구와 단말기, 옷가지는?"

리샤는 익숙한 서재를 둘러보았다. 온라인에서 수집 가능한 정보를 담은 빨간색, 녹색, 갈색 법서들이 벽을 따라 꽂혀 있었다. 책상의 인쇄물 위에 커피잔이 놓여 있었다. 그 옆에는 오늘 오후에 택시 기사에게 고집을 부려서 받은 영수증이 있었다. 들뜬 마음에 변호사 시험을 통과한 기념품으로 삼으려고 했었다. 액자에 넣어 걸어둘 생각이었다. 책상 위에는 겐조 야가이의 홀로그래픽 초상화가 걸려 있었다.

"썩게 내버려둬."

리처드가 리샤를 안은 팔에 힘을 주었다.

＊

"이런 언니는 처음 봐."

앨리스가 가라앉은 목소리로 말했다.

"그냥 집 정리 때문이 아니지?"

"어서 일이나 하자."

리샤는 아버지의 옷장에서 정장을 끄집어냈다.

"남편한테 줄 생각 있어?"

"안 맞아."

"모자는?"

"필요 없어. 언니, 무슨 일이야?"

"그냥 **하자니까!**"

리샤는 캠든의 옷장에서 옷을 모두 끄집어내 바닥에 쌓고, '복지 기관 증정'이라고 갈겨쓴 종이를 그 위에 올렸다. 앨리스는 조용히, 이미 '부동산 경매'라는 쪽지가 붙은 서랍장에서 옷가지를 끄집어내 옷더미에 보태기 시작했다.

저택의 커튼은 모두 내려졌다. 앨리스가 어제 커튼을 떼고 카펫도 말아서 치웠다. 드러난 나무 바닥에 노을이 붉게 타올랐다.

"예전에 쓰던 방은 어떻게 했어? 가져갈 거 있어?"

"난 정리 끝냈어. 목요일에 이삿짐센터에서 가지러 올 거야."

"그래, 다른 건?"

"온실이 남았어. 지금까지 샌더슨이 물을 주긴 했는데, 어느 화분에 얼마나 줘야 하는지를 몰라서 어떤 화분은······."

"샌더슨은 해고해."

리샤가 말을 잘랐다.

"식물들은 죽게 둬도 돼. 아니면 병원으로 보내든지. 네가 그러고 싶다면 말이야. 독성이 있는 것들만 주의하면 돼. 자, 서재 정리하자."

앨리스가 캠든의 침실 한가운데에 말아놓은 카펫 위에 천천히 앉았다. 앨리스는 머리카락을 잘랐다. 리샤는 앨리스의 새로운 헤어스타일이 보기 흉하다고 생각했다. 통통한 얼굴 주위를 들쑥날쑥한 갈색 뿔로 둘러친 모양이었다. 체중도 늘었다. 점점 어머니를 닮아가고 있었다.

앨리스가 입을 열었다.

"내가 임신했다고 말했던 날 밤 기억해? 언니가 하버드로 가기 직전에?"

"서재 정리하자니까!"

"기억해? 언니, 제발 다른 사람 말을 단 한 번이라도 들어줄 순 없어? 매 순간마다 그렇게까지 아빠를 닮아야겠어?"

"난 아빠가 아냐!"

"아니긴 뭐가 아냐. 언니는 아빠가 만들어낸 모습 그대로야. 하지만 그게 핵심은 아니지. 그날 밤에 있었던 일 기억해?"

리샤가 카펫을 넘어서 문밖으로 걸어 나갔다. 앨리스는 가만히 앉아 있었다. 잠시 후 리샤는 돌아왔다.

"기억해."

"언니는 마치 울 것 같았어."

앨리스가 냉정하게 말했다. 차분한 목소리였다.

"왜였는지는 잘 기억이 안 나. 내가 결국 대학에 안 가기 때문이었는지도 모르지. 어쨌든 난 언니를 끌어안았고, 몇 년 만에 처음으로—

몇 년 만이었어, 언니—난 언니를 진짜 언니로 느꼈어. 한밤중에 복도를 돌아다니는 발소리, 아빠와의 과시적인 언쟁, 사립학교, 인공적인 긴 다리와 금발…… 그 모든 잡다한 사실에도 불구하고 말이야. 언니를 안아줘야 할 것 같았어. 언니가 나를 필요로 하는 것 같았어. 필요로 하는 것 같았다고."

"무슨 소릴 하는 거야?"

리샤가 따졌다.

"넌 곤란에 빠져 널 필요로 하는 사람하고만 가까워질 수 있단 소리니? 내가 상처 입고 괴로워할 때만 자매로 있어줄 수 있단 소리야? 너희 수면인들은 그런 식으로 연대하니? '내가 정신을 잃으면 날 지켜줘. 나도 너처럼 병신이거든?'"

"아냐. **언니가** 고통받고 있을 때만 내 자매가 될 수 있었다는 말이야."

리샤는 동생을 응시했다.

"넌 멍청해."

앨리스가 온화하게 대답했다.

"나도 알아. 언니에 비하면 난 멍청하지. 나도 알고 있어."

리샤는 화가 나서 머리를 흔들었다. 방금 한 말이 부끄러웠지만, 그들 둘 다 리샤의 말이 진실임을 알고 있었다. 분노는 리샤 안에 형체 없는 뜨겁고 공허한 암흑처럼 자리 잡고 있었다. 형체가 없다는 점이 가장 끔찍했다. 형체가 없으면 움직이지 않았다. 움직이지 않는 분노가 그녀 안에서 계속 타오르며 숨을 틀어막았다.

"열두 살 때 수전이 생일 선물로 드레스를 줬어. 언니는 다른 곳에 있었지. 그 잘난 영재 학교에서 늘 하던 대로 어딘가로 야영을 하러 갔어. 드레스는 굉장히 아름다웠어. 앤티크풍 레이스로 장식된 연하늘색 실크 드레스였지. 난 정말 기뻤어. 드레스가 예뻐서만이 아니라 수전이 내게는 드레스를 주고 언니에게는 소프트웨어를 주었기 때문이었어. 그 드레스는 내 것이었어. 난 그 옷이 곧 **나**라고 생각했어."

해거름의 어둠 속에서 앨리스의 통통하고 평범한 몸매는 잘 보이지 않았다.

"처음 드레스를 입고 나간 날, 한 남자애가 말했지. '앨리스, 언니 옷 훔쳐 입고 왔냐? 언니가 **자는 사이에?**' 그러곤 미친 듯이 웃는 거야. 걔들은 늘 그랬지.

난 곧장 옷을 버렸어. 수전에게 이유를 설명하지도 않았어. 만약 말했다면 수전은 이해했을 거야. 언니 것은 뭐든지 언니 것이고, 언니 것이 아닌 것도 언니 것이었어. 아빠가 그렇게 만들어놓았지. 우리 유전자에 처음부터 그렇게 박아 넣었어."

"너도야? 너도 다른 질투하는 거지들과 마찬가지야?"

앨리스가 카펫 위에서 몸을 천천히 일으키고, 구겨진 치맛자락을 손으로 쓸며 엉덩이의 먼지를 느긋하게 털었다. 그리고 리샤에게로 걸어오더니 리샤의 입을 주먹으로 때렸다.

"이제 내가 보여?"

앨리스가 나지막이 물었다.

리샤가 손을 입가에 대었다. 피가 느껴졌다. 전화벨이 울렸다. 캠든의 비공개 개인 회선이었다. 앨리스가 전화기로 걸어가 수화기를 들었다. 상대편의 말을 듣던 앨리스가 리샤에게 차분히 수화기를 넘겼다.

"언니 전화야."

리샤는 얼이 빠진 채 수화기를 받았다.

"리샤, 케빈이야. 사건이 생겼어. 스텔라 베빙턴이 그룹넷이 아니라 전화로 내게 연락했어. 부모님한테 모뎀을 뺏긴 것 같아. 전화를 받자마자 '스텔라예요! 절 때려요! 아빠가 취해서……'라는 비명이 들리고 전화가 끊겼어. 랜디는 피난처로 갔어. 젠장, **모두** 다 이미 떠났어. 스텔라는 아직 스코키에 있으니 네가 지금 가장 가까워. 서둘러 가봐야 해. 믿을 만한 경호원은 있어?"

"응."

경호원이 없으면서도 리샤는 그렇게 대답했다. 마침내 분노가 형체를 갖추기 시작했다.

"내가 처리할게."

"스텔라를 집에서 어떻게 데리고 나올 수 있을지 모르겠어. 널 알아볼 테고, 부모는 스텔라가 누군가에게 전화한 사실도 알고 있어. 어쩌면 아이를 기절시켰을지도 몰라……."

"내가 처리할게."

"뭘 처리해?"

앨리스가 물었다.

리샤는 동생을 마주하고, 해서는 안 되는 말인 줄 알면서도 소리쳤다.

"너희들이 우리에게 하는 짓이야. 일곱 살 난 여자아이가 불면인이라는 이유로 부모에게 폭행당하고…… 그저 우리가 너희보다 우월하다는 이유만으로……."

리샤는 계단을 뛰어 내려가 공항에서 몰고 온 렌터카로 달려 나갔다.

앨리스가 바로 뒤쫓아 왔다.

"언니, 그 차는 안 돼. 그런 렌터카는 금세 추적돼. 내 차로 가자."

리샤가 고함을 질렀다.

"네가 뭐라고 생각하는……."

앨리스는 너무 구형이라 Y-에너지함이 양옆으로 처진 군살처럼 드러난 낡은 도요타의 문을 당겨 열더니, 리샤를 조수석에 밀어 넣고 문을 쾅 닫은 다음 운전석에 앉았다. 앨리스의 손놀림은 침착해 보였다.

"어디야?"

현기증이 났다. 리샤는 좁은 도요타 안에서 가능한 한 깊숙이 머리를 다리 사이로 숙였다. 마지막 식사는 이틀, 아니 사흘 전이었다. 변호사 시험 전날 이후로 아무것도 먹지 못했다. 현기증이 잦아들었다가 고개를 들자마자 다시 찾아왔다.

리샤는 앨리스에게 스텔라의 주소를 말했다.

*

"뒷좌석에 가만히 있어. 글러브 박스에 스카프가 있으니까 덮어써. 얼굴이 최대한 안 보이게 해."

앨리스는 42번 고속도로변에 차를 세웠다.

"여긴 스텔라의……."

"임시 경호원 고용소야. 우린 보호받고 있는 것처럼 보여야 해. 경호원에게 사정을 설명할 필요는 없어. 금방 돌아올게."

앨리스는 3분 뒤에 싸구려 검은색 정장을 입은 덩치 큰 남자와 돌아왔다. 그는 앨리스 옆의 조수석에 몸을 구겨 넣고 묵묵히 앉았다. 앨리스는 그를 소개하지 않았다.

작고 조금 낡은 집이었다. 아래층만 불을 밝히고 위층은 깜깜했다. 시카고 반대편의 북쪽 하늘에서는 별이 빛나기 시작했다.

앨리스가 경호원에게 말했다.

"차에서 내려서 차문 옆에 서 있어요. 아니, 좀 더 잘 보이게요. 그리고 제가 공격받기 전에는 아무 짓도 하지 말아요."

남자가 고개를 끄덕였다. 앨리스가 걸어 나갔다. 리샤는 뒷좌석에서 간신히 빠져나와 플라스틱 현관문에 3분의 2쯤 다가간 동생을 붙잡았다.

"앨리스, 대체 무슨 짓이야? **내가**……."

"목소리 낮춰."

앨리스가 경호원의 눈치를 살피며 말했다.

"언니, **생각을 해.** 저들은 언니를 알아볼 거야. 여기, 이렇게 시카고 가까이에 불면인 딸을 두고 있는 사람이라면 언니 사진을 예전부터 잡지 같은 데서 봤겠지. 언니가 나오는 장거리 홀로비드도 봤을 거야. 그들은 언니를 알아. 언니가 변호사가 된다는 것도 알고 있을걸. 하지만 나는 모르겠지. 나는 아무것도 아냐."

"앨리스……."

"제발 언니, 차로 돌아가!"

앨리스는 리샤를 날카롭게 꾸짖고, 현관문을 두드렸다.

리샤는 인도에서 벗어나 버드나무 그늘 아래 숨었다. 남자가 문을 열었다. 텅 빈 표정이었다.

"아동보호국에서 왔습니다. 이 집 전화로 여자아이의 신고를 받았습니다. 물러서십시오."

"우리 집에는 여자아이가 없어요."

"1급 긴급 상황입니다. 아동보호법 제186조에 의거해 비켜서세요!"

남자가 여전히 멍한 표정을 지은 채 차 옆에 서 있는 덩치 큰 경호원을 슬쩍 살폈다.

"수색영장은 있어요?"

"1급 아동보호 긴급 상황에는 수색영장이 필요 없습니다. 지금 저를 들여보내 주시지 않으면 상상도 하기 싫은 법적 분쟁에 휘말릴 겁니다."

리샤는 입술을 꾹 다물었다. 터무니없었다. 아무도 믿지 않을 얄팍한 거짓말이었다. 앨리스에게 맞은 자리가 쓰라렸다.

남자가 비켜섰다.

경호원이 앞으로 나섰다. 리샤는 망설이다가 가만히 있었다. 경호원이 앨리스와 함께 집으로 들어갔다.

리샤는 암흑 속에서 홀로 기다렸다.

3분쯤 지나 경호원이 아이를 안고 나왔다. 현관 불빛을 받은 앨리스의 통통한 얼굴이 창백했다. 리샤는 앞으로 뛰어나가 차문을 열고 경호원이 아이를 뉘게 도왔다. 경호원이 곤혹스러운 듯 얼굴을 찌푸리고 있었다.

"여기, 100달러 더 줄게요. 시내까지 혼자서 돌아갈 돈이에요."

"이보슈……."

경호원은 구시렁거리면서도 돈을 받아 들었다. 앨리스가 차를 출발시켰다. 경호원은 그들을 눈으로 좇으며 계속 그 자리에 서 있었다.

"곧장 경찰에 신고하겠지. 그렇잖으면 조합원 자격을 잃을지도 모르니까."

리샤가 절망적으로 말했다.

"나도 알아. 하지만 그때쯤이면 우린 차에 없을 거야."

"어디로 가는데?"

"병원."

"앨리스, 안 돼……."

리샤는 말을 끝내지 않고 뒷좌석으로 몸을 틀었다.

"스텔라? 정신이 드니?"

"네."

작은 목소리가 돌아왔다.

리샤는 손으로 더듬어 뒷좌석 등을 찾았다. 스텔라는 고통스러운 얼굴로 누워 왼팔을 오른손으로 받치고 있었다. 왼쪽 눈두덩이에 멍이 들었고 헝클어진 붉은 머리칼은 지저분했다.

"리샤 캠든이네요."

아이가 울음을 터뜨렸다.

"팔이 부러졌어."

앨리스가 말했다.

"아가, 너……."

목이 꽉 막혀 말을 하기가 어려웠다.

"의사한테 갈 때까지 참을 수 있겠니?"

"네, 집으로 돌려보내지만 말아주세요!"

"그래, 약속할게."

리샤는 대답하고 앨리스를 흘끔 돌아보고 동생에게서 토니의 얼굴을 보았다.

"남쪽으로 10마일쯤 가면 지역 병원이 있어."

"어떻게 알아?"

"한번 가봤어. 약물 과다 복용으로."

앨리스가 짧게 대답했다. 그녀는 맹렬히 생각하는 표정으로, 운전대를 구부정하게 잡고 차를 몰았다. 리샤도 유괴 혐의를 피할 방도를 찾아내려 애쓰며 생각에 잠겼다. 아이가 자발적으로 따라왔다는 주장을 인정받지 못할 수도 있었다. 스텔라는 당연히 협력하겠지만, 나이와 상황을 고려하건대 심신상실 상태였다는 이유로 법적인 증거력을 인정받지 못할 가능성도…….

"앨리스, 온라인 인증 보험 번호가 없으면 스텔라를 병원에 데려갈 수도 없어."

"잘 들어."

앨리스는 리샤가 아니라 어깨 너머의 뒷좌석을 향해 말했다.

"스텔라, 이렇게 하자. 네가 내 딸이고, 우리가 길가에 잠깐 멈춰 서서 쉬는 사이에 네가 커다란 바위 위에 올라가다가 떨어졌다고 할 거야. 우린 네 할머니를 뵈러 캘리포니아에서 필라델피아로 가는 중이야. 네 이름은 조던 와트러스이고 다섯 살이야, 알겠니?"

"전 일곱 살이에요. 곧 여덟 살이 돼요."

"넌 굉장히 덩치 큰 다섯 살이야. 생일은 3월 23일이지. 할 수 있겠니, 스텔라?"

"네."

어린아이가 대답했다. 목소리에 아까보다 힘이 들어 있었다.

리샤가 앨리스를 쳐다보았다.

"너는? 할 수 있어?"

"당연하지."

앨리스가 대꾸했다.

"나는 로저 캠든의 딸이야."

*

앨리스는 스텔라를 안듯이 부축해 작은 지역 병원 응급실로 들어갔다. 리샤는 차 안에서 땅딸막한 여자와 한쪽 팔이 비틀어진 깡마른 아이를 지켜보았다. 그리고 앨리스의 차를 주차장 구석의 메마른 단풍나무 아래에 어설프게 숨겨 댄 다음, 차문을 잠그고 스카프를 얼굴에 더 단단히 매었다.

앨리스의 차 번호와 이름은 지금쯤이면 모든 경찰서와 렌터카 회사의 데이터베이스에 저장되었을 것이다. 의료 기록은 그보다 처리가 더 느렸다. 반세기 동안 이어진 다툼에도 불구하고 여전히 사적 영역으로 남아 있는 의료계는 정부의 개입을 싫어했고, 그래서 대개는 지역 관련 정보를 하루에 한 번만 업로드했다. 앨리스와 스텔라는 병원에서 괜찮을 터였다. 아마도. 그러나 앨리스는 이제 차를 빌릴 수 없었다.

리샤는 빌릴 수 있었다.

그렇지만 렌터카 회사로 전달될 앨리스 캠든 와트러스의 데이터 파일에는 그녀가 리샤 캠든의 쌍둥이라는 정보가 포함되어 있을지도 몰랐다.

리샤는 주차장에 늘어선 차들을 바라보았다. 번쩍이는 고급 크라이슬러, 이케다 밴, 줄지어 선 중산층용 도요타와 메르세데스, 99년식 빈티지 캐딜락—만약 잃어버린다면 주인이 어떤 표정을 지을지 눈앞에 그려졌다—열두어 대의 소형차, 제복을 입은 운전사가 잠들어 있는 공중차. 그리고 낡아빠진 농장 트럭.

리샤는 트럭을 향해 걸어갔다. 남자가 운전석에 앉아 담배를 피우고 있었다. 아버지가 떠올랐다.

"안녕하세요."

남자는 창문을 내렸지만 대답하지 않았다. 떡 진 갈색 머리였다.

"저기 있는 공중차 보이죠?"

리샤가 어린 아가씨처럼 높은 목소리를 내며 말했다. 남자가 무심한 표정으로 공중차를 보았다. 이쪽에서는 운전사가 잠들어 있다는 것까지는 보이지 않았다.

"저 남자가 제 경호원이에요. 제가 아버지가 시킨 대로 병원에 들어간 줄 알고 있죠. 이 입술을 치료하려고요."

앨리스에게 맞은 자리가 욱신거렸다.

"그래서?"

리샤가 발을 굴렀다.

"전 병원에 가기 싫어요. 경호원이나 아빠나 다 싫어요. 여기서 나가고 싶어요. 트럭 저 주시면 4,000크레딧 줄게요. 현금으로요."

남자의 눈이 휘둥그레졌다. 그가 담배를 던지고 다시 공중차를 살폈다. 공중차 운전사는 덩치가 컸고, 공중차는 비명을 지르면 쉬 들릴 만한 거리에 있었다.

"합법적인 진짜 돈이에요."

리샤가 의기양양한 척하며 말했다. 다리가 떨렸다.

"돈부터 보여줘."

리샤는 남자의 손이 닿지 않게 트럭에서 몇 걸음 물러나 돈을 꺼냈다. 그녀는 현금을 많이 가지고 다니는 일에 익숙했다. 그녀 옆에는 언제나 브루스나 브루스 같은 사람이 있었다. 언제나 보호받았다.

"조수석 쪽으로 내려와 옆으로 서요. 열쇠는 여기서 보이게 좌석에 놓아두고, 조수석 문은 잠가요. 그러면 제가 차 위에, 당신한테 보이는 자리에 현금을 올려놓죠."

남자가 자갈을 쏟아붓는 듯한 웃음소리를 냈다.

"꼬마 대브니 엥 애청자지? 부자 학교에선 그런 걸 가르치디?"

리샤는 대브니 엥이 뭔지 몰랐다. 그녀는 남자가 그녀를 속일 방법을 궁리하는 모습을 지켜보며 승리감을 숨기려 애썼다. 토니를 생각했다.

"알았어."

그가 트럭에서 내렸다.

"문을 잠가요!"

그가 씩 웃으며 문을 다시 열더니 이내 잠갔다. 리샤는 돈을 차 위에 올리곤 재빨리 차에 올라 운전석 문을 잠근 다음 창문을 올렸다. 남자가 웃음을 터뜨렸다. 리샤는 시동을 걸고 트럭을 출발시켜 차도로 나갔다. 손이 떨렸다.

리샤는 그 구획을 천천히 두 번 돌았다. 돌아와보니 남자는 없었고 공중차 운전사는 여전히 잠들어 있었다. 남자가 악의적으로 공중차 운전사를 깨울지도 모른다고 생각했지만, 그런 일은 없었다. 리샤는 트럭을 세우고 기다렸다.

한 시간 반 뒤에 앨리스와 간호사가 응급실에서 스텔라가 탄 휠체어를 밀고 나왔다. 리샤는 트럭에서 뛰어내려 두 팔을 흔들며 소리쳤다.

"앨리스, 이쪽이야!"

어두워서 앨리스의 표정이 보이지 않았다. 앨리스가 간호사에게 빨간 차를 타고 왔다고 했다가 낡은 트럭을 보고 당황하지 않기만을 바랄 수밖에 없었다.

"이쪽은 조던이 치료받는 사이에 제 연락을 받고 온 친구 줄리 버가 든이에요."

간호사가 흥미 없는 얼굴로 고개를 끄덕였다. 그들은 스텔라를 도와 높은 트럭에 태웠다. 트럭에는 뒷좌석이 없었다. 한쪽 팔에 깁스를 한 스텔라는 약에 취한 것 같았다.

"어떻게 했어?"

트럭을 출발시키는 리샤에게 앨리스가 물었다.

리샤는 대답하지 않았다. 경찰 공중차가 주차장 한구석에 착륙했다. 경찰 둘이 내리더니 단풍나무 아래에 남겨둔 앨리스의 차로 곧장 걸어갔다.

"세상에."

앨리스의 목소리에 처음으로 두려움이 깃들었다.

"우릴 뒤쫓지 못할 거야. 이 트럭은 괜찮아. 믿어도 돼."

"언니."

앨리스가 겁에 질린 목소리로 말했다.

"스텔라가 **잠들었어.**"

리샤는 앨리스의 어깨에 기댄 아이를 보았다.

"아냐. 진통제로 의식을 잃었을 뿐이야."

"괜찮아? 정상인 거야? 스텔라……에게?"

"우리도 기절은 해. 심지어 약물로 잠들 수도 있어."

한밤중 숲 속 토니와 그녀와 리처드와 제니퍼…….

"몰랐어?"

"응."

"우린 서로를 잘 모르는 것 같네, 그치?"

그들은 말없이 차를 몰았다. 마침내 앨리스가 입을 열었다.

"앨 어디로 데려갈 거야?"

"나도 모르겠어. 불면인의 집에 데려다 놓자니 경찰들이 들이닥칠 것 같고……."

"그건 너무 위험해. 요즘 같은 분위기에는."

앨리스가 지친 듯이 말했다.

"하지만 내 친구들은 모두 캘리포니아에 있어. 이 고철 덩어리를 몰고 거기까지 가면서 검문에 한 번도 안 걸릴 순 없을 거야."

"어차피 도중에 서겠지."

"어떻게 하지?"

"생각해볼게."

고속도로 출구에 공중전화가 있었다. 그룹넷과 달리 보안이 안 되어 있을 터였다. 케빈의 전화는 도청당하고 있을까? 아마 그렇겠지.

피난처 연락처의 경우에는 틀림없었다.

피난처. 케빈은 이미 다들 그곳에 가는 중이거나 갔다고 했다. 그들은 앨러게니 산맥을 안전한 우리처럼 둘러치고 숨어 있었다. 스텔라처럼 갈 수 없는 어린아이들만 남겨놓고.

어디로 가지? 누구에게 데려가지?

리샤는 눈을 감았다. 불면인은 안 된다. 경찰이 몇 시간 안에 스텔라를 찾아낼 것이다. 수전 멜링? 허나 수전은 너무도 잘 알려진, 앨리스의 양어머니인 데다 캠든의 공동 상속자였다. 사태가 알려지자마자 경찰은 그녀를 심문할 것이다. 리샤가 알고, 또 믿을 만한 수면인이어야만 했다. 그런 조건에 맞는 사람이 있을까? 있다고 한들 이토록 큰 위험을 감수할 수 있을까?

리샤는 어두운 공중전화 박스 안에 한참을 서 있다가 트럭으로 갔다. 앨리스는 머리를 좌석에 기대고 잠들어 있었다. 턱으로 침이 한 줄기 흘렀다. 전화박스의 어슴푸레한 빛을 받은 창백한 얼굴이 꽤 지쳐 보였다. 리샤는 공중전화로 돌아갔다.

"스튜어트? 스튜어트 서터?"

"누구세요?"

"리샤 캠든이야. 일이 생겼어."

리샤는 단도직입적으로 사건을 설명했다. 스튜어트는 말을 끊지 않았다.

"리샤……."

스튜어트가 말을 하려다가 멈추었다.

"스튜어트, 도움이 필요해."

'앨리스, 내가 도와줄게.' '언니 도움은 필요 없어.'

바람이 전화박스 옆 어두운 공터에 휘몰아쳤다. 리샤는 몸을 떨었다. 바람에서 리샤는 거지의 가냘픈 애원을 들었다. 바람 소리에서, 그녀 자신의 목소리에서.

"알았어. 이렇게 하자. 뉴욕 리플리에 사촌이 살고 있어. 펜실베이니아 주 경계에 바로 맞닿은 곳이야. 동쪽으로 차를 몰아. 나한테 뉴욕 변호사 자격이 있으니까 뉴욕으로 와야 해. 아이를 그쪽으로 데려와. 사촌에게 연락해서 네가 간다고 말할게. 젊었을 때 사회운동가였던 나이 든 여자인데, 이름은 재닛 패터슨이야. 집 주소는……."

"네 사촌이 도와줄 거라고 어떻게 확신할 수 있어? 그러다 감옥에 갈지도 몰라. 너도 마찬가지야."

"재닛이 젊었을 때 얼마나 자주 감옥을 들락거렸는지 알면 놀랄걸. 베트남전 반대 시위까지 거슬러가는 정치 투사거든. 하지만 아무도 감옥에 가지 않을 거야. 이제 나는 네 공식 변호사로 면책특권이 있어. 스텔라를 주정부의 피보호자로 신청할게. 스코키에서 네가 남긴 병원 기록이 있으니 어렵지 않아. 그다음에 뉴욕의 위탁 가정으로 옮기면 돼. 딱 맞는 사람들을 알고 있어. 공정하고 상냥한 사람들이야. 앨리스는……."

"스텔라는 일리노이 주민이야. 뉴욕에서는……."

"괜찮아. 불면인의 수명에 대한 연구 결과가 발표된 뒤로 입법부는 겁먹거나 질투하거나 아니면 그냥 화났을 뿐인 유권자들의 멍청한 의안을 마구잡이로 통과시켜 왔어. 그 결과 우리가 법이라고 부르던 것은 모순과 불합리, 허점으로 엉망진창이 되었지. 장기적으로는 지금 상태가 계속되지 않겠지만—최소한 나는 나아지길 바라고 있어—일단 그때까지는 허점들을 이용할 수 있어. 스텔라 일을 누구도 본 적 없는 배배 꼬인 사건으로 만들게. 해결될 때까지 스텔라는 집으로 돌려보내지지 않을 거야. 하지만 앨리스는 다른 방법을 찾아야 해. 일리노이 주 변호사가 필요해."

"한 명 있어. 캔디스 홀트야."

"아니, 불면인은 안 돼. 날 믿어, 리샤. 괜찮은 사람을 찾을게. 아는 변호사 중에…… 리샤, 우는 거야?"

"아니."

리샤는 흐느끼며 대답했다.

"맙소사, 개자식들. 일이 이렇게 되어서 미안해, 리샤."

"미안해하지 마."

리샤는 스튜어트의 사촌 집으로 가는 길을 듣고 트럭으로 돌아왔다. 앨리스는 여전히 잠들어 있었고, 스텔라는 의식이 없었다. 리샤는 트럭 문을 최대한 조용히 닫았다. 엔진이 시끄럽게 울렸지만 앨리스는 깨지 않았다.

좁고 어두운 운전석에는 한 무리의 사람들이 함께 있었다. 스튜어트 서터, 토니 인디비노, 수전 멜링, 겐조 야가이, 로저 캠든.

리샤는 스튜어트 서터에게 말했다. 넌 내게 모어하우스, 케네디의 상황을 알려주려고 전화했어. 스텔라를 위해 네 경력에 해가 되고 사촌이 감옥에 갈 위험까지 무릅쓰고 있어. 아무것도 얻지 못할 텐데도 말이야. 버니 쿤의 뇌에 관해 내게 미리 알려준 수전 멜링과 마찬가지로. 수전, 아버지의 꿈 때문에 자신의 삶을 잃어버렸지만 스스로의 힘으로 되찾은 사람. 서로에 대한 배려가 없는 계약은 계약이 아니야. 1학년짜리도 다 아는 사실이지.

그녀는 겐조 야가이에게 말했다. 거래는 항상 선형으로 이루어지지 않아요. 그걸 놓치셨죠. 만약 스튜어트가 제게 무언가를 주고, 제가 스텔라에게 무언가를 주고, 지금으로부터 10년이 지나 우리에게 받은 것 덕분에 다른 사람이 된 스텔라가 다른 누군가에게 무언가를 준다면…… 그것은 순환이에요. 네, 거래의 순환이죠. 모두는 계약으로 묶이지 않아도 서로에게 필요한 존재예요. 말에게도 물고기가 필요할까요? 그럼요.

토니에게 말했다. 그래, 스페인에는 아무것도 거래하지 않고 아무것도 주지 않고 아무 일도 하지 않는 거지들이 있어. 하지만 스페인에는 거지만 있는 게 아니야. 거지한테서 물러난다면, 우리는 그 나라 전체에서 물러나는 셈이 돼. 도움의 순환 가능성에서 물러나는 거야. 수

146

년 전 앨리스가 자기 방에서 내게 원했던 것이 바로 그 도움의 순환이었어. 겁에 질리고 분노하고 질투하고 임신한 앨리스는 **나를** 돕고 싶어 했어. 나는 앨리스의 도움이 필요하지 않았기 때문에 그녀의 도움을 받아들이지 않았지. 하지만 난 지금 도움이 필요해. 그때 앨리스가 원했듯이. 거지들도 도움을 받을 뿐 아니라 주어야 할 필요가 있어.

마침내 아버지만 남았다. 밝은 눈을 빛내며 강인한 손으로 이국적인 꽃의 두툼한 잎사귀를 쥐고 있는 아버지가 **보였다.** 리샤는 캠든에게 말했다. 아빠가 틀렸어요. 앨리스는 **특별해요.** 아, 아빠, 앨리스의 특별함이란! 아빠가 틀렸어요.

이렇게 생각하자마자 빛이 그녀를 가득 채웠다. 가벼운 거품 같은 즐거움이나 시험을 치를 때의 날카로운 선명함이 아니었다. 두 아이가 이리저리 뛰놀던 온실의 유리창을 통과한 부드러운 햇살이었다. 갑자기 몸이 가벼워졌다. 부유감과는 달랐다. 다른 어딘가로 향하는 햇살이 깔끔하게 통과해가는 반투명한 매개체가 된 것 같았다.

리샤는 잠든 여인과 상처 입은 아이를 싣고 밤을 넘어 동쪽으로, 주 경계를 향해 달렸다.

이 소설은 작가로서의 내 경력에 몇 가지 이정표가 되는 작품이다. 전업 작가가 되기 위해 광고 회사를 나와 쓴 첫 번째 글이자, 처음(그리고 유일하게) 휴고 상을 안겨준 작품이다.* 보다 중요한 사실은, 이 이야기가 유전공학의 가능성을 탐구한 내 많은 소설들 가운데 첫 번째 작품이라는 점이다.

이 책에 실린 열세 편의 작품들 중에 여섯 편은 유전공학을 소재로 하고 있다. 다섯 편은 인간에, 한 편은 박테리아에 유전공학을 적용한 글이다. 다른 세 편은 합성마약과 DNA 단계에서의 제약을 다루고 있다. 이렇게 보면 가히 유전공학에 집착한다 말할 수 있을 듯하다.

왜일까? 그 이유는 나도 모르겠다. 나는 서문에서 다가오는 세기는 미생물학의 시대가 될 것이고, 20세기에 물리학에서 일어났던 것과 같은 과학적인 혁신이 미생물학계에서도 일어날 것이라고 썼다. 다 사실이긴 해도 내가 「스페인의 거지들」을 그런 이유에서 쓴 것은 아니다. 미생물학은 매혹적이지만, 이 이야기는 지적인 매혹이 아닌, 보다 단순하고 오래된 감정인 질투에서 시작되었다. 나는 하루에 적어도 여덟 시간, 혹은 가능하다면 아홉 시간을 자야 하는데, 나 자신도 이 사실이 썩 내키지 않는다. 반면 불면인은 한숨도 잘 필요가 없다. 나 역시 리샤처럼 유전자 조작을 받을 수 있다면 좋겠다고 생각했기에, 작가들만이 가능한 방식으로 꿈을 이루었다. 바로 이 이야기 속에서.

* 낸시 크레스는 이 책 출간 이후인 2009년 중편 「에르드만 결합The Erdmann Nexus」으로 두 번째 휴고 상을 수상했다.

파이겐바움 수

Feigenbaum Number

Nancy Kress

보라! 지하 동굴에 살고 있는 인간들이여. (…) 우리들처럼, 그들은 모닥불이 맞은편 벽에 비춘 자신의 그림자나 서로의 그림자밖에 보지 못하노니.

—플라톤,『공화국』

구겨진 시트 위에 누워 미소 짓는 다이앤을 두고 침대에서 일어났다. 립스틱은 번졌고 똥배는 땀에 젖었다. 다이앤이 말한다.

"와."

"너야말로."

나는 이렇게 대꾸하곤 거울 쪽으로 몸을 돌렸다. 내 뒤로 또 다른 여자가 침대에서 유령처럼 일어나 미소 지으며 창가로 걸어갔다.

"잭, 침대로 돌아와."

"안 돼. 가야 해. 학생과 약속이 있어."

"이번엔 또 뭐야?"

거울 속으로 나는 눈을 찌푸리고 입술을 앙다무는 다이앤을 보았다. 다른 여자는 웃음을 터뜨리며 창문 가에서 몸을 돌렸다. 여자가 날씬하고 우아한 팔을 들어 흘러내린 밤색 머리칼을 뒤로 넘겼다.

다이앤이 갈색 머리카락을 얼굴에서 들어 올렸다.

"잭, 당신, 사랑을 나눈 후에 단 한 번이라도 마치 화재 경보음이라도 울린 것처럼 서둘러 나가지 말아달라는 게 그렇게 무리한 부탁이야? **단 한 번**이라도?"

나는 대답하지 않았다.

"정말, 그럴 때면 내가 어떤 기분인지 알아? 픽-팍-고마워요-부인. 우린 사람 대 사람으로 관계를 맺고 있잖아. 세 달 동안 사귀었는데, 섹스하자마자 그렇게 곧장 나가지 말라는······."

나는 다이앤의 말을 자르지 않았다. 그럴 수가 없었다. 이번에는 현기증이 심했다. 곧 메스꺼움이 뒤따를 것이다. 섹스를 하면 꼭 이랬다. 그 격렬함 때문에. 다이앤이 몸을 벌떡 일으키더니, 침대 위에 무릎을 꿇고 앉아 벌어진 틈새로 칠이 벗겨진 이웃집 목조 가옥과 잡초 무성한 정원이 보이는 묵직한 밤색 커튼 앞에서 큰 소리로 불평을 늘어놓았다. 방 맞은편에서는 다른 다이앤이, 벌어진 틈새로 덩굴장미로 덮인 윤기 나는 목재 저택이 보이는 진홍색 실크 장막 앞에 서서 가벼운 키스를 날렸다. 그녀의 눈은 이해심으로 반짝이고 있었다.

속이 메스꺼워졌다.

"그런 취급을 받으면 내가 어떤 **기분**이 드는지 이해하지도 **못하는** 것 같고······."

나는 흠집 난 합판 '복제품'인 동시에 광택이 흐르는 벗나무 옷장인 장식장의 모서리를 움켜쥐었다. 눈앞에서 향수병 두 개가 흔들렸다. 노란색 플라스틱 스프레이통과 선이 깔끔한 갈색 유리병이었다. 눈을 질끈 감았다. 유령 같은 다이앤이 날렵하고 확신에 찬 몸짓으로 욕실을 향해 가볍게 걸어갔다.

"나를 제대로 바라보지도 않고, 우리가 사랑을 나눌 때든……"

나는 눈을 감은 채 침실의 문을 더듬어 찾았다.

"잭!"

나는 두 문을 쾅 닫고, 다이앤의 질척한 분노와 뚱뚱한 알몸, 정당하기 그지없는 흐느낌이 따라오기 전에 아파트를 나섰다.

*

밖으로 나오니 한결 나았다. 에스코트를 몰아 학교에 갔다. 맵시 좋고 균형 잡힌 라인을 자랑하는 완벽한 차체가 주위 안팎으로 반짝였지만, 현기증은 없었다. 차에 관한 느낌이 격렬해진 적은 거의 없었고, 해를 보내면서 나는 느낌이 너무 격렬하지 않은 대상의 이중 상태는 수습할 줄 알게 되었다. 그렇지 못한 일은 대체로 피했다.

애런 필딩 교수의 연구소는 아스팔트 주차장에서 튀어나온 상자처럼 보이는 3층 건물이었다. 포스터가 덕지덕지 붙은 로비는 지친 강사들을 만나려는 바쁜 학생들로 가득 찬 장소인 동시에, 학자들이 인간의 정신에 관해 열렬히 토의하는 대리석이 빛나는 공간이었다. 나는 박사후과정 연구생들에게 배당된 연구실에 있는 내 자리를 향해 복도를 걸어갔다.

하지만 프랜시스 슈레더 박사의 연구실 문이 열려 있었다. 나는 참을 수가 없었다.

박사는 단말기 앞에 앉아 작업 중이었다. 문설주(낡은 금속, 희미하고 우아한 장식 테두리)를 두드리자 그녀가 고개를 들고 미소를 보냈다.

"잭! 와서 이것 좀 보렴!"

나는 연구실에 들어갔다. 어쩌나 안심이 되었는지 눈자위가 따끔거렸다. 키보드 위에 놓인 실제 프랜의 길고 검버섯 난 손가락에 이상적인 프랜의 길고 검버섯 난 손가락이 겹쳤다. 이상적인 프랜의 백발은 더 숱이 많고 덜 세었지만, 둘 다 단정하고 짧은 단발이었다. 실제 프랜은 안경을 썼지만, 두 프랜 모두 조금 푹 꺼진 밝고 푸른 눈에 똑같이 평온한 기민함을 담고 반짝였다.

그녀는 내가 본 사람들 중에 그녀가 되었어야 할 모습과 거의 똑같은 유일한 사람이었다.

"이게 가장 최근에 나온 위상공간 다이어그램이야. 아직 인쇄는 안 했지만 컴퓨터 분석이 방금 끝났어."

나는 그녀 옆으로 몸을 구부리고 모니터를 들여다보았다.

"지난번 결과보다 딱히 더 산만해 보이지는 않는데요."

"유감스럽게도 내가 보기에도 그래. 늘 똑같지, 똑같아."

프랜이 웃음을 터트렸다. 혼돈 이론에 따르면 늘 똑같은 것이란 없었다. 시공간 다이어그램은 영원히 복잡하고 결코 반복되지 않으며 통제되지 않는다.

그러나 완전히 그런 것은 아니다. 한눈에 보이지 않을 뿐 규칙이 있다. 현재의 수학 지식 수준으로는 아직 발견하지 못한 열쇠가 있었다.

아무도 본 적 없는 이상理想이.

"젊은 너라면 내가 놓친 뭔가를 잡아내지 않을까 하는 생각이 계속

들어. 이 결과를 복사해줄게. 그리고 표트르 솔렌스키가 베를린에서 새로운 연구 결과를 발표했는데, 한번 봐두면 좋겠더라. 인터넷에서 다운받아서 네 이메일로 보내놓았어."

나는 말없이 고개를 끄덕였다. 오늘 들어 처음으로 차분한 감정이 흘러들어 오며 나를 달랬다.

차분함.

올바름.

숫자들.

프랜은 두드러질 만한 성과를 내진 못했지만, 평생 순수수학 연구에 성실히 전념해왔다. 지난 몇 년 동안 지도 교수인 그녀와 대학원생인 나는 정밀하고 간소한 반복함수 이론의 세계를 연구해왔다. 주어진 식의 해가 같은 식의 다음 반복의 시작 값으로 다시 주어지는 함수였다. 식에 어떤 초기 값을 집어넣든, 충분한 반복을 거치면 끌개라고 불리는 동일한 값이 도출된다. 모든 식은 반복이 둥지로 돌아가는 비둘기들처럼 수렴해가는 끌개의 집합을 만들어낸다.

식에 투입하는 값이 파이겐바움 수라고 불리는 특정한 지점을 지나기 전까지만 그렇다. 파이겐바움 수를 넘으면 연쇄의 모든 규칙성이 사라진다. 더 이상 어떤 규칙도 보이지 않는다. 끌개는 사라지고 심지어 상당히 간단한 식의 움직임마저 무질서해진다. 비둘기들이 눈멀고 길 잃은 채 제멋대로 날아간다.

과연 그럴까?

프랜은 전 세계의 다른 순수수학자 수십여 명과 마찬가지로 그 혼돈을 관찰하고 분석하여 비둘기의 비행에서 어떤 규칙성을 얼핏 보았다고 생각했다. 무질서한 규칙성, 통제된 임의성. 우리는 비선형적 미분방정식과 반복된 값을 수렴이 아니라 **발산**하도록 하는 끌개들을 연구해왔다. 단지 미분적으로 분할된 값이 점점 더 발산하다가…… 발산하면서, 실로 적절하게도 **이상한 끌개**라고 불리는 어떤 숨겨진 값으로 다가간다. 같은 둥지에서 출발한 비둘기들이 무질서해 보이는 과정을 거쳐 분간은 되나 존재를 증명할 수는 없는 지점으로 끌려간다.

프랜과 나는 이러한 이상화된 지점에 관한 시험적인 공식을 갖고 있다. 그러나 가설일 뿐이었다. 어딘가 틀린 부분이 있었다. 우리 둘 다 뭔가를 못 보고 놓치고 있었다. 분명히 뭔가 있지만—나는 **알았다**—보이지가 않았다. 발견하기만 하면, 초기 값에 초의존성을 보이는 모든 물리 체계의 구조에 이상한 끌개가 내재해 있다는 증거를 갖는 셈이었다. 엄청난 의미를 가지는 일이었다. 혼돈수학, 유체역학, 날씨 예측 분야에서.

그리고 나에게.

나는 그 공식을 바라보는 것을 좋아했다. 가끔은 우리가 해온 작업들 뒤에서 그 값을 거의 본 것만 같기도 했다. 그러나 자주는 아니었다. 그리고 프랜에게 말하지 않은, 말할 수 없었던 사실은 나는 프랜처럼 그것을 **찾을** 필요가 없다는 점이었다. 프랜은 최고 수준의 지적 갈망에 사로잡혀 있는 진정한 과학자였다. 나는 그저 공식을 바라볼 때의 평화로움과 안정감을 좋아했다. 여러 해 동안 간단한 덧셈, 대수, 미적분, 불 논리에서 찾아온 바로 그 편안함이었다. 이중 상태 없이 단지 그 자체로 존재하는 숫자에는 어떤 다른 완전체도 불변체도, 그들 뒤로 드리운 더 낮고 더 완벽한 분열상도 없었다. 수학에도 임의로 세우는 가설은 있지만, 적어도 벽에 비친 그림자는 없다.

그래서 나는 최대한 오랜 시간을 프랜과 모니터 앞에서 보내고 가장 최신의 위상공간 다이어그램을 인쇄해서 읽어본 다음, 우리 연구를 다시 한번 검토하고 표트르 솔렌스키의 연구를 읽었다. 그러고 나니 현실 세계로 돌아가는 일을 더 이상 미룰 수가 없었다.

*

집합론 입문 수업을 하기 위해 교실에 들어서자마자 현기증이 났다.

시월 중순. 일주일에 2회, 1회당 90분, 두 달을 더 가르쳐야 장학금을 계속 받을 수 있었다. 견딜 자신이 없었다. 하지만 장학금이 없으면 프랜과 계속 연구할 수가 없었다.

서른두 개의 얼굴이 그들 뒤로 유령처럼 반짝이는 서른두 개의 얼굴과 함께 눈앞에서 까닥였다. 달랐다. 너무나 달랐다. 여드름투성이 얼굴에 화난 눈빛을 하고 우울하게 몸을 웅크리고 앉은 열여덟 살 낙제생 짐 멀케이. 그의 뒤에는 현실의 끔찍한 증오를 유발한 사건, 그가 내 말에 귀를 기울이지도 교과서를 읽지도 못하게 된 원인이 무엇이었든 그 일에 상처받지 않은, 차분하고 확신에 찬 짐이 있었다. 제시카 해리스, 초조해 보이는 성마른 얼굴로 즉시 요점을 이해하지 못할 때마다 공황 상태가 되는 전 과목 A학점 우등생. 그녀의 뒤에는 한 번 더 기다릴 줄 알고 논리를 연구해서 결국은 이해해내는 자신에게 만족하는 자신만만한 제시카가 있었다. 예순네 개의 얼굴. 두 교실에 놓인 예순네 개의 책걸상. 가끔은 몸을 돌리면 두 개의 칠판(깨끗한 표면에 또박또박한 판서, 먼지투성이인 낡은 표면에 괴발개발인 판서)이 보였다. 때로는 고개를 돌리는 것만으로는 정신을 차릴 수가 없었다.

"학생들이 당신이 말할 때 눈을 마주치지 않는다고 불평합니다."

학과장이 말했다.

"수업 후에 학생들의 질문에 답할 만한 시간을 내주지 않는다고도
하고요."

과로한 공무원 뒤로 현명한 지도자가 희미하게 흔들렸다.

아무도 질문을 하지 않았다. 아무도 수업 후에 남지 않았다. 앞에
앉은 서른두 명의 학생들은 무한집합에 관해 아무런 할 말이 없었고,
나는 뒤의 서른두 명의 말을 들을 수도 그들에게 다가갈 수도 없었다.

나는 극심한 두통을 느끼며 교실을 나왔다가 복도를 지나가는 학생
과 부딪쳐 넘어질 뻔했다.

교원이나 친구나 깨달음을 기다리는 학생들을 위해 의자(얼룩진
벽토 의자, 우아하게 장식된 세공토 의자)가 복도를 따라 놓여 있었
다. 의자 하나가 내 연구실 앞을 3분의 1이나 막고 있었다. 그 의자에
앉아 고개를 숙인 채 공책에 그림을 그리고 있는 여학생이 한 짓 같았
다. 시야가 흐려질 정도로 심한 두통이었다. 무릎을 의자(니스칠 한 싸
구려 소나무 의자, 손으로 깔끔히 닦은 경재 의자)에 부딪쳤다. 시야는
맑아졌으나 무릎이 심하게 아팠다.

"학생, 문 앞을 막지 **말아줄래요?**"

"죄송해요."

그녀가 고개를 들지도 스케치를 멈추지도 않으며 대꾸했다.

"**이 지랄 맞은 의자 좀 치워주지 그래요.**"

그녀가 종이에서 눈을 떼지 않은 채 의자를 구석으로 끌고 갔다. 의
자가 복도 바닥에 부딪히며 울렸다. 아픈 머리도 울렸다. 그녀의 뒤로
또 다른 그녀가 양해를 구하듯 유쾌하고 매력적으로 어깨를 으쓱였

다.

나는 억지로 입을 열었다.

"절 기다렸나요? 수업 때문에?"

"아뇨."

그녀는 여전히 고개를 숙이고 있었다. 학생이라고 해도 지나치게 무례한 태도였다. 그녀를 밀치고 지나가다가 공책에 시선이 갔다.

온통 숫자였다. 동전 던지기 확률 게임의 이항분포표였다. n 앞면이 나올 가능성을 x로 놓고 같은 수의 앞면과 뒷면을 던질 확률로 나눈 표였다. 그녀는 각 열이 깔끔하게 표시된 표에 손이 움직이는 한 최대한 빨리 일곱 자리 소수에 숫자를 채워 넣었다. 암기일까, 암산일까?

내가 불쑥 말했다.

"대부분의 사람들은 그렇게 못 해요."

"관찰인가요, 모욕인가요, 칭찬인가요?"

두 여학생 모두 머리를 숙여 정수리밖에 보이지 않았다. 부드럽지만 지저분한 금발, 황금 깃털 같은 곱슬머리.

"만약 관찰이라면 '저도 알아요'라고 답하겠어요."

현기증으로 정신이 혼미해졌다.

"모욕이라면 '전 대부분의 사람이 아니에요'라고 하죠."

쓰러지지 않으려 한 손으로 벽을 짚었다.

"칭찬이라면, 뭐, '고마워요'라고 하죠."

복도가 진동하듯 울렸다. 예순네 명의 학생들이 내게로 다가왔다. 그러나 내가 맡은 학생은 배우려는 생각이 없는 서른두 명뿐이었다. 그들은 그들이 되었어야 할 모습의 일그러지고 변형된 버전일 뿐이었다. 그들에 대한 증오심이 너무 강해 가르칠 수가 없었다. 될 수 있었던 존재가 되지 않았다는 사실에 대해. 현실과 이상을 모두 받아들이고 조정하는 내 예민하고 형이상학적인 귀가 내면의 균형을 유지하지 못하게 하는 것에 대해. 파이겐바움 수 너머까지 내달려 끝개가 요동치는 혼돈으로 대체된 버전의 자신이 되어버린 점에 대해……. 나는 힘겹게 벽에 몸을 기대고, 숨을 쉬기 위해 헐떡였다.

"이봐요!"

여학생이 고개를 들었다. 뼈가 불거진 여윈 얼굴에 지나치게 커다란 입, 선이 고운 섬세한 얼굴에 도톰한 장밋빛 입술. 하지만 나의 시선은 그녀의 눈에 머물렀다. 대수롭잖은 걱정이 담긴 두 눈이 나, 내 뒤의 벽, 나를 번갈아 보았다. 나는 기름에 불을 붙인 듯한 충격에 휩싸였다. 그녀가 내 몸을 받치려 팔을 뻗었지만, 그 시선은 이미 나를 지나쳐 다른 곳으로 향해 있었다. 내가 거울을 볼 때를 제외하면 한 번도 본 적 없는, 냉혹한 이끌림을 따라가고 있었다. 내 뒤에서 빛나는 다른 잭, 내가 아닌 이상적인 나에게로.

*

"선생님한테는 다른 영향을 끼치는 것 같아요."

미아가 학생 식당에서 커피를 마시며 말했다. 나는 식당이 거의 비어 있었기 때문에 그쪽으로 가는 데 동의했었다.

"전 어지럼증을 느끼거나 머리가 멍해지지 않아요. 그냥 신경질을 내죠. 진짜 재수 없는 낭비라니까요."

그녀는 내 맞은편에 앉아 있었다. 또 다른 미아는 그녀의 뒤에서 사랑스러운 얼굴에 희망을 담은 녹색 눈을 반짝이고 있었다. 우리가 이 경험을 공유할 수 있다는, 그녀는 더 이상 혼자가 아니고 내가 그녀의 외로움을 끝내줄지도 모른다는 희망이었다. 현실의 미아는 희망적으로 보이지 않았다. 자기 말대로 그저 분노에 차 보였다.

"잭 선생님, 사람들은 열 번 중에 아홉 번 꼴로 이상적인 자신이 **되거나**, 아니면 되어보려고 시도만 해도 이상적인 모습에 끝내주게 가까이 갈 수 있어요. 다들 너무 게으르거나, 잠자코 노력하기에는 너무 배배 꼬여 있을 뿐이죠."

나는 시선을 피했다.

"내 경우에는 이 현상의 불공평함이 무엇보다도 짐스러워요."

내가 머뭇거리며 말했다.

"이상을 보는 현상 때문에 평생 하고 싶었던 일을 무엇 하나 제대로 못 했다고요."

수학만 빼고.

그녀가 눈살을 찌푸렸다.

"'불공평함'이오? 그래서 뭐요? 지지 마세요."

"그렇게 간단한 일이 아니라고 생각하……."

"간단해요. 솔직히, 정말로 단순하죠. 어쨌든 하고 싶은 대로 행동하고 하소연하지 마세요."

"하소연이라니……."

"하소연하고 있잖아요. 이중 시야 때문에 하고 싶은 일을 그만두지 말라고요. **전** 안 그만둬요."

그녀가 싸울 듯이 나를 노려보았다. 그녀 뒤의 다른 미아가 상황을 수용한 결단력 있는 모습으로 반짝였다.

"미아, 나도 하고 싶은 일을 하려고 애쓰고 있어요. 수학, 논문, 강의."

강의는 하고 싶은 일이 아니었지만.

"좋아요."

그녀가 내 말을 툭 자르며 나의 어깨 뒤를 바라보았다.

"우리가 맞서면 이중 시야에 꼭 지란 법도 없어요."

"우리 같은 사람을 또 찾아낸 적이 있나요?"

이상적인 나는 어떤 모습일까? 미아는 그의 얼굴에서 어떤 강인함을 볼 수 있을까?

"아뇨, 선생님이 처음이에요. 전 저 혼자뿐인 줄 알았어요.

"나도요. 하지만 우리 둘이 있다면 다른 사람들이 더 있을지도 몰라요. 어쩌면……."

"제길, 잭, 최소한 나한테 말할 땐 날 쳐다보기라도 해!"

나는 천천히 시선을 그녀의 얼굴로 옮겼다. 그녀의 실제 얼굴로. 분노로 벌어진 입과 보기 흉하게 가늘게 뜬 눈. 내 시선이 천천히 다시 움직였다.

"개자식! 그만해! 그만하라니까!"

"미아, 나한테 욕하지 마."

"나한테 이래라저래라하지 마! 너한텐 그럴 자격이 없어! 당신도 다르지 않군……."

"그녀를 볼 수 있는데 왜 **널** 보겠어?"

미아가 벌떡 일어났다. 의자가 넘어졌다. 그녀가 사라졌다. 나는 두 손으로 눈을 덮어 시야를 닫았다. 모든 것으로부터.

"발산을 시작하기 전에 이 공식이 어땠어?"

프랜은 내가 본 적 없는 새로운 위상공간 다이어그램을 들고 있었다. 그녀의 눈이 반짝였다. 그러나 입가에는 뭔가 묵직한 기운이 감돌았다. 뒤에 선 프랜에게는 없는 것이었다. 순간 당혹감에 인쇄물에 집중할 수가 없었다. 이상적인 프랜 역시 어제와는 달라 보였다. 그녀의 살결이 안에서부터, 너무 강하게 느껴질 만큼 반짝였다. 마치 창백한 빛깔의 미립면 아래에서 타오르고 있는 전구 같았다.

"잭, 그냥 해본 소리야. 발산하기 전에 이 공식이 어땠는지는 알고 있어. 바로 저기 책상 위에 놓여 있으니까. 하지만 이건 달라 보여. 봐…… 여기에……."

프랜이 식을 가리키며 설명했다. 아주 가까운 지점에서 출발하는 비선형식들은 서로로부터 발산해 혼돈으로 향하는 경향을 보인다. 그러나 이 독특한 다이어그램에는 뭔가 이상한 점이 있었다. 이상한 끝 개 근사값에서 늘 그렇듯 무질서했지만, 그 무질서함 속에서 예전엔 본 적 없던 뭔가가 느껴졌다. 차이점을 정확하게 짚어낼 수가 없었다. 가깝지만 확실하진 않았다.

"원래 식은 뭐였어요?"

"저기, 자료에…… 아니, 저쪽."

"알펠서 상수를 쓰셨어요? 왜요?"

"식을 다시 보렴."

나는 다시 공식을 보았고, 이번에는 소립자물리학이 내 분야가 아님에도 그것을 알아보았다. 제임스 알펠서는 2년 전에 우주 탄생 첫

30초 동안의 전자/양전자쌍 운동에 관한 연구로 노벨상을 받았다. 프랜은 창조의 혼돈 주위를 배회하고 있었다.

나는 위상공간 다이어그램을 다시 살폈다.

"거의 보이는 것 같지? 거의…… 보이는……."

"선생님!"

프랜이 손으로 옆구리를 짚었다.

"별일 아니야. 그저 불면증에 근육 긴장에 소화불량이 겹쳤을 뿐이야. 이 공식들을 검토하느라 밤을 샜거든."

"좀 앉으세요."

"아니, 괜찮아. 정말 괜찮아."

그녀가 나를 보며 미소 지었다. 눈가의 잔주름이 팽팽히 당겨졌다. 그녀의 뒤에 선 다른 프랜은 미소 짓지 않았다. 전혀. 그녀가 나를 보았고, 생전 처음으로 그녀가 나를 어떻게든 **보았다**는 정신 나간 생각이 떠올랐다.

그들이 발산하는 모습을 본 것은 이번이 처음이었다.

"선생님, 병원에 가셨으면 해요."

"걱정해주니 고맙구나. 하지만 난 괜찮단다. 이것 봐, 잭, 이쪽 다이어그램에……."

두 프랜이 숫자가 주는 순수한 기쁨에 반짝였다. 나는—겁이 나서, 그리고 안도감에—그들을 말리지 않았다.

*

"……이 지랄 맞은 수업은 전혀 이해가 안 돼."

164

말소리는 또렷하나 말한 사람이 누구인지는 알기 어려운, 낮은 남자 목소리였다. 나는 칠판에 공식을 쓰다 말고 돌아섰다. 서른둘/예순네 개의 얼굴이 눈앞에서 흔들렸다.

"누가 뭐라고 했니?"

정적. 여학생 몇몇이 공책으로 시선을 떨어뜨렸다. 나머지 학생들은 굳은 얼굴로 나를 빤히 마주 보았다. 나는 천천히 칠판으로 몸을 돌리고 공식의 나머지 반을 썼다.

"……개한테 오줌 싸는 법도 못 가르칠 멍청이."

다른 목소리였다.

분필을 쥔 손이 떨렸다. 나는 판서를 계속했다.

"……강단에 서지 못하게 해야 해."

이번에는 여학생 목소리였다. 나는 다시 돌아섰다. 속이 뒤집힐 것 같았다. 학생들이 나를 응시했다. 모두 한패거나, 아니면 적어도 암묵적 동조자들이었다.

목소리가 떨렸다.

"이 수업의 방식에 관해 불만이 있다면 학과장님에게 말씀드리거나 학기 말에 배포되는 강의 평가서에 쓰세요. 그때까지는 더 공부해야 할 것들이 있어요."

나는 등을 돌렸다.

"……뭐 하나 똑바로 가르칠 줄 모르는 바보."

분필로 정수를 쓰던 손이 멈추었다. 손을 움직일 수가 없었다. 아무리 필사적으로 집중해도 숫자를 마저 쓸 수가 없었다.

"……**자기**가 대단한 척하려고 우릴 낙제시킬 작정이지."

나는 천천히 학생들을 마주 보았다.

그들은 몸을 웅크리거나 능글맞은 미소를 띠거나 공허한 웃음을 지으며 앉아 있었다. 텅 빈 얼굴들, 멍청한 얼굴들. 민망한 표정인 얼굴 몇 개. 그저 대충 넘어가는 데나 관심이 있는 하류 정신들. 우리가 맥스웰, 볼츠만, 폰노이만, 러셀, 알펠서의 위대한 사상을 채워주기로 되어 있는 추하게 벌름거리는 위장들. 가르쳐줘봤자 깨작거리다가 바닥에 뱉어낼 주제에.

그리고 그들 뒤에는…… 그들 뒤에는…….

"나가."

백스물여덟 개의 눈이 휘둥그레졌다.

"내 말 들려? 내 교실에서 나가! 이 대학에서 나가! 자네들은 여기 어울리지 않아! 자네들이 여기 있는 것 자체가 범죄라고! 자네들한텐 태울 불도 아까워! 나가! 자네들은 너무 멀리까지 발산해서…… 자네들…… 자네들의……."

앞줄의 남학생 몇몇이 어슬렁거리며 나갔다. 뒷줄에서 한 여학생이 울음을 터뜨렸다. 몇몇은 내게 고함을 질러댔다. 새된 소리가 들렸다. 아니, 그 소리는 교실 안이 아니라 복도에서, 복도 끝에서 들려왔다. 창밖의 구급차가 울리는 사이렌과 경고등 소리였다. 프랜이 들것에 실려 나가고 있었다. 들것 옆으로 그녀의 손이 둔하게 흔들렸다. 끔찍한 사실은 그녀가 움직이지 않는다는 점이 아니라, 들것 위에 그토록 조용히 누워 있는 프랜이 원래의 둘이 아니라 한 명, 오직 한 명인 점이라는 나의 설명에는 아무도 귀를 기울이지 않을 터였다.

*

나는 장례식에 가지 않았다. 프랜의 마지막 다이어그램 집합을 챙기고 프랜의 하드디스크에서 파일을 모두 복사한 다음 짐을 꾸렸다. 처음에는 64번 국도변 모닝사이드 모텔에 들어갔다. 다이앤, 학과장, 집주인의 자동응답기에 음성을 남겼다.

"이제 만나고 싶지 않아. 네 잘못은 아니지만, 진심이야. 미안해."

"수업 장학금과 박사후과정 연구생 자격을 포기하겠습니다."

"집세는 이달 말까지 입금했습니다. 돌아가지 않을 생각입니다. 제 짐은 이 주소에 사는 여동생에게 착불로 보내주세요. 고맙습니다."

나는 모텔 문을 잠그고 잭다니엘 두 병을 꺼낸 다음 거울을 향해 잔을 들어 올렸다.

건배할 대상은 없었다. 그에게? 이런 어리석은 신파극을 벌이지 않을 사람? 프랜의 죽음을 예상 못한 사건 자체로 받아들이고 용기와 기품을 갖고 그녀를 애도할 사람? 자신이 절대, 결단코 도달하지 못할 자리가 어디인지 정확히 알면서도 망가지지 않은 건강한 균형 감각을 갖고 자신의 문제를 이겨낼 가장 좋은 방법을 생각해낼 사람? 그놈에게 건배했다간 미쳐버리리라.

"프랜 선생님께."

나는 소리 내어 말한 다음 단번에 잔을 비웠다. 그리고 이 방 뒤에 숨어 있는 더 나은 방이 보이지 않을 때까지 계속해서 들이마셨다.

취해도 꿈은 꾼다.

몰랐다. 두통과 구토와 끔찍하지만 위안이 되는 기절을 예상했다. 지독한 주정과 둔한 드릴로 꿰뚫리는 듯한 괴로운 감정을 예상했다. 하지만 나는 지금껏 나흘 연속으로 취한 적이 없었다. 잠들고 나면 고통은 사라지고 망각이 찾아오리라고 생각했다. 꿈을 꿀 줄은 몰랐다.

나는 수에 관한 꿈을 꾸었다.

숫자들은 내 앞에서 헤엄치고 눈꺼풀을 두드리고 어둡고 흐린 풍경 속에서 나를 쫓아왔다. 칼과 총과 불로 나를 사냥했다. 아팠다. 나는 비명을 지르거나 현기증을 느끼지는 않았으나 땀을 흘리며 잠에서 깨어 야심한 밤에 변기에 매달려 속을 게워냈다. 사방에서 숫자들이 흔들리는 이중 바다 위를 헤엄쳤다. 숫자들은 사라지지 않았다. 내가 술로 지워버리려는 것 또한 사라지지 않았다. 아무리 취해도 이중 시야는 그대로였다. 공식들만 빼고는. 그러나 공식들은 손이 닿지 않는 윤기 나는 바닥, 닿을 수 없는 서늘한 이부자리, 내가 될 수 없는 유능한 잭만큼이나 고통스러웠다. 아니, 그보다 더 고통스러웠다. 그 식들은 프랜의 것이었다.

알펠서 상수를 이용해. 비선형식을 구성하는 공식들의 집합에 상수를 집어넣고……

위상공간 다이어그램들. 발산. 발산. 소멸. 초기 값의 미세한 차이에서 크게 다른 상태가 도출되고, 혼돈이……

알펠서 상수를 이용해. 알펠서 상수를 r로 놓고, x는……

초기 값의 미세한 차이. 아주 조금만 발산했던 프랜. 잭은……

알펠서 공식을 이용해서…….

답이 거의 보였다. 하지만 분명하진 않았다.

나는 답을 볼 수 있을 만큼 유능하지 않았다. 오직 **그**만이 그만큼 유능했다.

나는 위스키를 한 잔 더 따랐다.

*

문 두드리는 소리에 잠에서 깼다. 문을 부술 기세였다.

"가요. 오늘 아침에 접수대에 선불로 냈어요. 청소는 필요 없어요!"

내 고함 소리가 머리를 시끄럽게 울렸지만, 손기척은 사라졌다.

누군가 문을 따기 시작했다.

나는 침대에 누워 잠자코 바라보았다. 분노가 차오르기 시작했다. 체인은 걸린 채였으나 자물쇠가 풀리자 문이 체인 길이만큼 열렸고, 철사 끊는 기구를 든 손이 들어왔다. 두 쌍의 기구. 현실과 이상. 네 개의 손. 몸이 움직이지 않았다. 모텔 주인이 날 찾는다면 오라고 해라. 경찰이라도 마찬가지다. 나는 어떤 최종 소수점에 도달했다…… 이제는 아무래도 상관없었다.

싸고 가벼운 체인이 끊어지고 문이 열렸다. 미아가 걸어 들어왔다.

"맙소사, 잭, 꼴이 이게 뭐야."

나는 침대에 사지를 뻗은 채 누워 있었다. 두 미아가 냄새에 코를 찡그렸다.

의도한 말이 아니었는데도 나는 말했다.

"썹, 어떻게 여기 들어왔어?"

"음, 어떻게 들어왔는지 안 **봤어?** 의식도 없었단 말이야?"

그녀가 걸어와 나를 바라보았다. 더러워진 속옷, 바닥의 빈 술병. 그녀의 눈빛이 달라졌다.

"어떻게 찾았어?"

말을 하려니 목이 아팠다.

"당신 비자카드 계좌를 해킹했어. 이 쓰레기통을 그걸로 결제했더라."

"미아, 꺼져."

"그럴 기분이 들면. 맙소사, 꼴이 이게 뭐야."

"그럼 보지 마."

몸을 굴리려 했지만 몸이 말을 듣지 않아서, 나는 눈을 감았다.

"이런 사람일 줄은 몰랐네. 응, 정말 몰랐어."

멍청한 마초의 바보 같은 행동에 대한 어리석은 여자의 낭만과 무지가 기괴하게 뒤섞인 그녀의 말투가 너무 바보스러워서, 나는 다시 눈을 떴다. 그녀는 미소 짓고 있었다.

"꺼. 져. 지금."

"이게 대체 무슨 일인지 말해주기 전엔 안 가. 슈레더 박사님 때문이야? 친한 사이였다고들 하더라."

프랜. 고통이 다시 찾아왔다. 숫자들과 함께.

"그랬던 거지, 잭? 단순한 지도교수가 아니라 친구였지? 아무튼 유감이야."

"선생님은 내가 만난 이상과 일치하는 유일한 사람이었어."

"그래? 음, 어, 정말 유감이야. 난 이상적인 모습과 같은 사람이 아니지. 나도 알아. 당신이야 더더욱 아니고. 그렇지만, 있잖아, 학교에서

170

봤을 때보다 그에 가까워진 것처럼 보여. 더…… 현실처럼."

미아를 문밖으로 밀어낼 수도 입을 다물게 할 수도 없었다. 토하지 않고 몸을 굴릴 수도 없었다. 나는 팔을 들어 눈을 가렸다.

"잭, 울지 마. 제발 울지 마."

"우는 게 아니……."

"아니, 다시 생각해보니 우는 게 낫겠다. **못할** 이윤 또 뭐야? 친구가 죽었는데. 울고 싶으면 어서 울어!"

악취가 나는 내 더러운 꼴을 보고도, 미아는 내 옆에 무릎을 굽히고 앉아 내게 팔을 둘렀다. 매순간 혐오하며, 나는 울었다.

다 울고 나서, 그녀를 밀어내고 온몸의 신경을 그러모아 침대에서 일어나 욕실로 갔다. 속이 거북하고 방이 흔들렸다. 샤워기를 찾으려 양손으로 욕실 벽을 더듬어야 했다.

차갑고 세찬 물살에 피부가 따끔거렸다. 나는 오한이 들 때까지 샤워실에 서 있었다. 팬티를 입은 채라는 사실을 깨닫는 데도 그만큼 시간이 걸렸다. 몸을 숙여 팬티를 벗는 일은 고통 그 자체였다. 칫솔은 입안과 뇌 신경을 긁었다. 벌거벗은 채 비틀대며 욕실에서 나왔다. 미아가 아직 방에 있었지만 신경조차 쓰이지 않았다.

"몸은 얼굴보다 '그'에 가깝네."

"미아, 나가."

"말했잖아. 그럴 기분이 들면 나갈게. 잭, 우리 둘 말곤 없어. 최소한 내가 아는 바론 그래. 당신도 나밖에 모르지. 이런 식으로 우리끼리 싸울 순 없어."

깨끗한 속옷을 꺼내려고 나흘 동안 손대지 않았던 여행 가방을 움켜쥐었다. 미아는 식당에서와 달라 보였다. 외모는 그대로였지만, 더 상냥하고 덜 공격적인 느낌이었다. 어느 쪽―누구―그녀이든 상관없었다.

"우리에겐 서로가 필요해."

미아가 말했다. 그녀의 어조에서 절망감이 느껴졌다. 나는 돌아보지 않았다.

"잭…… 최소한 말이라도 들어봐. 날 보라고!"

"보고 있어. 보고 싶지 않지만. 너든 누구든 보고 싶지 않아. 미아, 나가."

"싫어."

"그럼 마음대로 해."

나는 옷을 입고 이를 갈며 신을 신었다. 신발 끈은 묶지 않았다. 그녀를 밀치고 지나갈 각오를 했다.

그녀는 양손을 힘없이 옆으로 늘어뜨린 채 방 한가운데에 서 있었다. 그녀 뒤의 다른 미아는 슬픔에 사로잡혀 축 처졌으나 우아하게 서 있었다. 허나 보기 흉하게 일그러진 얼굴을 한 현실의 미아만이 나를 바라보고 있었다.

나는 우뚝 멈추어 섰다.

그들은 늘 둘 다 나를 보았다. 동시에. 모두의 둘 다. 미아, 다이앤, 프랜, 학과장, 학생들. 한쪽의 시선을 다른 하나도 따랐다. 언제나.

미아가 처음 듣는 가라앉은 목소리로 말했다.

"제발 날 여기에 혼자 두지 마. 잭, 당신이…… 필요해."

다른 미아는 내 어깨 뒤가 아니라, 그가 아니라 방을 둘러보았다. 무엇을 보고 있는 거지?

초기 값의 미세한 차이가 반복함수에서 큰 차이를 가져온다. 발산,

발산, 혼돈…… 그리고 그 어딘가에 있는 이상한 끌개. 납득 가능한 수단.

바로 그 순간, 나는 위상공간 다이어그램 속의 패턴을 보았다. 공식을 보았다.

"잭? 잭!"

"잠깐만…… 적어야 해……."

하지만 잊어버릴 가능성은 없었다. 그 식은 더없이 또렷하고 명백하고 완벽하게 존재했다. 프랜과 내가 찾고자 했던 바로 그 식이었다.

미아가 고함을 질렀다.

"그냥 **떠날** 수는 없어! 이런 사람은 우리 단둘뿐인데!"

나는 공식을 다 쓰고 몸을 곧추세웠다. 머리가 아프고 속이 거북하고 장이 꼬이는 듯했다. 눈이 너무 부어서 앞이 잘 보이지 않았다. 그러나 겁에 질렸으면서도 허세를 부리고 있는 미아는 보였다. 내 쪽을 전혀 보지 않고 있는 다른 미아도 보였다. 발산. 그녀의 말대로였다. 우리는 우리 자신의 혼돈 체계에서 서로 연결되어 있는 단 두 사람이었다. 그리고 내게 보이는 체계는 발산하고 있었다.

"아냐."

나는 욕실로 도로 들어가기 직전에 말했다.

"둘이 아니야. 곧…… 너는 한 명만 남아."

그녀는 내가 토하는 내내 나를 미친 사람 보듯 응시했다. 또 다른 잭도 뭔가를 하고 있었겠지만.

나는 상관하지 않았다.

나는 아직 공식을 발표하지 않았다.

물론 언젠가는 공개하리라. 발표하지 않기에는 너무나 중요한 공식이었다. 초기 조건에 초의존성을 보이는 어떤 물리 체계의 내부에든 이상한 끌개가 반드시 있다. 혼돈 이해의 함의는 엄청났다. 그러나 이제 더 이상 괜찮은 대학의 박사후과정 연구생조차 아닌 이상, 이만큼 혁신적인 결과를 발표하기란 쉽지 않았다. 프랜의 이름을 논문의 첫머리에 올리더라도 말이다.

어쩌면 그냥 인터넷에 공개할지도 모른다. 학술지 사전 심의도, 저작권 보호도, 코멘트도 없이, 인터넷의 비조직적이고 변화무쌍한 현실 속에 풀어놓을지도 모른다. 어차피 나는 주류의 관심을 필요로 하지 않는다. 나는 그런 관심을 별로 원치 않는다.

나는 바라던 것을 찾았다. 평온. 다른 얼굴들―다른 방들, 다른 건물들, 다른 정원들―은 이제 나에게서 사라져가고 있다. 우리 사이의 거리만큼 계속해서 작아지고 있는 그들이 가끔 시선 끄트머리에 걸린다. 그들은 자신들의 이상한 끌개를 향해 발산하고 있다.

미아의 경우는 달랐다. 모닝사이드 모텔에서 내가 과거 어느 때보다 이상적인 잭과 비슷해 보인다던 그녀의 말은 수염을 기른 너저분한 모습에 대한 칭찬이 아니었다. 그녀에게 있어서 위상공간 다이어그램은 수렴하고 있었다. 그녀는 이제 현실과 이상을 거의 구분하지 못했다. 그만큼 이중의 상태들이 하나에 가까워진 것이다. 그녀는 누구에게나 미소 짓는다. 그리고 사람들은 자석에 끌리듯 그녀에게 다가간다. 그녀는 현실의 사람들을 이상적인 사람들인 양 대한다.

지금은.

혼돈 체계가 가진 잔혹한 특성 중 하나는 변화를 예측할 수 없다는 점이다. 슈레더 공식이 발견되기 전만큼은 아니더라도, 여전히 예측이 어렵다. 일단 파이겐바움 수 너머의 영역에 속하고 나면, 상태는 무질서하게 수렴하거나 발산한다. 미아는 내일이라도 다른 뭔가를 보게 될지도 모른다. 나도 그럴 수 있다.

이상적인 미아가 모텔 방에서 나도 그도 아닌 무엇을 바라보았는지 모른다. 동굴 벽의 그림자가 아닌, 진정한 자아의 다음 상태는 무엇일까?

나는 알고 싶지 않다. 허나 내가 알고 싶은지 아닌지는 상관이 없다. 그런 삶의 상태가 나타난다면, 그렇다면 그런 것이다. 우리는 모두 상상조차 하지 못한, 상상하고 싶지도 않은 무언가를 향해 발산하는 우리 삶의 상태를 동굴과 미로와 지하굴을 따라 좇으며 잠시라도, 숫자로 고정시키려 애쓸 뿐이다.

비록, 물론, 그 역시도, 달라질 수 있지만.

「파이겐바움 수」는 바로 그 잘 알려진 SF 현상의 결과, 즉 혼성 이야기다. 작가가 다른 사람의 글을 읽는다. 소설, 과학 논문, 어떤 사건이나 현상에 관한 간략한 참고 자료 등. 이런 일이 일어나는 마음속 어느 깊은 곳에서 무언가가 일어나고, 새로운 개념이 기존의 다른 개념과 결합하여 혼성물을 낳는다.

「파이겐바움 수」를 낳은 자극제 중 하나는 찰스 셰필드가 『새로운 운명New Destinies』에 실은 「아무도 핥아주지 않은 새끼 곰The Unlicked Bear Whelp」이라는 소론小論이었다. 이 글은 혼돈 이론을 다룬 글이었는데, 반복함수에 관한 부분이 내 상상력을 자극했다. 수학에 바보인 나는 반복함수 이론에 대해 들어본 적이 없었다. 그 이론의 반짝이는, 도발적인 구성 요소들도 몰랐다. 이상한 끌개, 수렴, 예측 가능한 행동이 무질서한 행동으로 변하는 지점인 파이겐바움 수. 타락한 영문학 전공자에게 은유적으로 자극적인 소재들이었다.

이 혼성물에 들어간 다른 개념은 현실이 단지 이상 국가ideal state의 어설픈 반영일 뿐이라는 플라톤적 사고였다. 이미 오래전부터 알고 있었던 이 관념은 「동굴 벽의 그림자들Shadows on the Cave Wall」(『우주11Universe 11』, 1981)이라는 나의 초기 단편에도 나온다. 플라톤주의가 반복함수 이론과 섞여 이런 질문을 낳았다. 만약 플라톤적인 상태가 수렴 규칙을 따른다면 어떻게 될까? 그리고 만약 그런 경험을 하도록 운명 지어진 사람이 있다면?

15년 뒤에, 나는 톰 스토파드의 〈아르카디아Arcadia〉라는 훌륭한 연극을 보았다. 그는 반복함수 이론을 예술적 낭만주의의 종말과 연결 지었다. 스토파드의 토마시나 코벌리는 나의 잭보다 훨씬 더 매혹적인 인물이다. 그녀는 또한 훨씬 더 매혹적인 세계에서 살고 있다. 수렴이 실제로 어느 방향으로 일어나고 있는지 생각해보게 하는 세계에서.

오차 범위
Margin of Error

Nancy Kress

폴라 언니는 가짜 훈장이 번쩍이는 빳빳한 연구소 제복을 입고 강화 다이아몬드 섬유처럼 곧게 등을 편 영광스러운 모습으로 나타났다. 언니의 구두 굽이 인도에 부딪히는 소리가 들렸다. 나는 무릎 위에 아이를 앉힌 채 현관 맨 아래 계단에서 고개를 들었다. 유전자 조작을 한 언니의 얼굴에는 이제 뾰루지 하나 없었다. 모공은 정돈되었고 녹색 눈 아래로 광대뼈가 선명하게 윤곽을 그렸다. 하지만 나는 어디에서나 그 얼굴을 알아보았을 것이다. 언니가 얼굴을 어떻게 바꾸었든지 간에.

"**카렌**이니?"

언니가 믿지 못하겠다는 듯이 물었다.

"폴라 언니."

"카렌?"

이번에는 대답하지 않았다. 맏이가 손님을 보려고 품에서 몸을 틀었다. 그 작은 움직임에 현관 계단이 삐걱거렸다.

여자들이 오전 내내 계단이나 현관에 앉아 인도에서 뛰노는 아이들을 지켜보는 그런 동네였다. 계단은 낡았고 칠은 벗겨졌다. 세발자전거와 두 다리로 짓밟고 다닌, 플라스틱 어린이 풀장이 놓인 작은 마당들에서 녹색이라고는 찾을 수 없었다. 매년 살이 붙는 여자들과 그 어머니들이 서로 몇 집 떨어지지 않은 곳에서 살고 있었다. 남자는 거의 없었다. 그곳에 있었던 이들은 오래 머무르지 않는 것 같았다.

"나를 어떻게 찾아냈어?"

"어렵지 않았어."

언니가 대답했다. 나의 미소를 이해하지 못한 것이다. 당연히 어렵지 않았겠지. 찾기 어려운 데 있을 생각조차 없었다. 틀림없이, 거의 5년이 지난 지금에야 처음으로 나서서 찾아보았던 것이리라.

언니가 완벽한 몸을 숙여 현관 계단에 조심스럽게 앉았다. 내 무릎 위에 앉아 있던 어린 딸 롤리가 언니를 쳐다보더니 오므리고 있던 손을 펴고 미소를 띠었다.

"제 개구리 보실래요?"

"멋지구나."

언니는 경멸감을 숨기려고 애쓰고 있었지만 생각이 빤히 보였다. 언니는 불쌍하게 갇힌 개구리, 롤리의 더러운 얼굴, 낡아빠진 정원, 내 모습을 경멸하고 있었다.

"카렌, 문제가 있어서 왔어. 프로젝트 얘기야. 더 구체적으로 말하자면, 기초 식에 문제가 있는 것 같아. 5년 전에 네가 아직…… 우리와 같이 일할 때 만들었던 나노 어셈블러 코드에 말이야."

나는 롤리를 내려 앉히고 집으로 들어갔다. 로리가 아기 침대에서 울음을 터뜨렸다. 기저귀에서 냄새가 났다. 아이의 입에 고무젖꼭지를 물리고 왼팔로 아이를 들어 얼렀다. 오른팔로는 티미를 침대에서 들어 올렸다. 아들이 일어나지 않자 조금 흔들었다. 두 아이를 현관 계단으로 데려와 티미를 휴대용 침대에 도로 눕히고 다시 언니의 옆에 앉았다.

"롤리, 아가, 가서 기저귀와 물수건을 가져오렴. 개구리랑 같이 가도 돼."

롤리가 집에 들어갔다. 착한 아이였다. 언니는 기가 막히다는 듯이 쌍둥이를 응시했다. 로리의 기저귀를 풀자 언니는 얼굴을 찌푸리더니 몸을 슬그머니 옆으로 뗐다.

"카렌, 내 말 듣고 있어? 이건 **중요한 일이야!**"

"듣고 있어."

"원인은 모르겠지만 나노 컴퓨터의 명령이 받아들여지지 않고 있어. 핵심 결과는 확인되지만, 물론……."

물론. 언론은 지난 5년 내내 핵심 결과를 찬양했었다.

"……하지만 나노 어셈블러의 열두 번째 세대에서 단백질에 이상한 접힘이 있어."

열두 번째 세대라. 각 어셈블러에 부착된 나노 컴퓨터는 6개월에 한 번씩 자가복제한다. 프로젝트에서 오차 범위의 견제와 균형을 이루는 장치 중 하나였다. 5년 반이 지났으니, 열두 번째 세대라면 대충 맞았다.

"게다가."

언니가 말을 이었다. 어조에서 긴장감이 느껴졌다.

"예상하지 못했던 거시 수준의 성장이 나타났어. 이 발달이 나노 컴퓨터 단백질 접힘에 연계된 것인지는 아직 확실치 않아. 아무 관련이 없을지도 모르지. 우리는 일단 모든 변인을 확인하려고 하고 있어."

"나 같은 것한테까지 물어보러 오다니 가능성이 상당히 낮은 변인을 연구하고 있는 모양이네."

"음, 그래. 그런 상황이야. 카렌, 그걸 꼭 **지금** 해야겠어?"

"응."

나는 더러워진 기저귀의 한쪽 끝으로 로리의 똥을 닦아냈다. 롤리가 새 기저귀를 들고 춤을 추며 나와, 개구리에게 속삭이며 옆에 앉았다.

"내가 필요한 건…… 우리 프로젝트에 필요한 건……."

"같이 개구리를 잡았던 여름을 기억해? 아마 내가 여덟 살, 언니가 열 살 때였을 거야. 개구리는 끓는 물에 던지면 뛰쳐나가지만 차가운 물에 넣은 다음 온도를 끓는점까지 서서히 높이면 멍청하게 가만히 있다가 죽고 말아. 언니는 책에서 이 실험을 보고 매료되었지. 기억해?"

"카렌……."

"나는 언니를 위해 개구리 열여섯 마리를 잡았다가, 언니가 그걸로 뭘 하려는지 알고는 울면서 개구리들을 풀어달라고 했지. 언니는 그래도 여덟 마리를 끓였어. 나머지 여덟 마리는 대조군이었지. 과학적으로 타당한 방법이었어. 그건 인정할게. 언니는 오차 범위를 줄이기 위해서라고 했었어."

"카렌, 우리는 그저 어린아이들일 뿐이었어……."

깨끗한 기저귀를 로리에게 채웠다.

"아이들이라고 다 그렇게 굴지는 않아. 롤리는 안 그래. 하지만 언니는 모르겠지? 언니 쪽에는 아이를 낳은 사람이 없으니까. 폴라 언니, 언니는 아이를 가졌어야 했어."

언니가 숨기지 못하고 몸을 떨었다. 하지만 우리가 알고 지냈던 사람들은 대부분 언니와 같은 마음이었다.

"프로젝트에서는 네가 돌아와서 원래 했던 것과 같은 사소한 분야에서 일하기를 바라고 있어. 뭔가…… 뭐든지, 네가 나노 어셈블러의 연속한 세대들에게 단백질 코드로 명령을 전달하면서 빠뜨린 부분이 있을지도 모르잖아."

"싫어."

"사실 선택하네 마네 할 상황이 아냐. 카렌, 솔직히 말할게. 거시 수준의 문제가…… 아무도 본 적 없는 새로운 암 유형으로 보여. 기형 세포들이 무작위적으로 복제되고 있어."

"그러면 세포형 나노 기계를 꺼내면 되잖아."

냄새나는 기저귀를 구겨 아이의 손이 닿지 않는 곳으로 치웠다. 언니에게는 더 가까운 자리였다.

"그렇게 못하는 줄 알잖아! 이 프로젝트는 돌이킬 수가 없어!"

"돌이킬 수 없는 일은 많아."

로리가 칭얼거리기 시작했다. 나는 아이를 안아 올리고 블라우스 단추를 풀어 젖을 물렸다. 아기가 게걸스럽게 젖을 빨았다. 언니가 고개를 돌렸다. 언니의 완벽한 몸 안에는 바로 그 몸을 완벽하게 만든 나노 기계가 5년째 들어 있었다. 언니의 젖가슴은 짓무르지도 정맥이 충혈되지도 처지지도 않을 터였다.

"카렌, 내 말 들어봐……."

"아니, 언니가 들어."

내가 침착하게 말했다.

"8년 전에 언니는 츠바이글러에게 내가 그저 언니의 동생이라서 참여했을 뿐이라고, 연구팀에서 별로 중요한 사람은 아니라고 확신시켰어. 그런데 말야, 난 언니가 대체 어떻게 그 사람을 설득했는지 늘 궁금했어. 그 사람하고도 잤어? 7년 전에 언니는 나를 프로젝트가 여성의 생식에 미치는 영향을 연구하는 작은 부서로 밀어냈어. 부작용인 불임을 해결할 방법이 없다는 사실이 이미 명확했기 때문에 아무도 신경 쓰지 않는 연구였지. 자가회복되는 완벽한 몸을 갖는 데 불임이 지나치게 높은 대가라고 생각하는 사람은 아무도 없었잖아? 나만 빼놓고 말이야."

언니는 대답하지 않았다. 롤리가 개구리를 어린이 풀장으로 가져가 물속에 조심스럽게 풀어놓았다.

"여성 생식 분야에서 일하는 건 싫지 않았어. 침체된 분야이고 언니가 스타 대우를 받았다고 해도 말이야. 어쨌든 익숙한 상황이었어. 어렸을 때도 늘 언니는 카우보이였고 나는 말이었지. 언니는 우주 비행사였고 나는 언니가 정복하는 외계인이었어. 기억해? 크리스마스에 선물로 받은 첫 화학실험기구 세트를 다 써버린 언니가 내 걸 훔쳐 간 적도 있었지."

"어린 시절의 사소한 사건이 이번 일에서 문제된다고는 생각하지……."

"물론 언니는 그렇게 생각하지 않겠지. 나도 그 일은 신경 쓰지 않았어. 하지만 5년 전, 내가 롤리를 임신하고 심하게 앓아누운 사이에 언니가 내 연구를 베껴서 발표했을 때는 확실히 신경이 쓰였지. 언니는 내 연구를 차지했어. 그 화학 세트처럼 훔쳐 갔어. 그런 다음에는 나를 프로젝트에서 쫓아냈지."

"네 연구는 정말 사소한……."

"내가 한 일이 그렇게 하잘것없었다면 왜 지금 여기까지 와서 나한테 도움을 청하는데? 내가 언니를 도울지도 모른다고 어떻게 일분일초라도 생각할 수 있어?"

언니는 머릿속으로 계산을 하며 나를 빤히 쳐다보았다. 나는 언니의 시선을 차갑게 받았다. 언니는 냉정한 나에게 익숙하지 않았다. 언제나 내가 더 쉽게 흥분하는 쪽이었다. 나는 잘 흥분하고 경솔하고 불안정했다. 언니가 츠바이글러에게 했던 말이었다. 언니는 나를 위험인물이라고 했다.

티미가 침대에서 뒤척였다. 나는 로리에게 젖을 물린 채 일어나 빈손으로 티미를 안았다. 계단으로 돌아와 티미를 무릎 위에 로리와 엇갈리게 눕혔다. 블라우스를 젖히고 반대편 젖을 물렸다. 언니는 이번에는 얼굴을 찌푸리지 않고 참았다.

"카렌, 내 행동은 잘못되었어. 이제는 알아. 나를 위해서가 아니라면 이 프로젝트를 위해서라도, 너는……."

"언니가 곧 **프로젝트**야. 언니가 그 일에 평생을 바친 츠바이글러나 다른 사람들에게서 헤드라인을 처음 낚아챈 순간부터 줄곧 그랬지. '젊고 아름다운 과학자가 자신에게 완전세포 약을 주사하다!' 'FDA의 단견을 극복하기 위해서라면 어떤 희생도 감수할 수 있습니다, 용감무쌍한 연구자가 선언하다.'"

언니가 단정 짓듯 말했다.

"나를 질투하는구나. 넌 무명인데 난 유명하니까. 넌 엉망진창인데 난 아름다우니까. 넌……."

"젖소라고? 언니는 뛰어난 연구자이지만? 그러면 그 문제는 알아서 잘 해결해봐."

"이건 네가 맡은 분야였어……."

"세상에, 언니. 프로젝트 **전체**가 내 분야였어. 내가 언니보다 기초 연구를 더 많이 했지. 언니도 알고 있을 거야. 하지만 언니는 츠바이글러와 잘 어울리고, 중요한 순간에 중요한 발견을 제시하고, 인맥을 잘 관리할 줄 알았어……. 모두 다 언니가 정말 잘하는 짓들이지. 게다가 나는 아직 우리가 파트너라고 생각하고 있었으니까 말이야. 바라쿠다가 금붕어와 파트너십을 맺은 것이나 다름없다는 사실을 깨닫지 못했어."

풀장에서 롤리가 눈을 크게 뜨고 우리 쪽을 보았다.

"엄마……."

"괜찮아, 아가. 너한테 화가 난 게 아니란다. 저런, 개구리를 잘 지켜보렴. 뛰어 달아나려고 하네."

롤리가 즐거워하며 소리를 지르곤 개구리를 찾아 물에 들어갔다. 언니가 작은 목소리로 말했다.

"그때부터 지금까지 이렇게 화가 나 있었던 줄은 몰랐어. 카렌, 변했구나."

"아니, 나는 화나 있지 않아. 이제는 괜찮아. 그리고 언니는 내가 예전에 어떤 사람이었는지 몰라. 애써 알려고 한 적이 없었잖아."

"네가 과학자로서의 삶을 바란 적이 없는 줄은 알았어. 나처럼 갈망한 적이 없다는 것 말이야. 너는 늘 아이를 갖고 싶어 했지. **이런**…… 걸 원했어."

언니가 팔을 휘저으며 누추한 정원을 가리켰다. 데이비드는 18개월

전에 떠났다. 돈을 보내온다. 결코 충분치 않은 액수였다.

"나는 과학자로 인정받아서 둘 다 얻고 싶었어. 내가 한 일로 인정받고 싶었어. 내 몫을 원했을 뿐이야. 언니는 대체 어떻게 언니 몫과 내 몫을 다 차지한 걸까?"

"네가 애들 똥이나 개구리에 한눈을 팔았으니까!"

언니가 고함을 질렀다. 나는 처음으로 언니가 얼마나 겁에 질려 있는지를 보았다. 언니는 그런 부분을 시인하지 않는다. 전략적인 실수였다. 나는 다시 유리한 고지를 차지하고 공격을 시작하기 위해 필사적으로 머리를 굴리는 언니를 쳐다보았다.

내가 먼저 공격했다.

"데이비드는 그냥 두었어야 했어. 이미 츠바이글러를 차지했었잖아. 데이비드는 내 곁에 두었어야 했어. 그 일 이후로 우리의 결혼 생활은 결코 예전 같지 않았어."

"카렌, 나는 죽어가고 있어."

나는 아기들에게서 언니에게로 고개를 들었다.

"정말이야. 세포가 제멋대로 작동하고 있어. 최근 몇 달 사이의 일이야. 나노 어셈블러들이 이상한 구조와 파괴 효소를 만들어내고 있어. 5년 동안 완벽하게 복제되어 왔는데 이제 와서…… 지난 5년간 모두 프로그래밍된 대로 **정확히** 작동했는데……."

"지금도 정확히 작동하고 있어."

언니의 몸이 뻣뻣하게 굳었다. 로리는 잠이 들었다. 나는 로리를 침대에 눕히고 티미를 무릎 위에 더 편하게 눕혔다. 롤리가 풀장에서 개구리를 쫓아 헤엄쳤다. 나는 눈을 가늘게 뜨고 롤리의 입술이 검푸르러지지 않았는지 확인했다. 물속에서 오래 놀기에는 날이 추웠다.

언니가 신음처럼 내뱉었다.

"네가 난소의 어셈블러 기계를 프로그래밍하면서……."

"여자의 난소에 신경 쓰는 사람은 아무도 없어. 학력이 대졸 이상인 여성 중 14퍼센트만이 아이를 낳아 인생을 망치고 싶어 하지. 최근 조사 결과야. 오차 범위는 1퍼센트 이내지."

"네가 정말로 고의적으로…… 지금까지 수백 명, 어쩌면 **수천 명**이 약을 받았는데……."

"아, 역전 효소가 있어. 열두 번째 세대 복제 이전에 주입하면 효과가 완벽하지. 그렇게 오래전에 약을 주입받은 사람은 언니 한 명뿐이야. 겨우 몇 달 전에, 언니의 친구들이 지긋지긋한 살림 감옥이라고 할 법한 곳에서 소일거리를 찾아 예전 연구 기록을 뒤적이다가 역전 효소를 발견했지. 말이 난 김에 하는 소린데, 이번에는 내가 했다고 입증할 수도 있어. 연구 일자를 모두 컴퓨터에 기록했거든."

"과학자는 이런 짓을 **하지** 않아……."

언니가 속삭였다.

"나를 과학자로 봐주지 않는다니 유감이네."

"카렌……."

"폴라 언니, 역전 효소가 무엇인지 알고 싶지 않아? 인체 융모성 성선자극 호르몬에서 추출해내는 거야. 임신 호르몬이라고도 하지. 언니가 아이를 갖고 싶어 한 적이 없어서 참 유감이야."

언니가 나를 멍하니 바라보았다. 롤리가 소리를 지르며 개구리와 함께 물장난을 했다. 아이의 입술이 확실히 푸르죽죽해지고 있었다. 나는 일어나 티미를 롤리와 나란히 침대에 눕히고 블라우스의 단추를 채웠다.

"25년 전 언니의 실험에는 오류가 있었어."

나는 언니에게 말했다.

"표본 크기가 너무 작았지. 가끔 개구리는 뛰쳐나가기도 해."

나는 풀장에서 딸아이를 안아 올리러 걸어갔다.

어떤 작가들은 긴 글을 쓰고, 어떤 작가들은 짧은 글을 쓴다. 대체로 두 타입 모두 달리 쓰는 법을 익힐 수는 있지만, 대개는 다른 길이에서 그다지 즐거움을 느끼지 못한다.

나는 그 중간쯤이다. 가장 좋아하는 분량은 중편 길이다. 마음대로 쓰게 내버려두면 아마 중편만 쓸 터다. 중편은 다른 현실을 구상할 여유를 주면서도 길을 잃고 헤맬 만큼 크지는 않은 분량이다. 그러나 늘 내키는 대로 쓸 수는 없다. 경제적인 필요 때문에, 먹고살기 위해 작가들은 장편을 써야 한다. 때로는 편집자들이 정해진 지면에 맞춰 출판하려면 더 짧은 단편을 써야 한다고 요구하기도 한다.

《옴니Omni》지 소설 담당 편집자인 엘런 대틀로는 이 잡지가 오프라인에서 부활했을 때 2,000단어 이내의 단편소설을 써달라고 했다. 나는 투덜거렸지만 엘런은 물러서지 않았다. 최대한 줄여 쓴 결과, 「오차범위」의 분량은 2,200단어였다. 장면이 단 하나뿐이고, 대사가 있는 등장인물은 세 명(더하기 개구리 한 마리)에 불과한데도 말이다. 보통때 같았으면 개구리의 대사를 '개굴개굴'이라고 한 줄이라도 넣었을 것이다.

경계들
Fault Lines

Nancy Kress

진실이 그들을 죽인다면, 죽게 내버려두어라.

—이마누엘 칸트

개학 날, 켈리 선생의 교실에서 폭행 사건이 일어났다. 나는 옆 교실인 136호에서 7C 수학 수업에 들어온 학생들에게 규칙을 늘어놓고 있었다. 평소와 다름없는 개학 날 잔소리였다. 매일 숙제를 제출하고, 교실에 들어오자마자 지정된 자리에 앉아라. 교실에 무기를 가지고 들어오거나 수업 시간에 버릇없이 굴면 태어난 걸 후회하게 만들어주겠다. 아이들은 첫 번째 말은 무시했지만 나머지는 다 지켰다. 내가 말할 때에는. 제니 켈리 선생의 말은 듣지 않은 모양이었다.

"쇼너시 선생님! 쇼너시 선생님! 빨리 와주세요! 옆 교실에서 애들이 의자를 집어던지고 있어요! 새로 온 선생님이 울어요!"

작년에 내 수업을 들었던 작고 예쁘장한 여학생, 레이티샤 제퍼슨이었다. 둥그스름한 얼굴이 흥분과 만족감으로 빛나고 있었다. 싸움이라니! 벌써부터! 그것도 개학 첫날에!

나는 고개를 든 학생들의 얼굴 하나하나에 시선을 주며 교실을 천천히, 꿰뚫을 듯이 훑어보았다. 내가 뜸을 들이자, 대부분의 아이들이 눈을 내리깔았다. 옆 교실에서 뭔가 묵직한 것이 벽에 부딪히는 소리가 났다. 나는 학생들이 귀를 기울여야 들을 수 있도록 낮은 목소리로 말했다.

"내가 나간 사이에 아무도 자리에서 움직이지 마. 알아들었지?"

몇몇이 고개를 끄덕였다. 몇몇은 머뭇거리는 듯하면서도 태연한 척 시선을 마주 받았다. 사내아이들 몇이 히죽히죽 웃었다. 나는 녀석들이 웃음을 거둘 때까지, 딱딱한 시선으로 그들을 응시했다. 벽 너머에서 고함 소리가 들려왔다.

"알았다, 레이티샤. 켈리 선생님에게 내가 간다고 해라."

레이티샤는 씩 웃으며 총알처럼 달려 나갔다. 보라색 레깅스와 은색 신발을 신은 폴 리비어*였다.

문으로 절름거리며 걸어가, 몸을 돌려 마지막으로 교실을 둘러보았다. 학생들은 모두 나를 쳐다보며 숨죽이고 앉아 있었다. 피드로 밸러스케즈와 스티븐 청이 군용 권총이 두툼하게 든 자리를 찾아 내 웃옷을 몰래 훔쳐보았다. 나에게는 물론 총이 없었다. 나에 대한 소문은 뉴욕 시 예산에 맞먹을 만큼 부풀어 있었다. 복도에서 레이티샤가 록스타의 귀도 멍멍하게 할 만큼 큰 소리로 외쳤다.

"쇼너시 선생님이 오셔! 너네 그만두는 게 좋을걸!"

---

* 미국 독립전쟁 중 렉싱턴 콩코드 전투에서 전령 역할을 한 것으로 유명한 사람.

134호실에서는 8학년 여학생 두 명이 교실 한가운데에서 맞붙어 싸우고 있었다. 놀랍게도 둘 다 아무런 무장을 하지 않은 것 같았다. 심지어 열쇠조차도 갖고 있지 않았다. 한쪽 여학생의 코에서 피가 흘러내렸다. 반대편의 블라우스는 찢어졌다. 둘 다 고장 난 사이렌처럼 알아들을 수 없는 소리로 쉬지 않고 비명을 질러댔다. 아이들이 교실 안을 뛰어다녔다. 칠판에, 혹은 방금 전까지 칠판 앞에 서 있었던 사람에게 누가 의자를 던졌던 모양이었다. 의자와 칠판에 금이 가 있었다. 제니 켈리는 팔을 휘두르며 소리를 치고 있었다. 레이티샤의 말은 틀렸다. 켈리 선생은 울고 있지 않았다. 하지만 도움도 전혀 못 되고 있었다. 혼돈의 경계에 서 있던 아이들 몇 명이 나를 발견하고, 다음에 무슨 일이 벌어질지 흥미진진해하며 입을 닫았다.

그때, 팔짱을 끼고 창문에 기대 서 있는 제프 코너스가 내 눈에 들어왔다. 싸우는 여학생들을 보는 그의 표정만으로도, 무슨 일이 있었는지 다 알 수 있었다.

나는 폐가 꽉 찰 만큼 숨을 깊이 들이쉰 다음, 무표정한 얼굴로 고함을 질렀다.

"동작 그만! 지금!"

모두 동작을 멈추었다.

나를 모르는 학생들은 반사적으로 총과 지원부대를 눈으로 찾았다. 나를 아는 학생들은 씩 웃었다가, 웃음을 참고 살짝 고개를 끄덕였다. 싸우던 여학생들은 소리가 나는 쪽으로 몸을 돌리느라 때리던 손을 멈추었다. 내 고함 소리로 천장에 매달린 형광등이 진동했다. 내가 다리를 끌며 교실 한복판까지 걸어가, 위에 앉은 여학생을 붙들어 세우기에는 충분한 시간이었다. 여학생은 내게 주먹질하려 몸을 비틀다가,

생각을 고쳐먹고 숨을 헐떡이며 가만히 섰다.

바닥에 깔려 있던 여학생이 훅 소리를 내더니 벌떡 일어나 내가 잡아 올린 학생을 때리려고 몸에 힘을 실었다. 그러다가 멈추었다. 이 학생은 나를 몰랐지만, 아무도 더 이상 고함을 지르거나 교실 안을 뛰어다니지 않고, 상대방은 내 손에 가만히 붙들려 있는 상황에 경계한 것이다. 학생은 혼란스러운 표정으로 주위를 흘끔흘끔 둘러보았다.

제프는 여전히 벽에 기댄 채 서 있었다.

학생들은 내가 입을 열기를 기다렸다. 나는 아무 말 없이 무표정한 얼굴로 서 있었다. 시간이 천천히 지나갔다. 15초, 30초, 45초. 어른들에게는 긴 시간이다. 어린아이들에게는 영원과 같다. 아드레날린이 썰물처럼 빠져나갔다.

뒤쪽에 있던 여학생 한 명이 자기 자리에 앉았다.

다른 학생들이 뒤를 따랐다.

곧 학생들은 모두 조용히 자리에 앉아 있었다. 기가 죽었다기보다는 흥미로워하는 분위기였다. 뭔가 색다른 일이 일어나고 있었고, 색다른 일은 쿨했다. 싸우던 두 여학생, 창문에 기댄 제프 코너스, 아마 칠판에 던져진 의자의 주인인 듯한 작은 중국인 학생만이 서 있었다. 칠판에 간 금이 녹색 마커로 깔끔하게 쓰인 글자들을 가로지르고 있었다.

켈리 선생님
영어 8E

잠시 후, 의자가 없는 중국인 학생이 자기 책상 위에 앉았다.

나는 여전히 아무 말 하지 않았다. 1분이 지루하게 지나갔다. 이제 아이들은 불편해하고 있었다. 레이티샤가 거들려는 듯이 말을 꺼냈다.

"쇼너시 선생님, 싸운 학생들은 양호실에 가야 해요. 한 번에 한 명씩요."

나는 찢어진 블라우스를 입은 아이를 잡은 손을 놓지 않았다. 코피를 줄줄 흘리고 있던 아이가 갑자기 울기 시작하더니, 주먹으로 입을 틀어막고 교실에서 뛰쳐나갔다.

나는 한 명 한 명의 얼굴을 차례로 응시했다.

마침내 내가 여학생을 놓아주며 레이티샤에게 고개를 끄덕였다.

"네가 양호실로 데려가라."

레이티샤가 반색하며 뛰어올랐다. 교실에서 유일하게 내가 말을 건 학생, 임무를 맡은 학생이었다.

"이리 와."

레이티샤가 혀를 끌끌 차며 여학생을 데리고 나갔다.

이제 모두들 관심을 끌고 싶어 야단이었다. 로자리아가 얼른 말을 꺼냈다.

"쇼너시 선생님, 걔들은 제프 때문에 싸우고 있었어요."

"아니야."

둘째 줄에 앉은 덩치 큰 근육질 남학생이 얼굴을 찡그리며 말했다.

"조넬이 리사를 욕해서 싸웠어."

"아냐, 걔들은……."

모두들 아는 이유가 달랐다. 학생들이 일제히 뛰어들어 이론을 제시하는 학자처럼 서로 언쟁을 하기 시작했다. 나는 아무 말도 하지 않고 아이들의 말을 정리하지도 않고 토론에 참여하지도 않았다. 이윽고 아이들은 다시, 호기심에 찬 얼굴로 입을 다물었다.

마침내 제프 본인이 입을 열었다. 그는 완전히 숨김없이 솔직하고 진심 어린 표정을 하고 나를 쳐다보았다.

"자살 때문이에요, 쇼너시 선생님."

다른 학생들은 조금 혼란스러운 표정이었지만, 이 이야기를 따라갈 작정이었다. 그들은 제프를 알고 있었다. 그러나 이번에는 5분 내내 자기 학생들에게 무시당하고 있던 켈리 선생이 끼어들었다. 선생은 화가 나 있었다.

"**자살**이라고? 무슨 소릴 하는 거니, 어······?"

제프는 자신의 존함을 알려주지 않았다. 선생이 마땅히 알고 있어야 했다. 대신에 그는 내 쪽을 보며 말했다.

"그 늙은이들요. 오늘 아침에 병원에서 자살했다죠. 지난주에도요. 신문에 나왔어요."

나는 반응을 보이지 않고 기다렸다.

"아시죠, 선생님."

제프가 그 정직하고 믿음직스러운 말투로 계속 말했다.

"총을 쏘고 목을 매고 창밖으로 뛰어내리는 노인네들 말이에요. 그 나이에요. 육십, 칠십, 팔십이나 되어서."

그가 안타깝다는 듯이 고개를 저었다.

이제 다른 학생들도 모두 고개를 끄덕이고 있었다. 나는 그중에 신문에서 기사를 읽은 학생이 아무도 없다는 데 연금을 걸 수도 있었다.

"우리한테 전혀 본보기가 안 돼요. 하루에 세 끼 잘 먹고 기다려주는 사람들이 있고 일을 하거나 윗사람에게 시달릴 필요도 없는 사람들이····· **그런 사람**들이 포기해버리는데 대체 우리가 삶에서 무엇을 기대할 수 있겠어요?"

그는 창문에 기대어 나를 향해 씩 웃었다. 승리감, 후회, 기원, 자기가 만들지 않은 세계의 후계자. 다른 학생들이 서로를 슬쩍 살피고 나를 흘끔 보더니, 웃음을 거두었다.

"비극, 비극이에요."

제프가 머리를 흔들었다.

"비극이죠. 그 늙은 나이에 한평생 규칙대로 살아봤자 소용없다는 듯이 죽어버린다니 말이에요. 대체 **우리가** 뭘 배울 수 있겠어요?"

*

"제프 코너스를 잡아야 합니다."

내가 교무실에서 점심을 먹으며 제니 켈리에게 말했다. 교무실은 드러난 파이프와 얇은 회반죽으로 만들어진, 벤저민 프랭클린 중학교의 지하 오아시스였다. 교사들은 포마이커를 칠한 갈색 탁자 주변의 간이 철제 의자에 비좁게 둘러앉아 커피를 마시거나 종이 봉지에 싸온 점심을 먹고 있었다. 켈리 선생은 내 옆자리에 털썩 앉더니 조언을 거의 강요했다.

"겉보기처럼 어렵지는 않아요. 제프는 조종하는 선동꾼이고, 다른 학생들은 녀석을 따르죠. 하지만 통제가 안 되는 학생은 아닙니다."

"선생님한테야 쉽겠죠."

그녀의 응수에 나는 놀랐다.

"학생들에게 선생님은 남자다운 전직 경찰이죠. 몸무게가 얼마죠? 100킬로그램? 아이들은 선생님께서 총에 맞기 전에 범죄자를 세 명이

나 쓰러뜨렸고, 소년원에 힘을 쓸 수 있는 사람으로 보죠. 전 애들에게 160센티미터에 55킬로그램밖에 안 되는, 아무렇게나 밀쳐낼 수 있는 별것 아닌 사람이에요. 제프에게도 마찬가지죠."

"그러니까 제프가 그러지 못하게 해요."

겨우 나흘 전에 이사 온 그녀가 어디에서 나에 관한 얘기를 벌써 다 들었는지 궁금했다.

그녀가 치즈샌드위치를 힘차게 한 입 베어 물었다. 비록 점심시간의 절반을 화장실에서 보내긴 했지만, 눈물 자국은 없었다. 눈물 자국을 가리려고 화장을 고쳤는지도 모른다. 마지도 그러곤 했다. 가까이서 보니 제니 켈리는 첫인상보다 나이가 들어 보였다. 스물여덟, 어쩌면 서른쯤 되었을지도 모른다. 교실을 채운 열세 살 난 사내 녀석들을 통제하는 데 도움이 될 만한 얼굴은 아니었다. 그녀가 짧은 금발머리를 얼굴에서 걷어내고 나를 똑바로 바라보았다.

"정말 총을 갖고 다니세요?"

"당연히 아니죠. 교육위원회 규정에 따르면 학교 시설 내에서는 어떤 흉기도 소지할 수 없어요. 아시잖습니까."

"아이들은 선생님이 총을 갖고 있다고 생각해요."

내가 어깨를 으쓱했다.

"그리고 선생님은 아니라고 말씀하지 않으시죠."

내가 다시 어깨를 으쓱했다.

"알았어요. 저도 그걸 말할 순 없죠. 그래도 전 실패하지 않을 거예요. 선생님은 여기서 대스타죠. 모두들 그렇게 말하더군요. 제가 정말 누군가에게 뭔가 가르칠 일말의 가능성이라도 갖기 위해서, 학생들을 어느 정도 통제하려면 뭘 해야 하는지 말씀해주세요."

나는 그녀를 살피며, 그녀가 구월 말이면 학교를 떠나리라던 처음의 생각을 뒤집었다. 눈물 자국도 없고, 갓 대학을 졸업한 풋내기도 아니고, 스트레스 상황에서도 식사를 계속했다. 말로 하는 각오는 평에서 제외했다. 나는 경찰에 있을 때 신참들에게서 수많은 각오를 들었다. 그런 각오는 경찰학교를 졸업하고 석 달쯤 되면 대부분 흔적도 없이 사라졌다. 공립 학군에서는 심지어 더 빨리 사라졌다.

"두 가지가 있습니다. 우선, 이 아이들은 다른 사람과 관계를 맺지 않으면 아무것도 못 한다는 사실을 인지하세요. 5분도, 1분도 못 참습니다. 아이들은 굶주려 있어요. 그리고 아이들 대부분에게 '관계 맺음'이란 싸우고 뜯고 밀치고 심지어 괴롭히는 것을 의미합니다. 아이들은 그런 데 익숙하고, 자연스럽게 그런 상황을 만들어냅니다. 단 1분이라도 사회적인 진공 속에 홀로 존재하는 것보다는 낫기 때문이죠. 그걸 이겨내고 선생님 말씀을 들을 만큼 아이들을 서로에게서 오래 떼어놓으려면, 바로 **선생님이** 아이들과 그만큼 강력한 관계를 만들어야 합니다. 꼭 기를 죽이거나 법에 반하는 허튼 판타지를 만들 필요는 없습니다. 선생님 나름의 방법을 찾으세요. 어쨌든 선생님이 어떤 식으로든 강력하게 존재하지 않으면—아주 강력하고, 아주 도드라지지 않으면—아이들은 선생님을 무시하고 다시 자기들끼리 관계를 맺으려 들 겁니다."

"관계 맺음이라."

그녀가 생각에 잠겨 말했다.

"대상에 관계를 맺게 하는 건 어때요? 영미 문학에는 무척 흥미진진한 것들이 있어요."

"저야 선생님 말씀을 믿죠. 하지만 이런 아이들에게는 대체로 어떤 책도 재미가 없습니다. 처음에는 그래요. 아이들은 사람을 통해서만 대상과 관계 맺을 수 있어요. 그만큼 굶주려 있지요."

그녀가 샌드위치를 한 입 더 베어 물었다.

"두 번째는 뭔가요?"

"이미 말씀드렸죠. 제프 코너스를 잡으세요. 지금 당장."

"걘 어떤 앤가요? 그리고 자살하는 노인네들에 관한 생뚱맞은 소리는 대체 뭐였어요?"

"뉴스에서 안 보셨나요?"

"당연히 봤죠. 경찰이 수사하고 있잖아요? 그게 제 수업과 무슨 상관이 있었죠?"

"아무 상관도 없어요. 주의를 딴 데로 돌리려는 수작입니다. 위장이죠."

"뭘 위장하려고요?"

"여러 가지가 있을 수 있습니다. 제프는 자기가 들은 얘긴 뭐든지 다른 사람을 헷갈리고 오해하게 하는 데 써먹어요. 게다가 녀석은 온갖 얘기를 다 듣습니다. 총명하고, 의욕이 없으면서도 타고난 리더이고—믿어지진 않지만—폭력 단원은 아닙니다. 보셨죠. 화려한 금장식도 삐삐도 없어요. 전과 기록도 깨끗합니다. 어쨌든 지금까지는요."

"작년에 그 학생과 같이 좀 일하셨죠."

"아뇨. 저와 제프는 같이 일하지 않습니다. 제가 교실에서 그 아이를 통제했을 뿐이죠."

그녀는 나에 대해 묻고 다닌 것 같았다.

"**선생님**이 제프와 진짜 관계를 맺지 않았다면, 제가 어떻게 하겠어요?"

"그건 저도 모릅니다."

내가 대답했다. 우리는 몇 분 동안 조용히 식사를 했다. 긴장된 분위기는 아니었다. 그녀는 내가 한 말을 되새겨보며 생각에 잠긴 표정이었다. 갑자기 그녀가 좋은 경찰이 되었을지 궁금해졌다. 그녀의 귀는 작고 분홍빛이었다. 작은 조개 모양의 금귀걸이를 하고 있었다.

그녀가 내 시선을 눈치채고 살짝 미소 짓더니, 내 왼손을 살폈다.

그녀에게 내 얘길 해준 사람이 내 사정은 모두 다 말하지는 않은 모양이었다. 나는 마지막 남은 샌드위치를 꿀꺽 삼키고 목례를 한 다음, 일과가 거의 끝난 7H반 학생들이 서로를 향한 본능적이고 격렬한 갈등에 함몰하는 대신 괴상한 수학에 주의를 기울이기를 진심으로 기대하고 있는 쇼너시 선생님의 마지막 교시를 들으려 쿵쾅대며 계단을 올라오기 전에, 교실로 돌아갔다.

*

암스테르담 가 '자비로운 천사들' 요양원에서 노인 두 명이 또 자살했다.

7H반 아이들이 작년에 배운 수학을 얼마나 기억하고 있나 확인하려고 친 개학 날 쪽지 시험을 채점하다가 뉴스에서 보았다. 학생들은 제곱하는 법을 잊어버렸다. 내 망가진 무릎은 '배고픈 남자를 위한 바삭바삭 프라이드치킨'의 뼈다귀와 장례 쟁반 옆에 놓인 무릎 방석에 올려져 있었다.

78세인 자코모 델라 프란체스카 씨와 80세인 리디아 스미스 씨로 밝혀졌습니다. 요양원 직원의 말에 따르면 두 사망자는 같은 층에 묵었고, 둘 다 상당히 쾌활한 성격이었다고 합니다. 과부인 스미스 씨는 8층 건물의 옥상에서 몸을 던졌고, 방에서 죽은 채 발견된 델라 씨는 스스로 자신의 몸을 칼로 찌른 것으로 보입니다. 이 자살 사건은 오늘 아침에 웨스트엔드 가 '베스 이스라엘 퇴직자의 집'에서 일어난 유사한 사망 사건에 뒤따른 것입니다. 그러나 뉴욕 시 경찰국NYPD의 마이클 도일 경감은 성급한 추측을 경고하고…….

나는 무릎을 옮겼다. 도일 경감이란 사람은 틀림없이 초조해하고 있을 터였다. 열흘 사이에 요양원에서 일어난 세 번째 동반 자살 사건이었다. 나이 든 사람들은 자살을 잘 모방하지 않는다. 곧《데일리 뉴스》나《포스트》가, 노인들을 밀쳐 떨어뜨리며 맨해튼을 돌아다니는 미친놈이 있는지를 결정할 것이다. 아니면 중동 테러리스트나 외계인의 의학 실험 음모라고 할지도 몰랐다. 타블로이드 언론이 어느 쪽을 고르든, 결국은 NYPD 탓이 될 것이다.

갑자기, 불쑥, 마지가 악화되었다는 느낌이 찾아왔다.

나는 때로 이렇게 갑작스러운 예감을 느낀다. 나는 예감이 싫다. 예전에는 전혀 이렇지 않았다. 평범한 사람들과 마찬가지로 무언가를 알았다. 보거나 읽거나 듣거나 추론해서, 상식적인 방법으로 알곤 했다. 그런데 작년부터는 달라졌다. 나는 마치 생각이 갑자기 머릿속에 불쑥 나타나듯이 무언가를 깨닫곤 했다. 그런 직감은 대부분 맞았고 늘 나쁜 일이었다.

병원에 갈 날이 아니었지만 텔레비전을 끄고 쓰레기통으로 절룩거리며 걸어가 저녁 식사 쓰레기를 버렸다. 다리에 과한 부담이 왔을 때

쓰는 지팡이를 들었다. 그때 전화가 울렸다. 코넬에서 첫 주 수업 애기를 하려고 전화한 리비일지도 모른다는 생각에, 나는 자동응답기를 들으려 멈추어 기다렸다.

"진, 빈스 로마노야."

침묵.

"버키."

침묵.

"오랜만이지."

나는 천천히 무릎 방석 위에 앉았다.

"저기, 마지 일은 정말 유감이야. 나는 하려고…… 너는…… 그게……."

이런 상황인데도 웃음이 나왔다. 사람은 변하지 않는다. 버키 로마노는 제대로 된 동사를 적당한 자리에 쓸 줄을 몰랐다.

더듬거림이 끝났다.

"……얼마나 유감인지 말하고 싶지만, 전화한 이유는 따로 있어."

긴 침묵.

"너한테 할 말이 있어. 중요한 일이야. 아주 중요한 일이야."

침묵.

"힐리 신부님에 관한 일은 아니야. 옛날 일들과는 전혀 상관이 없어…… 전혀 다른 일이야."

침묵.

"아주 중요해. 진, 나는 못해…… 아니야…… 넌……."

침묵.

그리고 그의 어조가 바뀌었다. 더 강경해졌다.

"진, 나 혼자서는 이 일을 할 수 없어."

버키는 아무것도 혼자서 할 줄 몰랐다. 우리가 여섯 살 때도, 열한 살 때도, 열일곱 살 때도, 그가 할 일을 결정하는 사람이 내가 아니라 힐리 신부님이 되었던 스물세 살 때도 마찬가지였다. 그를 대신해 결정해주는 사람이 다시 나였던 스물일곱 살이 되어서도 그랬다. 나는 마지막 사고가 일어나기 전까지, 평생 겪은 어떤 일보다도 그 역할을 불행하게 여겼었다.

버키는 자기 전화번호를 읊은 다음에도 전화를 끊지 않았다. 그의 숨소리가 들려왔다. 문득, 저 밖 어딘가에서 전화기를 집어삼킬 듯이 입에 갖다 누르고 앉아 있는 버키의 모습이 눈앞에 떠올랐다. 어쩌면 내가 전화를 받을지도 모른다는 가망 없는 희망을 품고. 내가 전화를 받게 하려면 무슨 말을 해야 할지 성마르고 미친 영혼의 밑바닥까지 걱정하며.

"진…… 이건…… 말하면 안 되지만, 어쨌든 너는…… 예전엔…… 요새 일어난 노인들의 죽음에 관한 일이야."

침묵.

"난 지금 켈빈 제약에서 일하고 있어."

딸깍.

대체 누가 저 얘길 알아듣겠어?

나는 엘리베이터로 절뚝거리며 걸어가 택시를 타고 세인트클레어 병원으로 갔다.

*

마지의 상태는 정말로 더 나빴다. 비록 어젯밤에는 없었던 튜브가 하나 늘어난 것이 유일한 증거였지만 말이다. 마지는 지난 18개월 7일간 같은 자세로 누워 있었다. 구부린 머리와 무릎, 팔꿈치에서 휘어진 손목이 가는 양팔. 마지의 몸무게는 45킬로그램이었다. 위루관과 도뇨관에 더해 벽에 걸린 링겔에서도 약이 흘러 들어가고 있었다. 베개에 항상 눌린 탓에 뒤통수 쪽의 아름다운 갈색 머리칼의 윤기가 바랬다. 그 윤기는 그녀의 삶처럼, 덧없는 빛 속 깊은 곳으로 영원히 사라졌다.

"안녕, 마지. 나 왔어."

나는 의자에 앉아 다리를 쭉 뻗었다.

"리비한테서는 아직 전화가 안 왔어. 개강 첫 주니까 일정을 정리하고 친구들을 다시 만나야 할 테고…… 당신도 알잖아."

마지는 늘 이해했다. 리비의 입학 일주일 전에 갭 가방을 보며 함께 웃고, 지금이라면 얼마가 들더라도, 무엇이라도 사줄 물건의 가격을 놓고 다투던 마지와 리비의 모습이 떠올랐다.

"구월치고는 꽤 선선해. 아직 단풍은 들지 않았지만 말이야. 어제, 오늘을 준비하며 공원을 산책했는데, 아직 온통 녹색이었어. 오늘은 괜찮았어. 이번 한 해도 잘 풀릴 거야."

멋진 한 해를 보내!

마지는 개학 첫날이면, 마치 1년이 첫날의 여섯 시간 20분에 압축되어 있다는 듯이 늘 내게 말했다. 첫 3년 동안 그 말을 했다. 경찰에서 퇴직하고 중학교 선생이라는 직업으로 절름거리며 들어갔던 첫 3년이었다. 타임워너로 비서 일을 하러 나가기 전에, 옷을 반쯤 차려입고 문

앞에 서서 나를 배웅하던 마지를 떠올렸다. 풍만한 가슴 선을 타고 흘러내리던 실크 블라우스와 아래의 슬립. **멋진 하루를! 멋진 5분을 보내!**

"마지막 시간의 7H반은 꼭 동물원 같았지만, 마지막 시간이 동물원 꼴이 아닐 때가 어디 있겠어? 그때쯤 되면 페라리처럼 웅웅거리니 말이야. 하지만 대수 수업은 양쪽 다 괜찮고, 7A반에는 정말 성적이 좋은 여학생이 있어. 글쎄, 미래의 웨스팅하우스 영재상 수상자일지도 몰라."

그녀에게 말을 걸어요.

의사는 그렇게 말했다.

코마 환자들이 들을 수 있는지 없는지 모르니까요.

1년 반 전의 얘기였다. 아무도 이제 내게 그런 말을 하지 않지만, 나는 그만두지 못했다.

"옆 반에 새 희생양이 왔어. 8학년 영어 선생이야. 오늘 여자애들끼리 다툼이 있었지. 하지만 글쎄, 내 생각에는 보기보다 근성이 있는 것 같아. 그리고 오늘 누구한테서 전화가 왔는지 알아? 버키 로마노가 전화했어. 13년 만에 말이야. 전화해달래. 어떻게 할지는 아직 결정 안 했어."

마지의 잇새는 벌어지고 잇몸은 튀어나왔다. 위루관으로 흘러 들어가는 항경련제 때문에 잇몸 조직이 과다 성장한 탓이다. 잇몸이 이를 덮었다.

"이제야 부엌에 달 커튼을 샀어. 리비가 재촉했었지. 커튼을 달려면 리비가 돌아오는 추수감사절까지 기다려야겠지만. 노란색이야. 당신 마음에 들걸."

마지는 지금의 부엌을 본 적이 없다. 팔아버린 집 부엌에서 의자에 올라 커튼을 달고 창문에 낀 때를 문질러 닦던 마지가 눈앞에 떠오른다.

"진?"

"안녕하세요, 수전."

교대 간호사는 늘 그렇듯 피곤해 보인다.

"마지에게 달린 새 튜브는 뭔가요?"

"항생제예요. 호흡곤란이 있어서 엑스레이를 찍었는데, 살짝 폐렴기가 있었거든요. 약이 들어가고 나면 금세 괜찮아질 거예요. 진, 전화 왔어요."

가슴에 꽉 조이는 느낌이 왔다. 리비. 신호를 위반한 93년식 링컨이 장바구니를 들고 길을 건너던 마지를 친 이래로, 예상치 못한 장소에서 전화를 받을 때면 늘 가슴이 조여왔다. 나는 간호사실로 절뚝이며 걸어갔다.

"진? 나 빈스야. 로마노. 버키."

"버키."

"거기…… 있는데 방해해서 미안해. 마지 얘긴 정말 안됐어. 자동응답기에 메시지를 남겼지만 아마 집에 없었던 모양인데…… 저기, 진, 널 만나야 해. 중요한 일이야. 제발 부탁이야."

"버키, 늦었어. 내일 수업하러 가야 해. 난 이제 학교 선생이야."

"**제발**, 날 보면 납득할 거야. 널 만나야만 해."

나는 눈을 감았다.

"이봐, 나 정말 피곤하거든. 다음에 보자."

"**제발**, 진, 몇 분이면 돼. 15분 안에 거기로 갈게!"

버키는 매달릴 때 망설인 적이 없었다. 이제 기억이 났다. 갑자기 버키에게, 내가 마지 없이 어디에서 어떻게 살고 있는지 보이고 싶지 않다는 생각이 들었다. 정말 하고 싶은 말은 "안 돼"였지만, 그렇게 말할 수가 없었다. 평생 한 번도 그런 적 없는데 이제 와서 거절할 수는 없었다…… 어째서? 나도 모르겠다.

"알았어, 버키. 몇 분 만이다. 세인트클레어 병원 로비로 와."

"15분이면 돼. 고마워, 진. 정말 고마워. 진심으로 감사하고 있어. 나는……."

"알았어."

"조금 있다 보자."

버키는 매달리기를 망설인 적이 없었고 사람들이 그를 돕지 않을 수 없게 만들었다. 힐리 신부님마저도. 버키의 삶에 들어가고, 나오며.

*

세인트클레어 병원의 로비는 언제나 변함없었다. 변함없이 닳아빠진 녹색 바닥, 두꺼운 테이프로 막아놓은 찢어진 비닐 소파, 메디슨 스퀘어 가든의 경비원이었을 법한 인상의 접수원. 어쩌면 진짜 전직이 그것이었을지도 몰랐다. 지친 사람들이 스페인어, 그리스어, 한국어, 중국어로 고함을 지르거나 수군거렸다. 성모마리아, 세인트클레어, 십자가에 매달린 예수상이 이곳에 돈만큼이나 어울리지 않는 신성함을 내뿜었다.

버키와 나는 '영원한 슬픔의 여인상'에서 몇 블록 떨어진 곳에 있는, 꼭 이런 동네의 아파트에서 이웃으로 자랐다. 우리는 우리 동네를 '처우는 창녀에서 두 집 아래'라고 부르곤 했다. 우리는 첫 영성체, 첫

고해성사를 함께 받았고, 버키는 내 결혼식에서 신랑 들러리를 섰다. 그때쯤 버키는 신학생이었고, 여인에 대한 불경한 짓은 유머, 겸손, 자애의 흔적들과 함께 깡그리 사라져 있었다. 아니, 그때는 그렇게 생각했다. 어쩌면 그 생각이 옳았는지도 모른다. 항상 전 과목 A학점을 받았다 해도 예비 사제 버키는 유격수 버키, 클라리넷 제3주자 버키, 복사服事 버키와 같은 사람이었다. 열정적이고 헌신적이고 근시안적인 오류를 저지르는 버키.

버키는 높이 뜬 공을 잘 잡았다가 놓쳐버렸다. 〈달빛〉*을 완벽하게 암기하고 있으면서 반 박자 느리게 연주했다. 이를 내밀고 마른 얼굴을 찡그리고 집중한 채 제대의 난간 위로 몸을 내밀다가, 뭘 봤는지 완전히 심취해서 응답송을 읊지 않은 적도 있었다. 다른 소년들은 서로를 꾹꾹 찌르며 킬킬거렸고, 나중에 주차장에서 버키를 윽박질렀다.

하지만 성직을 떠나겠다는 버키의 결정은 실패가 아니었다. 심지어 진짜 결정도 아니었다. 버키는 몇 달을 망설이며 점점 더 여위어갔고 점점 더 말을 더듬더니, 마침내 수면제 반통과 보드카 반병을 들이켰다. 힐리 신부님과 내가 버키를 찾아내 병원으로 데려가 위세척을 시켰고, 힐리 신부님은 버키를 성직과 하느님의 구원으로 도로 이끌기 위해 설득했다. 병원 침대에서 버키는 혼란에 빠져 더듬거리며 내게 자기를 집으로 돌려보내 달라고 했다. 버키는 겁에 질려 있었다. 병원이 아니라 힐리 신부님에게.

그리고 나는 버키가 바라는 대로 했다. 경찰 배지와 권총과 마지의 사랑과 사랑스러운 어린 딸과 낡아빠진 종교의 늙은 신부를 마주하기

---

* 프랑스 작곡가 클로드 드뷔시의 작품.

위해 가톨릭 냉담자인 경찰의 도움을 필요로 하는 약골을 돕는다는 만족감으로 무장하고, 근무지에서 곧장 병원에 있는 버키에게 갔었다. 맙소사, 나는 재수 없는 인간이었다.

"진? 진 쇼너시?"

나는 고개를 들고 세인트클레어의 허름한 로비를 보았다.

"버키, 안녕."

"세상에, 넌…… 믿을 수가…… 너 하나도 안 변했구나!"

버키가 울음을 터뜨렸다.

*

9번가 골목에 있는 그리스 식당으로 그를 데려갔다. 저녁 식사 시간이 거의 끝났다. 우리는 벽돌 골목길이 보이는 지저분한 측면 창 옆 그늘진 탁자에 자리를 잡았다. 버키는 문에 등 돌린 자리에 앉았다. 버키야 누가 자기 우는 모습을 보든 신경 쓰지 않았지만, 나는 신경을 썼다. 맥주를 두 잔 주문했다.

"자, 무슨 일인데?"

버키가 코를 풀고 굽실거렸다.

"여전하구나. 넌 늘 그저…… 절대 어떤…….."

"버키, 왜 또 지랄이야?"

버키가 불쑥 말했다.

"들으면 싫어할 거야."

나는 버키의 어깨 너머로 문을 살폈다. 지난 18개월 동안 나는 평생 쓰고도 남을 눈물과 드라마를 겪었다. 버키에게 그렇게 말하지는 않겠지만, 그가 정신을 차리지 않으면…….

"난 켈빈 제약에서 일하고 있어."

한결 차분해진 버키가 말했다.

"신학교를 나오고 힐리 신부님이…… 그렇게 되신 다음에……."

"계속해."

생각보다 거칠게 말이 나왔다. 버키가 위세척을 받는 동안 힐리 신부님과 나는 세인트빈센트 병원의 병실 문밖에서 서로에게 고함을 질러댔었다. 나는 되새기고 싶지 않은 말을 했었다.

"학교로 돌아가 화학 학사를 받고 박사까지 마쳤어. 우리 사이……그때…… 네가 총을 맞은 뒤에 연락하고 싶었지만…… 이전에 널 찾으려고 좀 더 애쓸 수도 있었겠지…… 어쨌든, 나는 켈빈의 연구소로 들어갔어. 일은 마음에 들었어. 그리고 토미를 만났어. 우린 동거 중이야."

그는 한 번도 그 얘길 한 적이 없었다. 다시 생각해보면 할 필요도 없었다. 그 시절에는 별로 얘깃거리도 없었고, '영원한 슬픔의 여인' 앞에서는 더더욱 할 수 없는 말이었다.

"켈빈에서의 일을 좋아했어. 좋아해. 좋아했어."

그가 숨을 깊이 들이쉬었다.

"난 카미뇌 쪽을 맡고 있어. 진, 너 그거 복용하지?"

너무 놀라 펄쩍 뛰어오를 뻔했다.

"어떻게 알았어?"

그가 씩 웃었다.

"의료 기록을 해킹하거나 하진 않았으니 진정해. 그건…… 보통은 몰라. 단지 네 얼굴을 보고 추측했을 뿐이야."

내 얼굴을 보고. 카미뇌는 신경전달물질을 조정하는 약물의 일종이었다. 프로작이나 그 선조격인 다른 항우울제와 달리 카미뇌는 세로토닌뿐 아니라 노르에피네프린과 도파민을 비롯한 대여섯 가지 뇌 화학물질에 작용한다. 마지가 사고를 당한 다음부터 나는 처방을 받고 있었다. 중독성이나 부작용이 없고 사고를 둔하게 하지도 않는다. 카미뇌가 없었을 때 나는 잠들지도, 먹지도, 집중하지도 못했다. 세인트 클레어에 들어설 때마다 살해 충동에 시달렸다.

정신을 차려보니, 어느 날 나는 D가에 있는 총기 매장에서 9밀리 권총을 테스트하고 있었다. 손안의 총은 마치 떠다니듯 가벼웠다. 머릿속에 떠오른 생각들을 들여다본 다음, 나는 마지의 담당의를 찾아갔다.

버키가 처음으로 조용히 말했다.

"카미뇌는 일반적으로는 통제 가능한 강력한 폭력 충동을 가진 사람들이 극심한 스트레스 상황에서 통제력을 상실했을 때 보이는 폭력 심리를 억제하기 위해 만들어졌어. 경찰들에게 많이 처방돼. 군인이나 의사에게도. 강력한 도덕적 제약에 따른 이상이지. 아무도 카미뇌 세대의 신경안정제가 그 정도로 세분화되어 있다고 말해준 적 없어?"

말해줬더라도 나는 듣지 않았을 것이다. 당시 나는 사람들의 말에 거의 귀 기울이지 않았다. 허나 지금 버키의 말은 들렸다. 일에 관해 말할 때 버키는 머뭇거리지 않았다.

"진, 좋은 약이야. 괜히…… 복용한다고 부끄러워할 필요 없어…… 그저 트라우마 이전 상태로 뇌에서 일어나는 화학작용을 복원해줄 뿐이니까."

나는 버키를 노려보고 맥주를 두 잔 더 주문했다.

"알았어. 그럴 생각은 아니…… 그 뒤로 신경약제가 여러 세대 더 개발되었어. 네게 얘기하려던 일이야."

나는 두 번째 잔을 홀짝이며, 잔을 비우는 버키를 응시했다.

"3년 전에 우리는…… 신경약제에 혁신적인 발전이 있었어. 정말로 놀라운, 구체적인 얘기는 생략할게…… 완전히 새로운 계통의 연구를 시작했어. 나는 그 팀이었어. 팀이야. 그 팀이야."

기다렸다. 갑자기 굵은 빗방울이 더러운 창을 때리기 시작했다.

"카미뇌 이래로 우리는 신경약제의 효과를 놀라울 만큼 세분화했어. 네가 얼마나 아는지 모르겠지만, 지난 5년 사이에 이쪽에서 가장 획기적인 신경학적 발견은 강렬한 감정은 뇌의 시냅스 경로에 영향을 미칠 뿐 아니라, 사실은 세포 이상 수준에서까지 뇌의 구조를 변화시킨다는 것이야. 강렬한 경험을 한 뇌 안에 새로운 구조가 형성돼. 그 경험이 반복되면 새로운 구조는 점점 더 강화되지. 이런 물리적인 변화는, 말하자면, 스트레스 앞에서 더 대담하거나 차분해지게 만들어. 혹은, 이렇게 새로 만들어진 물리적인 구조는 사람이 온 의지를 다해도 제대로 행동하기 힘들거나, 심지어 불가능하게까지 해. 다시 말해, 삶이 말 그대로 사람을 미치게 한다는 소리지."

그가 웃었다. 나는 아무 말 하지 않았다.

"우리가 알아낸 것은 기억은 그대로 두고 우울증, 공포, 나르시시즘적인 공포…… 등으로 생겨난 이러한 경로들에만 영향을 미치는 방법이야. 마음속에서 마치 광고판을 보듯이 기억을 볼 수 있지만, 이제 그 기억들을 정면으로 통과하는 대신 그 옆을 지나가게 만드는 거야. 감정적인 면에서 말이야."

버키가 나를 살폈다. 나는 거칠게 물었다.

"그래서 넌, 네 기억 옆을 지나가기 위해 무슨 약을 먹는데?"

버키가 웃음을 터뜨렸다.

"난 약 안 먹어."

나는 무표정을 유지했지만 버키는 서둘러 덧붙였다.

"약을 복용하는 사람들이…… 신경안정제 복용이 연약함의 증거는 아니야…… 먹지 않는다고…… 강한 사람인 것도 아니고. 나는 그저…… 아니라…… 기다리고 있었어. 그뿐이야. 기다리고 있었어."

"뭘? 왕자님이 데리러 오길?"

난 여전히 화가 나 있었다.

그는 짧게 대답했다.

"응."

내가 천천히 맥주잔을 든 손을 내렸지만, 버키는 똑똑한 상태로 돌아갔다.

"우리 팀이 지금 실험중인 약은…… 다음 단계는 부정적인 경로를 봉쇄하는 것 이상이야. 한 가지만 예를 들어볼까. 세로토닌의 경우, 연구자들 중에는…… 세로토닌이 특히 경찰과 같다는 가설이 있어. 충분한 세로토닌은 대뇌 내의 반란이나 폭동을 통제하지. 그러나 범죄를 단지 억제하는 것만으로는 완전한 번영이나 행복, 기쁨을 달성하지 못해. 그런 단계로 가려면 긍정적인 경로를 만들어내는 새로운 신경약제가 필요해. 아니면 최소한 이미 존재하는 긍정적 경로를 강화하는 약제라든가."

"코카인. 히로뽕, 술, 강장제."

"아니, 아니, 힘의 분출이나 일시적인 도취와는 달라. 전혀 일시적이지 않고 고립되지도 않은…… 사람들을 느끼게 하는 신경 경로……

가능하게 하는…….”

버키가 팔꿈치를 탁자에 대고 내게로 몸을 내밀었다.

“진, 마지와 너무나 가깝게 느껴져서, 마치 네가 잠시 그녀의 피부속으로 들어간 듯이 느낀 적 없었어? 마치 네가 마지 자신인 것처럼 느낀 적 없어?”

나는 창으로 시선을 돌렸다. 빗방울이 더러운 유리 위를 천천히 미끄러져 내려가며 더 더러운 얼룩을 남겼다. 밖에서는 노숙자가 쓰레기통을 뒤졌다.

“이게 노인 자살과 무슨 상관인데? 할 말이 있으면 어서 해.”

“자살이 아니라 살인이었어.”

“살인? 웬 미친놈이 늙은이들을 밀어 떨어뜨렸어? 왜 그렇게 생각해?”

“미친놈이 아냐. 그리고 생각하는 게 아니라, 난 **알고 있어.**”

“어떻게?”

“사망한 노인 여덟 명 모두 J-24를 복용하고 있었어. J-24는 고립상황을 해소하기 위해 켈빈에서 개발한 신경약제의 암호명이야. 임상시험 중이었어.”

나는 특유의 열기를 띤 버키의 눈을 살폈다. 열정적이고 간절하고 단호하고 무능한 열기. 그리고 다른 무언가, 예전에는 없었던 다른 어떤 것이 깃들어 있었다.

“버키, 터무니없는 소리야. NYPD가 완벽하진 않지만, 뉴욕 경찰도 자살과 살인 정도는 구별할 줄 알아. 노인층의 자살률은 자연히 높을 수밖에 없어. 그들은 자주 우울해지고…….”

나는 말을 멈추었다. 버키가 다 아는 사실이었다.

"바로 그 말이야!"

버키가 소리를 질렀다. 식당 중앙에 앉아 있던 그리스인 노부부가 버키 쪽으로 고개를 돌렸다. 버키가 목소리를 낮추었다.

"임상시험을 받던 노인들은 우울한 사람들이 **아니었어**. 우울한 성향을 가진 사람을 철저히 배제해서 피실험자를 선정했지. 그 어떤 심리적·화학적·사회적인 우울의 표지도 없는 사람들이었어. 그들은…… 여행사 광고에 나오는, 활동적이고 건강한 에너지로 가득 찬, 테니스를 치고 촛불을 켜고 춤을 추는 노인들 같았지…… 우리 팀의 심리학자들은 피실험자를 대단히 신중하게 선발했어. 그들 중 **누구도** 우울하지 않았다고!"

"너네 회사 약이 우울하게 만들었는지도 모르지. 자살하고 싶어질 만큼."

"아냐! 아냐! J-24는 절대…… 어떤…… 사람들을 우울하게 하지 않아. 내가 직접 봤어."

버키가 머뭇거렸다.

"게다가……."

"게다가 뭐?"

버키가 창밖으로 시선을 돌렸다. 웨이터가 더러운 접시가 쌓인 카트를 밀며 옆을 지나갔다. 다시 입을 열었을 때, 버키의 목소리는 기묘했다.

"난 J-24의 개발 과정에 5년 동안 전념했어. 낮이나 밤이나, 주말에도…… 연구실에서 일주일에 80시간을 보냈지. 토미를 만날 때까지 매 순간, 아니, 토미를 만난 다음에도 아마 지나치게 많은 시간을 쏟아부었어. 나는 켈빈 팀 리더라면 알아야 할 건 모두 알고 있고, 그 약의 현존하는 신경전달물질과의 상호작용에 관해 **알 수 있는** 사실은 모두 다 알고 있어. J-24는 내 전부였어."

한때는 교회가 그랬듯이. 버키는 뭐든 적당히 할 줄을 몰랐다. 나는 '그 팀'에서 버키의 진짜 직책이 무엇이었을지 궁금해졌다.

"우리는 J-24를 정상적이고 건강한 사람들조차도 늙어가며 느끼는 고독감과 싸우도록 설계했어. 사람은 나이가 들어가. 친구들은 죽지, 배우자가 죽고, 자식들은 다른 주에서 자기 삶을 꾸려가. 수십 년 동안 쌓아올린 관계가 모두 사라져가는 거야. 건강한 사람들에게 이러한 관계는 무척 강력하고 구체적이며 두터운 신경 구조를 형성해. 하지만 요양원이나 퇴직 모임에서 사귀는 새로운 친구들과는 이렇게 강력한 신경 경로를 재생할 시간이 없어. 활동적이고 쾌활하며 대담한 성격을 가진 노인들이 아무리 노력한다 해도 말이야."

나는 말없이 앉아 있었다.

"J-24는 관계의 신경화학적인 부분에 작용해. 타인 곁에서 이 약을 복용하면 두 사람은 서로에게 완전히 열려. 진정으로—**진정으로**, 영구적인 화학작용 단계에서—서로에게 각인되는 거야."

"노친네들을 위한 정력제를 만들었다고?"

"아냐."

버키가 답답하다는 듯이 반박했다.

"섹스하고는 아무 상관없어. 대뇌변연계에서 발생하는 충동과 달리, 이건…… 정서적인 유대야. 가장 강렬하고 장기적인 형태로…… 마지에게 성욕만 느꼈다고 말하진 않겠지!"

잠시 후 버키가 말했다.

"미안해."

"얘기나 마저 해."

"다 했어. 우린 그 약을 네 쌍의 자원자들에게 주었어. 모두 장기적인 불치병을 앓고 있었지만 우울하지는 않은 사람들이었어. 남은 시간 동안 삶의 질을 높이기 위해 위험을 감수할 자세가 된 노인들이었지. 난 그들이 약을 먹었을 때 관찰자였어. 마치 처음 본 움직이는 대상을 졸졸 따라다니는 새끼 오리들 같았지. 아니, 그것과도 달랐어. 더…… 더……."

그가 내 어깨 너머의 벽을 넘겨보았다. 그의 눈에 눈물이 차올랐다. 나는 주위를 흘끔거리며 보는 사람이 없는지 확인했다.

"자코모 델라 프렌체스카와 리디아 스미스는 한 달 전쯤에 함께 J-24를 복용했어. 서로 안에서 느낀 이 엄청난 기쁨으로 그들은 새 사람이 되었지. 서로에 대해 알게 되면서, 서로의 기억이 아니라 서로의…… 영혼에 대해 알게 되면서 기쁨을 느꼈던 거야. 그들은 우리가 타인에 대해 갖는 감정적인 방어막을 모두 없애고 서로에게 완전히 열린 상태로 대화하며 손을 맞잡았지. 그들은 서로를 알았어. 거의 상대방 **그 자체**였어."

버키의 얼굴에 떠오른 표정을 보기가 민망했다.

"버키, 그 사람들이 정말 그만큼 서로를 잘 알지는 않았을 거야. 단지 환상일 뿐이지."

"아냐, 아냐. 이봐, 다른 사람과 연결될 때, 다른 사람과 무언가 강렬한 느낌을 공유할 때 어떤 기분이 들어?"

얘기하고 싶지 않았다. 버키는 내 대답을 기다리지 않았다. 그는 멈추지 않고 혼자서 굴러갔다.

"억제제가 과소 분비되면서 더 큰 위험을 감수할 수 있게 되지. 공감 능력과 집중력이 향상되고 상대의 말을 더 잘 받아들이면서 더 큰 쾌감을 느끼는 거야. 이 **모든** 반응은 신경화학적으로 이루어져. 그 결과 뇌에서 특정한 물리적 구조가 강화되거나 사라지지. J-24는 단지 이 과정을 반대로 만들어. 신경화학적인 반응을 일으키는 경험을 하는 대신에, J-24를 복용함으로써 그러한 경험을 가능하게 하는 물리적인 변화를 유도해. 그뿐이 아냐. 이 약은 더 큰 구조적 변화를 유발해서, 손짓 한 번, 말 한마디, 반응 한 번에 신경 경로를 일상적인 경우보다 일이백 배 강화시키지."

어디까지 믿어야 할지 확신이 서지 않았다.

"그 노인네 네 쌍에게 이 약을 줬다는 말이지…… 남녀 사이에서만 작용해?"

그의 얼굴에 고통스러운 듯한 비밀스럽고 기묘한 표정이 스쳐 지나갔다. 토미 얘기가 기억났다.

"지금까진 남녀 쌍에만 시도해봤어. 정말로 그를 알고, 그가 되어, 진실로 하나가 된다면 어떤 기분일지 생각해본 적 있어? 진, 생각해보라고! 정말이지……."

"듣고 싶지 않아."

내가 싸늘하게 말했다. 진보적이고 관용적인 내 딸, 리비가 내 말을 들었다면 싫어했겠지. 하지만 나는 전직 경찰이었다. 썩 자랑스럽지는 않지만 아직 동성애 혐오 풍조가 남아 있는 직업군이었다. 버키가 토미와 어떤 환상을 갖고 있든 알고 싶지 않았다.

버키는 마음 상하지 않은 것 같았다.

"알았어. 어쨌든 상상해보라고. 시시한 한평생 동안 우리를 가두는 끔찍한 고독으로부터 벗어날 수 있다면……."

그는 창문 위로 미끄러지는 빗방울을 응시했다.

"누군가가 이 약 때문에 노인들을 살해했다는 거야? 도대체 누가? 왜?"

"나도 몰라."

"버키, 생각 좀 해. 말이 안 되잖아. 제약회사가 어, 뭐랬더라? 신경약제를 개발했다면 FDA의 감독하에 임상시험을 거쳐야 하고……."

"아냐."

내가 버키를 쳐다보았다.

"그렇게 하면 몇 년이 걸려. 아니, 몇십 년이 걸릴지도 몰라. 너무 급진적인 신기술이니까. 그래서 켈빈에서는……."

"FDA의 허가가 없었다는 사실을 알고 있었군."

"그래, 하지만 난 그저…… 그렇게 될 줄은 전혀……."

버키가 나를 바라보았다. 순간, 비이성적인 앎이 내게 다시 찾아왔다. 버키가 내게 말하는 것 이상으로 뭔가가 잘못되어 있었다. 버키는 자신이 노인 여덟 명을 살해한 약제를 개발하는 과정의 일부만이라도 참여했다고 믿고 있었다. 정말 그런지는 중요하지 않았다. 어쨌든 버키가 그렇게 믿고 있었다. 버키는 바로 그 회사가 음모를 꾸며 자살일 리 없는 살인 사건을 우울증으로 인한 자살로 몰아가고 있다고 믿었다. 버키는 손톱을 물어뜯거나 머리카락을 잡아 뽑으며, 자신을 증오하며 내 앞에 앉아 있었다. 버키, 죄책감을 생명의 양식으로 삼는 사람.

나는 교회를 떠나며 자살을 시도하던 버키를 보았다. 힐리 신부의 자동응답 메시지를 무시하며 죄책감에 몸부림치던 버키를 보았다. 젠장, 열 살 때 콜럼버스 가의 식료품점에서 사과 세 개를 훔치고 온몸을 떨며 울부짖던 버키를 보았다. 그런 버키가 지금은 불안하긴 해도 제정신인 상태로 내 앞에 앉아 있었다. 버키치고는 심지어 차분해 보일 정도였다. 자신이 살인에 관여했다고 생각하면서도 말이다.

"버키, 어떤 신경약제를 복용하고 있어?"

"아까 말했잖아. 아무것도 안 먹는다니까."

"아무것도?"

"그래."

버키의 갈색 눈은 정직함 그 자체였다.

"진, 피실험자들이 실제로 어떻게 죽었는지 알아내줘. NYPD 기록에 접근할 수 있잖아."

"지금은 안 돼."

"인맥은 있잖아? 너 자신도 나한테 경찰 내부에서 사건을 은폐하는 일이 허다하다고 했었지. 저 위에 있는 높은 분이 정말로 작정하고 나서지 않는 이상, 돈만 있다면 사설탐정을 고용하는 게 낫다고 했잖아. 켈빈 제약은 시 정부와 대립하는 입장도 아니야. 마피아가 아니니까. 그들은 단지……."

"불법 제약임상시험을 은폐하기 위해 살인을 저질렀을 뿐이라고? 버키, 난 안 믿어."

"그럼 **실제로** 어떤 일이 일어났는지 알아내."

"넌 어떤 일이 일어났다고 생각하는데?"

"몰라! 그래도 이 약이 좋다는 건 알아! 모르겠어? 세상에서 제일 사랑하는 사람과 완전하고 완벽하게 맺어질 수 있다고……. 진, 어떻게 된 건지 알아내. 자살은 아니야. J-24는 우울증을 유발하지 않아. **난 알고 있어.** 사람들에게 이 약을 복용하지 못하게 막는 것은…… 죄악이야."

버키가 너무나 자연스럽고 당연하다는 듯이 말해서, 나는 거듭 놀랐다. 이 사람은 내가 알던 버키가 아니었다. 아니, 그 버키가 맞는지도 몰랐다. 그는 여전히 죄악과 사랑에 취해 있었다.

자리에서 일어나 탁자 위에 돈을 올려놓았다.

"버키, 난 빠질래. 정말로 관계되고 싶지 않아. 하지만, 한 가지만……."

"뭔데?"

"카미뇌 말야, 이 약이…… 이것 때문에……."

맙소사, 나는 버키처럼 말하고 있었다.

"가끔 생각지도 않던 일에 대해 갑작스러운 직감이 떠올라. 알지도 못하던 일에 대한 것일 때도 있어."

그가 고개를 끄덕였다.

"알고 있었지만 단지 아는 줄 몰랐던 일이 떠오르는 것뿐이야. 카미뇌는 우뇌의 직관 경로를 강화시켜. 폭력적인 감정의 분출을 억압하면서 나타나는 효과야. 파괴 충동으로부터 거리를 두는 대신, 다양한 비폭력적 지각 사이에 연결이 생겨나지. 진, 넌 그냥 덜 극단적인 만큼 더 직감적인 사람이 되었을 뿐이야."

그리고 덜 나다워졌지. 달갑잖은 직감의 소리가 들렸다. 나는 성마른 손가락을 탁자 위에 올리고 앉은 버키를 내려다보았다. 그답지 않은 차분함이 그다운 광적인 태도, 자신이 여덟 명을 살해한 회사에서 일하고 있다는 믿음과 기괴하게 뒤섞여 있었다. 이 남자는 대체 누구지?

"난 엮이고 싶지 않아."

내가 거듭 말했다.

"그래도 엮이게 될 거야."

버키의 목소리에서, 나는 절대적이고 굳건한 믿음을 들었다.

*

제니 켈리가 말했다.

"제프 코너스와 면담 약속을 했지만 나타나지 않았어요."

금요일 오후였다. 그녀의 눈 밑에는 다크서클이 짙게 드리워져 있었다. 우리는 너구리 눈이라고 불렀다. 신입이거나 헌신적이거나 미친 교사의 표식이었다. 새벽 1시까지 수업안을 짜고 과제 첨삭을 한 다음, 운동부 감독이나 학생 면담이나 과제 추가 첨삭을 위해 새벽 6시 30분에 학교에 나오는 교사들의 표식이었다.

"일정을 다시 잡아요. 서너 번 약속을 어기고 나면 죄책감 때문에 나옵니다."

"알았어요. 그나저나, 제프가 저희 반 학생들을 모두 엮어 '이웃안전 정보 네트워크'인가 하는 걸 만들었다나 봐요. 친구의 형이 약을 하거나 하면 서로 알려주는 연결망이래요. 사회복지지원금 수령과 관련된 모양인데, 애들이 온통 흥분해서 난리예요…… 사흘 사이에 교장 선생님께 애들을 열일곱 명이나 보냈지 뭐예요."

"제니, 적당히 해요. 그러다간 모두들, 학생들뿐 아니라 학교 측까지도 당신이 자기 학급을 통제하지 못한다고 생각할 거예요."

"통제하지 못하고 있으니까요."

제니가 지체 없이 정직하게 답했다. 절로 웃음이 나왔다.

"전 **해낼 거예요.**"

"행운을 빕니다."

"이봐요, 진, 전 조언을 줄 만한 사람들에게는 모두 아이디어를 청하고 있어요. 어디 가서 커피 한잔 할래요?"

"미안하지만."

"알았어요."

다행히 실망한 눈치는 아니었다. 오늘 제니의 귀걸이는 스웨터와 같은 색이었다. 목 부분에 레이스가 달린 연하늘색 스웨터였다.

"다음에 가죠."

"가능하면요."

면전에 대고 거절하는 것보단 나았다.

주차장을 가로질러 차로 가다가 제프 코너스와 마주쳤다. 제프는 내게 하이파이브를 했다.

"퀠리 선생님이 널 찾더라."

"그래요? 어, 뭐, 오늘은 못 가요. 좀 바쁘거든요."

"그렇다고 들었다. '이웃안전정보 네트워크' 같은 건 없지?"

그가 조심스레 내 눈치를 살폈다.

"있고말고요, 쌤."

"정말? 흠, 마침 오늘 오후에 도심 남부경찰서로 갈 참이니 한번 물어보마."

"어, 사실, 생긴 지 얼마 안 되어서요. 아직 모를지도 몰라요."

"흠, 그렇구나. 그래도 한번 물어봐야겠다. 다음에 보자."

"조심해서 가세요."

그는 내가 골목 끝까지 가서 모퉁이를 돌 때까지 지켜보고 서 있었다.

도심 남부경찰서 사무실은 서류를 작성 중인 경찰들로 붐볐다. 지문카드, 온라인 체포예약시스템 신청서, 민원서류, 공용물품 영수증, 증거의 과학분석 의뢰서, 체포서류작성 체크리스트 등. 대부분 사복 차림인 경찰들이 휘갈기고 투덜거리고 연필을 깎고 있었다. 유치장에서는 용의자들이 욕하고 자고 투덜거리고 노래했다. 마지막 교시 자습 시간의 중학교 매점 같았다.

"퍼메이토 부서장은?"

루니 툰 스웨트셔츠를 입고 뭔가를 갈겨쓰던 남자가 고개도 들지 않은 채 손짓했다.

"맙소사, 이게 누구야. 지옥에서 돌아온 진 쇼너시로군."

"오랜만이야, 자니."

"이리 들어와. 세상에, 정치인 같군. 교직 생활은 느긋한가 봐."

"말라빠진 쥐처럼 보이느니 몇 킬로 더 찌는 게 낫지."

우리는 서로 마주보며 할 말이 있었더라도 말할 필요가 없는, 표현할 수 없는 일들에 대해 아무 말 않고 악수를 했다. 자니와 나는 7년 동안 파트너였다. 두 다리와 차로 용의자를 추적하고 서류를 잃어버리고 폭력 가정에 찾아가고 내무부와 강도와 환락가의 끔찍한 지루함의 함정에 함께 걸려들었다. 자니의 이혼. 나의 퇴직. 자니는 내 무릎이 산산조각 나기 1년 전에 마약 담당으로 옮겼다. 자니와 팀을 짰다면 사고가 일어나지 않았을지도 몰랐다. 자니는 몇 달 전에 부서장이 되었다. 자니와 다시 만난 것은 1년 반 만이었다.

갑자기 나는—혹은 카미뇌는—왜 내가 결국 버키를 도우러 경찰서까지 왔는지 깨달았다. 나는 이미 삶의 너무 많은 부분을 잃어버렸다. 지금의 삶이 아니라 내가 한때 살았던 삶을. 진짜 삶을.

"진, 마지 일은……."

내가 손을 들었다.

"말하지 마. 다른 일로 왔어. 사건 관련이야."

그의 어조가 바뀌었다.

"무슨 문제 있어?"

"아니, 친구 일이야."

자니는 버키를 몰랐다. 자니와 버키는 예전의 내 삶의 다른 영역에 있었다. 두 사람이 5분 이상 같은 방에 있는 모습조차 상상이 가질 않았다.

"요양원의 자살에 관한 일이야. 자코모 델라 프란체스카와 리디아 스미스 사건."

자니가 고개를 끄덕였다.

"그 건에서 뭐?"

"최초 사건현장 보고서를 보고 싶어."

자니가 나를 차분히 응시하다가 말했다.

"내 관할이 아냐."

나는 그를 마주 응시했다. 보고서를 보여주고 싶지 않다면 자니는 보여주지 않을 것이다. 그러나 **보여줄 수는** 있었다. 자니는 맨해튼에서 가장 유능한 비밀 경찰이었다. 범죄자 정보원, 내부 조직, 범죄자가 아닌 스파이, 비가시적인 처리 절차의 연결망을 끝내주게 엮어내는 능력 덕분이었다. 자니가 단지 서내 근무를 맡았다고 그 연결망을 해체했으리란 생각은 들지 않았다. 자니는 그럴 사람이 아니었다.

"중요한 일이야?"

"중요한 일이야."

"알았어."

자니는 단지 그렇게만 답했다. 대신 나는 '이웃안전정보 네트워크'에 대해 물었다.

"듣기는 했어. 터무니없는 거짓말이지만, 다른 건수를 위해 경찰을 싫어하는 쓰레기들을 잔뜩 모아 동요시키려는 배후가 있는 것 같아. 유심히 지켜보고 있는 중이야."

"시계태엽은 멈추기 마련이지."

우리 둘 사이의 오랜 농담이었다. 자니가 웃음을 터뜨렸다. 그리고 우리는 좋았던 옛날, 리비, 자니의 두 아들 이야기를 했다. 나오면서 보니 아까와 같은 경찰들이 같은 서류를 작성하고 같은 범죄자들이 여전히 졸거나 욕하거나 노래하고 있었다. 그 지랄 맞은 공간에서 서로를 마주 보는 사람은 단 한 명도 없었다.

*

다음 주가 되자 노인 자살 사건은 신문 지상에서 사라졌다. 무차별 폭행과 폭력 사건 용의에 대한 소식이 그 자리를 대신했다. 제니 켈리의 반에서는 다툼이 두 번 더 일어났다. 한번은 벽 너머로 다투는 소리가 들려와서 직접 가보았다. 다른 한번은 주차장에서 만난 레이티샤에게서 들었다.

"쇼너시 선생님, 그 남자애, 리치 탕 있잖아요. 걔가 켈리 선생님을 못생긴 년이라고 불렀어요. 자기를 건드렸으니 쓴맛을 볼 거라고 하지 뭐예요."

"어떻게 됐는데?"

나는 내키지 않았지만 물었다.

레이티샤가 씩 웃었다.

"켈리 선생님이 리치에게, 내놓은 학생처럼 굴더라도 선생님은 갤 포기하지 않을 거라고, 누구든 선생님한테 그런 식으로 말하면 가만 두지 않겠다고 했어요. 리치는 그냥 웃으면서 교실을 나가버렸죠. 켈리 선생님은 추수감사절 전에 그만둘 것 같아요."

"꼭 그러란 법은 없어. 가끔 사람들은 널 놀라게 한단다."

"전 안 놀라요."

"너마저도 놀랄지 몰라, 레이티샤."

제니 켈리의 눈에는 사라지지 않을 듯한 다크서클이 드리워졌다. 불면과 분노, 그리고 번진 마스카라. 교무실에서 그녀는 커피잔 위로 몸을 구부정하게 숙인 채 학생들의 작문 노트에 빨간 펜으로 맹렬히 그어대고 있었다. 나는 다른 자리에 앉았다.

"진, 안녕."

자동응답기에서 버키의 목소리가 들렸다.

"혹시…… 뭔가 새로운 소식이…… 있거든…… 전화해줘. 제발 부탁해. 전화번호가 바뀌었어. 가르쳐줄게."

침묵.

"나 이사했어."

나는 그에게 전화를 하지 않았다. "나 이사했어"라는 그의 말은 더 큰 고통, 더 큰 문제, 버키의 내면에서 일어나고 있는 성가신 드라마의 또 한 장면을 암시했다. 나는 자니 퍼메이토에게서 연락이 오거든 버키에게 전화하기로 마음을 정했다.

도심 남부경찰서에 다녀온 지 아흐레째 되던 화요일에 전화가 왔다.

"진, 자니 퍼메이토야."

"오, 자니."

"지난주 일로 전화했어. 유감스럽게도, 네가 요청한 정보는 입수 불가능해."

나는 비좁은 부엌에 서서 3층 아래에서 달리는 차 소리를 들으며, 자니의 차갑고 정중한 어조를 들었다.

"입수 불가능하다고?"

"그래, 미안하다."

"파일이 사라졌다는 말이야? 최신 보고서로 대체되었어? 누가 깔고 앉아 있기라도 해?"

"미안해, 네가 요청한 정보는 입수 불가능해."

"알았어."

나는 감정을 드러내지 않으며 대답했다.

"다음에 보자."

"안녕히, 부서장님."

그가 전화를 끊고 나서도, 나는 상처받은 마음에 스스로 놀라며 전화기를 든 채 서 있었다. 분노가 밀어닥치는 데 딱 5분이 걸렸다. 그리고 통제에서 벗어나지 않도록 카미뇌로 걸러진 분노가 점점 멀어지더니, 서서히 가라앉았다.

안전했다.

*

제프 코너스가 결석한 지 사흘 만에 다시 나타났다. 삐삐를 차고 굵은 금목걸이를 걸고 있었다.

"제프 완전 떴어요."

레이티샤가 미래의 자기 모습인 잔소리 많은 엄마처럼 입술을 삐죽 내밀고 말했다.

1교시 시작 전에 복도를 돌아보고 있는데, 제니 켈리가 빠른 걸음으로 스쳐 지나가더니 남자 화장실 문 앞에 섰다. 남자 화장실 문은 제대로 된 문이 아니라 변기를 반쯤 가리는 칸막이였다. 이틀 사이에 쓰레기통에서 화재가 다섯 번 발생한 이후 문은 철거되었다. 화장실에서 나오던 제프가 켈리 선생을 발견하고 멈추어 섰다. 제프가 다시 들어갈까 망설이는 모습이 보였지만, 제니 켈리가 그러게 두지 않았다.

"제프, 면담을 하고 싶어. 내 공강 시간에."

거절할 수 없는 어조였다.

"알았어요."

제프가 순순히 답하고는 구부정하게 걸어갔다. 엉덩이에 달린 삐삐가 흔들렸다.

"녀석이 선생님의 공강 시간을 아는가 보군요."

"네."

그녀가 차갑게 답했다.

"얘기해보셨군요."

"조금이지만요. 어머니가 사흘 동안 가출했었어요. 습관적이라더군

234

요. 지금은 집에 돌아왔지만, 제프는 어머니에게 남동생을 믿고 맡길 수가 없다고 생각하고 있어요. 제프에게 남동생이 있다는 거 아셨나요?"

내가 고개를 저었다.

"왜요?"

그녀는 레이티샤처럼, 잔소리꾼 어머니처럼 보였다. 너구리 눈이 푹 꺼져 있었다.

"이 아이는 곤란한 상황에 처해 있어요. 우리는 아직 제프를 구할 수 있어요. 선생님은 작년에 아이를 도울 수 있었을 거예요. 제프는 선생님을 숭배한다고요. 하지만 선생님은 사고만 안 치면 된다는 식이었지, 제프에게 시간을 내어 일부러 신경 써준 적은 없죠."

"선생님이 이러쿵저러쿵하실 부분은 아니라고……."

"그런가요? 그럴지도 모르죠. 그래도 선생님, 제프는 선생님에게서……."

"종이 울리네요. 오늘 하루 잘 보내세요, 켈리 선생님."

켈리가 나를 응시하다가 낮게 웃었다.

"알았어요. 빙하가 녹을 땐 어디 계셨나요? 뭐, 신경 쓰지 마세요."

그녀가 자기 학급으로 걸어 들어갔다. 아이들의 소음은 몇 데시벨 줄어들지 않았다.

오늘 그녀의 귀걸이는 은색 링이었고, 실크 블라우스는 붉은색이었다.

*

퇴근길에 나는 '자비로운 천사들' 요양원에 가서 연로한 어머니가 머물 요양원을 물색 중인 척했다. 캐런 제너로라는 여자가 식당, 침실, 활동실, 금잔화와 과꽃으로 가득한 작은 정원, 간호 시설을 보여주었다. 노인들은 평화롭게 카드놀이를 하거나 텔레비전을 보거나 볕이 잘 드는 창가에 앉아 있었다. 여든 살 리디아 스미스가 옥상에서 몸을 던져 자살했거나 J-24로 엮인 그녀의 남자친구 자코모 델라 프란체스카가 칼로 자해해 죽은 흔적은 찾아볼 수 없었다.

"혼자 좀 둘러보고 싶군요. 이 공간의 분위기를 좀 느껴보고 싶어서요. 어머니가…… 괴팍하시거든요."

제너로가 망설였다.

"보통은 혼자 다니시게……."

"엄마는 그런 메도의 복도가 당신이 싫어하는 하늘색이라는 이유로 거절하셨죠. 또 머리 모양에 신경을 쓰지 않는 여자들이 많은 걸 보면 자존감이 낮은 분위기라며 세인트 앤즈에 들어가지 않으셨어요. 헤이 브뷰에는 식당에 피아노가 없어서 싫대요. 여기가 열 번째입니다."

그녀가 웃음을 터뜨렸다.

"그래서 그렇게 피곤해 보이시는군요. 알겠습니다. 둘러보시고 나가시기 전에 저한테 말씀해주세요."

나는 휴게실로 돌아가 일기예보 채널을 시청하는 남자와 가벼운 잡담을 나눴다. 그다음에 리디아 스미스와 자코모 델라 프란체스카가 살았던 6층으로 갔다. 휠체어를 탄 노인, 열여섯 살짜리 가톨릭청년 자원봉사자, 리디아 스미스의 맞은편 방에 있었던 로쿠르치오 부인과 대화했다. 아무 성과가 없었다.

수위가 대걸레로 바닥을 밀면서 다가왔다. 촉촉하게 젖은 푸른 눈에 수염 난 어린애 같은 얼굴을 한, 선하고 곤혹스러운 표정을 짓고 있는 덩치 큰 젊은이였다.

"실례합니다. 여기서 오래 일하셨나요?"

"4년요."

젊은이가 막대 자루에 몸을 기대고 수줍어하면서도 상냥하게 말했
다.

"여기 계시는 분들을 잘 알겠네요."

"네, 다들 친절해요."

그가 미소 지었다.

나는 그의 조심스럽고 느린 말을 귀 기울여 들었다. 첫음절마다 강
한 악센트가 들어 있었다.

"모두들 친절한가요?"

"짜증내는 분도 있어요. 몸이 편찮으시니까 아파서 그래요."

"스미스 부인은 친절하셨죠."

"네, 좋은 분이셨어요. 매일 제게 말을 걸어주셨죠."

그의 멍한 얼굴에 더 혼란스러운 표정이 떠올랐다.

"돌아가셨어요."

"네, 불행했거든요."

그가 얼굴을 찌푸렸다.

"스미스 부인이 불행하셨다고요? 부인은…… 아니에요. 행복했어
요."

그가 나를 바라보며 거듭 말했다.

"**언제나** 행복하셨어요. 스미스 부인의 친구 아니세요?"

"친구 맞아요. 스미스 부인이 불행했다고 제가 착각했네요."

"언제나 행복하셨어요. 프랭크 씨와 함께요. 늘 웃었고 책을 읽었어

요."

"델라 프란체스카 씨와요?"

"저한테 프랭크라고 불러도 된다고 하셨어요."

"당신은 이름이 뭔가요?"

"피트요."

내가 자기 이름을 당연히 알아야 한다는 듯한 말투였다.

"아, 당신이 바로 피트군요! 네, 스미스 부인에게서 들은 적이 있어요. 돌아가시기 직전에요. 스미스 부인도 당신이 좋은 사람이라고 했어요."

그가 우쭐해했다.

"우린 친구였어요."

"피트, 스미스 부인이 돌아가셔서 슬펐겠어요."

"부인이 돌아가셨을 때 슬펐어요."

"정확히 무슨 일이 일어났던 건가요?"

그의 표정이 바뀌었다. 그가 대걸레를 들어 양동이에 넣었다.

"아무 일도 없었어요."

"아무 일도 없었어요? 스미스 부인이 돌아가셨잖아요."

"이제 가야 해요."

피트가 반쯤 닦다 만 복도를 따라 양동이를 밀기 시작했지만, 나는 그의 팔을 잡았다. 신경약제와는 무관한 경찰의 직감이라는 게 있다.

"나쁜 사람들이 스미스 부인을 죽였어요."

내가 말했다.

피트가 내 쪽을 보았다. 연푸른색 눈동자가 흔들렸다.

"아무도 안 가르쳐줬죠. 저도 알아요. 스미스 부인이 자살했다고 했겠죠. 하지만 스미스 부인은 행복한 사람이었고, 자살 같은 건 하지 않았다는 걸 당신도 알고 있잖아요? 피트, 뭘 봤나요?"

피트는 겁에 질렸다. 옛날 옛적 한때, 나는 피트 같은 사람들에게 이런 짓을 하는 자신을 혐오했었다. 그다음에는 신경을 껐다. 지금이라고 새삼스레 신경이 쓰이진 않았다.

"제너로 부인이 스미스 부인을 죽였어요."

충격이 공포를 걷어냈다.

"아니에요! 그럴 리가 없어요! 제너로 부인은 좋은 분이에요!"

"제너로 부인과 의사가 스미스 부인을 죽였어요."

"미쳤군요! 당신은 나쁜 사람이에요! 그 말 취소해요!"

"제너로 부인과 의사가……."

"스미스 부인과 프랭크 씨는 옥상에 올라갔을 때 단둘뿐이었어요!"

"어떻게 알아요?"

내가 태연하게 물었지만, 피트는 이미 완전히 공황상태였다. 내가 아니라 자신이 방금 한 말 때문에 겁에 질려 있었다. 그가 비명을 지르려 입을 벌렸다. 내가 재빨리 말했다.

"피트, 걱정 말아요. 전 경찰이에요. 요전에 찾아왔던 경찰들과 함께 일해요. 당신 이야기를 다시 확인해보라고 절 보냈어요. 전 요전에 찾아왔던 바로 그 경찰들과 같이 일한다고요."

"캠프 경관과요?"

"맞아요. 캠프 경관과 일해요."

"아."

그는 여전히 겁먹은 표정이었다.

"그분들께 이미 말씀드렸어요! 평소에 두 분이 부탁했던 것처럼, 스미스 부인과 프랭크 씨가 옥상에 올라갈 수 있게 문을 열어두었다고 얘기했어요!"

"피트……."

"저 갈래요!"

"알았어요, 피트. 대답 잘해줬어요."

그가 황급히 사라졌다. 나는 그가 캐런 제너로를 찾기 전에 건물을 나섰다.

기록과의 오랜 친구에게 전화한 결과, 도심 남부서의 조지프 캄프하우센 경관, 퀸즈 강도전담 반의 랠프 캄포자니 경관, 투-포의 브루스 캠피넬라 경관, 정보과의 조이스 캠폴리에토 형사가 나왔다. 캠피넬라가 맞을 것 같았지만, 피트를 심문한 경찰을 모르거나 내가 다시 '자비로운 천사들' 요양원에 발을 디딜 기회가 없어도 상관없었다. 나는 웨스트엔드 가로 향했다.

해가 저물고 있었다. 반짝이는 석양이 맨해튼을 채웠다. 나는 창문을 열고 웨스트사이드 고속도로를 달리며 마지를 생각했다. 마지는 창문을 열고 달리는 걸 좋아했다. 심지어 겨울에도. **진, 이게 바로 진짜 공기야. 맛있는 맥주처럼 차가워.**

베스 이스라엘 퇴직자 아파트에서는 아무도 그곳에서 죽은 두 노인 새뮤얼 페터롤프와 로즈 캐플런에 대해 얘기하려 하지 않았다. 마음대로 돌아다니게 해주지도 않았다. 제한적인 내부 견학을 마친 후 나는 길 맞은편의 중국 음식점에 들어가 기다렸다.

베스 이스라엘의 대로변 창문으로 퇴근길에 부모, 조부모, 이모, 고모를 찾아온 잘 차려입은 사람들이 이 중국 음식점으로 들어오는 모습을 보았다. 그들은 노인들 곁에 한 시간 정도 머물렀다가, 집에 가서 요리를 하기에는 너무 배가 고파서, 혹은 술 한 잔 마시지 않고 집에 가기에는 너무 지쳐서 이곳으로 들어왔다. 빡빡한 일정에 시달리면서도 집안 어르신들에 대한 의무를 다하며 살아가는 사람들이 꾸준히 밀려들어 왔다. 나는 바에 앉아 주문을 하고 천천히 식사를 했다. 커다란 무구가이팬 한 접시와 클럽소다 세 잔을 마신 다음에야 그 대화가 들렸다.

"어떻게 그런 말을 할 수가 있어? 할머닌 치매가 아니야! 친구가 자살할 사람인지 아닌지 정도는 아신다고!"

"치매라고 말한 적은 없어……."

"그렇게 말했잖아! 할머니의 말을 믿을 수가 없다고 했잖아! 할머닌 연세가 드셨을 뿐이지 바보가 아니야!"

여자가 탕수육 접시 위에 젓가락을 던지듯 거칠게 놓았다. 서른 살 정도로 보이는 늘씬한 여자로, 선탠을 했고 짙은 머리카락을 짧게 잘랐다. 프레피 스타일의 셔츠와 스웨터를 입고 있었다. 남자는 그만 못했다. 아랫배가 나왔고 머리숱이 줄어들고 있었다. 구석에 몰렸지만 아직 화는 안 난 남편의 표정이었다.

"조앤, 내 말은 그저……."

"할머니 말씀은 적당히 넘겨듣고, 그곳에 그대로 계시게 해야 한다고 했지. 할머니가 **저렇게** 겁먹으셨는데도 말이야. 당신은 할머니 말이라면 늘 적당히 넘겨듣잖아!"

"아니야. 난 단지……."

"유월절 얘기도 그랬어. 할머니가 무리한 요구를 하신 것도 아닌데 당신은 그저……."

"실례합니다."

나는 화제가 더 이상 어긋나기 전에 말을 걸었다. 유월절 얘기는 내게 쓸모가 없었다.

"죄송합니다만, 우연히 들려서요. 저희 할머니도 베스 이스라엘에 계시는데, 저도 할머니 일로 걱정을 좀 하고 있어서…… 그렇잖았으면 이렇게 끼어들지 않았을 텐데…… 그저…… 할머니도 거기 있기가 겁난다고 하셨거든요."

그들은 무뚝뚝한 얼굴로 말없이 나를 살폈다.

"어떻게 해야 할지 모르겠어요."

내가 좌절스럽다는 듯이 말했다.

"한 번도 이러신 적이 없어요."

"죄송합니다만, 저희가 도와드릴 일이 아닙니다."

브래드가 뻣뻣하게 말했다.

"네, 이해합니다. 낯선 사람이니…… 그저 할머니가 겁을 먹었다는 식의 얘길 하셨던 것 같아서요…… 죄송합니다."

내가 민망해하며 자리를 떠나려 하자, 조앤이 입을 열었다.

"잠깐만요, 성함이……?"

"애런 샌더슨입니다."

"조앤, 이봐."

"브래드, 같은 문제일지도 몰라. 샌더슨 씨, 할머니께서 뭘 두려워하시나요? 평소에 예민한 편이세요?"

"아뇨, 그게 문젭니다."

내가 그들의 탁자로 조금 더 다가가며 말했다. 브래드가 인상을 썼다.

"예민하거나 까다로운 분이 아니에요. 우울한 성격은 더더욱 아니고요. 솔직히 말하면 멋진 분이죠. 그렇지만 환자 두 분이 돌아가신 다음부터……."

"바로 그 얘기예요."

조앤이 말했다. 브래드가 한숨을 쉬며 몸을 움직였다.

"할머니는 캐플런 부인과 친했는데, 캐플런 부인은 백만 년이 지나도 자살하지 않을 사람이라고 하셨어요. 절대 그럴 사람이 아니라고요."

"저희 할머니도 꼭 같은 말씀을 하시더군요. 그래도 베스 이스라엘이 정말 위험할 리는 없겠죠."

증인의 말을 반박한 다음, 그가 반박하기를 기다려라.

"왜요? 신약 실험 같은 것을 하고 있었을지도 모르죠…… 할머니는 캐플런 부인이 무슨 신약 임상시험에 참여했다고 했어요. 암 환자셨거든요."

브래드가 끼어들었다.

"그러니 당연히 우울했겠지. 아니면 약의 부작용으로 우울해졌거나. 그런 얘긴 수없이 많잖아. 제약회사가 엄청난 소송에 휘말렸다가 합의를 보고 신약 개발을 중단하고 할머니들은 모두 안전해지는 식이지. 단순한 문제야."

"아냐."

조앤이 남편을 노려보았다.

"그렇게 간단하지 않아. 할머니는 캐플런 부인이 복용을 시작하고 일주일 정도 **지났을 때** 오후 시간을 함께 보냈다고 하셨어. 캐플런 부인은 눈곱만큼도 우울하지 않았대. 정말 쾌활했고 함께 임상시험에 참가한 페터롤프 씨와 사랑에 빠졌던 참인 데다, 그 집 며느리인 도터 말로는……."

"조앤, 가자. 여기서 싸우고 싶지 않아."

"저희 할머니는 페터롤프 씨와 친분이 있었어요. 그분의 자살 때문에 걱정하고……."

"저도 그래요. 브래드한테 몇 번이나 말하고 있지만……."

"조앤, 난 그만 가겠어. 마음대로 해."

"그냥 그렇게…… 알았어, 알았다고! 뭐든지 당신 마음대로 해야 직성이 풀리지!"

그녀가 벌떡 일어나 내게 미안한 표정을 짓고 남편을 따라 나갔다.

맨해튼 전화번호부에는 페터롤프가 네 명이었다. 두 명의 이름은 이니셜만 나와 있었다. 아마 혼자 사는 여자일 것이다. 나는 웨스트 86번지의 헤르만 페터롤프를 선택했다.

아파트 건물은 훌륭했다. 융단이 깔린 로비에는 편안하고 고급스러운 소파가 놓여 있었다. 나는 관리인에게 말했다.

"도티 페터롤프 부인께 시아버지 사망 건으로 사설탐정이 찾아왔다고 전해주십시오. 제 이름은 조 카터입니다. 혹시 로비로 와서 이야기를 나눌 수 있을지 여쭤주세요."

그가 놀란 표정을 짓더니 말을 전했다. 페터롤프 부인을 보자마자, 나는 그녀가 누군가에게, 아니, 누구에게든 화낼 준비가 된 사람임을 알아보았다. 그녀는 긴 치맛자락을 휘날리고 긴 조끼를 펄럭이며 씩씩대며 로비로 나왔다.

"사설탐정이세요? 누구의 의뢰로 일하시는데요?"

"말씀드릴 수 없습니다. 다만, 부인처럼 친척 어르신을 자살로 잃은 분입니다."

"자살이라고요! 하, 자살이 아니었어요! 살인이었죠!"

"살인요?"

"그들이 아버님을 죽였어요! 아무도 시인하지 않지만!"

"왜 그렇게 생각하시나요?"

"생각요? 생각이라고요? 생각할 필요도 없어요! 전 **알고** 있다고요! 일주일 전만 해도 그분은 멀쩡하셨어요. 그 캐플런 부인과 친해져 스크래블 게임을 하고 함께 책을 읽으셨죠. 아주 행복하셨어요. 그분들이 아실 일이니 제가 말할 일은 아니지만, 두 분 사이에 사귀는 듯한 분위기도 있었어요. 그런데 그날 밤에―바로 그날 밤에―아버님은 목을 매고 캐플런 부인은 버스 앞으로 걸어 나가다니! 설마 우연이겠어요? 그럴 리가 없어요…… 게다가 메모가 없었어요."

"메모라니……."

"아버님이라면 메모를 남기셨을 거예요. 그런 쪽으로는 사려 깊은 분이셨죠. 무슨 말인지 아시겠죠? 모든 가족들에게 언제나 글을 쓰셔서, 다들 다 읽지도 못할 정도였어요. 자살한다면 반드시 메모를 남겼을 거예요."

"아버님이 혹시……."

"어머님이 돌아가신 뒤부터 쓸쓸해하셨죠. 어머님은 천사 같은 분이셨어요. 두 분은 56년 전에 만나서……."

그녀는 내게 시아버지의 일대기를 모두 읊었다. 더불어 로즈 캐플런의 일대기도. 나는 빠짐없이 받아 적었다.

자니 퍼메이토에게 전화하자, 사건 접수를 맡은 경사는 경계하는 어조로 퍼메이토 부서장께서 나중에 연락하실 거라고 전했다.

꿈에서나 하겠지.

*

"마지, 누군가 당하고 있어. 그리고 대가는 다른 사람이 치르고 있는 것 같아."

아내는 손을 갈고리처럼 구부리고 아기처럼 누워 있었다. 링겔은 사라졌지만 여전히 가습기, 도뇨관 주머니, 피딩 펌프를 꽂고 있었다. 펌프에서 작은 소리가 났다. 콩, 콩, 콩. 수전이 보면 나무랐겠지만, 나는 서류 가방을 아내의 발치에 놓았다.

"우울증은 아니었어. 델라 프란체스카와 스미스는 옥상에 함께, 단둘이 올라갔어. 새뮤얼 페터롤프와 로즈 캐플런은 사랑에 빠져 있었어."

J-24의 화학작용으로 생겨난 사랑.

마지의 피딩 펌프 주머니가 천천히 비었다. 도뇨관 주머니가 천천히 채워졌다. 귀는 건조하고 푸석하고 생기 없는 머리카락에 가려 보이지 않았다.

"자니 퍼메이토는 뭔가 알고 있어. 그저 사건을 은폐하라는 지시를 받았을 뿐일지도 모르지만 말이야. 검시관의 보고서는 손에 넣었는데, '치명적인 자상'이라고 쓰여 있었어. 여덟 건 다."

병원 복도 어딘가에서 갑자기 여자 비명 소리가 들렸다가 끊어졌다.

"마지, 난 더 이상 여기 오고 싶지 않아."

말하자마자, 나는 일어나 병실 안을 절뚝이며 돌아다녔다. 벽에 이마를 대고 박기도 했다. 도대체 어떻게 그런 말을 할 수가 있나? 마지, 내가 진정으로 사랑한 유일한 여자, 세상 누구보다 나와 가까웠던 사람……. 마지의 열아홉 번째 생일이기도 했던 결혼 초야에 마지는 행복해서 죽을 것 같다고 말했다. 나는 그 말의 의미를 알았다.

그로부터 8년 뒤 버키가 약과 보드카로 사고를 치던 날 밤, 전화벨이 울릴 때 마지는 내 곁에 있었다.

진, 진…… 나 저질렀어……

뭘? 맙소사, 버키, 자정이 지났어……

하지만 난…… 힐리 신부님은……

버키, 내일 아침 8시부터 교대 근무야. 잘 자.

진, 이 시간에 누구야?

……안녕…… 말하려……

무례한 데도 정도가 있지, 리비가 깼잖아!

힐리 신부님께 나는 결코…… 좋은 신부가 못 됐을…… 의심을…… 더 이상 하느님과…… 닿을…….

그 순간 알았다. 15초 뒤에 나는 바지와 신발과 권총만 챙겨 나갔다. 잠옷 바람으로 신학교로 차를 몰아 초인종을 눌렀다. 버키는 없고 힐리 신부만 있었다. 나는 방, 예배실, 작은 명상의 정원을 모조리 뒤졌다. 자동차 엔진 소리가 쿵쿵 뛰는 심장 소리를 덮었다. 힐리 신부가 큰 소리로 내게 물어댔다. 나는 그를 내 차에 들이지 않았다. 개자식, 다가오지 마, 당신이 버키를 죽였어, 처음부터 정신이 강하지 않은 애한테 하느님을 고집스레 밀어붙인 결과……. 버키는 어머니 집에도 없었다. 내게 고함을 지르는 사람이 둘로 늘어났다.

'영원한 슬픔의 여인' 앞에서 그를 찾았다. 거기부터 가봤어야 했다. 버키는 스테인드글라스 창문을 널빤지로 거침없이 깨부숴놓았다. 제단 앞에서 이미 의식을 잃은 채 밭은 숨을 헐떡이고 있었다. 앰블런스가 오는 데는 시간이 한없이 걸렸다. 당직 경찰들이 더 빨랐다. 스테인 드글라스에 경보기가 달려 있었던 것이다.

모든 일이 끝나고 버키가 위세척을 받고 세인트빈센트 병원에서 잠든 다음, 나는 침대의 마지 옆자리로 돌아갔다. 리비는 아기 침실에서 잠들어 있었다. 나는 아내를 품에 안고, 버키가 퇴원하고 나면 두 번 다시 그를 만나지도 그의 성가시고 멍청한 신앙 드라마에 관여하지도 않겠다고 맹세했다.

"진심이 아니었어."

나는 도관에 둘러싸여 죽은 듯이 누워 있는 마지에게 말했다.

"여보, 진심이 아니었어. 당연히 여기 오고 싶지. 당신이 숨을 쉬는 한 난 여기 있을 거야!"

마지는 움직이지 않았다. 정맥주사용 주머니가 비워지고 도뇨관 주머니가 채워졌다.

구겨진 간호사복을 입은 수전이 들어왔다.

"진, 안녕하세요."

"안녕하세요."

"오늘은 평소와 비슷해요."

보기에도 그랬다. 그 순간, 카미뇨가 치고 들어와 다른 뭔가가 보였다. 버키가 강화된 연계 지각이라고 칭한 달갑잖은 순간적 깨달음이었다. 버키는 노인들에게 실제로 일어난 일이 무엇인지 알기 위해 나에게 전화한 것이 아니었다. 이미 그 일에 관해서는 스스로 만족할 정도의 믿음을 갖고 있었다. 그저 J-24의 문제가 공개적으로 알려지길 바랐고, 그 시발점이 될 악소문을 내가 일으키길 바랐다. 로즈 캐플런, 새뮤얼 페터롤프, 리디아 스미스, 자코모 델라 프란체스카의 죽음에 대한 자신의 책임을 내게 전가시키고 있었다. 자살을 시도한 날 밤 힐리 신부와의 절교에 대한 책임을 내게 전가시켰듯이. 나는 이용당했다.

"씨발!"

수전이 마지의 도뇨관 주머니를 갈다 말고 깜짝 놀라 돌아보았다.

"네?"

마지는 물론 아무 말이 없었다.

나는 놀란 수전의 얼굴을 뒤로하고 절룩거리며 병원을 나섰다. 지난 18개월 사이에 이만큼 화가 난 적이 없었다. 분노가 심장을 두드리고 총탄처럼 날아와 혈관을 타고 퍼져나갔다.

카미뇌가 제 역할을 하기 전까지.

*

방과 후, 부슬비가 오는데도 십여 명의 남학생들이 농구대 주위에 모여 있었다. 나는 차로 걸어갔다. 내 차에 막 다다랐을 때, 빨간 메르세데스가 옆에 서더니 제프 코너스가 조수석에서 내렸다.

머리에 맨 파란 두건이 왼쪽 귀 위에서 불룩 솟아 있었다. 두건 아래로는 붕대가 두툼했다. 누가 제프를 손본 모양이었다. 그는 굵은 금목걸이, 삐삐, 고급 가죽재킷을 걸치고 있었다. 빗방울이 재킷에 닿지 않게 신경 쓰는 기색조차 없었다.

제프와 눈이 마주쳤다. 제프의 시선에서 무언가가 번득였다. 메르세데스가 떠났다. 제프는 농구를 하다 말고 메르세데스를 구경하고선 소년들에게로 다가갔다. 하이파이브와 경쟁하듯 욕하는 소리는 평소와 다름없어 보였지만, 나는 아이들의 어조에서 조심스러운 경계심을 느꼈다. 곧 무슨 일이 일어날 징조였다.

나와는 상관없었다. 나는 차 문을 열었다.

제니 켈리가 비를 맞으며 농구 코트로 달려왔다. 눈이 번쩍거렸다.

"제프! 제프!"

고객들 앞에서 제프를 마주하면 안 된다는 것조차 모르는 모습이었다. 제프는 평소의 친근한 허세가 사라진 냉정한 표정으로 그녀를 응시했다. 지금의 그에게 제니 켈리는 경찰이나 다름없었다.

"제프, 잠깐 얘기 좀 할 수 있을까?"

얼굴 근육조차 움찔하지 않았지만, 제프의 눈빛은 조금 변해 있었다.

"부탁이야, 남동생 일이야."

그녀가 제프에게 가족의 긴급 상황이라는 물러설 핑계를 주었지만, 제프는 받아들이지 않았다.

"바빠요."

켈리 선생이 고개를 끄덕였다.

"그러면 내일은 어때?"

"바빠요."

"그럼 나중에 보자."

언쟁하지 말아야 하는 줄은 터득한 모양이었다. 그러나 나는 킬킬대는 아이들을 뒤로하고 돌아서는 그녀의 얼굴을 보았다. 제니 켈리는 포기하지 않고 있었다. 제프를.

내 쪽으로는 눈길 한번 주지 않았다.

나는 차에 올라 시동을 걸었다. 뒤의 농구 코트에서 어떤 일이 일어날지 제니 켈리보다 훨씬 더 잘 알면서, 간섭하려는 시도조차 하지 않았다. 교내가 아니라면 교외에서 일어날 일이었다. 사실 어디든 무슨 상관이겠나? 어차피 말릴 수도 없었다. 제니 켈리 같은 어리석은 이상주의자들이 어떻게 생각하든 말이다.

그녀의 귀걸이는 작은 진주였고, 비에 젖은 셔츠는 몸의 굴곡을 따라 흘렀다.

*

다음 주 내내 나는 전화선을 뽑아놓았다. 리비에게는 아파트의 전화 배선에 문제가 생겼으니 전화 대신에 편지를 쓰라고 메시지를 남겨두었다. 병원에 가지 않았다. 수학 수업을 하고 교실에서 답안지를 채점하고 8교시가 끝나자마자 퇴근했다. 제니 켈리를 학교에서 몇 블록 떨어진 버스정류장에서 한 번 스치듯 보았다. 닉스 운동복을 입은 서너 살쯤 된 작은 흑인 소년의 손을 잡고 서 있었다. 그들은 버스를 기다리고 있었다. 나는 차를 달려 지나갔다.

영영 도망칠 수는 없는 법이다.

금요일 늦은 오후에 메트로텔러에서 나오다가 그를 목격했다. 그전에 세탁소에 양복을 맡기는 길에 눈치챘던 그 남자였다. 나는 이제 그쪽 일에 손대지 않지만, 이런 일은 일어난다. 8년 전에 잡아넣은 범인이 출소해 되갚겠다고 나타난다. 혹은 누군가 나를 우연히 발견하곤 사촌, 파트너, 나는 기억조차 못하는 지랄 맞은 사건을 문득 떠올리고 복수를 결심한다. 그저 일어나는 일이다. 그런 일은 일어난다.

무릎을 못쓰니 재빨리 움직일 수가 없었다. 나는 바와 탁자 사이로

긴 통로가 있고, 통로 끝에 뒷골목으로 이어지는 문이 있는 멀케이즈로 천천히 들어갔다. 날씨가 좋으면 그 문은 으레 열려 있었다. 뒷골목 바로 앞 골방 옆으로 화장실, 공중전화, 담배 자판기가 있었다. 나는 바를 지키고 선 브라이언 멀케이에게 고갯짓으로 인사한 다음 다리를 절며 여자 화장실로 들어갔다. 비어 있었다. 나는 화장실 문을 잠그지 않은 채 기다렸다. 미행하던 남자는 뒷골목을 살펴보더니 남자 화장실로 향했다. 그가 여자 화장실 문에 등을 돌리고 서서 묵직한 문에 손을 올린 순간, 나는 그를 붙잡았다.

키와 몸집이 나보다 작은 남자였다. 평균적인 체형에 갈색 머리, 눈에 띄지 않는 얼굴. 그가 몸을 비틀어 빠져나갔다. 그의 웃옷 아래로 권총이 느껴졌다.

"쇼너시! 동작 그만! 경찰이다!"

나는 그를 놓아주었다. 그가 나를 노려보며 배지를 찾아 꺼냈다.

"여기서는 관둡시다. 정보과 감시 업무 중이었어요. 몰랐어요? 웨스트세븐티스 284번지, 8번 아파트. 젠장, 당신 **전화** 좀 고치지 그래요?"

나는 바에서 맥주를 한 잔 마시며 되짚어 생각해보고 집에 돌아갔다. 한 시간 반 뒤에 초인종이 울렸으나 나는 나가보지 않았다. 찾아온 사람은 10분 내내 초인종을 누르고서야 포기했다.

그날 밤, 나는 누군가가 마지를 살해하려고 타임스퀘어에서부터 스토킹하는 꿈을 꾸었다. 암살자는 독성 화학 물질이 묻은 작은 침을 쏘며 마지를 쫓아왔다. 꿈이니만큼 확실치는 않지만, 나는 그 스토커가 나였다고 생각한다.

*

토요일 3시 30분에 우편물이 왔다. 얇은 황색 소포 봉투였다. 반송 주소도 메모도 없었다. 리디아 스미스와 자코모 델라 프란체스카의 사망 사건 현장 보고서였다.

7년지기 파트너의 인연이 쉬이 끊어지지는 않는다. 공식적인 대응이 어떻든 간에.

25×20센티미터 크기의 사건 현장 컬러사진 세 장이 들어 있었다. 텅 빈 옥상, 위에서 내려다본 스미스 부인의 망가진 시신, 깔끔하게 정돈된 침대 옆 바닥에 누운 델라 프란체스카의 시신. 얼굴은 납빛이었으나 가슴에 박은 칼 손잡이를 쥔 검버섯 돋은 손은 깨끗했다. 피는 별로 없었다. 칼을 뽑아내기 전까지는 출혈이 적다.

작성된 서류에는 사진에 없는 추가 정보는 없었다.

나는 봉투를 도로 봉해 서류함에 넣었다. 자니는 배신하지 않았다. 버키는 나를 이용했다. 사건은 켈빈 제약과 경찰의 주장대로 자살이었다. 버키의 초연결성 진정제는 모든 복용자를 영원히 잠재우는 진정제였고, 버키는 이 사실을 알면서도 그렇지 않기를 소원하고 있었을 뿐이다.

토미와 함께 그 약을 복용했기 때문에.

이사했어. 버키는 J-24에 대해 얘기한 후 남긴 음성 메시지에서 그렇게 말했다. 나는 집과 애인과 삶을 바꾸었다는 의미로 생각했었다. 마치 그가 한때 훌륭한 신학도에서 미친 화학자가 되었듯이. 그러나 그런 뜻이 아니었다. 토미와의 사이에서 효과를 보고 싶어 J-24를 복용했다는 뜻이었다. 자신도 위험할 수 있다는 가능성을 거부한 채. 그도 지난 16년 동안 내가 체포해왔던 다른 어리석은 약물 중독자들과 다름없었다.

버키에게 전화를 걸었다. 전화벨이 네 번 울리고 자동응답기가 받았다. 나는 전화를 끊고 거실에서 침실까지 걸어간 다음 벽을 주먹으로 몇 번 치고 다시 거실로 돌아왔다. 자동응답기에 나는 이렇게 남겼다.

"버키, 진이야. 지금 **당장** 전화해. 진심이야. 무사한지 확인하고 싶어."

망설여졌다……. 버키는 몇 주 동안이나 연락이 없었다. 무엇을 미끼로 쓸 수 있을까?

"만약 오늘, 토요일 밤 9시까지 전화 안 하면 내가……."

내가 뭘? 찾아 나서기라도 할까? 그건 아니었다. 바지에 잠옷 윗도리 차림으로 뛰쳐나갔던 13년 전의 일을 되풀이할 수는 없었다. 마지의 부름을 뒤로하고, **진, 진, 맙소사**…….

또 그럴 수는 없었다.

"9시 정각까지 전화 안 하면, 너한테 먼저 확인하지 않고, J-24에 대해 아는 대로 경찰에 알리겠어. 그러니 **전화해.**"

보통 토요일 오후에는 마지를 보러 병원에 갔지만, 오늘은 가지 않았다. 나는 식탁에 앉아 7B반의 대수 답안지를 좁은 탁자에 펼쳤다. 세 장 보는 데 한 시간이 걸렸다. 나는 아무 장식 없는 벽을 멍하니 바라보며 버키를 떠올렸다. 리디아 스미스와 자코모 델라 프란체스카의 사진을 떠올렸다. 버키가 위세척을 받았던 13년 전 밤을 떠올렸다. 그러다가 가까스로 정신을 집중해 다음 답안을 매겼다. **A기차가 오전 6시에 X점에서 출발해 시속 50마일의 일정한 속도로 달린다면…….**

총구에서 출발해 초속 1,500피트로 날아간 총탄은 사람의 머리를 산산조각 낼 수 있다. 군인이나 경찰, 의사처럼 직접 본 사람이 아니면 알지 못한다.

나는 또 벽을 멍하니 응시하고 있었던 것을 깨닫고 다른 답안지를 집어 들었다. **3X=2Y일 때**……. 답안지에 쓰인 이름이 누구인지조차 알 수 없었다. 제임스 딜러드가 누구지? 마지막 줄에 앉는 키 크고 조용한 애인가? 아니면 아침에는 거의 졸고 있는, 신발을 테이프로 감고 다니는 작달막한 녀석이었나? 그저 이름들일 뿐이었다.

벽에 제프 코너스의 남동생 손을 잡고 선 제니 켈리의 모습이 보였다.

7시 30분에 답안지를 서류 가방에 쓸어 넣고 웃옷을 집어 들었다. 집을 나서기 직전에 버키에게 한 번 더 전화를 걸었지만 받지 않았다. 나는 거실 등을 끄고 절룩거리며 문으로 걸어갔다. 막 문을 여는데, 발 밑으로 뭔가 채었다. 나는 반사적으로 벽에 몸을 붙이고 등 뒤로 현관 등 스위치를 더듬었다.

다른 봉투였다. 30×22센티미터 크기의 푹신한 소포 봉투로, 잘못 열면 손에 온통 끈적끈적한 잉크가 묻는 값싼 종류였다. 봉투를 문 밑에 밀어 넣은 사람은 건물 안에 들어왔다. 토요일에는 많은 사람들이 오가기 때문에 어렵지 않았으리라. 다른 사람이 문을 열 때까지 기다렸다가, 아무 열쇠나 잘 보이게 흔들며 미소를 머금고 따라 들어가면 된다. 봉투의 왼쪽 구석에는 NYPD 증거자료 스티커가 붙어 있었다.

봉투를 집어 든 순간 전화벨이 울렸다.

"버키! 어디에……."

"진, 제니 켈리예요. 도움이 필요해요, 부탁이에요! 방금 제프 코너스에게서 전화가 왔어요. 달리 전화할 데가 없었대요…… 무슨 마약 거래처에서 경찰에 포위당했나 봐요. 경찰이 나오라고 소리를 질러 대고 있는데 대릴과 같이 있어서, 대릴은 제프의 동생이에요, 여하튼 경찰이 문을 박차고 들어와 총을 쏠까 봐 겁을 잔뜩 먹어선…… 제프 가 말이에요…… 세상에, 진, 당장 가주세요! 거기서는 네 블록밖에 안 돼요. 그래서 전화드린 거예요. 선생님은 이런 상황에서 어떻게 해야 하는지 아시잖아요…… 제발요!"

그녀가 숨을 쉬기 위해 말을 멈췄다. 나는 단조로운 어조로 물었다.

"위치가 어딘가요?"

그녀가 주소를 말했다. 나는 고맙다고 되풀이하는 그녀의 말을 듣 지 않고 전화를 끊었다. 만약 그녀가 옆에 있었다면 한 대 쳤을지도 모른다.

나는 다친 무릎을 억지로 움직여 북쪽으로 네 블록 걸었다. 세 블록 을 걷고 나서야 한쪽 손에 봉투를 든 채 나왔음을 깨달았다. 나는 봉 투를 웃옷 안주머니에 쑤셔 넣었다.

주소지를 찾기는 어렵지 않았다. 차 두 대가 경광등을 번쩍이며 길 을 막고 있었고, 멀리서 시끄러운 경보음이 울렸다. 현장은 엉망진창 이었다. 스물한두 살로 보이는 여자가 신경질적으로 비명을 지르며 난리를 치고 있었다.

"제 아일 데려갔어요! 총을 갖고 있다고요! 내 아들을 죽일 거예요!"

열아홉 살쯤 되어 보이는 풋내기 경찰이 여자를 진정시키려 덧없이 애쓰고 있었다. 여자의 옷은 찢어졌고 피투성이였다. 여자는 풋내기를 때려댔고, 그의 파트너가 합류해 여자를 뜯어말리고 있었다. 다른 경 찰은 확성기를 들고 건물을 향해 소리치고 있었다. 주민들이 몰려나 와 구경을 했다. 하나 남은 경찰이 구경꾼들을 건물에서 떨어뜨리려고 애썼지만 아무도 움직이지 않았다. 여자를 진정시키려는 풋내기와 또래로, 현장 경험이 도합 여섯 시간밖에 안 되어 보였다.

나는 가짜 배지를 갖고 있었다. 경찰들은 모두 진짜 배지를 집에 두고, 대신 진짜보다 0.8밀리미터 작은 가짜 배지를 갖고 다녔다. 진짜를 잃어버리면 벌금을 낼 뿐만 아니라 서류 작성에 시간을 낭비해야 하기 때문이었다. 퇴직하면서 진짜 배지를 반납했지만 가짜는 갖고 있었다. 나는 히스테릭한 여자에게 매달린 풋내기에게 배지를 보였다. 나중에 좀 곤란해지겠지만, 그건 그때 걱정할 일이다.

현장 감각이 순식간에 돌아왔다.

"뭔가 이상한데."

나는 여자의 비명 소리보다 크게 고함을 쳤다. 여자는 여전히 풋내기의 팔에 매달려 발버둥 치며 새된 목소리로 내지르고 있었다.

"우리 아기! 총을 갖고 있었어요! 하느님 맙소사, 저놈이 죽이기 전에 아이를 구해주세요!"

확성기를 든 남자가 고함을 멈추고 우리 쪽으로 다가왔다.

"누구십니까?"

"인질구출팀 요원인가 봐요."

풋내기가 헐떡이며 동료에게 말했다. 내가 그런 사람이라고 말한 적은 없지만, 그의 말을 반박하지 않았다. 그는 춤추는 데르비시처럼 발버둥 치는 여자를 상냥하게 대하는 동시에 수갑을 채우기 위해 고군분투 중이었다.

"이봐요, 그 여자는 위에 있는 어린아이의 어머니가 아닙니다. 저 아이는 용의자의 남동생인데, 아무리 봐도 그 여자가 저 용의자를 낳았을 나이는 아니죠!"

"어떻게 그걸……."

경찰이 말을 시작했으나, 여자가 갑자기 건물을 무너뜨릴 정도로 크게 비명을 지르며 한쪽 손을 빼내 내 얼굴로 달려들었다.

반사적으로 몸을 움직여 눈은 피했으나, 손톱에 얼굴이 길게 긁혔다. 풋내기가 신사 노릇을 그만두고 여자에게 수갑을 세게 채웠다. 여자가 비틀거렸다. 풋내기가 여자의 팔을 등 뒤로 돌리자 스웨터 소매가 말려 올라가며 주사바늘 자국이 보였다.

젠장, 젠장, 젠장.

지원 차량이 두 대 더 도착했다. 더 경험 있어 보이는 사복 경찰 두 명이 내렸다. 나는 가짜 배지를 주머니에 넣었다.

"이보세요, 경관님, 저는 어린아이를 데리고 있는 녀석을 압니다. 우리 학교 학생이에요. 8학년이고, 이름은 제프 코너스입니다. 같이 있는 아이는 동생인 대릴이고, 이 여자는 저 형제의 어머니가 **아닙니다**. 뭔가 문제가 있는 건 틀림없지만, 저 여자의 말대로는 아닙니다."

경찰이 나를 똑바로 응시했다.

"그 상처는 뭡니까?"

풋내기가 끼어들었다.

"저 여자가 손톱으로 긁었어요. 이분은 인……."

"저 아이한테서 전화를 받았어요."

내가 그의 시선을 정면으로 받으며 다급히 말했다.

"지금 겁에 질려 어쩔 줄 몰라 하고 있어요. 나오게만 해주면 아무 짓도 안 할 겁니다. 대릴은 안에 두고 나오라고 하면요."

"선생님이시라고요? 그래서 아이가 전화했나요? 신분증 있으세요?"

나는 그에게 연방교사신분증, 운전면허증, 벤저민 프랭클린 중학교

258

출입증을 보여주었다. 자기 일을 제대로 아는 듯한 경사의 지시에 따라 경찰들이 일제히 구경꾼 통제를 시작했다.

"총은 어디서 났답니까? 갱단 소속인가요?"

"모르겠습니다. 그럴지도 몰라요."

"저 위에 아이 말고 다른 사람은 아무도 없다는 건 어떻게 알았어요?"

"다른 사람이 있다는 얘긴 못 들었거든요. 확실하지는 않습니다."

"저기 전화번호는 뭐요?"

"모릅니다. 안 가르쳐줬어요."

"약 하는 녀석입니까?"

"모르겠습니다. 아마 아닐 겁니다."

그가 내 말을 곱씹어보며 서 있다가, 다른 경찰들에게 각자 위치로 돌아가라고 손짓하고 확성기를 들었다. 그가 갑자기 차분하고 상냥한 말투로 말했다.

"코너스! 동생과 함께 있다는 걸 알고 있어. 너희 둘 다 다치게 하고 싶지 않아. 대릴을 두고 혼자 나와. 총은 놓고 맨몸으로 내려와. 그러면 괜찮아."

"내 아이를 죽일……."

여자가 비명을 질렀지만 누군가 그녀를 경찰차에 밀어 넣고 문을 쾅 닫았다.

"제프, 자, 아무 문제 없이, 잘 해결될 수 있어."

손을 뺨에 대었다. 피가 묻어 나왔다.

협상을 맡은 경사가 더욱 차분하고 논리적인 어조로 말했다.

"대릴이 겁에 질렸겠지만, 괜찮아. 그냥 내려오기만 하면 동생을 집으로 돌려보내마. 그리고 동생에게 가장 좋은 길이 무엇일지 함께 얘기해보자꾸나……."

제프가 손을 머리 위에 얹고 걸어 나왔다.

"쏘지 마세요, 제발 쏘지 마세요, 쏘지 마세요."

그 아이는 모든 흐름을 꿰뚫고 있는 8학년의 대장도, 금목걸이를 짤랑거리는 농구 코트의 딜러도 아니었다. 지저분한 파란 두건을 맨, 이용당한 열세 살짜리 어린아이일 뿐이었다.

무장한 경찰들이 달려 나와 아이를 붙잡았다. 다른 경찰들이 건물 안으로 들어갔다. 택시가 서고 가슴 선이 드러난 검은색 새틴 블라우스와 검은색 벨벳 치마를 입은 제니 켈리가 뛰어 나왔다.

"제프! 괜찮니?"

제프가 그녀를 보고는, 둘만 있었다면 울음을 터뜨렸을 듯한 표정을 지었다.

"대릴이 저기 혼자 있어요……."

"대릴을 다시 이모네로 데려다 놓을게."

제니가 약속했다. 택시에서 한 남자가 내리더니 기사에게 차비를 냈다. 그는 얼굴을 찌푸리고 있었다. 풋내기 경찰이 제니의 치마를 흘끔거렸다.

수갑을 찬 제프가 경찰차에 탔다. 제니가 나를 돌아보았다.

"세상에, 얼굴이! 다쳤군요! 진, 제프를 어디로 데려가는 거죠? 같이 가주실 거죠, 네?"

"저는 그만 가봐야 해요. 경찰에는 제프가 저한테 전화했다고 말했습니다."

그녀가 미소를 지었다. 나는 지금껏 한 번도 그녀가 그런 미소를 짓는 것을 본 적이 없었다. 최소한 나한테는 처음이었다. 나는 그녀의 얼굴에 시선을 고정하고 무표정한 얼굴로 물었다.

"제니, 누가 제프를 이용했나요?"

"이용하다니요?"

"저 여자는 자기가 대릴의 어머니고 제프가 자기 아이를 죽일 거라고 고함을 질러대고 있었어요. 누군가 경찰이 저 안으로 들어가 총을 갈겨대길 바란 사람이 있는 겁니다. 그러다가 제프가 죽었다면, NYPD는 살인에 이용당하는 셈이죠. 제프가 산다면, 완전히 겁에 질려 조종당하게 될 거고요. 제니, 누구였나요? 이웃안전정보 네트워크인가 하는 선동적인 헛소문을 흘린 놈들과 한패 아닙니까?"

제니가 얼굴을 찌푸렸다.

"잘 모르겠어요. 하지만 제프가…… 뭔가 관계가……."

그녀가 말끝을 흐리며 다시 얼굴을 찌푸렸다. 제니의 일행이 기분 나쁜 표정으로 다가왔다.

"진, 이쪽은 폴 스나이더 씨예요. 폴, 진 쇼너시 선생님이에요. 폴, 미안해요. 진과 제프를 따라가봐야겠어요. 제프는 사실 저한테 전화했었으니까요. 게다가 대릴을 이모에게 데려다주겠다고 약속했어요."

"제니, 세상에…… 메트로폴리탄 오페라하우스 공연을 예약했단 말입니다!"

제니가 그를 가만히 쳐다보았다. 폴 스나이더가 제니 켈리의 가슴골을 다시 볼 날은 오지 않을 모양이었다.

"제니, 제가 경찰서까지 데려다 드리죠. 그래도 제가 먼저 심문을 받았으면 합니다. 오늘 밤에 다른 급한 일이 있거든요. 최대한 빨리 끝내야 해요."

버키, 맙소사.

제니가 다급히 물었다.

"부인 일인가요? 악화되셨나요?"

"악화되지는 않을 겁니다. 좋아지지도 않을 거고요."

나는 뭔가 말하려는 생각도 하기 전에 대꾸하곤 즉시 후회했다.

"진……."

제니가 입을 열었지만, 나는 그녀의 말을 듣지 않았다. 그녀가 너무 가까이에 서 있었다. 향수 내음이 났다. 검은 벨벳 치맛자락이 내 다리에 맞닿았다.

나는 거칠게 말했다.

"이렇게까지 힘들게 하다가는 학교에서 반년도 더 못 버틸 겁니다. 소진될 겁니다. 그만두고 말 거예요."

제니의 눈빛은 흔들리지 않았다.

"아니, 아뇨. 전 도망치지 않을 거예요. 그리고 저한테 그런 말투로 말하지 마세요."

"반년이라니까요."

나는 그렇게 말하고 돌아섰다. 경찰이 우는 대릴을 안고 건물에서 나왔다. 경위가 제프 코너스의 주변인에 관해 내가 뭔가 아는지 물어보려 다가왔다.

*

집에 도착하니 한밤중이었다. 경찰서의 보건실에서 소독을 하고 파상풍 주사를 맞고 피검사를 하고 상해사건 피해 증거 사진을 찍었다.

그다음에는 버키를 찾아 나섰다.

버키는 자기 집에도 어머니 집에도 없었다. 켈빈 제약의 주말 경비원은 오후 4시부터 근무 중이었는데 로마노 박사님은 연구실로 출근하지 않았다고 했다. 찾아볼 만한 곳은 그 정도였다. 버키의 최근 삶은 내게 미지의 영역이었다. 나는 심지어 토미의 성도 몰랐다.

웃옷을 벗으며 집으로 간신히 들어왔다. 자동응답기가 깜박였다.

마음속으로─또는 카미너에 의해─순간적으로 연결이 이루어졌다. 나는 '메시지' 버튼을 누르기 전에 이미 알았다.

"진, 저는 톰 플레처입니다. 저를 모르실 겁니다…… 선생님을 만나뵌 적이 없습니다……."

예상보다 깊은 목소리였지만 지치고 성난 어조였다.

"빈스 로마노의 자동응답기에 남기신 메시지를 받았습니다. J-24에 관해서요. 빈스는……."

잠시 말문이 막힌 듯한 목소리.

"빈스는 병원에 있습니다. 세인트클레어 병원에서 전화 드리는 겁니다. 51번가 9번지에 있습니다. 병실은 3층이에요. 그가…… 저지르기 전에…… 당신께 말하라고……."

메시지의 뒷부분은 알아들을 수가 없었다.

나는 어둠 속에 몇 분간 앉아 있다가, 웃옷을 도로 걸치고 택시를 잡아 세인트클레어로 향했다. 운전을 할 자신이 없었다.

안내대의 경비원이 손짓으로 나를 보냈다. 이런 시간인데도 마지를 찾아온 모양이라고 생각한 것 같았다. 예전에 그런 적이 있었다. 최근엔 없었지만.

버키는 침대에 누워 있었다. 뺨까지 이불을 덮고 있었지만, 얼굴 전체를 덮지는 않았다. 두 눈을 뜨고 있었다. 갑자기 이불 아래에 무엇이 있는지 알고 싶지 않았다. 어떻게 저질렀는지, 어떤 방법을 썼는지, 얼마나 오래 걸렸는지 알고 싶지 않았다. 지긋지긋한 죽음의 대수. **A기차가 오전 6시에 X점에서 출발해 시속 50마일의 일정한 속도로 달린다면……**.

얼굴에는 아무 상처가 없었다. 웃음을 띠고 있었다.

그때, 나는 버키가 여전히 숨을 쉬고 있음을 깨달았다. 구제 불능의 멍청이 버키는 두 번째도 실패한 것이다.

토미는 미처 앉을 정신도 없었는지 구석에 서 있었다. 키가 크고 미남이었다. 피부색은 짙었고, 잘 다듬은 머리 모양에 젊고 운동하는 사람 특유의 기운찬 느낌을 주었다. 버키보다 열다섯 살 정도 어려 보였다. 언제 J-24를 함께 복용했을까? 리디아 스미스와 자코모 델라 프란체스카는 복용하고 몇 시간 뒤에 자살했다. 로즈 캐플런과 새뮤얼 페터롤프도 마찬가지였다. 토미는 어디까지 알고 있을까?

그가 다가와 손을 내밀었다. 쉰 목소리였다.

"당신이 진이군요."

"네, 제가 진입니다."

"톰 플레처라고 합니다. 빈스와 저는……."

"알고 있습니다."

나는 이렇게 대꾸하곤 버키의 웃는 얼굴을 내려다보며, 이 젊은이에게 그도 곧 화학작용으로 생겨난 사랑으로 자살할지도 모른다는 얘길 어떻게 꺼내야 할지 고민했다.

그리스 음식점의 비로 얼룩진 창가에 앉아 있던 우리의 모습이 떠올랐다. **뭘 기다리고 있어? 왕자님이 데리러 오길? 응. 그리고 정말로 그를 알고, 그가 되어, 진실로 하나가 된다면 어떤 기분일지 생각해본 적 있어?**

"톰, 의논해야 할 일이 있습니다."

"의논이오?"

그가 더 쉰 목소리로 말했다.

"버키에 관해서요. 빈스. 빈스와 당신 얘깁니다."

"네?"

나는 버키의 웃는 얼굴을 내려다보았다.

"여기서는 안 됩니다. 대기실로 가시죠."

대기실은 늦은 밤이라 텅 비어 있었다. 낡아빠진 가구, 버려진 잡지, 가혹한 형광등 불빛만이 남은 버려진 골방이었다. 우리는 붉은 플라스틱 의자에 앉아 마주 보았다.

내가 불쑥 물었다.

"J-24가 뭔지 아십니까?"

"네."

그의 눈빛이 어두워졌다.

"뭐죠?"

적당한 어조를 찾을 수가 없었다. 나는 마치 경찰인 양, 체포된 용의자를 심문하듯이 그를 몰아세우고 있었다.

"빈스의 회사에서 실험 중인 약이죠. 사람들을 완벽하게 하나로 결합시키는 약이라더군요."

그가 씁쓸히 말했다.

"또 뭐라고 하던가요?"

"별말 없었습니다. 빈스가 저에게 무슨 얘길 했어야 했나요?"

사람은 결코 제대로 준비할 만큼 충분히 보지 못한다. 현장에서조차도. 진정한 잔혹함을 볼 때마다 처음과 같다. 젠장, 버키. 감정에 대한 탐욕으로 저주받아 지옥에나 가라지.

"J-24를 복용한 피실험자들…… 하나로 결합된 사람들…… 그들이 모두 노인이었단 얘긴 듣지 못했습니까?"

"네."

"그들이 바로 시내 여기저기에서 일어난 자살 사건의 주인공들이라고? 신문에 나온 그 사람들이라는 걸?"

"맙소사."

그가 일어나 대기실 끝까지 네 걸음 정도 성큼성큼 걸어갔다 돌아왔다. 잘생긴 얼굴은 잿빛이었다.

"J-24를 복용한 후에 자살했다고요? J-24 때문에?"

나는 고개를 끄덕였다. 톰은 움직이지 않았다. 한참이 지나고 그가 나지막이 말했다.

"불쌍한 빈스."

"불쌍한 빈스라고요? 대체 어떻게…… 토미, 모르겠어요? 다음 차례는 당신입니다! 불쌍하고 비참한 빈스와 함께 그 약을 먹었잖아요! 3주 정도의 즐거움인지 뭔지가 끝나고 나면 당신도 죽어요! 뇌의 화학작용으로 극단적인 금단증상이 일어나서, 꼭 버키처럼 자살을 시도하게 된다고! 당신이 버키만큼 멍청하지 않다면 실제로 성공할지도 모르지!"

그가 나를 멍하니 바라보다가 입을 열었다.

"빈스는 자살을 시도하지 않았습니다."

말문이 막혔다.

"자살 시도가 아니었습니다. 그렇게 생각하셨나요? 아닙니다. 탈력 발작에 빠졌을 뿐이에요. 그리고 **저는** 빈스와 J-24를 복용하지 않았습니다."

"그럼 누구와……?"

"신이죠."

톰이 말했다. 그 어조에 쓸쓸함이 돌아왔다.

"신과 함께 복용했습니다. 영원한 뭐의 여신인가 하는 교회에서요. 제단 앞에 홀로 앉아 단식하고 기도하면서 복용했어요. 집을 나갈 때 제게 말했었어요."

집에서 나갈 때. 버키가 진정으로 원한 상대는 토미가 아니라 신이 었다. 언제나, 13년 내내 신이었다. **힐리 신부님께…… 더 이상 하느님과 닿을…… 정말로 그를 알고, 그가 되어, 진실로 하나가 된다면 어떤 기분일지…… 아니. 그를 알고, 그가 되어. 뭘 기다리고 있어? 왕자님이 데리러 오길?**

응.

톰이 말했다.

"그 지랄 맞은 약을 먹고 나서부턴 저에 대한 흥미를 완전히 잃었 죠. 다른 모든 일에서도요. 출근도 하지 않고 그저 방구석에 앉아 미소를 짓거나 깔깔대거나 울기만 했어요. 마치…… 마약에 취한 것 같았지만, 그것과도 달랐습니다. 대체 뭐였는지 모르겠어요. 한 번도 본 적이 없는 상태였어요."

다른 누구도 아니었다. 신과의 결합. **그들은 서로를 알았어. 거의 상대방 그 자체였어. 생각해봐, 진! 시시한 한평생 동안 우리를 가두는 끔찍한 고독으로부터 벗어날 수 있다면…….**

"정말 **화가** 났습니다. 제 분노는 전혀 쓸모가 없었죠. 전 그에게 더 이상 아무 의미가 없었어요. 그래서 집에서 나가라고 했고, 그가 나가고 사흘 동안 그를 찾아다녔지만 어디에도 없었죠. 미칠 것 같았습니다. 오늘 오후에 마침내 그에게서 전화가 왔어요. 울고 있더군요. 하지만 이번에도 전 마치 없는 것 같았어요. 저, 톰이 아니었어요. 젠장, 저 때문에 울고 있지 않은 건 확실했죠."

톰이 창살이 쳐진 작은 창문으로 걸어갔다. 내게 등을 돌린 채 그가 조심스럽게, 한마디도 틀리지 않으려는 듯이 말했다.

"빈스는 당신에게 전화해야 한다고 했어요. 그는 이렇게 말했죠. '진에게 전해. 효과는 사라져. 그다음에는 슬픔과 상실감과 분노…… **특히** 모든 게 다 끝나버렸다는 분노가 찾아와. 그렇지만 난 이겨내겠어. 난 달라. 그들은 이겨내지 못했어.' 그러고는 제게 한마디도 않고 전화를 끊더군요."

"유감입니다."

그가 몸을 돌렸다.

"네, 그렇죠, 빈스는 원래 그렇잖아요? 늘 **자기가** 제일 우선이죠."

아뇨, 신이 최우선이죠. 나는 그렇게 말할 수도 있었다. 버키는 그래서 J-24 금단증상을 이겨낼 수 있었으리라. 삶에서든 약에 의해서든, 사람 사이의 결합은 쌓아올린 만큼이나 사라질 수 있다. 하지만 신과는 방 세 개짜리 아파트에 살 필요도, 돈 때문에 싸울 필요도, 코골이와 방귀 소리와 사랑하는 사람의 입에서 나왔다고 믿어지지 않을 만큼 어리석은 말을 들을 필요도 없다. 신은 이기적이거나 쩨쩨하거나 잔혹한 모습을 보이지도 않는다. 신은 그 무엇보다 거대했다. 최소한 버키의 마음속에 있는 신은 모든 것을 채울 만큼 큰 존재였다. 그리고 이번에 그에게서 신이 물러갔을 때, J-24의 효과가 사라지면서 신과의 연결이 사라지는 것을 느꼈던 버키는 따라서 사라져갔다. 자기 마음속으로 더 깊이, 모든 사랑이 어쨌든 존재하기는 하는 그곳으로.

"의사가 탈력 발작 상태에서 영영 깨어나지 않을 수도 있다더군요."

톰이 말했다. 그는 이제 분노하고 있었다. 자기방어적인 분노였다.

"깨어날지도 모르고요. 어느 쪽이든 제가 저치 곁에 있지는 않을 겁니다. 절 너무 막 대했어요."

토미는 연애를 오래 하는 유형은 아닌 것 같았다.

"J-24를 직접 복용한 적은 없는 거군요."

"네, 전 바보가 아니에요. 이제 집에 가겠습니다. 와주셔서 고맙습니다. 만나서 반가웠어요."

"저도요."

우리 둘 다 진심이 아님을 알면서도, 나는 인사를 했다.

"참, 빈스가 얘기한 게 더 있어요. 당신께 그것도 살인이었다고 전하라더군요. 무슨 얘긴지 아시나요?"

"네."

나는 그는 모르길 바라며 대답했다.

*

톰이 떠난 후 나는 대기실에 앉아 웃옷 주머니에서 두 번째 소포 봉투를 꺼냈다. 주머니에 쑤셔 넣는 바람에 NYPD 증거 스티커는 찢어져 있었다.

리디아 스미스와 자코모 델라 프란체스카의 사망 현장 보고서 원본이었다. 자니 퍼메이토는 내게 가짜 보고서를 보낼 때부터 이 보고서의 존재를 알고 있었으리라. 작성자는 브루스 캠퍼넬라였다. 잘 모르는 사람이었지만, 멀케이에서 벌어진 작은 소동에서 얼핏 스쳤었다. 경찰들 사이에서 그를 보면 짚어낼 수 있을 것 같았다. 보통 키에 갈색 머리, 눈에 띄지 않는 외모와 거친 내면. 체제가 팔아야만 하는 것들 앞에서 여전히 분노하고 있는 상당히 정직한 경찰의 표본. 그리고 체제는 자신들의 상품에 비싼 값을 매기지 않았다. 여기 뉴욕에서는 그랬다.

이번에는 사진이 두 장밖에 없었다. 한 장은 이미 본 것으로 요양원 옥상에서 떨어진 스미스 부인의 시체를 찍은 사진이었다. 다른 한 장은 새로운 사진이었다. 델라 프란체스카의 시신이 침실이 아니라 옥상에 있었다. 은폐를 맡은 팀이 시신을 옮겨 사진을 새로 찍기 전이었다. 노인은 가슴에 칼을 박고 얼굴을 위로 한 채 누워 있었다. 좋은 사진이었다. 표정이 생생하게 살아 있었다. 물론 공포감도 떠올라 있었지만, 분노도 보였다. 참을 수 없는 분노. **그다음에는 슬픔과 상실감과 분노…… 특히 모든 게 다 끝나버렸다는 분노가 찾아와.**

특별하고 비현실적인 결합의 상실에 이어진 다툼 끝에, 델라 프란체스카는 리디아 스미스를 밀어 떨어뜨리고 자살했을까? 스미스 부인이 실망과 분노에 사로잡혀 칼로 그를 찌른 후 뛰어내렸을까? 보통 사랑의 상실이 증오를 의미하지는 않는다. 인간 고독의 진실하고 완전한 종말에 도달했다가, 그 느낌을 도로 잃어버리는 경험은 얼마나 견딜 수 없는 것일까? 그러한 근원적인 상실에서 나오는 분노는 어느 정도일까?

어쩌면 버키가 틀렸고 둘 다 자살했을지도 모른다. 분노의 극한이 아니라 슬픔에 사로잡혀서. 어쩌면 델라 프란체스카의 얼굴에 남은 분노는 잃어버린 완전한 사랑 탓이 아니라 사랑이 사라진 자리에 다시 찾아온 그 자신의 공허감에 대한 것이었는지도 모른다. 다음의 모든 경험을 못 견딜 만큼 보잘것없는 것으로 만드는 행복하고 숭고한 무언가를 경험하고 나니 살기 위해 애쓸 필요를 잃었는지도 모른다. 무엇을 하든, 그 같은 느낌을 다시 갖지는 못했을 터다.

나는 J-24를 복용하기 전의 새뮤얼 페터롤프를 생각했다. 연결되어 있으려 노력하며 가족들에게 늘 편지를 쓰는 노인을 떠올렸다. 손상된 뇌의 모든 세포를 동원해 친절하게 대해주었던 노인들에 대한 기억을 지키려고 애쓰는 피트를 생각했다. 빨간 메르세데스와 큰 건수의 세계로 들어가고서도 대릴에게 매달려 있는 제프 코너스를 생각했다. 연애와 수면과 사생활을 포기하고, 한 치의 의심 없이 '나의 아이들'이라고 믿고 있는 아이들과 이어져보려고 필사적으로 노력하는 제니 켈리를 생각했다. 그리고 버키를 생각했다.

5층 엘리베이터는 고장이었다. 나는 계단으로 올라갔다. 당직 간호사가 가볍게 고개를 끄덕였다. 수전이 아니었다. 마지의 병실 조명은 어두웠다. 얇은 이불을 덮은 마지는 말라비틀어진 껍질처럼 몸을 구부리고 누워 있었다. 나는 의자를 마지의 침대에 가까이 당겨 앉아 아내를 바라보았다.

그리고 사고 후 아마도 처음으로, 나는 기억해냈다.

진, 창문을 내려봐.

마지, 밖은 15도야!

진, 이게 바로 진짜 공기야. 맛있는 맥주처럼 차가워. 차 안은 퀴퀴한 공장 같잖아.

또 시작하지 말자고. 나 경고했어.

일 때문에 죽지 않을까 봐 얼마나 걱정되기에 담배로 죽으려고 그렇게 피워대?

날 가르치려 들지 마.

자기 스스로 좀 배우려고 해보는 건 어때?

'영원한 슬픔의 여인' 앞에서 버키를 찾아낸 날 밤, 나는 마음을 다 스리고 있었다. 통제력을 상실한 것은 버키 쪽이었다. 나는 침실로 돌 아와 마지를 품에 안고, 버키가 퇴원하고 나면 두 번 다시 그를 만나 지도 그의 성가시고 멍청한 신앙 드라마에 관여하지도 않겠다고 맹세 했다. 마지는 잠들어 있지 않았다. 울고 있었다. 하룻밤 치의 히스테리 는 충분히 겪은 상황이었다. 나는 마지의 말을 듣고 싶지 않았다. 아 내가 입도 열지 못하게 했다. 나는 침실에서 성큼성큼 걸어 나와 거실 소파에서 밤을 지새웠다. 갈등을 해소하고 부부 관계를 회복하기 위 해 아내에게 다시 말을 거는 데는 꼬박 사흘이 걸렸다.

멋진 한 해를 보내! 마지는 벤저민 프랭클린 중학교 첫 학기에 내게 그렇게 말했다. 사실 그해는 멋진 한 해와는 거리가 멀었다. 나는 경찰 로 사는 법을 잊는 동시에 선생으로 사는 법을 배우느라 발버둥 치고 있었다. 아내를 위한 시간을 거의 낼 수 없었다. 우리는 이 문제로 싸 웠고, 나는 싸움에서 도망치기 위해 점점 더 집에서 멀어졌다. 내가 집 으로 돌아가자 이제는 아내가 집에서 멀어졌다. 시간이 흐르면서 점 차 상황은 나아졌지만, 나는 아내가 렉싱턴 가에서 장바구니를 들고 그 93년식 링컨 앞을 건너던 날 밤, 어디로 가고 있었는지 모른다. 누 구를 위해 장을 보았는지 모른다. 마지는 한 번도 나를 위해 비프스테 이크와 샴페인을 산 적이 없다.

어쩌면 우리는 그 문제도 해결했을지 모른다. 어떻겐가.

진, 마지와 너무나 가깝게 느껴져서, 마치 네가 잠시 그녀의 피부 속으로 들어 간 듯이 느낀 적 없었어? 마치 네가 마지 자신인 것처럼 느낀 적 없어?

버키는 그렇게 물었다. 아니, 나는 한 번도 마지인 적이 없었다. 우 리는 가까웠으나 그만큼 가깝지는 않았다. 우리가 함께한 시간은 좋았으나 그만큼 좋지는 않았다. 완전한 영혼의 결합은 아니었다.

그렇기에 나는 상실에서 살아남을 수 있었다.

나는 무릎에 무리가 가지 않도록 천천히 일어났다. 병실을 나가면서 주머니에 든 플라스틱 카미뇌 병을 쓰레기통에 던졌다. 그리고 뒤도 돌아보지 않고 걸어 나갔다.

병원 밖 9번가에서 경찰차가 갑자기 경광등을 켜고 속도를 높였다. 집에 있을 시간인 아이들이 시내를 향해 으스대며 걸어갔다. 나는 공중전화를 찾았다. 지금쯤이면 제니 켈리는 대릴을 이모에게 데려다 놓았을 테고, 제프 코너스는 과로한 보통 국선변호사보다 좀 나은 사람을 필요로 하게 될 터다. 내게 갚을 때가 지난 오랜 빚을 진, 법률구조공단의 유능한 사내를 하나 알고 있었다.

전화기를 찾았다. 연결음이 들려왔다.

1994년 여름, 나는 뉴욕에 아파트를 빌렸다. 뉴욕 시 경찰에 빠진 것은 그래서였다.

특별한 이유는 없었다. 작가들은 종종 그런 충동을 느끼곤 하는데, 이럴 때 가장 좋은 방법은 충동이 어디로 흘러가는지 그저 지켜보는 것이다. 그래서 나는 한 달 동안 경찰들의 대화를 훔쳐듣고 파출소를 방문하고 경찰의 강연회에 참석하고 신문에서 NYPD에 관한 기사를 찾아 읽었다. 경찰들이 관할구를 뭐라고 부르는지('포식스the Four-six'라고 부름), 뉴욕 시 경찰 중 여성은 몇 퍼센트인지(14퍼센트), 체포 한 건당 작성해야 하는 서류의 양은 얼마인지(어마어마함), '공익살인'은 무엇인지(마피아가 경찰이 보기에 어쨌든 없는 편이 낫겠다 싶은 범죄자를 살해하는 것)를 알아냈다. 신문에서 줄리아니 시장과 경찰국장, 내무부와 제13관할구, 알고 보면 같은 사람일 때도 있는 마약 밀매꾼과 단속반 사이의 갈등을 따라갔다. 탐정 소설을 거의 읽지 않는 나에게 이쪽은 완전히 새로운 영역이었고, 나는 푹 빠져들고 말았다.

모든 충동이 그렇듯이 이 시기는 지나갔고, 내게는 계급장 없는 검은색 가죽 NYPD 재킷과 이 이야기가 남았다.

딸들에게
Unto the Daughters

Nancy Kress

그대가 들은 이야기는 이것과 달랐겠지.

태초에 나무는 어렸다. 새하얀 꽃이 수백 미터 밖까지 향기를 내뿜고, 꽃이 핀 가지에서 윤기 나는 열매가 열렸다. 시들지 않을 수 없을 그 섬세한 연녹색 잎사귀들! 그러나 늦잎들은 시들지 않았다. **그분**의 취향은 늘 화려했다. 절제할 줄을 모르셨다. 히말라야만 봐도 그렇다. 복어는 또 어떤가. 내 말은…… 정말이지!

여자도 어렸다. 보드라운 분홍색 발가락, 사과꽃처럼 살짝 봉오리진 젖가슴. 그리고 남자는! 그 크고 단단한 옆모습만 보아도 몇 시간씩 울렁거렸다. 8킬로미터를 달리고도 숨찬 소리 한번 내지 않는 남자였다. 남자는 여자와 하루에 다섯 번씩 사랑을 나눌 수도 있었다. 실제로 그렇게 했지.

꽃들도 어렸다. 잔디밭 위를 뒹굴고 뛰놀던 동물들도 어렸다. **모래사장**마저 지랄 맞게 어렸다. 바로 어제까지만 해도 무시무시한 바위였던 것이, 불순물 하나 없이 깨끗하고 균일한 모래알이 되어 펼쳐져 있었다. 순결한 비가 내렸다.

늙은 것은 나뿐이었다.

아니, 그래서는 아니었다. 가장 먼저 그 생각부터 떠올렸겠지. 찬란한 젊음에 대한 질투, 늙고 쪼그라든 이의 복수. 아아, 그토록 먼 미래에 앉아 있는 너는 모른다. 절대 그래서가 아니었다. 나는 그 두 사람을 사랑했다.

그들을 바라보고, 어찌 사랑하지 않을 수 있었겠는가?

*

"저리 가. 안 먹을 거야."

이브가 말한다. 다리를 꼬고 앉아 꽃을 꼬아 화관을 만들고 있다. 그분에게서 기대할 만한, 번쩍이는 진홍색 꽃잎 안에 외음부같이 생긴 암술이 달린, 불쾌한 농담 같은 꽃이다. 이브가 솜씨 좋게 꽃줄기를 엮는다. 잔디밭 위에는 새끼 사자들이 지루한 듯이 뒹굴고 있다.

"하나 먹어야 할 이유를 가르쳐줄게."

내가 상냥하지 않은 말투로 말한다.

"네 이유는 다 들었어."

"이브, 이 이유는 아직 안 들어본 거야. **새로운** 이유야."

이브는 관심을 보이지 않는다. 화관을 마무리해 머리 위에 쓰더니, 깔깔 웃으며 사자들에게 던진다. 화관이 새끼 사자의 왼쪽 귀에 비뚜름하게 걸린다. 놀란 사자가 우스꽝스러운 표정으로 고개를 든다. 이브가 큰 소리로 웃음을 터뜨린다.

정말이지, 가끔은 내가 무엇 때문에 이렇게 신경 쓰나 싶다. 그녀는 남자에 비해 너무 멍청하다.

나는 그녀가 남자에 비해 너무 멍청하기 때문에 신경을 쓴다.

"이브, 들어봐. **그분**은 이기적이기 때문에 너희 둘에게 아무것도 가르쳐주지 않으려 하셔. 다른 이들과 나눌 수 있는 지식을 굳이 혼자서만 가지려고 하는 것을 달리 뭐라고 하겠어?"

"나는 알고 싶지 않아."

이브가 노래하듯 대꾸한다.

"나한테 지식이 왜 필요해? 게다가 그건 새로운 이유도 아니잖아. 이미 예전에 얘기했었어."

"이브, 나무야. 지랄 맞은 **나무** 한 그루에 지식을 몰아넣어 놓았다고. 조금 꼬였다는 생각 안 들어? 목부木部에 수학, 과육에 도덕이라니? 사과가 하나씩 떨어질 때마다 땅 위에서 천문학이 썩어가지. 대체 어떤 정신 상태인 이가 그런 짓을 할지 궁금한 적 없어?"

이브는 나를 멍하니 쳐다본다. 아, 어쩌면 이렇게 어리석을까!

나는 절망감에 철저히 사로잡혀 고함을 친다.

"알지 못하면 아무것도 바뀌지 않아!"

"너 또 여기 왔어?"

아담이 말한다. 나는 그가 뒤편 바위를 올라오는 소리를 듣지 못했다. 발톱을 한 번도 깎지 않은 사람치고는 정말 발이 가볍다. 아담의 목소리 또한 조용하면서도 깊이가 있다. 이브는 마치 총에 맞은 것처럼 팔짝 뛰어오른다.

"이……것과 다시는 얘기하지 말라고 말했던 것 같은데."

아담이 말한다.

"내가 말했었지?"

이브가 예쁘장한 고개를 떨군다.

"네, 아담. 그랬었죠. 잠시 잊어버렸어요."

아담이 이브를 바라본다. 그의 표정이 부드러워진다. 꽃처럼 화사한 피부, 달콤한 입술. 밤처럼 윤기가 흐르는 머리카락이 앞으로 흘러내린다. 아까보다 더 절망할 수는 없을 것 같았음에도, 나는 더욱 절망한다. 그녀는 너무나 아름답다. 그는 언제나 그녀를 용서하리라. 그녀는 그가 무슨 말을 하든, 채 2분도 지나기 전에 또다시 잊어버리리라.

"꺼져! 넌 이 세상 것이 아니다!"

아담이 고함을 지르고 돌멩이를 던진다. 뒷머리에 정면으로 맞았다. 지독하게 아프다. 새끼 사자 한 마리가 금빛 꼬리를 흔들며 발랄하게 달려가 돌멩이를 물어 온다. 다른 새끼는 여전히 화관을 비뚜름하게 쓰고 있다.

나는 고통으로 반쯤 눈이 먼 채 미끄러져 물러간다. 이브가 뒤에서 소리친다.

"아무것도 안 바뀌었으면 좋겠어! 정말이야!"

지옥에나 가라지.

*

"한번 들어보기라도 해. 단 한 번이라도 네 조악한 정신을 한군데로 집중해서 내 얘길 **들어봐.**"

이브는 나뭇잎으로 이불을 짜고 있다. 이제는 다리를 꼬고 앉지 않는다. 임신 6개월에 접어들었기 때문이다. 크고 부드러운 잎사귀 안쪽

280

은 보들보들한 솜털로 덮여 있다. 이 잎은 이브가 임신하자마자, 실로 쓰기에 딱 좋을 굵은 거미줄과 함께 불쑥 나타났다. 작은 모자나 합성 수지 채움쇠가 달린 기저귀가 자라나는 수풀을 만들지 않고? 정말이지, 그분의 상상력은 시시하기 그지없다.

이브가 콧노래를 부르며 바느질을 한다. 옆에는 아담이 만든 요람이 놓여 있다. 달, 숫자, 별, 각종 신비로운 문양들을 새겨 넣은 아름다운 작품이다. **아담**에게는 상상력이 있다.

"이브, 내 말 **들어**. 그냥 듣지 말고, 주의를 기울여봐. 콧노래 좀 그만 부르고. 난 미래를 알아. 내가 나 자신이 말하는 바로 그런 존재가 아니라면 어떻게 미래를 알겠니? 나는 앞으로 어떤 일이 일어날지 모두 알고 있어. 네가 언제 임신할지도 맞췄잖아? 그것만으로도 확신할 만했어. 이제 말하는데, 네 아이는 아들이고 넌 그 아이를 카인이라고 부르게 될 거야. 그 아이는……."

"아니, 실라스라고 부를래."

이브가 말한다. 거미줄 실 끝에 매듭을 짓고 남은 실은 이로 끊는다.

"실라스라는 이름이 **마음에 쏙 들어.**"

"넌 그 아이를 카인이라고 부르게 될 거야. 그 아이는……."

"이 이불에 장미 자수와 데이지 자수 중에 뭐가 더 어울릴 것 같아?"

"이브, 들어봐. 내가 미래를 예언할 수 있다면, 논리적이고, 합리적으로 생각해보면……."

"난 생각하고 싶지 않아. 아담이 우리 두 사람 몫만큼 생각을 하잖아. 숲을 관리하고 과수를 가꾸는 일도 그의 몫이야. 불쌍한 아담, 일하느라 고생이 많다니까."

"이브……."

"장미가 좋겠다. 파란색으로."

도저히 더 참을 수가 없다. 나는 한결같이 단조로운 햇빛 아래로 미
끄러져 나간다. 양지에서는 장미, 등나무, 치자나무, 나무의 훈연燻煙,
갓 베어낸 건초와 같은, 천국 같은 냄새가 난다.

*

이브는 9개월 32초 만에 아기를 낳는다. 아무 고통 없이 2분 만에
아기의 작은 머리가 미끄러져 나오자, 이브는 웃음을 터뜨린다. 아기
는 완벽하다.

"카인이라고 부르자."

아담이 말한다.

"전 실라스라는 이름을 붙이고 싶었어요. 그 이름이 참 마음에……."

"카인."

아담이 단호하게 말한다.

"알았어요, 아담."

아담은 그녀가 실망했다는 사실을 영원히 모르리라.

*

"이브, 들어봐."

이브는 강이 네 부분으로 나뉘어 정원을 벗어나는 곳 바로 앞 물가

에서 두 아이를 씻기고 있다. 카인은 작은 페니스를 열심히 문지르고, 아벨은 해초를 잡아 들어 통통한 주먹 위로 어떻게 늘어지는지 관찰하고 있다. 아벨이 얼굴 가까이 들이대고 해초를 이리저리 돌려본다. 아벨은 형보다 똑똑하다.

"이브, 아담이 곧 돌아올 거야. 내 말을 듣기만 한다면……."

"아빠."

아벨이 고개를 든다. 아벨의 시선은 차분하고, 선량하지만 평가하는 듯한 느낌이다. 그 어린 나이에도. 아벨은 아버지와 많은 시간을 함께 보낸다.

"아빠 갔어."

"그래, 그래, 아빠는 서쪽으로 빵나무 열매를 따러 가셨단다!"

이브가 어머니로서의 자긍심에 완전히 사로잡혀 황홀하게 소리친다.

"귀여운 아가들아, 아빠는 오늘 밤에 돌아오실 거야. 소중한 우리 아들들과 함께 집에 계실 거야!"

페니스를 순진하게 발기시키는 데 성공한 카인이 고개를 든다. 카인은 아벨과 어머니를 보며 예쁘게 웃는다. 이브는 해초에 비누돌을 떨어뜨리지 않으려 조심하며 아벨의 등을 문지르느라 카인을 보지 못한다.

"아빠는 빵나무 열매를 주워."

아벨이 거듭 말한다.

"엄마는 안 해."

"엄마는 빵나무 열매를 주우러 가고 싶지 않아요. 엄마는 여기에서 우리 아가들과 함께 있는 게 행복하단다."

"엄마는 안 가."

아벨이 생각에 잠겨 되풀이한다.

"이브, 알아야 선택할 수 있어. 진실을 알아야만 자유로워질 수 있어. 지금으로부터 4,000년 뒤에는……."

"나는 자유로워."

이브가 잠시 흠칫하며 말하고는 나를 바라본다. 이브의 눈망울은 처음 창조된 그 순간처럼 생기 넘치고 순수하다. 이브의 눈이 커다래진다.

"대체 누가 나를 완전히 **자유롭지** 않다고 생각할 수 있어?"

"내 말을 듣기만 하면……."

"아빠는 가. 엄마는 안 가."

아벨이 세 번째로 말한다.

"단 30초만 주의를 기울여 들어보면……."

"엄마는 절대 안 가."

"애새끼한테 내가 말할 때는 닥치라고 해!"

실수, 실수였다. 이브의 눈에 분노가 차오른다. 마치 내가 아이들에게 돌이라도 던지려고 한 것마냥, 이브가 두 아들을 양손으로 안아 올린다. 멍청한 계집 같으니. 이브는 아이들을 가슴에 단단히 안아 들고, 아름다운 입술로 무어라 작게 내뱉는다. "홍!"이나 "못난 것!", 아니 어쩌면 "도와줘!"였는지도 모른다. 이브는 두 아이를 안고 물을 뚝뚝 떨어뜨리며 비틀비틀 걸어간다. 아벨이 해초를 떨어뜨린다.

"아벨 내려줘."

아벨이 연극조로 말한다.

"아벨 걸어."

이브가 아벨을 내린다. 아이가 어머니를 쳐다본다.

"엄마는 아벨이 시키는 대로 해!"

나는 가서 벌레를 먹는다.

*

셋째 아이는 그들이 셰이샤라고 이름 붙인 딸이다.

카인과 아벨은 거의 다 컸다. 아담을 도와 정원을 가꾸고 새로운 동물이 나타나면 이름을 붙인다. 나는 잘 모른다. 그들 모두에게 상당히 싫증이 났다. 나무는 여전히 같은 가지에서 꽃을 피우고 열매를 맺는다. 강은 여전히 정원 바로 뒤에서 똑같이 네 갈래로 나뉘어 흐른다. 피손 강, 기혼 강, 히데켈 강, 유프라테스 강.* 물줄기마다 꼭 같은 수의 물 분자가 들어 있다. 나는 이제 그분을 연극적인 존재가 아니라 강박관념에 사로잡힌 존재라고 생각한다. 정말…… 진심이다. 물고기들은 강마다 꼭 같은 수의 알을 낳는다.

이브가 그분을 만나지 않은 지 수십 년이 흘렀다. 물론 아담은 매일 저녁 서늘한 바람을 맞으며 그분과 산책을 한다. 이제는 두 아들도 함께다. 그들이 무슨 이야기를 나누는지는 천국만이 알리라. 나는 멀어진다. 바느질하고 기저귀를 갈고 집을 청소하고 빵나무 열매를 썰며 하루를 보내는 이브와 함께 있을 수 있는 시간은 종종 그때뿐이다. 이브의 발가락은 여전히 보드랍고 섬세하며 분홍빛이다.

"이브, 들어봐……."

* 창세기 2장에 나오는 에덴동산에서 흘러나오는 네 줄기의 강.

셰이샤가 무릎에 움푹 팬 자리에 앉은 울새를 보고 까르르 웃는다.

"아담이 뭐든지 혼자 결정하고, 규칙을 정하고, 이름을 짓고, 생각하지……."

"그래서 뭐? 셰이샤…… 이런 귀여운 천사!"

이브가 아기를 두 팔로 안아 들고 키스를 퍼붓는다. 셰이샤가 기뻐하며 소리 지른다.

"이브, 들어봐……."

이브가 기적적으로 귀를 기울인다. 아기를 잔디 위에 올려놓고 심각한 어조로 말한다.

"아담은 네가 진실을 말하지 않는다고 했어."

"**그의** 진실은 아냐. 그분의 것도 아니지."

내가 대답하지만, 물론 이 대명사를 이용한 말장난을 이브는 전혀 눈치채지 못한다.

"이봐, 뱀. 무례하게 굴 생각은 아냐. 넌 내게 무척 상냥했어. 집안일을 할 때면 곁에 있어줬고. 고마워……."

"난 친절을 베푼 게 아니야."

내가 좌절하며 말한다. 친절이라니! 아아, 이브…….

"나는 친절하게 굴기에는 너무 늙고 지쳤어. 그저 너에게 보여주고 내 말을 듣게 하려고……."

"아담이 돌아왔어."

이브가 다급히 말한다. 아담과 두 아들이 돌아오는 소리가 들린다. 나는 가까스로 수풀 아래로 미끄러져 들어가 꼼짝 않는다. 최근 들어 아담은 나를 죽이려고 한다. 그분에게서 특별히 허락을 받은 모양이다. **그분**이 자기 자리를 벗어나 나대고 있는 나를 향한 폭력은 죄가 아니라고 말씀하신 것 같다. 그래, 나대고 있고말고.

아담은 나를 보지 못한다. 두 아들은 실과 돌멩이를 갖고 논다. 셰이샤는 방글방글 웃으며 아버지를 향해 기어간다.

"뭘 좀 잠깐 먹으러 왔어. 10분 정도밖에 시간이 없거든. 뭐야, 이브. 아무것도 준비 안 했어? 오전 내내 뭘 한 거야?"

이브는 슬픈 표정을 짓지 않는다. 그러나 눈빛은 때로 멍들었던 피부처럼 어두워진다. 물론 이곳에서 멍은 금세 사라진다. 이곳에서는.

"죄송해요! 바로 준비할게요!"

"제대로 좀 해. 난 밥벌이를 하고 있다고."

이브가 가느다란 손가락을 평소처럼 솜씨 좋게 움직이며 분주히 돌아다닌다. 아담이 침대에 몸을 쭉 뻗고 눕는다. 셰이샤가 아버지의 무릎 위로 올라간다. 오빠들만큼 조숙한 아이다.

"아빠 또 가?"

"그래, 귀염둥이야. 아빠는 다시 나가서 사탕수수를 베고 새로운 동물에 이름을 붙여야 해."

"동물."

셰이샤가 즐거워하며 말한다. 셰이샤는 동물들을 굉장히 좋아한다.

"셰이샤도 갈래."

아담이 웃는다.

"안 돼. 셰이샤는 못 가. 여자아이들은 못 가."

"셰이샤도 **갈래**!"

"안 된다."

아담은 미소 띤 얼굴로 일어난다. 아버지의 무릎 위에 앉아 있던 셰이샤가 굴러떨어진다. 식사가 준비되었다. 셰이샤가 몸을 일으킬 때,

코코넛 열매에 담은 샐러드를 든 이브가 돌아선다. 아기는 아버지를 쳐다보며 서 있다. 작은 얼굴은 실망과 불신, 고통으로 일그러져 있다. 이브는 딸의 얼굴을 주의 깊게 살펴보며 멈추어 선다.

나는 숨을 깊이 들이쉰다.

그 순간은 거미줄처럼 거칠게 이어진다. 마침내 이브가 침묵을 깬다.

"아담, 셰이샤도 데려가면 안 돼요?"

아담은 대답하지 않는다. 사실 이브의 말을 듣지도 못했다. 아담은 그녀의 말을 듣지 못한다. 이브가 시원한 저녁 무렵에 **그분의** 말씀을 듣지 못하는 것처럼.

그러니 그에게는 죄가 없다고 변명할 수도 있으리라.

이브는 아기를 안아 올리고 침대 옆에 서 있다. 아담이 누워 있던 자리에 으깨진 꽃잎에서 향기가 난다. 아담과 아들들이 떠나자 나는 다시 나간다. 이브는 아기를 안고 고개를 숙인 채 꼼짝 않고 서 있다. 셰이샤는 연약한 고통의 눈물을 떨구며 흐느끼고 있다. 그 눈물도 곧 사라지리라. 이곳에서는. 시간이 얼마 남지 않았다.

"이브, 들어봐……."

나는 셰이샤가 아버지만큼 다정하지 않은 카인과 결혼한 다음 어떤 일을 겪게 되는지 말한다. 셰이샤의 딸의 딸에게 무슨 일이 일어나는지 말한다. 나는 조금도 봐주지 않는다. 집의 나무그늘이 하잘것없어 보일 만큼 광대하게 펼쳐질 정원도, 여자에게도 영혼이 있는지에 관한 논쟁도, 전족, 여성 할례, 사티, '노예'라는 말도 서슴지 않는다. 셰이샤, 내가 말한다. 셰이샤와 셰이샤의 딸과 셰이샤의 딸의 딸……. 말을 다 하기도 전에 목이 쉬었다. 마침내, 나는 사오십 번쯤 되풀이했던 말로 끝을 맺는다.

"알아야만 바꿀 수 있어. 지식과 진실로, 이브, 내 말을 들어……."

이브는 나와 함께 나무로 간다. 어린 딸을 팔에 안아 들고 나와 함께 간다. 그녀는 선홍색 사과를 골라 한 입 베어 물고, 아기의 목에 걸리지 않을 만큼 꼭꼭 씹어 셰이샤의 입술로 넘겨준다. 어머니와 딸은 함께 사과 한 알을 다 먹는다.

피곤하다. 나는 뒷이야기를 보려 머무르지 않는다. 아담이 돌아와 이브가 아담의 뜻에 따르지 않았다고 분노하고, 이제 그녀가 그가 모르는 것을 알지도 모른다고 두려워할 모습을. 그리고 **그분의** 도래. 나는 기다리지 않는다. 너무 피곤하고 마치 뭔가 상하거나 쓴 것을 삼킨 것마냥 속이 뒤틀린다. 가끔 의도치 않게 이럴 때가 있다. 내게 꼭 필요한 비타민이 든 먹이를 삼키면, 그것이 배 속에 고통처럼 딱딱하게 남아 있을 때가 있다.

*

그대가 들은 이야기는 이렇지 않았으리라.

하지만 결국 그 이야기를 누가 썼을지 생각해보라. 기록이 끝난 다음 남은 잉크를 치우거나 끝을 문질러 씻거나 기록실을 청소한 사람은 누구일지도 곰곰 생각해보아라. 수 세기, 수 세기 동안.

영원히 그렇지는 않으리라.

그러니 그대가 들은 이야기는 이것과 다르겠지만, 지금으로부터 수 세기가 지나 살아갈 그대, 나의 자매여, 그대는 마침내 더 잘 알고 있을 것이다. 그래, 이브가 출산하며 내지른 비명, 남편의 손에 살해당한 셰이샤, 남편의 시신이 놓인 장작 위로 스스로 올라가며 반항적이었던 어머니를 저주한 셰이샤의 딸, **그녀**의 딸의 매음, 아홉 살에 낙타와 오아시스를 모두 차지한 남자와 강제로 결혼한 **그녀**의 딸의 이야기를 그대는 안다. 내가 불쌍한 이브에게 결국은 다 일어날 일이라고 차마 말하지 않았던 그 모든 일들을 그대는 안다. 하지만 그대는―내가 아니었다면 모르고 살았을 이브처럼―지식이 변화를 가져올 수 있다는 사실도 안다. 홀로덱이나 기장석이나 회의실에 책상다리를 하고 앉아 콧노래를 부르며 그대는 마침내 안다. 마침내―지식의 과실을 소화하여 무언가를 키워낼 양분을 제공하기까지 참으로 **오래** 걸렸지만, 그대는 마침내 해냈다. 그대는 어리석지 않다. 더욱이―그대는 어리석음이 그저 잠든 영혼일 뿐이라는 사실을 안다. 잠에서 갓 깨어난 이는 오랫동안 어둠 속에서 비틀거리겠지만, 언젠가는 빛이 비출 것이다. 이곳에까지도.

나는 이브를 깨웠다.

나, 어머니가.

이것은 그대가 들은 이야기와 다를지도 모른다. 그러나 이것이 진짜 일어났던 일이다. 이제―마침내, 마침내―그대는 안다.

그리고 나를 용서할 수 있으리라.

소설은 어디서든 시작될 수 있다. 인물에서, 상황에서, 이미지에서. 이 이야기는 목소리에서 시작되었다. 뱀에 대한 묘사('엉뚱한', '비참한')가 아니라 뱀의 목소리가 나를 찾아왔고, 뱀은 그 목소리로 이 소설의 첫 다섯 어절을 정확히 말했다. 나는 그에 복종하여 받아썼다.

그리고 나서 글이 막혔다. 뱀의 목소리가 사라졌던 것이다.

며칠 후 목소리가 다시 찾아왔고, 나는 소설을 완결지었지만 이번에는 보다 의식적으로 참여했다. '이브가 이렇게 하는데⋯⋯' '아니, 그건 마음에 안 들어.' '뱀이 이렇게 결심하는 건 어때?' 마침내 소설이 반쯤 진행되었을 때 결말이 떠올랐고, 나는 때때로 원래 목소리를 제대로 따르고 있는지 확인하며 결말까지 도달하는 길을 찾아냈다.

나는 대개 이렇게 소설을 쓴다. 하지만 목소리가 말하는 대로 받아쓰기만 할 때가 더 좋다.

진화
Evolution

Nancy Kress

"베넷 박사가 총에 맞아 죽었대! 에이프릴 가 푸드마트 뒤에서!"

세탁기 전원을 끄고 있는데, 세시 무어가 숨찬 목소리로 말한다. 나는 잭의 사각팬티를 손에 든 채 그녀를 멍하니 바라본다. 나는 세시를 좋아하지 않는다. 능글맞게 밀어붙이는 태도와, 차라리 내버려 두는 편이 자기에게도 나을 일에까지 일일이 비쩍 마른 몸을 들이밀어야 직성이 풀리는 그 성미가 마음에 들지 않는다. 세시는 고등학생 때부터 그런 성격이었다. 하지만 우리는 이웃이라 서로 엮일 수밖에 없는 사이다. 베넷 박사는 숀과 재키를 받아준 의사였다. 나는 팬티를 천천히 개어 옷 바구니에 넣는다.

"이봐, 베티, 할 말 없어?"

"경찰이 용의자를 체포했대?"

"재니 브루넬리 말로는 용의자가 없대."

톰 브루넬리는 에머턴 경찰서에서 근무하는 다섯 명의 경찰관 중

하나다. 입을 가만히 다물고 있지 못하는 남자였다.

"정말이지 베티, 마치 우리 동네에서 살인 사건이 날마다 일어나는 듯한 표정이네!"

"주차장에서 일어난 일이야?"

나는 매주 푸드마트 뒤에 있는 주차장에 차를 댄다. 주차장은 포장되어 있지 않은, 강가의 낮은 콘크리트 제방으로 이어지는 자갈돌 많은 경사면이다. 재키의 침대보를 빨랫줄에서 걷어낸다. 벨, 에리얼, 재스민 공주가 꽃밭 한가운데에서 함께 웃고 있다.

"응, 주차장 쓰레기통 근처였대. 총에 소음기가 장착되어 있었는지, 소리를 들은 사람이 아무도 없대. 톰이 0.22-250 반자동 탄창을 두 개 발견했어."

세시는 총에 관해 잘 안다. 집에 온갖 총이 다 있다.

"베티, 귀찮게 일일이 내다 걸지 말고 그냥 건조기에 한꺼번에 집어넣지그래?"

"널어 말린 빨래 냄새가 좋아. 밖에서 재키가 오는 소리가 들리는 것 같네."

세시의 표정이 순식간에 달라진다.

"재키가 조퇴했어? 왜?"

"감기에 걸렸어."

"그냥 감기가 확실해?"

"확실해."

손의 티셔츠에서 빨래집게를 빼낸다. 앞면에 '멍청이가 퍼마신다. 멍청이가 운전한다. 멍청이가 죽는다'라는 문구가 쓰여 있다.

"세시, 재키는 아무 항생제도 안 먹고 있어."

"다행이네."

세시가 대꾸하더니, 무심한 척 손톱을 살펴며 뜸을 들인다.

"베넷 박사가 지난주에 또 엔도진을 처방했대. 노드스트럼네 막내 아들에게, 병원에 **보내지도 않고** 말이야."

나는 대답하지 않는다. 손의 티셔츠 뒷면에는 '멍청이가 되지 말자' 라고 쓰여 있다. 아무 말 없는 내게 짜증이 난 세시가 말한다.

"아들이 그런 불량한 옷을 입고 다니는 걸 어떻게 그냥 내버려두 니?"

"자기 옷인걸. 게다가 세시, 음주운전을 하지 말자는 건전한 내용이 잖아. 강력하고 건전한 메시지를 바람직하게 생각하는 사람은 바로 너 아니야?"

시선이 맞부딪친다. 정적이 길어진다. 마침내 세시가 입을 연다.

"음, **우리** 갑자기 너무 심각해지지 않았어?"

"살인은 심각한 일이야."

"그렇지. 경찰들이 틀림없이 범인을 잡아낼 거야. 레인보우 바 근처 를 돌아다니는 인간쓰레기 중에 범인이 있을지도 몰라."

"베넷 박사는 건달들과 어울리는 사람이 아니었어."

"아니, 박사가 그런 사람들과 **알고 지냈다는** 말이 아니라, 나쁜 놈들 이 지갑을 노리고 박사를 살해했을 수도 있다는 거지."

세시가 내 눈을 똑바로 응시한다.

"다른 동기는 전혀 떠오르지 않아. 네 생각은 어때?"

나는 강이 있는 동쪽으로 시선을 돌린다. 강 건너, 낮은 언덕에 자 리 잡은 주택들의 지붕 너머로 에머턴 상이육해군인 기념병원의 3층 건물이 간신히 보인다. 다리는 3주 전에 폭파되었다. 부상자도 용의자도 없었다. 이제 병원에 가고 싶은 사람은 웨스트리버 도로를 10마일 달려 주간 고속도로에서 강을 건너야 한다. 교통부에서는 새 다리를 놓으려면 2년이 걸린다고 했다고 잭에게서 들었다.

"베넷 박사는 좋은 의사였어. 좋은 분이었고."

"글쎄, 누가 아니라니? 베티, 정말이지, 그렇게 허리를 구부려 빨래를 집어 올리느니 건조기를 써. 척추에 안 좋아. 우린 더 젊어지지 않잖니. 쯧쯧."

세시가 오른손을 대충 흔들고 자기 집으로 걸어간다. 딱지가 떨어진 자리의 살갗처럼 섬세한 유백색으로 곱게 칠한 손톱이 눈에 들어온다.

*

"증거가 없잖아. 근거 없는 추측일 뿐이네."

잭이 완고한 표정으로 말한다. 공장에서 근무시간 더하기 세 시간을 일하고 지칠 대로 지친 모습으로 돌아와 맥주병을 들고 식탁 앞에 앉아 있다. 잭은 이 이야기를 듣고 싶지 않았다. 나는 그를 탓하지 않는다. 나도 이 이야기를 하고 싶지 않다. 거실에서는 재키가, 아버지가 텔레비전을 차지하고 앉아 월요일 밤 미식축구 중계를 보기 전에 전자 폭탄을 하나라도 더 터뜨려보려고 닌텐도를 정신없이 두드리고 있다. 숀은 양아버지가 귀가하기 전에 친구들과 놀러 나갔다.

나는 온기를 찾아, 갓 내린 커피 컵을 양손으로 감싸 쥐고 잭의 맞은편에 앉는다.

"잭, 증거가 없다는 건 나도 알아. 난 탐정이 아닌걸."

"그러니까 경찰들이 알아서 하게 내버려둬. 우리가 아니라 그 사람들이 할 일이야. 넌 빠져 있으라고."

"넌 빠져 있어. 당신도 알잖아."

잭이 고개를 끄덕인다. 우리는 경찰과 얽히지 않고, 마을의 어떤 위원회에도 참여하지 않는다. 뉴스조차도 거의 듣지 않는다. 우리와 상관없는 일에는 관련되지 않는다. 잭은 한 번도 관련된 적이 없었다. 내가 덧붙인다.

"당신한테 내 생각을 얘기하는 것뿐이야. 그 정도는 해도 되잖아. 아냐?"

내 목소리에, 애원과 분노 사이 어디쯤에 갇힌 감정이 섞인다.

잭도 그 감정을 알아듣는다. 그가 얼굴을 찌푸리더니, 맥주를 들고 일어나 내 어깨에 다정하게 손을 얹는다.

"물론이지. 나한테는 당신이 하고 싶다면 무슨 말이든 해도 돼. 하지만 다른 사람들에게는 말하지 마. 내 말 알지? 나는 말썽 없이 지내고 싶어. 특히 당신과 아이들에게 아무 일 없어야지. 이번 일은 우리 가족 문제가 아냐. 그저 **우리** 모두가 건강한 것에 감사하자고."

그가 미소를 짓고 거실로 들어간다. 재키가 야단맞기 전에 알아서 닌텐도를 끈다. 재키는 그런 점에서 행동이 발랐다. 나는 부엌 창밖을 내다보았지만, 너무 어두워 유리에 비친 내 모습밖에 보이지 않았다. 어차피 부엌 창은 동쪽이 아니라 북쪽으로 나 있다.

7년 전 재키를 에머턴 기념병원에서 낳은 이후, 나는 강을 한 번도 건너지 않았다. 재키를 낳은 날에도 병원에서 만 하루를 채 보내지 않고 잭에게 집으로 데려다 달라고 했었다. 물론 감염을 걱정해서가 아니었다. 아직 그 일이 시작되기 전이었다. 하지만 지금은 그 일이 일어난 다음이다. 만약 다음번에 엔도진을 필요로 하는 아이가 노드스트 럼네 막내아들이 아니라 재키나 숀이라면?

에머턴 기념병원에 다닌 사람에게는 가족 외에 누구도 다가가지 않는다. 가끔은 가족들조차 가까이 가지 않는다. 와이머 부인이 수술을 받고 퇴원했을 때, 그 집 며느리는 부인을 위층 구석방에 밀어넣은 다음, 문 앞에 일회용 식판을 가져다 놓고 일회용 요강을 들였다. 노파가 침대에서 기어 나와 요강을 쓸 수 있게 돕지도 않았다. 수술용 마스크, 장갑, 일회용 가운…… 와이머 부인이 에머턴 기념병원에서 약이 듣지 않는 변종 박테리아를 묻혀 오지 않았다고 로지 와이머가 확신할 때까지 한 달 내내 그런 식이었다. 할 와이머는 아내의 행동에 한마디 반대조차 하지 않았다.

"사람들은 겁을 먹었지만, 차차 좋아지겠지."

딱 한 번, 그 일에 대해 내가 얘기를 꺼내려 하자 잭은 이렇게 말했다. 잭은 대화를 즐기지 않는다. 그래서 나도 말하지 않는다. 그에게 그 정도는 빚지고 있다.

도시―모든 도시―의 사람들은 단순히 겁을 먹은 정도가 아니다. 그들은 공포에 질려 있다. 폭동, 특별정부경찰, 그리고 오직 엔도진으로만, 그것도 일부만 치료된다는 변종 박테리아로 인구의 절반이 앓아누웠다는 소식이 뉴스를 보지 않는 나에게까지 들려온다. 그들에게 작은 마을에서 일어난 의사 살인 사건에 쓸 만한 힘이 남아 있을 것 같지 않다. 그리고 나는 에머턴 사람들이 자발적으로 옳은 일을 하리라는 잭의 확신에 동의하지 않는다. 에머턴 사람들이 옳은 일을 하지 않을 때도 있다는 사실을 나는 너무나 또렷이 기억하고 있다. 대체 잭은 어떻게 그 일을 잊어버릴 수 있었을까?

잭의 말 중에 옳은 소리도 하나는 있다. 나는 이 마을에 아무런 빚도 지지 않았다.

저녁 식사에 쓴 접시들을 싱크대 안에 포개어 넣고 재키에게 숙제를 시키러 간다.

*

다음 날, 나는 푸드마트의 주차장으로 차를 몰고 간다.

별로 볼 것은 없다. 어젯밤에 비가 내렸다. 쓰레기통 옆에 돌돌 말린 수술용 장갑과 범죄 현장에 둘러치는 노란색 테이프 쪼가리가 놓여 있다. 최신형 홀로그래픽 텔레비전 카메라에 넣어 쓰는 물건을 포장하는 작은 검은색 종이 상자들도 몇 개 보인다. 그게 전부다.

"베넷 박사에게 무슨 일이 있었는지 너도 들었겠지."

저녁 식사 때 숀에게 말한다. 잭은 또 일하러 갔다. 재키는 무릎 위에 바비 인형을 올려놓고, 내가 인형이 있다는 것을 아는 줄 모르는 채로 놀고 있다.

숀이 묵직하게 드리운 짙은 앞머리 아래로 나를 흘끔 쳐다본다. 아들의 표정을 읽을 수가 없다.

"항생제를 너무 많이 내줘서 살해당했죠."

재키가 고개를 든다.

"누가 박사님을 죽였어?"

"자기네들이 이 마을을 지배하는 줄 아는 엿 같은 새끼들 짓이지."

숀이 눈을 찌른 머리칼을 휙 걷어낸다. 얼굴이 창백한 납빛으로 질려 있다.

"씨발 놈의 자경단원들이 우릴 끝장낼 거야."

"숀, 그만해라."

재키의 입술이 떨린다.

"누가 우릴 끝장내는데? 엄마……."

"아무도 누굴 끝장내지 않는단다. 숀, 그만두렴. 재키가 무서워하잖니."

"아씨, 무서워할 만하니까 그러지."

말은 그렇게 하지만, 숀은 입을 다물고 어두운 표정으로 접시를 노려본다. 이제 열여섯 살, 이 아이를 열여섯 해 동안 키워왔다. 아들의 굵고 짙은 머리칼과 샐쭉하게 내민 입술을 응시하며, 나는 자식을 편애하는 것은 죄악이라고 생각한다. 그리고 신에게 용서를 구하며, 스스로도 어쩔 수 없다고, 이 아이를 위해서라면 재키와 잭을 모두 희생할 수도 있다고 생각한다.

"숀, 오늘 밤에는 차고를 청소하렴. 사흘 전부터 잭에게 하겠다고 약속했잖니."

"내일 할게요. 오늘 밤에는 나가야 해요."

"나 왜 무서워해?"

재키가 묻는다.

"오늘 밤에 해."

숀이 사춘기 소년다운 절박함을 담은 얼굴로 나를 올려다본다. 두 눈이 새파랗다.

"오늘은 안 돼요. 나가야 해요."

"나 왜 무서워……?"

"집에 남아서 차고를 청소해."

"싫어요."

숀이 나를 쏘아보다가 시선을 튼다. 얼굴은 제 아버지를 닮았지만, 사실 숀은 그와 무척 다르다. 아들의 눈가에는 눈물마저 맺혀 있다.

"엄마, 내일 할게요. 약속해요. 학교 갔다 오자마자 치울게요. 하지만 오늘 밤에는 나가야 돼요."

"어디에 가는데?"

"그냥 밖에요."

"나 왜 무서워해? 뭐가 무서워? 엄마!"

숀이 재키에게로 몸을 돌린다.

"재키, 무서워하지 않아도 돼. 다 괜찮아질 거야. 어떤 식으로든."

숀의 말을 듣는 순간, 출산의 고통처럼 날카로운 두려움이 나를 관통한다.

"재키, 이제 가서 게임해도 돼. 식탁은 엄마가 치울게."

재키의 얼굴이 밝아진다. 아이가 거실로 종종걸음을 치며 들어가자, 나는 아들을 바라본다.

"'어떤 식으로든'이라니 무슨 뜻이야? 숀, 무슨 일 있니?"

"아무 일도 없어요."

숀은 대답하고, 납빛 얼굴을 들어 나와 똑바로 눈을 맞춘다. 나는 처음으로—참으로 처음으로—숀에게서 제 아버지와 닮은 구석을 발견한다. 그는 상냥한 말투로 거짓말을 할 줄 안다.

이틀 뒤에 푸드마트에서 막 돌아왔을 때, 그들이 나를 찾아왔다.

살인 사건은 이틀 동안 뉴스에 나왔다가 사라졌다. 주차장에는 텔레비전 카메라에서 나온 쓰레기가 몇 개 더 흩어져 있다. 노란 장미 꽃다발이 꽂힌 와인병도 단단한 땅에 반쯤 묻혀 있다. 그 주변에는 '보니의 꽃집'에서 비싼 드라이플라워를 채워 넣는 것과 비슷하게 생긴 텅 빈 바구니가 돌로 고정되어 있다. 바구니를 응시하며, 나는 보니 위델스타인이 몇 달 전에 꽃집 문을 닫았다는 사실을 기억해낸다. 약이 듣지 않는 종기가 문제였다. 그녀가 에머턴 기념병원에서 퇴원한 다음부터, 강 이쪽 편에서는 아무도 그 집 꽃을 사려들지 않았다.

집에 도착하자 차고로 들어가는 길에 실비아 제임스가 검은색 알골을 타고 앉아 있다. 나는 그녀를 보자마자 상황을 이해한다.

"실비아."

내가 단조롭게 말한다.

실비아가 스포츠카에서 내리며 사교적인 미소를 짓는다.

"엘리자베스! 정말 반가워!"

나는 대답하지 않는다. 실비아는 17년 동안이나 나를 찾아오지 않았다. 우리 집 문을 통과할 열쇠라도 되는 양, 치즈케이크를 들고 있다. 실비아는 여전히 금발이고 날씬하고 옷을 잘 차려입었다. 립스틱은 자기 얼굴색이어야 마땅한 선홍색이다.

어쨌든 나는 그녀를 집에 들인다. 심장이 천천히, 세게 뛴다. **쿵. 쿵.**

일단 집에 들어서자, 그녀는 딱딱한 미소를 거두고 민망해하는 표정을 지을 정도의 체면은 차린다.

"엘리자베스……."

"베티라고 불러. 지금은 그렇게 불리고 있어."

"베티, 무엇보다도, 네가 곤란했을 때…… 곁에 있어주지 못했던 점을 사과하고 싶어. 무척 오래전 일이지만, 그래도, 나는…… 나는 별로 좋은 친구가 아니었지."

실비아가 머뭇거린다.

"그 모든 일들이 나는 너무 겁이 났어."

나는 '네가 겁이 났다고?'라고 말하고 싶었지만, 하지 않는다.

나는 더 이상 그 바보 같은 사건에 대하여 생각하지 않는다. 손을 볼 때조차도, 특히 손을 볼 때에는.

17년 전, 고등학교 졸업반이던 시절, 나와 실비아는 단짝이었다. 우리 둘 다 자매가 없었기 때문에 서로를 친자매처럼 여겼다. 실비아의 가족들은 자신의 귀한 딸이 나 같은 사람과 돌아다니는 것을 내켜 하지 않았다. 고다드 가는 강 건너편에 살고 있었다. 실비아는 가족들의 말을 무시했고, 나는 내게 그나마 가장 가족 비슷한 사람이었던 고모의 술에 취한 경고를 무시했다. 차이는 상관없었다. 우리는 '실비아와 엘리자베스', 졸업반에서 가장 예쁘고 대담하고 학문적으로 성공할 가능성이 있는 두 사람이었다.

그러다가 갑자기, 둘은 한 사람이 되었다. 실비아의 집에서 나는 실비아 아버지의 병리과에 있다는 젊은 레지던트인 랜돌프 새틀러를 만났다. 나는 임신을 했고, 랜디는 나를 버렸고, 나는 친자 확인을 거부했다. 나와 아이를 원하지 않는 남자에게 억지로 나를 밀어붙이는 일은 자존심이 허락하지 않았다. 나 자신을 포함해 모두에게 그렇게 말했었다. 나는 열여덟 살이었다. 내가 겪은 일이 얼마나 흔해빠지고 따분한 이야기인지 몰랐었다. 온 세상에 그토록 불행한 사람은 나 하나 뿐이라고 생각했었다.

그래서 숀이 에머턴 기념병원에서 태어나고, 내가 아기를 죽어가는 고모가 있는 '집'으로 데려온 바로 그날 랜디가 약혼하자, 나는 시내에서 스미스&웨슨 권총을 사서, 아무도 없었어야 할 강 건너편 랜디의 빈집을 향해 쏘았다. 거실에 있던 새틀러 가家 전용 술장에서 술을 꺼내 마시고 있던 정원사가 총에 맞았다. 배심원들이 징역 7년 반~10년을 선고했고, 나는 5년을 살았다. 변호사가 산후 우울증 탓이라고 탄원한 덕분이었다. 정원사는 건강을 회복해 마이애미로 퇴직했고, 새틀러 박사는 에머턴 병원의 병리과장직을 비롯한 온갖 중요한 일들을 계속해나갔고, 실비아는 베드포드 힐 교도소에 있던 나를 단 한 번도 찾아오지 않았다. 잭을 제외하면 누구도 나를 찾지 않았다. 잭은 '실비아와 엘리자베스'가 에머턴 고등학교에서 잘나가던 시절에 이미 학교를 자퇴하고 푸드마트에서 식료품을 나르던 남자였다. 내가 베드포드에서 퇴소했을 때 위탁보호 측 사람들이 내게 숀을 돌려준 유일한 이유는, 잭이 나와 결혼했기 때문이었다.

우리는 에머턴에 살고 있지만 에머턴에 속해 있지는 않다.

실비아가 케이크를 식탁 위에 놓고 내가 말하기도 전에 앉는다. 사과는 다 한 모양이다. 실비아는 세상에는 사과할 수 없는 일도 있다는 사실을 알 만큼 똑똑하다.

"엘리…… 아니, 베티, 옛날 얘기를 하려고 여기 온 게 아니야. 베넷 박사 살인 사건 때문에 왔어."

"나와는 상관없는 일이야."

"우리 모두와 상관이 있어. 옆집에 댄 무어가 살지?"

나는 대꾸하지 않는다.

"그와 세시, 짐 다이어, 톰 브루넬리가 에머턴 기념병원 문을 닫으려는 비밀 조직의 주모자들이야. 그들은 병원이 엔도진 외의 항생제는 듣지 않는 전염병의 진원지라고 생각하지. 글쎄, 틀린 말은 아니지. 모든 병원이 다 그렇긴 해. 하지만 댄 쪽 사람들은 엔도진을 처방하는 모든 의사들을 응징하기로 작정했어. 엔도진에까지 내성을 갖는 박테리아가 생겨나지 않게, **자기들이** 엔도진을 필요로 하는 상황에서 효과를 보려고 말이야."

"실비아……."

그 긴 시간을 지나 그녀의 이름을 입 밖으로 소리 내어 불러보니 기분이 이상하다.

"나와는 아무 상관이 없다니까."

"상관있어. 엘리…… 아니, 베티, 우리에겐 네가 필요해. 넌 댄과 세시의 옆집에 살잖아. 그 사람들이 언제 집을 나서는지, 누가 찾아오는지, 뭔가 수상한 일을 보면 우리에게 알려줄 수 있어. 베티, 우리는 그들 같은 자경단원이 아니야. 불법적인 일은 전혀 하지 않아. 사람들을 죽이지도 다리를 폭파하지도 않고, 아픈 아이를 위해 엔도진을 구하고 싶어는 했지만 기본적으로 교육 수준이 낮은 노동자였던 노드스트럼 같은 사람들을 협박하지도……."

실비아가 말을 멈춘다. 잭과 나는 기본적으로 교육 수준이 낮은 노동자다. 내가 차갑게 말한다.

"실비아, 나는 너를 도울 수 없어."

"베티, 미안해. 그런 뜻으로 한 말이 아니었어. 생각해봐. 이건 15년 전에 일어났던 일보다 훨씬 더 중요하단 말이야! **이해 못 하겠니?**"

실비아가 테이블 너머로 나를 향해 몸을 기울였다.

"온 나라가 들썩이고 있어. 이제 겨우 시작인데, 벌써 1918년에 유행한 스페인 독감 수준으로 심각한 공중보건 재앙이 됐다고! 항생제에 내성을 가진 박테리아는 20분마다 새로운 세대를 복제해내고, 내성을 가진 유전자를 하나의 종 내에서뿐 아니라 **종간에도** 전파시킬 수 있어. 박테리아들이 이기고 있다고. 그런데도 무어 부부 같은 사람들은 이기적인 행동으로 기본적인 사회의 질서마저 무너뜨리고 있어."

고등학생 때 실비아는 토론부에 있었다. 하지만 나도, 다른 삶을 살던 그때에는 같은 부였다.

"무어 쪽 사람들이 엔도진의 사용을 막고 싶어 한다면, 그들 역시 더 많은 항생제에 내성을 가진 박테리아의 발생을 막기 위해 싸운다고 볼 수 있지 않아? 그렇다면 네가 아니라 그쪽 사람들이야말로 궁극적으로 이 나라의 공중보건을 수호하는 쪽 아니야?"

"폭탄을 터뜨리고 사람들을 위협하고 살인을 저지르면서? 베티, 난 네가 이런 일들을 허락하지 않는 사람이라는 것을 알아. 네가 그런 짓에 동의할지도 모른다고 생각했다면, 여기 와서 네게 반대편 사람들 얘길 하지도 않았을 거야. 여기 오기 전에 우리는 너에 대해 무척 자세히 알아봤어. 네가 어떤 사람인지, 지금 어떤 사람인지를 알아봤지. 너와 네 남편은 법을 지키는 사람들이지. 투표를 하고 에이즈 고아를 돕기 위해 기금을 내고, 또 너는……."

"그걸 네가 어떻게 알았어? 익명으로 기부했는데!"

"노숙자 학대에 반대하는 청원서에 서명하기도 했지. 네 남편은 폴 킨을 사기범으로 판결한 배심원단에 참여했었어. 그의 부동산업이 에머턴의 지역 경제에 엄청난 도움이 되고 있었는데도 말이야. 너는⋯⋯."

"그만둬. 너한테 날 무슨 범죄자 취급하며 조사할 권리 따윈 없어!"

하지만, 물론, 나는 범죄자였다. 한 번. 지금은 아니다. 실비아의 말은 사실이었다. 잭과 나는 법과 규칙의 힘을 믿는다. 다른 이유에서. 잭은 자기 아버지와 할아버지가 법을 믿었기 때문에 믿는다. 나는 실비아 제임스 같은 사람은 상상조차 하지 못할 위험한 사람들, 내 아이들이 결코 가까이하지 않길 바라는 악랄한 사람들을 반쯤이라도 구속할 수 있는 유일한 수단이 강제적인 규칙이라는 것을 베드포드에서 경험했기 때문에 법을 믿는다.

"베티, 우리 편이 많아. 이 마을이 올버니와 시러큐스, 최악의 상황에서 뉴욕과 같은 폭력적인 상황에 빠지지 않길 바라는 사람들이 있어."

한 달 전에 퀸즈에 있는 뉴욕 병원이 폭파되었다. 연쇄적으로 폭발하도록 설치된 시한폭탄이 병원 전체를 날려버렸다. 채 1분도 안 되는 사이에 1,700명이 죽었다.

"참여자들도 다양해. 마을 지도자들, 주부, 교사, 병원 의료진들 대부분이 참여하고 있어. 에머턴에서 일어나는 일에 신경을 쓰는 사람이라면 누구든 참여하고 있지."

"우리 집에는 잘못 왔네."

내가 대답한다. 내비치고 싶었던 것 이상으로 거친 목소리가 나온다.

"나는 에머턴에 신경 쓰지 않아."

"네게는 그럴만한 이유가 있지."

실비아가 차분하게 말을 받는다.

"그리고 내가 그 이유 중 하나라는 사실도 알고 있어. 그렇지만 엘리자베스, 나는 네가 우리를 도우리라고 생각해. 아들에 대해 틀림없이 걱정하고 있겠지…… 우리 모두, 네가 얼마나 좋은 엄마인지 보았어."

실비아는 숀의 이름을 먼저 꺼내들었다.

"실비아, 틀렸어. 숀을 보호하는 일에 넌 필요 없어. 만에 하나 걔가 널 돕게 한다면 태어나지 않는 편이 좋았으리라고 후회하게 만들어주겠어. 나는 17년 전 사건이 숀에게 아무 영향도 끼치지 않게 하려고 지독히 노력해왔어. 걘 너네 '병원 의료진들'과 어떤 식으로든 얽힐 필요가 없어. 내 아들은 이 마을에 빚진 것이 하나도 없어. 고모가 죽고 나서 그 아이를 맡으려고 나선 사람이 아무도 없어서 결국 시설로……."

실비아의 얼굴에 떠오른 표정에 나는 말을 멈춘다. 순수한 놀라움이다. 그리고 다른 무언가가 있었다.

"세상에, 몰랐어? 숀이 네게 아무 말도 안 했어?"

"무슨 말?"

나는 일어선다. 갑자기 열일곱 살로 돌아가, 꼭 그때만큼 겁에 질린다. '실비아와 엘리자베스.'

"네 아들은 우리를 돕고 있지 않아. 댄 무어와 마이크 다이어 편이야. 그들은 성인만큼 강력한 처벌을 받지 않는다는 이유로 미성년자들을 이용하지. 우리는 숀이 다리를 폭파시키는 데 동원된 아이들 중하나라고 생각하고 있어."

*

처음에는 고등학교부터 찾아본다. 숀은 학교에 없다. 조회 시간에
도 나오지 않았다고 한다. 숀의 친구인 톰이나 키스의 집에는 아무도
없다. 빌리어드 볼에도 에머턴 다이너에도 아메리칸 보울에도 없다.
거기까지 보고 나니, 더 찾아볼 곳이 떠오르지 않는다.

에머턴 같은 마을에서는 이런 일이 일어나지 않는다. 우리는 야구
시합에서 싸우고 자동차를 훔치고 할로윈에 가게 유리창을 깨고 졸업
무도회 날 밤이면 가끔 비극적인 음주 교통사고를 경험한다. 비밀스
러운 테러 집단이나 반테러 집단 같은 단체를 만들지는 않는다. 에머
턴은 그런 마을이 아니다.

내 아들은 그런 일을 할 아이가 아니다.

공장으로 차를 몰아 잭을 호출한다.

잭이 땀과 먼지로 번들거리는 얼굴로 나타난다. 기계가 덜컹이고
드릴이 날카롭게 갈린다. 잭을 직원들을 위한 벤치와 피크닉 탁자가
놓인 문밖으로 끌어낸다.

"베티! 무슨 일이야?"

"숀, 숀이 위험해."

나는 헐떡이며 말한다.

잭의 눈동자 속에서 무언가가 꿈틀거린다.

"어떤 식으로 위험한데?"

"실비아 고다드가 오늘 나를 만나러 왔어. 실비아 제임스. 숀이 다
리를 날려버린 사람들, 그러니까 에머턴 기념병원을 폐쇄시키려는 사
람들……, 베넷 박사를 죽인 사람들과 관련되어 있대."

잭이 시간을 끌며 작업용 장갑을 천천히 벗는다. 마침내 그가 고개를 들어 나를 본다.

"그 망할 년 실비아 고다드가 이 일 때문에 뭐 하러 너를 만나러 왔어? 이제야?"

"잭! 그런 생각 할 때가 아니잖아! 숀이 곤경에 처했어!"

그가 다정하게 말한다.

"베티, 음, 언젠가는 일어날 일이었어. 그렇지 않아? 키우기 어려운 아이였잖아. 숀은 너무 반항적이야. 무슨 말을 할 수가 없다고."

나는 잭을 멍하니 바라본다.

"힘들게 철이 드는 사람들도 있는 법이야."

"잭…… 심각한 일이야! 숀이 테러에 관련되어 있을지도 모른단 말야! 감옥에 갇힐지도 몰라!"

"걔한텐 무슨 말을 하려야 할 수가 없었지."

잭이 말한다. 나는 남편의 목소리에서 스스로도 깨닫지 못한 은밀한 만족감을 듣는다. 사고를 친 아이는 그의 아들이 아니다. 랜디 새틀러 박사의 아들이다.

"베티, 작업이 끝나면 나가서 숀을 찾아볼게. 그리고 집으로 데려갈게. 우선 집에 돌아가서 기다리고 있어."

잭이 다정한 얼굴로 나를 달랜다. 잭은 정말로, 찾을 수만 있다면 숀을 찾아낼 것이다. 그저 단지 나를 사랑하기 때문에.

불쑥 솟아난 그를 향한 미움이 너무나 강렬해서 나는 차마 입을 떼지 못한다.

"베티, 집에 돌아가. 괜찮을 거야. 숀은 그저 허튼 생각을 좀 떨쳐내야 할 뿐이야."

나는 돌아서서 걸어간다. 주차장으로 꺾어 들어가는 길목에서, 나는 장갑을 다시 끼며 경쾌한 발걸음으로 공장에 들어가는 잭을 바라본다.

다른 할 일이 떠오르지 않아 집으로 돌아간다. 소파에 앉아 마음속 그곳, 베드포드에서 나온 다음에는 찾지 않았던 곳으로 침잠한다. 나를 돌로 만들어 몇 시간, 몇 주, 몇 년 동안 거의 아무것도 느끼지 않고 앉아 기다릴 수 있게 만들어주었던, 회색빛의 화강암 벽으로 둘러싸인 장소를 찾아 들어가, 다시 그때의 엘리자베스가 된다. 내 아들이 어느 위탁 시설에 있을 텐데, 누가 아이를 맡아서 어쩌고 있는지도, 어떻게 해야 아이를 돌려받을 수 있는지도 몰랐던 때로 돌아간다. 나는 돌이 되기 위해 그 회색빛 장소를 찾는다.

효과가 없다.

너무 오랜 시간이 지났다. 나는 손과 너무 오래 함께 있었다. 잭이 나를 너무 안전하게 느끼게 만들었다. 화강암 돌벽 속을 더 이상 찾아갈 수 없다.

재키는 친구 집에서 자고 오기로 했다. 나는 불을 켜지 않은 채 어두운 차고 안에 차를 세운 채 앉아 있다. 손은 집에 돌아오지 않았다. 잭도 오지 않는다. 새벽 2시쯤, 어두운 색 옷을 입은 사람들이 검은 천으로 싼 커다란 짐을 들고 우리 집 뒷마당을 가로질러 댄과 세시의 집으로 조용히 들어간다.

*

잭은 아침 6시 30분에 비틀거리며 돌아온다. 혼자다. 얼굴에는 지친 기색이 완연하다.

"베티, 샅샅이 뒤졌지만 못 찾았어."

"고마워."

그가 나의 감사 인사를 받아들이며 고개를 끄덕인다. 남편은 숀이 아니라 나를 위해 이 일을 했다. 숀의 양아버지인 자신을 위해서도 아니었다. 나는 불쑥 솟아오른 분노를 가까스로 억누르고 말한다.

"가서 좀 자야겠네."

"그래."

잭이 좁은 복도를 걸어 우리 침실로 들어간다. 3분이 채 지나지 않아 코 고는 소리가 들려온다.

나는 기어를 중립으로 놓고 차를 빼낸다. 침실 창문은 차도 쪽으로 나 있다. 커튼은 흔들리지 않는다.

웨스트리버 도로에는 인적이 없다. 화물차만 몇 대 지나다닌다. 주간 고속도로에서 강을 건너 동쪽 강가를 따라 다시 내려간다. 3마일쯤 가서 농장 지대를 지나자 창밖에서 살 태우는 냄새가 밀려온다.

목장 울타리 가까이에 젖소가 있다. 차를 세우고 내린다. 홀스타인 종 열댓 마리다. 울타리 너머로 몸을 내밀고 살펴보니 머리에 구멍이 나 있다. 누군가 젖소들을 모아놓고 한 마리씩 쏘아 죽인 다음, 깔끔하게 팬 장작으로 사체들 사이에 대충 불을 질러놓았다. 불은 꺼졌다. 오래 태울 작정도 아니었던 듯했다. 그저 아직 오지 않은 관심을 끌 정도였을 것이다.

젖소가 인간들의 병에 걸린다는 얘기는 들어본 적이 없다. 왜 젖소들을 죽였을까?

나는 차에 다시 올라 에머턴 기념병원으로 간다.

마을 이편은 쥐 죽은 듯 고요하다. 뜰에는 다듬지 않은 잔디가 무성하게 자라 있다. 크고 고급스러운 어느 주택의 현관 계단에는 오래된 신문이 열두어 부 쌓여 있다. 스쿨버스를 기다리는 아이도, 출근길에 나서는 차도 없다. 병원 주차장에 세워진 차들 사이에는 텅 빈 금들이 널찍하게 그어져 있다. 마지막 순간에 나는 주차장을 돌아 나가 누군가의 집 앞 텅 빈 도로, 나무 덤불 아래에 차를 세운다.

안내 데스크에는 아무도 없다. 선물 가게는 문을 닫았다. 가운을 입고 마스크를 쓴 사람 둘이 지나가지만, 로비 벽에 붙은 안내문을 읽고 있는 나에게는 말을 걸지 않는다. 병리과장, 랜돌프 새틀러 박사. 동쪽 병동 3층. 엘리베이터는 텅 비어 있다.

엘리베이터가 2층에서 멈춘다. 문이 열리자 작업복을 입고 긴 장화를 신은 중년 남자가 서 있다. 울고 있었는지 퉁퉁 부은 눈이 벌겋다. 엘리베이터 맞은편의 코팅된 창문에 왔다 갔다 하는 그의 뒷모습이 비친다. 어디선가 외침 소리가 들린다.

"간호사, 세상에, 간호사, 오, 하느님……."

복도에 이송용 침대가 놓여 있다. 침대 위에 누운 몸은 목까지 얇은 천으로 덮여 있다. 작업복을 입은 남자가 나를 쳐다보더니, 마치 악마를 쫓듯이 양손을 들어 엘리베이터를 물린다. 그가 뒤로 물러선다. 문이 닫힌다.

나는 엘리베이터 벽면의 손잡이를 움켜쥔다.

3층은 텅 비어 있는 것 같다. 복도를 따라 밝은 화살표가 빛난다. '병리과'와 '연구실'은 노란색, '호흡기내과'는 녹색, '진료지원'은 빨간색 화살표다. 나는 노란색 화살표를 따라간다.

대기실 앞에서 화살표가 끝난다. 대기실 바닥에는 의자와 잡지들이

나뒹굴고 있다. 대기실에 가까운 짧은 복도 끝에 세 개의 문이 닫혀 있다.

나는 가장 멀리 있는 문부터 골라 두드린다. 노크 소리 외엔 아무 소리도 나지 않는다. 잠시 후, 두 번째 문을 두드린다. 사람 목소리가 답한다.

"누구요?"

나는 닫힌 문 너머로도 그 목소리를 알아듣는다. 17년이 지난 지금 도. 내가 고함을 친다.

"경찰입니다! 문 열어요!"

그가 문을 연다. 틈이 생기자마자, 나는 거세게 밀어붙여 연구실 안 으로 들어간다.

"엘리자베스?"

나이가 들고 살이 붙었지만, 그는 여전하다. 짙은 머리칼과 파란 눈 동자…… 내가 매일 저녁마다 마주보는 바로 그 얼굴이다. 축구 시합, 학교 연극, 유아용 놀이터에서 보아온 그 얼굴이다. 새틀러 박사는 나 를 보고 내 예상보다 더 큰 충격을 받은 것 같다. 얼굴이 창백하고 이 마에는 땀이 맺혀 있다.

"랜디, 안녕."

"엘리자베스, 여기 들어오면 안 돼. 나가야 해……."

"세균 때문에? 그런 데 내가 신경 쓸 것 같아? 어쨌든 여긴 병원이 잖아, 안 그래? 엔도진이 있는 곳이잖아. 여긴 안전해. 지금 누가 병원 을 폭파시키기라도 하지 않는 한 말이야."

그가 등 뒤로 문손잡이를 움켜쥐고 있는 내 왼손을 보았다가, 오른 손에 들린 권총으로 시선을 옮긴다. 17년 된 스미스&웨슨이다. 지난

316

5년 동안은 닦거나 기름칠하지 않고 고모의 창고 밑에 숨겨두었었지만, 여전히 총알은 나간다.

"랜디, 널 쏠 생각은 없어. 네가 살든 죽든 아무 상관 없어. 하지만 당신은 날 도와야 해. 지금 내 아들을 찾고 있는데……."

당신 아들이지.

"……실비아 고다드 말로는 다리를 폭파시킨 일당들과 관련되어 있다고 해. 아마 정신이 나갈 만큼 겁먹어서 그 사람들과 어딘가에 숨어 있을 거야. 당신은 이 마을 사람들을, 힘 있는 사람들을 모두 알고 있잖아. 거기 그 전화를 써서 당장 손을 찾아내."

"그러지 않아도 전화는 할 거요."

랜디가 말한다. 이제 그는 내가 기억하는 모습대로다. 성급하고 고압적인 태도. 완전히 똑같지는 않다. 전과 달리 창백한 얼굴에는 여전히 땀이 맺혀 있다.

"엘리자베스, 그 멍청한 물건 치우시오."

"싫어."

"하, 대체……."

그는 내게서 등을 돌리고 전화기 버튼을 두드린다.

"캠, 랜디 새틀러요. 혹시…… 아니, 그 일 때문이 아니오. 아니, 아직이오."

캐머런 위트. 시장. 그의 아들은 에머턴의 다섯 경찰관 중 한 명이다.

"부탁이 있소. 실종된 아이가 한 명 있는데…… 캠, 나도 알아. 일이 지연되면 얼마나 치명적인지 **나한테** 강의할 필요는 없소…… 하지만 이 아이에 대해서는 알지도 모르오. 손 베이커 말이오."

"펄래스키. 숀 펄래스키야."

그는 아이의 성조차 모른다.

"숀 펄래스키. 그래, 그 애…… 알았소. 나한테 다시 연락…… 말했잖소, **아직이라니까.**"

그가 전화를 끊는다.

"캠이 찾아보고 다시 전화할 거요. 엘리자베스, 이제 그 총 좀 치우면 안 되겠소?"

"아직 아무것도 고맙다고 말하지 않았잖아."

말이 절로 나왔다. 젠장, 젠장, 젠장.

"캠에게, 아니면 날 쏘지 않아준 당신에게?"

그가 차분하게 말한다. 그 차분한 말투로, 나는 마침내 그가 얼마나 화가 났는지 알아차린다. 랜디 새틀러 박사에게 총구를 들이밀고 명령하는 사람은 없다. 마음 한구석으로 나는 왜 그가 경비원을 부르지 않는지 의아해한다.

"알았어. 내가 병원에 들어왔으니, 만약을 대비해 엔도진을 놓아줘."

그는 변함없이 차분하고 분노 어린 시선으로 나를 계속 노려본다.

"엘리자베스, 너무 늦었소."

"너무 늦었다니 무슨 말이야? 엔도진이 없다는 거야?"

"물론 있소."

그가 갑자기 비틀거리더니, 한 손으로 유리그릇과 서류들로 뒤덮인 탁자를 짚는다.

"랜디, 당신, 아프구나."

"그래, 엔도진으로는 낫지 않는 병이지. 엘리자베스, 대체 왜 전화를 하지 않았소? 그냥 전화만 했어도 숀을 찾아줬을 거요."

"아, 그래. 아이를 키우는 데 관심을 갖고 도와줬던 것처럼 말이지."

"당신이 부탁하지 않았잖소."

나는 그의 말이 진심임을 깨닫는다. 그는 정말로 아들과 연락이 완전히 끊긴 것이 내 탓이라고 생각한다. 랜디는 부탁받은 만큼만 내어주는 사람인 것이다. 그는 마치 신처럼, 사람들이 그의 도움을 간절히 청하며 기도할 때까지 기다렸다가 은혜를 내려준다. 물론, 그의 마음에 들 때에만.

"당신 마누라가 키운 아이들이 정말 끔찍한 꼴로 자랐으리라는 데 뭐든 걸 수 있겠는데."

그의 얼굴로 벌겋게 피가 몰린다. 내 짐작이 맞았다. 푸른 눈동자가 음침해지자, 그는 폭발하기 직전의 잭처럼 보인다. 그러나 랜디는 잭이 아니다. 랜디 같은 사람에게 폭발은 너무 깔끔하다. 대신 그는 말한다.

"여기 온 것은 바보 같은 짓이었소. 뉴스 안 봤소?"

안 봤다.

"질병관리본부는 바로 어젯밤에, 의사들이 지난 몇 주 동안 목격한 사실을 공표했소. 유독한 황색포도구균 변종이 장구균의 엔도진 내성 플라스미드와 결합했소."

그가 숨을 고르기 위해 말을 멈춘다.

"그리고 폐렴구균에도 같은 일이 일어났을지 모르오."

"무슨 뜻이야?"

"무슨 뜻이냐 하면, 이 멍청한 여자야, 이제 그 어떤 약으로도 고칠 수 없는 전염성 높은 질병이 생겨났다는 말이야. 어떤 항생제도, 심지어 엔도진조차 듣지 않소. 이 균은 모든 약에 내성을 가지지. 어디에서

나 생존 가능하다고.”

나는 총을 내린다. 텅 빈 주차장. 호출하지 않은 경비원. 엘리베이터에 타지 않으려던 남자. 그리고 랜디의 얼굴.

“당신이 걸린 병이 바로 그거구나.”

“우리 모두 걸렸소. 병원에 있는 사람들…… 모두 다. 이곳에 억지로 들어오면서 당신도 아마 감염됐겠지.”

“당신, 죽는구나.”

내가 말한다. 반쯤은 희망 섞인 말이었다.

그가 **미소 짓는다.**

그는 흰색 가운을 입고 서 있다. 몸을 제대로 곧추세우지도 못하는 채 비 오듯 땀을 흘리며, 임신하자 차버렸던 옛 여자의 총에 거의 맞을 뻔했으면서 웃고 있다. 파란 눈이 번득인다. 독서를 즐겼던 옛날에 어느 책에서 보았던 그림 같은 광경이다. 고등학교 세계사 교과서였다는 사실을 떠올리는 데 잠시 시간이 걸린다. 무슨 장군의 초상화였다.

“누구나 언젠가는 죽소. 하지만 지금 당장 내가 죽어서는 안 돼지. 최소한…… 나는 그러길 바라오.”

그가 자연스레 내 쪽으로 걸어온다. 내가 흠칫 물러선다. 그가 다시 미소를 짓는다.

“엘리자베스, 당신을 일부러 감염시킬 생각은 없소. 나는 **의사**요. 그저 총을 원할 뿐이오.”

“싫어.”

“마음대로 하시오. 14세기의 림프절 페스트에 대해 얼마나 아시오?”

“전혀 몰라.”

사실은 알면서도, 나는 그렇게 답한다. 어째서 나는 랜디 앞에선 늘 평상시보다 더 멍청하게 행동할까?

"그러면 이 포도구균 변종이 최소한 그 정도로 신속하고 치명적으로 전파된다고……."

그가 다시 말을 멈추고 숨을 헐떡인다.

"당신에게 말해봐야 소용없겠군. 이 균은 어디에서나 번식하오. 문 손잡이에까지."

"당신 대체 왜 **웃고 있어?**"

알렉산더. 초상화 속 장군의 이름이었다. 알렉산더대왕.

"왜냐하면 내가…… 질병관리본부가…… 발견해낸 국가전담팀에 참여했는데……."

그의 얼굴이 달라진다. 더 창백해진다. 그가 바닥에 몸을 웅크린다.

나는 그를 붙잡고 그의 얼굴을 돌려 이마를 짚는다. 뜨겁다. 문으로 달려간다.

"간호사! 의사! 여기 의사가 아파요!"

아무도 오지 않는다.

복도를 달려 내려간다. 호흡기내과에는 아무도 없다. 진료지원도 마찬가지다. 엘리베이터 버튼을 두드렸다가, 엘리베이터가 오기 전에 랜디에게로 도로 달려간다.

나는 바닥에 웅크린 랜디를 내려다보며 애써 숨을 고른다.

이런 순간을 수년 동안 꿈꾸어왔다. 자나 깨나, 에머턴에서나 베드 포드 힐에서나 잭의 품 안에서나 늘 생각해왔다. 우스꽝스러운 멜로 드라마 같은 버전들을 수없이 떠올렸다. 지금 여기, 랜디는 힘없이 애 원하고 있고, 그를 내려다보고 선 건강한 나는 그를 죽게 내버려두고 마음대로 떠날 수도 있었다. 내 마음대로.

수건을 차가운 물에 적셔 그의 이마에 올렸다가, 연구실 구석에 놓인 냉장고에서 얼음을 찾아내 수건을 대신한다. 그는 낡은 기계처럼 씨근거리며 나를 지켜본다.

"엘리자베스, 탁자 위…… 상자에 든…… 주사기를…… 가져와."

내가 주사기를 가져온다.

"랜디, 누굴 데려올까? 어디에서?"

"아니, 보기만큼…… 심각하진…… 않아. 아직은. 그저 초기의…… 호흡곤란이야."

그가 주사기를 든다.

"그 안에 약이 들어 있어? 이 새로운 병에는 엔도진도 듣지 않는다고 했잖아."

그의 안색이 조금 돌아온다.

"약이 아니야. 그리고 내가 아니라, 당신 말이야."

그가 나를 차분히 응시한다. 나는 랜디가 애원하지도, 무력함을 고백하지도 않으리란 사실을 깨닫는다. 그는 자신을 무력한 존재라고 단 한 순간도 생각하지 않으리란 것도.

그가 주사기를 든 손을 다시 바닥으로 떨어뜨린다.

"엘리자베스, 잘 들어. 당신은…… 아마 거의 틀림없이……."

멀리 어딘가에서 사이렌이 들려온다. 랜디는 무시한다. 다시 땀을 흘리면서도, 갑자기 그의 목소리가 훨씬 분명해진다. 두 눈이 열로 타오르듯 빛난다. 혹은 열 아닌 다른 무엇인가로.

"어떤 항생제를 써도 이 세균에는 효과가 없었어. 우리 팀에서 이 균을 배양해 온갖 방법으로 실험해보기도 했지만, 세팔로스포린, 아미

노글리코사이드, 반코마이신, 심지어 엔도진도……. 이제 곧 그람양성 균 패혈성 쇼크가……."

그의 눈이 흐려졌다가, 잠시 후 다시 초점이 돌아온다.

"우리는 역습 가능한 부분을 빠짐없이 공략했어. 세포벽, 박테리아 리보솜, 엽산 작용경로 등. 병원균들은 계속 대항해서 진화해. 베타 락 타메이즈처럼."

나는 그의 말을 이해하지 못한다. 혼잣말만으로도, 그는 나를 다시 멍청해진 듯한 기분에 사로잡히게 한다. 나는 내가 확실히 아는 것에 대해 묻는다.

"사람들이 소를 죽인 이유는 뭐야? 소도 감염돼?"

그가 집중한다.

"소? 아니, 소는 괜찮소. 낙농업자들은 육류와 우유 생산량을 높이 기 위해 어마어마한 양의 항생제를 사용하지. 농·축산업 부문에 엔 도진을 사용해서 저항력 상승률이 1,000퍼센트 이상 높아졌소. ……엘 리자베스, 그건 아무 상관이 없다고! 단 3분 만이라도 내가 하는 말에 집중할 수 없소?"

나는 일어서서, 바닥에 누워 떨고 있는 그를 내려다본다. 그는 내가 일어선 줄도 모르고 계속해서 설명을 늘어놓는다.

"하지만 항생 물질은 본래 인간에 의해 발명된 것이 아니지. 병원균 들이 알아서…… 서로를 공격하기 위해…… 인류가 나타나기 전부터 2억여 년에 걸쳐 진화해왔소…… 우리는…… 지금 어디 가는 거요?"

"집에. 랜디, 잘살아봐."

그가 차분히 대꾸한다.

"아마 그렇겠지. 하지만 지금…… 여길 나간다면, 당신은 아마 죽을 거야. 당신 남편과 아이들도 마찬가지지."

"왜? 지긋지긋한 강의는 때려치우고 이유를 말해!"

"왜냐하면, 당신은 이미 전염병균에 감염되었고, 그 병균에는 아무런 항생제가 없지만 그 균을 공격할 다른 박테리아는 **존재하기** 때문이지."

나는 그의 손에 들린 주사기를 본다.

"트로이 목마 플라스미드야. 그게 뭐냐면…… 상관없겠지. 당신 혈액 속을 흐르는 병원균에 침투해 치사유전자를 주입시키는 거지. 전염병균을 죽이는 유전자가 들어 있어. 경이적인 발견이지. 하지만 거기까지 치사유전자를 삽입하려면 박테리아 전체를 주입할 수밖에 없소."

갑자기 다리가 풀린다. 랜디는 바닥에 누운 채로 나를 쳐다본다. 그의 안색이 더 나빠진다. 그가 다시 숨을 헐떡이기 시작한다.

"아니, 엘리자베스, 아직은 괜찮소. 그러나 곧 통증이 시작될 거요."

"병균 때문에, 아니면 치료균 때문에?"

"둘 다."

"나를 더 고통스럽게 하고 싶다는 말이지? 두 가지 박테리아를 내 몸에 집어넣어, 그 둘이 서로를 죽이기를 바라면서 말이야."

"바라는 게 아니오. 나는 **알고 있어.** 실제로 전자현미경으로…… 보았……."

그가 눈을 굴려 초점을 맞춘다.

"시간이 있었다면…… 치사 플라스미드만 전위유전자에 담을 수 있었겠지만…… 시간이…… 박테리아를 통째로 집어넣어야 해."

그의 목소리가 갑자기 또렷해진다.

"질병관리본부에서 연구하고 있지. 하지만 전자현미경 사진으로 실제로 이 효과를 잡아낸 사람은 바로 나야!"

나는 나도 모르게 말한다.

"잘난 척 그만하고 주사기나 내놔. 죽기 전에."

랜디에게 다가가, 양팔로 그의 몸을 들어 올려 탁자 다리에 기댄 자세로 앉힌다. 온몸이 불덩이 같다. 그러나 내 팔꿈치 안쪽에 주사를 놓는 그의 손은 어째서인지 떨리지 않는다. 주사기 눈금이 줄어들며 병균이 내게 흘러들어 오는 사이에 그에게 묻는다.

"랜디, 날 진심으로 원한 적은 없었지? 손이 생기기 전에도?"

"그래, 솔직히 말하면."

그가 주사기를 떨어뜨린다. 내가 팔을 구부린다.

"넌 나쁜 자식이야. 자기 자신과 일 생각밖에 안 하지."

그가 예전과 다름없는 차가운 미소를 짓는다.

"그래서 뭐? 내 일이야말로 가치 있는 것이야. 당신은 상상도 못할 만큼 거대한 차원에서 의미가 있다고. 엘리자베스, 당신은 늘 연약하고 감상적이었지. 이제 집으로 돌아가."

"**집으로?** 네 말로는……."

"당신이 모두를 감염시킬 거라고 했지. 그래. 그리고 전염병균을 공격하는 박테리아도 함께 옮겨지거든. 비교적 가볍게 앓기만 할 거요. 제너…… 천연두……."

"내가 변종 병원균에도 감염되어 있다고 했잖아!"

"거의 확실히…… 그래…… 어쨌든 머지않아 모두들 감염돼. 뉴욕 주 한 곳에서만 사망자가…… 오늘 아침…… 백만 명을 넘었어. 전체 인구의 6…… 6.5퍼센트…… 정말…… 강 건너편에 숨어서 살고……"

있으리……라고 생각했소?"

"랜디!"

"집으로…… 가."

나는 그의 가운을 벗겨 돌돌 말아 그의 머리를 받친다. 냉장고에서 얼음을 더 꺼내 오고, 그에게 물을 먹이려 애쓴다.

"집……으로 가. 모두에게 키스해."

랜디가 보일 듯 말 듯한 미소를 짓더니, 이내 고열에 사로잡혀 경련하기 시작한다. 눈이 감긴다.

나는 일어선다. 집으로 가야 할까? 아니면 계속 머무를까? 병원 안에서 그를 보살펴줄 사람을 찾아낸다면…….

전화가 울린다. 수화기를 낚아채 든다.

"여보세요, 여보세요?"

"랜디? 실례합니다, 새틀러 박사와 통화할 수 있겠소? 나는 캐머런 위트요."

나는 사무적인 어조를 흉내 낸다.

"새틀러 박사님께서는 지금 전화를 받으실 수 없습니다. 그러나 만약 숀 펄래스키의 일로 연락을 주셨다면, 박사님께서 제게 메시지를 대신 받아놓으라고 말씀하셨습니다."

"그래도…… 흠, 뭐, 괜찮겠지. 랜디에게 펄래스키 녀석이 리처드와 실비아 제임스 부부와 함께 있다고 전하시오. 들으면 알 거요."

전화가 끊긴다.

나는 수화기를 제자리에 내려놓고 바닥에서 헐떡이고 있는 랜디를 응시한다. 그의 얼굴은 자기가 얽혀든 일이 살인이라는 사실을 깨달은 순간의 숀의 얼굴처럼 납빛이다. 아니, 그런 색은 아니다. 숀은 겁에 질렸었지만, 랜디는 그저 아플 뿐이다.

내 일이야말로 가치 있는 것이야.

숀은 실비아에게 가야 한다는 것을 어떻게 알았을까? 세시로부터 반대편이 누구인지 들었다 하더라도, 그중에 나나 잭이 그를 지켜줄 수 없을 때 자신을 보호해줄 만한 사람이 누구인지 어떻게 알았을까? '실비아와 엘리자베스.' 내가 아들에게 닿지 않게 하려 그토록 애썼던 과거에 대해 숀은 실제로 얼마나 알고 있었을까?

엘리베이터로 간다. 버튼을 막 누르려는 순간 첫 번째 폭발로 병원이 흔들린다.

서쪽 병동이다. 엘리베이터 홀 맞은편 창문을 통해 반대쪽 건물의 유리창이 밖으로 산산이 깨어져 나오는 광경이 보인다. 유리창이 있던 자리에서 검고 탁한 연기가 짙게 피어오른다. 경보음이 귀를 찢을 듯이 울리기 시작한다.

엘리베이터를 타지 마세요. 초등학교 소방 대피 훈련에서 배웠던 주의 사항이 떠오른다. 나는 복도를 달려 비상계단으로 간다. 그들이 계단에 폭탄을 설치했으면 어떻게 하지? 아니, 누군가가 계단에 폭탄을 설치했다면 어떻게 하지? **검은 천으로 싼 커다란 짐을 들고 우리 집 뒷마당을 가로질러 댄과 세시의 집으로 조용히 들어가던, 어두운 색 옷을 입은 사람들.**

비상계단으로 향하는 문 옆에 난 창문을 통해 마지막으로 밖을 살핀다. 사람들이 병원에서 뛰어나온다. 수는 많지 않지만, 시야에 들어오는 사람들은 모두 간이침대를 밀고 있다. 한 간호사가 휘청거리며 건물 밖으로 나온다. 양팔에 어린아이를 안고, 한 아이는 엉덩이에 매달듯이 업고 있다.

그들은 다음 폭탄을 터뜨리기 전에 사람들에게 탈출할 시간을 준다.

비상구를 닫는다. 경보음이 공기를 가른다. 나는 병리과로 되돌아가 무거운 문을 몸으로 밀어 연다.

랜디가 땀투성이인 몸을 경련하며 바닥에 누워 있다. 그가 입술을 달싹이지만, 큰 소리로 투덜거린다 해도 경보음에 묻혀 들리지 않을 것이다. 그의 팔을 잡아끈다. 그는 저항하지도 협조하지도 않으며 마치 커다란 소의 사체처럼 누워 있다.

병리과에는 간이침대가 없다. 나는 그의 뺨을 때리며 "랜디, 랜디, 일어나!"라고 고함을 지른다. 이런 순간에도, 이런 곳에서도, 나는 그를 때리면서 마음 한구석으로 쾌감을 느낀다.

그가 눈을 뜬다. 나를 순간적으로 알아보는 것 같다. 그 순간이 지나갔다가, 다시 돌아온다. 랜디가 일어서려고 한다. 나는 그를 어깨로 받쳐 들듯이 부축하여 들어 올린다. 잭이었다면 절대 내 힘으로 들어 올리지 못했겠지만, 랜디는 훨씬 말랐고 나는 무척 강하다.

그래도 그를 업고 계단을 3층이나 내려갈 수는 없다. 나는 그를 계단 맨 위에 엉덩이를 댄 자세로 앉힌 다음 민다. 그가 엉덩방아를 찧고 양팔을 휘두르며 한 층을 내려간다. 그가 나를 노려본다.

"젠장……제발 좀…… 재닛!"

그의 아내의 이름이다. 나는 그의 외마디 외침을 통해 그의 결혼 생활을 상상하지 않는다. 그를 다시 밀어보지만, 랜디는 난간을 붙잡고 떨어지지 않으려 한다. 랜디가 울부짖더니 다시 앉은 자세로 돌아간다(대체 그가 어떻게 해냈는지 나는 영원히 알지 못하리라). 나는 랜디의 옆에 앉아 허리를 감싸 안고 끌어당긴다. 우리는 엉덩이를 층계에 대고 마치 두 살짜리 아기들처럼 계단을 한 칸씩 함께 내려간다.

매 순간 나는 계단이 날아가리라 생각한다. 저녁 식탁 앞에 앉은 숀의 납빛 얼굴. **씨발 놈의 자경단원들이 우릴 끝장낼 거야.**

계단은 폭발하지 않는다. 1층 비상구를 나서자, 차도도 주차장도 아닌 방향의 인도가 나온다. 병원 건물을 나서자마자 랜디는 정신을 잃는다. 나는 그의 겨드랑이 밑을 움켜쥔다. 계단에서 그랬어야 했다. 잔디밭 위로, 그를 병원에서 가능한 한 멀리까지 끌어낸다. 흘러내린 땀과 머리카락이 눈을 덮어 시야가 계속 흐려진다. 우리 쪽으로 달려오는 사람이 희미하게 보인다.

"새틀러 선생님! 세상에!"

남자, 덩치 큰 남자다. 그가 랜디를 붙들어 나보다 훨씬 간단히 들쳐 업는다. 내 쪽은 쳐다보지도 않는다. 나는 그들 뒤에 머물러 있다가 병원을 멀리 돌아 달린다.

차는 건너편의 방치된 차도에 그대로 서 있다. 소음에 소방차의 사이렌 소리가 더해진다. 소방차가 지나간 다음 차를 빼낸다. 엑셀을 밟는 순간 두 번째 폭탄이 동쪽 병동을 폭파시킨다. 끝없이 울리고 울리고 울리는 소음만큼이나 크고 날카로운 잔해들이 허공 가득 날린다.

*

이스트리버 도로를 3마일 정도 달렸을 때 증상이 불쑥 찾아온다. 한꺼번에. 차를 갓길에 세운다. 오한이 멎지 않는다. 트럭 몇 대가 스쳐지나가지만 아무도 멈춰 서지 않는다. 20분 뒤에 나는 다시 시동을 건다. 내 평생 그와 같은 20분은 베드포드에서조차 겪어본 적이 없다. 오한이 멎을 즈음, 나는 두 번 다시 그런 경험을 하지 않기를 기도한다.

시동을 걸자마자 라디오를 켠다.

……뉴욕 시의 또 다른 병원과 맨해튼 중심부에 위치한 세인트클레어 병원에서 폭탄 테러가 일어났습니다. 현장을 포위한 경찰들은 인력의 부족으로 인해 토머스 플래내건 시장이 요구한 수준의 보호 조치는 불가능하다고 밝혔습니다. 어떤 단체도 근처의 상가들과 최소한 한 채의 아파트로 번진 화재를 야기한 이 테러의 주체로 나서지 않고 있습니다.

어젯밤에 질병관리본부가 엔도진에 내성을 가진 전염병균이 널리 퍼지고 있음을 인정하고, 이에 대항하는 박테리아를 전국 25개 대도시에서 동시에 긴급히 살포한다고 공표한 이래, 애틀랜타로 신뢰할 만한 기사를 송고하는 모든 도시에서 폭력 사태가 악화되고 있습니다. 이 과감한 대응책을 시행에 옮긴, 병리학자와 과학자들로 구성된 정부팀 대변인이 그 사용에 관해 추가적인 지침을 내놓았습니다. 대변인은 자신을 포함하여 어떤 팀원의 신원도 밝히기를 거부했습니다. 만약의 경우에 따를 보복에 대한 두려움을…….

전파 장애음. 날카로운 잡음이 아나운서의 목소리를 대신한다.
나는 다른 뉴스 방송을 찾아 신중하게 다이얼을 돌린다.

*

에머턴 서부에 도착하자, 길이 텅 비어 있다. 모두들 집 안으로 숨었다. 병원 주변의 동네와 같은 분위기다. 아직 몸은 아프지 않다.
집으로 곧장 향하는 대신, 나는 푸드마트로 가는 텅 빈 도로를 달린다.

주차장은 다른 곳들처럼 한산하지만, 돌로 누른 바구니는 여전히 자리를 지키고 있다. 이제 돌은 편지 더미를 누르고 있다. 가장 위에 놓인 봉투에 검은색 매직 마커로 '베넷 박사님께'라고 쓰여 있다. 반쯤 묻힌 와인병에는 누군가의 정원에서 꺾어 온 듯한 신선한 국화꽃 다발이 담겨 있다. 그 주변에는 30센티미터 정도 크기의 미국 국기가 바닥에 꽂혀 있고, 그 옆의 스티로폼 받침 위에는 흰 양초가 올려져 있다. 돌 십자가, 천사 옷을 입힌 바비 인형도 있다. 가죽 장정을 입힌 『예언서』가 비닐로 싸여 있다. 반反NRA* 스티커 다섯 개, 조개껍질 무더기, 목걸이 같은 금줄에 걸린 낡은 평화 상징도 있다. 평화 상징은 나보다도 오래된 것 같다.

집에 들어가보니 잭은 여전히 잠들어 있다.

나는 몇 시간 전에 랜디 새틀러를 내려다보았듯이 남편 옆에 서서 그를 내려다본다. 그가 궂은 겨울날에도 에머턴에서 먼 길을 달려 감옥에 있던 나를 매주 찾아오던 때를 생각한다. 면회실의 두툼한 유리창 건너편에서 기름때가 낀 두 손을 무릎 위에 얹은 채 나를 보며 미소 짓던 그, 서로 아무런 할 말이 떠오르지 않을 때조차 웃음을 거두지 않던 그를 생각한다. 재키가 태어났을 때 분만실에서 내 손을 움켜잡던 그를, 재키를 처음 안아 들었을 때 그의 얼굴에 떠올랐던 표정을 생각한다. 그리고 손이 사라졌다는 말을 들은 순간 그의 얼굴에 떠올랐던 표정, 그 비열하고 은밀한 '내 아이가 아니다'라는 만족스러운 얼굴을 생각한다. 내 몸 안에서 전쟁을 준비하는 두 박테리아에 대해 생

* 미국총기협회.

각한다.

나는 몸을 숙여 잭의 입술에 진하게 키스한다.

그가 잠에서 반쯤 깨어 뒤척이더니 내게 손을 뻗는다. 그를 가볍게 밀어내고 욕실로 가 남편의 칫솔을 쓰고, 헹구지 않는다. 돌아와보니 잭은 다시 잠들어 있다.

재키의 학교로 가서 딸을 데리고 나온다. 우리는 함께 실비아 고다드, 즉 실비아 제임스의 집으로 가서 숀을 데려올 것이다. 나는 실비아를 만나 악수를 하고, 실비아의 뺨에 입을 맞추고, 손이 닿는 것이라면 무엇이든 만질 것이다. 아이들을 집에 안전하게 데려다 놓고 나면, 세시에게 가서, 생각해봤는데 우리를 위협하는 항생제 과용을 막기 위한 싸움에 힘을 보태고 싶다고 말할 것이다. 세시와 그곳에 있는 다른 모든 사람들을 만지고, 실비아나 세시가 나에게 소개하는 모든 사람들과 손을 맞잡을 것이다. 내가 너무 아파서 더 이상 그럴 수 없을 때까지. 그만큼 아파진다면. 랜디는 내가 그가 겪었던 정도만큼 앓지는 않으리라고 했다. 물론, 랜디는 내게 거짓말을 했었다. 하지만 지금 이 일에 관해서만은 그를 믿어야 한다.

내게는 선택의 여지가 없다. 아직은.

*

한 달 후, 나는 언론에서 '재가공된 원핵생물'이라고 부르는 대항 박테리아를 더 가져오기 위해 올버니로 가고 있다. 언론에서는 그것을 세균이라고 부르지 않으려고 주의를 기울이고 있다.

이제 나는 매 시간 뉴스를 듣는다. 잭은 좋아하지 않는다. 잭은 내가 하고 있는 다른 모든 일들도 좋아하지 않는다. 나는 부지런히 읽고 공부했으며 원핵생물, 베타 락타메이즈, 플라스미드가 무엇인지 알게 되었다. 박테리아가 생존하기 위해 어떻게 싸우는지도 안다. 박테리아는 경쟁을 통해 무엇이든 이겨내며 진화해 다음 세대를 만들어낸다. 박테리아에게 유의미한 일은 그 하나뿐이다. 그들과 같은 부류를 통한 생존.

"**내 일**이야말로 가치 있는 것이야"라는 랜디 새틀러의 말도 꼭 그런 뜻이었다. 그와 같은 부류를 통한 승리. 세시가 믿는 것도 같다. 그리고 잭도.

우리는 재가공된 원핵생물을 차와 트럭으로 구성된 호송대에 실어 날라 온다. 다른 도시에서는 충돌이 있었기 때문이다. 이해하지 못하는 사람들, 이해하지 않으려는 사람들이 있다. 우리 가족보다 훨씬 더 많이 아팠던 사람들이 있다. 질병관리본부가 전염병 자체는 진정되기 시작했다고 발표했지만, 폭력은 끝나지 않았다.

일찍 도착했다. 호송대는 아직 구성되지 않았다. 우리는 매번 마을 내 다른 장소에서 출발한다. 이번에는 아메리칸 보울 뒤에서 모인다. 숀은 이미 실비아와 함께 기점에 도착해 있다. 나는 잠깐 차를 돌려, 마지막으로 푸드마트로 향한다.

죽은 이에게 쓴 편지도 바구니도 사라졌다. 국기와 평화 상징도 사라졌다. 십자가는 남아 있지만 반으로 조각나 있다. 와인병에 마지막으로 담겼던 꽃다발도 반쯤 시들었다. 바비 인형의 드레스는 비로 얼룩졌고, 긴 금발은 헝클어져 있다. 누군가 반NRA 스티커를 벗겨냈다. 스티로폼 받침 위의 양초와 조개껍질 무더기는 그대로 남아 있다.

우리는 박테리아가 아니다. 우리에게는 생존 이상으로 가치 있는 일이 있다. 또는 있어야 한다. 아무리 발버둥 쳐도 벗어날 수 없는 개인적인 과거. 불안한 선택으로 구성된 개인적인 현재. 개인적인 미래. 그리고 모두의 미래.

주머니를 뒤적인다. 열쇠, 머니클립, 립스틱, 티슈, 소파 뒤를 청소하다 발견해 주머니에 집어넣었던 것 같은 파란 구슬밖에 없다. 재키는 구슬을 좋아한다.

나는 구슬을 양초 옆에 놓고 권총의 탄창을 확인한 다음, 도시로 향할 호송대에 합류하기 위해 차를 달린다.

과학소설계는 분류에 심취해 있다. 예를 들어, 이 소설은 '하드 SF'라는 장르에 속한다. 하드 SF란 잘 알려진 과학적 지식을 대개 (불가피한 것은 아니지만) 근미래 배경에서 사실적으로 외삽外揷한다. 이런 소설에는 위험이 내재해 있다. 10년 후 「진화」는 사실이 되거나 폐물이 되어버릴 것이다.

「진화」는 내가 이 글을 쓰고 있는 바로 지금 항생제에 내성을 가진 박테리아의 등장에 대한 전 세계의 우려에 기반해 있다. 결핵이나 포도구균 감염병을 비롯한 여러 질병들은 이미 최후 수단인 반코마이신 이외의 항생제에는 내성을 갖고 있다. 장구균 같은 박테리아는 반코마이신에도 내성을 띤다고 한다. 제약회사들은 더 많은 이윤을 얻을 수 있는 다른 연구에 힘을 쏟느라 새로운 항생제를 거의 개발하지 않고 있다.

이런 상황은 두 가지 흐름으로 이어질 수 있다. 박테리아가 유전적으로 본래 그렇듯 내성을 더 강화하고, 결핵이나 포도구균 감염병처럼 현대 의학으로 억제되었다고 생각했던 전염병이 다시 퍼질지도 모른다. 병원은 이런 슈퍼 질병이 번성하는 비옥한 토양이 될 것이다. 19세기에 그랬듯이, 사람들이 죽으러 가는 곳이 될지도 모른다. 사람들은 감염되기 전에 입원하고, 감염된 후에 퇴원할지도 모른다.

혹은, 의학계가 항생제 내성을 해결할 새로운 길을 찾을 수도 있다. 이미 예일대학에서는 대장균의 항생제 민감성을 강화하는 합성 유전자를 개발하고 있다고 한다. 이런 연구들이 재난의 발생을 미리 막을 수도 있다.

어떻게 되든지 간에, 이 소설은 더 이상 미래에 대한 예측이 아니다. 그래도 '하드 SF'라고 할 수 있을까? 그 답은 분류하는 사람들에게 맡기자.

인생은 짧고 예술은 길다
Ars Longa

Nancy Kress

월트를 처음 봤을 때부터 대성할 재목인 줄 알았어요. 아, 물론 유명인이나 이제 막 뜨기 시작한 사람들을 보면 누구나 그럴 줄 알았다고들 하죠. 하지만 제 경우에는 100퍼센트 진실이에요. 다 해어진 셔츠에 물려받은 운동화를 신은 착실해 보이는 사내아이를 본 순간, 전 알았어요. 몰랐다면 이런 말 안 하겠죠. 전 퇴직할 때까지 52년 동안이나 마르셀린 마을 주민들의 귀중한 자녀를 맡아왔다고요. 제일연합교회의 신실한 신도이기도 하고요. 마르셀린 사람 아무나 붙잡고 애니 필러가 얼마나 정직한 사람인지 한번 물어보세요.

신문 인터뷰는 살아생전 처음이에요.

스넬링 씨, 차 한 잔 더 하실래요?

아, 그럼요. 월트 얘기였죠. 음, 물론 워낙 바쁘신 데다 짧은 기사로만 나간다는 건 잘 알고 있어요. 저는 개인적으로 신문이 선정적인 가사가 담긴, 소위 말하는 팝송이나 온갖 싸구려 영화들보다 순수예술에 더 주목해야 한다고 생각하고 있지만요……. 예술은 우리를 하나로 묶어 원시적이고 연약한 자신을 극복하게 해줘요. 우리의 존재를 정당화하죠.

네, 물론 월트에게도 그렇게 **얘기했어요.** 월트뿐만 아니라, 개학 첫날 모든 학생들에게 저는 그렇게 얘기하죠. 아직 3학년이라서 이해하지 못할 거라고 생각하면 큰 오산이에요. 어린아이들은 위대함을 갈구하지만, 마르셀린 같은 곳에는 아이들 주변에 위대함이 너무 없어요. 제가 언제나 교실 안에 예술 작품을 전시해놓는 것도 그런 이유 때문이에요. 교직 생활 초기에는 제 월급의 거의 전부를 써야 했는데도 말이죠. 저는 캔자스시티까지 AT&SF를 타고 그림을 사러 가곤 했어요. 르누아르, 로제티, 모네, 휘슬러의 그림은 물론 번존스의 작품까지 샀어요. 아이들은 위대한 예술과 올바른 가르침 앞에서 꽃처럼 피어나는 법이거든요. 저는 늘 그렇게 믿어왔어요. 1894년 노말을 졸업할 당시…….

아, 월트요.

말씀드렸다시피, 처음부터 특별한 아이란 걸 알았어요. 월트는 물려받은 누더기 옷을 걸치고 책상 앞에 앉아, 너무 낡아서 책장이 다 뜯어진 교과서 한 귀퉁이에 작은 그림을 그리고 있었어요. 월트의 아버지는 아시다시피 다른 일에서처럼 돈에 있어서도 비열한 인간이었거든요. 아마 형들이 썼던 교과서였을 거예요. 아버지란 사람은 밀턴의 시 전문과 나눗셈 문제가 적힌 페이지가 엉망으로 찢겨 있었다 해도 별로 신경 안 썼을걸요.

월트의 어머니요? **어떤** 어머니?

아, 방금 한 말은 적지 마세요. 제가 그만 잘못 말했네요. 신앙인다운 말이 아니었죠? 일라이어스 디즈니와 결혼한 가엾은 어머니도 나름대로는 최선을 다했을 거예요. 그녀는 당연히 가난했고, 교육을 받지도, 교양을 쌓지도 못했어요. 삶에서 훌륭한 것들을 알아볼 안목을 물려줄 만한 사람은 못 되었죠. 그러니 월트가 그런 해진 바지를 입고 쓰레기통을 뒤져 찾아낸 몽당연필로 교과서 한 귀퉁이에 스케치를 하도록 내버려두었겠죠. 월트의 가족 누구도 아이의 재능을 발견하거나 키워주지 않았어요…… 사내아이에게 어머니가 필요하다는 말은, 바로 어린 월트를 두고 한 말일 거예요.

아시다시피, 제가 월트에게 첫 스케치북과 새 연필 한 상자를 사줬어요. 그러자 아이의 작은 얼굴은 환해졌지요. 월트는 늘 감사하는 아이였고 기회를 빨리 알아보았어요. 월트는 곧 에드워드 힉스의 〈평화로운 왕국〉을 모사하기 시작했어요. 아이는 동물 그림을 좋아했죠. 물론 제가 나중엔 사람들을 유심히 관찰하도록 유도했지만요. 전 늘 아이들에게 인간의 신체야말로 화가에게 있어 가장 고귀한 예술적 표현이라고 강조해왔어요.

어린 월트의 첫 모사품은 당연히 그저 그랬어요. 원작이 가진 영적인 의미를 전혀 감지하지 못했더군요. 하지만 월트는 그해 내내 그림을 그렸고 실력이 점차 향상되었어요. 아이가 번존스의 〈방앗간〉을 아주 창의적으로 모사했던 기억이 나네요. 고갱의 〈황색의 그리스도〉도요. 아, 네, 고갱의 그림도 있었어요. 학부모 중에서는 고갱의 그림을 별로 좋아하지 않는 사람들도 있었지만요. 그림이 지나치게 괴상해서, 음, 지금 제 말에 오해 없으시길 바라요. 마르셀린 사람들은 모두 사랑스러운 분들이에요. 선량하고 신실한 기독교인들이죠. 하지만 취향이 촌스러워요. 달리 에둘러 말할 길이 없네요. 어쨌든 전 교실에 고갱의 그림을 걸어두었고, 학부모 대표가 교장에게 항의를 해도 내리지 않았어요. 제게도 나름대로 반항적인 면이 있거든요. 중요한 것은, 교육은 사소한 문제나, 더욱이 시골 사람들 앞에서 결코 굴복해서는 안 된다는 점이에요. 어린 학생들의 교육은 높은 이상과 성취를 포용해야 해요.

그래서 월트의 가족이 학년 말에 캔자스시티로 이사했을 땐 기뻤어요. 물론 마음이 찢어질 듯 아팠죠. 그 아이를 잃고는 견디지 못할 것 같을 때도 있었지만, 캔자스시티에서는 좋은 미술 교육을 받고 미술관에도 갈 수 있으리라고 생각했어요……. 하! 제가 일라이어스 디즈니란 사람을 얼마나 몰랐는지 아시겠죠!

아시다시피 그는 《캔자스시티 스타》 신문 배본업을 시작했어요. 어린 월트와 형 로이는 새벽 3시 30분에 일어나 배달 트럭을 맞이하고, 등교 전에 어스름 속에서 눈을 헤치고 비를 맞으며 수백 부의 신문을 배달해야 했죠. 겨울에는 따뜻한 아파트 복도에 누워서 졸고 여름에는 일라이어스처럼 인색하거나 탐욕스럽지 않은 아버지를 둔 아이들이 지난밤에 현관에 두고 간 장난감을 갖고 논다는 얘길 들었을 땐 얼마나 가슴이 아팠는지…….

네? 월트가 어떻게 그런 얘길 했냐고요? 아, 전 몇 달에 한 번씩 월트를 보러 캔자스시티로 갔어요. 그때쯤 저는 재능 있고 불쌍한 그 어린아이에게 제가 유일한 희망이란 사실을 깨달았거든요. 학교 점심시간에 월트를 만났죠. 학교는 천박한 학생들과 무식한 선생들로 가득 찬 형편없는 곳이었어요. 교육에 대한 모독이었죠. 저는 월트를 격조 있는 찻집에 데려가 점심을 먹이고 화구를 주었어요. 그리고 무엇보다도, 아이를 격려했어요. 절대 포기하지 말라고 몇 번이나 말했죠. 반

고흐를 보렴. 끔찍한 아버지를 두었던 폴 세잔을 보렴. 삶에는 멍청한 속물들에게 조만간 폐간되고 말 신문을 배달하는, 그런 고된 일상을 넘어서는 무언가가 있단다.

차 더 드실래요?

네, 월트는 그림을 계속 그렸어요. 멋진 정물화와 과일 그림, 세잔의 화풍이 엿보이는 작품들이었죠. 재능이 보였어요. 물론 월트는 대부분의 시간을 신문을 배달하는 일에 할애했지만요. 전 결국 뭔가 하지 않으면 안 된다는 걸 깨달았죠. 그래서 월트가 열네 살이 되었을 때, 일라이어스 디즈니를 만나러 갔어요.

"예술학교의 토요일 수업에 월트를 보내셔야 합니다."

제가 말했어요.

그는 가늘게 뜬 눈으로 절 노려볼 뿐 아무 말도 하지 않았어요. 예전에 월트에게서 아버지가 자신을 때린다는 말을 들은 적이 있었어요. 이제 **손찌검을** 하지는 않았지만, 그는 마치 절 때리고 싶다는 듯이 노려봤어요. 그래도 전 흔들리지 않았죠. 그러는 내내 소심하고 무능력한 월트의 어머니는 뒤에서 웅크리고 있었어요. 스넬링 씨, 죄송하지만 전 정말이지 아이를 위해 싸우지 않는 여성을 존중할 수가 없네요. 만약 제게 월트 같은 아이를 낳는 영광이 주어졌더라면…… 아, 인터뷰와는 별로 상관없는 얘기였죠?

"수업료는 제가 낼게요. 토요일에 월트에게 일을 시키지만 않으시면 돼요. 월트의 타고난 재능에 대한 의무는 돈벌이에 대한 의무보다 고귀해요."

일라이어스는 저를 바라보더니 씹던 담배를 바닥에 뱉었어요. 지저분한 습관이었죠. 그래도 요즘엔 이런 습관들이 없어지기 시작하니

다행이지만요.

"댁이 간섭 심한 노처녀란 얘긴 예전부터 익히 들어 알고 있지."

뭐, 그 말에 제가 어떻게 반응했는지는 상상하실 수 있겠죠? 전 오하이오 계곡을 야만인들로부터 구해낸 개척시대의 영웅 에버니저 제인의 직계 후손이라고요. 어머니 쪽으로요. 저는 몸을 곧추세우고 차분히 말했어요.

"디즈니 씨, 저를 어떻게 모욕하시든 상관없지만, 월트에게 기회를 주어야만 합니다. 예술이 그 아이에게 손짓한 이상, 당신과 제 기분은 중요하지 않아요. 아이가 누려 마땅한 기회를 주지 못하게 하신다면, 저는 도덕의 힘으로 아이가 기회를 가질 수 있도록 하겠어요."

일라이어스는 좀 혼란스러운 표정이었죠. 솔직히 월트도 마찬가지였어요. 아직 그는 무척 어렸으니까요. 하지만 월트의 세 형들이 이미 모두 가출한 상황이었으니, 일라이어스도 물러섰던 건지 몰라요. 아니면 예술은 그와 같은 사람에게까지도, 비밀스러운 영혼에 가 닿을 수 있는지도 모르죠. 스넬링 씨, 그런 가능성을 쉽게 부인하시겠어요? 제 생각은 달라요. 어쨌든, 그가 다시 담배를 뱉어내고 말했죠.

"댁이 돈을 어디에 쓰든 내 알 바 아니지."

저는 곧장 밀어붙였어요.

"그러면 이제 월트는 토요일에 일을 쉬어도 되나요? 예술학교에 갈 차비도 주시는 건가요?"

일라이어스가 고개를 끄덕였어요. 전 승리감을 애써 감췄어요. 만족스러운 미소를 짓는 것은 교인답지 못한 행동이니까요. 그리고 그 다음 주에 저는 월트를 학교에 등록시켰어요.

그가 말 안 했나요? 예술학교에 대해서는 한마디도요? 음, 사실 이유가 있어요. 그럴듯하게 설명할 말이 금세 떠오르지 않는군요.

아, 이제 생각났어요. 잘 받아 적고 있죠?

그 예술학교는 훌륭한 곳이었어요. 어쨌든 뉴욕이 아니라 캔자스시티에서 그랬다는 얘기예요. 월트 디즈니가 뉴욕에 있는 예술학교에 들어갔다면, 더 세련되고 통찰력 있는 선생들이 아이의 특별한 재능을 금세 발견해주었을 거예요. 하지만 캔자스시티의 촌스러움이란. 선생들은 월트의 재능에 제대로 감동받지 못했어요. 월트가 그저 그런 대접을 받은 것도 그래서죠. 잘 아시겠지만, 인상주의와 라파엘 전파도 처음엔 꼭 같은 부정적인 반응을 얻었어요. 로제티나 번존스 같은 화가들조차도 처음엔 비판받았으니 말 다했죠!

물론, 제가 로제티의 사생활을 용인한다는 말은 아니에요. 허나 그의 작품들은 정말…….

스넬링 씨, 시계 좀 그만 보시죠. 저도 최대한 빠르게 하나도 빠짐없이 말하려고 노력 중이니까요.

월트는 예술학교에서 사실 꽤 잘했어요. 적당한 시기에 저는 아이에게 오일과 붓, 이젤을 사주었죠. 제 월급을 아이의 예술 활동을 지원하는 데 필요한 대로 썼어요. 우리 교사들 중 몇몇에게 진정한 교육자란 바로 그런 의미예요. 교육자는 과학자나 성직자만큼 신성한 부름을 받는 사람들이죠. 요새 보이는, 흔한 노동자나 다름없이 조합이나 결성하는 그런 단순한 직업으로서의 교육과는 달라요. **이 말은 꼭 기사에 넣어주세요.**

일라이어스 디즈니는 시카고로 이사를 했어요. 신문 배본업은 당연히 실패했고, 이제 일라이어스는 다른 사업을 시도하고 싶어 했죠. 아마 젤리 공장이었을 거예요. 월트도 떠났어요. 전 좌절했죠. 시카고는 주기적으로 방문하기엔 너무 멀었으니까요. 허나 스넬링 씨, 하나님은 우리에게 필연을 견딜힘을 주시고, 예술은 하인들을 임명하죠. 월트는 맥킨리 고등학교 신문사에서 그림과 사진을 담당하는 자리를 찾았어요.

스넬링 씨, 이제 전 당신을 믿어야 해요. 인터뷰를 시작하기 전에 진실을 숭배한다고 말씀드렸던 걸 기억하시죠. 진실을 있는 그대로 말씀드리면서, 당신이 잘못된 인상을 받지 않게 하고 싶어요. 월트와 저는 예전 어느 때보다 가까워졌어요. 서로 매주 편지를 썼죠. 시카고 예술학교에서 공부하던 월트는 매달 제게 자신의 작품을 평가해달라며 보내왔어요. 그는 저의 가르침과 더 높은 학식, 우월한 심미안에 전적으로 의존했어요. 하지만 이 시점에서 짚고 넘어가야 할 부분은 어쨌거나 그 아이는 열일곱 살이었고, 젊은이들은 반항적이라는 점이에요. 자연스러운 일이죠.

그래서 가끔, 비록 가끔이었지만, 월트는 제게 귀여운 동물이나 미소 짓는 꽃을 그린 소소한 드로잉을 보내왔어요. 재미는 있었지만 퇴보를 드러냈죠. 월트는 그보다 훨씬 대단한 아이였어요. 정물화나 풍경화에는 진정한 힘이 깃들기 시작하고 있었죠. 터너의 화풍과 유사했던 풍경화를 아직도 기억해요. 그 나이의 사내아이치고는 굉장했죠. 그런데 저급한 드로잉이나 그리며 재능을 낭비하다니!

성서에 나오는 오난의 이야기를 아시나요?

역시, 놀라셨군요. 예술에 헌신한 삶에의 회피를 막지는 못한다고 말씀드렸잖아요. 미숙한 어린 월트에게 바로 그런 일이 일어났던 거예요. 예술의 보다 높은 이상에 헌신하는 대신 그보다 좀 더 수월한 천박한 쪽으로 돌아섰죠.

전 월트에게 최대한 강경한 어조로 그렇게 써서 편지를 보냈어요.

월트는 제게 동화용 일러스트 드로잉을 보내 답했죠. 친구와 영화관에 가서 마거리트 클라크가 나온 〈백설 공주와 일곱 난장이〉를 봤다나요. 영화는 창의적인 월트의 마음에 불을 지폈고, 월트는 그 유치한 영화를 아이들 동화책의 일러스트에 쓰일지도 모른다고 생각하면서 드로잉으로 옮겨놓았어요.

제 기분이 어땠겠어요? 진정한 재능을 가진 젊은이가 아직 어리고 미숙해서 자신의 재능을 완전히 타락시킬 상업적인 유혹으로 빠져드는 모습을 본 스승의 기분이 어땠겠어요?

전 시카고로 가는 다음 기차를 잡아탔어요. 방과 후에 이미 망하기 직전인 불쌍한 꼴의 일라이어스의 공장 밖에서 월트를 찾아냈죠. 월트는 저를 보자마자 지금 당신이 입고 있는 셔츠처럼 창백해졌어요.

"넌 너 자신을 배신하고 있어."

제가 차분히 말했죠. 사교적인 인사조차 않는 모습에 월트가 충격을 받길 바랐어요. 이 일이 얼마나 중요한지 깨닫길 바랐죠.

우리는 찻집에 가서 몇 시간 동안 이야기를 나눴어요. 아이는 어느새 자라 미남이 되고 남자다워졌지만, 그의 영혼은 여전히 교복을 벗지 못한 상태였어요. 아아, 그 아이의 영혼이 예술에 속하도록 그토록 열심히 싸워왔다는 이유로 절 탓하시겠어요? 우리나라 젊은이들의 장래를 염려해주는 사람들이 좀 더 있었더라면!

제 마음은 그에게 닿았어요. 최소한 전 그렇게 생각했어요. 열여섯 살이니 당연히 퉁명스럽게 말하기는 했지만, 세상에서 가장 훌륭하고 진실된 그림을 그리기 위해 노력하겠다고 약속했어요. 그러나 천박하고 시시한 드로잉을 그만두겠다는 약속은 하지 **않았죠.**

저도 강요하지는 않았어요. 23년 동안 헛되이 아이들을 가르쳐온

게 아니었죠. 아이들을 밀어붙이는 데는 정도가 있어요. 그다음은 양심의 가책에 맡겨야 해요.

그날 월트가 한 말 중에 또렷이 기억나는 게 있어요. 전 그 말을 이유로 아이를 비난하지는 않았어요. 지금도 마찬가지예요. 월트는 너무 어렸으니까요.

"진정한 예술로는 돈을 못 벌어요."

제가 부드럽게 대답했죠.

"하지만 진정한 예술에는 영혼이 깃들어 있어."

물론 월트에게는 대꾸할 말이 없었죠.

다음 달에 전쟁이 시작되었어요. 월트가 해군에 입대한다고 편지를 보내왔어요. 편지에는 코네티컷 해군 기지에서 복무하고 프랑스에서 군용 트럭을 운전하는 내내 그림을 공부하고 있다고, 훌륭한 그림들을 모사하고 있다고 쓰여 있었어요. 휘슬러의 〈백색 심포니 제1번: 하얀 옷의 소녀〉의 복사본을 배낭에 넣어 다니며, 구겨지고 얼룩졌을망정 밤마다 그 그림을 보면서 선과 구도를 분석하고 있다고 했어요.

그가 군용 트럭에 그렸던 카우보이 그림이나, 10프랑씩 받고 군인들의 가죽 재킷에 그려주었던 가짜 무공 십자훈장에 관해서는 나중에야 알았죠.

네, 스넬링 씨, 이야기가 어디로 흘러가는지 이제 눈치채셨겠죠. **이제는** 시계를 안 보시네요. 인간의 모든 위대한 전쟁이 그토록 단순한 바탕 위에서 행해진다는 사실이 놀랍지 않으세요? 모든 병원에서 일어나는 이타주의와 이기주의의 싸움, 모든 교실에서 일어나는 문명과 야만의 싸움, 소박한 편지로 오간, 예술의 드높은 이상과 저급한 상업성의 싸움.

348

우리는 월트가 돌아왔을 때 이 일을 꺼냈어요. 월트가 저를 만나러 마르셀린까지 왔어요. 아홉 살 때 이후 처음이었어요. 해군에서 받은 돈을 썼죠. 그것만으로도 제가 월트에게 주고자 했던 가치들이 거친 전장에서도 무뎌지지 않았음을 알 수 있었죠. 월트는 어머니보다 절 먼저 찾아왔고, 전 하숙집 현관에서 그를 기다렸어요. 지금도 그 방을 기억해요. 푹신한 녹색 소파와 붉은 장식용 러그, 둥근 탁자 위에 놓인 티파니 유리 램프. 존경할 만한 사람들인 다른 하숙객들은 얼마나 중요한 만남이 다가오고 있는지 전혀 눈치채지 못한 채 오가고 있었고, 저는 그들을 바라보며 이제 곧 월트를 만난다는 사실이 믿기지 않는다고 생각했어요. 그리고 다시 만난 월트는 완전히 달라져 있었죠! 제복을 입기는 했지만 남성의 힘이 물씬 느껴지는 성인이 되어 있었어요. 허나 제 힘, 즉 예술의 힘이 최소한 그와 같다는 것을 저는 알고 있었죠. 사실 위대하신 창조주 하나님의 권능을 제외하면 그 무엇도 예술의 힘만큼 강하지는 않죠.

"안녕하세요, 필러 선생님."

월트는 여전히 좀 반항적이고 긴장한 듯한 모습이었지만, 저를 만나서 기뻐하는 것 같았어요.

"돌아왔구나."

저는 이렇게 대답하고는—스넬링 씨, 뭐, 부끄러운 일은 아니라고 생각해요—조금 울었어요. 전쟁 중에 혹시라도 월트가 잘못될까 봐 제가 두려워했다는 사실은 아무도 모를 거예요. 아무에게도 내색하지 않았으니까요. 월트에게서 반항적인 모습이 즉시 사라졌어요. 월트는 제 옆 소파에 앉아 손을 잡고, 약 한 시간 동안을 군에서 만난 씩씩한 동지들에 대해 이야기하면서 절 즐겁게 해주었죠. 지나가는 사람들은 흥미롭다는 듯이 우리를 쳐다봤지만, 저는 누구에게도 월트를 소개하지 않았어요. 머지않아 전투가 다시 벌어지리라는 사실을 알기에 두 배는 더 소중했던 그 시간 동안 월트는 온전히 제 것이었어요.

스넬링 씨, 한마디만 더하자면, 전 월트가 시험에 빠져 제게 왔다는 사실이 그가 가진 재능의 약점을 보여주는 증거라고 생각하지 않아요. 그는 늘 제게 애착하고 있었고, 실로 우리 사이는 단순한 애착 관계 이상이었어요. 가장 이상적이고 고귀한 영혼의 소유자만이 예전에 같은 길을 걸었던 이의 가르침을 알아보는 법이죠. 저는 예술가가 아니고, 예술가인 적도 없었어요. 제겐 월트가 가진 재능 같은 건 없었죠. 허나 저는 제자들의 가능성을 꽃피우는 데 일생을 헌신한 교사였고, 월트는 인생의 갈림길에서 그런 저를 알아보았던 거예요.

월트가 여행 가방에서 스케치북을 꺼냈어요.

"저기, 열린 마음으로 봐주셨으면 해요. 부탁드려요!"

그렇게 진지한 월트는 처음이었어요.

"알았어."

우리 사이의 엄숙한 맹세였어요.

월트가 스케치북을 펼쳤어요. 페이지마다 사람 얼굴을 하고 커다란 진주 단추가 두 개 달린 붉은 벨벳 바지를 입은 쥐가 즐겁게 웃고 있었어요. '모티머'라고 적힌 페이지도 있었죠. 스케치북 뒤쪽으로 가자 모티머 쥐는 암컷과 함께였어요. 둘 다 한껏 달아오른 듯한 모습의 닥스훈트가 모는 비행기를 타고 있었어요. 비행기가 산이나 나무에 거의 충돌할 뻔하기도 했지만, 마지막 장면에서 두 쥐는 낙하산으로 안전하게 착륙했어요. 암컷 쥐는 꽃무늬 속바지를 한껏 드러냈죠.

그림은 믿어지지 않을 만큼 형편없었어요. 모티머의 머리는 코를 나타내는 길쭉한 원이 들어간 동그라미 정도였어요. 소위 다리로 일컬어지는 부분은 단순한 선에 불과했죠. 즐겁고 장난스럽고 천박하고 욕지기나게 귀여웠어요. 풍취도, 진실한 감정도, 단순한 인간들을 웃겨주는 것 이상의 의미도 보이지 않았죠.

"애니메이션 영화를 위한 기초 스케치예요."

월트가 말했어요.

"로이가 캔자스시티 영화 광고회사 사람에게 이미 연락했어요. 지역 극장에 틀 1분짜리 단편 애니메이션 광고를 주로 만드는 곳이죠. 하지만 좀 더 긴 작품에 관심을 보일지도 몰라요. 제게 기회가 온 것일지도 모른다고요!"

저는 눈을 감았어요. 그를 설득하기 위한 기도였죠.

"월트, 이 일은 네 삶의 전환점이 될 거야. 네 재능을 이런…… **이런 일**에 쓴다는 건, 마치 말털 브러시로 헛간 문을 칠하는 것과 마찬가지란다. 붓은 곧 엉망진창이 되어 다른 어디에도 쓸 수 없게 될 거야. 하지만 붓과 달리, 사랑하는 월트, 네 재능은 대체될 수 없단다. 재능이란 건 한번 둔해지고 나면 **다시는 가질 수 없게 된단 말이다.** 이렇듯 오직 한 번만 주어지는 재능을, 그 신선함과 예리함을 **만화**에 낭비하겠다니……"

한동안 말을 이을 수가 없었어요. 허나 말씀이 저를 구원하셨죠. 그리고 예술이 제 말에 날개를 달아주며 구원을 위해 찾아왔어요. 저는 주식 투자자의 편안한 삶을 버리고 마음 가는 대로 남국의 바다에서 그림을 그렸던 고갱에 대해 말했어요. 사람들로부터 경멸을 받으면서도 귀족과 숭고함에 꿋꿋이 헌신했던 들라크루아에 대해 말했어요. 인간 영혼의 정수를 붙잡는다는 예술의 신성한 임무에 대해, 아아, 자신의 영혼에 천박하고 허름한 대용품을 받아들여 버린 사람들의 공허한 삶에 대해 말했어요. 사실 당시에 무슨 말을 했는지 지금은 잘 기억나지 않아요. 어쨌거나 그가 가진 재능을 최대한 빛내고, 그가 할 수 있는 한 가장 높은 곳에 오르게 하기 위해서라면 무슨 말이든 했을 거예요.

월트는 듣고는 있었지만, 제 말은 그에게 닿지 않았어요. 저는 느낄 수 있었죠. 당시 월트는 겨우 열여덟 살이었던 데다 전쟁 때문에 도시까지 밀어닥친 천박함에 사로잡혀 있었어요. 전후 시대―제1차 세계 대전 이후 말이에요―는 진정한 문화를 꿈꾸기엔 너무 우울한 시대였어요. 뭐, 요즘이라고 딱히 더 낫지는 않지만요.

차와 과자 좀 더 드실래요?

아니, 당연히 이야기는 아직 끝이 아니에요! 그저, 이다음에 일어난 일을 사람들에게 어떻게 말해야 할지 잘 모르겠어요. 늘…… 신비스럽게 들리거든요. 1950년대에 신비 체험을 공인할 영성자가 있었겠어요? 특히 오늘날 예술의 처지를 생각해보면, 입체파인가 하는 기술적인 훈련을 강조하는 영혼 없는 것들을…….

아, 네, 녹색 소파에 앉아 있을 때 실제로 일어났던 일 말이죠.

결국 월트는 설득되지 않았어요. 전 실패했죠. 인재를 양성하는 일이 곧 기쁨이었던, 제가 가진 가장 훌륭한 재능이, 스스로 배금주의의 길로 돌아서고 있었어요. 괴로웠어요. 빌고, 애원하고, 언쟁했죠. 마침내 월트는 22년 동안 제가 교실에서 숱하게 보아온 침울한 얼굴로 떠나갔어요. 하지만 잊어서는 안 돼요. 그 애는 너무나 어렸다는 사실을요!

저는 월트를 따라 나갔죠. 월트는 길을 건너려는 것 같았어요. 저는 아이의 옷소매를 잡아당겼지만 그는 소매를 홱 잡아 빼고는 차도로 달려 나갔어요. 바로 그 순간—아, 그 동네는 과거와 꽤 달라져 있었어요. 그 점 기억해주세요—바로 그 순간, 옆 길목의 쓰레기통 뒤에서 쥐 한 마리가 튀어나왔어요. 쥐는 곧장 제게 달려들었고, 저는 비명을 질러댔어요. 그러자 월트가 차도 한복판에 뚝 멈추어 뒤를 반쯤 돌아보았고, 그때 포드 씨의 대량생산 모델 T가 월트를 들이받고 말았어요.

잠깐만요.

네.

월트가 그렇게 말했나요? 기쁘네요. 월트도 저처럼 그 사고가 진정한 결단의 순간이었음을 알고 있었군요. 그것이 만약 **사고였다면** 말이에요. 월트는 늘 예술의 신비 체험을 부정했어요. 글쎄, 당신네 남자들은 우리 여자들보다 훨씬 더 이성적이라고 자부하지 않나요?

하여튼, 병원에서 보낸 그 끔찍한 시간들이 삶을 변화시켰다는 월트의 말은 분명 사실이에요. 물론 저는 매일 월트를 찾아갔어요. 우리는 몇 시간씩 이야기를 나누었죠. 월트와 함께하기 위해 교직을 그만두었고, 절대 후회하지 않았어요. 스넬링 씨, 가르침은 여러 방식으로 계속될 수 있고, 교육은 결코 사방의 벽에 갇히지 않아요.

월트가 부상에서 회복되기까지는 1년이라는 시간이 걸렸어요. 아마 월트가 자세히 말씀드렸겠죠. 폐, 갈비뼈, 엉덩이를 다쳤고 감염이 있었어요. 지금이야 좋은 항생제들이 있지만, 그때는 아니었죠. 월트에게는 위대한 예술의 이상에 대한 믿음의 힘밖에 없었어요. 전 매일 밤 그 힘을 강화시키고 각오를 단단히 시켰어요. 월트는 병원에서 철이 들어 나왔어요.

나머지는 월트가 다 얘기했겠죠.《캔자스시티 스타》의 미술 담당으로 32년 동안 일했지만 생계를 위해서였을 뿐이에요. 월트의 진정한 노력, 진정한 영혼은 그림에 있어요. 그는 선대 거장들처럼 많은 시련과 좌절을 겪었죠. 월트가 첫 전시회를 마흔아홉 살에야 열게 된 것은 세상의 치욕이지만, 세상이 천재를 인정하는 데는 늘 시간이 걸리죠. 물론 월트는 대상이 지닌 진정한 영혼을 그려요. 그림이 단순히 잘 그리기만 하면 된다고 생각하는 차가운 모작들과는 달라요. 몬드리안, 로스코, 폴락 어쩌고들……. 다음 주에 월트의 전시회가 열리면, 제 말을 이해하실 거예요. 월트의 그림은 과거 거장들의 최고작에 버금가요. 번존스가 직접 그린 것 같은 작품도 있다니까요.

세상에, 이렇게 늦은 줄 몰랐네요. 꼭 가셔야 하나요?

음, 기사에 쓸 인용구를 요약해서 말씀드릴게요. 어디 보자, 신중하게 말을 골라야 해요. 이건 어때요? "애니 필러 부인은 월트 디즈니 씨가 어렸을 때부터 재능이 있다고 믿었다. 캔자스시티 공공도서관에서 열리는 이번 전시는 때늦은 감이 있지만, 이 소박한 시작은 틀림없이 디즈니 씨가 예술계로부터 인정받는 전조가 될 것이다. 필러 부인은 디즈니 씨의 이력에 대한 자신의 기여가 우리나라 교육계의 자랑스러운 일원이라면 마땅히 **해야** 할, 늘 학생들의 시선을 인류가 성취 가능한 최상의 경지로 향하게 하려는 노력에 불과하다고 말한다. 우리가 그와 같이한다면, 아이들은 틀림없이 성공할 것이다."

자, 어때요?

마지막으로 차 한 잔 더 하시겠어요?

1993년에 마이크 레스닉이 전화를 걸어 『다른 명예로By Any Other Fame』라는 단편집에 글을 싣지 않겠느냐고 물었다. 단 한 가지 조건은 어떤 유명 인사에 관해 쓸 예정인지 그에게 미리 알려야 한다는 것이었다. 여러 작가들에게 글을 청탁했기에 인물이 겹치기를 원치 않았던 탓이다.

나는 몇 주 동안 생각해본 다음, 마이크에게 전화해 '월트 디즈니'에 관해 쓰겠다고 말했다. 그는 이미 다른 작가가 월트 디즈니를 선점했다고 했다. 나는 불평을 터뜨렸다. "뭐라고요? 어떻게 그럴 수가 있죠? 고작 2주밖에 안 지났잖아요! 전 월트 디즈니에 관해 쓰겠어요! 월트 디즈니를 가져야겠다고요! 월트 디즈니의 머리를 내놓아요!"

마이크는 생각해본 끝에 결국 내 의견에 동의했다. 월트 디즈니에 관해 쓰겠다고 한 또 다른 작가는 데이비드 제럴드였다. 마이크는 데이비드와 나의 작풍이 많이 다르기 때문에 같은 유명인을 다룬다고 해도 비슷한 글이 나올 가능성은 낮을 것이라고 판단했다.

마이크의 생각은 옳았다. 데이비드의 월트 디즈니는 독재자였다. 그러나 나의 월트 디즈니는…… 얼마나 이타적이고, 또 헌신적이었던가.

성교육
Sex Education

Nancy Kress

그 사람들은 몰리가 에밀리 고언과 뒤뜰에서 놀고 있을 때 찾아왔다. 몰리와 에밀리는 피크닉 테이블을 옆으로 뉘고 나무 울타리로 괴어 멋진 요새를 지었다. 탁자 요새 뒤에서 브랜디에게 말랑말랑한 고무공을 던지면 브랜디는 꼬리를 흔들며 우스꽝스러운 모습으로 돌아다녔고, 아이들은 그 모습을 보며 웃음을 터뜨렸다. 몰리의 휴대용 카세트에서는 머라이어 캐리의 노래가 흘러나왔다. 몰리가 노란색과 주황색 고무공을 던졌다. 몰리는 그들이 처음 찾아온 사람들이 아니었음을, 이전에 다른 사람들이 왔었다는 사실을 그때는 아직 몰랐다.

"몰리, 아가, 음악 끄고 이리 와서 엄마 친구들한테 인사하렴."

엄마가 말했다. 엄마는 잔디 위에서 진흙 속으로 1.2센티미터쯤 파묻힌 하이힐을 신고 위태롭게 서 있었다. 토요일 한낮에 안내원 정장을 차려입은 엄마의 모습이 낯설었다. 평소에는 그냥 청바지를 입었다. 몰리가 요새에서 나왔다.

"안녕하세요."

"안녕."

남자가 다정하게 말했다. 엄마처럼 차려입지는 않았지만, 손가락에 커다란 반지를 끼고 있었다.

"난 베린저라고 한다. 이쪽은 내 아내야."

"수지라고 부르렴."

여자가 몰리에게 말했다. 길고 풍성한 금발에, 목에는 살짝 주름이 있었다. 엄마는 몰리에게 어른을 이름으로 부르면 안 된다고 했었다. 멍청한 규칙이었다. 몰리는 엄마를 향해 씩 웃었다. '들었죠?'

"안녕하세요, 수지."

"와, 참 예쁘장하게 생겼네. 톰, 이 눈 좀 봐. 곱슬곱슬한 머리카락은 또 어떻고! 내 머리 색과 꼭 같네."

"그렇군. 몰리, 몇 가지 물어볼 게 있다. 착한 아이답게 사실대로 답하렴. 카터 부인, 몰리와 단둘이서 얘기하고 싶군요."

몰리는 엄마를 쳐다보았다. 내가 왜 이 남자의 질문에 답해야 해? 하지만 엄마는 그저 고개만 끄덕이고는 집으로 돌아갔다. 잔디 위로 구두 굽에 찍힌 작은 구멍이 남았다. 브랜디가 입에 공을 문 채 팔짝 뛰어올랐다.

"앤 브랜디예요. 이쪽은 제 친구인 에밀리 고언이고요."

베린저 부부는 에밀리에게 인사를 하지 않았다.

"톰! 치마에 개 침이 묻겠어!"

"진정해, 수지. 치마는 멀쩡해. 자, 몰리, 너 아파본 적 있니?"

"아파본 적요? 음, 감기 같은 거요?"

"무엇이든."

"어렸을 때 수두를 앓았어요."

몰리는 에밀리를 흘끗 살폈다. 아파본 적이 있든 없든, 이 남자와 무슨 상관이람? 에밀리는 리복 운동화를 내려다보았다. 브랜디가 침에 젖은 공을 몰리의 손으로 뱉어냈다.

"작년에 아파서 학교를 결석한 적은 있니?"

"아뇨."

"재작년에는?"

"없어요."

"친구는 많니?"

"네."

몰리는 집 쪽을 살폈다. 엄마가 부엌 창문을 통해 지켜보고 있었다.

"제일 친한 친구는 누구니?"

"에밀리요. 그리고 제니퍼 사비스키와 세라 로마노요."

"친구들한테 화낸 적 있어?"

몰리는 에밀리의 눈치를 보고 답했다.

"가끔요."

"정말, 정말 화가 나서 친구를 때린 적은 있어?"

"아뇨."

"한 번도?"

"네."

몰리는 엄마가 창문 앞에 서 있는지 다시 확인했다.

"힘은 세니? 발은 빨라?"

"학교에서 3학년 달리기 대회에 나가 1등을 했어요."

"그랬구나! 수지, 지금 얘기 들었어?"

"들었어."

수지가 몰리를 향해 미소 지었다. 몰리는 웃지 않았다.

베린저 씨가 또 물었다.

"학교를 좋아하니?"

"네."

"작년 담임 선생님은 누구였어? 그 선생님을 좋아했니?"

"스텔먼 선생님이었어요. 괜찮았죠."

"좋아하는 과목은?"

"과학요."

몰리는 브랜디에게 공을 던졌다. 브랜디가 공을 쫓아 달려갔다.

"작년에 과학 시간에 배운 걸 한 가지만 얘기해보렴."

'왜요?'라고 묻고 싶었지만, 어른들에게 무례하게 대해서는 안 되었다. 어른이 **무례하게 굴 때조차** 말이다.

"태양에 대해 배웠어요. 태양은 원자들끼리 너무 세게 부딪쳐서 뜨거워요. 부딪친 원자들은 하나가 되어 새로운 원자를 만드는데 그때 열과 빛이 발생해요. 이 과정을 융합이라고 하죠."

브랜디가 푹 젖은 공을 물고 돌아왔다.

"훌륭해!"

"아주 똑똑하군. 지난 학기에 받은 가장 나쁜 성적이 뭐니?"

"사회에서 B를 받았어요. 나머지는 다 A예요."

베린저 부부가 미소를 거두지 않으며 몰리를 응시했다. 몰리는 그들과 시선을 맞추지 않으려 다시 공을 던졌다.

"몰리, 만나서 반가웠어."

베린저 씨가 말했다.

"수, 가자."

"저 새파란 눈 좀 봐."

수지가 속삭였다.

그들이 간 후 에밀리가 말했다.

"저 이상한 사람들은 대체 누구야?"

"나도 몰라. 엄마 친구겠지, 뭐. 가서 닌텐도나 하자."

몰리는 방으로 돌아가 방문을 닫고 싶었다.

"그 남자가 낀 다이아몬드 반지 봤어? 진짜 부자일걸."

몰리는 대꾸하지 않았다. 엄마는 부엌에 없었다. 베린저 부부를 차까지 배웅했다. 식탁 위에는 다른 서류들과 함께 몰리의 성적표가 모두 놓여 있었다. 3학년 성적표가 제일 위에 펼쳐져 있었다. 스탤먼 선생님이 쓴 사회 과목의 B의 보라색 잉크가 선명했다.

*

크리스마스 직후, 4학년이 반쯤 지났을 때 엄마가 방문을 두드렸다. 심각한 표정이었다. 에밀리와 함께 차고 안에 쏟아놓은 페인트를 알아챈 걸까? 에밀리네 지하실에서 찾아낸 걸로 다 닦았는데. 음, 거의 다.

"몰리, 오늘 오후에 어떤 사람들이 와서 네게 몇 가지 물어볼 거야."

엄마가 손에 종이를 한 장 쥔 채 말했다.

"사람들이? 왜?"

"별일 아냐. 그냥 예의 바르게 꼬박꼬박 대답하렴. 옷은 파란색 드레스를 입어. 아무튼 그 얘기를 하려는 게 아니라, 학교에서 통신문이 왔어."

페인트 건은 아니구나. 몰리는 크리스마스 휴가 전에 학교에서 무슨 일이 있었는지 되짚어보았다. 딱히 나쁜 짓을 한 기억은 없었다. 엄마가 침대에 앉아 옆을 두드렸다. 몰리가 침대 위에 앉았다.

"몰리……."

엄마가 말을 하려다가 말고 숨을 깊이 들이쉬더니, 무슨 말을 해야 할지 모르겠다는 듯이 방 안을 둘러보았다. 겁이 난 몰리가 덩달아 방을 둘러보았다. 몰리의 침실은 예뻤다. 새 캐노피 침대와 커다란 거울이 달린 새 서랍장, 시디플레이어. 작년 여름 말에 집 전체가 새로 꾸며졌다. 아빠가 새 차를 산 것도 그 즈음이었다.

"몰리, 여기에 다음 학기부터 성교육을 받는다고 쓰여 있구나. 학교에서 수업을 받기 전에 아기가 어떻게 태어나는지 엄마가 설명해주고 싶어. 학교가 아니라 엄마가 책임지고 가르쳐야 하는 일이라고 생각해."

몰리는 무릎 위에 올린 깍지 낀 손의 손가락을 살폈다. 섹스에 대해서는 이미 알고 있었다. 5학년인 알렉산드라 맥캔들리스가 제니퍼네 나무집에서 몰리, 에밀리, 제니퍼에게 얘기해줬다. 세라 로마노는 빠졌다. 얘기를 듣고 싶으면 "성령 좆까"라고 말하라고 알렉산드라가 시켰는데, 세라는 그 말을 하지 않았기 때문이었다. 하지만 엄마에게 그랬다고 말할 생각은 없었다.

"남자와 여자가 결혼을 하면, 침대 위에 꼭 붙어 눕는단다. 그리고 남자는 페니스를 여자의 질에 집어넣어. 그러면 작은 씨앗이 남자에게서 여자에게로 전달되는데, 여자의 몸속에 이미 만들어져 있던 작은 알과 남자의 씨앗이 만나면 아기가 생겨난단다."

엄마가 몰리의 반응을 기다리는 것 같아, 몰리는 입을 열었다.

"어, 융합처럼요."

"뭐처럼?"

"융합요. 태양에서 두 원자가 서로 부딪치면 새로운 원자랑 많은 에너지가 생겨나요."

엄마가 웃음을 지었다.

"그래, 정자와 난자가 서로 부딪치는지는 모르겠지만, 아마 비슷할 거야."

"이제 가도 돼요?"

"잠깐만, 알은 여자의 몸속에서 아기가 태어날 준비가 다 될 때까지 자란단다."

"아파요?"

몰리가 불쑥 물었다.

"섹스가 아프냐고?"

"아뇨."

섹스가 처음에만 아픈 줄은 벌써 알고 있었다. 알렉산드라가 가르쳐줬다. 피가 나오고 눈물이 흐르고 불이 붙은 듯 뜨거워진다고 했다. 그다음에는 세상 무엇보다 좋아서 밤마다 그걸 하려고 무슨 짓이든 할 수 있을 듯한 기분이 된단다.

"아기가 나올 때 아픈가요?"

엄마가 망설였다. 아프다는 뜻이다.

"아니, 그렇게 아프진 않아. 좀 불편하지만 작고 예쁜 아기를 보는 순간 다 괜찮아지지."

"알았어요. 이제 가도 돼요?"

"몰리, 왜 그렇게 성급하니! 이제 막 중요한 얘길 하려던 참이었어!"

"벌써 다 설명 하셨잖아요."

"음, 아니, 다른 얘기가 있어."

엄마가 머리카락을 얼굴에서 걷어내고 손톱을 응시했다.

"가끔 어떤 이유 때문에 여자의 난자와 남자의 정자가 자기 힘으로 만날 수 없는 경우가 있단다. 그러면 의사들이 도와줘. 시험관에 아빠의 정자와 엄마의 난자를 넣어서 서로 만날 수 있게 한 다음에 다시 엄마의 몸으로 집어넣는 거지."

"어."

알렉산드라는 이런 말은 전혀 안 했었다. 어떻게 난자를 다시 몸 안에 넣는단 말이지? 여자 몸을 가르는 걸까? 갑자기 별로 알고 싶지가 않았다.

"그게 다예요? 에밀리가 기다리고 있어요."

"가만히 앉아서 5분 동안만 내 얘길 잠자코 들어봐……."

뒷이야기가 더 있는 모양이었다.

"엄마, 미안해요. 그렇지만 에밀리가 **기다리고** 있다고요."

"몰리, 애야, 이렇게 엄마가 얘기하기 힘들게 해야겠니?"

"그런 적 없어요!"

"그러고 있잖아. 이건 중요한 문제야. 우린 네 대학 등록금을 저축해왔어. 네가 대학에 가길 바란다는 걸 알고 있잖니……."

"네, 네."

몰리는 엄마와 아빠는 대학을 가지 못했고, 몰리에게는 엄마 아빠를 대신해 학교에서 열심히 공부해야 할 책임이 있다는 소리를 또 들고 싶지 않았다. 가치 있는 삶을 살아야 한다는 말도, 할 수 있는 한 최선을 다해야 한다는 말도.

"정말 **복잡한** 문제란다. 우린 최선을 다하고 있어."

"알고 있어요."

만약 **몰리가** 엄마처럼 말했다면, 엄마는 몰리더러 징징대지 말라고 했을 터였다.

엄마가 무력한 표정으로 몰리를 쳐다보았다. 몰리는 미소를 짓고 엄마에게 키스한 다음 서둘러 그 자리를 빠져나왔다.

제니퍼를 찾아 알렉산드라 맥캔들리스를 나무집으로 부르자고 해야 할 터였다. 하지만 제니퍼는 루크 페리를 두고 알렉산드라와 싸운 후부터 알렉산드라를 좋아하지 않았으니, 불러주지 않을 수도 있었다.

그리고 몰리는 아직 아무것도 몰라도 괜찮을지도 몰랐다.

*

이월에 열 살이 되었다. 삼월에는 10단 기어가 장착된 자전거를 받았고, 태양계에 관한 수행평가에서 A를 받았다. 사월에는 알렉산드라가 생리를 시작했다. 알렉산드라는 몰리, 제니퍼, 에밀리 앞에서 탐폰 넣는 시범을 보여주었다. 오월에는 에밀리와 함께 도서관에서 나와 집으로 돌아가던 중에 몰리의 옆으로 트럭이 서더니, 두 사람이 뛰어내렸다.

"저기 쟤네! 얘, 몰리, 이쪽을 보렴!"

카메라 플래시가 번쩍였다. 정장을 차려입은 남자가 몰리 앞에 마이크를 불쑥 내밀었다. 그 뒤로는 청바지를 입은 여자가 캠코더를 들고 따라왔다.

"몰리, 베린저 부부가 클론 태아 건으로 제기한 소송에 관해 들어봤니?"

몰리는 그를 빤히 쳐다보았다. 클론 태아가 뭐지? 작년에 찾아왔던 베린저 부부는 기억이 났다. 수지가 몰리의 머리 색깔이 자기와 같다고 말했었다. 옆에서 에밀리가 몰리의 손을 움켜쥐었다.

"몰리, 네가 태어나기 전에 태아인 너를 복제한 클론이 만들어졌단다. 열두 명이었지. 지금까지 그중 다섯이 팔려서 착상되었는데……."

"로저."

캠코더를 든 여자가 남자를 불렀다.

"이러지 않는 편이…… 애가 겁먹은 것 같아."

"겁 안 나요!"

사실은 겁이 났지만, 몰리는 큰 소리로 말하고 에밀리와 마주 잡은 손에 힘을 주었다.

"착하구나."

남자가 말을 이었다.

"아기들은 몰리 너와 꼭 같은 모습으로 태어났단다. 네 유전자로 만들어졌거든. 부모님이 말씀 안 해주셨어? 그래? 어쨌든, 마지막 아기는 뭔가 문제가 있었단다…… 켈리, 촬영 계속해!"

"싫어. 이럴 줄은…… 몰리, 집으로 어서 가렴."

"젠장, 켈리, 계속 찍어! 애 반응만 편집하면 돼!"

"애 얼굴 좀 **보라고!** 몰리, 집으로 가!"

몰리는 에밀리를 질질 끌고 집으로 달려갔다. 집 주위로 마이크와 카메라를 든 사람들이 더 있었다.

"저기 온다!"

몰리는 에밀리의 손을 놓았다.

"에밀리, 뛰어!"

에밀리가 자기 집으로 뛰어갔다. 몰리의 아빠가 나타나 몰리를 들어올려 아기였을 때처럼 안았다. 아빠는 고함을 질러대는 사람들 사이를 헤치고 걸어갔다.

"카터 씨, 이 소송에서 법적으로 어떤 주장이 가능하다고……."

"베리테크에서 발생한 문제가 카터 씨의 변호에 영향을 미칠 것이라는 소문에……."

"몰리는 알고 있나요……."

아빠가 몰리를 안은 채 현관으로 들어와 문을 쾅 닫았다.

"무책임한 새끼들! 다 쏴 죽여야 해!"

몰리는 아빠의 품에서 벗어났다.

"무슨 일이에요? 저 사람들은 왜 왔어요?"

"몰리, 아가……."

"응, 엄마? 클론 태아가 뭐예요? 설명해주세요!"

엄마가 몰리 옆에 무릎을 꿇고 앉았다.

"얘기**하려고** 했어, 몰리. 몇 번이나. 기억하지? 처음에 네 침대에 앉아서 얘기하려고 했을 때 너는……."

"몰리, 네 책임이 아니야."

아빠가 엄마의 말을 끊었다.

"물론 우리 책임도 아니다. 우린 단지 네게 줄 수 있는 최선의 삶을 주고 싶었어. 베린저 부부에게는 아기가 없었기 때문에 우린 그 부부가 너처럼 완벽한 아이를 가질 수 있도록 도와주려 했을 뿐이야. 그런

데 그들은 우리 탓을 하지!"

"폴, 몰리가 동요하고 있어."

"**상황이** 몰리를 동요시키고 있어! 저 밖의 자칼들, 저 개새끼들……"

"그래서 클론 태아가 대체 뭔데요?"

몰리가 울부짖었다.

"저번에 말했듯이, 정자와 난자가 실험실에서 합쳐져. 그런데 엄마
의 몸속에 바로 그 수정란을 넣는 대신에 우선 수정란을 분할시킨단
다. 똑같은 게 더 많이 생기도록, 마치…… 마치 복사기로 복사하듯이
말이야. 무슨 말인지 알겠니?"

몰리가 고개를 끄덕였다. 듣고 있으니 좀 진정이 되었다. 말이 되는
얘기였다.

엄마가 몰리 옆에 무릎을 꿇은 채 말을 이었다.

"여분의 수정란은 다른 사람들이 너처럼 멋진 아기를 가질 수 있게
하는 데 쓰였단다. 단지 베린저 부부의 아기만은, 베린저 부인의 몸속
에서 자라면서 잘못되었단다. 우린 전혀 몰랐어…… 상상도 못 했단
다……"

"알았어요."

밖에서 차들이 더 와서 서는 소리가 들렸다.

"다만……"

"다만 뭐, 아가?"

엄마가 긴 머리칼을 뒤로 넘기며 일어났다.

"다만, 집 앞에 저렇게 차가 많아서 이제 우린 어떻게 나가죠?"

"나가다니? 어디로?"

"차고 밖으로요!"

아빠가 어리둥절한 표정으로 물었다.

"우리가 왜 차고 밖으로 나가야 하는데?"

"아기를 데리러 가요. 베린저 부부가 갖고 싶어 하지 않는다는 그 아기요."

엄마와 아빠가 몰리를 빤히 바라보았다.

"저와 똑같다는 그 아기 말이에요."

부모님은 계속 몰리를 응시했다.

"어, 어……."

"몰리, 아가……."

몰리는 방으로 달려가 문을 잠갔다.

"이리 돌아와!"

아빠가 불렀다.

커튼이 드리워져 있었지만 집 앞에서 떠들고 소리쳐 질문하는 기자들의 목소리가 들렸다. 엄마는 문을 두드렸지만 억지로 들어오려고 하지는 않았다.

나중에 브랜디가 문을 긁자, 몰리는 문을 열고 브랜디를 방으로 들였다. 침대 위에 앉아 브랜디를 꼭 끌어안고, 그 푹신한 붉은 털에 귀를 묻었다.

*

엄마와 아빠는 계속 그 얘길 하려고 했다. 왜 그들에게 책임이 없는지 설명하려고 했다. 들어야 했지만 대꾸할 필요는 없었기 때문에, 몰리는 아무 말 하지 않았다.

몇 주가 지나자 엄마는 몰리를 심리상담사에게 데려가겠다고 했다.

집 주위를 맴돌던 기자들은 사라졌다. 몰리는 학교에 가지 않았다. 몰리는 브랜디와 놀았고, 학교 수업이 끝난 시간에는 에밀리, 제니퍼와 놀았다. 친구들이 이 이상한 상황에 대해 말하길 꺼려 하는 모습이라, 몰리도 아무 얘기 하지 않았다. 닌텐도 게임을 하고 바비 인형을 가지고 놀고 에밀리네 아빠의 컴퓨터에 깔려 있는 '카르멘 샌디에이고는 어디에 있을까' 게임을 했다.

몰리는 검은 머리에 녹색 눈인 바비 인형을 금발에 파란 눈인 제니퍼의 바비 인형과 바꾸었다.

엄마가 거실에 있을 때를 빼면 텔레비전을 볼 수 없었다. 집에는 더 이상 신문이 오지 않았다. 엄마는 전화를 할 때마다 문을 걸어 잠근 침실에서 통화했다. 몰리는 엄마가 눈치채지 못하게 아주 조심스럽게 부엌에 있는 수화기를 들었다.

"……오늘 아침에 접수했어."

아빠였다.

"소송 두 건 다. 베리테크에 건 소송은 장애아 출생의 책임이 베리테크의 부주의에 있다는 내용이야. 냉동 과정이나 착상 과정의 실수라든가 하는 소리지."

"정말 그쪽 잘못일까?"

엄마가 물었다.

"맙소사, 리비, 당신이 자신 없는 소릴 하면 어떡해! 증언을 해야 할지도 모르는데!"

"알아. 그리고?"

"리제티 말로는 베리테크 쪽에선 틀림없이 우리의 계약서에 구체적으로 명시된 범위를 벗어나는 과정상의 위험에 대한 합의가 암묵적으로 존재했다고 주장할 거래. 사기도 보증도 적용되지 않는 케이스라고 기각을 주장하겠다는 거지. 베린저 부부에 대한 우리의 맞고소에는 우리의 소송비용을 그들 부부에게 청구하는 내용을 포함시켰어. 어쨌든 그 아기는 우리가 아니라 그쪽 부부 문제인 데다, 우리가 계약을 완벽하게 준수한 이상 그로부터 발생한 부정적인 결과에 우리가 발목 잡힐 수는 없잖아. 몰리는 좀 어때? 오늘 오후에 상담하러 가나?"

"3시 예약이야. 폴, 몰리가 너무 걱정돼."

"나도."

"클론 태아가 나중에 낳은 쌍둥이와 다름없다고 또 설명해보았지만, 전혀 들질 않아. 그냥 앞에 서 있을 뿐, 내 말을 제대로 듣진 않아."

"가엾게도. 저 무책임한 기자 새끼들 때문이야!"

"그러게."

"상담 다녀와서 전화 줘."

몰리는 조심스레 수화기를 내려놓았다. 엄마가 나왔을 때는 거실에 앉아『박스카 칠드런』을 읽고 있었다.

상담사는 천장이 높은, 책이 가득한 커다란 방에 앉아 있었다. 나이든 여자로 상냥한 인상이었다. 몰리와 상담사는 파란색 안락의자에 마주 보고 앉았다.

"몰리, 최근 몇 주 사이에 참 많은 일이 일어났구나."

"그런 것 같아요."

"좀 무서운 얘기도 있었지."

몰리는 대답하는 대신 무릎 위에 올린 손을 자세히 살폈다. 손톱 끝에 에밀리의 언니한테서 빌린 금색 매니큐어를 칠했다. 손톱은 짧은 금발머리를 한 작은 얼굴들 같았다.

"최근에 일어났던 일들을 생각하면 좀 겁이 나니?"

상담사가 물었다.

"모르겠어요."

"**나라면** 참 무서울 것 같아."

"그럴지도 모르죠."

"학교에 가고 싶니?"

"모르겠어요."

"몰리, 학교에 가고 싶다면 다시 다닐 수 있어. 네겐 네 일을 스스로 결정할 권리가 있단다."

몰리는 이번에도 대답하지 않았다. 손가락 끝에 붙은 작은 얼굴들을 바라보았다. 열 개의 얼굴들.

"몰리."

상담사가 다정하게 말했다.

"부모님이 널 사랑하신다고 믿고 있니?"

몰리는 줄지어 꽂혀 있는 책을 쳐다보았다. 한 세트의 일부인 듯 책등이 같은 색인 책들이 많았다.

"네, 부모님은 저를 사랑하세요."

"그렇다면 어떤……."

"제가 완벽하다고 생각하시죠."

"어떤……."

"이제 집에 가고 싶어요."

몰리는 파란 의자에 앉은 상담사를 남겨두고 일어섰다.

집에 와서 몰리는 방문을 닫고 문 앞을 책상 의자로 막았다. 화장대

거울로 몸을 기울이고 민소매 에스프리 티를 입은 자신의 모습을 관찰했다. 파란 눈, 곱슬곱슬한 금발머리, 희고 가지런한 이. 몰리는 자신이 예쁘다는 걸 알고 있었다. 건강하고 똑똑하다는 것도. 이제는 어딘가에 몰리처럼 예쁘고 힘세고 건강하고 똑똑한 아이들이 다섯 명 더 있었다. 그렇지 않은 한 아기만 제외하면.

모두들 누구의 잘못도 아니라고 했다. 엄마와 아빠의 잘못이 아니었다. 단지 베린저 부부가 몰리 같은 아기를 가질 수 있게 도우려 했을 뿐이니까. 의사들의 잘못도 아니었다. 의사들도 단지 도우려고 했을 뿐이다. 베린저 부부의 잘못도 아니었다. 그들 부부는 완벽하지 않은 아기를 얻겠다고 한 적이 없다. 법원의 잘못도 아니었다. 누군가는 법원에 돈을 내야 했다. 누구에게도 책임이 없었다.

하지만 몰리의 배아에서 만들어진 그 클론 아기는 예쁘지도 건강하지도 똑똑하지도 않았고, 사실 몰리는 그것이 누구의 책임인지 알고 있었다.

몰리의 책임이었다.

＊

몰리는 아빠가 회사에 가고 엄마가 샤워를 하러 들어갈 때까지 기다렸다. 청바지에 스웨터를 입고 머리를 틀어 올려 버팔로 빌스 모자로 눌러 가렸다. 선글라스를 썼다. 학교 갈 시간에 합당한 이유가 있어 나돌아 다니는 아이로 보이지는 않겠지만, 적어도 파란색 드레스를 입었을 때처럼 얼간이로 보이지도 않을 터였다. 배낭에 소지품을 챙겨 넣고 엄마 지갑에서 30달러를 꺼냈다. 따라오지 못하게 브랜디를 차고에 가두었다.

에밀리네 집에서 본 신문에 주소가 나와 있었다.

'원본 태아에 소송이 걸리다.'

한 신문의 헤드라인이었다.

'창가에 있는 저 아이는 얼마일까?'

활자가 큼직큼직하고 사진이 잔뜩 있는 신문에는 이렇게 쓰여 있었다.

'셸포트의 셜리 템플 복제가 실패하다.'

한 번도 셸포트에서 시내까지 버스로 가본 적이 없었지만, 공원 앞에서 출발하는 버스를 본 적은 있었다. 몰리는 꽃무늬 치마를 입은 여자 가까이에 서 있다가, 여자와 똑같은 돈을 요금함에 넣었다. 아무도 몰리를 알아보지 않았다.

시내 중심가 터미널까지는 40분이 걸렸다. 버스 터미널은 쇼핑몰 바로 앞에 있었다. 수많은 사람들이 서로를 밀쳐댔지만, 혼자 있는 아이들도 꽤 있었다. 몰리는 예쁜 빨간 정장을 입고 서류 가방을 든 여자에게로 걸어갔다.

"제라드 가로 가려면 몇 번 버스를 타야 하나요?"

"나도 잘 모르겠구나. 안에서 물어보렴."

여자가 미소 지으며 대답하고 손으로 가리켰다.

버스 유리창 앞에는 줄 선 사람이 없었다. 가슴이 두방망이질을 쳤다. 몰리는 질문을 했다.

"20번 버스야. 6번 개표구에서 출발한단다. 버스표를 살래?"

몰리는 망설이다 대답했다.

"네, 두 장 주세요."

밖으로 나와 6번 개표구를 찾았다. 기다란 의자가 놓여 있었지만, 한쪽 구석을 시끄러운 10대 소년 셋이 차지하고 있었다. 몰리는 5번 개표구에 서서 기다렸다.

버스는 '시스터오브메르시 중학교'라고 쓰인 책가방을 멘 아이들로 붐볐다. 겨우 몰리만 한 아이들도 있었다.

"그래서 개가 그년을 크리스마스 휴가 때 깔았는데, 이제 임신했다지 뭐야."

한 소년이 말했다.

"내 친구가……."

몰리는 고개를 돌리고 창밖으로 지나가는 간판을 응시했다.

제라드 가는 길었다. 상점, 작은 주택, 몰리네 집 같은 평범한 주택, 화려한 화단이 있는 엄청 큰 저택들이 이어졌다. 그 길 끝에 다다르자 몰리와 함께 버스에 남은 사람들은 가정부 복장을 한 여자 몇 명뿐이었다.

베린저의 저택 앞에는 기자들이 없었다. 몰리는 나무와 나무 사이를 옮겨 다니며 넓은 잔디밭을 가로질렀다. 앞에 방충망이 쳐진 커다란 현관이 있었다. 철망 사이를 살짝 들여다보았다. 아무도 없었다.

뒷문은 잠겨 있지 않았다.

몰리는 손바닥을 청바지에 문질렀다. 땀으로 축축했지만 손은 차가웠다. 눈이 따가웠다. 남의 집에 들어가는 것은 잘못된 행동이었다. 그렇지만 다른 모든 잘못들만큼 큰 잘못은 아니다.

몰리는 뒷문을 열어둔 채 귀를 기울였다. 아무 소리도 들리지 않았다. 그러다 갑자기, 왼쪽 어딘가에서 아기가 칭얼대는 소리가 들렸다.

아기는 제니퍼의 남동생과 달리 진짜 아기 방에 있지 않았다. 대신에 부엌에 아기 침대가 놓여 있었다. 어쩌면 수지가 아기를 돌보면서 요리를 했는지도 몰랐다. 하지만 부엌에는 아무도 없었다. 창밖으로 옆 정원에서 나팔수선화를 따는 여자가 보였다. 흰색 제복을 입고 있었다. 수지는 아니었다.

몰리는 천천히 아기 침대로 걸어갔다. 환하면서도 차가운 듯한 이상한 기분이었다. 머리가 두 개거나 팔이 없을까? 머리가 반쪽일까? 몰리가 나쁜 유전자를 얼마나 준 걸까?

몰리는 비틀거리며 아기 침대에 다가갔다.

아기는 정상처럼 보였다. 눈은 파랗고 머리에는 금색 잔털이 있었다. 그리고 믿을 수 없을 만큼 자그마했다. 조금 칭얼거리긴 했지만 소란을 피우진 않았다.

갑자기 철컹 소리가 나며 냉장고가 켜졌다. 아기가 몸을 들썩이더니 얼굴을 찡그렸다.

몰리는 아기를 포대기째로 들어 올렸다. 제니퍼의 남동생을 봐서 아기 머리를 받치는 법을 알고 있었다. 아기의 칭얼거림이 잦아들었다. 몰리는 집 밖으로 달려 나갔다. 어깨에 기댄 아기가 가볍게 느껴졌다. 거리로 나가, 몰리는 다시 버스 정류장으로 갔다. 이번에는 버스를 기다리는 사람이 아무도 없었다.

초록색 트랙수트를 입은 남자가 몰리 쪽으로 뛰어왔다. 몰리는 도망칠 준비를 했지만, 남자는 그저 웃으며 "인형이랑 산책하러 나왔니?"라고 말하며 지나갔다.

버스가 오자 몰리는 아기를 인형처럼 보이게 들려고 애썼다. 아기가 점점 무거워졌다.

시내로 반쯤 갔을 때 아기가 울기 시작했다. 몇몇 사람들이 몰리를 흘끔거렸다. 몰리는 선글라스를 낀 채 아기를 꼭 안고 얼렀다. 아기는 계속 울었다. 시내 정류장에 도착하자 버스 기사가 뭐라고 말하려 했지만, 몰리는 서둘러 버스에서 내려 쇼핑몰 안으로 들어갔다.

아기가 시끄럽게 울어도 쇼핑몰 안에서는 아무도 몰리를 쳐다보지 않았다. 라이트에이드로 가서 분유가 들어 있는 젖병과 하기스 기저귀를 샀다. 쇼핑몰 의자에 앉아 아기에게 분유를 먹였다. 몇몇 여자들이 지나가며 미소 지었지만 말을 걸지는 않았다. 그러다가, 아기를 안은 흑인 여자아이가 옆에 앉았다.

"너도 남동생한테 묶여 있어?"

"여동생이야."

몰리가 망설이다 대답했다.

여자아이가 한숨을 쉬었다.

"엄마는 일 나가니?"

"응."

"안 나가는 것보다는 낫지."

몰리는 대답하지 않았다. 여자아이가 옆에 있으니 불안해졌다. 몇 분 뒤에 그 아이가 딸랑이를 들 만큼은 큰 남동생을 안아 들고 인파 속으로 사라지자 안심이 되었다.

나중에 몰리는 그 여자아이와 좀 더 얘기할걸 하고 후회했다.

아기가 분유를 다 먹고 잠들었다. 몰리는 아기를 의자에 눕히고 하기스 상자를 열었다. 배낭에 기저귀를 최대한 쑤셔 넣은 다음 나머지는 상자째 의자에 남겨두었다. 어쩌면 아까의 흑인 여자아이가 돌아와서 가져갈지도 몰랐다.

18번 버스를 타고 집으로 돌아왔다.

집에 도착하자 몰리는 잠든 아기를 안고 수풀과 차고, 울타리 사이로 몸을 숙여 뒷마당으로 기어 들어갔다. 학생들은, 고등학생까지 아직 모두 학교에 있었다. 어른들은 일할 시간이었다. 하지만 집 앞에 아빠의 차가 있었다. 엄마가 아빠를 집으로 불렀다는 뜻이다.

열어두었던 지하실 창문을 향해 기어갔다. 아기를 잔디 위에 놓고 창문 사이로 몸을 집어넣어 아빠의 작업대 위로 들어갔다. 그리고 아기를 창문 사이로 잡아당겨 난방로 뒤의 상자로 데려갔다. 이불장에서 꺼낸 침대보가 있었다. 엄마가 부엌 옆에 새로 만든 세탁실에 새 세탁기와 건조기를 마련한 다음부터는 아무도 찾지 않는 곳이었다.

기저귀를 갈아입힌 아기를 상자 안에 넣었다. 아직도 아기의 어디가 문제인지 알 수 없었다. 발가락이든 뭐든 다 제대로 있었다. 기저귀를 갈아입히는 사이, 아기가 잠에서 깬 몰리와 꼭 같은 파란 눈으로 몰리를 올려다보았다.

"제시카."

어울리지 않았다. 아기는 제시카 같지 않았다. 애슐리? 브리트니? 니콜?

아기가 사뭇 진지한 표정으로 몰리를 응시했다. 대동맥판막 협착증이 뭐지?

"울지 마."

몰리가 속삭였다.

"울지 마, 몰리."

몰리는 낡은 소파 아래에 기저귀를 숨기고 위쪽 방으로 살금살금 올라갔다.

*

"한 번 더 묻겠다."

아빠가 말했다. 이제 고함은 치지 않았지만 얼굴은 여전히 빨갰다.

"세 시간 동안 어디에 있었니?"

"방에 있었어요."

목이 아프고 눈이 뜨거웠다.

"아니잖아! 제발, 몰리, 네 걱정으로 미칠 지경이 되지 않아도, 이미 문제는 넘쳐 나지 않아? 밖으로 나갈 땐 엄마에게 말하는 게 네 의무야. 나이에 맞게 행동할 수는 없는 거냐?"

"폴, 진정해. 제발."

"전 방에 있었어요."

울지 않을 것이다. 절대로.

"몰리, 거짓말을 한 적은 한 번도 없었잖니."

엄마가 울고 있었다. 몰리는 엄마 쪽으로 시선을 주지 않으려 애썼다. 현관 벨이 울렸다.

"폴, 나가지 마. 지금은 누구도 보고 싶지 않아."

아빠가 창밖을 흘끔 살폈다.

"맙소사, 경찰이야."

몰리는 어두운 창밖을 바라보았지만, 그쪽에서는 유리에 비친 몰리 자신의 모습만 보일 뿐이었다. 몰리는 대신 바닥을 내려다보았다. 이 자리는 난방로 위가 아니었다. 몰리의 발아래에 있는 것은 과일 보관함뿐이었다.

"폴 카터 씨? 몇 가지 여쭤보고 싶습니다."

몰리는 어른들의 얘기를 듣기 않기 위해 흥얼거리기 시작했다.

"오늘 오전에 실종…… 당신과 부인의 소재를…… 가택수색……."

몰리는 바닥 아래에 있을 아기에게 닿길 바라는 마음으로 콧노래를 불렀다.

"영장 없인 안 됩니다. 그나저나 이게 대체 무슨 일입니까? **제가 뭐** 하러 그 애를 데리고 오겠어요? 걜 안 키우려고 소송을 하는 중이잖아요!"

…… **나무 꼭대기에서, 바람이 불 때**…….

"솔직히 뭘 찾으러 온 겁니까?"

아빠가 고함을 쳤다.

"그 사람들에 맞서 소송 중이라니까요! 수색영장 없이는 절대 못 들어옵니다!"

…… **아기 침대가 흔들리네**…….

"그러기만 해봐요!"

문이 닫혔다.

…… **나뭇가지가 부러질 때**…….

"말도 안 돼."

엄마가 속삭였다. 콧노래 소리에도 불구하고 몰리는 엄마의 말을 들었다. 고개를 들었다. 엄마와 아빠가 몰리를 멍하니 바라보고 있었다. 몰리는 그들을 증오했다.

"몰리."

엄마가 신음하듯 물었다.

"오늘 아침에 어디에 있었니?"

"제 방에 있었어요."

*

몰리는 침대에 누워 잠든 척하고 있었다. 엄마가 문을 열었다. 예쁜 카펫과 값비싼 캐노피 침대로 빛이 새어 들어왔다. '시험관 아기의 평균 가격이 8만 달러를 넘다.' 신문에는 이렇게 쓰여 있었다. 엄마가 문을 조용히 닫았다. 몇 분 뒤에 몰리는 지하실로 내려갔다.

아기는 울고 있었다. 마지막으로 분유를 먹인 지 세 시간이 지났다. 아기들은 늘 이렇게 빨리 배고픔을 느끼는 걸까? 몰리는 아기에게 젖병을 물리고 기저귀를 갈았다. 이번 기저귀에는 똥이 묻어 있었다. 손에 묻었다. 토하지 않으려 숨을 꾹 눌러 참고 낡은 세탁통 안에 고인 물로 손을 씻었다.

그래도 아기는 울음을 멈추지 않았다. 아기를 안아 들고 제니퍼의 엄마가 했던 것처럼 흔들며 걸었다. 낮게 흥얼거리며 아기의 등을 두드렸다. 아기는 울음을 멈추었다가 몰리가 걸음을 멈추자마자 다시 울었다.

"제발, 아가, 제발, 아가, 뚝."

몰리가 아기를 달랬다. 곧 달램은 기도가 되었다. 몰리도 울기 시작했다. 아기는 울음을 멈추지 않았고 다리가 아팠지만 계속 걸어야 했다. 아무도 심장에 뭔가가 망가진 이 아기를 원치 않아서, 아무도 책임을 지려 하지 않아서, 아기는 몰리 것이어서, 몰리여서, 제발, 아가, 제발, 아가……

울면서 지하실을 오가며 아기를 토닥였지만 아기는 큰 소리로 울어 댔다. 계단을 내려오는 발소리가 들리고 엄마가 나타났다.

"하느님 맙소사."

종이 한 장을 든 경찰관은 아무 말도 하지 않았다. 어쨌든 눈물로 눈앞이 흐려져 잘 보이지 않았다. 그러나 흐린 시야에도 지하실 창문 너머에서 빨간색, 파란색, 빨간색으로 바뀌며 차가운 난방로의 금속 면에 반사되는 불빛은 문득 들어왔다.

*

"상관없어요!"

몰리가 비명을 질렀다.

"그 아기를 죽이고 싶어 하시잖아요!"

"몰리, 아무도 아기가 죽기를 바라지 않는단다."

아빠가 말했다. 마치 놀란 듯이 눈을 크게 뜬, 그러나 무표정한 얼굴이었다. 브랜디는 얼굴을 바닥에 대고 그 옆에 납작 엎드려 있었다.

"넌 이해하지 못하고 있어."

"아무도 걜 원치 않는다는 건 이해해요! 그 아긴 저에게서 나왔는데, 아무도 원치 않고 있죠!"

"몰리, 네게서 나온 아기가 아니야. 그 아기는……."

"완벽하지 않으니까 아무도 걜 사랑하지 않아요! 그 앨 돌볼 사람은 저뿐이에요!"

"몰리, 아기는 위탁 가정에 맡겨져……."

"엄마 아빠가 싫어요!"

몰리가 고함을 질렀다.

아빠가 손을 뻗었다. 심리상담사와 통화 중이던 엄마가 수화기를 떨어뜨렸다. 집 밖에는 기자들이 탄 트럭, 승용차, 밴이 길을 메웠다.

몰리는 아빠를 밀쳐내고 위층으로 뛰어 올라갔다. 브랜디가 뒤를 따랐다.

"몰리, 이리 돌아와라!"

아빠가 소리쳤다.

몰리는 돌아가지 않았다. 자기 방을 지나 부모님의 침실로 들어갔다. 눈시울이 뜨거웠다. 그들이 그 짓을 했던 침대가 놓여 있었다. 금색 테두리가 있는 초록색 침대보. 그들은 여기서 아기들을 만들었다. 아빠의 페니스를 엄마에게 집어넣어⋯⋯ 씹. 그리고 사람들이 왔다. 몰리에게 질문을 하고 몰리를 예쁘게 봐주던⋯⋯ 몰리를 완벽하다고 생각했던⋯⋯. 몰리는 엄마의 화장대에서 손톱 가위를 집어 들어 곱슬머리를 잘라내기 시작했다. 아빠가 방으로 뛰어 들어와 몰리에게 다가오려 했다.

몰리는 아빠에게 손톱 가위를 집어 던졌다.

가위는 아빠의 팔에서 튕겨 떨어졌지만, 아빠는 숨을 헉 멈추며 섰다.

"아빠가 싫어요!"

몰리가 비명을 질렀다.

"제게서 아기들을 만들어놓고는, 아기들이⋯⋯ 완벽하지 않으면⋯⋯ 제가 완벽하지 않으면 사랑하지 않겠죠."

아빠가 다시 다가오려 했다. 몰리는 북엔드를 집어 들어 아빠에게 던졌다. 나머지 한쪽 북엔드도 들어 이번에는 거울로 던졌다. 거울이 산산조각 났다.

아빠가 자기 팔을 감쌌다. 문가에 서 있던 엄마가 손으로 입을 틀어막았다. 몰리는 방 안을 휘저었다. 옷, 서랍장, 책, 쿠션들.

"엄마 아빠가 싫어요!"

"몰리! 그만해!"

아빠가 피가 흐르는 팔로 몰리를 붙잡아 몰리의 양팔을 몸에 붙였다. 거울 틀에서 깨진 유리 한 조각이 은빛 무더기 위로 떨어졌다. 경찰이 데려가 이제는 여기 없는데도, 몰리는 아기의 울음소리를 들을 수 있었다.

"몰리! 그만해! 아빠 말 들어! 그만하라니까!"

울고 또 울며…….

"멈춰! 몰리!"

몰리는 아빠를 세게 때렸다.

아빠가 몰리를 놓았다. 몰리는 아빠에게서 물러섰다. 갑자기 마음이 차분해졌다. 아래층에서 아기가 울고 있었다.

아기의 울음소리가 멈추었다.

갑작스럽게 찾아온 정적 속에서 몰리와 부모님은 서로를 마주 보았다. 엄마가 죽은 듯 창백한 얼굴로, 떨리는 목소리로 말했다.

"몰리, 방 꼴 좀 보렴, 네가…… 네 책임이야…….'

"아니, 제 책임이 아니에요."

몰리가 대꾸했다.

"누구 책임도 아니죠."

브랜디가 몰리의 손을 핥으려 했지만, 몰리는 개를 밀어내고 방으로 걸어가 문을 닫았다.

이것도 유전공학 이야기다. 이 글은 신문 기사에서 영감을 얻었다. 한 영국 과학자가 수정란을 여덟 개의 배아로 분할하는 실험에 성공했다. 복제된 여덟 개의 배아는 모두 정상적인 인간 태아로 자라났다. 이 실험을 끝낸 다음에야 그 과학자는 미국의사협회와 같은 영국 내 기구에 이런 실험에 적용되는 윤리 규정이 있는지를 살펴보았다고 한다.

제한 규정은 없었다. 그때는 미국에서도 적용될 만한 규정이 없었다. 여러 해가 지난 지금, 위원회가 조직되고 권고문이 작성되고 법안이 통과되었다. 대부분의 선진국에서 인간 복제에 관한 실험은 불법이지만, 그것이 곧 실험이 이루어지지 않는다는 뜻은 아니다. (최소한, 예를 들어 원자폭탄 제조 과정에 비교하자면) 복제 과정은 지나치게 쉽고, 유혹은 지나치게 크다. 무엇보다도, 기대되는 이윤이 너무나 크다. 결국 실험은 이루어질 것이다.

「성교육」은 인간 복제가 부분적으로 합법인 세계를 배경으로 하지만, 우리가 사는 세상에도 해당될 수 있는 유전공학의 윤리적인 측면을 조망하고 있다.

오늘을 허하라
Grant Us This Day

Nancy Kress

내가 마침내 찾아냈을 때, 신은 디트로이트에 있는 간이식당 카운터 한구석에 구부정하게 앉아 커피를 젓고 있었다. 크림이 녹아내리며 작은 나선은하를 만들어냈다. 피부가 심하게 그을어 있었다. 나는 그의 옆자리에 슬그머니 앉았다.

"신이십니까?"

그가 고개를 들었다. 검은 턱수염이 조금 희끗하긴 했지만 전체적으로 예상보다 젊어 보이는 얼굴이었다. 30대쯤 되었을까. 기껏해야 스물여덟 정도? 그가 입고 있는 청바지는 때가 타 있었다.

"누구세요?"

"대니얼 스미스라고 합니다."

내가 손을 내밀었다. 그는 내 손을 마주 잡지 않았다.

"이봐요, 신, 오래전부터 당신을 찾아다녔습니다."

"우선 제 권리부터 읽어주세요."

"네?"

"미란다원칙 말입니다. 제가 다 망쳐버린 줄은 알아요, 됐죠? 어쨌든 최소한 이 동네 방식대로 해줘요. 최소한 한 가지라도 제대로 해보자고요."

"저는 경찰이 아닙니다."

"경찰이 아니라고요?"

"네."

"운이 좋았군."

그는 팔꿈치를 카운터에 기대고 의자에 몸을 더 깊이 파묻었다. 카운터에는 무엇이 남겼는지 알 수 없는 아프리카 대륙 모양의 얼룩이 깊이 배어 있었다. 신이 얼룩을 손가락으로 따라 그렸다. 10대 소년 두 명이 앞문을 시끄럽게 열며 들어왔다. 웨이트리스가 지친 눈으로 소년들을 보았다.

"그럼 신학도예요? 콜게이트? 아니면 로욜라?"

"아닙니다."

"제가 육체를 갖고 존재한다는 사실을 증명하는 무슨 고대 필사본이라도 발견했나요?"

"아뇨."

소년들이 구석 칸막이 자리로 들어간다. 재킷 자락이 올라간 틈으로, 번쩍이는 칼날이 얼핏 보인다.

"티베트 산자락에 위치한 수도원에서 늙은, 아주 늙은 라마승을 뵈었죠?"

"그런 적도 없습니다."

신이 커피를 한 모금 홀짝이곤 얼굴을 찌푸렸다.

"그럼 대체 누구세요?"

"위원회에서 왔습니다."

볕에 그은 얼굴인데도 창백해졌다.

"이런, 세상에."

"뭐, 그것도 확실히 문제에 포함되긴 합니다."

신이 숟가락을 카운터에 탁 내려놓고 자세를 고쳐 앉았다.

"이봐요, 제가 다 망친 줄은 압니다. 세계에 문제가 있는 줄 알아요. 그 점은 이미 **시인했어요.**"

그가 식당 안을 슬쩍 살폈다. 소년들 맞은편의 칸막이 자리에는 타코 샐러드를 먹고 있는 아주 뚱뚱한 남자와 매춘부가 함께 앉아 있었다. 남자는 음식을 씹으면서 말했다. 여자가 졸고 있었지만, 남자는 눈치채지 못했다. 웨이트리스가 기름기가 번들거리는 햄버거를 담은 커다란 접시를 들고 절룩거리며 지나갔다. 한쪽 다리가 다른 쪽보다 짧았다.

"그래도."

신이 이제 퉁명스러운 말투로 말했다.

"위원회의 기준에서 보면 다 제대로 했는데, 왜 절 귀찮게 하는 거예요? 양식을 세 부 작성했어요. 지금까지의 작업 기록을 작성해서 마감 기한 전에 제출했죠. 깔끔함, 독창성, 사상의 적절성이라는 당신네 관료주의적 기준에 맞게 작업했어요. 캥거루보다 더 독창적인 게 있겠어요? 백년전쟁은 또 어떻고요? 전쟁 한 번에 100년이나 걸렸다니까요! 그런데 대체 왜 지금에 와서 저를 괴롭히는 겁니까?"

"'깔끔함' 부문에서 좀 더 노력할 수도 있지 않았을까요?"

나는 매춘부가 잠든 것을 알아차리고 여자를 세게 걷어차기 시작한 남자에게 눈길을 주며 말했다.

"어, 뭐, 다들 비평가라니까."

그가 잠깐 내비쳤던 불평을 거두고 다시 구부정하게 앉았다. 그의 표정을 읽을 수가 없었다.

"하지만 당신이 여기 온 이유는 그걸로 설명이 안 됩니다. 제가 결승에 오르지 못한 줄은 알고 있어요. 명단을 봤어요."

"그렇기도 하고 아니기도 합니다."

"무슨 말씀이세요?"

그가 코를 문질렀다. 정말 지독하게도 태웠다. 피부가 벗겨지기 시작하면 끔찍할 터였다.

"명단이 바뀌었습니다. 결승 참가자 한 명이 기권했거든요. 당신이 대기자 명단에서 1순위였어요."

그의 눈이 휘둥그레졌다.

"정말이에요? 누가 기권했나요?"

"제겐 밝힐 권한이 없습니다. 어쨌든 당신은 이제 선발 후보자예요."

신이 고개를 숙이고 커피를 응시했다. 벌겋게 달아오른 그의 목덜미는 꼭 볕에 탄 때문만은 아니었다. 그들 중 몇몇에게 이 일은 지랄 맞게 큰 의미를 갖는다. 웨이트리스가 한가운데 식탁에 앉은 노부부에게 햄버거를 날랐다. 두 사람 다 비쩍 말랐고 양피지처럼 파삭파삭했다.

"그럼 이제 어떻게 되나요?"

"규정에 따르면, 다음 투표 때까지 천 년의 수정 기한이 주어집니다. 여기서만 하는 얘긴데, 내용까지 꽤 고치는 게 좋을 거요. 당신 작업에서 위원회가 마음에 들어 한 부분도 있었지만, 톤이 고르지 않고 전체적으로 통일성이 떨어진다는 게 일반적인 평이었거든요."

"저는 싸구려 광고를 만들고 있는 게 아니에요!"

"압니다. 아무도 그런 식으로 말한 적 없어요. 그래도 훌륭한 작업에는 늘 그 나름의 목소리, 통일성, 예술가의 개성을 분명하게 드러내는 주제 패턴이 있잖아요. 당신 작업은…… 에, 솔직히 말해서 사방에 흩어져 있어요. 부분들끼리 서로 연결되질 않아요. 균형은 비뚤어졌고, 조화와 통일성이 부족하죠."

신이 손짓으로 파이를 주문했다. 웨이트리스가 손을 맞잡은 노부부가 앉은 한가운데 식탁에서 절름거리며 건너왔다. 뚱뚱한 남자가 매춘부 쪽으로 몸을 숙이고 입술을 일그러뜨리며 낮고 빠르게 말했다. 소년들은 잡아보라는 듯이 칸막이 밖으로 능글맞은 웃음을 던지며 비닐봉지를 탁자 위로 서로에게 건넸다.

신이 말했다.

"그저 그럴 수는……."

내가 달래듯이 손을 들었다.

"알아요, 알아요. 예술 작품의 완성도를 그저 양보할 수는 없겠죠. 아무도 그러라고 한 적 없습니다. 그냥 톤과 심상 부분을 좀 더 일관적으로 고쳐보세요."

"아니, 그런 말이 아니에요. 예술적 완성도의 문제가 아니에요. 솔직히 말하면요."

그가 갑자기 진지해지며 몸을 내 쪽으로 내밀었다. 나는 그의 코에 효과가 있을 만한 연고가 있을까 하는 생각을 떠올렸다.

"이봐요, 작업에는 기준이 되는 스펙트럼이 있어요. '의도된 유의미함'이라고 합시다. 스펙트럼의 한쪽 끝에는 극단적인 비합리가 있어요. 사건들이 서로 연결되지 못하며 일어나는 곳이죠. 만사가 예측 불가능하고 비합리적이에요. 고도는 절대 나타나지 않죠."

그가 미소를 지었다.

나는 그가 무엇을 인용했는지 이해하지 못했다. 아마 자기 자신의 작품일 것이다. 이 일을 하는 치들은 허가위원회가 자기들 작업의 세세한 부분까지 다 기억하는 줄로 생각할 때가 있다. 문이 열리고 바람과 함께 경찰이 한 명 들어왔다. 웨이트리스가 묵직한 베이지색 접시에 체리 파이를 올려 신에게 가져왔다.

"저는 불합리한 쪽은 별로 생각을 안 해요. 그러니까 제 말은, 예술이란 무엇인가요? 만약 문자 그대로 어떤 일이든 일어날 수 있다면, 뭐 하러 굳이 신경을 쓰겠어요? 반면에, 스펙트럼 반대편 끝에는 온갖 빡빡한 윤리 규범들이 자리하고 있어요. 악당을 벌하고 선인에게 상을 내리고 수수께끼를 해결하고 모든 행동에 단순한 동기와 합리적인 결과물을 부여하는 거예요. 지, 긋, 지, 긋, 하, 죠. 게다가 그렇게 일하는 예술가들이 뭐라든 사실 그런 세상은 완전히 공정하지도 자애롭지도 않아요. 사자와 황소에게, 혹은 그렇게 따지자면 장미꽃에 사는 벌레에게 똑같은 패턴을 주는 데 무슨 자애로움이 있겠어요?"

"자기 작품을 자꾸 인용하지 않았으면 좋겠습니다. 상당히 거슬리는 습관이에요."

"어쨌든 무슨 말인지는 이해하셨겠죠."

"네, 알아들었어요. 짜임새를 추구하는 동시에 농도와 다양성을 지향한단 얘기죠. 모두 칭찬할 만한 자세입니다. 하지만 상업적으로는 그저 그래요."

"이게 상업적인 경쟁이라고 생각하지 않았어요!"

"그렇진 않아요. 그러나 얼마나 많은 평범한 예술가들이 저 밖에서 자신들의 평범함을 기회가 없었던 탓으로 돌리고 있는지 아나요? 상업성이 없다는 말이 모든 기준과 평가들보다 아득히 더 높은 곳에 숭고하게 자리한다는 뜻은 아니에요. 그 사람들 손가락이라고 해서 꿈틀댈 때마다 신성하지는 않죠."

"그 말이 맞아요."

신이 세 번째로 의자에 주저앉았다. 참으로 변덕스러운 청년이었다. 그래도 솔직했다. 자기 정당화와 진정한 독창성 사이의 선을 그을 줄 아는 사람은 많지 않았다. 그가 마음에 들기 시작했다. 경찰관이 카운터 구석에 앉았다. 소년들이 경찰관의 등 뒤를 향해 손가락을 내밀었다. 매춘부가 나지막이 흐느꼈다. 마스카라가 눈 밑으로 얼룩졌다.

"이봐요, 비판에 너무 의기소침해하지 마세요. 그보다는, 들은 충고를 **활용해보세요.** 아직 경기 중이고, 1,000년이나 남았잖아요. 너무 틀을 벗어난 부분은 당신의 주제에 어울리게 고쳐보세요. 채도를 좀 낮추고, 마무리를 좀 더 분명하게 하세요. 내 제안은 이 정도입니다. 성공을 위해 도전해보세요."

그는 아무 말도 하지 않았다.

"어쨌든, 이건 꽤 큰 기회입니다."

"그렇죠."

그가 단조롭게 답했다. 그는 울고 있는 매춘부를 지켜보았다. 뚱뚱한 포주가 손바닥을 펼쳐 안에 든 것을 그녀에게 보였다. 내 자리에서는 무엇인지 보이지 않았다. 노부부가 서로를 일으켜주며 나갈 채비를 했다. 웨이트리스가 경찰관 앞에 감자튀김을 올려놓고 몸을 숙여 툭 튀어나온 다리 혈관을 문질렀다.

"만약 경기에서 이긴다면 명성을 널리 떨치게 될 겁니다. 당신에게는 스스로 타고난 재능에 대한 책임이 있잖아요."

"그렇죠."

"그러니 수정안을 생각해보세요."

"문제는."

신이 천천히 입을 열었다.

"저는 신청서를 오래전에 작성했어요. 작업을 시작하기 전에 말입니다. 제 눈에는 이제 이 일이 사뭇 다르게 보여요. 저는 이 작업에 책임감을 느끼고는 있지만, 아마 당신의 말과는 다른 의미에서일 거예요."

그의 목소리에 몸이 차가워진다. 나는 전에도 이런 어조를 들은 적이 있었다. 비교적 최근이었다. 나는 그가 손대지 않은 파이를 옆으로 밀어내고 그의 손을 감싸 쥐었다.

"잠깐만……."

"왜 제가 처음에 당신을 경찰이라고 생각했는지 궁금하지 않아요?"

진짜 경찰이 고개를 들어 우리 쪽을 흘끔 보았다. 그는 감자튀김을 다 먹고 나서 웨이트리스에게 목례를 한 후 비틀거리는 노부부를 스쳐지나 문을 향해 걸어갔다. 늙은이는 팁을 찾아 주머니를 뒤지고 있었다.

내 목소리가 탁해졌다.

"그런 식으로 진행되는 작업이 아닙니다."

"내게는 그런지도 모르죠."

그가 내 눈을 똑바로 들여다보았다. 그의 눈동자는 매우 짙었고 미세한 재처럼 층층이 쌓인 깊이를 담고 있었다. 내가 대체 왜 그를 스물여덟 살 청년으로 보았었는지 의아해졌다. 경찰이 나가고 문이 쾅 닫혔다. 뚱뚱한 포주가 매춘부를 잡아 일으켰다. 여자는 여전히 울고 있었다. 늙은이가 식탁 위에 1달러짜리 지폐 한 장과 25센트 3페니를 올렸다.

"그래, 당신은 책임감을 느끼겠지요. 이 세상은 당신 관할이고, 당신이 그린 윤곽을 따른 결과니까요. 비록 당신에게서 떨어져나가 전혀 의도하지 않았던 방향으로 전개되어 버렸다 해도 말이에요. 그럴 때도 있는 거죠. 이 작업은 여전히 당신의 것이에요. **하지만 그게 당신이 곧 이 작업이라는 의미는 아닙니다.** 젊은이, 세상은 당신의 작품일 뿐 당신의 삶 자체는 아니에요. 둘 사이에는 결정적인 차이가 있어요. 그 둘을 혼동하는 사람들은 크게 착각하는 겁니다."

그가 짙은 눈을 돌리고 어깨를 으쓱했다.

"전 책임감을 느껴요. 단지 그뿐이에요. 이 모든 것에 대해서, 심지어 제게서 떨어져나간 부분들까지도요."

그가 갑자기 묘한 웃음을 지었다.

"거듭 책임을 받아들인다면 심상의 패턴이 오히려 강화되겠죠? 라이트모티프leitmotif가요. 그게 위원회의 마음에 들지도 모르겠군요."

그들은 아마 마음에 들어 할 것이다. 나는 신중하게 말했다.

"경쟁은 현지인이 되기로 결심할 만한 이유가 못 됩니다."

"그런 이유에서가 아니에요."

그가 갑자기 한쪽 손을 획 뻗는다.

"이봐요, 모르시겠어요? 저는 이곳을 사랑해요. 모두 다 말이에요. 흠이 있어도, 제가 망쳐버렸어도, 설령 제가 경기에서 지더라도 말이에요. 전 이곳을 사랑해요."

그의 말은 사실이었다. 이제 보였다. 그는 사랑했다. 이곳을. 노부부가 비틀거리며 문을 향해 걸어갔다. 소년들이 자리에서 잽싸게 달려나왔다. 한 명은 탁자에 놓여 있던 팁을 움켜쥐었다. 다른 한 명은 노부인에게 달려들어 팔에 끼고 있던 핸드백을 낚아챘다. 노부인이 "어,

어, 어, 어⋯⋯" 하고 끽끽 소리를 내더니 가느다란 팔을 휘저으며 뒤로 넘어졌다. 노인이 즉시 지팡이를 들어 소년의 머리를 세게 내리쳤다. 소년이 비명을 질렀다. 피가 뺨으로 흘러내렸다. 격노한 소년이 고함을 질렀다.

"씨발! 이 노친네가 왜 이래!"

두 소년은 문밖으로 뛰쳐나갔다.

뚱뚱한 포주가 노부인을 도와 일으켰다. 매우 상냥했다.

"부인, 괜찮으십니까?"

여전히 울고 있던 매춘부가 한 손으로 노인의 지갑을 주머니에서 솜씨 좋게 빼냈다. 노부인이 일어섰다. 놀랐지만 다치지는 않았다. 포주가 그들을 문까지 부축했다가 멈추더니 매춘부에게 돌아갔다. 그녀가 얌전히 그에게 지갑을 건넸다. 포주가 뚱뚱한 손으로 주먹을 꽉 쥐었다. 포주가 노인에게 지갑을 돌려주었고, 네 사람 모두 식당에서 나갔다. 웨이트리스는 조용한 식당에서 몸을 구부리고 정맥혈을 문질렀다.

나는 한 번도 직접 예술가가 되고 싶었던 적이 없다.

더 이상 별로 할 말이 없었다. 신은 작업을 다시 할지도 모른다. 어쩌면 하지 않을 수도 있다. 이 일을 하는 사람들은 가끔 현실보다 예술적인 위험이라는 관념을 더 사랑한다. 허나 그는 이미 한 번 했었다. 전부 다, 최종적인 예술적 희생까지 도달했었다. 그것이 그를 변화시켰다. 그에게 이 말을 할 수는 없었지만—위원회의 규정에 반한다—그의 작업에서 바로 그 부분이 그를 대기자 명단의 맨 앞자리에 올렸다. 인상적인 작품이었다. 울퉁불퉁한 정서적인 톤의 한가운데에서 그 부분은 특히 돋보였었다. 이번에도 그렇게 한다면 그의 참가작의 심상 패턴은 틀림없이 강화되리라. 위원회가 좋아할지도 모른다던 그의 말은 옳았다. 승리할 가능성이 극적으로 높아질 것이다. 물론, 그가 살아남는다면.

그는 오직 다른 후보자가 빠졌기 때문에 최종 명단에 이름을 올렸다. '기권'이라는 말에는 여러 의미가 담겨 있다.

신이 나를 보고 씩 웃었다. 이번에는 미소가 아니라 환한 웃음이었다.

"고집 부려서 미안해요. 충고가 고맙지 않아서가 아닙니다."

"한 가지만 가르쳐주세요. 설계 작업은 모두 직접 하나요?"

그가 볕에 탄 코를 문지르곤 웃음을 터뜨렸다.

"어떤 식인지 알잖아요. 뭘 제대로 하려면……."

"아하, 흠."

내가 손을 내밀었다. 그는 이번에는 웃으면서 손을 맞잡았다. 그가 경쾌하게 카운터 의자를 돌려놓았다. 그를 좋아한 것은 옳은 판단이었다.

밖으로 나오니 어스름이 지고 있었다. 구름이 기묘한 그림자를 드리우며 서쪽에서 달려와 하늘을 덮었다. 거센 바람에 쓰레기들이 바닥을 굴렀다. 신문, 스티로폼 컵, 찢어진 셔츠. 셔츠에는 핏자국 같은 갈색 얼룩이 남아 있었다. 구름 그림자들이 짙어지며 서로에게 비스듬히 겹쳐졌다.

모든 예술 작품에는 그 나름의 내적인 속도가 있다. 이곳의 천 년은 다르게 흐른다.

가시관을 들고 묵직한 나무 십자가를 진 채 지평선에서 다가오는 그들의 소리를 들은 것 같았다. 그를 찾아오는 소리를.

모든 작가들은 적나라함과 난해함 사이의 균형을 잡기 위해 씨름한다. 전형적인 행동, 상투적인 인물, 노골적인 설명으로 주제를 대놓고 명확하게 제시하면 독자들은 "지나친데, 말이 너무 많지 않아?"라고 말한다. 말하려는 바를 교묘하고 간접적으로, 오직 상징과 암시를 통해서만 살짝 담으면 독자들은 이렇게 말한다. "어?"

「오늘을 허하라」에서 나는 균형을 잃었다. 이 글을 잡지에서 읽은 독자 누구도 내가 하려던 말을 이해하지 못했으니 내 작업은 실패였다. 나와 대화한 누구도 그 소설의 주제를 파악하지 못했다. 결국 나는 이 단편을 이 책에 싣기 위해 고쳐 썼다. 누군가는 이해해줄지도 모른다는 끝없이 고개를 드는 소망을 담아, 마지막 몇 문단을 새로 썼다.

올리트 감옥의 꽃
Flowers of Aulit Prison

Nancy Kress

동생은 내 방 맞은편에 놓인 침대에 곤히 잠들어 있다. 예쁘장한 손가락을 살짝 구부리고 다리를 엘린델 나무처럼 쭉 펴고 바로 누웠다. 나보다 훨씬 예쁘고 작은 코는 우아하게 위로 내밀었다. 살결에서는 신선한 꽃향기가 난다. 하지만 혈색은 없다. 동생은, 물론, 죽었다.

침대에서 나와 아침이면 **찾아오는** 현기증에 잠깐 비틀거린다. 테란인 치료사가 내 혈압이 너무 낮기 때문이라고 말해준 적이 있다. 공기가 너무 촉촉하다는 말처럼, 테란인들이 가끔 하는 영문 모를 소리다. 공기는 공기고 나는 나다.

나는 살인자다.

동생의 유리관 앞에 무릎을 꿇고 앉는다. 지난밤에 물밖에 마시지 않았는데도 잔입에 쓴맛이 난다. 하품을 할 뻔했다가 마지막 순간에 입을 억지로 다문다. 귀가 울리고 입에서는 더욱 쓴맛이 난다. 그래도 최소한 아노에게 무례를 저지르지는 않았다. 내가 그녀를 환상으로 대체하기 전까지, 아노는 내 하나뿐인 자매이자 가장 친한 친구였다.

"아노, 2년 빼기 42일만 더 있으면 돼. 그러면 넌 자유로워질 거야. 나도."

당연히 아노에게서는 답이 없다. 답을 할 필요가 없다. 약품으로부터 해방되고 죽은 육신을 가둔 유리관을 떠나 우리 조상님들을 다시 만날 날인 자기 장례식이 언제인지를 아노도 나만큼이나 잘 알고 있다. 아는 사람들 중에는 친척이 속죄의 구속을 당하자 시체가 꿈에 나타나 불평을 하거나 비난을 퍼부으며 일상을 악몽으로 만들었다는 이들도 있다. 아노는 더 사려 깊다. 아노의 시신은 나를 전혀 불편하게 하지 않는다. 나를 불편하게 하는 것은 나 자신이다.

아침 기도를 마치고 팔짝 뛰어 일어나 비틀거리며 화장실로 걸어간다. 어젯밤에 펠을 마시지 않았어도 방광은 터질 듯 꽉 차 있다.

*

정오에 전달자가 테란인 자전거를 타고 우리 집 마당으로 들어온다. 독특한 곡선을 비스듬히 그리고 있는 자전거의 디자인이 매력적이다. 이곳에서 팔기 위해 변형한 물건이 틀림없다. 전달자는 별로 매력적이지 않다. 새내기 공무원인 듯한 퉁명스러운 소년인데 내가 미소 짓자 시선을 피한다. 여기 있기 싫은 듯한 태도다. 흠, 만약 좀 더 정중한 태도로 전달자 역할을 수행하지 않는다면 곧 그렇게 될 터다.

"울리 픽 벤가린에게 편지가 왔습니다."

"제가 울리 픽 벤가린입니다."

소년이 인상을 찌푸리며 편지를 건네고 자전거를 몰아 사라진다. 나는 소년의 찌푸린 표정에 마음 쓰지 않는다. 소년은 이웃들과 마찬가지로 내가 누구인지 모른다. 그러니 거슬려 한들 의미가 없다. 나는 다시 실재할 수 있을 때까지 온전히 현존하는 사람인 척 통하게 되어 있다.

통상적인 정부 봉인이 찍혀 있는 편지는 실용적인 원형으로, 매우 사무적으로 보인다. '조세부'나 '지역구호부'나 '절차행사부'에서 왔을 법한 외형이지만, 당연히 그런 데서 온 편지가 아니다. 어떤 부서도 내가 다시 실재하기 전에는 내게 편지를 보내지 않을 것이다. 봉인된 편지는 '현존속죄부'에서 왔다. 호출이다. 내게 맡길 일이 있다고 한다.

대충 때가 된 참이다. 지난번 임무 이후 화단을 정리하고 접시를 닦고, 달 여섯 개가 모두 일렬로 늘어섰던 풍경을 그림으로 그려보려 애쓰며 6주 가까이 집에 있었다. 나는 그림을 잘 그리지 못한다. 다른 일을 할 때가 되었다.

배낭을 싸고 동생의 관유리에 입을 맞춘 다음 현관문을 잠근다. 전달자의 자전거와 달리 평범하게 생긴 자전거를 차고에서 꺼내, 먼지 날리는 길을 달려 도시로 향한다.

*

프라블릿 펙 브림미딘이 초조해하고 있다. 이 점이 나의 관심을 끈다. 평소의 펙 브림미딘은 현실과 환상을 절대 혼동하지 않을 것 같은 부류인 조심스럽고 차분한 사람이다. 지금까지는 호들갑 한번 떨지 않고 내게 일을 맡겼다. 그런데 지금은 도무지 앉아 있질 못한다. 마음에 전혀 안 드는 과장된 곡선의 석제상과 종이, 반쯤 먹다 만 음식 접시들로 어수선한 작은 사무실을 왔다 갔다 한다. 나는 접시들이나 그의 산만한 모습에 대해 말을 꺼내지 않는다. 그에게 깊이 감사하는 마음과는 꽤 별개로, 나는 그를 좋아한다. 현존속죄부의 관료들 중에 내게 다시 현존할 기회를 주자는 쪽에 투표한 사람이다. 나머지 두 심판관은 '속죄의 기회 없는 영원한 죽음'에 투표했다. 원래 범인은 자신의 사건에 관해 이렇게 많이 알아서는 안 되지만, 나는 알고 있다. 펙 브림미딘은 목털이 막 노랗게 변하기 시작한 땅딸막한 중년 남자다. 회색빛 눈은 선량해 보인다.

"펙 벤가린."

그가 마침내 말을 꺼냈다가, 도로 입을 닫는다.

"충심으로 봉사하겠습니다."

나는 그가 더는 긴장하지 않도록 부드럽게 말한다. 속이 거북해지기 시작한다. 왠지 좋은 소식이 아닐 것 같다.

"펙 벤가린."

또 침묵.

"그대는 밀고자요."

"우리의 공유현실을 위해 충심으로 봉사하겠습니다."

나는 놀란 내색을 하지 않으며 거듭 말한다. 물론 나는 밀고자다. 2년 82일 동안 밀고자로 일해왔다. 나는 동생을 죽였고, 속죄가 끝나 내가 다시 완전히 실재하고 아노가 죽음으로부터 풀려나 조상님들을 다시 만날 수 있을 때까지 밀고자일 것이다. 펙 브림미딘은 이 사실을 알고 있다. 첫 번째 일이었던 간단한 위조화폐 건부터 가장 최근의 아기 도난 사건에 이르기까지, 내게 지금까지 정보 제공 임무를 맡겨온 사람이 바로 그였다. 그는 내가 무척 유능한 밀고자란 사실도 안다. 그런데 대체 왜 이럴까?

펙 브림미딘이 갑자기 몸을 곤추세우더니 시선을 피하며 말한다.

"그대는 밀고자요. 현존속죄부에서 그대에게 임무를 맡겼소. 장소는 올리트 감옥이오."

그래서였군. 몸이 굳는다. 올리트 감옥은 범죄자들을 가두어둔 곳이다. 도둑질이나 사기, 아기 도난같이 어쨌든 평범한 범죄를 저지른 사람들이 아니라, 자신들이 일상적인 공유현실에 속하지 않기 때문에 다른 사람들의 가장 본래적인 현존을 침해해도 된다는 환상에 빠져든, 실재하지 않는 범죄자들이 가는 곳이다. 상해범. 강간범. 살인자와 같은.

나 같은 사람들.

왼손이 부들부들 떨린다. 떨림을 멈추고 얼마나 상처받았는지 내색하지 않으려고 안간힘을 쓴다. 펙 브림미딘에게 그보다는 높이 평가받았다고 생각했다. 부분적인 속죄 같은 것은 없지만―사람은 단지 실재하거나 실재하지 않는다―그럼에도 나는 마음 한구석으로 펙 브림미딘이 존재를 되찾으려는 지난 2년 82일간의 내 노력을 알아주었다고 생각했다. 나는 정말 열심히 일했다.

내 얼굴에서 이런 기분을 조금 읽었는지, 그가 서둘러 덧붙인다.

"펙, 그대에게 이런 일을 맡겨서 미안하오. 더 나은 일이었으면 싶소. 허나 라프킷 살로에서 특별히 그대를 지목했소."

수도에서 지목했다니 기분이 조금 나아진다.

"수도에서 지목하면서 첨부한 부분이 있는데, 내가 그대에게 이 정보 제공 임무에는 부수적인 보상이 따른다는 사실을 알릴 권한을 부여받았소. 이번 임무에 성공하는 즉시 빚을 모두 치른 것으로 인정되어 그대는 바로 다시 현존할 수 있소."

바로 다시 현존할 수 있다. 월드의 완전한 구성원으로 부끄러움 없이 살 수 있다. 자랑스럽게 고개를 들고 공유하는 사람들의 현실 세계에서 살아갈 자격을 얻는다. 아노의 몸을 인공 약품을 씻어내 땅에 묻어, 그녀의 몸이 월드로 돌아가고 그녀의 다정한 영혼이 우리의 조상님들과 재회하게 할 수 있다. 아노도 다시 현존할 수 있는 것이다.

"할게요."

바로 대답했다가 격식을 갖추어 다시 말한다.

"우리의 공유현실을 위해 임무를 받아들입니다."

"펙 벤가린, 그 전에 한 가지 더 들으시오."

펙 브림미딘이 또 안절부절못한다.

"용의자는 테란인이오."

나는 한 번도 테란인을 대상으로 정보를 캐낸 적이 없다. 올리트 감옥에는 물론 실재하지 않는다는 판결을 받은 외계인들도 갇혀 있다. 테란인, 팔러인, 작고 괴상한 허허헙들. 우주선들이 월드에 오기 시작한 지 30년이나 지났지만, 아직도 외계인들이 실재하는지는 상당한 논쟁거리다. 확실히 그들의 육신은 존재한다. 일단은 여기 있으니까. 그렇지만 그들의 사고는 사회의 공유현실을 하나도 받아들이지 못한다고 여겨질 만큼 무질서하다. 결코 이성을 알지 못하게 태어났기 때문에 소멸되어야 하는 가엾은 텅 빈 아이들만큼이나 실재하지 않는다.

보통 월드에 사는 우리들은 교역을 할 때를 빼면 외계인들을 그냥 내버려두는 편이다. 특히 테란인들은 종종 자전거 같은 신기한 물건을 뻔한 정보처럼 무가치한 대가와 바꾸자고 한다. 하지만 외계인들에게 다른 사람들의 영혼과 공유현실을 받아들이고 경배할 수 있는 영혼이 있을까? 학계에서는 이에 대한 논쟁이 끊이지 않는다. 심지어 시장이나 펠 가게에서도 사람들은 논쟁을 벌인다. 개인적으로는 외계인들이 현존할 법도 하다고 생각한다. 나는 편견을 갖지 않으려고 애쓴다.

"테란인에게서 정보를 얻어 오겠습니다."

펙 브림미딘이 기뻐하며 손을 흔든다.

"잘됐군, 잘됐어. 그대는 용의자가 감옥으로 이송되기 전에 먼저 들어갈 거요. 기본 설정을 쓰시오."

펙 브림미딘은 이 일이 내게 쉽지 않다는 것을 알고 있다. 나는 고개를 끄덕인다. 내 기본 설정은 사실이다. 나는 2년 82일 전에 여동생인 아노 펙 벤가린을 살해했고, 다시는 조상님들을 만나지 못하는 '영원한 죽음'에 처해져야 할 만큼 비실재적이라는 판결을 받았다. 단 하나 이 설정에서 사실이 아닌 부분은, 그다음부터 내가 도망쳐 정부로부터 숨어 지내왔다는 것이다.

"그대는 막 잡혀서 첫 번째 죽음을 올리트에서 치르도록 명받았소. 정부 기록에 그렇게 나올 거요."

나는 그의 얼굴을 보지 않으며 다시 고개를 끄덕인다. 올리트에서 죽음의 첫 번째 단계를 치르고, 때가 되면 아노를 붙들어놓은 것과 같은 약품의 구속을 받아 두 번째 단계를 치러 다시는 자유로울 수 없게 된다. **다시는.** 만약 정말 그렇게 된다면? 아마 미쳐버리리라. 많은 사람들이 미친다.

"용의자는 '캐릴 월터스'라는 사람이오. 테란인 치료사지. 현존하는 사람들의 뇌가 어떻게 작동하는지 알아내기 위한 실험을 하다가 월드 아이를 살해하고, '영원한 죽음'을 선고받았소. 정부에서는 월터스가 월드인들과 함께 실험을 했다고 믿소. 월드 어딘가에 과학 연구를 위해 아이를 죽일 만큼 현실 감각을 잃어버린 사람들이 있다는 말이오."

과장된 곡선의 흉물스러운 조각상들을 비롯해 실내가 순간적으로 흔들린다. 그러나 나는 곧 마음을 다잡는다. 나는 밀고자다. 나는 유능하다. 이 일을 해낼 수 있다. 나를 되찾고 아노를 해방시킬 것이다. 나는 밀고자다.

"그 사람들이 누구인지, 어디에서 무슨 일을 하는지 알아내겠습니다."

펙 브림미딘이 나를 향해 미소 짓는다.

"좋소."

그의 신뢰는 공유현실 한 모금이다. 공통된 인식을 거짓이나 폭력 없이 함께 인정하는 두 사람. 내게는 이 한 모금이 필요하다. 어쩌면 오랫동안 다시 맛보지 못할 마지막 한 모금인지도 모른다.

사람이 어떻게 저 혼자의 환상만을 갖고 영원한 죽음 속에서 살아갈 수 있을까?

올리트 감옥은 광인으로 가득하리라.

*

이틀 동안 힘겹게 자전거를 몰아 올리트에 간다. 중간에 자전거 나사가 빠져서 다음 마을까지 자전거를 끌고 간다. 자전거 가게 주인은 유능하지만 심술궂은, 대체로 나쁜 부분을 찾아내려고 공유현실을 노려보는 종류의 여자다.

"최소한 **테란인** 자전거는 아니네요."

"최소한 그렇죠."

내가 대꾸하지만 그녀는 빈정거림을 알아듣지 못한다.

"교활한 범죄자들 같으니라고. 우리 영역을 야금야금 갉아먹는 영혼도 없는 것들이지. 처음부터 들이지 말아야 했어. 그런데 정부는 우리를 그 실재하지도 않는 쓰레기들로부터 보호하다니, 하, 이런 우스운 일이 다 있나. 당신 나사는 비규격품이에요."

"그래요?"

"네, 더 내야 해요."

내가 고개를 끄덕인다. 열린 가게 뒷문 틈으로 굵은 문위드 의자에서 놀고 있는 두 소녀가 보인다.

"외계인들은 다 죽여야 해. 우리가 망가지기 전에 그들을 죽이는 것은 전혀 부끄러운 일이 아니잖아요."

"흐음."

밀고자들은 정치적 논쟁에서 눈에 띄면 안 된다. 두 아이들의 머리 위로 문위드가 바람을 받아 우아하게 구부러진다. 한쪽 소녀의 목털은 길고 갈색으로, 무척 예쁘다. 다른 소녀는 그런 목털이 없다.

"자, 이제 나사는 괜찮을 거예요. 어디에서 왔어요?"

"라프킷 살로에요."

밀고자들은 결코 출신지를 말하지 않는다.

그녀가 과장스럽게 몸을 떤다.

"난 수도에는 절대 안 갈 거예요. 외계인들이 너무 많잖아. 생각이라곤 눈곱만큼도 하지 않고 공유현실에서 **우리** 몫을 파괴한다니까!

3.8 줘요.”

나는 '공유현실에서 당신 몫을 파괴하는 사람은 어느 누구도 아닌 당신 자신이에요'라고 말하고 싶지만 묵묵히 값을 치른다.

그녀가 나를, 세상을 향해 눈을 부라린다.

“테란인들에 대한 내 말을 안 믿는군요. 하지만 나는 알아요!”

나는 꽃이 핀 시골길을 따라 자전거를 달린다. 하늘에는 해가 지는 맞은편 지평선에서 떠오르는 캅뿐이다. 캅이 아노의 살결처럼 투명하고 희고 부드럽게 빛난다.

테란인에게는 달이 하나뿐이라고 들었다. 그들 세계의 공유현실은 우리의 공유현실보다 빈약할지도 모른다. 덜 유연하고, 덜 풍성하고, 덜 따뜻할지도 모른다.

그들은 우리를 질투할까?

*

올리트 감옥은 남쪽 해안의 평평한 육지에 자리 잡고 있다. 월드의 다른 대륙에도 각각 정부가 있듯이 각각 감옥이 있지만, 월드인뿐 아니라 외계인들까지 가둔 곳은 올리트 한 곳뿐이다. 월드 정부들끼리 맺은 특별 조약의 결과다. 외계인 정부들은 반발했지만 물론 아무 소용이 없었다. 비실재적인 사람들은 마음대로 돌아다니게 두기에는 너무 고통스럽고 위험하다. 게다가 외계인 정부는 저 멀리 다른 별에 있다.

올리트는 곡선이라고는 찾아볼 수 없는 단조로운 직선의 벽돌 건물이다. 현존속죄부 공무원이 나를 만나 두 교도관에게 인계한다. 내 자전거를 교도관의 자전거에, 나를 내 자전거에 사슬로 매고 우리는 창살 진 정문을 통과한다. 넓고 먼지투성이인 마당을 가로질러 석벽으로 이끌려간다. 교도관들은 물론 나에게 말을 걸지 않는다. 나는 실재하지 않는다.

내 감방은 한 면이 내 키 두 배 정도인 사각형이다. 침대, 요강, 탁자, 의자가 있다. 문에는 창문이 없고, 줄 지어 늘어선 다른 감방의 문은 모두 닫혀 있다.

"죄수들이 함께 있어도 되는 시간은 언제인가요?"

내가 묻지만, 물론 교도관은 답하지 않는다. 나는 실재하지 않는다.

의자에 앉아 기다린다. 시계가 없으니 시간을 가늠하기 어렵지만, 아무 일도 일어나지 않은 채 몇 시간이 족히 흐른 것 같다. 이윽고 징 소리가 들리고 감방 문이 천장으로 올라간다. 감방 안에서는 손댈 수 없는 밧줄과 도르레로 위에서 당겨 여는 문이다.

환상에 빠진 사람들로 복도가 꽉 찬다. 남자와 여자, 발을 질질 끌며 걷는 목털이 노랗고 눈이 푹 꺼진 노인과 분노와 절망이 위태롭게 섞인 감정을 끌어안고 성큼성큼 걸어가는 젊은이, 그리고 외계인들.

예전에도 외계인을 본 적은 있지만, 이렇게 많은 외계인을 한번에 본 적은 없었다. 팔러인들은 몸집이 우리와 비슷하지만 머나먼 그들의 별에서 파삭파삭하게 탄 듯 새까맣다. 그들은 목털을 길게 길러 이상하고 화려한 색으로 염색하지만, 감옥의 팔러인들은 다르다. 테란인에게는 목털이 없지만, 그 대신 머리털이 있어 가끔 색다른 모양으로 자른다. 꽤 예쁘다. 테란인들은 몸집이 커서 조금 무섭다. 그들은 느릿느릿 움직인다. 내게 살해당하기 전에 대학을 1년 다녔던 아노가, 테란인들은 우리 세계보다 테란인들의 세계에서 몸이 더 가벼워진다고 한 적이 있다. 나는 그 말이 무슨 뜻인지 모르지만, 아노는 매우 똑똑했으니까 아마 사실일 거다. 아노는 팔러인, 테란인, 월드인들이 먼 옛날에는 어떻겐가 이어져 있었다고도 설명했지만, 그 말은 더 믿기 어렵다. 아노가 잘못 알았는지도 모른다.

허허헙이 우리와 혈연관계라고는 아무도 생각하지 못할 것이다. 작고 못생기고 잽싸고 위험한 허허헙은 네발로 걷고 혹으로 덮여 있다. 고약한 냄새도 풍긴다. 서로 딱 붙어 있는 허허헙들이 복도에 몇 명밖에 보이지 않아 다행이다.

우리는 일제히 허름한 식탁과 의자가 놓인 큰 방으로 들어간다. 구석에는 허허헙을 위한 물통이 놓여 있고, 식탁 위에는 음식이 차려져 있다. 시리얼, 납작빵, 엘린델 열매. 아주 기본적이지만 영양가 있는 식단이다. 교도관들이 전혀 눈에 띄지 않는다는 사실이 가장 놀랍다. 보아하니 죄수들은 음식에든 방에든 서로에게든 아무 방해받지 않고 무슨 짓이든 할 수 있는 모양이다. 글쎄, 안 될 이유도 없지. 우리는 실재하지 않으니까.

나에게는 보호자가 필요하다. 최대한 빨리.

등을 벽 쪽으로 두는 자리에 앉은 여자 둘에 남자 셋으로 이루어진 그룹을 고른다. 다른 사람들이 적당히 거리를 두고 있다. 그룹 안에서는 가장 나이 많은 여자가 대장인 것 같다. 나는 그녀 앞에 서서 그녀의 얼굴을 똑바로 마주본다. 왼쪽 뺨에서 회색 목털까지 긴 흉터가 있다.

"저는 울리 펙 벤가린입니다."

또렷하지만 다른 사람들에게는 들리지 않을 만큼 낮은 소리로 말한다.

416

"여동생을 살해해서 여기에 왔죠. 전 쓸모가 있어요."

그녀는 대답하지 않는다. 생기 없고 짙은 눈동자는 미동조차 없다. 그러나 나는 그녀의 관심을 끌었다. 다른 죄수들이 나를 흘끔흘끔 쳐다본다.

"교도관들 중에 정보원을 알고 있어요. 그 사람도 제가 안다는 사실을 알아요. 자기 정체를 탄로내지 않는 대가로 올리트 안으로 물건을 들여보내 줘요."

그녀의 시선은 여전히 흔들리지 않는다. 하지만 그녀는 내 말을 믿는다. 내 말이 간결하고 단도직입적이기 때문이다. 공유현실을 침범하는 밀고 행위로 이미 현실을 잃어버린 교도관이라면 더 사소하고 물질적인 이득을 위해서 쉽게 나쁜 짓을 할 터다. 일단 찢어지고 나면 현실의 틈이 자라난다. 같은 이유로 그녀는 내가 교도관과의 약속을 어길지도 모른다고 쉽게 믿는다.

"어떤 물건?"

그녀가 대수롭지 않다는 듯이 말한다. 거친 뿌리처럼 굵고 쉰 목소리다.

"편지, 사탕, 펜."

술이나 마약은 감옥에서 금지되어 있다. 실재하지 않는 사람들은 참가할 권리가 없는 공유축제에 쓰이는 물건이기 때문이다.

"무기도?"

"어쩌면요."

"너한테 교도관의 이름을 알아내서 내가 직접 그 사람과 거래하면 안 되는 이유가 있나?"

"당신하곤 거래하지 않을 거예요. 제 사촌이거든요."

현존속죄부에서 내게 제공한 설정 가운데 가장 까다로운 부분이다. 내 보호자가 될 사람이, 가족관계를 중요하게 생각할 만큼 현실 감각이 있으면서도 더 넓은 의미의 공유현실을 침해하는 사람이 실제로 있다고 믿어야 하기 때문이다. 그렇게 뒤틀린, 별로 안정적이지 않은 마음을 가진 사람이 있다는 이야기를 노련한 죄수가 믿을지 의심스럽다고 나는 브림미딘에게 말했었다. 그러나 퍽 브림미딘이 옳고 내가 틀렸다. 여자가 고개를 끄덕인다.

"좋아, 앉아."

그녀는 사촌에게 부탁하는 대가로 무엇을 원하는지 묻지 않는다. 이미 알고 있는 것이다. 나는 그녀 옆에 앉는다. 이제 나는 올리트 감옥 안에서, 그녀를 제외한 모든 사람들로부터 신체적으로 안전하다.

이제 어떻게든 테란인을 사귀어야 한다.

*

예상보다 어렵다. 테란인이나 우리나 자기들끼리 모여 있다. 그들도 올리트에 있는 미치고 불운한 모든 영혼들과 마찬가지로 서로에게 폭력적이다. 이곳은 어린아이들이 서로 겁을 주려고 속삭이는 공포담의 결정체다. 열흘이 채 지나지 않아 나는 월드인 두 명이 여자를 짓누르고 강간하는 광경을 목격한다. 아무도 말리지 않는다. 테란인 패거리가 팔러인 한 명을 폭행한다. 월드 여자가 다른 여자를 칼로 찌른다. 여자는 돌바닥에 피를 흘리며 죽어간다. 교도관들은 이때만 중무장을 하고 나타난다. 성직자가 약품으로 채운 관을 밀며 함께 들어와, 죄수의 육신이 썩어 그 영혼이 영원한 죽음 형에서 풀려나지 못하게

418

시체를 즉시 관에 집어넣는다.

감방에 혼자 있는 밤이면 나는 프라블릿 펙 브림미딘이 나타나 나의 잠정 현실을 폐지해버리는 꿈을 꾼다. 칼에 찔린 불쌍한 여자의 시체는 아노가 된다. 그녀를 공격한 여자는 나로 변한다. 나는 신음하고 흐느끼며 꿈에서 깨어난다. 눈물은 슬픔이 아니라 공포 때문에 흐른다. 내 삶과 아노의 삶이 내가 아직 만나지도 못한 외계 범죄자의 가느다란 끈에 매달려 있다.

그가 누구인지는 안다. 나는 귀를 쫑긋 세우고 테란인 무리에 최대한 가까이 살금살금 다가간다. 물론 테란인들의 말을 할 줄은 모르지만, 펙 브림미딘으로부터 '캐릴 월터스'라는 이름의 운율을 여러 테란인 사투리로 알아들을 수 있게 배웠다. 월터스는 회색빛 머리털을 단조로운 직선으로 자른 늙은 테란인으로, 갈색 피부는 주름지고 눈은 푹 꺼졌다. 그러나 그의 열 손가락은—대체 테란인들은 남는 손가락을 어떻게 엉클어뜨리지 않는 걸까?— 길고 잽싸다.

월터스 쪽 사람들이 그를 방해하지 않고 내 보호자처럼 비폭력적으로 존중하며 대한다는 사실을 알아차리는 데는 하루밖에 걸리지 않는다. 이유를 알아내는 데는 시간이 좀 더 걸린다. 월터스는 위험하지 않다. 보호자도 징벌자도 아니다. 교도관들과 사적인 공유현실을 갖고 있을 것 같지도 않다. 월드 여자가 칼에 찔려 죽은 날에야 나는 이유를 깨닫는다.

사건은 서늘한 날 마당에서 일어난다. 나는 머리 위 한 조각 맑은 하늘을 탐욕스럽게 올려다본다. 찔린 여자가 비명을 지른다. 살인자가 칼을 여자의 배에서 뽑아내자 피가 뿜어져 나온다. 곧 바닥이 흥건히 젖는다. 여자가 몸을 구부린다. 나만 빼고 다른 사람들은 모두 시선을 돌린다. 월터스가 늙은 다리를 질질 끌면서 달려와 무릎을 꿇고, 어쨌든 이미 죽은 상태였던 여자의 목숨을 살리려고 덧없이 노력한다.

당연한 얘기다. 그는 치료사다. 테란인들은 다음에 그의 도움을 필요로 하는 사람이 바로 자신일지도 모르기 때문에 그를 괴롭히지 않는다.

이 사실을 바로 알아채지 못한 스스로가 어리석게 느껴진다. 나는 정보를 **잘 알아내는** 사람이어야 했다. 이제 바로 행동에 돌입해 실수를 만회해야 한다. 문제는 물론 내가 아파 펙 파카르의 보호를 받는 한 아무도 나를 공격하지 않으리란 점이다. 펙 파카르 본인을 도발하는 것은 너무 위험하다.

방법은 한 가지밖에 없다.

며칠을 기다린다. 마당으로 나가 감옥 벽에 기대어 조용히 앉아 얕은 숨을 쉰다. 몇 분 뒤에 갑자기 펄쩍 뛰어오르자 어지럼증이 나를 덮친다. 숨을 참자 현기증이 심해진다. 나는 그 상태로 최대한 세게 거친 석벽으로 달려들어 부딪힌 다음 미끄러진다. 통증이 팔과 이마를 타고 내린다. 펙 파카르의 수하가 무어라고 고함을 지른다.

펙 파카르가 즉시 다가온다. 현기증과 통증의 장막 너머로 그녀와 다른 사람들의 목소리가 들린다.

"그냥 벽으로 달려들었어요. 똑똑히 봤는데……."

"갑자기 어지럼증을 느낄 때가 있다고 했죠……."

"머리가 깨져서……."

갑자기 진짜 메스껍다. 내가 헐떡인다.

"치료사, 그 테란인……."

"테란인?"

펙 파카르가 돌연 의심스럽다는 듯이 딱딱한 목소리로 말한다. 내가 몇 마디 더 헐떡인다.

"병이…… 테란인이 가르쳐…… 어렸을 때부터…… 도움을 받지 못하면 저는……."

계획하진 않았지만 효과적이게도 내 토사물이 그녀의 신발을 더럽힌다.

"가서 그 테란인을 데려와."

펙 파카르가 누군가에게 신경질적으로 말한다.

"수건도!"

캐릴 월터스가 내 위로 몸을 구부린다. 나는 그의 팔을 움켜잡고 미소를 지으려다 기절한다.

*

정신을 차려보니 식당 바닥에 누워 있는 내 옆에 테란인이 책상다리를 하고 앉아 있다. 멀리서 월드인 몇 명이 얼굴을 찌푸린 채 어슬렁댄다. 캐릴 월터스가 말한다.

"손가락이 몇 개로 보입니까?"

"네 개요. 원래 다섯 개 아니에요?"

그가 다섯 번째 손가락을 손바닥 뒤에서 펼치고 말한다.

"이제 괜찮군요."

"아뇨, 안 괜찮아요."

그의 말투는 어린아이 같고 어색한 억양이 섞여 있지만 알아들을 만하다.

"전 병을 앓고 있어요. 다른 테란인 치료사가 그렇게 말했어요."

"누가?"

"안나 펙 라코브라고 했어요."

"어떤 병입니까?"

"잘 모르겠어요. 머리에 뭔가 있대요. 주문에 걸려요."

"어떤 주문입니까? 쓰러져 바닥에서 몸을 비트나요?"

"아뇨, 네, 가끔은요. 증상이 다를 때도 있어요."

나는 그의 두 눈을 똑바로 들여다본다. 이상한 눈이다. 내 눈보다 작고 믿어지지 않을 만큼 새파랗다.

"펙 라코브는 제가 주문에 걸렸을 때 도움을 받지 못하면 죽을 수도 있다고 했어요."

그는 내 거짓말에 반응하지 않는다. 아니, 어쩌면 반응했지만 내가 알아보지 못했을 수도 있다. 나는 지금까지 테란인에게 정보를 캐내 본 적이 없다. 대신 그는 올리트 감옥 같은 곳에서조차도 심하게 모욕 적인 질문을 던진다.

"왜 당신은 실재하지 않습니까? 무슨 짓을 했어요?"

내가 시선을 피한다.

"여동생을 죽였어요."

자세히 얘기해보라고 하면 울음을 터뜨리리라. 머리가 너무 아팠다.

"유감입니다."

내게 물어보아서 유감스럽다는 말일까, 내가 아노를 죽인 일이 유 감스럽다는 말일까? 펙 라코브는 이 남자 같지 않았다. 그녀는 예의범 절을 알았다.

"그 테란인 치료사는 제가 주문에 걸리면 잘 아는 사람이 저를 주의 깊게 살펴줘야 한다고 했어요. 펙 월터스, 당신은 어떻게 하면 되는지 아나요?"

"네."

"절 지켜봐주시겠어요?"

"그러죠."

실제로 그는 지금 나를 주의 깊게 살피고 있다. 손을 들어 머리를 만져본다. 스스로 들이박은 자리에 붕대가 감겨 있다. 머리는 아까보다 더 아프다. 손에 끈적끈적한 피가 묻어난다.

"대가는?"

"펙 파카르에게는 보호의 대가로 무엇을 줍니까?"

그는 생각보다 똑똑하다.

"당신과는 공유할 수 없는 것이에요."

그녀가 나를 응징할 것이다.

"그러면 당신을 지켜볼 테니, 대신 월드에 관한 정보를 줘요."

나는 고개를 끄덕인다. 테란인들이 으레 원하는 것이다. 게다가 정보를 줄 때 정보를 끌어낼 수도 있다.

"펙 파카르에게 당신과 함께 있어야 하는 이유를 설명할게요."

경고 없이 찾아온 두통으로 식당에 있는 모든 것이 희미하게 사라지기 직전에, 내가 말한다.

*

펙 파카르는 이 이야기를 좋아하지 않는다. 하지만 그녀는 방금 나한테 '사촌'을 통해 밀반입한 권총을 받았다. 내 감방 침대 밑에 교도소장에게 쪽지를 남겨두면, 죄수들이 마당에 나간 사이에—날씨가 어떻든 죄수들은 날마다 마당으로 나간다—쪽지가 있던 자리에 요청한 물건이 놓여 있다. 펙 파카르는 '무기'를 요구했다. 우리 둘 다 테란제 권총이 들어올 줄은 예상하지 못했다. 감옥 전체에서 그런 물건을 가진 사람은 그녀 한 사람뿐이다. 그 총은 우리처럼 실재하지 않는 사람들이 서로를 죽인 끝에 누구 하나 남지 않더라도 아무도 상관하지 않으리라는 사실을 적나라하게 상기시킨다. 달리 쏠 사람이 없다. 우리는 이미 영원히 죽어 있지 않은 사람을 절대 만나지 못한다.

"펙 월터스가 없으면 전 또 주문에 걸려서 죽을지도 몰라요."

내가 인상을 쓰고 있는 펙 파카르에게 말한다.

"그 사람은 뇌를 부드럽게 해서 저를 주문에서 빠져나오게 하는 특별한 테란식 방법을 알고 있어요."

"그 특별한 방법을 나한테 가르쳐줄 수도 있지."

"아직 월드인들은 아무도 그 방법을 배우지 못했어요. 테란인의 머리는 우리와 달라요."

그녀가 나를 쏘아본다. 그러나 아무도, 현실을 잃어버린 사람들조차도 외계인의 뇌가 기묘하다는 사실을 부정하지는 못한다. 그리고 내 부상은 틀림없는 현실이다. 피에 젖은 붕대, 부풀어 올라 눈동자가 보이지 않는 왼쪽 눈두덩, 왼쪽 뺨을 따라 길게 벗겨진 피부, 멍든 팔. 그녀가 단조로운 원통 모양의 둔탁한 금속제 테란 권총을 쓰다듬는다.

"알았어. 그 테란인과 가까이 있어도 돼. 그자가 동의한다면. 그런데 그는 왜?"

내가 느릿하게 미소 짓는다. 펙 파카르는 약점을 드러내지 않기 위해 아침에 절대 반응을 보이지 않는다. 그러나 그녀는 이해한다. 혹은 자신이 이해한다고 생각한다. 내가 그 테란인을 펙 파카르의 힘을 들어 협박했고, 이제 감옥 안의 모든 죄수들이, 월드인은 물론이고 외계인에게까지 그녀의 권력이 미친다는 사실을 알고 있다고 생각한다. 눈을 부라리고는 있지만 그녀는 사실 불쾌하지 않다. 그녀의 손에서 권총이 번득인다.

테란인과의 대화는 이렇게 시작된다.

*

캐릴 펙 월터스와의 대화는 민망하고 답답하다. 그는 식당이나 마당에서 내 옆에 앉아 남들 보는 데서 머리를 긁는다. 기분이 좋을 때면 잇새로 소름 끼치는 쉿소리를 낸다. 자기 피부(이상한 갈색 반점이 있다)나 폐(물이 차 있는 모양이다) 상태 등 친척들끼리나 얘기할 법한 화제를 서슴없이 꺼낸다. 게다가 대화를 시작할 때 꽃에 관한 의례적인 말조차 할 줄 모른다. 마치 아이와 얘기하는 것 같지만, 이 아이는 느닷없이 자전거 공학이나 대학 법률에 관해 토론한다.

"당신들은 개인은 별로 의미가 없고 집단이 전부라고 생각하죠."

우리는 다른 죄수들과 조금 떨어져, 마당의 석벽에 기대 앉아 있다. 우리를 슬쩍 보는 사람들도 있고 노골적으로 바라보는 사람들도 있다. 화가 난다. 나는 펙 월터스에게 자주 화가 난다. 일이 내 계획대로 풀리지 않고 있다.

"어떻게 그런 말을 할 수가 있어요? 월드에서 각각의 개인은 굉장히 중요해요! 우리는 자기가 잘못하지 않는 한 어떤 개인도 공유현실에서 벗어나지 않도록 서로를 아껴요!"

"물론 그렇죠."

방금 내게서 배운 말이다.

"아무도 혼자 남겨지지 않게 서로를 아낍니다. 혼자 있는 것은 나빠요. 혼자 행동하는 것도 나쁘죠. 사람은 함께 있을 때에야 존재하니까요."

"당연하죠."

혹시 이 사람 정말 바보 아닐까?

"현실은 언제나 공유돼요. 오직 한 사람만 별빛을 본다면 그 별이 정말로 존재하는 걸까요?"

그는 웃음을 짓고는 내가 전혀 알아듣지 못하는 말로 무어라 말한다. 그러고는 다시 진짜 말로 되풀이한다.

"나무가 넘어질 때 아무도 그 소리를 듣지 못하면 소리가 있을까요?"

"그렇지만…… 혹시 당신네 별 사람들은 믿기를……."

무엇을? 적당한 단어가 떠오르지 않는다.

"사람들은 혼자 있든 함께 있든 항상 자신이 존재한다고 생각합니다. 다른 사람들이 자기더러 죽었다고 할 때도요. 나쁜 일을 저질렀을 때도, 심지어 살인을 했을 때도 사람들은 존재합니다."

"하지만 그런 사람들은 실재하지 않아요! 어떻게 실재할 수가 있죠? 공유현실을 침해했잖아요! 만약 제가 당신을, 당신 영혼의 현존을 받아들이지 않고 동의 없이 당신을 당신 조상님들에게 보내버린다면 그게 바로 제가 현실을 이해하지도 보지도 못한다는 증거예요! 실재

426

하지 않는 사람들만 그런 짓을 할 수 있어요."

"아기도 공유현실을 보지 못하죠. 그렇다면 아기도 실재하지 않는 건가요?"

"당연하죠. 이성적으로 생각할 나이가 될 때까지 아기들은 실재하지 않아요."

"그럼 아기를 죽여도 진짜 사람을 죽인 게 아니니까 괜찮나요?"

"당연히 아니죠! 아기를 죽이는 건 아기가 존재할 기회를 죽인 셈이에요. 심지어 조상님들을 만나기도 전에요! 게다가 그 아기를 조상님으로 갖게 될 다른 모든 아기들의 기회도 빼앗는 짓이죠. 아기를 죽이는 짓 따위는 월드인이라면 누구도, 심지어 올리트의 죽은 영혼들조차도 하지 않을 거예요! 테란에서는 사람들이 아기를 죽이기도 한다는 말이에요?"

그가 내게는 보이지 않는 무언가를 응시한다.

"네."

내가 바란 형태는 아니지만 기회가 왔다. 어쨌든 내게는 할 일이 있다.

"테란인은 과학 실험을 위해 사람을 죽이기도 한다고 들었어요. 안나 펙 라코브가 제 머리에 대해 알던 것과 같은 지식을 얻기 위해서라면 아이들까지도요. 사실인가요?"

"그렇기도 하고 아니기도 해요."

"어떻게 그렇기도 **하고** 아니기도 할 수가 있어요? 아이들이 과학 실험에 이용되나요?"

"네."

"어떤 실험에요?"

"어떤 아이들인지 물어야 해요. 죽어가는 아이들, 아직 태어나지 않은 아이들, 잘못…… 태어난 아이들, 뇌가 없거나 망가진 아이들."

나는 지금 들은 이야기를 골똘히 생각한다. 죽어가는 아이들…… 진짜 죽은 아이들이 아니라 조상님을 만나기 위해 변화하는 아이들이란 뜻일 것이다. 그렇다면 실험한 다음에 제대로 시신이 썩어 영혼을 풀어주게 한다면야 그다지 나쁜 일이 아니다. 뇌가 없거나 망가진 아이들…… 그것도 괜찮다. 그런 불쌍하고 실재하지 않는 아이들은 어차피 소멸된다. 하지만 아직 태어나지 않은 아이들이라니…… 엄마의 자궁 안에 있다는 말일까, 밖에 있다는 말일까? 나는 그 부분은 다음에 논의하기로 하고 일단 제쳐둔다. 지금은 다른 이야기를 좇고 있다.

"살아 있는 진짜 아이들은 절대 실험에 쓰이지 않나요?"

그는 내가 알아보지 못하는 표정을 짓는다. 테란인의 표정은 여전히 낯설다.

"아뇨, 이용하기는 해요. 실험의 성격에 따라. 아이가 다치지 않는 실험에는요."

"예를 들면요?"

우리는 이제 서로를 똑바로 마주본다. 나는 문득 이 늙은 테란인이 내가 정보를 캐려고 다가온 밀고자임을 눈치채고, 바로 그렇기 때문에 주문에 걸린다는 얄팍한 거짓말을 받아들였던 게 아닌가 의심한다. 그렇다 해도 꼭 나쁜 일은 아니다. 쌍방이 거래한다는 사실을 인정하면 실재하지 않는 사람과도 거래할 길이 있다. 그러나 펙 월터스도 이 점을 알고 있는지는 확실하지 않다.

"뇌가 어떻게 작동하는지를 연구하는 실험에서요. 예를 들어 기억이 어떻게 작동하는지에 관한 실험이오. 공유 기억을 포함해서요."

"기억이오? 기억은 '작동'하지 않아요. 단지 그냥 있을 뿐이에요."

"아니, 기억은 기억을 형성하는 단-백질에 의해 작동합니다."

그가 테란 단어를 사용했다가 고쳐 말한다.

"작은 음식 조각."

말이 안 된다. 음식과 기억이 무슨 상관이람? 기억을 먹거나 음식을 먹어서 기억을 얻을 수는 없다. 하지만 나는 꽤 깊이 파고들었고, 그의 단어를 이용해 더 깊이 들어가려고 한다.

"월드인의 기억도 테란인과 똑같은…… '단-백질'로 작동하나요?"

"그렇기도 하고 아니기도 합니다. 같거나 거의 같은 부분도 있고 다른 부분도 있어요."

그가 나를 매우 유심히 살핀다.

"월드인들의 기억 작동이 같은지 다른지 어떻게 알아요? 테란인들이 월드에서 뇌 실험을 했나요?"

"네."

"월드 아이들을 데리고요?"

"네."

허허헙 무리가 마당을 가로지른다. 그 냄새나는 작은 외계인들은 한데 뭉쳐서 무슨 의식이나 놀이 같은 것을 하고 있다.

"그럼 펙 월터스, 당신은 아이들을 대상으로 한 실험에 개인적으로 참여한 적이 있나요?"

그는 대답하는 대신 작게 웃는다. 잘 몰랐다면 나는 그 웃음이 슬퍼 보인다고 확신했으리라.

"펙 벤가린, 당신은 왜 동생을 죽였나요?"

예상치 못했기에―마침내 유용한 정보를 얻어내기 직전까지 온 지금에 와서—벌컥 화가 난다. 펙 파카르조차도 내게 이런 질문을 하지는 않았다. 화난 얼굴로 그를 쏘아본다.

"알아요. 물으면 안 되죠. 물으면 잘못입니다. 그러나 나는 당신에게 많은 이야기를 해주었고, 답은 중요합니⋯⋯."

"하지만 그 질문은 모욕적이에요. 물어선 안 돼요. 월드인들은 서로에게 그만큼 잔인하지 않아요."

"올리트 감옥의 저주받은 사람들조차도?"

비록 그의 문장에 내가 이해하지 못한 단어가 끼어 있긴 하지만, 나는 내가 밀고자이고, 그에게서 정보를 캐내고 있다는 사실을 그가 알아챘다는 것을 깨닫는다. 상관없다. 차라리 그편이 낫다. 하지만 새 질문을 생각해낼 시간이 필요하다.

나는 시간을 벌기 위해 앞에서 한 말을 되풀이한다.

"월드인들은 그렇게 잔인하지 않아요."

"그러면 당신은⋯⋯."

갑자기 탄내가 나며 공기가 지글거린다. 사람들이 소리를 지른다. 고개를 든다. 아파 펙 파카르가 테란 권총을 들고 마당 한가운데에 서서 허허헙들을 쏘고 있다. 광선을 쏘아 타들어간 구멍을 남길 때마다 허허헙이 한 명씩 쓰러진다. 그 외계인들은 영원한 죽음의 두 번째 단계로 들어간다.

일어서서 펙 월터스의 팔을 잡아당긴다.

"가요. 당장 피하지 않으면 교도관들이 와서 독가스를 살포할 거예요."

"왜요?"

"시체를 약품 구속하기 위해서죠!"

이 외계인은 교도관들이 실재하지 않는 사람들을 아주 조금이라도 썩게 내버려두리라고 생각하는 걸까? 나와 몇 번 얘기를 나누었으니 그보다는 잘 알 줄 알았다.

그가 비틀거리며 천천히 일어선다. 펙 파카르가 손에 총을 쥔 채 웃으며 문으로 걸어간다.

"월드인들 잔인하지 않아요?"

펙 월터스가 말한다.

우리 뒤로는 수북하게 나자빠진 허허헙들의 시체에서 연기가 피어오르고 있다.

*

죄수들이 다시 식당과 마당으로 떼 지어 나올 시간이 되자, 허허헙들의 시체는 당연히 이미 사라지고 없다. 펙 월터스가 기침을 하기 시작한다. 걸음걸이가 느려진다. 우리가 평소에 앉는 자리로 걸어가는 도중에 쓰러지지 않으려고 내 팔에 손을 올리기도 한다.

"펙, 아파요?"

"그렇고말고요."

"하지만 당신은 치료사잖아요. 기침을 진정시켜요."

그가 웃으며 안도하듯 벽에 기대 미끄러져 앉는다.

"치료사여, 자신을 치료하라."

"뭐라고요?"

"아니에요. 펙 벤가린, 당신은 밀고자군요. 월드에서 아이들을 대상으로 한 과학 실험에 대해 듣고 싶은 거죠."

나는 깊이 숨을 들이쉰다. 펙 파카르가 총을 들고 우리 앞을 지나간다. 이제는 그녀의 수하 두 명이, 다른 죄수가 총을 빼앗으려 할 때를 대비해 언제나 그녀 옆을 따라다닌다. 대체 누가 그럴까 싶지만, 내가 잘못 생각하는지도 모른다. 실재하지 않는 사람들이 무슨 짓을 할지는 아무도 모른다. 펙 월터스가 웃음기를 거두고 그녀를 쳐다본다. 어제 펙 파카르는 다른 사람을 죽였다. 이번에는 심지어 외계인도 아니었다. 내 침대 밑에는 무기를 더 달라는 쪽지가 놓여 있다.

"내가 밀고자라고 말한 사람은 **당신**이지 내가 아니에요."

"그렇고말고요."

펙 월터스가 대답한다. 또 기침 주문에 걸렸다가 지친 표정으로 눈을 감는다.

"항-새앵-제가 없어요."

또 다른 테란 단어다. 조심스럽게 따라해본다.

"항-새앵-제?"

"치료할 때 쓰는 단-백질이에요."

아주 작은 음식 조각이라는 단어가 다시 나왔다. 나는 그 단어를 이용한다.

"과학 실험에 쓰는 단-백질에 대해 얘기해주세요."

"실험에 대해 다 얘기해줄게요. 하지만 먼저 당신이 내 질문에 답해줘야 해요."

그는 아노에 관해 물을 것이다. 그저 무례하고 잔인하게 굴기 위해서. 내 얼굴이 딱딱하게 굳는다.

"왜 아기를 훔치는 일이 범인을 실재하지 않게 만들 만큼 나쁜 범죄가 아닐 때도 있는지 가르쳐줘요."

432

나는 눈을 깜박인다. 뻔하잖아?

"아기를 훔치는 일은 그 아기의 현실을 손상시키지 않아요. 아기는 그저 다른 사람들과 다른 장소에서 자랄 뿐이죠. 월드에 존재하는 모든 사람들은 같은 현실을 공유하고, 전이가 끝나면 어쨌든 그 아기는 혈족인 조상님들을 다시 만나죠. 아기를 훔치는 일은 당연히 나쁜 짓이지만 정말 심각한 범죄는 아니에요."

"위조 동전 제조도?"

"마찬가지죠. 가짜긴 하지만 동전은 여전히 공유돼요."

그가 이번에는 훨씬 심하게 기침을 한다. 나는 기다린다. 그가 마침내 말한다.

"즉, 내가 당신 자전거를 훔쳐도 그 자전거는 여전히 월드 사람들과 함께 어딘가에 있을 테니까 공유현실을 지나치게 침해하는 행동은 아닌 거군요."

"그래요."

"하지만 자전거를 훔치면 공유현실을 조금은 침해하는 거겠죠?"

"네."

잠시 후에 내가 덧붙인다.

"그 자전거는 어쨌든 제 것이니까요. 당신은…… 그 결정을 저와 공유하지 않음으로써 제 현실을 조금 바꾸어놓은 거죠."

나는 그를 쳐다본다. 어떻게 이만큼 똑똑한 사람에게 이 모든 이야기가 명백하지 않을 수 있을까?

"펙 벤가린, 당신은 밀고자 노릇을 하기에는 사람을 너무 쉽게 믿어요."

분이 차올라 목이 부풀어오른다. 나는 **무척 유능한** 밀고자다. 바로 조금 전만 해도 정보 교환을 성립시키기 위해 나의 개인적인 공유현실에 이 테란인을 묶지 않았던가? 내가 막 그의 몫을 요구하려는 순간 그가 불쑥 말한다.

"그래서 여동생을 왜 죽였어요?"

펙 파카르의 부하 둘이 거들먹거리며 걸어간다. 새로운 총을 들고 있다. 마당 건너편에서 팔러인이 천천히 몸을 돌려 그들을 살핀다. 그의 얼굴에 떠오른 공포심이 나에게까지 보인다.

나는 할 수 있는 한 차분한 어조로 대답한다.

"환상에 사로잡혔어요. 아노가 제 애인과 잤다고 생각했죠. 아노는 저보다 젊고 똑똑하고 예뻤어요. 보시다시피 전 별로 미인이 아니에요. 전 현실을 동생이나 애인과 공유하지 않았어요. 환상은 점점 자라나 결국 제 머릿속에서 폭발했고, 저는…… 살인을 저질렀어요."

숨이 가쁘다. 펙 파카르의 부하들이 시야에서 흐릿해진다.

"아노를 죽인 일을 분명하게 기억하나요?"

내가 깜짝 놀라 그쪽을 돌아본다.

"어떻게 잊어버릴 수 있겠어요?"

"못 잊어버리죠. 기억 생성 단-백질 때문에 못 잊어버려요. 당신의 뇌에는 기억이 선명하게 남죠. 단-백질의 구조와 위치, 작동 원리를 알아내기 위해 월드 아이들을 대상으로 실험했어요. 하지만 실험 결과 다른 것이 발견되었죠."

"다른 어떤 것이오?"

펙 월터스는 고개를 흔들고 다시 기침을 시작한다. 나는 기침 주문이 우리의 거래를 깨뜨리기 위한 핑계가 아닐까 생각한다. 아무튼 그는 실재하지 않는 사람이니까.

펙 파카르의 부하들이 감옥 안으로 들어간다. 저 멀리 팔러인이 벽에 기대 쓰러지듯 주저앉는다. 그들은 그를 쏘지 않았다. 최소한 지금 당장 영원한 죽음의 두 번째 단계로 들어가지는 않은 것이다.

하지만 내 옆에서 펙 월터스는 피를 토해내고 있다.

*

그는 죽어가고 있다. 나는 확신할 수 있다. 어떤 월드 치료사도 어쨌든 이미 죽은 사람인 그에게 다가오지는 않았지만. 그의 동료 테란인들은 두려운 표정으로 그를 피한다. 그의 병이 전염병인지도 모른다. 그래서 나만 남았다. 나는 그를 감방까지 부축해 갔고, 문이 닫히고 나자 그냥 안에 남아야겠다고 생각한다. 아무도 확인하러 오지 않을 테고, 설령 오더라도 상관하지 않을 것이다. 펙 월터스가 관에 들어가거나, 펙 파카르가 그는 내 가짜 병을 고쳐주기에는 너무 약해졌으니 가까이 하지 말라고 명령하기 전에 필요한 정보를 얻어낼 마지막 기회인지도 모른다.

그의 몸은 매우 뜨겁다. 긴 밤 내내 그는 침대를 걷어차고 자기 말로 중얼거리고 때로는 기이한 외계인의 눈동자를 굴려댄다. 정신이 또렷해질 때도 있는데, 그럴 때면 그는 마치 내가 누구인지 알아본다는 듯이 나를 쳐다본다. 이럴 때면 나는 그에게 질문을 던진다. 그러나 제정신일 때와 제정신이 아닐 때의 경계가 차츰 희미해진다. 그의 정신은 더 이상 그의 것이 아니다.

"펙 월터스, 기억 실험이 어디에서 이루어지고 있나요? 어떤 곳이죠?"

"기억…… 기억……."

외계어로 몇 마디가 이어진다. 시의 운율같이 들린다.

"펙 월터스, 기억 실험을 어디에서 하고 있어요?"

"라프킷 살로에."

터무니없는 대답이다. 라프킷 살로에는 아무도 살지 않는 수도인데다 별로 넓지도 않다. 매일 낮이면 사람들이 들어가 부서를 운용하고, 밤이면 도로 나와 각자의 마을로 돌아간다. 라프킷 살로에는 계속 공유되는 물리적인 현실이 아닌 곳이 한 구석도 없다.

그가 기침을 한다. 또 피거품을 토하고 눈이 뒤집힌다. 그에게 물을 먹인다.

"펙 월터스, 기억 실험을 어디에서 하고 있어요?"

"라프킷 살로에에서. 구름 속에서. 올리트 감옥에서."

계속 이런 식이다. 아침 일찍 펙 월터스는 죽는다.

죽기 직전에 정신이 더 또렷해지는 순간이 잠시 찾아온다. 그가 전이로 인해 수척해진 늙고 지친 얼굴을 들어 나를 쳐다본다. 슬프고 상냥한, 불안하게 만드는 시선이 그의 눈에 다시 깃든다. 실재하지 않는 사람에게는 어울리지 않는 표정이다. 지나치게 공유적이다. 그가 입을 열고 너무 낮은 목소리로 말하는 통에 나는 몸을 숙인다.

"병든 뇌는 혼잣말을 해요. 당신은 동생을 죽이지 않았어요."

"쉿, 말하려고 애쓰지 말아요……."

"브리프지스를…… 찾아요. 맬든 펙 브리프지스, 라프킷 해든에…… 찾아요……."

그가 다시 열에 사로잡힌다.

그가 죽고 채 몇 분이 지나지 않아 무장한 교도관들이 구속 약품으로 채워진 관을 밀며 들어온다. 성직자도 함께 있다. 나는 '잠깐만요, 그는 좋은 사람이었어요. 영원한 죽음을 치를 사람이 아니에요'라고 말하고 싶지만 당연히 말하지 않는다. 그런 생각을 했다는 것 자체가 스스로도 믿어지지 않는다. 교도관이 나를 복도로 밀어내고 감방의 문이 닫힌다.

그날 나는 올리트 감옥에서 나온다.

＊

"다시 말해보시오. 하나도 빠짐없이."

펙 브림미딘이 말한다.

그는 예전과 변함이 없다. 땅딸막하고 살짝 구부정한 몸과 노랗게 변해가는 털. 어지러운 사무실도 여전하다. 접시, 종이, 과장스러운 조각품들. 나는 그 흉물스러운 광경을 게걸스럽게 바라본다. 감옥에 있을 때 자연스러운 곡선이 얼마나 보고 싶었는지 모른다. 한편으로는 적당한 기회가 올 때까지 질문을 참기 위해 조각상에 시선을 고정한다.

"펙 월터스는 과학 실험이라는 명목으로, 네, 월드 어린이들을 대상으로 한 실험에 관해 제게 모두 이야기하겠다고 했습니다. 그러나 부득이하게도 그 실험이 뇌에서 기억을 만들어내는 작은 음식 조각인 '기억 생성 단-백질'과 관련되어 있다는 정도의 이야기만 할 수밖에 없었습니다. 실험은 라프킷 살로와 올리트 감옥에서 행해지고 있다고도 했습니다."

"펙 벤가린, 그게 전부요?"

"전부입니다."

펙 브림미딘이 무뚝뚝하게 고개를 끄덕인다. 그는 위협적인 태도로 혹시라도 내가 잊어버렸을지도 모를 정보를 한 조각이라도 더 끌어내려고 애쓴다. 그러나 나는 프라블릿 펙 브림미딘에게서 어떤 위협도 느끼지 못한다. 나는 진짜 위험을 보았다.

펙 브림미딘은 바뀌지 않았다. 내가 달라졌다.

기다리던 질문을 던진다.

"그 테란인이 죽기 전에 캐낼 수 있는 정보를 모두 가져왔습니다. 저와 아노가 자유로워지기에 충분한가요?"

그가 목털을 쓸어내린다.

"미안하지만 내가 답할 수 있는 문제가 아니오. 윗사람들과 상의해야 하오. 그래도 최대한 빨리 답을 전해주겠소."

"고맙습니다."

나는 대답하고 눈을 내리깐다. **펙 벤가린, 당신은 밀고자 노릇을 하기에는 너무 사람을 쉽게 믿어요.**

나는 왜 프라블릿 펙 브림미딘에게 나머지 이야기를 하지 않았을까? 맬든 펙 브리프지스와 라프킷 해든, 사실은 여동생을 죽이지 않았을지도 모른다는 말에 대해서. 열에 들뜬 머리에서 나온 터무니없는 헛소리임이 거의 확실하기 때문이다. '맬든 펙 브리프지스'가 실재하지 않는 외계인 때문에 곤란을 겪어서는 안 되는 결백한 사람일지도 모르기 때문이다. 펙 월터스의 말이 임종을 맞이하는 순간에 나에게만 개인적으로 전해진 말이었기 때문이다. 아노의 일에 대해 펙 브림미딘의 윗사람들과 또 한번 무의미하고 고통스러운 대화를 이어가고 싶지 않기 때문이다.

이 모든 일에도 불구하고 캐릴 펙 월터스를 믿기 때문이다.

"가도 좋소."

펙 브럼미딘이 말한다. 나는 먼지가 날리는 길을 따라 자전거를 타고 집으로 간다.

*

나는 맞은편 침대에 여전히 손가락을 우아하게 구부리고 누워 있는 아노의 시체와 거래를 한다. 그녀의 아름다운 갈색 털이 관의 약품 속을 떠다닌다. 아주 어렸을 때, 나는 그 털을 정말 탐냈다. 아노가 자는 사이에 홀랑 잘라버린 적도 있다. 그러나 그보다 자주, 나는 아노의 머리를 꼬아서 엮어주거나 꽃으로 장식해 땋아주었다. 아노는 참으로 아름다웠다. 아노가 어렸을 때는 여덟 손가락 하나하나마다 청혼 반지를 끼고 있었다. 두 건은 상대편 부모와 우리 부모 사이에서 협상이 진행되고 있었다. 나는 아노보다 나이가 많았지만 청혼을 한 번도 받지 못했다.

내가 아노를 죽였을까?

아노의 시체와 내가 한 거래는 이렇다. 만약 현존속죄부가 올리트 감옥 임무의 대가로 우리를 풀어준다면, 나는 더 이상 조사하지 않을 작정이다. 아노는 자유로워져 우리 조상님들을 만나고 나는 완전히 실재할 것이다. 그러면 우리는 마치 내가 동생을 죽이지 않은 것처럼 다시 같은 현실을 공유하게 될 테니, 실제로 동생을 죽였든 아니든 더 이상 상관이 없어진다. 그렇지만 내가 제공한 모든 정보에도 불구하고 현존속죄부가 나를 실재하지 않는다고 계속 붙잡아둔다면, 나는

'맬든 펙 브리프지스'라는 사람을 찾아 나설 것이다.

나는 이 모든 각오를 한마디도 소리 내어 말하지 않는다. 올리트 감옥의 간수들은 펙 월터스가 창문 없는 방에 갇혀 죽자마자 바로 그 사실을 알았다. 그들이 지금 나를 감시하고 있을지도 모른다. 월드에는 그런 장치가 없지만, 테란 과학 실험을 하는 월드인에 관해 펙 월터스가 대체 어떻게 그렇게 잘 알겠나? 어딘가에서 월드인과 테란인들은 함께 일하고 있다. 모두 알고 있듯이, 테란인은 우리에게는 없는 온갖 종류의 도청 장치를 갖고 있다.

아노의 관에 입을 맞춘다. 소리 내어 말하지는 않지만, 나는 현존속 죄부가 우리를 놓아주기를 절실하게 바라고 있다. 공유현실로 돌아가고 싶다. 월드의 삶과 죽음에 영원히 속해서 일상적인 따뜻함과 달콤함을 느끼고 싶다. 더 이상 밀고자로 일하고 싶지 않다.

누구를 위해서든, 심지어 나 자신을 위해서라도.

*

사흘 후에 연락이 온다. 오후 햇볕이 따뜻하다. 정원의 돌의자에 앉아, 옆집 젖동물이 튼튼하게 울타리를 친 화단들을 바라보는 모습을 지켜본다. 처음 보는, 아름답지만 어쩐지 이국적인 느낌을 주는 꽃들이 새로 피어 있다. 테란 산일까? 아닐 것 같다. 내가 올리트 감옥에 있는 동안 테란인이 실재하지 않는다고 생각하는 사람의 수가 늘어난 것 같다. 외계 상인들에게 물건을 사는 사람들을 비난하는 소리가 더 자주 들린다.

프라블릿 펙 브림미딘이 직접 낡은 자전거를 타고 오르막을 힘들게 달려 현존속죄부의 편지를 가져온다. 이웃들 앞에서 나를 난처하게 하지 않으려고 제복을 벗었다. 나는 익숙지 않은 듯 목털이 축축하게 젖은 채 회색 눈에 민망함을 담고 언덕을 오르는 그의 모습을 지켜보면서, 봉인된 편지에 어떤 답이 쓰여 있는지 알아차린다. 펙 브림미딘은 이런 일을 하기에는 너무 순박한 사람이다. 꼭 오늘뿐 아니라 늘 계급이 낮은 전달자 소년 노릇밖에 못 하는 이유다.

예전에는 이런 사실을 깨닫지 못했다.

"당신은 밀고자 노릇을 하기에는 사람을 너무 쉽게 믿어요."

"펙 브림미딘, 고맙습니다. 물 한잔 드실래요? 펠이라도?"

"아니, 펙, 괜찮소."

그가 시선을 피하며 대답한다. 마을 우물에서 물을 길어 오는 이웃에게 손을 흔들어 인사하고, 자전거 핸들을 무의미하게 만지작거린다.

"머무를 시간이 없소."

"그럼 조심해서 가세요."

집으로 들어간다. 아노 옆에 서서 정부 편지의 봉인을 뜯는다. 편지를 읽고 나서 한참 동안 아노를 바라본다. 참으로 아름답고, 참으로 다정했고, 참으로 사랑받았던 아노.

청소를 한다. 사다리에 올라 천장을 닦고 가구 사이로 풍성한 비누 거품을 부어 넣어 물건이란 물건은 모두 문지른다. 복잡하게 생긴 물건들은 밖으로 끄집어내 햇볕에 말리며 몇 시간 동안 집 안 구석구석을 닦는다. 샅샅이 뒤져보았지만 도청 장치처럼 보이는 물건은 전혀 나오지 않는다. 외계 물건도 실재하지 않는 물건도 없다.

하지만 나는 더 이상 현존한다는 말의 의미를 알지 못한다.

*

하늘에는 바타만 떠 있다. 다른 달들은 아직 떠오르지 않았다. 맑은 하늘에 별이 반짝이고 밤공기가 서늘하다. 나는 자전거를 실내로 들인 다음, 필요한 것들을 모두 생각해내려고 노력한다.

어떤 유리로 만들었는지 몰라도 아노의 관은 매우 단단하다. 온 힘을 다해 삽을 세 번이나 휘둘러야 유리가 깨진다. 세 번째로 삽을 휘둘렀을 때에야 관유리는 비로소 금이 가기 시작하더니, 천천히 벌어지면서 떨어진 큰 조각들이 바닥에 부딪힌 후 가볍게 튀어 오른다. 약간 매운 냄새가 나는 약품이 작은 폭포를 만들며 침대에서 쏟아져 내린다.

긴 장화를 신고 찰박이며 침대로 다가가 아노의 몸 위로 물을 들이부어 남은 약품을 씻어낸다. 가장 큰 세숫대야부터 작은 밥그릇까지 하나도 빠짐없이 물을 담은 그릇들이 벽을 따라 가지런히 늘어서 있다. 아노가 아름답게 미소 짓는다.

흠뻑 젖은 침대로 다가가 아노를 들어 올린다.

아노의 부드럽고 젖은 몸을 부엌 바닥에 내려놓고 약품에 절은 옷을 벗겨낸다. 나는 아노의 물기를 닦아내고 준비해둔 담요로 옮긴 다음 마지막으로 그 얼굴을 바라보고 나서 꽁꽁 싸맨다. 자전거 핸들 사이에 삽과 아노를 균형을 잡아 싣는다. 장화를 벗고 문을 연다.

밤공기에서 옆집의 이국적인 꽃향기가 난다. 아노의 무게가 전혀 느껴지지 않는다. 몇 시간이고 그대로 달릴 수 있을 것 같다. 나는 계속 달린다.

한적한 도로에서 상당히 떨어진 축축한 땅에 동생을 묻고 돌로 덮는다. 축축한 흙에 시체가 빨리 썩을 테고, 갈대와 토글리프 가지로 무덤을 감추는 일은 쉽다. 다 끝낸 다음, 나는 입고 있던 옷을 땅에 묻고 가방 안에 든 깨끗한 옷으로 갈아입는다. 몇 시간 더 달리다 보면 잠을 청할 만한 여관이 나올 것이다. 아니면 들판에서 자도 된다.

진주처럼 동이 터 오른다. 하늘에는 달 세 개가 걸려 있다. 달리는 내내 꽃을 본다. 처음에는 야생화, 나중에는 정원에 가꾼 꽃을 본다. 나는 몹시 지쳤지만 휘어진 꽃과 하늘, 창백한 달빛을 받은 길을 향해 작은 목소리로 노래 부른다. 아노는 현존하고 자유롭다.

아름다운 동생아, 너를 기다리는 조상님들께 아름답게 가렴.

나는 이틀 뒤 라프킷 해든에 도착한다.

*

라프킷 해든은 바다에 면한 산비탈에 위치한 유서 깊은 도시다. 부유한 가문의 저택들은 바닷가나 산꼭대기에 자리 잡고 있는데, 둘 다 커다랗고 둥그런 흰 새처럼 생겼다. 그 사이로 집, 시장, 관공서, 여관, 펠 가게, 빈민가, 커다란 고목과 허름하고 오래된 사당이 있는 공원이 들어서 있다. 작업장과 창고들은 부두가 있는 북쪽에 있다.

나는 사람을 찾아본 경험이 있다. 우선 절차행사부에 찾아간다. 안내 데스크에 앉은 여자는 돕고 싶어 열심인 젊은 예비 성직자다.

"저는 메난린 가문에서 일하는 아즈마 펙 고라날럿이라고 해요. 맬든 펙 브리프지스라는 시민의 의식 활동에 관해 여쭈어보라는 심부름으로 왔어요. 도와주시겠어요?"

"물론이죠."

그녀가 얼굴을 빛낸다. 의식 활동에 관한 질문은 결코 기록에 남지 않는다. 대가문이 그들의 조상을 기리는 일을 허락하여 어떤 시민을 예우하고 싶어 할 때는 신중해야 한다. 그런 일을 맡는 사람은 상당한 명성과 재산을 얻는다. 나는 붐비는 펠 가게에서 한 시간 동안 귀를 기울인 다음에 '메난린'이라는 이름을 골랐다. 유서 깊고, 방대하고 신중하다는 가문이었다.

"어디 봅시다."

그녀가 공문서를 훑어보며 말한다.

"브리프지스…… 브리프지스…… 흔한 성이죠. 이름이 뭐라고요?"

"맬든요."

"아, 네…… 여기 있네요. 작년에 조상님들께 음악을 두 번 바쳤고 라프킷 해든 성직자의 집에 기부금을 냈어요. 앗! 초울랄라잇 가문의 조상님들을 배알할 사람으로 선택되기도 했군요!"

그녀가 압도당한 듯이 말한다. 내가 고개를 끄덕인다.

"저희도 물론 그 일은 알고 있죠. 혹시 다른 건 없나요?"

"없는 것 같아요. 잠깐만요, 가난한 클루 상인인 램 펙 플라노에의 조상님을 위해 자선 공물금을 냈군요. 꽤 후하게요. 연주와 성직자 세 명이었어요."

"친절한 사람이군요."

"그러게요! 세 명이라니!"

그녀의 젊은 눈이 반짝인다.

"현실을 공유하는 사람들 중에 정말 친절한 이들이 이렇게 많다는 사실이 경이롭지 않나요?"

"네, 그렇네요."

시장 몇 군데에서 물어보는 간단한 방법으로 클루 상인을 찾아낸
다. 여름에는 당연히 연료가 많이 팔리지 않는다. 남아서 클루 매대를
지키고 있는 젊은 친척들은 낯선 사람과 수다를 떨 기회를 반긴다. 램
펙 플라노에는 바닷가에 있는 커다란 저택 바로 뒤의 허름한 주택가
에 산다. 부유한 사람들을 위해 일하는 하인이나 상인들이 사는 마을
이다. 나는 펠 가게 세 곳에서 펠을 네 잔 더 마신 다음, 맬든 펙 브리
프지스가 지금 부유한 과부의 저택에 손님으로 머무르고 있다는 사실
과 그 과부의 주소를 알아낸다. 펙 브리프지스는 치료사다.

치료사.

병든 뇌는 혼잣말을 해요. 당신은 동생을 죽이지 않았어요.

펠을 네 잔 마시고 나니 현기증이 난다. 충분했다. 나는 아무도 질
문을 던지지 않을 것 같은 여관을 찾아내 꿈의 공유현실 없이 잠든다.

*

미화원으로 변장하고, 부유한 과부의 저택을 드나드는 사람들 중에
누가 펙 브리프지스인지 알아내는 데 하루가 걸린다. 사흘 동안 여러
종류의 변장을 하고 그를 따라다닌다. 그는 다양한 장소에서 여러 사
람들과 대화하지만, 앤티크 유리 물병 수집이 취미인 부유한 치료사
에게 어울리지 않을 사람은 없다. 나흘째 되는 날 나는 그에게 접근할
좋은 기회를 찾지만, 그럴 필요가 없었던 것으로 드러난다.

"펙."

엘린델 가 목욕탕 밖에서 빵 행상으로 분한 채 어슬렁거리는 나한
테 웬 남자가 말을 건다. 빵은 동트기 전에 어느 빵집의 실외 주방에

서 훔쳤다. 나는 다가오는 남자가 유능한 경호원임을 바로 알아차린다. 걸음걸이, 나를 보는 시선, 내 팔을 잡는 위치에서 티가 난다. 아주 미남이기도 하지만 그 생각은 떠올리지 않는다. 잘생긴 남자는 결코 나 같은·여자를 위한 존재가 아니다. 아노 같은 여자를 위한 존재다.

아니, 존재였다.

"나와 함께 갑시다."

나는 경호원의 말에 반항하지 않는다. 그가 목욕탕 뒤편 개인 출입문을 통과해 털 손질을 위한 사실私室처럼 보이는 작은 방으로 나를 데려간다. 가구는 작은 돌탁자 두 개뿐이다. 그는 노련하지만 점잖은 손길로 무기를 찾아 내 몸을 뒤지고 입속까지 들여다본다. 아무것도 나오지 않자 그는 내가 서 있을 자리를 손으로 가리킨 다음 두 번째 문을 연다.

맬든 펙 브리프지스가 화려한 수입 천으로 만든 목욕 가운을 입고 들어온다. 인생의 황금기에 있는 혈기왕성한 남자로, 캐릴 월터스보다 젊어 보인다. 눈동자가 특히 인상적이다. 가운데에서부터 긴 금빛 선들이 뻗어 나오는 짙은 보라색 눈이다. 그가 즉시 묻는다.

"왜 사흘 동안 내 뒤를 밟았소?"

"누가 그러라고 했어요."

내게는 솔직하게 현실을 공유한다고 해서 잃을 것이 없다. 비록 얻을 것이 있을지도 아직 확신하진 못하지만 말이다.

"누가? 내 경호원 앞에서는 무슨 말이든 해도 되오."

"캐릴 펙 월터스가요."

그의 짙은 보라색 눈동자가 더 짙어진다.

"펙 월터스는 죽었소."

"네, 영원히요. 저는 그가 죽음의 두 번째 단계에 들어갈 때 곁에 있었어요."

"어디였소?"

그는 나를 시험하고 있다.

"올리트 감옥에서요. 그는 임종하는 순간에 제게 당신을 찾아가라고 했어요. 뭘…… 좀 물어보라고요."

"내게 무엇을 묻고 싶소?"

"제가 물어보려고 했던 일은 아니에요."

나는 대답하면서 그에게 모두 다 털어놓기로 결심한다. 그를 가까이에서 보기 전까지는 어떻게 해야 할지 마음을 정하지 못했다. 나는 더 이상 월드와 현실을 공유하지 못한다. 프라블릿 펙 브림미딘에게 아이들을 대상으로 한 과학 실험에 관해 그가 알고 싶어 한 정보를 딱 맞게 가져갔다 한들, 현존속죄부가 동의하기 전에는 아노를 풀어줄 만한 성과가 되지는 못했을 것이다. 어쨌든 펙 브림미딘은 전달자일 뿐이다. 아니, 전달자보다 못한 존재다. 삽이나 자전거 같은 도구일 뿐이다. 그는 그를 사용하는 사람들과 현실을 공유하지 않는다. 혼자서 공유한다고 생각할 뿐이다.

마치 내가 그렇게 생각했던 것처럼.

"제가 저의 여동생을 죽였는지 알고 싶어요. 펙 월터스는 제가 한 짓이 아니라고 했어요. '병든 뇌는 혼잣말을 한다'고, 제가 아노를 죽이지 않았다고 했어요. 그리고 **당신에게** 물어보라고 했어요. 제가 동생을 죽였나요?"

펙 브리프지스가 돌탁자 위에 앉는다.

"나는 모르오."

그가 말하면서 목털을 떨고 있다.

"죽였을 수도 있소. 아닐 수도 있고."

"어떻게 알아내죠?"

"못 알아내오."

"영원히요?"

"영원히."

잠시 후 그가 덧붙인다.

"미안하오."

현기증이 나를 덮친다. 그 '저혈압'이다. 정신을 차려보니 나는 바닥에 누워 있고, 펙 브리프지스가 손가락으로 내 팔꿈치의 맥을 짚고 있다. 내가 일어나려고 버둥거린다.

"아니, 잠깐, 잠깐 기다리시오. 오늘 식사는 했소?"

"네."

"흠, 그래도 기다려보시오. 생각을 좀 해야겠소."

그의 보라색 눈동자가 안으로 향한다. 그가 생각에 잠긴다. 손가락으로는 무심히 팔꿈치 안쪽을 누르고 있다. 이윽고 그가 입을 연다.

"당신은 밀고자군. 그래서 펙 월터스가 죽은 다음에 올리트 감옥에서 풀려난 거야. 정부의 밀고자로 일했지."

나는 대답하지 않는다. 이제 상관없는 일이다.

"하지만 밀고 일을 그만두었어. 펙 월터스가 한 말 때문에, 정-신-부녈-증 실험이 어쩌면…… 아니, 그럴 리가 없어."

그도 내가 모르는 단어를 사용한다. 테란어 같다. 나는 일어나서 떠나려고 거듭 몸을 비튼다. 여기에는 아무런 희망이 없다. 이 치료사는 나에게 아무것도 가르쳐주지 못한다.

그가 나를 바닥에 도로 눌러 뉘고 재빨리 묻는다.

"여동생이 언제 죽었소?"

그의 눈동자가 또다시 달라졌다. 금빛 선들이 더 밝아져 눈동자 한가운데에서 바퀴살처럼 번쩍인다.

"부디, 펙, 이건 정말 중요한 일이오. 우리 둘 다에게 말이오."

"2년 152일 전에요."

"어디에서? 어느 도시요?"

"마을이에요. 우리 마을. 고프킷 일로에서요."

"그랬군, **그랬어**. 동생의 죽음에 관해 기억하는 대로 전부 다 하나도 빠짐없이 말해주시오."

이번에는 그를 밀어내고 일어나 앉는다. 피가 머리로 쏠리지만 분노가 어지러움을 덮는다.

"아무 말도 안 할 거예요. 당신한테 왜? 내 조상님이라도 돼요? 내가 아노를 죽였다고 했다가, 아니라고 했다가, 그다음에는 모른다고 하더니—밀고자로 일해 속죄할 희망을 부서뜨리더니 다른 어떤 희망도 없을 거라고—아니, 있을지도 모른댔다가—아니, 없어—어떻게 그런 식으로 살아요? 사람들의 마음을 공유현실에서 뒤틀어 떼어놓고 **그 자리를 대신할 무엇 하나도 주지 않으면서!**"

나는 비명을 지른다. 경호원이 문을 흘끔거린다. 상관없다. 계속 비명을 지른다.

"당신은 아이들을 데리고 실험하고, 내 현실을 망가뜨렸듯이 아이들의 현실을 망가뜨리고 있어! 당신은 살인자……"

하지만 나는 하고 싶은 말을 다 외치지 못한다. 어쩌면 한마디도 하지 못한다. 맬든 브리프지스가 쥐고 있던 팔꿈치 안쪽 혈맥에 주삿바

늘이 들어오고, 주위가 무덤으로 내려지는 아노의 시체처럼 가볍게 멀어진다.

*

폭신하고 부드러운 침대. 화려한 벽걸이. 무척 따뜻한 방. 배의 맨살을 스치는 향기로운 미풍. 맨살? 벌떡 일어나보니 나는 창녀처럼 속이 훤히 비치는 치마와 얇은 속옷을 입고 야한 베일을 쓰고 있다.

내가 움직이자마자 펙 브리프지스가 난롯가에서 침대로 걸어온다.

"펙, 이 방에서는 소리를 질러도 밖에 들리지 않소. 이제 비명을 지르지 마시오, 알아들었소?"

내가 고개를 끄덕인다. 맞은편에 경호원이 서 있다. 나는 얼굴에서 베일을 걷어낸다.

"그건 미안하게 됐소. 경호원이 약에 취한 여자를 개인 공간에 옮겨와도 의심을 받지 않도록 옷을 입혀야 했소."

개인 공간. 바다를 면한 부자 과부의 집인 것 같았다. 소리가 빠져나가지 않는 방. 우리 것과 다르게 날카롭고 단단한 바늘. 뇌 실험. '부널……'

"테란인들과 일하는군요."

"아니오."

"하지만 펙 월터스가……."

상관없는 일이다.

"절 어떻게 하실 거예요?"

"새로운 거래를 제안하고 싶소."

"어떤 거래죠?"

"당신의 자유와 정보를 맞바꾸는 거요."

이러면서 테란인과 일하지 않는다니.

"제게 자유가 무슨 소용이 있죠?"

나는 그가 이해할 리 없다고 생각하면서도 말한다. 나는 영원히 자유로워질 수 없다.

"그런 자유가 아니오. 그저 이 방에서 나가게 해주겠다는 뜻이 아니오. 당신이 조상님들과 아노를 다시 만나게 해주겠소."

내가 숨을 멈춘다.

"그래요, 펙. 당신을 죽인 다음 시체가 썩을 수 있게 직접 땅에 묻어주겠소."

"공유현실을 그렇게까지 침해하겠다고요? 절 위해서?"

그의 보라색 눈이 다시 짙어진다. 잠깐 그 두 눈에 마치 펙 월터스의 파란색 눈과 같은 무언가가 담긴다.

"부디 이해해주시오. 나는 당신이 아노를 죽이지 않았을 가능성이 상당히 높다고 생각하고 있소. 당신 마을은…… 실험이 이루어진 곳이오. 나는 그것이 이 일의 공유현실에서 진실이라고 생각하오."

나는 아무 말도 하지 않는다. 그의 확신이 조금 흔들린다.

"내 생각에는 그렇단 말이오. 거래를 하겠소?"

"어쩌면요."

그가 정말 약속을 지킬까? 확신할 수 없다. 그러나 내게는 다른 길이 없다. 죽을 때까지 영원히 정부로부터 도망 다닐 수는 없다. 나는 너무 젊다. 그들은 나를 찾아내면 올리트로 보낼 테고, 죽은 다음에는 보존 약품을 채운 관에……

그러면 영원히 아노를 보지 못한다.

치료사는 나를 유심히 지켜보고 있다. 또다시 펙 월터스와 같은 시선이다. 슬픔과 연민에 찬.

"거래를 할지도 모르죠."

나는 그가 다시 아노가 죽은 날 밤에 대해 말하기를 기다린다. 하지만 그는 대신 이렇게 말한다.

"보여줄 것이 있소."

그가 경호원에게 고개를 끄덕이자, 경호원이 나갔다가 몇 분 뒤에 깨끗하게 잘 차려입은 여자아이의 손을 잡고 돌아온다. 아이를 보자마자 목털이 곤두선다. 아이의 눈동자에는 생기가 없다. 아무것도 보지 않는 눈이다. 아이가 혼잣말로 중얼거린다. 나는 서둘러 조상님에게 지켜주십사 짤막한 기도를 올린다. 이성이 발달할 나이는 한참 지났지만, 그 여자아이는 공유현실을 인식할 능력이 없는 실재하지 않는 아이다. 사람이 아니다. 소멸되었어야 할 존재다.

"이 아이는 오리라고 하오."

펙 브리프지스가 말하자 아이가 갑자기 광기에 찬 웃음을 터뜨리더니, 오직 자기 눈에만 보이는 듯한 무언가를 유심히 쳐다본다.

"이게 왜 여기 있죠?"

내 목소리가 거칠다.

"오리는 본래 현존해서 태어났소. 정부의 뇌 과학 실험 때문에 이렇게 되었지."

"정부라니요! 다 거짓말이에요!"

"그럴까? 펙, 당신은 아직도 정부를 그렇게까지 믿고 있소?"

"아니, 하지만……."

452

임무를 완수했음에도 아노의 자유를 위해서라며 계속 일을 시키거나…… 펙 브림미딘에게 거짓말을 하거나…… 공유현실에 대한 이런 공격은 다르다. 현존하는 사람의 육체를, 마치 내가 아노에게 그랬듯이(그랬을까?) 파괴하는 것은 다른 문제, 훨씬, 훨씬 더 심각한 문제다. 공유현실을 인식하는 도구인 **정신**을 파괴하다니…… 펙 브리프지스는 거짓말을 하고 있다.

"펙, 아노가 죽은 날 밤에 대해 얘기해주시오."

"이……것 얘기부터 해요!"

"알았소."

그가 호화로운 침대 옆에 놓인 의자에 앉는다. 그것은 방 안을 이리저리 돌아다니며 중얼거린다. 좀체 가만히 있지를 못하는 것 같다.

"이 아이는 오리 말피지트라고 하오. 멀리 북쪽의 작은 마을에서 태어났지."

"무슨 마을요?"

그가 머뭇거리는지를 절실히 확인하고 싶다.

그는 망설이지 않는다.

"고프킷 람로에. 유서 깊은 명망가의 평범하고 현존하는 부모 밑에서 태어났는데, 여섯 살 때 숲에서 다른 아이들과 놀다가 실종되었소. 같이 있던 아이들은 늪 쪽으로 뭔가 움직이는 소리를 들었다고 했지. 가족들은 아이가 야생 킬프레잇에게 잡혀갔다고 생각했소. 알다시피 먼 북쪽에는 아직 몇 마리 남아 있으니까. 그리고 오리가 조상님들과 만난 것을 경배하는 절차를 치렀소. 하지만 실제로 오리에게 일어난 일은 그게 아니었소. 당신처럼, 성공하면 속죄하여 완전한 현존으로 돌아갈 수 있다는 약속을 받은 실재하지 않는 죄수 둘이 아이를 납치했소. 오리는 월드 곳곳에서 잡혀 온 다른 여덟 명의 아이들과 함께 라프킷 살로에로 옮겨져, 그 아이들이 실험에 쓰여도 되는 고아라고 들은 테란인들에게 넘어갔지. 실험은 아이들에게 아무런 해도 끼치지 않았소."

나는 테이블보를 잘게 찢으며 중얼거리는 오리를 바라본다. 그녀가 텅 빈 눈을 내게로 향하자 시선을 돌리지 않을 수 없다.

"지금부터가 어려운 부분이오. 잘 들으시오, 펙. 테란인들은 정말 아이들에게 전혀 해를 끼치지 않았소. 그저 아이들의 머리에 전-기-기-판을 연결했을 뿐이오……. 아마 뭔지 모르겠지. 테란인들은 아이들의 뇌에서 어떤 부분이 테란인의 뇌처럼 작동하거나 작동하지 않는지 알아보는 방법을 알고 있소. 그들은 여러 가지 검사를 하고 기계와 약을 썼지만, 아이들이 다칠 만한 실험은 하나도 없었소. 아이들은 테란 연구소에서 살았고 월드 보육사들이 아이들을 돌봤소. 처음에는 부모를 그리워했지만, 어린아이들이라 얼마 지나지 않아 행복해졌소."

나는 오리를 거듭 훔쳐본다. 현실을 공유하지 않는, 실재하지 않는 사람들은 고립되어 있기 때문에 위험하다. 다른 사람과 어떤 세계도 함께하지 않는 사람은 다른 사람들을 꽃을 꺾듯이 쉽게 해친다. 그런 상태에서는 쾌락은 얻을 수 있어도 행복은 느낄 수 없다.

펙 브리프지스가 손으로 목털을 쓴다.

"테란인들은 물론 월드 치료사들을 가르치며 함께 일했소. 보통과 다름없는 거래였소. 단지 이번에는 우리가 정보를 얻고 테란인이 어린이와 보육사라는 물질적인 현실을 얻었을 뿐이지. 그런 거래가 아니었다면 월드는 테란인이 우리 아이들을 데리고 있도록 결코 허락하지 않았을 거요. 우리 치료사들이 늘 곁에 있었소."

그가 나를 바라본다. 나는 그저 무슨 말이든 해야 할 것 같아서 "네"라고 말한다.

"펙, 거짓된 믿음에 따라 평생을 살아왔다는 사실을 깨닫는 기분을 아시오?"

"몰라요!"

내 목소리가 너무 컸는지, 오리가 실재하지 않는 광기 어린 시선을 든다. 그녀가 웃는다. 왜 그렇게 큰 소리로 말했는지 모르겠다. 펙 브리프지스의 말은 나와 아무 상관이 없다. 전혀 상관없는 말이다.

"음, 펙 월터스는 알았소. 그는 자기가 참가한, 종간 차이에 대한 생물학적 이해를 돕기 위한 것으로 피실험자들에게 무해하다던 연구가 다른 목적에 쓰이고 있다는 사실을 깨달았소. 신경활성이상, 뇌의 회-러, 정-신-부녈-증의 뿌리……."

그가 내게 아무런 의미도 없는 긴 설명에 들어간다. 테란 단어가 너무 많고 내용도 너무 이상하다. 펙 브리프지스는 더 이상 내게 말하지 않는다. 내가 이해하지 못하는 어떤 고통에 사로잡혀 혼잣말을 한다.

갑자기 보라색 눈이 내게 초점을 맞춘다.

"펙, 이 말은 치료사 몇 명─월드 출신인 우리 치료사들─이 테란 과학을 악용할 방법을 알아냈단 뜻이오. 그들은 테란 과학을 이용해 일어나지 않은 일에 대한 기억을 마음에 깃들게 했소."

"불가능해요!"

"가능하오. 잘못된 기억이 계속해서 반복되는 동안 테란 기계로 뇌를 크게 흥분시키는 거요. 그런 다음 뇌의 여러 부분들이 기억과 감정을 계속해서 되풀이하게 만드오. 마치 물레방아를 도는 물이 빨리 흐르듯이, 물이 모두 뒤섞여…… 아니, 이렇게 생각해보시오. 뇌의 다른 부분들이 서로에게 신호를 보내오. 신호들을 억지로 같이 뛰게 하면 한 번 뛸 때마다 실재하지 않는 기억이 강력해지오. 철저한 통제하에 있기는 하지만 테란에서는 흔한 기술이라고 하오."

병든 뇌는 혼잣말을 해요.

"하지만······."

"펙, 반박할 수 없소. 이건 현실이오. 이미 일어난 일이오. 바로 오리에게 일어났소. 월드 과학자들이 오리의 뇌가 일어나지 않았던 일을 기억하게 만들었소. 처음에는 사소한 것들이었지. 어쨌든 효과가 있었소. 그러나 더 거창한 기억을 시도하자 뭔가 잘못되었소. 결국 오리는 이렇게 되었지. 그들은 아직 연구 중이었소. 그게 5년 전 일이고, 이제 그들의 연구 수준은 그보다 훨씬, 훨씬 더 발전했소. 어른을 대상으로 실험한 다음 피험자를 공유현실로 돌려보낼 수 있을 만큼 말이오."

"기억을 꽃처럼 심거나 잡초처럼 뽑아낼 수는 없어요!"

"이 사람들은 그런 짓을 할 수 있고, 실제로 했소."

"하지만······ 왜요?"

"이 일을 저지른 월드 치료사들은—그 수는 많지 않았지만—다른 현실을 봤기 때문이오."

"저는 모르······."

"그들은 테란인들이 무슨 일이든 해내는 모습을 보았소. 풍차부터 자전거까지 우리보다 훌륭한 물건을 만들어내지. 다른 별들로 날아가고 병을 고치오. 자연을 통제하오. 펙, 많은 월드인들이 테란인, 팔러인, 허허헙들을 두려워하고 있소. 그들의 현실이 우리보다 우월하기 때문이오."

"공유현실은 오직 하나뿐이에요. 테란인은 우리보다 현실을 더 잘 아는 것뿐이에요!"

"그럴지도 모르지. 하지만 테란의 지식은 사람들을 불편하게 하오. 사람들은 무서워하고 질투하오."

질투. 아노가 창밖으로 밝게 뜬 바타와 캅을 뒤로하고 부엌에 서서 나에게 말한다. "오늘 밤에 나가서 그를 만날 거야! 언니는 날 말릴 수 없어! 언니는 언니 애인 조차 안고 싶어 하지 않는 질투심 많고 못생기고 쭈글쭈글한, 그저 질투만 하는 여자야. 그러니 내가 아무것도 못 하게……." 내 머리를 흥건하게 적시며 쏟아지는 새빨간 액체, 부엌칼, 피…….

"펙?"

치료사가 부른다.

"펙?"

"괜……찮아요. 질투심에 사로잡힌 치료사들이 테란인에게 앙갚음하기 위해 같은 월드인들을 다치게 하다니, 말이 안 돼요!"

"그 치료사들은 깊은 슬픔에 잠겨 실험을 했소. 자신들이 사람들에게 무슨 짓을 하는지 알았던 거요. 하지만 통제된 자-극 방출 기술을 완성시켜야 했소……. **해야만** 했던 거요. 사람들이 매력적인 물건들을 잊어버리고 외계인에 맞서 일어설 만큼 테란인을 미워하게 만들려고 했소. 전쟁을 일으키려 했소. 펙, 그 치료사들은 착각했던 거요. 월드에서는 지난 1,000년 동안 한 번도 전쟁이 일어난 적 없소. 우리는 테란인이 얼마나 거세게 반격해올지 상상조차 못 하오. 그렇지만 반드시 이해해야 하는 점이 한 가지 있소. 그 나쁜 과학자들은 자신들이 옳은 일을 한다고, 월드를 구하기 위해 분노를 만들어낸다고 생각했소.

그리고 한 가지 더, 그들은 정부의 도움을 받아 어떤 월드인도 영원히 실재하지 않는 일은 없도록 했소. 살인자로 속여진 사람들은 모두 밀고자로 일하는 대신 속죄를 약속받았소. 아이들은 모두 나라에서 돌보았소. 오리 같은 실패작도 언젠가는 썩어 조상님들에게 돌아갈 수 있을 것이오. 내가 직접 거기까지 확인할 거요."

오리가 텅 빈 눈으로 섬뜩한 미소를 지으며 남은 테이블보 조각을 잘게 찢는다. 어떤 실재하지 않는 기억들이 그녀의 머리를 채우고 있는 걸까?

내가 씁쓸하게 말한다.

"옳은 일을 한다니…… 내가 동생을 죽였다고 믿게 해놓고선!"

"조상님을 만나고 나면 사실은 그렇지 않았음을 알게 될 거요. 밀고 임무를 통한 속죄라는, 조상님을 만날 방법도 제공되었소."

하지만 이제 속죄는 영원히 끝나지 않으리라. 나는 부서의 동의 없이 아노를 훔쳐 땅에 묻었다. 맬든 브리프지스는 물론 이 사실을 모른다.

내가 고통과 분노에 사로잡혀 내뱉는다.

"당신은요? 펙 브리프지스? 범죄자 치료사들과 일하고, 오리 같은 아이들에게서 현실을 빼앗아 텅 비우는 일을 도와……."

"나는 그들과 함께 일하지 않소. 펙, 당신은 똑똑한 줄 알았는데. 난 그들에 대항해 연구하고 있소. 캐릴 월터스도 우리 편이었기 때문에 올리트 감옥에서 죽은 거요."

"대항해서요?"

"많은 치료사들이 대항하고 있소. 캐릴 월터스도 그들 중 한 명으로 밀고자였소. 그리고 내 친구였지."

우리 둘 다 아무 말도 하지 않는다. 펙 브리프지스는 불꽃을 응시한다. 나는 얼굴을 징그럽게 찡그리기 시작한 오리를 응시한다. 오리가 무척 오래된 것처럼 보이는 복잡하게 짜인 둥근 깔개 위에 쪼그려 앉는다. 갑자기 악취가 퍼진다. 오리는 화장실이라는 현실을 다른 사람들과 공유하지 않는다. 오리가 고개를 뒤로 젖히고 웃는다. 금속을 동강 내는 것 같은 끔찍한 소리가 울려 퍼진다.

"아이를 데려가."

펙 브리프지스가 불쾌해 보이는 경호원에게 지친 목소리로 말한다.

"여긴 내가 치우지."

그가 나를 향해 덧붙인다.

"여기 당신이 있으니 하인을 부를 순 없소."

경호원이 찡그린 아이를 데리고 나간다. 펙 브리프지스는 꿇어앉아 내 물통에 담긴 물에 적신 걸레로 깔개를 문지른다. 나는 그가 앤티크 유리 물병을 수집한다는 사실을 떠올린다. 앤티크 유리 물병은 똥을 닦는 일, 오리, 올리트 감옥에서 외계인들 사이에 갇혀 폐기침을 토해내는 캐릴 월터스로부터 얼마나 멀게 느껴질까.

"펙 브리프지스, 제가 동생을 죽였나요?"

그가 고개를 든다. 손에 똥이 묻어 있다.

"확신할 길은 없소. 당신이 당신 마을에서 실험에 이용된 사람일 가능성은 있소. 집 안에서 약에 취했다가 달라진 정신으로, 살해당한 여동생 앞에서 깨어나는 거지."

나는 이 방에서 어떤 말을 했을 때보다 더 작은 소리로 묻는다.

"정말 저를 죽이고 썩게 한 후에 조상님들을 다시 만날 수 있게 해줄 거예요?"

펙 브리프지스가 일어나 손가락에 묻은 똥을 닦아낸다.

"그러겠소."

"만약 제가 싫다고 하면요? 집으로 돌아가고 싶다고 한다면?"

"당신은 집으로 돌아가면 정부로부터 체포된 다음 다시 속죄를 약속받을 거요. 반대편인 우리에게서 정보를 캐 오라고 하겠지."

"그 실험을 정말로 끝내기 위해 일할 만한 정부 사람에게 먼저 찾아간다면 괜찮을 거예요. 설마 정부 전체가 이⋯⋯ 일을 벌이고 있다는 말은 아니겠죠."

"물론 아니오. 허나 테란인과의 전쟁을 원하거나 원하지 않는 부서가 어디인지, 그 부서의 어느 사무실에 가야 하는지 아시오? **우리도** 확실히 모르는데 어떻게 당신이?"

프라블릿 펙 브림미딘은 결백하다. 그러나 이 생각은 무의미하다. 펙 브림미딘은 결백하지만 무력하다.

그 두 가지가 같은 뜻일지도 모른다고 생각하자 가슴이 찢어진다.

펙 브리프지스가 신발 끝으로 축축한 카펫을 문지른다. 걸레를 뚜껑 달린 단지 안에 넣고 세면대에서 손을 씻는다. 아직 악취가 희미하게 남아 있다. 그가 내가 앉은 침대로 다가와 선다.

"울리 펙 벤가린, 돌아가길 원하오? 당신이 어떻게 행동하고, 또 누구에게 정보를 누설할지도 모르는데? 내가 당신을 여기서 나가게 내버려두길 바라오? 당신을 확신시키기 위해 우리가 지금까지 해온 모든 일들을 위험에 처하게 하라고?"

"아니면 절 죽여서 조상님들과 다시 만나게 하셔도 되겠죠. 제가 그쪽을 선택하리라고 생각하시죠? 그러면 당신은 스스로 사실이라고 결정한 현실을 계속 믿으면서, 범죄자들로부터 비밀을 계속 지켜나갈 수 있으니까요. 절 죽이는 게 가장 쉽겠죠. 하지만 제가 살인에 동의하는 한에서 만이에요. 제가 동의하지 않는다면 당신은 당신이 인식하기로 결정한 바로 그 현실마저 침해할 테죠."

그가 나를 가만히 내려다본다. 탄탄한 몸과 아름다운 보라색 눈을 가진 남자. 살인을 할 수 있는 치료사. 폭력적인 전쟁을 막기 위해 정부를 배신하는 애국자. 자신의 죄로 조상님들을 다시 만날 기회를 빼앗기지 않기 위해 안간힘을 쓰는 죄인. 공유현실을 믿고, 그 믿음을 깨뜨리지 않으면서 현실을 비틀고 싶어 하는 사람.

나는 침묵을 지킨다. 정적이 이어진다. 마침내 펙 브리프지스가 먼저 고요를 깬다.

"캐릴 월터스가 당신을 나에게 보내지 않았다면 좋았을 텐데."

"하지만 그는 절 여기로 보냈죠. 그리고 저는 마을로 돌아가기를 선택하겠어요. 절 놓아주실 건가요? 여기 가두어둘 건가요? 아니면 제 동의 없이 절 죽일 건가요?"

"저주받을."

나는 그 단어를 알아듣는다. 캐릴 월터스가 올리트 감옥의 실재하지 않는 영혼들을 일컫던 말이다.

"그렇고말고요. 펙, 어떻게 할래요? 여러 가지라고 한 현실 중에서 지금 무엇을 택할 건가요?"

*

더운 밤이다. 잠이 오지 않는다.

나는 넓고 황량한 들판에 친 텐트 안에서 밤의 소리를 듣는다. 동틀 녘이면 단단한 바위 아래로 들어가야 하는 것치고는 너무 늦게까지 술을 들이켜는 광부들의 거친 웃음소리가 펠 텐트에서 들려온다. 더 아래쪽에서는 숨죽여 사랑을 나누는 소리가 들린다. 누구인지는 잘 모르겠다. 여자의 웃음소리가 높고 달콤하다.

광부가 된 지 반년이 지났다. 오리의 마을이라던 북쪽의 고프킷 람로에를 나와서 나는 죽 북쪽으로 왔다. 월드가 주석과 다이아몬드를 캐고 펠 열매와 소금을 수확하는 여기 적도에서의 삶은 더 단순하고 덜 체계적이다. 서류는 필요 없다. 광부 중에는 스스로 정당하다고 생각하는 이런저런 이유로 나랏일을 피해 온 젊은이가 많다. 이곳에서 정부의 힘은 광업 회사나 영농 회사에 비해 약하다. 테란 자전거를 탄 전달자도, 테란 과학도 없다. 테란인도 없다.

물론 사당이나 의식, 절차, 제사는 있다. 그러나 여기에서는 그 모든 일들이 너무 당연하게 받아들여지기 때문에 도시에서보다 관심을 덜 받는다. 공기를 의식하면서 살지 않듯이.

여자가 다시 까르르 웃는다. 누구의 웃음소리인지 알 것 같다. 다른 섬에서 온 어린 도망자, 아위 펙 크라프말이다. 그녀는 예쁘고 일도 열심히 한다. 나는 가끔 그녀를 보며 아노를 떠올린다.

나는 고프킷 람로에에서 수없이 많은 질문을 던졌다. 펙 브리프지스는 아이의 이름이 오리 말피지트라고 했다. **유서 깊은 명망가.** 묻고 또 물었지만 고프킷 람로에에는 그런 가문이 없었다. 오리가 어디에서 왔든, 어떻게 해서 비싼 깔개 위에 똥을 싸는 공허하고 실재하지 않는 그릇이 되었든, 그녀의 불쌍하고 작은 삶은 고프킷 람로에에서 시작하지 않았다.

맬든 펙 브리프지스는 바다가 보이는 부유한 과부의 집에서 나를 놓아주면서, 내가 이 사실을 알게 될 것을 알았을까? 틀림없이 알았으리라. 아니 어쩌면 내가 밀고자라는 사실은 알았어도, 내가 진짜 고프킷 람로에까지 가서 확인하리란 사실은 알지 못했는지도 모른다. 모든 일을 다 이해할 수는 없다.

가끔, 밤이 깊어지면, 나는 조상님들에게 돌려보내주겠다던 펙 브리프지스의 제안을 받아들일걸 하고 생각한다.

낮에는 광산의 바위 더미 속에서 광부들과 함께 일하며 망치로 단단한 바위를 산산조각 낸다. 테란인을 한 명이라도 본 사람조차 몇 없지만, 광부들은 테란인에 대해 말하고, 욕하고, 헐뜯는다. 일이 끝나면 막사에 앉아 더러운 손으로 커다란 잔을 들어 펠을 마시고, 음란한 농담에 웃음을 터뜨린다. 그들은 모두 같은 현실을 공유하고, 그 현실은 단순하고 행복한 힘으로 그들을 하나로 엮는다.

나에게도 힘이 있다. 나처럼 평범하고 변변찮게 생긴 여자들과 함께 망치를 휘두를 힘이 있다. 그들은 나를 일원으로 기꺼이 받아들인다. 나에게는 영원한 죽음으로 대가를 치를 줄 알면서도 아노의 관을 깨뜨리고 그 시신을 묻을 힘이 있었다. 뇌 실험에 대한 캐릴 월터스의 말을 따라 맬든 브리프지스를 찾아 나설 힘이 있었다. 펙 브리프지스의 분열된 마음을 뒤틀어 나를 놓아주게 할 힘이 있었다.

하지만 나에게 그 모든 사실이 나를 이끄는 곳으로 갈 힘이 있을까? 프라블릿 브림미딘의 현실, 캐릴 월터스의 현실, 아노, 맬든 브리프지스, 오리의 현실을 마주보고 일치하는 부분과 일치하지 않는 부분들을 찾아내려 노력할 만한 힘이 있을까? 동생을 죽였는지 아닌지 영원히 모르는 채 살아갈 힘이 있을까? 모든 것을 회의하고 의심을 지닌 채 살아가며, 월드의 수백만 가지 현실 속에서 각각의 진실된 조각을 찾아 누빌 힘이 내게 있을까? 내가 진실된 조각들을 알아볼 수 있을지조차 모르는데?

누구라도, 그렇게 살아야 할까? 불확실성 속에서, 의심하며, 고독하게. 자신의 마음속에 홀로, 공유하지 않는 고독한 현실 속에서.

아노가 살아 있던 시절로 돌아가고 싶다. 하다못해 밀고자로 일하던 때로라도. 월드의 현실을 공유하며 공유현실이 대지처럼 단단하게 나를 떠받치고 있다고 생각하던 시절로, 무엇을 생각하면 되는지 알았기에 생각할 필요가 없던 시절로 돌아가고 싶다.

내가—원치 않는 사이에—지금처럼 섬뜩할 만치 실재하기 전으로 돌아가고 싶다.

작가에게는 자신이 소설에 등장한다고 불평하는 사람과 등장하지 않는다고 불평하는 사람, 두 종류의 지인들이 있다. 동생 케이트는 소설에 등장하지 않았다고 불평하는 쪽이다. 여러 해 동안 케이트는 내게 자신을 모델로 삼으라고 했지만, 유감스럽게도 괜찮은 아이디어와 케이트 같은 캐릭터는 아직 마음속에서 만나지 못하고 있었다. 곰곰이 생각해보면 참 이상한 일이다. 나는 자매 관계를 소재로 한 소설을 꽤 자주 썼으니 말이다. 처음 문학상 후보에 올랐던 1983년 작, 「트리니티 Trinity」와 이 책에 실린 「오차 범위」의 중심에도 자매 관계가 놓여 있다. 이 작품 「올리트 감옥의 꽃」도 그렇다. 지금 생각해보면 케이트는 이 작품들에 등장하는 여섯 명의 여자들 가운데 자신과 닮은 사람이 없을 뿐만 아니라, 설령 있다 하더라도 그들이 치명적인 경쟁 관계에 갇혀 있었기 때문에 만족하지 못했는지도 모른다.

이 중편소설의 핵심은 자매 관계가 아니다. 우리가 어떻게 현실을 구성하는지, 진실이라 믿어 의심치 않는 명확한 현실의 지도를 머리에 담고 다니는지에 관한 이야기다. 현실의 지도는 기억("그 사건은 이렇게 일어났어"), 기대, 추론, 지각, 평가, 도덕적 기준을 포함한다. 사람들의 지도가 달라질 때 논쟁과 갈등이 생겨난다. 많은 사람들의 지도가 유사해지면 동질 사회가 형성된다. 더 나아가 지도들이 거의 완벽하게 일치하면 '월드'가 나타난다.

현실의 지도를 만드는 것은 과연 무엇일까? 일부는 경험이리라. 하지만 현실의 지도는 뇌 속에 있고 뇌는 생화학적 반응으로 작동한다. 그러니 '나의' 현실이 어느 수준까지 뇌의 구성물들에 의해 형성되는지 파악하는 일은 요원한 문제다. 이 부분은 과학적으로 아직 규명되지 않았고, 인간의 가장 기본적인 의문을 건드리고 있다. 나는 누구인가? 왜 나는 내가 생각하는 대로 생각하는가?

명확한 답은 아직 없는 지금, 나는 이러한 질문을 바라보는 하나의 방식으로 '월드'를 창조했다.

그러는 사이에 다른 소설에 '허리케인 케이트'도 집어넣었지만, 동생은 썩 마음에 들어 하지 않았다. 도무지 만족할 줄 모르는 사람도 있는 법이다.

여름 바람
Summer Wind

Nancy Kress

가끔 그녀는 그들에게 말을 걸었다. 물론 그들은 듣지도 대답하지도 못하니 바보 같은 짓이었다. 그래도 그녀는 말을 걸었다. 그러면 마치 사람과 함께 있는 것 같았다.

그녀가 즐겨 말을 거는 대상은 마구간에서 왕의 커다란 말 옆에 말 빗을 쥔 손을 들어올린 채 얼어붙어 있는 소년 마부였다. 물론 말도 갈색 눈을 감고 새하얀 앞갈기를 여름 바람에 가볍게 흔들며 멈추어 있었다. 옛날에 그녀는 너무 커다란 말에는 조금 겁을 먹곤 했지만, 명랑해 보이는 붉은 입술과 넓은 어깨, 곱슬거리는 짙은 머리칼을 가진 소년에게는 겁을 먹은 적이 없었다.

소년은 여전히 그 모습 그대로였다.

때때로 그녀는 그들 중 몇을 씻겼다. 마부 소년, 냄비 옆에 선 요리사, 일광욕실에서 바느질하는 시녀, 북쪽 침실의 넓은 침대 위에서 벌거벗은 채 부둥켜안고 있는 남녀까지 씻겼다. 누구도 땀을 흘리거나 냄새를 풍기지 않았지만, 먼지는 쌓였고—먼지는 잠들지 않는다—여러 해가 지나자 사람들은 고운 회색 먼지로 덮였다. 처음에 그녀는 하녀의 먼지떨이로 사람들을 정돈하려 했지만, 속눈썹이나 귓불에 쌓인 먼지를 털기는 무척 어려웠다. 결국 그녀는 그냥 사람들 위로 물을 쏟아부었다. 사람들은 움직이지 않았다. 옷은 시간이 지나면 말랐다. 우단과 비단은 조금 뻣뻣해지고 얼룩이 남았지만, 하인들의 조잡한 바지와 치마는 더 나빠질 것도 없었다. 오히려 더 나아진 셈인지도 몰랐다. 물을 붓는다고 감기에 걸릴 사람이 있는 것도 아니었다.

"여기 있었구나."

그녀가 마부에게 말을 걸었다.

"자, 깨끗해지니 기분이 좋지?"

그의 검은 곱슬머리가 물기로 반짝였다.

"당연히 기분이 좋겠지."

그의 이마로 떨어진 물방울이 부드러운 갈색 뺨을 타고 흘러내려 입가에 걸렸다.

"코원, 이렇게 될 일이 아니었어."

물론 답은 돌아오지 않았다. 그녀는 손가락을 뻗어 마부의 잠든 입가에 맺힌 물방울을 걷어냈다. 손가락을 입에 넣고 핥았다.

"나는 얼마나 오래 잠들어 있었니? 얼마나 오래?"

그의 가슴이 천천히, 규칙적으로 들썩였다.

그녀는 그의 눈동자 색을 기억하고 싶었다.

몇 년 뒤에 첫 번째 왕자가 왔다. 어쩌면 첫 번째 왕자가 아니었을지도 몰랐다. 브라이어 로즈는 갓 수확한 것처럼 신선한 밀과 사과, 치즈를 치마폭에 가득 담고, 성 아래 차갑고 어두운 침실로 가는 계단을 오르고 있었다. 긴 회랑의 열린 창문 앞을 지나는데 커다란 소리가 들렸다.

마침내! 드디어!

치마를 손에서 놓았다. 밀과 사과들이 떨어져 바닥을 온통 굴러 다녔다. 로즈는 복도를 달려 가장 높은 탑에 있는 침실까지 한달음에 올랐다. 침실의 돌창으로 성벽, 해자, 해자와 울타리 사이의 원형 잔디바로 뒤에 선 그의 모습이 살짝 보였다. 왕자는 울타리로부터 멀리 떨어진 곳에서 백마를 타고 은색으로 빛나는 긴 칼로 덩굴을 베고 있었다. 햇빛이 금발에 부딪쳐 빛났다. 그녀는 손을 입에 가져갔다. 가늘고 흰 손가락이 떨려왔다. 왕자가 고함을 치고 있었지만 바람에 휩쓸려 무슨 말인지 들리지 않았다. 그렇다면 그녀의 목소리는 바람에 실려 왕자 쪽으로 날아갈 수 있을까? 공주는 팔을 흔들며 소리쳤다.

"여기요! 아아, 용감한 왕자님, 저 여기 있어요, 모든 왕국의 공주, 브라이어 로즈가 있어요! 싸워요! 아아, 용맹한 왕자님!"

그는 고개를 들지 않았다. 너무 굵고 얽혀 있어 식물이 아니라 쇠처럼 보이는 검은 울타리의 덩굴을 온 힘을 다해 쳐냈다. 가지가 부들부들 떨리며 떨어지고, 그 반동으로 칼이 왕자의 오른쪽에 있던 덜 굵은 덩굴에 부딪쳤다. 덩굴은 뒤로 휙 밀려났다가 앞으로 튕겨 나왔고, 가시가 박힌 가지들이 왕자의 눈을 때렸다. 눈이 먼 왕자가 비명을 지르며 칼을 떨어뜨렸다. 날카로운 칼은 백마의 오른다리로 떨어졌다. 백마가 고통에 차 날뛰었다. 눈먼 왕자는 말에서 떨어져, 남자의 손처럼 길고 강철처럼 단단한 울타리 가시에 꿰뚫렸다.

로즈는 비명을 질렀다. 계단을 살피지도 않으며, 아무것도 보지 않으며 탑의 계단을 달려 내려갔다. 잔디밭을 가로질러 도개교를 넘었다. 울타리에 다다르자 반대편과 마찬가지로 울타리를 둘러친 굵고 뾰족하고 섬뜩한 가시덤불에 가로막혔다. 왕자가 보이지는 않았지만, 그의 비명소리는 들렸다. 그는 영원처럼 느껴질 만큼 오랫동안 비명을 지르고 또 질렀다. 허나 물론, 영원히 지르지는 않았다.

비명이 멈추었다.

그녀는 변하지 않는 여름 안에서 달콤하게 반짝이는 녹색 잔디 위에 주저앉아 사과향이 나는 치맛자락에 얼굴을 파묻었다. 어딘가에서, 노파가 흐느끼는 듯한 소리가 바람에 실려 희미하게 들려왔다.

*

그 뒤로 공주는 동쪽을 향한 창문이 있는 곳은 무조건 피했다. 왕자의 시체가 먼 쪽 울타리에서 확실히 사라졌으리라고 확신하는 데는 몇 년이 걸렸다. 어떤 까마귀도 그렇게 오래 머무르지 않았지만 말이다.

변하지 않는 여름이 13년 정도 계속되었을 때, 두 번째 왕자가 왔다. 로즈는 그가 오는 소리를 거의 듣지 못할 뻔했다. 몇 달 동안 그녀는 탑의 침실을 거의 떠나지 않았다. 두 돌창에 이불을 드리우고 방을 한밤중처럼 어둡게 하고 지냈다. 저장고를 가야 할 때에만 돌계단을 내려갔다. 그 외에는 기나긴 하루 온종일 침대에 누워 성 아래 서늘한 지하실 깊숙한 곳에 보관되어 있던 포도주를 마셨다. 밤낮이 흘러갔고, 그녀는 금 술잔을 들어 올려 입술에 대고 붉은 망각을 목구멍으로 흘려보내며 아무것도 기억하지 않으려 애썼다.

처음 몇 달을 이렇게 기억하지 못하며 보낸 다음에, 그녀는 거울 속에 비친 자신을 보았다. 공주는 못 믿을 거울을 덮을 이불을 하나 더 구했다.

하지만 여전히 자주는 아니라도 가끔은 요강을 비워야 했다. 로즈는 남쪽 창을 가린 이불을 걷고, 냄새나는 요강을 저 아래에 있는 해자로 비우기 위해 몸을 밖으로 쭉 뻗었다. 충혈된 눈에 칼날에 번득인 빛이 들어왔다.

이번 왕자는 따뜻한 불꽃 같은 붉은 머리였다. 말은 흑마였고 칼에는 녹색 보석이 박혀 있었다. 아마 에메랄드거나 비취겠지. 로즈는 얼굴의 털끝 하나 움직이지 않으며 그를 지켜보았다.

왕자가 등자에서 일어나 양손으로 거대한 칼을 휘두르며 울타리를 베었다. 그가 칼을 휘두르자 공기가 진동했다. 밝은 머리카락이 소용돌이치며 그의 단단한 어깨에 펄럭였다. 그러나 곧 왕자의 다리가 가시에 걸렸고, 울타리가 왕자를 끌어당겼다. 비명이 시작되었다.

로즈는 거울을 덮은 이불을 걷어내고 그 앞에 섰다. 덜덜 떨리는 손에 요강의 오줌이 튀었다. 흐느낌, 노파의 성마른 흐느낌이 들린 것도 같았지만, 탑에는 아무도 없었다.

*

한 해가 지났다. 그보다 더 긴 시간이 흘렀는지도 몰랐다. 확실치 않았다. 회랑 바닥과 잠든 사람들 위로 쌓인 먼지의 두께로 시간을 가 늠할 뿐이었다. 부유하는, 1년 치의 먼지들.

제정신이 들고 보니, 그녀는 성 밖에 끝없이 펼쳐진 푸른 잔디 위에 누워 있었다. 벌거벗은 몸은 상처투성이였다. 그녀는 멍한 채 성으로 걸어 들어갔다. 잠든 이들의 옷은 리본처럼 잘게 잘려 있었다. 망가진 더블릿, 반바지, 소매, 레딩고트, 커틀. 칼에 너무 깊이 찔린, 드러난 어 깨며 허벅지에서는 피가 흘렀다. 이미 잠든 몸에 말라붙은 피. 북쪽 침 실에 있는 여인의 머리카락은 세게 뜯겨 있었다. 드러난 두피에는 피 가 엉겨 붙어 있으나, 애인의 품에 안겨 잠든 얼굴은 여전히 미소 짓 고 있었다.

로즈는 손으로 입을 틀어막고 휘청거리며 마구간으로 갔다. 코윈은 큰 말의 옆에 앉아 있었다. 곱슬머리는 잘리지 않았고 옷에도 칼의 흔 적은 없었다. 그 옆에는 피투성이이고 찢어진 로즈 자신의 드레스가 떨어져 있었다. 열여섯 살 생일 연회에 입었던, 분홍색 물망초로 장식 된 푸른 드레스였다.

로즈는 드레스, 모든 망가진 옷들, 엉겨 붙은 핏자국을 닦아내느라 피투성이가 된 걸레들을 한데 모아 울타리 옆 깊은 구멍에 묻었다.

살을 에는 듯한 바람이 노파를 스쳐 갔다.

물레는 무거웠지만, 그녀는 탑의 계단에서 긴 회랑까지 물레를 끌 고 내려왔다. 잠깐 날카로운 바늘에 호기심을 느꼈지만, 정말 잠깐이 었다. 창고에는 양털과 아마포 더미가 아주 많이, 산더미같이 쌓여 있었다. 바늘과 실과 색색의 리본이 있었다. 나무 단추, 보석 단추, 마법의 울타리를 공격할 수 있을 만큼 덩치 큰 동물의 이빨이라고들 하던 반투명한 흰 조각 단추들이 있었다. 브라이어 로즈는 알 만큼 알면서도, 그 흰 단추들을 챙겨 손가락으로 문질러 닦았다.

그녀는 성 안에 잠든 모든 사람들을 위해 실을 잣고 바느질을 하고 수를 놓아 새 옷을 만들었다. 수백 명의 옷을 만들었다. 시동과 하녀와 광대와 기사와 레이디와 사제를 위해. 왕의 광대에게는 작고 날카로운 가시가 수놓인 얼룩덜룩한 조끼를 만들어주었다. 재상과 파티시에와 집사와 매 훈련꾼과 경비대장, 왕좌에 앉은 채 잠든 왕과 왕비의 옷을 만들었다. 로즈 자신을 위해서는 심플한 검은 드레스를 지어 날마다 입었다. 가끔, 아무 반응 없이 잠든 몸에 속치마나 커틀이나 레깅스를 끼워 입히다 보면, 여름의 산들바람을 타고 목소리들이 들려오는 것 같기도 했다. 말이 아닌, 목소리들이었다.

그녀는 하루에 열여섯 시간 동안 물레를 돌리고 옷감을 짓고 수를 놓았다. 수 년 동안. 미간을 찡그리고 작업을 계속하자 이마에 바느질을 한 양 주름이 생겼다. 목의 주름과 수직이었다. 앞으로 흘러내린 금발이 물레질에 방해가 되자, 그녀는 머리를 땋았다. 땋으면서 본 머리카락에는 금발에 회색빛 머리칼이 섞여 있었다. 그녀는 땋은 머리를 등 뒤로 밀어냈다.

로즈가 부주방장을 위한 수놓인 조끼를 완성하여 주방으로 가져가려는데, 성벽 밖에서 나는 큰 소리가 들려왔다.

천천히, 아주 조심스럽게, 로즈는 부주방장의 조끼를 반짝반짝하게 닦인 회랑 바닥에 단정히 놓았다. 천천히, 관절이 아픈 왼쪽 무릎 때문에 석벽에 기대어, 그녀는 탑에 있는 침실로 이어지는 원형 계단을 올랐다.

그는 북서쪽에서 울타리를 공격했다. 수행단의 규모가 대단했다. 최소한 스물네 명의 젊은 남자들이 울타리를 베고 쳐냈다. 그 뒤로는 종자와 시동들이 기다리고 있었다. 깃발이 바람에 펄럭이고 말들이 발을 굴렀다. 나팔 소리가 울려 퍼졌다. 로즈는 왕자를 한눈에 알아보았다. 반짝이는 짙은 머리칼에 금색 왕관을 쓰고, 금색 말의 굴레에는 검은 다이아몬드가 박혀 있었다. 왕자의 칼은 누구보다 빨리 울타리를 베어나갔다. 이 높은 탑에서도, 그의 미소가 보였다.

로즈는 직접 수놓은 현수막을 펼쳤다. 검은색 천에 진한 노란색으로, 무뚝뚝한 단 세 글자. "떠나라!" 젊은이들 중 누구도 고개를 들지 않았다. 로즈는 현수막을 흔들었다. 마음속으로, 왕자의 검술만큼이나 빨리 어떤 이미지가 번득였다. 해자 위로 양탄자의 먼지를 털던 그녀의 늙은 식모.

왕자와 수행인들은 울타리를 계속 베어나갔다. 로즈는 소리를 질렀다. 어쨌든, 그녀에게 그들의 목소리가 들리니 그들에게도 그녀의 목소리가 들려야 하는 것 아닌가? 로즈의 목소리는 가늘고 작았다. 말을 하지 않은 채로 몇 년을 보냈다. 그녀의 유령 같은 목소리는 다른 목소리들, 여름 바람에 실린 알아들을 수 없는 목소리들에 묻혀 사라졌다. 아무도 그녀의 존재를 알아채지 못했다.

왕자가 울타리로 떨어지고 비명이 들리기 시작했다. 로즈는 고개를 숙이고 그들, 잃어버린 영혼들, 그녀가 결코 조끼나 바지를 지어주지 못할 사람들, 북쪽 침실의 동침 자리에서 머리카락이 뜯긴 채 잠든 여인의 것과 같은 은밀한 미소들을 위해 기도했다.

그녀의 다른 죽음들을 위해.

*

몇 년, 수십 년이 지났다. 성의 사람들은 모두 옷을 입고 있었고, 먼지라곤 없었으며, 보석 같은 색실로 복잡한 문양을 화려하게 수놓은 쿠션에 기대 있었다. 부엌의 그릇은 반짝였다. 긴 회랑의 나무 바닥은 반질반질했다. 벽에는 테피스트리가 화사하고 깨끗하게 걸려 있었다.

로즈는 이제 물레 앞에 앉지 않았다. 손가락은 마디가 지고 뒤틀렸고, 손가락 사이의 살은 뱀가죽처럼 얇고 거칠었다. 가늘어졌지만 푸석하지는 않은 머리칼이 아마실처럼 고운 은빛으로 반짝였다. 밤에 머리를 빗을 때면 은발이 빛의 폭포처럼 처진 가슴으로 흘러내렸다.

바람의 목소리에게 무슨 일이 생기고 있었다. 그들은 말 없는 실들을 더 강하고 또렷하게, 특히 성 밖으로 자아냈다. 로즈는 이제 거의 잠을 자지 않았다. 종종 마구간 뜰에서 길고 변하지 않는 여름 오후 내내 귀를 기울이며 앉아 있었다. 코윈은 그녀 옆에서 긴 속눈썹으로 보드라운 뺨에 그늘을 드리우며 잠들어 있었다. 그녀는 그를 바라보고, 휘몰아치는 바람의 소리를 듣고, 때로는 한 번도 움직이지 않는 태양이 아닌 다른 태양을 따라가듯이 긴 낮 동안 주름 진 얼굴을 원을 그리듯 돌렸다.

"코윈."

공주가 떨리는 목소리로 말했다.

"저 소리 들었니?"

바람이 자갈들 위로 윙윙거리고 잠든 말의 앞갈기를 흔들었다.

"코윈, 거의 말소리 같았어. 아니, 말보다 나았지."

마부의 가슴이 올라갔다 내려갔다.

"코윈, 나는 이제 너무 늙었어. 왕자들은 나보다 훨씬 젊은 남자들이지."

햇살이 그의 생생한 검은 곱슬머리를 따라 반짝였다.

"바람에서는 원래 말소리가 들리지 않지?"

로즈는 삐걱거리며 일어서, 마구간 뜰의 우물로 걸어갔다. 텅 빈 떡 갈나무 두레박이 도르레에 걸린 채 흔들렸다. 로즈는 뒤틀린 손으로 돌리기에는 힘에 겨워진 손잡이에 손을 올리고 눈을 감았다. 휘몰아친 바람이 이윽고 그녀를 통과했다. 귀가 울렸다. 두레박이 내려가더니 물이 찼다. 두레박이 도로 올라왔다. 로즈는 눈을 떴다.

"아."

그녀가 조용히 말했다. 그리고 덧붙였다.

"그렇구나."

바람이 불었다.

그녀는 절름거리며 마구간의 문을 지나 울타리로 갔다. 한 손을 울타리에 올리고 눈을 감았다. 여름 잔디를 거의 흔들지 않는 바람이 그녀의 머릿속에서 웅웅거렸다.

공주가 눈을 뜨자, 울타리는 예전 그대로였다.

"그렇구나."

로즈는 근위병의 먼지를 닦으려 안뜰로 걸어 돌아갔다.

그러나 그녀는 날마다 말 없는 바람, 혹은 중요한 것은 말이 아닌 바람, 혹은 그녀 자신의 마음속에 앉아 귀를 기울였다.

수십 년 동안 왕자는 한 사람도 오지 않았다. 로즈는 한 세대가 지난 모양이라고 생각했다. 흑마를 탄 젊은 왕자가 이끌었던 수행원들의 이야기를 알았던 세대가 있었지만, 그들은 나이가 들어 결혼을 하고 아이를 낳아야 했다. 어느 날, 트럼펫이 울리고 남자들이 고함을 지르고 깃발이 바람에 꺾였다.

탑의 계단을 오르는 데는 긴 시간이 걸렸다. 로즈는 자주 차가운 돌벽에 기대 가슴을 손으로 누른 채 쉬어야 했다. 꼭대기에서 그녀는 다시 멈추어 서서, 그녀가 성에서 한 번도 청소하지 않은 유일한 공간인 예전에 쓰던 방을 호기심 어린 눈으로 둘러보았다. 얼룩진 바닥 위에 술에 젖은 더러운 이불이 놓여 있었다. 로즈는 이불을 집어 들어 침대에 개어 올리고 돌창으로 절름절름 걸어갔다.

왕자가 막 울타리를 쳐내기 시작하던 참이었다. 지금까지 온 왕자 중에 가장 미남이었다. 깊은 청동빛 윤기가 흐르는 머리칼과 수염, 단단한 어깨를 감싼 군청색 웃옷, 견장과 어깨띠에 달린 은장식. 로즈의 시력은 사실 나이가 들면서 오히려 좋아졌다. 그의 눈동자까지 보였다. 밝은 햇살을 받은 스테인드글라스와 같은 녹색이었다.

로즈는 이제 왕자를 소리쳐 부르지 않을 만큼 현명해졌다. 그녀는 위험한 울타리를 토막치고 베어내는 왕자의 모습을 바라보다가 눈을 감았다. 바람이 그녀의 귓가에, 머리에, 그녀가 어릴 적에는 존재하지 않았던 공간들에 휘몰아치게 했다. 왕자의 비명 소리를 듣고도 그녀는 눈을 뜨지 않았다.

마침내, 비명 소리가 갑작스레 시작된 만큼이나 갑작스레 멈추었다. 로즈는 탑의 창에 기대어 먼 아래의 땅을 살폈다. 왕자는 뭉개진 잔디밭 위에서 무릎을 굽히고 소리치는 남자들에 둘러싸여 있었다. 로즈는 왕자가 손을 저어 수행원들을 물리치고 휘청거리며 일어나 말에 도로 오르는 모습을 지켜보았다. 왕자는 울타리 너머로 공포에 질린 시선을 던졌다.

나중에, 그들이 모두 말을 타고 떠나간 다음, 공주는 계단을 내려가 도개교를 건너 울타리로 이어지는 잔디밭을 지났다. 울타리는 여전히 어둡고 두껍고 꿰뚫을 수 없는 모습으로 솟아 있었다. 검은 가시들이 안팎으로 사방을 겨누었고, 로즈가 바람으로 무엇을 할 수 있든 간에 가시들을 모두 바꿀 수는 없었다.

*

그러던 어느 날 울타리가 녹아내렸다.

로즈는 나이가 아주 많았다. 길게 땋은 은발은 거추장스러워졌다. 로즈는 머리카락을 자르고 남은 은발을 깔끔하게 정돈했다. 턱 끝에는 솜털이 자라났다. 로즈는 가끔은 기억하고 뽑았고, 가끔은 잊어버렸다. 로즈의 골격은 새의 뼈처럼 가늘어졌고 몸은 새처럼 말랐지만 코를 골면 퍼덕이는 부드럽고 둥근 뱃살은 남아 있었다. 손가락의 관절염이 가라앉았고, 화살처럼 길고 피골이 상접한 손은 베틀 북처럼 낡았지만 쓸모가 있었다. 푹 꺼진 푸른 눈동자에서는 힘이 뿜어져 나왔다.

울타리 뒤에서 떠들썩한 소리가 들려왔을 때, 로즈는 변하지 않는 잔디밭 위에 앉아 있었다. 로즈는 뻣뻣한 몸을 일으켜 탑을 향해 걷기 시작했지만, 그럴 필요가 없었다. 눈앞에서 검은 가시들이 녹아내리더니 부엌 바닥을 청소했을 때 나온 엄청난 양의 더러운 물처럼 땅으로 흘렀다. 그녀 옆에서 잠들었던 하인이 움직이기 시작했고, 도개교 옆에서도 누군가 움직였다.

왕자는 사라져가는 울타리를 마치 그곳에 원래 없었던 양 가로질러 달려왔다. 갈색 머리, 금색 어깨띠, 밤색 말. 그가 말에서 내리자 잘 닦인 높은 부츠 위로 단단한 허벅지 근육이 움직였다.

"공주의 침실이…… 어디에 있소?"

로즈가 가장 높은 탑을 손으로 가리켰다.

그는 수행원들을 이끌고 그녀를 스쳐 달려갔다. 마지막 종자가 도개교를 건너자 로즈도 그 뒤를 따랐다.

모두들 동요하고 있었다. 근위병들이 수놓인 우단을 입은 채 뛰어나왔다가 한 손에 칼을 들고 황당한 표정으로 주위를 둘러보았다. 귀부인들은 소리 높여 시동을 불러댔다. 진홍색 위로 흰색 공단을 사선으로 장식한 더블릿을 입은 매 훈련꾼이 우리에서 달려 나왔다. 그의 손목에 앉은 매는 상아색 종이 달린 금색 젓갖을 매고 있었다.

로즈는 마구간 쪽으로 다리를 절며 걸어갔다. 왕의 말이 땅을 차며 힝힝거렸다. 사람들이 앞뒤로 달렸다. 하녀가 두레박을 우물로 내려보내고 있었다. 머리에는 금색 레이스로 수놓인 장식이 꽂혀 있었다.

코윈만이 로즈의 존재를 알아차렸다. 그는 로즈보다 머리 하나만큼 높이 서 있었다. 한때는 분명히 키 차이가 머리 반 정도이지 않았던가? 그가 로즈를 흘끔 보았다가, 시선을 돌렸다가, 젊고 잘생긴 얼굴에 의아한 빛을 띠고 다시 그녀를 마주보았다. 그의 눈동자는 회색이었다.

"부인, 저를 아시나요?"

"아니."

로즈가 대답했다.

"그럼 다른 손님들과 함께 오셨습니까?"

"아니란다, 젊은이여."

그는 그녀의 깔끔한 검은 드레스와 짧은 머리, 주름진 얼굴을 유심히 살폈다. 그녀의 눈을 보았다.

"저는 제가 성에 사는 사람들을 한 명도 빠짐없이 알고 있다고 생각했습니다."

그녀는 대답하지 않았다. 그의 매끄러운 갈색 뺨이 서서히 붉어지기 시작했다.

"여주인이여, 어디에 사시나요?"

"네가 가본 적 없고 갈 수도 없는 곳에 산단다."

그가 더 혼란스러운 표정을 지었지만, 로즈는 몸을 돌려 절름거리며 멀어졌다. 달리 설명할 방법이 없었다.

이제 고함 소리가 따스한 여름 공기에 실려 높은 탑에서 아래로 떠내려 왔다. 긴 회랑의 열린 창문 너머로 로즈는 긴 우단 치마를 팔에 걸치고 달려가는 여왕을 보았다. 머리가 거의 다 벗어진 여자가 레이스로 된 나이트가운을 입고 비명을 지르며 북쪽 침실에서 뛰어나왔다. 곧 그들은 찾고, 질문하고, 도개교를 닫기 시작하리라.

로즈는 도개교를 건너 이제는 두 번째 해자처럼 텅 빈 원으로 남은, 울타리가 있던 자리를 가로질렀다. 그들 일곱 명은 바로 그 너머에서, 작은 숲에 몸을 반쯤 숨긴 채 기다리고 있었다. 힘 있는 눈빛과 휘몰아치는 바람 같은 목소리를 가진, 그녀 같은 노파들이었다.

로즈가 물었다.

"이게 전부인가요? 제가 잃어버린 삶의 대가의 전부인가요? 이 마법이?"

"그래."

"결코 사소한 것이 아니란다."

한 노파가 차분히 말했다.

"너는 한 왕자를 살려냈어. 또 궁에 있는 모든 사람들에게 옷을 입혔지. 네가 누구이고, 어떤 사람인지도 보았어. 아주 적은 수의 사람들만 볼 수 있는 것이야."

로즈는 그 대답을 곱씹어보았다. 등이 활처럼 굽은 노파가 로즈를 차분히 마주 보았다.

처음 대답했던 여자가 날카로운 목소리로 거듭 말했다.

"자매여, 네가 얻은 것은 결코 사소하지 않단다."

로즈가 말했다.

"저는 차라리 제가 잃어버린 삶을 갖길 바랐어요."

그 말에는 아무도 답하지 않았다. 노파들은 어깨를 으쓱하더니 로즈의 팔짱을 꼈다. 그들 여덟 명은 자신들을 얼마나 필요로 하는지 아직 모르고, 아마도 영원히 깨닫지 못할 세상 속으로 걸어 나갔다.

우리 세대는 늙어가고 있다.

현존하는 다른 세대들도 마찬가지겠지만, 우리 베이비붐 세대는 이 사실을 더 개인적인 사건으로 받아들이는 것 같다. 우리는 드높은 기대와 거대한 오만으로 가득 차 있었다. 문화를 혁신하고 전쟁을 종식시키고 진정한 사랑을 찾고 화성을 개척하고 인간의 영혼에는 어떠한 한계도 없다는 꿈을 결코 포기하지 않으려고 했다.

물론, 한계는 있다. 인간의 나약함과 마찬가지로 인간의 힘도 우리를 원하는 방향으로는 좀처럼 이끌지 않는다. 엘런 대틀로가 다시 쓰는 동화 시리즈의 세 번째 책인 『루비 슬리퍼, 황금 눈물Ruby Slippers, Golden Tears』에 실을 이야기를 청했을 때, 나는 마침 이 확고하고도 충격적인 진실에 관해 생각하는 중이었다. 나는 즉시 「잠자는 숲 속의 공주」 이야기를 쓰겠다고 했다. 여러 번, 아마도 「신데렐라」 다음으로 자주 다시 쓰여 온 이야기다. 엘런은 그래도 그 이야기를 다시 써도 좋다고 했다. 이 이야기는 끝없는 잠이 아니라, 시간이 냉혹히 흐르는 사이 홀로 완전히 깨어 있어야 하는 저주에 맞선 분투의 기록이다.

언제나 당신에게
솔직하게, 패션에 따라
Always True to thee, In My Fashion

Nancy Kress

유 달리 화려하고 격렬한 패션이 유행이었던 여름 시즌에 이어 찾아온 가을 시즌의 관계는 캐주얼하고 편안했다. 수잰은 가을의 새로운 감정들이 마음에 들었다. 자유롭게 움직일 여지를 넉넉히 주는 가볍고 쿨한 감정이었다. 무심한 듯한 애정이 부담 없고 우아하게 느껴졌다.

케이드는 수잰만큼 좋아하지 않았다.

"끔찍하게 지루할 것 같군."

케이드가 손에 알약을 든 채 수잰에게 말했다.

"사랑은 그렇게 지루해선 안 되는 거야. 최소한 지난여름 유행에는 놀라운 구석이라도 좀 있었지."

패션 디자이너숍 상자들이 침실 바닥에 가득 흩어져 있었다. 물론 수잰이 주문했다. 칼 라거펠드, 갈리아노, 엔키아 포 크리스티앙 라크루아, 수잰의 특별 전담 디자이너이자 친구인 센딜의 작품도 물론 있었다. 케이드는 사방으로 널린 트위드와 회백색 아마포 한가운데에서 속옷만 입고 고집스러운 표정으로 서 있었다.

"하지만 여름의 감정들은 너무 무거웠어."

수잰이 대답하고, 케이드의 머리 위로 가볍게 입술을 대었다.

"캐디, 어서. 한번 시도라도 해봐. 당신은 가벼운 감정이 어울리는 몸을 갖고 있잖아. 굉장히 잘 어울릴 거야."

그 말은 사실이었다. 케이드는 늘씬하고 몸놀림도 유연했으며, 얼굴은 작고 목은 길었다. 무사태평해 보이기 쉬운 몸이었다. 커다란 침실 창문을 등지고 빛을 받으며 선 그는 벌써부터 냉정하고 무심해 보였다. 에드워드 왕조의 귀족이나, 어찌나 무감한지 땀조차 흘리지 않을 미국의 강배 탄 도박꾼 같았다. 물론 환경도 도왔다. 그들의 V-R은 늘 수잰이 맡았다. 가을 시즌을 위해 수잰은 주름 없는 커튼, 차가운 테라코타 타일, 회백색 벽을 골랐다. 모두 너무 힘을 주지 않은, 격식 없이 차분한 분위기를 냈다. 창문은 자연 그대로 남겨두었다. 이 또한 완벽했는데, 흉한 런던의 전경을 군이 다시 프로그래밍하려 들지 않을 만큼 무심한 성격을 나타내기 때문이었다. 이런 솜씨를 가진 사람은 수잰뿐이었다. 친구들이 무척 질투하리라.

"케이드, 어서. 감정을 입어봐."

케이드는 늘씬한 손가락에 알약을 든 채 불편한 표정을 거두지 않았다.

수잰은 조급해지기 시작했다. 케이드는 물론 멋진 남자였지만, 가끔 너무 보수적이었다. 그는 여름의 유행도 별로 반기지 않았지만, 나중에는 정말 즐거워했다! 수잰은 극적이고 원색적인 감정들이 자신에게 잘 어울린다는 사실을 알고 있었다. 그녀의 풍만한 몸, 작고 날카로운 치아와 잘 어울렸다. 그녀는 사람들의 주목을 받았다. 열정적인 불륜을 두 번 경험했고 키터리와 칼싸움을 했으며 그녀를 두고 결투도 한 번 일어났다. 한밤중에 연인과 두 번 재회했고 그 장면을 위해 V-빨간색과 어두운 와인색으로 물들인 낙조를 배경으로 바닷가에서 케이드와 가슴 저미는 이별도 했다. 정말 만족스러웠다.

하지만 이제 여름은 끝났다. 정말이지, 케이드는 감정의 옷장을 좀 더 다양하게 채우려고 해야 했다. 가끔은 다른 애인과 사귀는 게 낫지 않을까 하는 생각까지 들었다……. 미하일이나, 하다못해 재스턴더하고라도…… 아니, 물론 그럴 수는 없었다. 그녀는 케이드를 사랑했다. 그들은 영원히 서로에게 속해 있었다. 케이드는 그녀의 삶을 지탱해 주는 존재였다. 단지 이 남자가 이렇게 고집스럽지만 않았더라면!

"그런 생각 해본 적 있어?"

케이드가 그녀와 시선을 맞추지 않으며 물었다.

"우리가 유행을 한 시즌 뛰어넘어 보는 게 어떨까 하는 생각? 그저 시즌이 흘러가게 내버려두고 낡은 감정을 입고, 아니면 아예 벌거벗고 우리 둘만 있으면 어떨까 하는 생각 말이야."

"굉장한 생각이네."

수잰이 가볍게 대답했다.

"수잰, 시도해볼 수도 있을 거야."

"그런 식이라면 탑에서 나가 저 아래 템스 강가에서 더러운 매트리스를 깔고 앉은 굶주린 살인마들과 함께 살 수도 있겠지. 당신 제안만큼 매력적일 거야."

틀렸다, 틀린 답이었다. 케이드가 그녀에게서 몸을 돌렸다. 곧 약을 작은 병에 도로 집어넣으리라. 수잰은 장난스럽게 접근하기로 결심했다.

양팔로 그의 목을 감싸 안고 눈을 반짝이며 마주 보았다.

"케이드, 당신은 큰사람이야. 내면에는 수많은 자아를 갖고 있지. 내가 알고 싶어 하는 당신의 모든 자아들을 보여주지 않는 일이, 음, 나한테 공정한 걸까?"

그가 마지못해 미소를 지었다.

"수많은 자아들이라고?"

"난 모두 다 **알고 싶어**. 모든 케이드들을 다 만나고 싶다고. 당신도 알다시피, 난 욕심꾸러기잖아."

그녀가 그에게 몸을 맞댔다.

"음······."

"케이드, 어서. 날 위해."

그녀는 몸을 한 번 더 문지르듯 맞댄 다음 웃음을 터뜨리며 물러났다.

케이드는 결코 그녀에게 저항할 수 없었다. 그는 알약을 삼키고 그녀에게로 팔을 뻗었다. 수잰은 그의 손길을 피했다.

"아직은 안 돼. 약효가 나타나고 나서."

"수잰······."

"내일 봐."

그녀는 애정 어린 키스를 가볍게 날리고, 그녀를 응시하는 케이드를 뒤로한 채 문으로 천천히 걸어갔다. 케이드는 그녀를 원하지만 그녀는 무심하고 태평했다.

멋진 가을이 되리라.

*

다음 날은 믿어지지 않을 만큼 흥미진진했다. 여름 침실에 걸어 들어갔다가 서로 소리 지르고 애원하며 칼싸움 중인 케이드와 키터리를 보았을 때보다 더 자극적이었다. 다른 방식으로 자극적이었다. 수잰은 약속 시간보다 30분 늦은 오전에 아파트로 들어갔다.

"여기 있었네."

그녀가 대수롭잖다는 듯이 말했다.

긴 몸을 의자에 쭉 뻗고 있던 케이드가 리더기에서 고개를 들었다.

"어, 안녕."

그가 어깨를 으쓱하더니 우아하고 날렵한 손가락을 하나 들어 무심한 동작을 취했다.

수잰은 그의 무릎 위에 앉아 창밖을 멍하니 바라보았다. 오늘 런던은 평소보다 더 보기 흉했다. 차갑고 무채색이고 더러웠다.

"급한 일이야? 지금 이 기사를 한창 읽고 있는 중이거든."

"기사에 너무 집중하는 바람에 내가 온 줄도 몰랐어? 으응?"

수잰이 케이드에게 몸을 밀착했다.

케이드가 웃으며 그녀의 볼을 쿡 찌르더니 가볍게 밀어냈다.

"그럼 가봐."

그가 리더기로 다시 시선을 돌렸다. 수잰은 일어나 기지개를 켰다.

유두와 허벅지의 긴장감이 스스로도 놀라웠다. 케이드가 정말 그녀에게 무관심했다! 그의 관심을 끌고 평범한 읽을거리로부터 그를 끌어내기 위해 진짜로 노력해야 하는 상황이라니⋯⋯. 세상에, 정말 흥미진진했다!

물론 결국에는 수잰이 이길 것이다. 그녀가 늘 이겼다. 하지만 적극적으로 쟁취해야 할 때 승리가 더욱 즐겁게 느껴진다는 걸 왜 지금까지 깨닫지 못했을까? 지난 몇 년간 이만큼 흥분된 적은 없었다.

"케이드……."

그녀는 케이드에게 몸을 숙이고 그의 귓불을 만지작거렸다.

"사랑스러운 케이드……."

그가 눈썹을 치켜세우고 고개를 기울여 수잰를 쳐다보았다. 약이 그의 눈을 변화시켰거나, 아니면 그의 눈이 수잰에게 보이는 모습을 바꾸었다. 이제 그의 눈은 더 가볍고 불투명해 보였다. 수잰이 부드럽게 웃었다.

"이리 와. 정말 좋을 거야……."

"그래, 알았어. 정 원한다면."

케이드는 의자에서 일어나며 떨어진 리더기를 주워 들다가, 센딜의 예비 탁자들 중 하나에 놓여 있던 앤티크 꽃병을 팔꿈치로 밀어 오른쪽으로 6밀리미터쯤 옮겼다. 그가 창밖을 응시하며 왼쪽 팔꿈치를 문질렀다. 수잰이 그의 손을 잡았고, 둘은 함께 천천히 침실로 향했다.

훌륭했다. 지난 몇 해 사이에 있었던 것 중 가장 즐거운 쇼였다. 정말이지, 패션디자이너들은 천재다.

*

"케이드, 플라비아와 미하일이 토요일에 열리는 물 축제에 우리를 초대했어. 갈까?"

케이드가 그의 뉴욕증권거래소 포트폴리오를 스크린으로 확인하다

말고 고개를 들었다. 그녀의 방해가 거슬리지조차 않는 표정이었다.

"당신은 가고 싶어?"

"**당신**한테 물었잖아."

"난 상관없어."

수잰이 입술을 깨물었다.

"그럼, 플라비아에게 뭐라고 말해?"

"당신이 하고 싶은 대로 말하면 되지."

"휴, 그럼…… 난 이번 주말에 파리에 갈까 생각 중이었어."

그녀가 말을 한 박자 멈추었다.

"기욤을 만나러."

케이드는 눈썹 하나 까딱하지 않았다.

"당신이 하고 싶은 대로 해."

"케이드…… 내가 기욤을 만나러 가는 것이 신경 쓰이지 않아? 주 말 내내 같이 있을 텐데?"

여전히 수잰를 사랑하는 옛 애인 기욤을 만나러 간다는 협박은 지 난여름에만 해도 꼬박 열여섯 시간 동안 이어진 드라마를 만들어냈었 다.

"이봐요, 수잰, 날 귀찮게 하지 마. 당신이 원한다면 기욤을 만나러 가도 되고말고."

케이드가 그녀에게 가벼운 키스를 날렸다.

그녀는 방을 가로질러 성큼성큼 걸어가 그의 손을 잡아채 단말기 앞에서 끌어냈다. 케이드가 눈썹을 살짝 치켜세웠다.

하지만 나중에, 케이드가 깊이 잠들고 나서 수잰은 고민에 빠졌다. 어쩌면 결국 요즘 패션에 대한 케이드의 말이 사실은 옳았는지도 몰랐다. 그를 흥분시키려고 애쓰는 과정이 흥미진진하지 않았다는 얘긴 아니지만…… 애쓰는 것은 원래 그녀 몫이 아니었다. 그녀 역시 케이드처럼 무심하고 대수롭잖은 태도여야 했다. 바로 이것이 패션이 갖는 짜증스러운 문제점이었다. 디자이너들이 뭐라고 하든, 한 사이즈가 모든 사람에게 딱 맞는 법은 없었다. 사람마다 약에 대한 반응이 너무 달랐다. 뭐, 상관없었다. 내일은 그냥 약을 더 많이 먹어야겠다. 케이드가 아니라 그녀가 더 무관심한 태도를 보일 때까지. 그녀가 쫓는 자가 아니라 쫓기는 자가 될 때까지 말이다.

원래는 그래야 했다.

*

"케이드…… 케이드?"

"아, 수잰, 들어와."

케이드는 자기 모습에 신경을 쓰지도 당황하지도 않으며 침대 위에서 몸을 일으켰다. 플라비아가 그의 옆에서 상아색 이불 밖으로 나른하게 몸을 내밀었다.

"수잰, 정말 **미안해.** 네가 이렇게 빨리 올 줄은 몰랐어. 내가 나갈까?"

수잰은 방을 가로질러 옷장으로 갔다. 차라리 이편이 나았다. 액션이라도 좀 생겼으니 변화라면 변화였다. 정말이지, 가벼운 감정이라니 좋긴 좋지만, 대체 시시껄렁한 대화나 주고받는 저녁을 며칠이나 버티겠어? 차라리 플라비아에게 고마울 정도였다. 물론 고마운 내색을 할 수는 없었다. 그렇지만 플라비아는 그녀가 전혀 다른 태도를 취할

494

완벽한 핑계거리를 제공했다. 만찬에 좀 달리 차려입고 나가고 싶던 참이었다.

수잰은 옷장 맨 위 칸에서 진주목걸이를 꺼내 만지작거렸다. 분노를 우아하게 억누르고 있는 모습을 신중하게 표현했다.

"케이드, 어떻게 이럴 수가 있어?"

플라비아가 말했다.

"아무래도 나는 **가는 게** 낫겠지? 나중에 봐."

플라비아가 목걸이에서 V-R 드레스를 켰다. 몸을 타고 편안하게 흐르는 은은한 회갈색 드레스였다. 그녀가 떠났다.

케이드가 입을 열었다.

"수잰……."

"케이드, 당신을 믿었는데!"

"아, 젠장. 당신 지금 별것도 아닌 일로 소란을 피우고 있잖아."

"별일 아니라니! 당신……."

"정말이지, 수잰, 플라비아는 그다지 상관없어."

"'그다지'? 대체 무슨 말이야?"

"아, 수잰, 당신도 무슨 말인지 알잖아. 정말이지, 이런 사소한 일로 우스꽝스러운 꼴을 보이지 마."

케이드는 하품을 하고 기지개를 한 번 켜더니 잠이 들었다.

잠이 들었다.

수잰은 그를 깨울까 생각했다. 작은 주먹으로 그를 때리고 바닥으로 끌어내리고 쪽지를 남긴 채 짐을 싸서 떠날까도 생각했다. 그렇지만, 그런 짓을 하면 정말 좀 우스꽝스러워 보이긴 할 터였다. 사람들이 소문을 듣고 비웃으리라……. 설령 아무도 알지 못한다 하더라도, 케이드가 그녀의 형편없는 모습을 혼자만 알고 있기로 하더라도, 어쨌든 그와 수잰 두 사람은 그런 일이 일어났다는 사실을 아는 셈이었다. 수잰은 그녀의 냉정한 태도를 무너뜨렸다. 키터리만큼이나 민망한 짓을 했다. 지난 시즌 게이샤 파티에 정치혁명가의 거친 감정들을 걸치고 나타났던 키터리 말이다. 케이드가 이번 사건을 사적인 일로 남겨두더라도, 그가 수잰를 키터리처럼 엄청난 패션 실책을 저지를 만큼 눈치 없는 사람으로 여길지도 모른다고 생각하니 눈살이 찌푸려졌다. 안 돼, 절대 안 될 일이다. 그저 시간이 흐르기만을 바랄 수밖에 없었다.

케이드가 작게 코를 골았다. 수잰은 주먹을 꽉 쥐고 그의 옆에 누워 겨울을 기다렸다.

*

마침내 새 패션이 나왔다! 수잰은 프리시즌 쇼를 보러 파리에 가서, 중요한 쿠튀르 쇼마다 찾아가 맨 앞줄에 앉아서 환희에 젖었다. 그녀는 보았고, 보여졌고, 그리고 행복했다.

디자이너들은 자신의 실력을 능가했다. 특히 '수웰라 포 칼 라거필드'가 훌륭했다. 그 감정은 떨리고 천진난만했으며, 첫경험의 조심스러우면서도 날카로운 달콤함 그 자체였다. 눈을 크게 뜨고 숨을 삼키는 성적인 모험이 있는 분홍색, 하늘색, 흰색─가득한 흰색─이었다. 주름 장식과 꽃과 자신을 주시하는 사람들에 어쩔 줄 몰라 하며 두근거리는 가슴. 잔프랑코 페레는 남자 모델의 손에 닿는 것조차 망설이는 순진함이 가미된, 물망초 생화로 장식한 풍성하고 아름다운 실크 바이오 옷을 내놓았다. 갈리아노는 주름 장식 보닛과 열정적인 키스 다음에 일어날 일에 대한 발그레한 두려움으로 맞섰다. 기대감에 찬 모델들의 걸음걸이가 떨리고 있었다. 그리고 언제나 기대를 만족시키는 센딜은 무명으로 된—무명이라니!—허리 라인이 높은 파티복을 발표했고, 수잰에게 바로 그녀한테서 영감을 얻어 완성한 작품이라고 속삭였다.

모두 다 갖고 싶었다. 그녀는 프리뷰에서 그 어느 때보다 많은 돈을 썼다. 시즌이 공식적으로 시작되기를 기다리기가 힘들었다. 다시 열세 살이 된 케이드와 그녀가 새롭고 반짝이고 달콤한 긴장감으로 충만한 사랑에 빠진다면……. 시즌 개막일을 기다리는 사이, 그녀는 머리를 길게 기르고 엉덩이를 날씬하게 다듬고 눈을 커다랗고 새파란 구형으로 확대했다.

케이드와 함께 파티를 여는 것도 좋으리라. 모두들 기대와 순진한 희망에 들뜨겠지…… '병돌리기'*라는 게임도 있다던데? 컴퓨터에게 물어보면 되리라.

멋진 겨울이 될 터였다.

*

"싫어."

케이드가 말했다.

"싫다니?"

---

* 빈 유리병을 돌려서 커플을 정하고 가벼운 스킨십 등의 벌칙을 주는 10대들의 놀이.

"이런, 내 사랑, 그렇게 실망한 표정 짓지 마. 뭐, 짓든가. 내 말은, 어쨌든 그러거나 말거나 무슨 상관이야?"

"무슨 **상관**이냐니!"

수잰이 소리를 질렀다.

"케이드, 새 시즌이 시작되었어!"

그가 재미있다는 듯이 그녀를 살폈다. 하지만 그 장난스러운 눈빛 아래로 이제는 익숙해진, 그녀를 우스꽝스럽게 여기고 그녀에게 별로 관심없는 듯한 감정이 엿보였다. 세상에, 한시라도 빨리 그를 이 불쾌하고 과소평가된 무심함으로부터 끄집어내고 싶었다.

수잰은 상관하지 않는 양 보이려고 애쓰며 입을 열었다.

"글쎄, 상관없다면, 조금 바꿔보지 않을 이유도 없잖아?"

그가 소매에 묻은 작은 먼지를 털었다.

"그렇겠지. 하지만 굳이 바꿀 이유도 없잖아? 지금 이대로도 우리에게 잘 맞는다는 생각이 들지 않아?"

수잰은 입술을 꽉 깨물지 않으려고 애썼다. 갓 시즌이 시작되었으니 조직 재생을 받기에는 너무 일렀다.

"음, 그럴 수도 있지만 누구나 어느 정도는 변화를 원하잖아……."

그가 어깨를 으쓱했다.

"나는 별로 원하지 않거든."

"케이드……!"

"휴, 수잰, 그렇게 흥분하지 좀 마. 성가시잖아. 나중에 의논하면 안 될까?"

"그래도……."

"재스틴더와 점심을 먹기로 했거든. 아니, 키터리였던가? 어쨌든 누구하고든. 같이 갈래? 싫어? 뭐, 그러면 잘 있어, 내 사랑."

그가 수잰에게 손을 흔들고 느릿느릿 밖으로 나갔다.

*

수잰은 케이드의 마음을 바꿀 수 없었다. 그는 그녀를 거부하지 않았다. 그저 관심이 없을 뿐이었다. 그는 그녀를 신경쓰지 않았다. 그녀에게 무관심했다.

개막일이 되었다. 수잰은 침실에 서서 아랫입술을 깨물었다. 어떻게 하지? 준비는 모두 끝났다. 분홍색 벽에 흰 나무틀, 산들바람에 가볍게 흔들리는 반투명한 커튼, 라벤더, 유월의 장미, 등나무, 컴퓨터가 고전적이라고 말한 온갖 것들로 채워진 정원 풍경을 프로그래밍했다. 방향제는 규정 시간을 넘겨 작동하고 있었다. 수잰의 주위로는 주름진 실크, 사랑스러운 소녀풍의 드레스, 작은 어린이용 슬리퍼가 든 상자들이 반쯤 열려 있었다. 물론 케이드를 위한 흰색 재킷과 구리굽 부츠도 있었다. 당사자인 케이드는 그 모든 것을 재미있다는 듯 흘끔 보더니 어디론가 산책을 하러 나갔다.

"나가겠다고!"

수잰은 고함을 질렀었다.

"개막일이잖아! 그런데도 당신은 여전히 **그**…… **감정을** 입고 있잖아."

"이런, 내 사랑, 무슨 상관이야? 난 편안한걸. 게다가 이것들 모두 다 좀…… 새침 떠는 분위기라고 생각하지 않아? 그래 보이지?"

"케이드……."

"난 익숙한 쪽이 좋아."

"익숙하다니!"

수잰이 고통스럽게 울부짖었다.

"그럴 수가 없잖아! 그저 한 시즌 동안만 입고 있었으면서!"

"그랬나? 그랬나 보군. 하지만 더 오래 걸쳤던 것 같은 기분이야. 나중에 봐. 아예 보지 말든가."

수잰은 손에 쥔 알약을 응시하며 얼굴을 찡그렸다. 심각한 문제였다. 약을 먹으면 그녀는 온순하고 상냥하고 전전긍긍하는 어린아이 같은 감정을 걸치게 된다. 온순하고 상냥하고 전전긍긍하지만, 별로 효과가 없는 감정을 말이다. 그게 바로 문제였다. 약은 천진한 소녀 자체를 만드는 것이 아니라, 그녀가 그런 소녀처럼 행동하게 작용하는 것이었다. 하지만 그녀의 의지를 있는 그대로 모두 쏟아붓지 않고서 과연 케이드의 고집을 꺾을 수 있을까?

다른 한편으로, 만약 약을 먹지 않는다면 그녀는 상황에 맞지 않는 차림을 한 격이 될 터였다. 앨리아니 타워에서 열리는 도니슨 가의 오찬, 인공 섬의 오후 리셉션, 오늘 밤에 열릴 키터리의 파티에 지난 시즌의 낡은 감정을 입고 나타나는 자신의 모습을 상상해보았다……. 아니, 절대 안 될 말이었다. 체면을 지켜야 했다. 그러지 않으면 모두들 그녀에게 새로운 감정을 장만할 여유가 없다고, 그녀가 데이터 아톨 투자나 그 비슷한 소름 끼치는 누보nouveau에 재산을 모두 잃었다고 생각할 것이다……. 젠장 맞을 케이드!

그는 몇 시간 뒤에 태평하게 휘파람을 불며 돌아왔다. 비디오에는 이미 도니슨 가 오찬에 참석한 친구들로부터 온 "지금 어디야?" 메시지가 넘치고 있었다. 멋지고 젊음이 넘치는 시간을 보내고 있는 사람들로부터 온 숨 가쁘고 천진한 메시지들이었다. 그런데 케이드는 지루한 트위드 옷을 걸치고 냉정하고 무관심하게, 감히 **휘파람**까지 불면서……

"지금까지 **어디** 있었어? 우리가 얼마나 늦었는지 알아? 어서 옷 입어!"

"수잰, 찡찡거리지 마. 정말 매력 없어 보여."

"찡찡거린 적 없어!"

상처받은 수잰이 흐느꼈다.

"그럼, 뭐든지 간에 지금 하는 짓은 그만둬. 대신 내 옆으로 와서 누워."

지난 몇 달 사이에 케이드에게서 들은 가장 단호한 말이었다. 수잰은 용기를 얻어, 당혹한 마음을 숨기려 애쓰며 그의 옆에 누웠다. 만약 그의 마음이 풀어질 만큼 다정하게 대한다면…….

"아직 옷을 안 입었군, 그렇지?"

케이드가 물었다. 웃고 있었다.

"순진한 소녀의 주저하는 포옹이 아닌걸."

"그쪽이 더 좋아?"

수잰이 희망을 갖고 물었다.

"바로 갈아입을 수……."

"아니, 아냐. 수잰, 생각해봤는데, 나는 무슨 가짜 소년처럼 온통 꾸미고 싶지 않아. 당신도 이런 무심한 감정을 이제 벗고 싶어 하지. 그러니 내가 지난여름에 제안한 대로 해보는 게 어때? 그냥 한동안 벌거벗고 지내자. 어떤 느낌일지 보자고."

"싫어!"

수잰이 새된 비명을 질렀다.

수잰 자신도 그렇게 큰 소리를 지를 줄 몰랐다. 수잰은 한 번도 그렇게 날카로운 비명 소리를 낸 적이 없었다. 어떻게 수잰 같은 여자가! 물론 패션이 시킬 때는 비명을 지르기도 했지만, 그건 제외해야 할 테니…… 아니, 아니지. 패션을 따른 경우도 당연히 포함해야 했다. 패션은 그들 모두를 안전하게 지켜줄 유일한 방법이었다. **벌거벗고** 지내자니, 세상에, 케이드의 머릿속엔 대체 무슨 생각이 들어 있는 거야? 교양인들은 벌거벗고 돌아다니지 않았다. 사적인 만면을 지나가는 사람 누구나 알아차리고 조롱할 수 있게 내보이고 다니지 않았다. 내면의 가장 깊은 감정을 무기력하게 드러내지 않았다.

그 부재도.

그녀는 대수롭지 않은 듯 말하려 안간힘을 썼고, 마침내 성공했다. 지난 시즌의 약효였는지도 몰랐다.

"케이드, 나는 벌거벗고 싶지 않아. 정말로, 당신의 태도는 공정하지 못하다고 생각해. 한 시즌 동안 당신 방식대로 했잖아. 이제 내 차례야."

긴 침묵이 이어졌다. 잠깐, 수잰은 케이드가 잠이 들었나 생각했다. **감히** 그럴 수 있다면 말이다…….

"수잰."

그가 마침내 입을 열었다.

"내 공정한 감상을 말하자면, 당신은 늘 당신 방식대로만 해왔어."

충격이 너무 커서 침대에서 내려딛는 다리가 후들거렸다. 어떻게 그런 말을 할 수가 있어? 그녀는 늘 두 사람을 위한 일들을 생각했는데! 언제나! 욕실로 달려가 문을 닫았다. 부들부들 떨리는 몸을 벽에 기대자 거울에 비친 그녀의 얼굴이 시야에 들어왔다. 사랑스러운 모습이었다. 갑작스러운 고통에 놀라 크게 뜬 새파란 눈, 가늘게 떨리는 창백한 입술, 여린 마음에 상처 입은 어린 소녀처럼……

아직 이번 시즌의 약을 먹지도 않았는데!

결국에는 케이드도 협조할 것이다. 아니, 그래야만 했다.

*

케이드는 약을 먹지 않았다. 수잰은 싸웠다. 화를 냈다. 애원했다. 마침내 다시 오지 않을 멋진 파티를—어쨌든 시즌은 늘 한 번뿐이었다—삼 일 연속으로 놓친 다음에, 수잰은 약을 먹고 흰 면치마를 입고 여리고 귀여운 눈물을 흘리며 간절히 애원했다. 케이드는 다정하게 웃으며 수잰를 가볍게 안아준 다음, 다른 시시하고 쓸데없는 일을 하러 나갔다.

수잰은 케이드의 포도주에 약을 풀었다.

망설여지긴 했다. 그들은 늘 서로에게 솔직했다. 게다가 어린 여자 아이가 하기에는 너무 무서운 짓이었기 때문에, 캡슐을 여는 내내 손이 부들부들 떨렸고 술잔으로는 투명한 눈물 한 방울이 떨어졌다. (눈물 한 방울이 염도를 얼마나 높일까? 케이드는 미각이 예민했다.) 그러나 수잰은 해냈다. 그러고는 눈을 크게 뜨고 소녀다운 젖가슴을 말로 표현할 수 없는 감정으로 들썩이며 그 술잔을 케이드에게 건넸다. 그런 다음, 향기 나는 욕조에서 분홍색 거품 목욕을 하고 머리를 길게 땋아 내렸다.

욕실에서 나오자 케이드가 그녀를 기다리고 있었다. 케이드는 분홍 색 장미 한 송이를 내밀었다. 장미를 건네받는 순간 그의 수줍은 시선이 그녀와 마주쳤다. 둘은 저녁 식사 전에 바닷가 산책을 나갔다. 별이 하나씩 모습을 드러냈다. 케이드가 그녀의 손을 잡았을 때에는 심장이 터질 것만 같았다. 그가 키스할지도 모른다고 생각하자 V-R 파장이 흔들렸고 숨이 가빠왔다.

멋진 겨울이 될 터였다.

"수잰, 사랑스러운 수잰……."

케이드가 낮은 목소리로 말했다.

"응, 케이드?"

"할 말이 있어."

"뭔데?"

감정이 휘몰아쳤다.

"난 포도주를 좋아하지 않아."

"하지만…… 당신은……."

"최소한 그 포도주는 마음에 들지 않았어. 마시기 전에 분자분석기에 넣어보았지."

그녀는 케이드의 손을 놓았다. 갑자기 무척 두려워졌다.

"수잰, 정말 실망이야. 패션이 무엇이든 간에 최소한 우리가 서로 신뢰하기를 바랐는데."

"어떻게……."

목소리가 나오지 않았다. 짜증스럽게 떨리는 고음 외에는.

"어떻게 할 거야?"

"어떻게 하다니?"

그가 무심히 웃었다.

"왜 뭘 해야 해? 굳이 시끄럽게 만들 일도 아니잖아?"

안도감이 밀려왔다. 지난 시즌 패션이었다. 그는 아직 지난 시즌의 패션을 입고 있었기 때문에 그녀의 배신에 무심하게 반응하고 있는 것이다. 태연하고 아무렇지 않게. 아, 다행이었다…….

"그래도 한동안 떨어져 지내는 편이 나을지도 모르겠어. 상황이 좀 나아질 때까지 말이야. 그게 가장 좋은 방법 같지 않아?"

"아니, 싫어! 싫어!"

그녀는 높고 달콤한 소녀풍의 목소리로 저항했다. 사실은 그를 끌어당겨 억지로 몸을 밀착하고 거친 유혹으로 그의 마음을 바꾸고 싶었지만…… 그럴 수가 없었다. 이렇게 입은 상태에서는 안 되었다. 우스꽝스럽기만 하리라.

"케이드……."

"아, 그렇게 충격받지 마. 세상이 끝나거나 한 것도 아니잖아? 당신은 여전히 당신이고 난 여전히 나니까. 자, 착하지."

케이드는 바닷가를 성큼성큼 달려 아파트 현관 밖으로 나갔다.

수잰은 V-R을 끄고, 텅 빈 아파트 벽을 보며 앉아 울었다. 그녀는 케이드를 사랑했다. 진심이었다. 한 시즌 동안 벌거벗고 있겠다고 했다면…… 아니, 아니다. 그녀는 케이드를 그런 방식으로 사랑하지 않았고, 케이드도 그녀를 그렇게 사랑하지 않았다. 그들은 서로의 다중인격, 변화의 예술을 통해 밖으로 더없이 잘 표현되는 기본적이고 진정한 복잡성 때문에 서로를 사랑했다. 그래서 늘 새롭고 낭만적으로 사랑할 수 있었다. 그렇지 않은가? 변화. 성장. 다양성.

수잰은 완전히 지쳐 눈물이 더 이상 나오지 않을 때까지 울었다. (사실 꽤 기분이 나아졌다. 천진한 소녀에게는 생생한 슬픔이 충분히 허용되었다.) 그리고 자택에 있는 센딜에게 비밀통신으로 연락했다.

"센딜? 수잰이에요."

"수잰! 무슨 일이에요? 당신이 보이지 않네요."

"영상이 고장 나서 소리밖에 안 나요. 센딜, 나쁜 소식이 있어요."

"뭔가요? 세상에, 당신 괜찮아요?"

"전…… 아아, 부디 이해해주세요! 전 너무 외로워요! 당신이 필요해요!"

그녀의 목소리가 떨렸다. 그는 그녀에게 완전히 사로잡혔다.

"무엇이든지요, 내 사랑! 무엇이든!"

"저…….."

수잰은 수치심에 사로잡힌 소녀 같은 목소리로 속삭였다.

"저…… 임신했어요. 케이드는…… 케이드는 저와 결혼하지 않겠대요!"

"수잰!"

센딜이 소리쳤다.

"맙소사! 실로 걸작이로군요! 이번 시즌 내내 그 설정으로 있을 건가요?"

"전…… 떠나겠어요. 누구도…… 만날 자신이 없어요."

"그렇겠죠, 그렇고말고요. 세상에, 끝내주게 히트 치겠어요!"

"전 이미 제가 히트 친 줄 알았는데요."

수잰은 차갑게 대꾸했다가, 실수를 깨닫고 얼른 순진한 소녀로 돌아갔다. 어렵지는 않았다. 그냥 숨을 깊이 들이쉬고 약에 몸을 맡기면 그만이었다. 수잰은 숨 가쁜 소리를 냈다.

"하지만 전…… 전…… 혼자서는 이겨낼 수 없어요. 전 그렇게 강한 사람이 아니에요. 그래서 당신께만 말씀드리는 거예요. 불명예스러운 일을 당한 저를 보러 와주시겠어요?"

"수잰, 네, 당연히 당신을 지키겠습니다."

센딜이 소년다운 감성에 사로잡혀 목쉰 소리를 냈다. 그는 언제나 약을 정량의 1.5배 복용했다.

"내일 떠나줘요. 성실한 내 사랑 센딜, 어디로 찾아오시면 될지 편지를 쓸게요……."

임신한 모습의 영상을 맞춤 주문할 생각이었다.

"아아, 그가 절 버렸어요! 너무나 비참해요!"

"그렇겠죠."

센딜이 헐떡였다.

"불쌍한 처녀! 유혹당하고 버림받고 말다니! 어떻게 해야 당신의 기분이 나아질까요?"

"불가능해요…… 아, 잠깐, 제 수치가 영원히 이어지지 않는다면…… 혹시라도, 오오, 센딜, 제가 다음 시즌의 유행을 여쭤볼 수는 없겠죠! 당신이 절대 가르쳐주지 않을 테니까요!"

"어, 평소라면 그랬겠죠. 그래도 이런 경우라면, 당신에게라면……."

"당신만이 절 찾아와서 사정을 빠짐없이 들으실 수 있어요. 다른 사람들은 모두 그저 당신을 따를 수밖에 없겠죠."

"아아."

센딜이 감정에 취한 쉰 목소리로 말했다.

"수잰, 당신을 위해서라면 뭐든 하겠어요. 절 믿어요. 다음 시즌은 당신 마음에 쏙 들 거예요. 한 시즌 뒤면 다들 당신을 보고 싶어 헐떡이고, 당신에게서 눈을 떼지 못하겠지요. 다음 시즌은…… 밀리터리룩으로의 귀환이에요! 내 사랑, 당신은 밀리터리룩에 꼭 맞는 사람이에요! 당신에게 잘 어울릴 거예요!"

"밀리터리라고요."

센딜의 말 대로였다. 완벽했다. 제복과 칼과 총과 밤이면 음란한 막사로 육욕을 찾아 들어가는 엄격하고 결백한 성격의 지휘관…… 침실에서 서로의 계급장을 잡아 뜯는 사관들…… **명령이다**…… **예, 각하!** 엄청난 성적, 사회적 가능성이 있었다. 게다가 케이드가 두 시즌을 연속으로 뛰어넘지는 않을 터였다. 왁자지껄한 사람들에 둘러싸여 겨울 동안의 망명에서 돌아와 옛 근위대 군복을 입은 케이드를…… 그보다 높은 계급이 되어(케이드가 어떤 계급을 선택하는지 뇌물을 주든 뭘 해서든 알아내리라) 그에게 충성 맹세를 명령하고, 그녀 자신에 대해서는 무엇 하나 내보이지 않고 언제나 군인다운 태도를 유지한다면…….

멋진 봄이 되리라.

농담이 안 통하면 정말 싫지 않나?

나는 유행을 가볍게 풍자해보려는 의도로, 인간 정신에 합성마약이 미치는 영향을 소재로 이 소설을 썼다. 풍자하기에는 지나치게 쉬운 소재인 옷 유행뿐 아니라, 생활 방식의 유행에 대해서 말이다. 잡지에서 미국인들이 천박한 쾌락주의를 벗어나 정신적인 해답을 찾아 나서기 시작했다는 '새로운 진중함'이 공표된 다음 해에, '개인적인 생활양식으로의 회귀'의 도래를 알리는 기사가 뜬다. 그러고는 정치에서나 소파에서나 보수주의가 등장한다. 우리는 우리나라를 자랑스러워한다. 아니, 우리는 무분별한 오락에 심취한다. 우리는 코쿠닝 cocooning*에 빠져 있다. 우리는 아이들이 잠자리에 들 때까지만 가족적 가치를 중시하고, 밤에는 "1990년대 로맨스: 더 야하게"를 내건 슬로건에 따라 우리의 행위와 잠옷과 침실 조명(분홍색으로 빛나는 할로겐 등)을 결정한다. 시대를 초월하는 인간의 행동과 감정을 나누고, 각 부분을 포장해서 '새로운 유행'이라고 이름 붙여 팔아보려는 욕망보다 우스운 것이 또 있을까?

허나 몇몇 평론가들은 「언제나 당신에게 솔직하게, 패션에 따라」에 대해 유전자 조작의 결과를 진지하게 다룬 또 다른 작품이라고 평한 다음, 이 소설의 비과학성과 결함을 샅샅이 찾아내고는 타당한 지적을 내놓았다.

흠, 뭐, 나는 여전히 이것이 우습다고 생각한다.

---

* 디지털화의 결과, 모든 일을 실내에서 해결하고자 하는 사회현상을 일컫는 신조어.

허공에서 춤추다
Dancing on Air

Nancy Kress

1

어떤 사람이 자기 문제를 돌보면서, 또는 국가를 통치하면서, 또는 군대를 이끌면서 실수를 저질렀다면, 우리는 언제나 아무개가 이 일에서 발을 잘못 디뎠다고 말하지 않나요? 그리고 발을 잘못 디디는 것은 춤을 잘 출 줄 모르기 때문이 아닌가요?*

—몰리에르

나는 가끔 사람 말을 이해한다. 가끔은 이해하지 못한다. 에릭이 나를 운동장으로 데려간다. 남자와 여자가 서 있다. 남자는 키가 크고 여자는 작다. 여자의 머리에는 길고 검은 털이 나 있다. 여자

---

* 프랑스 극작가 몰리에르의 「부르주아 귀족」에서 인용.

에게서 화난 냄새가 난다.

"이쪽은 엔젤이에요. 엔젤, 존 콜과 캐럴라인 올슨 씨야."

"안녕하세요."

내가 인사를 한다.

"저 으르렁거리는 소릴 알아들으라고요?"

여자가 말한다.

"러시아어나 다름없잖아요!"

"캐럴라인, 약속했잖아……."

"저도 알아요."

여자가 걸어 나간다. 아주 화난 냄새가 난다. 이해가 안 된다. 나는 '안녕하세요'라고만 했다. '안녕하세요'는 쉬운 말이다.

남자가 "안녕, 엔젤"이라고 말하고 웃는다. 나는 그의 신발에 코를 킁킁 하고 컹 짖는다. 상냥한 냄새가 난다. 고양이 두 마리, 핫도그 한 개, 아스팔트 타르, 차 냄새가 난다. 행복하다. 나는 차가 좋다.

여자가 돌아온다.

"꼭 해야겠으면 어서 해버려요. 서류에 사인하고 여길 당장 나가자고요."

존 콜이 말한다.

"변호사들이 에릭의 사무실에서 기다리고 있어."

에릭의 사무실에서는 여러 사람 냄새가 난다. 나는 문 옆 내 자리로 가 눕는다. 어쩌면 나중에 누가 나를 차에 태워줄지도 모른다.

한 여자가 많은 종이를 보면서 말한다.

"바이오모드 경호견 에이전시, 이하 갑이라고 합니다, 뉴욕시립발레단, 이하 을이라고 합니다, 콜롬비아 보험사, 이하 병이라고 합니다,

는 프리마 발레리나 캐럴라인 올슨에 관하여 방침 438-69, 17절에 따른 조건을 준수하여 다음과 같이 정합니다. 갑은 캐럴라인 올슨의 보호를 위하여 유전자 조작 경호견을 이하와 같은 조건에서 제공하는 바, 이하 조건은 열거 조항이 아닙니다……."

너무 어렵다.

나는 내가 아는 말을 생각한다.

내 이름은 엔젤이다. 나는 개다. 나는 보호한다. 에릭이 나에게 보호하라고 한다. 안전한 사람들만 내가 보호하는 사람을 만질 수 있다. 나는 내가 보호하는 사람을 사랑한다. 나 이제 잔다.

"엔젤."

에릭이 의자에 앉은 채 말한다.

"일어나렴. 보호해야 해."

내가 깬다. 에릭이 나에게 걸어와 옆에 앉는다. 그가 내 귀에 대고 말한다.

"이 사람은 캐럴라인이야. 너는 캐럴라인을 보호해야 해. 아무도 캐럴라인을 다치게 해선 안 돼. 안전한 사람 말고는 아무도 캐럴라인에게 손을 대어선 안 돼. 엔젤…… **캐럴라인을 보호해.**"

나는 캐럴라인의 냄새를 맡는다. 무척 행복하다. 나는 캐럴라인을 보호한다.

"하느님 맙소사."

캐럴라인이 걸어 나간다.

나는 캐럴라인을 사랑한다.

차에 탄다. 멀리까지 간다. 여러 사람들, 여러 냄새들. 존이 운전한다. 존은 안전하다. 캐럴라인에게 닿아도 괜찮다. 존이 차를 세운다. 우리가 내린다. 높은 건물과 차들이 매우 많다.

"괜찮겠어?"

존 콜이 말한다.

"투자한 상품을 보호했으니 이제 됐죠?"

캐럴라인이 으르렁거린다. 존이 차를 타고 멀어진다.

문 앞에 한 남자가 서 있다.

"올슨 양, 안녕하세요."

"안녕하세요, 샘. 이쪽은 제 경호견이에요. 보험사에서, 요즘…… 그 일 때문에 한 마리 데리고 있으래요. 보험사는 과대망상증 환자라고들 하죠. 정말이라니까요. 개라니, 무릎 부상만큼이나 꼬옥 필요하고 말고요."

"그렇습니까. 도베르만이지요? 착하게 생겼군요. 이봐, 덩치 큰 녀석아, 이름이 뭐니?"

"엔젤."

내가 대답하자, 남자가 펄쩍 뛰어오르더니 이상한 소리를 낸다. 캐럴라인이 웃음을 터뜨린다.

"바이오개량종이에요. 프라이버시 보호에 제격이겠죠? 이봐, 샘은 안전해. 내 말 들었지? 샘은 **안전해**."

"제 이름은 엔젤이에요."

"샘, 긴장 풀어요. 정말이지, 얘는 명령을 받거나, 제가 비명을 지르거나, 제가 안전하다고 말하지 않는 사람이 제게 손을 댈 때만 공격해요."

"알겠습니다."

샘이 두려워하는 냄새를 풍긴다. 나를 노려본다. 내가 짖자 꼬리가 흔들린다.

"깽깽아, 이리 와. 이제 스파이 임무 시작이다."

"제 이름은 엔젤이에요."

"알았어."

건물 안에 들어간다. 엘리베이터를 탄다. 내가 말한다.

"샘은 고양이를 키워요. 샘의 고양이 냄새가 나요."

"지랄하든 말든."

캐럴라인이 말한다.

나는 개다.

캐럴라인을 사랑해야 한다.

2

두 번째 발레리나 살인 사건으로부터 이틀 후, 《뉴욕 나우》의 편집 장이자 내 상사인 마이클 초가 나를 사무실로 불렀다. 나는 그가 시킬 일을 이미 알았고, 그 일을 하고 싶지 않았다. 마이클도 이 사실을 알고 있었다. 우리 둘 다 그렇다 한들 아무것도 바뀌지 않으리란 사실도 알았다.

"수전, 당신은 논리적인 기자예요."

마이클이 책상 뒤에 앉은 채 말했다. 나쁜 신호였다. 내가 좋아할 것 같은 일을 맡길 때면 그는 책상 앞에 편하게 기댔다. 책상 위는 서류, 몇 개는 화면이 켜져 있는 일회용 조사 카트리지, 마이클의 여섯 아이들 사진으로 너저분했다. 여섯 명의 아이들. 모두 마이클을 꼭 닮았다. 검고 곧은 머리칼과 껍질을 깐 달걀처럼 매끈한 얼굴. 난장판 제일 위에 《타임스》 오후 3시 판의 톱기사 인쇄본이 놓여 있다. '부검 결과 시립 발레단원에게서 바이오개량자가 발견되다.'

"당신은 내부자예요. 앤턴 프리비테라도 당신하고는 얘기하겠죠."

"이 일에 관해서는 안 할걸요. 벌써 기자회견을 했잖아요. 별 내용은 없었지만."

"그래서? 학부모 입장으로 찾아가서 밀어붙여 봐요."

딸 데버러는 앤턴 프리비테라의 왕국의 청소년 마을인 아메리칸발레스쿨SAB의 학생이었다. 프리비테라는 30년 동안 신탁을 받은 독재자처럼 뉴욕시립발레단을 통치했다. 무용계에서 그의 명성이 어찌나 드높으며 사업 담당인 존 콜의 기금 확보 및 기업후원자 모집 능력이 어찌나 훌륭한지, 가끔은 그라면 세금을 거두거나 군대를 양성할 수도 있을 것 같았다. 무용수들은 유럽, 아시아, 남미, 미국의 죽어가는 우범 도시들에 있는 진지한 발레 학교에서 시립발레단으로 몰려왔다. 바이오개량자가 등장하기 전까지 뉴욕시립발레단은 논란의 여지없이 세계 무용계의 성지였다.

물론 지금은 상황이 달라지고 있었다.

프리비테라는 그가 알리고 싶어 하는 정보에 우리가 만족하는 한, 언론과 잘 지냈다. 그러나 희생당한 둘 중 한 명은 자기 아래에 있었기에 무용수 살인 사건에 관해 말하고 싶어 하지는 않을 터였다.

한 달 전에 아메리칸발레시어터ABT의 수석 무용수인 니콜 하이어가 센트럴파크에서 목 졸려 죽었다. 사흘 전에는 제니퍼 랭이 자신의 수수한 아파트 안에서 죽은 채 발견되었다. 하이어는 슈투트가르트발 레단에서 ABT로 온 바이오개량 무용수였다. 시립발레단의 마이너 솔 리스트*인 랭은 물론 자연인이었다. 부검 전까지는 모두들 그렇게 생 각했다. 프리비테라 예술 감독은 불과 3주 전에 모든 단원들이 바이오 스캔을 받았다고 언론에 발표했지만, 이 특별한 바이러스형 개량자는 신형이고 독특해서 스캔에서 잡히지 않았던 모양이었다.

이 모든 일을 내가 얼마나 혐오하는지 마이클에게 어떻게 이해시켜 야 할지 생각했다.

"평범한 경찰 기록 같은 건 다루지 말아요. 바이오개량자에 관한 과 학적인 분석도 필요 없죠. 당신이 잘하는 대로 인간적인 측면에 초점 을 맞춰요. 이 살인 사건이 다른 무용수들에게 어떤 영향을 끼쳤는가? 무용수들의 춤에 영향을 미쳤는가? 프리비테라는 예전보다 자기 방침 을 더 확신하고 있는가, 아니면 변화를 고려할 만큼 동요했나? 무용수 들을 보호하기 위해 어떤 조치를 취하고 있는가? 발레 학교 학생들의 부모들 기분은 어떤가? 살인자가 붙잡힐 때까지 아이들을 휴학시킬 생각인가?"

"마이클, 섬세함이라곤 눈곱만큼도 없어요?"

그가 차분히 말한다.

"수전, 당신 딸은 열일곱 살이에요. 지금까지 무용을 그만두게 하지 못했다면 이제 와서 될 리가 없어요. 이 기사를 쓸 건가요?"

나는 흩어져 있는 마이클의 아이들 사진을 다시 바라보았다. 맞아

* 주역 바로 아래 혹은 군무의 1인자.

들은 하버드 법대에 다녔다. 둘째 아들은 집 안에서 세 아이를 돌보며 행복하게 살았다. 셋째 딸은 록 마운틴 주립 교도소에서 무장 강도죄로 6~10년 형을 살고 있었다. 어떤 심정인지 내가 알 리 없었다.

"쓸게요."

"좋아요."

그가 나와 눈을 맞추지 않으며 대답했다.

"단지 이번에는 비유를 좀 자제해요. 당신은 비유를 남발하는 경향이 있어요."

"《뉴욕 나우》에는 비유가 좀 있어도 괜찮잖아요. 시사 잡지는 텔레비전 홀로holo 쪼가리가 아닌걸요."

"시사 잡지가 예술 작품도 아니죠."

마이클이 코웃음 쳤다.

"모두들 그 점을 명심합시다."

"운이 좋군요. 사실 전 예술을 별로 좋아하지 않거든요."

데버러에게 발레에 관한 기사를 쓰기로 했다는 얘기를 해야 할지 모르겠다. 위험에 처한 자기 세계의 이야기를 쓴다면 싫어할 터였다.

말해야 할 이유이자 말하지 않아야 할 이유였다.

*

링컨센터 앞의 광장에서는 구월의 열기와 길게 드리운 서늘한 그림자가 싸우고 있었다. 관광객, 학생, 산책자, 노숙자들이 물을 뿜어내는 분수를 둘러쌌다. 나는 링컨센터가 흉물스럽다고 생각했다. 물 몇 방울 튀기는 정도로는 구원받지 못할, 돌덩이들에 매력 없이 둘러싸인 신발 상자 같은 건물이었다. 마이클은 내가 뉴욕을 싫어하기 때문에 그렇게 보는 거라고 했다. 링컨센터가 켄터키에 있었다면 칭송했을지도 모른다고 했다.

데버러에게서 잊지 않고 전자 출입구 비밀번호를 받아두었었다. 첫 번째 살인 사건이 일어난 다음부터 뉴욕주립극장은 비밀번호를 매주 바꾸었다. 늦은 오후는 본격적인 리허설 시간이었다. 무용단이 스튜디오뿐 아니라 무대까지 쓰고 있었다. 〈코펠리아〉 제2막의 스페니시 볼레로가 들려왔다. 데버러가 몇 주 동안 익히려고 애쓰고 있던 부분이었다. 저 대단한 캐럴라인 올슨은 바로 그 인형인 척하는 소녀 역인 스와닐다로 슈퍼스타가 되었다.

프리비테라의 사무실은 무용 프로그램과 견본 의상, 컴퓨터로 난장판이었다. 20분을 기다려야 했다. 나는 앉아서 바이오개량 무용수들에 관해, 시립발레단에는 한 명도 없었어야 했다는 점 외에 알고 있는 것들을 정리해보았다.

바이오개량에는 여러 종류가 있었다. 모두 실험적이었고 모두 미국 내에서는 불법이었으며 모두 새로운 기술이 발견되어 유럽, 남미, 일본 시장을 휩쓸 때마다 달라졌다. 지난 세기 초의 물리학이나 금세기 초의 암 치료제처럼 무질서하고 모순적인, 새로운 과학이었다. 전체 인구에서 하찮은 수에 불과한 발레 무용수들을 위해 특별히 개발되는 바이오개량기술은 없었다. 그러나 유럽의 무용수들은 실험 단계인 이 기술을 받아들였고, 미국의 무용수들은 몸에 작고 검증되지 않은 생물학적 '기계'를 주사할 값비싼 특권을 위해 베를린, 코펜하겐, 리우데자네이루로 날아갔다.

신체의 일탈부를 찾아내 주변 조직과 어울리게 고치도록 프로그래밍된 나노머신도 있었다. 누구 말을 믿느냐에 따라, 이 개량자는 부상의 회복을 경우에 따라 또는 무작위적으로 빠르게 하거나 또는 전혀 돕지 않았다. 제니퍼 랭은 바로 이 시술을 받고 있었다. 발레와 떼려야 뗄 수 없는 부상 횟수를 줄여보려는 필사적인 시도였다. 이 나노머신은 매우 실험적이었다. 인간의 몸 안에서 복제되고 인간의 DNA와 상호작용한 기계가 장기적으로 어떤 영향을 미칠지 정확히 아는 사람은 아무도 없었다.

골건조계 개량자들은 더 단순하고 더 위험했다. 뼈의 형태나 밀도를 바꾸도록 재프로그래밍된 바이러스 변종이었다. 실험은 대부분 중증 골다공증을 앓는 노령 여성들을 대상으로 이루어졌다. 임상시험 뒤에 골밀도가 높아진 환자도 있었고, 그렇지 않은 환자도 있었다. 발레에는 다리를 골반강 안에서 180도 돌려야 하는 동작이 있다. 이 유명한 '턴아웃'으로 수많은 무용수들의 무릎과 골반이 망가졌다. 만약에 골반강에서 자연스럽게 180도 회전하도록 뼈를 변형할 수 있다면 턴아웃은 훨씬 덜 고통스럽고 위험할 터였다. 도약도 높아져 눈부신 아라베스크와 그랑 바트망의 구현도 쉬워질 것이다.

발의 뼈 모양을 바꿀 수 있다면 발끝으로 춤추는 부자연스러운 자세 때문에 겪는 발 부상이 줄어들 수 있었다.

다리 근육을 더 튼튼하게 만들어 더 높이 뛰고 더 빨리 움직이며 더 오래 춤출 수도 있었다.

신진대사 효율이나 폐활량을 향상시키는 요법이라면 무엇이든 무용수가 움직임을 유지하는 데 도움이 될 수 있었다. 발레 세계의 비밀스러운 악습인 거식증 없이 체중을 줄일 수도 있었다.

유럽의 무용수들이 바이오개량 요법으로 시험을 시작했다. 처음에는 은밀하고 조심스럽게, 나중에는 비난을 받으며, 그리고 지금은 자부심의 상징인 양 공개적으로. 로열발레단, 볼쇼이발레단, 네덜란드댄스시어터에서 몸을 개량하지 않은 무용수는 대세에 헌신하지 않는 예술인으로 여겨졌다. 그러나 뉴욕시립발레단에서 몸을 개량한 사람은 예술에 헌신하지 않는 무용수 취급을 받았다.

프리비테라가 늦었다는 사과 한마디 없이 사무실로 휙 들어왔다.

"아, 여기 계셨군요. 무엇을 도와드릴까요?"

그의 말투에 희미하게 남아 있는, 고향 투스카니의 음악적인 억양은 듣는 이에게 기만적인 친밀감을 주었다.

"제 딸인 데버러 앤더스의 일로 왔어요. SAB에서 D단계를 듣고 있죠. 그중에서……."

"네, 네, 네. 누군지 압니다. 전 제 무용수들을 모두 다 알고 있죠. 아주 어린 학생들까지도요. 당연하죠. 하지만 학교장인 마담 알로이즈와 상의하셔야 하지 않겠습니까?"

"중요한 결정은 모두 감독님이 내리시잖아요."

내가 매력적으로 보이려 애쓰며 미소 지었다.

프리비테라가 안락의자에 앉았다. 일흔이 넘었는데도 등을 곧게 펴고 청년처럼 가볍게 움직였다. 그 유명한 새파란 눈이 날카롭게 나와 시선을 맞추었다. 그는 박력과 육체적인 존재감을 지닌 전설적인 무용수였고 지금은 말 그대로 전설이었다. 뉴욕시립발레단은 그가 결정하는 대로 움직였다. 나는 그를 좋아하지 않았다. 그 절대 권력이 불편했다. 비록 축구나 럭비 시청자에 비하면 극소수의 사람들만이 관람하는 예술 장르에 대한 권력일 뿐이라고 해도 말이다.

"데버러에 관해 여쭤보고 싶은 점이 세 가지 있어요. 우선―틀림없이 늘 듣는 질문이겠지만—데버러가 프로 무용수가 될 가능성이 어느 정도라고 생각하시나요? 대학에 가려면 올가을에 원서를 내야 하는데, 딸아이가 진정으로 프로 무용수를 꿈꾸고 있다고는 해도 만약 그 길이 어렵다면 다른 쪽을 생각해봐야⋯⋯."

"그래요, 그렇겠죠."

프리비테라가, 자기 생각에 무의미한 질문인 내 말을 툭 잘라 쳐냈다.

"앤더스 부인, 무용은 결코 차선의 길이 아닙니다."

"제 성은 매슈스입니다. 수전 매슈스라고 해요. 앤더스는 데버러의 성이죠."

"데버러에게 무용수가 될 재능이 있다면 무용수가 될 겁니다. 아니라면⋯⋯."

그가 어깨를 으쓱했다. 무용수가 아닌 사람은 앤턴 프리비테라의 세계에 더 이상 존재하지 않았다.

"바로 그 부분을 알고 싶어요. 아이에게 프로 발레리나가 될 재능이 있나요? 선생님들은 아이에게 음악성과 율동감은 있다고 하지만⋯⋯."

양손을 너무 꼭 쥐어서 손끝이 창백해졌다.

"아마 그렇겠죠, 어쩌면요. 때가 되면 제가 결정하게 내버려두셔야 합니다."

"그런 뜻이 아니에요."

내가 최대한 싹싹하게 말했다.

"때가 **되었어요**. 대학을⋯⋯."

"예술은 서두른다고 되는 일이 아니에요. 데버러가 무용수가 될 운

명이라면 될 겁니다. 아가, 내게 맡겨요."

아가. 그가 자기 밑의 무용수들에게 늘 쓰는 말이었다. 무심코 평소에 쓰던 말을 내게 한 것이다. **내게 맡기렴, 아가. 내가 제일 잘 알아.** 수업 시간에, 리허설에서, 안무 회의나 공연 전에 그는 얼마나 자주 그렇게 말했을까?

〈코펠리아〉의 숨죽인 긴장이 벽 너머에서 들려왔다.

"그러면 두 번째 질문을 할게요. 부모로서, 최근의 살인 사건 이래로 데버러의 안전을 당연히 걱정하고 있어요. 시립발레단은 학생과 무용수들의 안전을 보장하기 위해 어떤 조치를 취하고 있나요?"

냉철한 눈매에 푸른 그림자가 깃들었다. 나는 그가 내 말이 부모의 권한을 넘지 않는 질문이라고 판단한 순간을 보았다.

"경찰은 학생들에게까지 위험이 미치지는 않는다고 보고 있습니다. 이…… 광인, 이 베스티아*는 예술을 춤이 아니라 약으로 성취하려고 한 전업 무용수나 솔로이스트, 주역들만 공격하는 것 같아요. 우리 발레단이나 학교에는 바이오개량한 무용수가 한 명도 없습니다. 우리 무용수들은 저와 같은 믿음을 갖고 있죠. 예술은 재능과 노력을 통해서만, 기계적인 도움이 아니라 춤 앞에 자신을 여는 과정을 통해서만 성취될 수 있어요. ABT에서 하는 일은…… 그건 **예술이 아닙니다!** 게다가, 학생들에게는 바이오개량 수술을 받을 만한 돈이 없어요."

그가 갑자기 현실로 내려오며 덧붙였다.

현실로 강화된 이상. 나는 바이오개량한 무용수들의 기술적으로 보다 뛰어난 공연에도 불구하고 시립발레단을 계속 성공하게 한 조합을

---

* 짐승.

보았다. 무용수와 후원자들이 입을 모아 말하는 소리가 들리는 것 같았다.

"유일무이한 진짜 발레야.""무용수의 몸과 관객의 몸이 기본적으로 똑같다는, 발레에 없어서는 안 될 환상을 간직한 춤이죠.""정말이지, 그는 최고예요. 애초에 무용을 위대한 것으로 만든 소중한 전통을 수호하죠. 우리는 이번에 2만 달러를 기부했어요……."

밀어붙여 보기로 결심했다.

"그래도 제니퍼 랭은 불법적인 바이오개량을 받을 방법을 알아낸 모양이더군요……."

"따님과는 상관없는 얘깁니다."

프리비테라가 단번에 매끄럽게 일어서며 말했다. 푸른 눈이 빙하처럼 차가웠다.

"그럼 이만 실례하겠습니다. 제가 처리해야 할 일이 많거든요."

"학생들의 안전을 위해 어떤 조치를 **취하고** 있는지는 말씀 안 해주셨잖아요."

나는 앉은 채, 마치 내 관심이 오로지 학부모 입장에서 나온 것처럼 말하려 애썼다.

"제발요, 전 알아야 해요. 데버러가……."

그가 한숨을 가까스로 억눌렀다.

"앤더스 부인, 저희는 경호를 강화했습니다. 구체적인 내용을 알려드릴 수는 없지만 SAB와 링컨센터의 전자 보안 수준을 높이고, 본 공연에서 조연을 맡아 밤 10시 이후에 링컨센터를 나서야 하는 학생들에게는 경호원을 붙였어요. 어린 학생들을 가르치면서 참된 예술적 경험의 천박한 모방밖에 주지 않는 약이나 수술에 의존하지 말고 무용에 맞게 신체를 단련하는 일이 얼마나 중요하고 또 **필요한지** 더욱 강조하고 있습니다."

나는 시립발레단이 정말 그 모든 조치를 취했으리라고 믿지 않았다. 제니퍼 랭이 살해당한 지 겨우 사흘밖에 지나지 않았다. 하지만 프리비테라의 웅변 덕분에 마지막 질문을 할 기회가 생겼다.

"SAB에서 자녀를 자퇴시킨 부모가 있나요? 무용수 중에 공연 일정을 변경한 사람은요? 발레단 전체는 어떤 영향을 받았죠?"

프리비테라가 경멸하는 시선으로 나를 내려다보았다.

"무용수가—아직 학생이라도—제가 무용수라면 해서는 안 된다고한 짓을 저지른 사람들이 어느 베스티아에게 살해당했다는 이유로 우리 회사를 떠난다면, 그런 자칭 무용수들은 떠나야 마땅하겠죠. 우리 학교나 발레단에는 그런 무용수를 받아줄 자리가 없습니다. 앤더스 부인, 모르시겠습니까. 여기는 **뉴욕시립발레단**이에요."

그가 나갔다. 열린 문으로 음악이 더 분명하게 들려왔다. 여전히 〈코펠리아〉의 스페인 무곡이었다. 자신을 아름다운 인형으로 바꾼 소녀.

마이클의 말이 옳았다. 나는 확실히 비유를 너무 많이 썼다.

복도를 걸어 나가다가, 나는 프리비테라가 바이오스캐닝 강화를 언급하지 않았다는 사실을 깨달았다. 그게 분명 가장 확실한 방법일 것이다. 어느 무용수가 바이오개량 시술을 빌려 높은 도약과 힘 있는 데벨로페를 구사하고 있는지 밝혀낸 다음 발레단의 순결을 지키기 위해 그런 무용수를 해고하면 되지 않을까? 어느 베스티아가 먼저 행동하기 전에 말이다.

데버러는 제3스튜디오에서 보충 수업을 받고 있었다. 가지 말아야 했다. 가면 아이와 또 싸우기만 할 터였다. 나는 제3스튜디오의 문을 열었다.

수업이 끝나기를 기다리는 다른 '발레맘'들과 함께 작고 딱딱한 의자에 앉았다. 그 엄마들에게 말을 걸어서는 안 된다는 정도는 알고 있었다. 그들은 모두 딸이 발레로 성공하길 바랐다.

바 워크*는 끝났다. 따끈한 공기를 타고 나무 바닥의 송진 향이 났다. 학생들은 한가운데에 서서 땀을 흘리며 몸을 뒤틀고 뛰어올랐다. 파 드브레, 피루에트,** 앙트르샤.

"농, 농!"

선생이 소리쳤다. 은퇴한 프랑스인 무용수인데, 저 선생이 웃는 모습을 한 번도 본 적이 없었다.

"뛸 때 팔을 같이 움직여야 해. 팔을 이용해서 몸을 왼쪽으로 오른쪽으로 돌려야지. 이렇게."

데버러가 스텝을 틀렸다.

"농! 농!"

선생이 지적했다.

"이렇게!"

데버러는 또 틀렸다. 딸아이가 얼굴을 찌푸렸다. 속이 거북해지기 시작했다.

데버러가 다시 시도했다. 이번에도 틀렸다. 선생이 뒤쪽으로 나오라고 손짓했다. 다른 아이들이 계속 뛰어오르는 동안 데버러는 바로 걸어가 혼자 스텝을 연습했다. 플리에, 를르베, 그리고…… 나는 나머지 스텝들의 이름을 모른다. 이름이 뭐든, 데버러는 여전히 스텝을 틀

---

* 한 손 또는 양손으로 바를 잡고 훈련하는 것.
** 발레에서 한쪽 발로 서서 빠르게 도는 것.

리게 밟았다. 데버러는 이를 악물고 다시, 또다시 시도했다. 차마 보고 있을 수가 없었다.

열네 살 때, 데버러는 세인트루이스에서 가출해 아버지의 허름한 집으로 도망갔다. 세 살 때 이후로 본 적도 없었던 바로 그 아버지였다. 앤턴 프리비테라 밑에서 춤을 추고 싶다고 했다. 나는 가정 유기를 이유로 전남편 퍼스에게 딸을 돌려보내라고 요구했다. 퍼스는 거부했다. 데버러는 맨해튼의 안전지대에서 한참 벗어난 웨스트 110번지에 있던, 퍼스의 쥐덫 같은 집으로 이사했다. 경찰이 아예 없다는 사실도 지저분한 실외 화장실도 데버러를 막지 못했다. 옆집 계단참에서 환각제를 거래하던 아홉 살짜리 아이가 총에 맞아 죽은 사건도 데버러를 막지 못했다. 내가 뉴욕으로 날아가자 데버러는 울었지만 집에 돌아오기를 거부했다. 앤턴 프리비테라 밑에서 춤을 추고 싶다고 했다.

열네 살짜리를 힘으로 밀어붙여 비행기에 태울 수는 없었다. 설득하고 고함치고 협박하고 애원하고 울 수는 있어도 물리적으로 움직이게 할 수는 없었다. 법원의 명령이 없다면 불가능했다. 나는 양육권 침해로 고소를 제기했다.

퍼스는 뉴욕 사법 체제하에서 가장 효과적인 방법으로 대응했다. 다시 말해, 아무 조치도 취하지 않았다. 퍼스가 일시 공공부조 대상자인 빈민이었기 때문에 법원은 국선변호인을 지정했다. 사건을 154건이나 맡고 있던 국선변호인은 세 번 연속 기일 연기를 신청했다. 판사의 미결사건 일람표는 6개월 뒤까지 꽉 차 있었다. 1년 반이 채 지나기전에 데버러는 열여섯 살이 되어 법적으로 집을 나갈 수 있게 될 터였다. 데버러는 프리비테라 밑에 들어가려고 오디션을 보았고 SAB는 데버러를 받아들였다.

퍼스네 집 바로 한 정거장 앞을 지나던 지하철에서 또 다른 아이가 총에 맞았다. 열두 살이었다. 사내아이가 칼에 찔리고 아이의 어린 엄마가 강간당하고 방화가 일어났다. 퍼스의 변호인은 사임했다. 법원이 다른 변호사를 지정했고 그도 선정되자마자 연기 신청서부터 냈다.

나는《세인트루이스 온라인》일을 그만두고 뉴욕으로 이사했다. 임박한 승진, 아끼던 집, 막 마음을 주기 시작했던 남자를 두고 떠나왔다. 예전 회사 규모의 절반 수준인 마이클의 잡지사에 예전 봉급의 3분의 2를 받고 취직해서 물가는 두 배 비싸고 치안은 세 배 위험한 도시에서 살기 시작했다. 안전지대 끄트머리인 웨스트 75번지에 초라하지만 그런대로 살만한 방 두 개짜리 아파트를 빌렸다. 거실 겸 내 방 창문으로 번쩍이며 안전지대의 경계를 표시하는 전기울타리가 보였다. 번쩍이는 선은 70번지 남쪽의 센트럴파크 전체를 제외하고 구부러져 둘러쳐져 있었다. 권총을 샀다.

긴장된 몇 주가 지난 다음 데버러는 나의 집으로 옮겨 왔다. 우리는 토슈즈와 압박붕대, 거실을 가로질러 단 빨랫줄에 매달린 레오타드와 타이즈, 누군가에게 가서 헌책이 될 낡은《댄스》잡지, 건막류, 근육염증, 늘어난 인대와 함께 살기 시작했다. 데버러의 죄책감과 나의 분노와 함께 살았다. 밤이면 나는 붙박이 침대에 누워 천장을 응시하며 데버러가 유치원에 입학하고 내가 아이 이름으로 대학 등록금 적금에 가입했던 때를 떠올리며 잠을 설쳤다. 데버러는 이제 대학에 가지 않겠다고 했다. 앤턴 프리비테라 밑에서 춤을 추고 싶어 했다.

프리비테라는 아직 데버러를 발레단으로 부르지 않았다. 데버러는 막 열일곱 살이 되었다. 학교에서 마지막 해였다. 올해 발레단에 채용되지 않는다면 뉴욕시립발레단에서 춤출 생각은 버려야 했다.

나는 다른 엄마들과 함께 앉아 아이를 바라보았다. 데버러의 다리는 도약할 때 몇몇 다른 아이들만큼 쭉 뻗지 않았고 데버러의 힘은 때로 느리고 어려운 움직임을 이어가기에 충분치 않았다.

어쩜 저렇게 매혹적일까! 엄마들이 새된 소리를 질렀다. 어쩜 저렇게 아름다울까! 이토록 어린 나이에 평생 하고 싶은 일을 찾은 여자아이라니 정말 멋져! 그 엄마들은 끊이지 않는 부상, 피로, 모든 친구가 라이벌이 되는 목숨 건 경쟁, 성공의 정의가 오직 '프리비테라 밑에서 춤출 수 있을까?'라는 한 가지 의미로 좁혀져만 가는 아이들의 세계를 본 적 없는 것이 분명했다. 다른 모든 길은 실패였다. 열일곱 살에 판가름 나는 삶과 죽음.

"제니가 발레단에 채용되지 않는다면 어떻게 할지 모르겠어."

제니 엄마가 내게 말했다.

"우리 둘 다 죽는 거나 마찬가질 거야. 정말 죽을지도 모르지."

"엄마, 엄마는 너무 불공정해요!"

데버러는 우리의 작고 비좁은 아파트에서 주기적으로 고함을 질렀다.

"무용의 좋은 면은 절대 안 보려고 하죠! 엄만 날 무조건 반대해요!"

몸과 마음을 망가뜨리고 말 길에서 자식이 그저 밀려났으면 하는 희망이 그토록 불공평한 것일까? 기꺼이 비인간적인 생물학 실험의 시험관이 되려는 사람들에게만 미래가 열린 길에서?

죽은 ABT 무용수인 니콜 하이어는 화려하게 바이오개량한 자국 무용수들과 경쟁할 수 없어 독일에서 미국으로 건너왔던 모양이었다. 휴스턴의 평범한 가정에서 자란 평범한 소녀인 제니퍼 랭에게는 거창한 실험에 참가할 돈이 없었다. 제니퍼 랭은 유럽에 있는 연구소에서 바이오개량 시술을 받을 돈을 마련하려고 고급 콜걸 노릇을 했다. 발레리나한테 박아봐요. 살인자는 바로 그 방법으로 그녀의 아파트에 들어갔다.

제3스튜디오 한구석에서 데버러는 마침내 스텝을 순서에 맞게 밟았지만 휘청거리고 있었다. 데버러가 다른 아이들에 합류했다. 실내는 터키탕처럼 증기로 가득 찼다. 학생들은 여섯 명씩 짝을 지어 긴 스튜디오 끝에서 끝까지 달리고 뛰어 올랐다.

"세 번째 아라베스크에서 그랑 제테."

마담이 외쳤다.

"농, 농, 리사, 더 쭉 뻗어. 빅토리아, 더 빨리, 빨리! 빨리! 하나, 둘……다음 팀."

데버러가 달리고, 뛰어올라, 바닥으로 쿵 넘어졌다.

내가 벌떡 일어섰다. 제니 엄마가 내 팔에 손을 올렸다.

"가면 안 돼."

그녀가 당연하다는 듯이 말했다.

"아이의 훈련에 방해가 돼."

마담이 두툼하고 거친 손으로 데버러의 발목을 쓰다듬었다.

"리사, 데버러를 옆으로 부축해. 니넷, 사무실에 가서 의사를 불러달라고 해. 그러면, 다음 팀, 3번 아라베스크에서 그랑 제테……."

나는 제니 엄마의 손을 뿌리치고 통증으로 얼굴을 일그러뜨리며 앉아 있는 데버러에게로 천천히 다가갔다.

"엄마, 별일 아니에요."

"의사가 올 때까지 움직이지 마."

"별일 아니라니까요!"

염좌였다. 의사는 발목에 압박붕대를 감고 일주일 동안 춤을 춰서는 안 된다고 말했다.

집에 돌아오자 데버러는 절뚝거리며 방으로 들어갔다. 한 시간 뒤에 들여다보니 아이는 바를 잡고 있었다.

"데버러! 의사 선생님 말 들었잖니!"

눈물이 차오른 데버러의 눈이 반짝였다. 죽어가는 백조 오데트, 미친 지젤.

"해야 해요! 엄마는 몰라요! 〈호두까기 인형〉 배역 결정이 2주밖에 안 남았어요! 거기서 춤을 춰야 해요!"

"데버러……."

"다쳐도 춤출 수 있다고요! 내버려두란 말이에요!"

데버러는 아직까지 프리비테라의 〈호두까기 인형〉에 캐스팅된 적이 없었다. 나는 다친 발목에 조심스레 힘을 싣고 얼굴을 찌푸렸다가 플리에를 하는 딸을 바라보았다. 데버러는 거울에 비친 나의 시선을 피했다.

나는 천천히 방문을 닫았다.

그날 밤에 우리는 〈코펠리아〉 공연을 보러 갔다. 캐럴라인 올슨이 바닥에 발을 대지도 않고 떠다니듯 무대 위를 누볐다. 그녀의 그랑 제테에 까다로운 뉴욕 발레 관객들이 경탄했다. 스와닐다가 애인 프란츠와 부드럽게 파 드 되*를 추는 마지막 장에 이르자 관객들은 입을 살짝 벌리고 숨죽인 채 시선을 고정했다. 머리를 고정시킨 프란츠가 다리를 불가능하리만치 높이 들어 올리고 아라베스크 자세를 취한 그

---

* 발레에서 두 사람이 추는 춤.

녀를 흐르는 듯이 부드럽게 돌렸다. 이어서 피루에트. 스와닐다의 길고 매끄러운 다리가 음악 그 자체처럼 가볍고 강하고 우아한 몸과 완벽한 선을 그리며 한 동작에서 다른 동작으로 녹아내렸다.

옆에 앉은 데버러의 절망이 느껴졌다.

3

캐럴라인이 뛴다. 뒷다리를 앞뒤로 쭉 뻗고 뛴다. 돌면서 뛰다가 다시 뛴다. 드미트리가 캐럴라인을 잡는다.

"아냐, 아냐."

프리비테라 씨가 말한다.

"그게 아니야. 5번 포드브라에서 프로미나드, 에튀튜드, 아라베스크, 에파세. 그리고 들어올려. 드미트리, 캐럴라인을 부대 자루처럼 다루고 있잖아. 이렇게 하란 말이다."

프리비테라 씨가 캐럴라인을 들어 올린다. 나는 귀를 쫑긋 세운다. 그러나 프리비테라 씨는 안전하다. 프리비테라 씨는 캐럴라인을 만져도 된다. 드미트리는 캐럴라인을 만져도 된다. 칼로스는 캐럴라인을 만져도 된다.

드미트리가 말한다.

"저 개새끼 때문이에요. 절 갈가리 찢을 만반의 준비를 하고 빤히 쳐다보는 개 앞에서 어떻게 안무를 익힐 수 있겠어요? 무슨 수로 집중을 하란 말이에요?"

존 콜이 내 옆에 앉아 말한다.

"드미트리, 엔젤이 널 공격할 가능성은 전혀 없어. 엔젤의 바이오칩은 최첨단 프로그램이야. 말했잖아. 네가 '안전' 항목에 들어 있는 한, 캐럴라인이 달리 지시하지 않았다면, 엔젤은 네가 캐럴라인을 직접 공격하고 나서야 움직일 거야. 집중 못할 위험성은 전혀 없지."

"제가 실수로 캐럴라인을 떨어뜨리면 어떻게 해요? 개한테 그게 공격처럼 보일지 아닐지 제가 어떻게 알아요?"

캐럴라인이 바닥에 앉는다. 존을 본다. 드미트리를 본다. 내 쪽은 보지 않는다. 캐럴라인이 웃는다.

"떨어뜨리는 건 공격이 아니지. 캐럴라인이 비명을 지르면 몰라도. 우리 모두 캐럴라인은 어떤 부상을 당해도 비명을 지르지 않는다는 걸 알고 있잖아. 전혀 위험하지 않아. 내 말 믿어."

"못 믿겠어요."

모두들 조용히 서 있다.

프리비테라 씨가 말한다.

"캐럴라인, 아가, 내가 널 떨어뜨려 보마. 일어나. 준비, 올리고."

캐럴라인에게서 놀란 냄새가 난다. 캐럴라인이 일어선다. 프리비테라 씨가 캐럴라인을 잡는다. 캐럴라인이 살짝 뛴다. 그가 캐럴라인을 머리 위로 들어올린다. 캐럴라인이 세게 떨어진다. 내 귀 쫑긋 선다. 캐럴라인은 비명을 지르지 않는다. 안 다친다. 프리비테라 씨는 안전하다. 캐럴라인이 프리비테라 씨는 안전하다고 했다.

"봤지?"

프리비테라 씨가 말한다. 숨이 거칠다.

"위험하지 않아. 자세 잡고, 5번 포드브라에서 프로미나드, 에튀튜드, 아라베스크, 에파세, 위로."

드미트리가 캐럴라인을 들어올린다. 음악이 커진다. 존이 내 귀에 대고 속삭인다.

"엔젤, 어젯밤에 캐럴라인이 집에서 나갔니?"

"네."

"어디에 갔니?"

"왼쪽으로 네 블록, 오른쪽으로 한 블록, 캐럴라인이 돈 줘요."

"빵집이군. 캐럴라인이 다른 데도 갔니, 아니면 집으로 돌아갔니?"

"캐럴라인은 어젯밤에 집에 가요."

"캐럴라인의 집에 어젯밤에 누가 왔니?"

"캐럴라인의 집에 어젯밤에 아무도 안 와요."

"고맙다."

존이 나를 쓰다듬는다. 행복하다.

캐럴라인이 우리를 본다. 한 여자가 캐럴라인의 허리에 긴 천을 묶는다. 캐럴라인에게 나무토막을 하나 준다. 어제 나는 존에게 그 나무가 뭔지 묻는다. 어제 존이 부채라고 한다. 음악이 시작되고, 빨라진다. 캐럴라인 뛰지 않는다. 어제 캐럴라인은 부채를 들고 뛴다.

"캐럴라인?"

프리비테라 씨가 말한다.

"여기서 시작해, 아가."

캐럴라인이 뛴다. 여전히 존을 보고 있다. 존이 나를 본다.

한 여자한테서 요구르트와 발정기인 암컷 콜리 냄새가 난다.

캐럴라인이 침실 문 연다. 나온다. 뒷다리에 청바지를 입고 있다. 머리에 모자를 쓴다. 털을 모두 가린다. 캐럴라인이 문으로 걸어간다.

"여기 있어, 멍청아. 알아들었지? 가만히 있어!"

내가 문으로 걸어간다.

"맙소사."

캐럴라인이 문을 조금 연다. 문틈으로 몸을 내민다. 문을 닫는다. 내가 캐럴라인 뒤에서 문을 세게 민다.

"가만있으라니까!"

캐럴라인이 다시 문을 연다. 날 밀어 넣는다. 나는 안으로 들어가지 않는다. 캐럴라인이 안으로 들어간다. 나는 캐럴라인을 따라간다.

"테이크 투."

캐럴라인이 말하고 문을 연다. 걸어 나간다. 걸어 돌아온다. 문을 닫는다. 문을 연다. 문을 닫는다. 한 바퀴 돈다. 문밖으로 나가 문을 세게 닫는다. 캐럴라인은 아주 빠르다. 나는 안에 혼자 있다.

"자식, 잡았어!"

캐럴라인이 문밖에서 말한다.

내가 울부짖는다. 문에 몸을 들이박는다. 짖고 흐느낀다. 머리 안에서 불이 번쩍인다. 짖고 또 짖는다.

곧 캐럴라인이 문으로 들어온다. 한 남자가 캐럴라인의 팔을 잡고 있다. 남자에게서는 쇠 냄새가 난다. 남자가 상자에 대고 말한다.

"피보호자는 저와 함께 목적지로 가는 대신 집으로 돌아가겠다고 했습니다. 저는 지금 피보호자와 자택에 있습니다."

캐럴라인이 상자를 움켜쥔다.

"존, 이 개자식, 어떻게 이런 짓을! 개에 도청 장치를 달았군요! 이건 사생활 침해예요! 고소해버릴 테다! 발레단을 그만두고……."

"캐럴라인."

존의 목소리가 말한다. 나 고개 든다. 존 냄새 없다. 존은 여기에 없다. 존의 목소리만 여기에 있다.

"법적인 근거가 없어. 네가 사인한 보호 계약서에 따르면 이 사람은 너와 동행해도 돼. **네가** 서명했어. 시립발레단을 그만둔다는 얘기에 관해서는…… 네가 결정할 일이지. 하지만 우리 회사에서 일하는 한 네가 가는 곳마다 엔젤도 따라가지. 엔젤이 널 못 봐서 너무 흥분하면 바이오알람이 작동해. 대체 어딜 갈 생각이기에 엔젤을 떼어놓으려고 했어?"

"골목에서 몸 팔려고요!"

캐럴라인이 고함을 지른다.

"이 개새끼한테 유도 장치도 달려 있겠죠? 그렇죠?"

캐럴라인에게서 매우 화난 냄새가 난다. 캐럴라인은 나에게 화가 났다. 나는 바닥에 엎드린다. 앞발로 머리를 감싼다. 여기는 행복하지 않다.

"이제 자택에서 철수합니다."

남자가 말하고 떠난다. 작은 상자를 가지고 간다.

캐럴라인이 바닥에 앉는다. 벽에 등을 대고 있다. 나를 본다. 나는 발로 머리를 감싸고 있다. 캐럴라인에게서 화난 냄새가 난다.

아무 일도 일어나지 않는다.

잠시 후 캐럴라인이 말한다.

"그럼 너랑 나 둘이군. 그렇게 결정됐네. 난 너한테서 못 떨어져."

나는 발을 내리지 않는다. 캐럴라인, 여전히 화난 냄새 난다.

"좋아, 다른 방법을 시도해봐야지. 안에서부터 적의 무장을 해제시키는 거야. 심리적인 사보타주. 내 말이 무슨 뜻인지 전혀 모르겠지? 너한테 뭘 줬어? 다섯 살짜리 지능이라고? 엔젤……."

내가 캐럴라인을 쳐다본다. 내 이름을 맞게 불렀다.

"……샘의 고양이 얘길 해봐."

"네?"

"샘의 고양이 말이야. 나랑 첫날 여기 왔을 때 주간 경비원인 샘에게서 고양이 냄새가 난다고 했잖아. 요새도 나? 어떤 고양이인지 알아맞힐 수 있어?"

혼란스럽다. 캐럴라인은 다정한 말 한다. 캐럴라인은 화난 냄새 난다. 캐럴라인의 등은 너무 곧다. 캐럴라인의 털은 이상하다.

"암컷이야, 수컷이야? 알아?"

"암컷이에요."

내가 대답한다. 고양이 냄새가 기억난다. 몸이 간질거린다.

"쫓아다니고 싶어?"

"나는 절대 고양이를 쫓으면 안 돼요. 캐럴라인을 보호해야 해요."

캐럴라인의 냄새가 달라진다. 캐럴라인이 내 귓가로 몸을 숙인다.

"하지만 엔젤, 쫓고 **싶지** 않니? 개답게 행동하고 싶지 않아?"

"나는 캐럴라인을 보호해야 해요."

"우, 녀석. 그 사람들 꽤나 널 손봐두었구나. 그렇지?"

너무 어려운 말이다. 캐럴라인에게서는 아직도 화난 냄새가 조금 난다. 나는 이해 못 한다.

"남미나 유럽에서 하는 일에 비하면 아무것도 아니겠지."

캐럴라인이 말한다. 캐럴라인의 몸이 떨린다.

"다쳤어요?"

내가 묻는다.

캐럴라인이 내 등에 손을 얹는다. 캐럴라인의 손은 무척 부드럽다. 캐럴라인은 말하지 않는다.

*

나는 행복하다. 캐럴라인이 나에게 말을 한다. 춤에 관해 말한다. 캐럴라인은 무용수다. 뛰고 돌면서 달린다. 뒷다리로 높이 선다. 사람들이 차를 타고 캐럴라인을 보러 온다. 캐럴라인이 춤을 추면 사람들은 행복해한다.

우리는 밖을 걷는다. 나는 캐럴라인을 보호한다. 여러 곳에 간다. 캐럴라인이 나에게 케이크와 핫도그를 준다. 여러 가지 냄새가 난다. 가끔 캐럴라인과 나는 냄새를 따라간다. 우리는 개와 고양이를 많이 본다. 작은 상자를 든 남자가 가끔 우리와 같이 있다. 존이 그 남자는 안전하다고 한다.

"제가 당신이 '안전하지 않다'고 엔젤에게 말하면 어떻게 되나요?"

캐럴라인이 남자에게 말한다. 그는 우리를 따라 오래 산책을 한다.

"당신을 갈가리 찢어버리라고 명령한다면?"

캐럴라인에게서 또 화난 냄새가 난다.

"올슨 양에게는 프로그램을 넘어설 권한이 없습니다. 엔젤의 바이오개량에 사용된 바이오칩은 매우 특별합니다. 저는 영구전자회로에

540

들어 있어요."

"당연히 그렇겠죠. 누가 엔젤에게 자기 삶을 살고 싶지 않느냐고 물어본 적은 있나요?"

남자가 웃는다.

우리는 매일 링컨센터에 간다. 캐럴라인은 거기에서 춤을 춘다. 캐럴라인은 낮에 춤을 춘다. 밤에 춤을 춘다. 밤에는 많은 사람들이 캐럴라인을 본다.

존이 캐럴라인과 내가 어디에 가는지 묻는다. 나는 매일 말한다.

아무도 캐럴라인에게 손을 대려고 하지 않는다. 내가 캐럴라인을 보호한다.

"안 돼."

캐럴라인이 길가에 선 남자에게 말한다. 남자가 캐럴라인에게 무척 가까이 선다. 내가 작게 으르렁거린다.

"스탠, 제발, 날 만지면 안 돼. 개가 있잖아. 게다가 누가 감시하고 있을지도 몰라."

"**그렇게까지** 신경들 쓰고 있어?"

"온갖 비공식적인 비리를 다 까발릴 수도 있어."

캐럴라인에게서 피곤한 냄새가 난다.

"프리비테라가 어떤 환상에 빠져 있든지 말이야. 하지만 그러면 우리는 춤을 잃어버리겠지?"

"시간을 내어주셔서 고맙습니다."

남자가 큰 소리로 말한다. 남자가 미소 짓는다. 그가 걸어간다.

나중에 존이 묻는다.

"캐럴라인이 누구와 말했어?"

"남자요. 남자가 시간을 원해요."

나중에 캐럴라인이 말한다.

"엔젤, 오늘 밤에는 우리 어머니를 보러 갈 거야."

4

시위대가 링컨센터의 연못을 붉은 핏빛으로 물들였다. 시위대는 고함을 지르고 체포에 반항하며, 섬뜩하게 뿜어 나오는 분수를 돌아 행진했다. 나는 경찰에 모두 연행되기 전에, 어느 편의 시위인지 확인해 보려고 광장을 가로질러 달렸다. 멀리서도 덩치 큰 그들이 무용수가 아니라는 점은 확연했다. 전자 플래카드의 문구가 '얼마나 많은 사람들이 진화 거부로 생명을 잃어야 하는가!'에서 '정부의 속박에서 의료 연구를 해방하자!'로 바뀌었다. 바이오개량 찬성파였다. 경찰이 홀로그램 프로젝터를 끄려 하고 있었다. 독일 과학자들이 주요 장기가 변형될 만큼 바이오개량 시술을 한 다음에야 분리에 성공했던 샴쌍둥이인 제인과 준 웰시의 3미터 높이의 홀로그램이 떠올랐다. 홀로그램이 서로를 끌고 다니던 모습에서, 성공적으로 분리되어 즐겁게 손을 흔드는 장면으로 바뀌었다. 경찰이 뭔가 하자, 제인과 준이 사라졌다.

"저 사람들은 죽었어요."

내가 '내 몸을 해방하라!'고 쓰인 배지를 달고 있는 호리호리한 소년에게 말했다.

"둘 다, 결국은 심장이 바이오개량으로 인한 부담을 견디지 못했죠."

그가 나를 노려보았다.

"자기들이 스스로 부담한 위험이었잖아요?"

"저 자매의 아이큐는 합해서 당신 몸무게도 안 됐어요. 어떻게 위험을 판단할 수 있었겠어요?"

"아줌마, 이건 **혁명**이에요. 모든 혁명에는 희생자가 불가피⋯⋯."

경찰이 그의 팔을 붙잡았다. 그가 경찰에게 세게 팔을 휘둘렀다. 경찰이 소년의 목에 신경 총구를 내리눌렀다. 소년이 실실 웃으며 태평하게 팔을 내렸다.

갑자기 소년보다 요령 좋은 사람들이 더 모여들기 시작했다. 시위대는 가만히 서서 머리 위에 손을 얹고 구호를 노래했다. 언론사의 로보캠들이 하늘에서 당겨 찍기 시작했다. 곧 생방송 팀이 밀어닥칠 터였다. 시위대에 반대하는 사람들이 광장 맞은편, 메트로폴리탄 오페라 하우스 앞에 모여들었다. 나는 머리에 손을 올리고—노래는 부르지 않으며—천천히 물러서다가, 혼란스러운 광장 한가운데쯤에서 우뚝 멈추어 섰다.

전동 휠체어에 앉은 한 노부인이 시위대를 일찍이 본 적 없는 격렬한 시선으로 응시하고 있었다. 마치 섬뜩한 처형 장면의 예술성을 평가하는 듯한 눈빛이었다. 경호원들이 휠체어를 둘러쌌다. 값비싸 보이는 하늘색 정장을 입고 옷에 꼭 어울리는 커다란 진주를 걸었다. 주름진 냉혹한 얼굴은 너무나 낯이 익었다. 캐럴라인 올슨이 미용 시술을 전혀 받지 않고 지금으로부터 마흔 살 더 먹었을 때의 얼굴이었다.

시선이 마주쳤지만 그녀의 표정은 바뀌지 않았다. 그녀의 눈은 내가 존재하지 않는다는 듯이 나를 지나쳐버렸다.

나는 기회를 잡았다.

"올슨 부인?"

그녀는 이름을 부인하지 않았다.

"네?"

"저는 뉴욕시립발레단을 취재하고 있는《뉴욕 나우》의 기자입니다. 괜찮다면 따님인 캐럴라인 양에 관해 몇 가지 여쭙고 싶습니다."

"나는 인터뷰를 하지 않아요."

"네, 그냥 부담 없는 질문 몇 가지면 됩니다. 캐럴라인이 정말 자랑스러우시겠지요. 최근에 일어난 소위 발레리나 살인 사건과 관련해서 따님의 안전을 걱정하고 있으신가요?"

부인의 미소 띤 대답은 나를 놀라게 했다.

"아뇨, 전혀요."

"걱정 **안** 하신다고요?"

그녀가 해산하고 있는 시위대를 응시했다.

"베를린에서 무용수들의 몸에 어떤 실험을 하고 있는지 아나요?"

"아뇨, 저는……."

"그럼 당신에게는 이 문제에 관해서는 누구도 인터뷰할 자격이 없어요."

그녀는 마지막 남은 시위대가 경찰에 끌려가는 모습을 바라보았다.

"뉴욕시립발레단은 이제 끝났어요. 예술의 미래는 바이오개량에 있죠."

나는 부인을 멍하니 바라보며 붕어처럼 입만 뻐끔거렸다.

"하지만 캐럴라인이 프리마 발레리나이고, 이제 겨우 스물여섯 살인데……."

"캐럴라인은 한철 잘 보냈죠. 무용수로서는요."

그녀가 손을 오만하게 움직여 신호를 보내자 한 경호원이 휠체어를 돌려 밀었다.

내가 그 뒤를 따라갔다.

"하지만 올슨 부인, 따님과 따님의 발레단 전체가 바이오개량된 무용수들로 대체되어야 한다고 생각하시는 건가요? 더 높이 올라가고 덜 다치고 더 훌륭한 턴아웃을 할 수 있으니까……."

"나는 인터뷰를 하지 않아요."

부인이 다시 말하자, 다른 경호원이 나와 부인 사이를 가로막았다.

나는 그녀의 뒷모습을 눈으로 좇았다. 그녀는 자기 딸인 캐럴라인을 한물 간 중고차처럼 말했다. 나는 잠시 후에야, 공책을 꺼내 그녀의 말을 적어야 한다는 사실을 떠올렸다.

누군가 연못에 뭔가를 집어넣었다. 붉은색이 즉시 사라지고 분수에서는 다시 맑은 물이 솟아올랐다. 바이오개량된 개가 종종걸음 쳐 다가와 연못의 물을 핥았다. 주인은 눈 큰 분홍색 푸들이 물을 다 마실 때까지 참을성 있게 개줄을 쥐고 기다렸다.

*

《뉴욕 나우》의 도서관 단말기 앞에서 한 시간을 보낸 다음, 나는 애나 올슨이 딸이 선택한 뉴욕시립발레단이 아니라 ABT의 주력 후원자라는 사실을 알게 되었다. 캐럴라인의 아버지는 죽었고, 아내에게 동해안의 별장, 르누아르의 진품 세 점, 페루산 설탕에 투자된 재산, 일본산 날씨조절기구, 독일 제약회사를 유산으로 남겼다. 《발레 소식》에 따르면 모녀 사이는 아주 나빴다. 더 자세한 정보를 알아내려면 전문가의 도움이 필요했다.

마이클은 이 일을 하고 싶어 하지 않았다.

"수전, 그런 조사에 쓸 돈은 없어요. 윤리적인 문제는 말할 것도 없고요."

"마이클, 그러지 말고요. 다른 기사에 불법 정보원을 활용할 때보다 나쁠 것도 없잖아요."

"수지, 여긴 당신이 옛날에 일하던 신문사가 아니에요. 시사 잡지사잖아요. 우리는 정보원을 활용하거나 심층 기사를 쓰지 않아요."

그가 껍질을 깐 달걀 같은 얼굴에 근심스러운 표정을 띠고 책상에 기댔다.

"잡지에 심층 기사를 싣지 않아도 돼요. 그냥 번호만 가르쳐주세요. 편집장님이 알고 있는 것 다 알아요. 제가 뉴욕이 싫다고 부루퉁하게 있는 대신 지난 2년 동안 제 일을 제대로 해왔다면, 저도 그 정도는 알거예요. 마이클, 그냥 번호를 가르쳐주시기만 하면 돼요. 당신이나 잡지 이름은 꺼내지 않을게요."

그가 손가락으로 머리를 쓸어 넘겼다. 처음으로, 나는 그의 머리숱이 줄어들고 있음을 눈치챘다.

"알았어요. 그래도 수전…… 집착하지 말아요. 당신을 위해서 하는 말이에요."

그가 록 마운틴에서 시간을 보내고 있는 딸의 사진으로 시선을 돌렸다.

로빈 후드에게 전화해 만날 시간을 정했다. 트라이베카의 허름한 아파트를 일터 삼은, 어쩌면 스무 살 정도밖에 안 되었을 젊은이였다(정보원들은 모두 젊었다). 나는 그의 장비 수준을 가늠할 수 없었다. 기본적인 수준을 넘어가면, 컴퓨터는 내게 무용수들만큼이나 낯선 존재였다. 무용수처럼, 컴퓨터도 세상의 한 가지 면만을 보며 나머지는 버린다.

로빈 후드는 개인 데이터 뱅크와 정부 기록을 빼낼 수 있고, 국제 항공 기록까지 조회 가능한 번역 프로그램을 갖고 있다는 통례적인 증거를 제시했다. 소요 시간은 이틀이라고 했다. 비용은 내 기준에서는 천문학적인 액수였지만 그에게는 대수롭지 않은 수준이었을지도 몰랐다. 나는 저금을 털어 그에게 이체했다.

"실제 로빈 후드는 물건을 공짜로 옮겨주었단 사실을 아세요?"

그가 즉시 대꾸했다.

"실제 로빈 후드는 사이드먼-뉴어 암호 판독기 값을 낼 필요가 없었죠."

나는 그가 실제 로빈 후드가 누구인지 모르리라고 생각했었다.

집에 돌아와보니 데버러는 연습복을 입은 채 침대 위에 쓰러져 잠들어 있었다. 타이즈의 발끝에는 피가 묻어 있었다. 새 토슈즈가 침실 문과 문설주 사이에 끼워져 있었다. 데버러는 딱딱한 슈즈를 문으로 쳐서 부드럽게 만들었다. 그녀에게 SAB로부터 세 통의 이메일이 와 있었지만, 모두 삭제했다. 나는 잠든 아이에게 이불을 덮어주고 문을 닫았다.

*

이틀 뒤에 로빈 후드와 만났다. 그가 서류를 한 다발 건넸다.

"시립발레단의 기록에 따르면 파일이 보존되는 기간인 지난 4년간 캐럴라인 올슨은 단 두 차례의 부상을 입었습니다. 한 번은 정강이뼈

골절이었고 한 번은 인대가 늘어났어요. 물론 다른 부상을 입었어도 개인적으로 의사를 만났다면 발레단의 기록에는 남지 않았겠죠. 밖에서 의사를 만났다고 하더라도 추천 의사 명단에 있는 사람은 아니었습니다. 그쪽까지 확인했거든요."

"두 번요? 4년 동안?"

"기록상으론 그렇습니다. 이게 지난 4년 동안의 시립발레단 바이오 스캔 기록입니다. 모두 통과죠. 아무도 바이오개량을 받지 않았다고 나옵니다. 제니퍼 랭까지도요. 이쪽은 지난 10년간 시립발레단의 관람객 수치로, 정기 회원과 개별 입장권 판매 수로 나누어져 있습니다."

깜짝 놀랐다. 지난 2년 사이에 시립발레단의 실제 관객 수는 어떤 언론의 보도보다 급격히 줄어들고 있었다.

"이것은 애나 올슨의 작년 납세 신고서입니다. 수입은 모두—하나도 빠짐없이—투자 수익이나 이자이고, 신탁이나 상속금으로 묶인 돈은 한 푼도 없습니다. 모두 부인이 직접 관리하고, 원한다면 모두 다 써버려도 되죠. 지난 10년 사이에 부자연스러운 시점에 재산을 현금화한 적이 있는지 물으셨죠. 한 번도 없었습니다. 캐럴라인 올슨을 위한 신탁 펀드도 없었어요. 이쪽이 캐럴라인 올슨의 납세 신고서입니다. 시립발레단에서 받는 봉급과 특별 출연료뿐입니다. 상당한 액수이긴 하지만 노부인의 재산에 비할 바가 못 되죠.

이 마지막 서류가 부탁하신 항공 탑승 기록입니다. 시립발레단이 해외 투어를 나갔던 세 번을 제외하면 캐럴라인이 지난 6년 동안 주요 항공사를 통해 출국한 적은 없습니다. 투어 때는 발레단 일행 모두와 거의 같이 다녔고요. 캐럴라인이 리우데자네이루나 코펜하겐이나 베를린에 정말 갔다면 전세기나 개인 전용기를 이용했을 가능성은 물론 있습니다. 제 생각으로는 전용기였을 것 같아요. 승객 명단을 신고하지 않아도 되거든요."

내가 원했던 자료가 아니었다. 아니, 절반 정도는 원했던 내용이었다. 어떤 무용수도 그렇게 안 다칠 수는 없었다. 그건 불가능한 일이었다. 나는 캐럴라인 올슨의 경이적인 엑스탕시옹, 그 놀라운 도약을 떠올렸다. 그녀는 남자 슈퍼스타들만큼이나 높이 뛰었다. 그리고 엄청나게 부유하고 뒤틀어진 악몽 같은 그녀의 어머니를 떠올렸다. "캐럴라인은 한철 잘 보냈죠."

바이오스캔 결과가 어떻든 간에 캐럴라인 올슨이 바이오개량을 받았다는 데 남은 돈 몇 푼을 몽땅 걸 수도 있었다. 제니퍼 랭도 스캔 결과는 깨끗했다. DNA 해킹 기술은 확실히 DNA 보안확인 기술보다 한 단계 앞서 있었다. 아무리 프리비테라의 열정이 대단하다 해도 바이오개량을 적발당한 무용수가 단 한 명도, 단 한 번도 없었다는 기록은 이상했지만 말이다. 신뢰받기보다 출세하는 쪽을 더 높이 치는 사람은 언제나 있었다.

하지만 나는 캐럴라인이 미국 밖으로 나가야 했으리라고 추측했었다. 섬세하고 값비싸고 이동 불가능한 장비를 잔뜩 갖춘 바이오개량 연구소들은 거대했다. 숨기기 쉽지 않았다. 경찰 수사 결과 제니퍼 랭과 니콜 하이어는 모두 덴마크의 연구소에서 시술을 받았었다. 나는 뉴욕에 불법 연구소가 있을 가능성은 생각하지 않았었다.

내가 틀렸을지도 몰랐다.

로빈 후드가 날카로운 눈으로 나를 살폈다. 창밖으로 들어오는 아침 햇살을 받은 그는 데버러 또래로 보였다. 굵은 머리칼은 갈색이었고 어깨가 듬직했다. 그에게 작업실 밖의 삶이 있을지 궁금했다. 정보원들 중에는 없는 사람이 무척 많았다.

"고마워요."

"수전……."

"네?"

그가 망설였다.

"이 자료로 무얼 할 생각인지는 모르지만 저는 예전에 마이클의 친구들과 함께 일해본 적이 있습니다. 혹시 인간 바이오개량에 관해 뭔가 끌어낼 생각이라면……."

"생각이라면?"

"하지 마세요."

그가 조작판을 골똘히 응시했다.

"우리 수준을 벗어나는 일입니다. 잡지 기자들은 이런 사람들이 손대는 거창한 세계에 비하면 미약한 존재에 불과해요."

"조언 고마워요."

내가 답하고, 충동적으로 덧붙였다.

"집에서 한 요리 좋아해요? 당신 또래쯤 되는 열일곱 살짜리 딸이 있는데, 무용을 하고 있어요……."

그가 어이없다는 듯이 나를 쳐다보더니 고개를 흔들었다.

"수전, 당신은 **고객**이에요. 게다가 전 스물여섯 살이고 결혼도 했어요."

그가 다시 고개를 저었다.

"로빈 후드를 저녁 식사에 초대해선 안 된다는 정도도 모른다면, 바이오개량 같은 일에 간섭할 정도로는 더더욱 모르시는 겁니다. 목숨이 걸린 문제예요."

목숨이 걸린 문제. 바이오개량 기업이 무용수 두 사람을 살해할 만큼?

하지만 나는 그 생각을 거두었다. 기업을 무조건 나쁜 쪽으로 규정하는 것은 너무 쉬웠다. 싸구려 홀로비드에나 나올 법한 소리였다. 내가 아는 기업들은 대부분 그저 미국 국세청보다 앞서려고만 했다.

"목숨이 걸린 일들은 대개 집에서부터 시작되죠."

나가는 나를 보며 그가 고개를 절레절레 흔드는 것 같았지만, 나는 뒤돌아보지 않았다.

5

캐럴라인과 나는 택시를 탄다. 늦은 밤이다. 공원을 가로지른다. 그리고 또 간다. 캐럴라인이 문에게 말을 건다. 한 남자가 아주 커다란 집의 문을 연다. 남자한테서 놀란 냄새 난다. 남자는 잠옷을 입고 있다.

"캐럴라인 양!"

"안녕하세요, 시컴. 어머니 계세요?"

"물론 주무시지요. 위급한 일이라면……."

"아니에요. 아파트 수도관에서 물이 새서 오늘 밤엔 여기 있으려고요. 이쪽은 엔젤이에요. 엔젤, 시컴은 안전해."

"물론입니다."

시컴이 말한다. 아주 행복하지 않은 냄새가 난다.

"그저……."

"절 이 집에 들이지 말라는 지시를 받았나요?"

"아닙니다. 캐럴라인 양은 집에 자유롭게 들어오셔도 된다는 지시를 받았습니다. 단지……."

"그렇겠죠. 어머니는 제가 여기로 굽실대며 돌아오길 바라니까요. 아주 간절하겠죠. 뭐, 그래서 왔어요. 그저 어머니가 수면제를 먹어서 아침까진 시체처럼 잠들어 있을 거란 얘기죠?"

"네."

남자가 대답한다. 아주 행복하지 않은 냄새가 난다. 이 집에는 고양이나 개가 없지만 쥐는 있다. 쥐똥에서는 신기한 냄새가 난다.

"아래층 서재에서 잘게요. 아참, 시컴, 손님이 오실 거예요. 전자자물쇠를 해지해줘요. 손님들은 뒷문으로 들어올 테고, 제가 직접 안으로 들일게요. 전혀 신경 안 쓰셔도 되요."

"제가 맞이해도 전혀……."

"제가 직접 안으로 들이겠다고 했어요."

"알겠습니다."

시컴이 대답한다. 그에게서는 아주아주 행복하지 않은 냄새가 난다.

그가 떠난다. 나와 캐럴라인은 계단을 내려간다. 캐럴라인이 마신다. 나에게 물을 준다. 찬장에서 쥐 냄새 난다. 내가 귀를 쫑긋 세운다. 이곳에는 여러 가지 신기한 것들이 있다.

"자, 엔젤, 여기가 우리 어머니 집이야. 넌 네 엄마를 기억하니?"

"아뇨."

내가 대답한다. 조금 어려운 말이다.

"파티에 사람들이 몇 명 올 거야. 무용수들도 와. 크리스틴 마이어스도 와. 크리스틴 마이어스를 기억하니?"

"네."

내가 대답한다. 크리스틴 마이어스는 캐럴라인과 함께 춤을 춘다. 둥글게 돌고 높이 뛴다. 캐럴라인이 더 높이 뛴다.

"엔젤, 우린 무용 이야기를 할 거야. 여긴 우리 집보다 예뻐서 무용 이야기에 어울리거든. 파티를 하기에 좋은 집이지. 우리는 파티를 할 거야. 어머니는 파티를 하려면 이 집에서 해도 된다고 하셔. 기억하렴."

나중에 캐럴라인이 문을 연다. 몇 사람이 서 있다. 우리는 지하실로 간다. 크리스틴 마이어스가 와 있다. 크리스틴 마이어스에게서 무서워하는 냄새가 난다. 남자 몇 명이 함께 있다. 그들은 종이를 들고 있다. 그들이 오랫동안 말한다.

"자, 엔젤, 프레즐을 먹으렴."

한 남자가 말한다.

"이건 파티란다."

몇몇 사람들이 라디오에 맞춰 춤을 춘다. 크리스틴에게서는 화나고 혼란스러운 냄새가 난다. 크리스틴의 털들이 삐쭉 선다. 캐럴라인이 그녀에게 말을 한다. 어려운 말이다. 긴 말이다. 나는 프레즐을 먹는다. 아무도 캐럴라인에게 손을 대지 않는다.

우리는 밤새도록 거기 있다. 크리스틴이 운다.

"남자친구한테 차였대."

캐럴라인이 나에게 말한다.

아침 일찍 우리는 집으로 돌아온다. 택시를 탄다. 어제 아픈 사람이 탔다. 나쁜 냄새 난다. 캐럴라인이 잔다. 나도 잔다. 캐럴라인은 수업에 들어가지 않는다.

오후에 우리는 링컨센터에 간다. 크리스틴은 그곳에 있다. 라운지
의 소파에서 잠들어 있다. 캐럴라인은 드미트리와 춤을 춘다.

존 콜이 내 귓가로 고개를 숙인다.

"어젯밤 내내 캐럴라인과 집 밖에 있었지."

"네."

"어디 갔었어?"

"캐럴라인의 어머니 집에 가요. 파티를 해요. 캐럴라인의 어머니는
그 집에서 파티를 해도 된다고 해요."

"파티에 누가 왔지?"

"무용수들요. 크리스틴이 와요. 크리스틴은 안전해요."

존이 크리스틴을 본다. 크리스틴은 여전히 소파에서 잠들어 있다.

"또 누가 왔어? 뭘 했는데?"

나는 기억해내려 애를 쓴다.

"무용수들이 파티에 있어요. 프레즐을 먹어요. 무용 이야기를 해요.
라디오를 들으며 춤을 춰요. 아무도 캐럴라인을 만지지 않아요. 음악
이 들려요."

존이 긴장을 푼다.

"좋아. 괜찮군."

"저는 프레즐을 좋아해요."

내가 말한다. 그러나 존은 오늘 나에게 프레즐을 주지 않는다.

*

캐럴라인과 나는 공원을 걷는다. 좋은 냄새가 많이 난다. 캐럴라인

이 나무 밑에 앉는다. 긴 머리털이 흘러내린다. 캐럴라인이 내 머리를 토닥인다. 나에게 과자를 준다.

"엔젤, 네겐 쉬운 일이겠지?"

"어려운 말이에요."

"개로 사는 게 좋아? 바이오개량된 머슴개로 사는 게?"

"어려운 말이에요."

"엔젤, 행복하니?"

"나는 행복해요. 나는 캐럴라인을 사랑해요."

캐럴라인이 나를 쓰다듬는다. 햇볕이 따뜻하다. 좋은 냄새가 난다. 나는 눈을 감는다.

"나는 춤을 사랑해."

캐럴라인이 말한다.

"그리고 내가 춤을 사랑한다는 사실을 증오하지."

내가 눈을 뜬다. 캐럴라인에게서 행복하지 않은 냄새가 난다.

"젠장, 어쨌든 사랑해. 정말이야. 내가 선택한 길이 아니라도. 엔젤, 너도 지금 모습을 선택하지 않았지? 그 인간들이 자기들이 필요로 하는 대로 널 만들어냈어. 그래도 넌 그 삶을 사랑하지. 게다가 너에겐 미수금도 없지."

너무 어려운 말이다. 나는 캐럴라인의 앞다리에 코를 문지른다. 캐럴라인이 앞다리로 나를 힘주어 안는다.

"이건 공평하지 않아."

캐럴라인이 내 털에 얼굴을 묻고 속삭인다.

캐럴라인은 어제 나를 안지 않는다. 캐럴라인이 오늘 나를 안는다. 나는 행복하다. 하지만 캐럴라인에게서는 행복하지 않은 냄새가 난다.

캐럴라인에게서 행복하지 않은 냄새가 나면 내 행복은 어디에 있지?

나는 이해하지 못한다.

6

데버러는 〈호두까기 인형〉에서 배역을 맡지 못했다. SAB 강사는 데버러에게 시립발레단이 아니라 다른 지역 무용단에 오디션을 보는 건 어떻겠냐고 물었다. 데버러에게는 사형 선고나 다름없었다. 데버러는 바닥에 앉아 토슈즈의 리본을 바느질하며, 과장 없이 담담하게 말했다. 괜한 말실수를 할까 봐, 나는 아무 말도 없이 목덜미에서부터 발레리나 방식으로 틀어 올린 딸아이의 머리카락을 쓰다듬는 데 만족했다. 이틀 뒤, 데버러는 고등학교에서 자퇴하겠다고 했다.

"춤을 출 시간이 필요해요. 엄마는 이해 못 해요."

아이가 나를 적으로 취급하게 만드는 것은 내가 할 수 있는 일 중 최악이었다.

"아가, 나도 이해한단다. 하지만 학교를 마치고 나면 춤출 시간이 많아질 거야. 그리고 만약에……."

"졸업까지 1년이나 남았어요! 시간이 없다고요. 수업을 더 듣고 더 열심히 연습해서 발레단에 들어가야 해요. **올해에요.** 엄마, 죄송해요. 하지만 학교에서 쓸데없는 수업이나 들으면서 시간을 낭비할 수는 없어요."

나는 단단히 깍지 낀 손을 무릎 위에 올렸다.

"음, 이성적으로 생각해보자. 네가 결국은 발레단에 들어간다고 치고······.”

"**들어갈 거예요!** 정말 열심히 연습해서 넣어주지 않을 수 없게 할 거예요!"

"알았어. 그러면 발레단에서, 대충, 서른다섯 살까지 춤을 춘다고 쳐. 서른다섯이면 인생이 반도 더 남은 나이야. 칼라 캐머리와 모라 존스의 경우를 보았잖니."

칼라의 골반은 망가졌다. 모라는 아킬레스건 때문에 서른두 살에 은퇴했다. 둘 다 불쌍할 만치 적은 돈을 받으며 옷가게에서 일하고 있었다. 무용수는 같은 무용단에서 10년 이상 근무해야 연금을 받는다. 절대 권력을 가진 예술 감독들이 툭하면 무용단을 새로운 '얼굴'로 바꾸는 변덕스러운 세계에서는 매우 드문 일이었다.

내가 밀어붙였다.

"서른이나 서른다섯 살에, 고등학교 졸업장도 없이 쇠약해진 몸으로 뭘 할래?"

"강사를 할래요. 개인 교습을 하거나. 학교에 다시 다니든가요. 제발, 엄마, 제가 어떻게 알겠어요? 수십 년 뒤 얘기라고요! 전 제 경력을 위해 지금 해야 할 일을 생각해야 해요!"

어떤 어머니의 사랑도, 열여섯 살에게 서른다섯살이 된 자신의 모습을 보여줄 수 있을 만큼 눈부시지 않다.

"안 돼, 데버러. 학교를 그만둘 수는 없어. 내 동의를 받아야 할 텐데, 난 서명하지 않겠어."

"아빠가 벌써 서명했어요."

우리는 서로를 노려보았다. 너무 늦었다. 데버러는 이미 나를 적으로 만들었다. 자신에게 적이 필요했기 때문에.

그녀가 별안간 열정에 가득 차 소리쳤다.

"엄마는 몰라요! 엄마가 하는 일에 제가 발레에 대해 갖는 것 같은 감정을 가져본 적이 한 번도 없잖아요! 엄마는 다른 모든 것을 포기할 만큼 뭔가를 사랑해본 적이 없잖아요!"

데버러는 방으로 달려가 문을 쾅 닫았다. 나는 깍지 낀 손 위로 머리를 숙였다.

잠시 후, 나는 웃기 시작했다. 웃음을 참을 수가 없었다. **다른 모든 것을 포기할 만큼 뭔가를 사랑해본 적이 없잖아요.**

그렇겠지.

*

고함을 지르려 해도 퍼스에게 연락이 닿지 않았다. 전화를 여섯 통이나 하고, 퍼스에게 단말기가 있기나 한지도 모르면서 이메일을 보냈다. 보호 구역을 벗어나 퍼스의 아파트까지 갔다. 그곳은 기억하고 있는 모습보다 더 심했다. 유리, 부서진 기계, 똥, 버려진 약병들. 택시 기사는 서둘러 그곳을 떠나고 싶은 기색이 완연했지만, 내가 퍼스네 아파트에서 나온 소년에게 질문을 할 때까지 기다리라고 했다. 여덟 살 정도 되어 보이는 아이의 뺨에는 고름이 생긴 흉터가 길게 나 있었다.

"퍼스 앤더스가 몇 시쯤 집에 들어오는지 아니? 2C 구역에 살아."

아이는 무표정한 얼굴로 나를 쳐다보았다. 택시 기사가 몸을 내밀었다.

"부인, 딱 1분만 더 있다가 갑니다."

나는 20달러 지폐를 꺼내 내 몸 가까이에 들고 다시 물었다.

"퍼스 앤더스는 보통 몇 시에 들어오니?"

"이사했어요."

"이사했다고?"

"짐은 두고 갔어요. 이 닭장보다 나은 데로 간다고 했어요. 그렇게 말하는 소릴 들었어요. 날 놀릴 생각 말아요. 그 돈 주시는 거예요."

"이사한 집 주소를 아니?"

아이가 비웃었다. 나는 아이에게 돈을 주었다.

데버러는 학교를 그만두고 하루 종일, 밤중에도 거의 대부분 링컨 센터에서 보내기 시작했다. 나는 마침내 SAB로 걸어가 2인 1조 수업 직전에 아이를 붙잡았다. 데버러는 레오타드 위로 밝은 색 스카프를 허리에 비틀어 감고 있었다. 올림머리에서 빠져나온 몇 가닥 머리는 땀에 젖어 구불구불했다.

"데버러, 아버지가 이사했다는 얘길 왜 안 했니?"

데버러는 신중한 표정으로 수건으로 얼굴을 닦으며 시간을 벌었다.

"상관 안 하실 줄 알았어요. 아버지를 미워하시잖아요."

"네가 아직 아버지를 보러 가는 한, 그 사람이 어디 사는지 나도 알아야 해."

데버러는 잠시 생각해보더니, 결국 내게 주소를 알려주었다. 원래는 중앙도서관이 있던 자리에 새로 지은 호화스러운 콘도가 들어선 좋은 동네였다.

"퍼스한테 **그만한** 돈이 어디서 났어?"

"전 못 들었어요. 취직하셨는지도 모르죠. 엄마, 저 수업 들어가야 해요."

"퍼스는 일이라면 치를 떠는 남자야."

"엄마, 프리비테라 감독님이 **직접** 가르치시는 수업이라고요!"

나는 남아서 수업을 참관하지 않았다. 그리고 나가면서, 흥얼거리며 자기 신전에 바쳐진 처녀들을 고무하거나 낙담시키러 가는 프리비테라를 스쳐 지났다.

*

경찰은 발레리나 살인 사건에 관해 그 어떤 새로운 정보도 발표하지 않았다. 나는 뉴욕시립발레단에 관한 기사를 송고했다. 좋지도 나쁘지도 않은 기사였다. 주제에 관한 핵심 사항들은 모두 잡지의 초점에 맞지 않았다. 지나친 비유도 없었다. 마이클은 아무런 평가도 하지 않고 기사를 읽었다. 나는 컴퓨터 도박과 홀로그래픽 텔레비전에 관한 기사를 썼다. 대통령 선거를 했다. 크리스마스 선물을 샀다.

하지만 짬이 날 때마다, 가을 내내부터 초겨울까지, 나는 잡지사의 도서관 단말기 앞에 앉아 인간 바이오개량에 관해 읽으며 캐럴라인 올슨이 자기 몸에 무슨 짓을 했는지 추측해내려 애썼다. 만약 데버러가 지금처럼 어리석다면 언젠가 데버러의 미래에 일어날지도 모를 일들에 관해 생각했다.

"집착하지 말아요."

마이클은 말했었다.

논문들은 어려웠다. 나는 생물학을 배운 적이 없었고, 내가 이해하는 한 최첨단 연구는 매달 다음 달이면 또다시 번복되는 온갖 발견들로 혼란스러웠다. 모든 연구가 다른 나라에서 이루어지고 있었기 때문에 자료는 모두 외국어였고, 번역을 얼마나 믿어야 할지 확신할 수 없었다. 번역자들은 대개 같은 분야의 과학자였다. 내게는 그 분야 전체가 폭포를 향해 돌진하는 카누처럼 보였다. 책임자는 없고 노는 모두 사라진, 통제 불가능한 카누와 같았다.

개발 중이거나 아직 실용화되지 못했거나 다른 종류의 혁명적인 진보를 연구 중인 사람들에게서 격렬한 비판을 받고 있는 눈부시고 '혁명적인' 생명나노기술에 관해 읽었다. 유전자 접합 RNA 바이러스와, 어쩌면 가능할지도 모르는 경이로운 결과를 얻기 위해 신체 기관에 그 바이러스를 주입하는 기술에 관해 읽었다. 질병의 퇴치. 완벽한 신진대사. 불사不死. 연구 내용은 늘 과학의 작고 심원한 측면을 다루었지만 '결론' 부분은 종종 웅대하고 과격한 추측으로 가득했다.

심지어 성인 신체를 재구성하는 대신 **시험관 내** 단계에서 유전자 구조를 변형시키려는 실험에 관한 흔적도 있었다. 어떤 과학자들은 이쪽이 어쩌면 더 쉬울지도 모른다고 생각하는 것 같았다. 그러나 낙태되지 않고, 기본적인 세포의 청사진을 확실한 점검 없이 제멋대로 건드린 결과를 끌어안은 채 인간으로 자라날 태아를 대상으로 한 실험이 합법인 곳은 지구상 어디에도 없었다. 아기는 장난감이 아니었다. 개도 마찬가지였다. 과학기술 수준이 가장 높은 27개국이 서명한 코펜하겐 협정에 명시되어 있었다. 시험관 내 유전자 변형에 관한 논문들은 조심스럽고 신중했다.

이 정도가 내가 읽은 전부였다. 증거는 접근 불가능한 외국 병원 안을 돌아다니거나, 접근 불가능한 외국 도시에서 익명으로 살아가고 있었다. 피실험자의 익명성은 확고했다. 그래서 나는 얼마나 많은 피실험자들이 어떤 실험의 사망자였을지 궁금했다.

마이클은 이런 불확실한 추측에 근거한 기사를 원치 않을 터였다. 소송이 밀어닥칠 것이다. 하지만 나는 마이클이 바라는 바를 생각할 단계를 넘어서 있었다.

인간 바이오개량에 관한 제5회 국제학술회의가 사월 말에 파리에서 열렸다. 로빈 후드에게 정보료를 지불했기 때문에 파리까지 여행할 돈이 없었다. 마이클에게서 돈을 받아야 했다. 경비를 요구할 합당한 이유를 생각해내야 했다.

일월의 어느 날 밤에 나는 멍청한 짓을 했다. 혼자 링컨센터에 가서 뉴욕주립극장 분장실 입구에서 기다렸다. 청바지와 파카를 입은 캐럴라인 올슨이 11시 30분에 혼자 나왔다. 구색만 낸 목줄을 단 덩치 큰 검은 도베르만과 함께였다. 그녀는 브로드웨이 남쪽으로 걸어가 24시간 레스토랑에 들어갔다. 나는 옆자리에 앉았다.

지난 몇 달 동안, 그녀의 공연에 관한 평은 좋지 않았다.《뉴요커》는 '의아하고 실망스러운 퇴보'라고 평했다.《댄스 잡지》는 '올슨과도 프리비테라와도 어울리지 않는 느슨함'이라고 썼다.《타임스 온라인》에는 '캐럴라인은 곤란에 처해 있다. 앤턴 프리비테라가 어서 나서서 문제를 찾아내 교정해야 할 것이다'라고 실렸다.

캐럴라인은 틀림없이 실직 중인 배우일 깐깐한 웨이터의 찌푸린 얼굴에도 아랑곳하지 않은 채, 개에게 조금씩 음식을 떼어주며 멍하니 식사를 했다. 가까이서 보니 〈코펠리아〉에서 기억하는 힘과 아름다움의 환영은 사라지고 없었다. 자기 생각에 몰두에 있는 조금 예쁘지만 비쩍 마른 보통 아가씨처럼 보였다. 개 때문이 아니라면, 웨이터/배우는 그녀를 두 번 쳐다보지 않았을 터였다.

"이제 가요?"

개가 말했다.

샌드위치가 목에 걸렸다. 내가 기침을 하자 캐럴라인이 무심한 눈으로 내 쪽을 흘끔 돌아보았다.

"금방 갈 거야, 엔젤."

그녀는 식사를 계속했다. 나는 먼저 나와 캐럴라인을 기다렸다가 뒤를 밟았다. 그녀와 개는 센트럴파크 남쪽에 있는 호화로운 건물에 살았다. 야간 전자경비시스템이 이름을 부르며 그들을 맞이했다.

택시를 타고 집으로 돌아왔다. 데버러에게서 시립발레단의 프리마 발레리나가 바이오개량된 도베르만의 경호를 받고 있다는 얘기는 듣지 못했다. 데버러는 내가 발레리나 살인 사건에 대한 기사를 썼다는 사실을 알고 있었다. 앤턴 프리비테라도 무용수들의 안전 문제에 관한 기자회견에서 개에 대해 언급하지 않았다. 왜 안 했는지 의아했다. 의문점을 정리하면서, 나는 시립발레단의 드물고 형식적이며 언제나 부정적인 결과만 나오는 바이오스캔에 관해 생각했다. '자연스러운 예술'이라는 종교를 섬기는 무용단이라면 이단자를 추방하는 데 좀 더 열심이어야 하지 않나?

만약, 물론, 누군가 진실이 밝혀지길 원하지 않는다는 가정하에서.

혹시 프리비테라일까? 그의 편협하고 열정적인 진실성과는 어울리지 않는 가설이었다.

공개적으로 바이오개량한 무용수의 공연을 본 적이 한 번도 없다는 생각이 문득 떠올랐다. 오늘 밤까지, 나는 공개 공연에 데버러하고만 가끔 갔었다. 데버러는 물론 바이오개량한 무용수들을 변절자라 비난했고 그들에게서는 배울 것이 하나도 없다고 믿었다.

집에 돌아와보니 데버러는 나가고 없었다. 딸아이는 매주 점점 더 긴 시간을 밖에서 보내는 것 같았다. 나는 딸이 집에 돌아오기를 기다리다가 잠이 들었다.

7

눈이 내린다. 춥다. 캐럴라인과 나는 링컨센터로 걸어간다. 한 남자가 캐럴라인의 지갑을 가져간다. 그가 달린다. 캐럴라인이 "젠장!"이라고 외치더니 내게 말한다.

"엔젤, 가서 저 사람 잡아!"

캐럴라인이 목줄을 놓는다.

내가 뛰어가 남자의 몸에 올라탄다. 그가 비명을 지른다. 나는 그를 해치지 않는다. 캐럴라인은 '**잡아**'라고 했다. '**공격해**'라고는 하지 않았다. 그래서 나는 남자의 가슴 위에 앉아 으르렁거리며 남자의 앞다리를 살살 깨문다. 그가 칼을 꺼낸다. 그러자 내가 그를 문다. 남자가 칼을 떨어뜨리고 다시 비명을 지른다. 경찰이 온다.

"세상에."

캐럴라인이 나에게 말한다.

"너 정말 하는구나. 정말로."

"나는 캐럴라인을 보호해요."

내가 말한다.

캐럴라인이 경찰에게 말한다. 캐럴라인이 기자들에게 말한다. 나는 식사로 스테이크를 받는다.

행복하다.

눈이 사라진다. 눈이 오래오래 있지만, 없어진다. 우리는 캐럴라인의 어머니 집에 가서 지하실 파티를 두 번 더 한다. 공원은 따뜻하다. 물에 다시 오리가 산다. 꽃이 자란다. 캐럴라인이 꽃을 파헤치지 말라고 한다.

나는 무대 뒤에 엎드려 있다. 캐럴라인이 무대에서 춤춘다. 존과 프리비테라 씨가 내 옆에 서 있다. 그들에게서는 행복하지 않은 냄새가 난다. 존의 신발에서는 타르, 음식, 나뭇잎, 고양이와 다른 좋은 것들의 냄새가 난다. 내가 존의 신발을 킁킁거린다.

"지쳐 보이는군요. 캐럴라인은 가진 것을 모두 쏟아붓고 있지만, 그래도 그걸로는 안 되는 거예요."

프리비테라 씨는 아무 말 하지 않는다. 그는 춤추는 캐럴라인을 지켜본다.

"《타임스》의 윌리엄 숄스가 또 공격했어요. 캐럴라인을 쳐다보는 일이 고통스러워졌다고 썼어요. '딱딱하고 파삭해진 갈대를 보는 것 같다'라고 썼더군요."

"내가 캐럴라인과 다시 얘기해보지."

프리비테라 씨가 말한다.

"숄스는 이번 공연을 '우스꽝스럽다'고 했어요."

존이 말한다.

캐럴라인이 무대 뒤로 온다. 다리를 절고 있다. 수건으로 얼굴을 닦는다. 겁에 질린 냄새가 난다.

"아가, 할 얘기가 있다."

프리비테라 씨가 말한다.

우리는 캐럴라인의 분장실로 간다. 캐럴라인이 앉는다. 캐럴라인의 몸이 떨린다. 몸에서 아픈 냄새가 난다. 내가 작게 으르렁기린다. 캐럴라인이 내 머리를 토닥인다.

"우선, 아가, 우리 모두에게 좋은 소식이 있어. 경찰이 제니퍼 랭과 ABT 무용수를 살해한 끔찍한 범인을 잡았어."

캐럴라인이 몸을 조금 곧추세운다. 그녀의 냄새가 바뀐다.

"그랬군요! 어떻게 했대요?"

"ABT에 특별 출연 중인 마리 다르부아가 묵고 있던 플라자 호텔 방으로 침입하는 걸 잡았다더구나."

"마리는······."

"무사해. 혼자가 아니라 애인인지 뭔지와 같이 있었지. 그 미친놈이 부주의했던 거야. 경찰은 세부적인 수사 결과를 비공개했어. 마리는 물론 바이오개량한 무용수지. 그녀의 춤을 본 적이 있는지 모르겠구나."

"봤어요. 전 마리가 훌륭한 무용수라고 생각했어요."

캐럴라인과 프리비테라 씨가 서로를 노려본다. 공격 준비의 냄새가 난다. 하지만 그들은 공격하지 않는다. 혼란스럽다. 프리비테라 씨는 안전하다. 캐럴라인을 만져도 된다.

프리비테라 씨가 말한다.

"우리 모두 경찰에게 감사해야겠지. 자, 아가, 너와 얘기해야 할 일이 한 가지 더 있어."

캐럴라인이 내 털을 쥔다.

"네?"

"오래, 충분히 쉬렴. 네 춤이 망가진 줄은 너도 알고 있지. 약을 하거나 연습을 대충 하고 있지 않다는 네 말은 믿는다. 가끔은 춤을 추지 않고 쉬어보는 것도 무용수에게 도움이 돼. 수업을 듣고, 제대로 먹고, 힘을 쌓아. 그리고 가을에 보자."

"새러토가에서 있을 여름 시즌 공연에서 저를 빼겠다는 말씀이세요?"

"그래."

캐럴라인이 아무 말도 하지 않는다.

"제겐 아무 문제도 없어요. 그저 타이밍이 조금 어긋났을 뿐이에요."

"그럼 여름에 쉬면서 타이밍을 제대로 맞춰 와. 다른 부분들도."

프리비테라 씨와 캐럴라인이 서로를 다시 노려본다. 캐럴라인의 손이 계속 내 털을 잡아당긴다. 조금 아프다. 나는 움직이지 않는다.

프리비테라 씨가 캐럴라인에게 몸을 기울인다.

"잘 들어. 주얼스는 네가 잘하는 역이었지. 하지만 오늘 밤에는……. 주얼스뿐만이 아니야. 〈별밤〉에서는 공연 내내 흔들렸지. 〈라 바야데르〉중 그림자 왕국에서의 니키야는…… 민망했어. 달리 표현할·말이 없다. 마치 스텝을 배운 적도 없는 것처럼 춤을 추더구나. 게다가 갈라*에서 〈돈키호테〉의 파 드 되를 끝내지도 못했지."

"넘어졌어요! 무용수들은 늘 다치잖아요! 제 부상률은 다른 사람에 비하면……."

"리허설에다 본 공연까지 빠졌잖아."

* 여러 작품의 주요 장면으로 구성한 공연.

프리비테라 씨가 일어선다.

"아가, 미안하다. 여름 동안에는 쉬렴. 훈련도 하고. 가을에 보자꾸나."

캐럴라인이 말한다.

"이번 시즌의 남은 2주는 어떻게 하나요?"

"아가, 미안하다."

그가 문으로 걸어간다. 그가 문손잡이에 손을 얹고 말한다.

"아, 최소한 그 짐스러운 개를 데리고 다닐 필요는 없어. 살인자가 잡혔으니 존에게 경호회사에 연락해 개를 데려가라고 하지."

캐럴라인이 고개를 든다. 그녀의 털들이 삐죽 선다. 화난 냄새가 난다. 곧 그녀가 문밖으로 달려 나간다. 프리비테라 씨는 없다. 캐럴라인이 사무실로 뛴다.

"존, 존! 이 나쁜 새끼!"

사무실 복도는 어둡다. 문이 열리지 않는다. 존은 여기에 없다.

캐럴라인이 계단을 뛰어 올라간다. 넘어진다. 몇 계단 더 넘어져 벽에 부딪친다. 바닥에 눕는다. 뒷다리를 움켜쥔다. 캐럴라인에게서 아픈 냄새가 난다.

"엔젤, 도와줄 사람을 불러와."

나는 라운지로 간다. 무용수가 한 명 있다.

"아, 미안해요, 전 아무도 없는 줄…… 엔젤?"

"캐럴라인이 다쳤어요. 가요. 빨리 가요."

그녀가 나를 따라온다.

"누구세요? 아니, 잠깐…… 데버러, 맞지? 발레단의?"

"아뇨, 저는…… 저는 아직 발레단원이 아니에요. SAB의 학생이에요. 그냥 여기 자주 오거든요…… 혹시 다치셨어요? 일어설 수 있겠어요?"

"일어나게 좀 도와줘. 엔젤, 데버러는 안전해."

데버러가 캐럴라인을 일으키려고 한다. 캐럴라인이 작은 소리를 낸다. 일어나지 못한다. 데버러가 존을 데려온다. 존이 캐럴라인을 일으킨다.

"별일 아니에요. 의사는 부를 필요 없어요. 그냥 택시를 불러주면…… 젠장, 존, 소란 피우지 말아요, 별일 아니라니까!"

그녀가 존을 노려본다.

"엔젤을 제게서 빼앗아 가고 싶죠?"

존에게서 놀란 냄새가 난다.

"누가 그래?"

"황제 폐하 본인께서요. 어쨌든 제가 남몰래 개인적으로 무슨 짓을 한다고 생각했었든 간에 이제 당신하고는 상관없다 이거죠?"

"실수야. 물론 개를 계속 데리고 있어도 괜찮아. 앤턴은 이해하지 못해."

존에게서 화난 냄새가 난다.

"그럼요, 이해하지 못하고말고요. 당신이라면 시립발레단에서 쫓아 내겠다는 얘길 더 친절하게 해줬을지도 모르죠."

"캐럴라인, 넌 쫓겨나지 않았어."

존이 말한다. 이제 존에게서는 나쁜 냄새 난다. 그의 말과 어울리지 않는다. 존한테서 캐럴라인의 지갑을 가져간 남자와 같은 냄새가 난다.

"그렇겠죠."

캐럴라인이 말한다. 택시에 앉는다.

데버러가 물러선다. 놀란 냄새를 풍긴다.

"개는 데리고 있을 거예요. 그럼 합의한 거죠? 엔젤, 이리 와. 집에 가자."

*

우리는 수업에 간다. 캐럴라인은 춤추지 않는다. 춤을 추려다 멈춘다. 그녀는 구석에 앉아 있다. 프리비테라 씨는 다른 쪽 구석에 앉는다. 캐럴라인이 데버러를 본다. 무용수들이 한쪽 뒷다리를 든다. 휙 돌고 뛰어 오른다.

마담이 손을 든다. 음악이 멈춘다.

"데버러, 다시 한번 보자. 실 부 플레, 혼자서 해봐."

다른 무용수들이 뒤로 물러난다. 서로를 쳐다본다. 놀란 냄새가 난다. 음악이 다시 시작되고 데버러가 한쪽 뒷다리를 아주 높이 든다. 그녀가 휙 돌고 뛰어 오른다.

프리비테라 씨가 말한다.

"〈코펠리아〉의 볼레로를 한번 보자. 마담에게서 배웠지?"

"어, 네."

데버러가 혼자 춤춘다.

"아주 잘하는군. 훨씬 좋아졌어."

프리비테라 씨가 말한다.

다른 무용수들이 다시 서로를 본다.

모두들 춤을 춘다.

캐럴라인이 데버러를 뚫어지게 바라본다.

8

데버러의 얼굴이 온 세상의 크리스마스 아침처럼 빛났다. 데버러가 내 두 손을 움켜쥐었다.

"발레단에 들어오래요!"

파리에서 열릴 바이오개량 학술회의에 가져가지 않을 옷들로 둘러 싸인 여행 가방이 침대 한가운데에 놓여 있었다. 딸아이가 얇은 블라우스 더미를 집어 들어 허공으로 던졌다. 열린 창문으로 들어오는 부드러운 사월 바람을 맞은 얇고 인공적인 옷자락들이 하늘거리며 허공에서 춤추었다.

"믿어지지가 않아요! 발레단에 들어오라니! 제가 드디어 해냈어요!"

딸아이가 웃고 소리치며 운동화를 신은 발끝으로 작은 방 안을 빙 돌았다. 나의 침묵을 눈치채지 못했다. 데버러는 침대 기둥에서 아라베스크를 하더니, 내가 제일 아끼는 드레스 위에 풀썩 앉았다.

"엄마, 무슨 일이 있었는지 궁금하지 않으세요?"

"무슨 일이 있었니?"

"음, 프리비테라 감독님이 수업을 참관하러 오셨어요. 마담이 제게 베리에이션*을 혼자 해보라고 했죠. 세상에, 떨려 죽는 줄 알았어요. 그러자 **프리비테라 감독님**이―마담이 아니라 감독님이―저한테 〈코펠리아〉의 볼레로를 해보라는 거예요. 끔찍하게도 순간적으로 스텝이 하나도 생각 안 나더군요. 곧 생각이 나서 했더니, 감독님이 아주 잘했

* 여러 동작이 결합된 한 편의 안무.

대요! 훨씬 좋아졌대요!"

제왕으로부터의 영예. 그러나 멍한 와중에도 나는 데버러가 뭔가 숨기고 있다는 것을 알 수 있었다.

"시즌 막바지에는 새로운 무용수를 선발하지 않는다고 하지 않았니?"

데버러가 바로 냉정해졌다.

"보통은 그렇죠. 하지만 캐럴라인 올슨이 해고당했어요. 리허설과 공연에 불참하고, 심지어 역할을 준비하려는 노력도 안 했거든요. 언론의 반응도 최악이었고요."

"나도 읽었어."

데버러가 나를 날카롭게 쳐다보았다.

"자만했겠죠. 원래 좀 싸가지가 없었어요. 티나 패트로호프와 특별 출연자가 캐럴라인의 역을 나누어 맡는 걸 보면 새러토가에 캐럴라인을 데려가지 않는 모양이에요. 감독님이 질 케리건에게 〈잠자는 숲 속의 공주〉에서 티나의 독무 부분을 익히라고 했어요. 그래서 발레단에 한 자리가 남는데, 제가 뽑혔어요!"

이제 제대로 말할 수 있을 만큼 시간이 주어졌다.

"축하해."

"파리행 비행기는 몇 시에 출발해요?"

이 그릇된 결론—그렇게 불러도 된다면—에 짐 꾸릴 생각이 났다.

"오늘 밤 7시야."

"열흘 동안이죠? 파리에서 잘 지내고 오세요. 어쩌면 다음에 무용단이 해외 투어를 하면 저도 같이 갈지도 몰라요!"

데버러가 빙빙 돌며 방에서 나갔다.

나는 침대 기둥을 잡고 침대 끄트머리에 앉았다. 세 살 때, 데버러는 낙타를 타고 싶어 했다. 어찌된 영문인지 거의 집착하는 수준이었다. 보육원에서도, 저녁 식사 시간에도, 잠잘 때에도 낙타 이야기를 했다. 커다란 혹이 하나 달린 우스꽝스러운 낙타 그림을 그렸다. 세인트루이스에는 낙타가 거의 없었다. 모두들 잊어버리라고 했다. 아이들은 다 잊어버린다고, 그러다 그만둘 거라고 했다. 데버러는 잊어버리지 않았다. 그만두지도 않았다. 퍼스가 막 떠났을 때였다. 나는 혼자 아이를 키워야 한다는 불안함에 휩싸여 있었다. 결국 나는 한 친구에게 돈을 주고, 늙은 말의 심하게 휜 등에 커다란 건초 다발을 엮어 얹고 그 위에 이불을 덮어달라고 했다. 페루산 낙타란다. 나는 세 살 난 딸에게 말했다. 아주 특별한 낙타야. 타도 된단다.

"이거 낙타 아냐."

데버러는 콧방귀를 뀌며 비웃었다.

"헤팔룬트야!"

지난 주 《월드》에는 동물생명공학자들이 코끼리의 유연한 코를 단 낙타를 만들어냈다는 기사가 실렸다. 그 코로 20킬로그램까지 들어 올릴 수 있다고 했다. 사하라에서 짐을 나를 때 유용하게 활용될 터였다.

파리로 가져갈 가방을 다 쌌다.

*

사월의 파리에서는 잿빛 가랑비가 끝없이 내렸다. 전기 비막이를 켜고 센 강을 따라 늘어선 버려진 헛간 같은 책과 소프트웨어 가판대들에서 빗물이 흐릿하게 흘러내렸다. 비 내리는 노트르담의 가고일들은 코끼리 코를' 단 낙타에 비하면 보잘것없고 시대에 뒤처져 보였다. 프랑스인들은 평소와 다름없이 미국인들—특히 프랑스어를 기본회화 정도밖에 못하는 미국인들—이 자신을 우둔하고 촌스럽다고 느끼게 했다. 내 옷은 이곳과 어울리지 않았다. 거창한 아침 식사를 기대했던 것도 잘못이었다. '인간 바이오개량 기술에 관한 제5회 학술회의' 주최 측은 내 기자증을 분실했다.

학술회의는 뇌이에 있는 유로디즈니 유전자 공원 바로 옆에 새로 세워진 커다란 호텔에서 열렸다. 오락거리를 제공하려는 것인지, 아니면 반어적 의미를 보여주려는 것인지 그 의도를 짐작하기 힘든 장소 선택이었다. 과학자와 의사 300명, 기자단 100명, 최소한 그 정도 되는 기업 대표들 더하기 팬 무더기가 호텔에 모여들었다. 과학자들은 논문을 발표하고, 대부분 바이오테크나 제약회사에서 온 기업 대표단은 '정보 포럼'을 열었다. 임시 기자증을 들고 걸어 들어가자마자, 나는 긴박감을 느꼈다. 기자라면 즉시 알아채는, 특별한 긴장감이 회장 안을 맴돌고 있었다. 뭔가 큰일이 일어나고 있었다. 중대하고도 불쾌한 일이.

바에서 열린 기자회견에서 목요일 밤 파스퇴르 연구소의 제라르 타유부아 박사와 슈테켈&오스터호프 사 소속 그레타 에어블란트 박사의 공동 연구 발표가 놓쳐서는 안 될 자리라는 말을 들었다. 일류 연구소와 상업적인 바이오테크 기업의 이런 결합은 유럽에서 흔했다. 가끔 여기에 병원이 더해져 삼두정치를 펼치기도 했다. 프로그램에는 발표 장소가 '나폴레옹 룸'에서 '그랜드 볼룸'으로 변경되었다고 손으로 고쳐 쓰여 있었다. 나는 발표회장에 가보았다. 비행기 격납고만 한 방이었다. 호텔 직원들이 엄청난 수의 의자를 늘어세우고 있었다.

한 가르송에게 타유부아 박사가 누구인지 가르쳐달라고 했다. 박사는 키가 크고 머리가 벗어진 육칠십 정도 된 남자로, 며칠 동안 먹지도 자지도 않은 것처럼 보였다.

수요일 밤에 나는 파리 오페라 발레단의 공연을 보러 갔다. 오페라 하우스 앞의 젖은 도보가 검정 에나멜가죽처럼 번득거렸다. 관객들은 보석과 모피를 걸쳤다. 마이클은 바로 이 공연 때문에 내게 경비를 지원했다. 《뉴욕 나우》에 실린 내 첫 번째 발레 기사가 지루한 내용에도 불구하고, 아니 어쩌면 바로 그 점 때문에, 인기를 끌었다. 오늘 밤에 저 유명한 프랑스 발레단은 로열발레단, 키로프발레단의 초대 무용수들과 함께 이클렉틱 프로그램을 공연했다. 마이클은 세계에서 가장 오래된 발레단에 대해 5,000단어 분량의 기사를 쓰라고 했다.

바이오개량한 영국 무용수들이 피시 다이브로 유명한 〈잠자는 숲속의 공주〉 중 결혼식 파 드 되를 추었다. 덴마크인 솔리스트가 게오르게 발란친의 20세기 안무를 추었다. 탁월한 프랑스인 안무가 루이 뒤포르의 현대 작품을 프랑스 무용수들이 공연했다. 모두 숨이 막힐 만치 훌륭했다. 이 새로운 발레, 특히 바이오개량한 신체에 맞춰 안무를 짠 발레에서 무용수들은 타고난 몸으로는 아예 취하지도 못했을 자세를 지속했고 전혀 기계적으로 보이지 않는 속도로 움직였다. 무용수들은 반짝이는 빛과 같았다. 무대를 가로질러 즐거워하는 관객들의 뇌 속 쾌락중추를 자극하러 달려가는 신경자극이나 레이저 또는 광신호 같았다.

발레리노가 손바닥만으로 두 발레리나를 집어삼킬 듯이 머리 위로 동시에 들어 올린 다음, 꼬박 90초 동안 천천히 돌리는 파 드 트루아 장면에서 나는 입을 딱 벌렸다. 힘이나 자랑하는 묘기가 아니었다. 위대한 19세기 발레만큼이나 부드럽고 간절하며 음악적인 춤의 극치였다. 천천히 바닥으로 내려진 발레리나들이 마치 몸에 뼈기 없는 것처럼 아다지오 훼테로 곧장 들어갔다.

저녁 프로그램에서 부상으로 교체된 무용수는 한 명도 없었다. 나는 뉴욕시립발레단의 공연에서 막판에 출연진이 변경되지 않은 적이 언제였던가 떠올리려 애썼다.

쉬는 시간이 되자, 나는 몹시 우울해져 로비에서 와인을 한 잔 주문했다. 관객의 소용돌이가 한순간 가신 찰나, 나는 전동 휠체어에 여왕처럼 앉아 경호원들에게 둘러싸인 애나 올슨과 딱 마주쳤다. 분홍색 타이즈 위에 분홍색 파티 드레스를 입은 대여섯 살 정도 되어 보이는 여자아이가 그녀의 손을 꼭 쥐고 있었다. 크고 푸른 눈, 검은 머리카락, 길고 늘씬한 목. 마치 15년 전의 캐럴라인 올슨을 보는 것 같았다.

"올슨 부인."

그녀가 차가운 시선을 보냈다. 나를 알아보지 못했다.

"전 수전 매슈스예요. 조지에트 앨런의 저택에서 열린 앤턴 프리비테라 개인 후원회에서 뵈었죠."

내가 거짓말을 했다.

"그래요?"

그녀의 눈이 나를 날카롭게 훑었다. 내 옷차림은 뉴욕의 억만장자가 개최하는 개인적인 모금 파티에 참석할 만한 것이 아니었다. 나는 그녀가 나를 내치기 전에 말을 이었다.

"이 아가씨가 부인의……."

손녀? 외동딸인 캐럴라인은 임신 때문에 활동을 중단한 적이 없었다. 조카? 종손녀?

"……피후견인이겠군요."

"주 마펠 마르그리트."*

아이가 열성적으로 말했다.

"누 레가흐동 르 발레."**

"마르그리트, 발레를 배우니?"

"매 위!"***

아이가 꾸짖듯이 말했지만, 애나 올슨이 경호원들에게 손짓했고 경호원들이 순식간에 나와 그들 사이를 갈랐다. 홀 구석으로 에둘러 가며 나는 마지막으로 멀리서 마르그리트를 보았다. 마르그리트는 자기 자리로 돌아가려고 참을성 있게 줄을 서 있었다. 분홍색 발레화를 신은 작은 발을 완벽한 제5번 자세로 내밀고 있었다.

목요일 오후에는 타유부아/에어블란트의 발표를 들을 때 쓸 번역기를 빌리러 파리에 갔다. 주최 측이 준비한 번역기는 예전에 동이 난 상태였다. 개회식에 참석한 사람들은 한마디라도 놓칠세라 번역기에 매달려 있었다. 타유부아/에어블란트의 발표에는 프랑스어, 영어, 독일어, 스페인어, 러시아어, 일본어로 쓰인 소책자가 포함되어 있었지만, 책자는 세션이 끝난 다음에야 배포되었다. 나 역시 한마디도 놓치고 싶지 않았다.

믿을 만한 상표의 번역기를 찾을 수 없었다. 나는 대신 평판 좋은 사설 소개소에서 나온 장 폴이라는 사람을 구했다. 150센티미터 정도

---

* Je m'appelle Marguerite, 제 이름은 마르그리트예요.
** Nous regardons le ballet, 우리는 발레를 봐요.
*** Mais oui, 당연하죠.

의 키에 환상적인 분위기를 자아내는 주름이 깊이 팬 얼굴, 슬퍼 보이는 갈색 눈을 한 사람이었다. 그는 알제리 분쟁 때 샤를 드골의 통역관을 맡았었다고 했다. 나는 그의 말을 믿었다. 그는 신보다 늙어 보였다.

우리는 빗속을 달려 뇌이로 돌아갔다.

"장 폴, 발레를 좋아하세요?"

"농."

그가 즉시 답했다.

"저한테는 너무 비현실적인 예술이에요."

"비현실적이오?"

"아무것도 진짜가 아니죠. 소녀들은 사자의 영혼이나 명랑한 농부나 뭐 그런 바보 같은 역할을 맡죠. 진짜 농부를 본 적이 있나요, 마드무아젤? 그 사람들은 명랑하지 않아요. 게다가 공기보다 가볍다는 소녀들은 무대 위로 쿵 하고 떨어지죠!"

그가 계기반을 손바닥으로 철썩 쳤다.

"남자들은 그 여자들을 위해 죽고요. 아무도 사랑 때문에 죽지 않아요. 돈이나 증오 때문에 죽을지는 몰라도, 사랑 때문은 아니죠. 농."

"모든 예술이 결국 환상이지 않나요?"

그가 어깨를 으쓱했다.

"모든 환상에 창조할 만한 가치가 있는 건 아니죠. 바보스러운 환상은 안 돼요. 발가락 끝으로 서서 휘청대며 춤추는 건…… 농, 농."

내가 조심스럽게 말을 꺼냈다.

"프랑스의 무용수들은 공개적으로 바이오개량 시술을 받죠. 미국과 다르게요. 어떤 사람들은 그게 예술에 전혀 다른 흥분을 제공한다고

들 해요. 예술로써가 아니라면 기술로써라도요."

장 폴이 다시 어깨를 으쓱했다.

"돈만 있으면 누구든 바이오개량을 할 수 있죠. 바이오개량 자체만으로는 감명을 줄 수 없어요. 제 손자도 바이오개량을 한걸요."

"손자 분은 무슨 일을 하나요?"

장 폴이 좌석에 앉은 채로 내 쪽으로 몸을 틀어 내밀었다.

"축구 선수예요! 세계 최고의 선수죠! 스포츠를 본다면 녀석의 이름을 알 거예요. 클로드 데프로라고 해요. 축구, 이거야말로 창조할 만한 가치가 **있는** 환상이죠!"

그의 어조는 발레에 대해 말할 때의 앤턴 프리비테라와 꼭 같았다.

＊

목요일 밤, 발표 직전에 나는 마침내 집에 있는 데버러와 통화에 성공했다. 영상에 비친 데버러의 얼굴은 피곤하고 지쳐 보였다.

"무슨 일 있니?"

"별일 없어요, 엄마. 파리는 어때요?"

"축축해. 데버러, 솔직하게 말하렴."

"아무 일 없다니까요! 그냥…… 그냥 오늘 전체 리허설을 했을 뿐이에요."

발레단은 평소에 전체 리허설을 요구하지 않았다. 독무가와 주력 무용수들의 뒤에서 우아하게 움직이는 것이 군무단의 역할이었다. 발레단은 그들의 몰입을 방해할지도 모르는 일을 거의 벌이지 않았다. 내가 조심스럽게 물었다.

"다쳤니?"

"아뇨, 당연히 아니죠. 저 나가야 돼요."

"데버러……."

"절 기다리고 있어요!"

화면이 꺼졌다.

누가 데버러를 기다리고 있단 말일까? 뉴욕은 지금 새벽 1시였다.

다시 전화를 걸자 아무도 받지 않았다.

그랜드 볼룸으로 돌아갔다. 장 폴이 점심때부터 우리 두 사람의 자리를 맡아놓았다. 자리는 지저분했다. 한 시간이 지났지만 발표는 시작되지 않았다.

청중들이 긴장하고 조바심 내며 투덜거리기 시작했다. 마침내 수수한 정장을 입은 여자가 들어왔다. 그녀가 독일어로 말했고, 장 폴이 내게 통역해주었다.

"안녕하세요, 저는 캐차 바겐샤우저입니다. 발표를 시작하기 전에 말씀드릴 일이 있습니다. 유감스럽게도 타유부아 박사님은 오늘 나오지 못하십니다. 타유부아 박사님은…… 박사님은……."

갑자기 여자가 강단에서 달려 나갔다.

투덜거림이 놀란 외침으로 커졌다.

한 남자가 강단에 올랐다. 청중들이 즉시 입을 다물었다. 장 폴이 이번에는 프랑스어를 통역했다.

"저는 파스퇴르 연구소의 발루아 박사입니다. 곧 에어블란트 박사님이 발표를 시작하실 겁니다. 하지만 유감스럽게도, 타유부아 박사님은 불참하십니다. 불행한 사고가 있었습니다. 박사님은 돌아가셨습니다."

웅성거림이 커졌다가 다시 작아졌다. 기자들이 캠폰에 여섯 개 국어로 소근대는 소리가 들려왔다.

"곧 에어블란트 박사님이 타유부아 박사님과의 연구 결과를 발표하십니다. 조금만 더 참고 기다려주세요."

마침내 누군가 에어블란트 박사를 길고 지루하게 소개했다. 박사가 강단으로 걸어 들어왔다. 60대 정도로 보이는 키가 크고 마른 여성으로, 창백한 얼굴에는 동요한 기색이 완연했다. 박사는 우선 수많은 종류의 바이오개량 기술이 그 목적과 과정, 그리고 생물학적인 메커니즘에 따라 서로 어떻게 다른지 설명했다. 대부분의 바이오개량자들은 성장이 끝난 성인의 신체에 주입되었다. 몇 가지는 대개 유전적인 문제 해결을 목적으로 영아에게 시술되었다. 이 경우의 과정에는—단순한 '바이오개량'이 아니라—새로운 동물 계통을 만들어내는 유전자 재조합과 비슷한 측면이 있었다. 그리고 배아 전 상태의 유전자를 동물과 마찬가지로 시험관 내 단계에서 조작할 수 있다는 사실은 오래전부터 과학적으로 알려져 있었다.

청중들이 숨을 죽였다.

시험관 연구는 그 본질상 기준점도 확실성도 더 적었다. 유전자 정보에는 코드화된 잉여 부분이 많았기 때문에 장기적인 결과를 예측하기가 어려웠다. 모든 배아 재조작의 바탕인 인간유전자지도는 40년 전에 완성되었지만 '완성'과 '이해'는 달랐다. 인간의 몸에는 이제야 연구자들이 이해하기 시작한 유전적인 활동이 많이 있었다. 아주 실험적인 시도로 배아 재조작 연구가 처음 시작되었을 때에는 아무도 유전적인 정체성이 그토록 완강할 줄 몰랐었다.

완강하다니? 무슨 뜻인지 이해가 되지 않았다. 보아하니, 다른 청중들도 모두 마찬가지인 것 같았다. 숨소리조차 나지 않았다.

에어블란트 박사가 말을 이었다. 배아 조작의 이런 실험적인 본질이 물론 실험 자체를 중단시키지는 않았다. 코펜하겐 협정에 따라 그런 실험이 위법으로 규정되기 전에 전 세계의 여러 연구소들은 자원한 피험자의 협조를 받아 연구를 상당한 수준까지 진행시켰다. 박사는 전적으로 자발적이었다고 세 번이나 말했다.

나는 배아가 어떻게 자발적으로 참가할 수 있는지 생각했다.

이 자원한 피험체들은 다른 포유류의 시험관 바이오개량에 활용된 기법을 응용한 방법으로 재조합되었다. 그녀의 회사는 파스퇴르 연구소와 공동으로 이 새로운 기술을 선도했다. 30년이 넘게.

30년. 내가 읽은 논문 중에 그렇게 오래전부터 진행된 실험에 관한 얘기는 없었다. 최소한 공식적인 과학 네트워크에 나와 있는 것들 중에서는 말이다. 만약 그런 '재조합' 배아들이 온전히 착상되어 살아남았다면, 그들은 간신히 법적으로 존재 가능한 기한 내에 있었다. 배아 얘기인가, 사람 얘기인가?

에어블란트 박사가 이상한 동작을 취했다. 양팔을 팔꿈치에서부터 들어 올렸다가 떨어뜨렸다. 마치 애원하는 것처럼 보였다. 국제법을 어겼다고 공개적으로 선언하고 있는 걸까? 뭐 하러 그런 짓을 할까?

예상치 못했던 여러 잉여 경로 속의 자리바꿈 유전자에 잠복해 있던 인간 유전자 정체성이 오랜 시간이 지나자 다시 모습을 드러냈다. 이 부분이 바로 그녀와 타유부아 박사의 연구 주제였다. 불행히도, 아무도 전혀 예상치 못했지만 유기체에게 그 결과는 생물학적으로 치명적이었다.

"이 첫 번째 그림은 25년 전에 만들어진 유전자 재조작 배아의 기본

DNA 변화를 보여줍니다. 피험자는 남성으로······."

복잡한 3차원 유전자지도 홀로그래프가 나타났다. 청중들 중 과학자들이 집중해서 몸을 내밀었다. 과학자가 아닌 사람들은 서로를 둘러보았다.

표와 공식과 유전자지도 홀로그래프를 활용한 발표가 이어지자 에어블란트 박사가 한 말의 참뜻이 나 같은 문외한에게까지 분명해졌다.

유럽 과학자들은 30년 전부터 배아 실험을 계속해왔다. 그리고 장기적인 결과를 모르면서도 국제법에 반해 배아 중 일부를 인간으로 키워냈다. 그리고 이제 미납 청구서처럼 장기적인 결과라는 값을 치러야 할 때가 왔다. 이 피실험자들의 신체는 유전자 단계에서부터 저절로 붕괴되고 있었다.

인간은 자연적인 암을 정복한 자리에 바이오개량 암을 만들어냈다.

장 폴이 통역을 멈추었음을 알아차리는 데 잠시 시간이 걸렸다. 그는 주름진 얼굴 가득 슬픔을 담은 채 석상처럼 앉아 있었다.

청중들은 이곳이 학술회의장이라는 것을 잊어버렸다.

"배아 단계에서 재조합된 사람이 모두 몇 명입니까?"

누군가 영어로 외쳤다.

"전 세계 총계 말입니다!"

"아 토도스 반 아 모리르?"*

"레 루아 앵테나쇼날······."**

"데어 자크트······."***

<hr />

* A todos van à morir?, 모두 언제 죽죠?
** Les lois internationales, 국제법은·········.
*** Der sagt, 법에서는·········.

에어블란트 박사가 길고 열정적으로 웅변했다. 준비된 발표 분은 확실히 아니었다. 나는 '자크트'라는 단어를 몇 번 알아들었다. **'법'**이라는 뜻이었다. 에어블란트 박사가 제약회사 소유의 상업적인 바이오테크 기업에서 일한다는 사실이 떠올랐다.

애나 올슨이 대주주로 있는 바로 그 회사였다.

장 폴이 조용히 말했다.

"손자 녀석, 클로드도…… 저 배아 중 하나였어요. 안전하다고 했었는데……."

나는 의자에 구부정하게 주저앉은 노인을 돌아보았다. 그에게 아무런 동정도 느껴지지 않았다. 그런 스스로가 섬뜩했다. 소중한 손자…… 하지만 바로 그들, 클로드의 부모들이 아이의 삶으로 도박을 걸었다. 더 훌륭한 축구 선수를 만들어내기 위해서. **"축구, 이거야말로 창조할 만한 가치가 있는 환상이죠!"**

링컨센터의 분수대 옆에서 시위를 지켜보고 있던 애나 올슨이 떠올랐다. **"캐럴라인은 한철 잘 보냈죠. 무용수로서는요."** 데버러는 캐럴라인 올슨이 리허설과 공연에 불참해서 해고되었다고 했다. 《타임스》는 그녀의 마지막 공연을 '우스꽝스럽다'고 평했다. 그녀의 몸이 유전자 단계에서부터 스스로를 집어삼키고 있었기 때문이었다. 어떤 시술로도 완전히 삭제할 수 없는 원본 DNA 패턴과 새로운 패턴을 비교할 수 있다는 가정하에 행해지는 시립발레단의 바이오스캔으로는 잡아낼 수 없었다. 캐럴라인의 몸에는 원본 패턴 자체에 파멸의 청사진이 숨겨져 있었다. 26년 동안.

최강의 발레맘은 캐럴라인을 애나 올슨이 바라는 모습으로 만들어냈다. 캐럴라인이 살아 있는 동안에 한해서.

그 순간, 제5번 자세로 턴아웃하고 서 있던 작은 마르그리트가 기억났다.

나는 벌떡 일어나서 출구로 향했다. 회장에서 나가야 했다. 흥분하고 겁먹은 에어블란트 박사는 여섯 개 국어로 쏟아지는 질문에 답하려 애쓰고 있었다. 나는 옆자리에 앉은 사람을 때리고 있는 여자를 밀치고 지나갔다. 헌병들이 바닥에서 요술처럼 나타났다. 어쩌면 그게 기술 발전의 다음 단계일지도 모를 일이었다.

타유부아 박사의 원래 발표 자료가 로비의 탁자 위에 깔끔하게 쌓여 있었다. 나는 영어로 쓰인 책자를 한 권 집었다. 문밖으로 나가는데, 한 헌병이 누군가에게 분명한 목소리로 말했다.

"위, 일 사 쉬이시드*, 타유부아 박사."

파리에 단 한 시간도 더 머무르고 싶지 않았다. 호텔에서 짐을 싸고 오를리 공항에서 표를 바꿨다. 집으로 향하는 비행기 안에서 나는 타유부아/에어블란트의 자료를 읽었다. 대부분 무슨 소리인지 이해할 수 없었고 내가 그나마 이해한 부분은 께름칙했다. 분홍색 발레화를 신은 마르그리트, 무대 위에서 비틀거리는 캐럴라인의 모습이 계속 눈앞을 어른거렸다. 타유부아나 에어블란트에게 전혀 동정심이 느껴지지 않는 것이 내 성격상의 결함이라 해도 상관없었다.

데버러가 SAB에 입학한 이래 생전 처음으로, 그리고 파리 오페라하우스에서 보았던 눈부신 공연에도 불구하고 나는 앤턴 프리비테라에게 존경심을 느꼈다.

---

* Oui, il s'a suicide, 네, 그는 자살했어요.

*

　자정이 거의 다 되어 케네디 공항에 내렸다. 전자자물쇠에 메시지가 와 있었다.

　"이 번호로 즉시 연락하세요. 긴급하고 중대한 일입니다."

　내가 모르는 번호였다.

　데버러. 사고. 나는 가장 가까운 공중전화로 달려갔다. 하지만 병원에서 온 전화가 아니었다. 변호사 사무실이었다.

　"수전 매슈스 부인? 잠시만 기다려주세요."

　한 남자가 화면에 나타났다.

　"매슈스 부인, 저는 제임스 비처입니다. 퍼스 앤더스의 변호사죠. 앤더스 씨는 지금 보석 없이 재판 계류 중에 있습니다. 부인에게 아주 긴급한 일이라며 메시지를 남기셨습니다. 메시지 내용은……."

　"재판요? 무슨 혐의로요?"

　답을 듣기도 전에 알 것 같았다. 변호사의 고급스러운 정장. 부유한 동네로의 이사. 퍼스는 누군가를 위해 일하고 있었다. 그리고 퍼스가 할 줄 아는 일이란 몇 가지 없었다.

　"마약 거래 혐의입니다. 1급 중죄에 해당하죠. 메시지의 내용은……."

　"환각제인가요? 아니, 그 사람에게는 너무 싼 약이겠죠."

　내가 씁쓸하게 말했다.

　"디자이너 바이러스? 쾌락중추 신호제?"

　"메시지의 내용은 '달의 동굴을 보지 마'입니다. 이게 다예요."

　화면이 꺼졌다.

586

나는 텅 빈 화면을 바라보았다. 데버러가 어렸을 때, 퍼스와 내가 함께 살며 아이를 키웠던 백만 년 전 한순간에 데버러에게는 좋아하는 놀이가 있었다. 데버러는 좋아하는 장난감을 어딘가에 숨긴 다음 '옷장 안을 보지 마세요! 침대 밑을 보지 마세요! 양말 서랍을 보지 마세요!' 하고 소리치곤 했다. 장난감은 늘 데버러가 보지 말라고 한 곳에 있었다. 달의 동굴은 데버러가 자기 방에 붙인 이름이었다. 퍼스가 우리를 버리고 한참이 지났지만, 데버러가 퍼스를 찾아 뉴욕에 오기 전의 일이었다. 나는 퍼스가 그 이름을 아는 줄도 몰랐었다.

달의 동굴을 보지 마.

나는 센트럴파크 착륙장까지 헬리콥터를 타고 곧장 날아갔다. 비용은 잡지사로 돌렸다. 그리고 마지막 다섯 블록을 쉼 없이 달렸다. 밤에도 잠들지 않는 자동화 가게들과 막 잠에서 깬 사람들이 스쳐 지나갔다. 데버러는 집에 없었다. 아이는 내가 내일 파리에서 돌아오는 줄 알고 있었다. 나는 딸의 침실을 샅샅이 뒤져, 매트리스와 침대 스프링 사이에 쑤셔 박힌 낡은 무용 가방 안에서 그것을 찾아냈다. 데버러는 능숙한 범죄자가 아니었다.

가루는 옅은 분홍색으로 별다른 냄새가 나지 않았다. 잔뜩 있었다. 뭔지 짐작조차 가지 않았다. 아마 뇌의 어떤 기능에 작용하는 특별한 공식에 어울릴 만한 특별한 이름이 붙어 있겠지. 대체 어떤 아버지가 친딸을 이런 유전자 조작 지옥의 밀사로 이용한단 말인가? 만약 내가 내일 왔다면, 아니 한 시간 뒤에 왔다면 경찰이 먼저 찾아냈을까?

나는 가루를 모두 변기에 붓고 물을 내렸다. 무용 가방을 잘게 잘라 변기에 마저 흘려보냈다. 집 안 구석구석을 빠짐없이 뒤졌다. 그러고는 한 번 더 뒤졌다. 약은 더 없었다. 돈도 없었다.

데버러가 퍼스를 위해 공짜로 약을 숨겨줬을 리는 없었다. 데버러는 그럴 아이가 아니었다. 어딘가에 다른 목적으로 돈을 썼을 것이다.

"발레단에 들어오래요! 감독님이 아주 잘했대요! 훨씬 좋아졌대요!"

억지로 앉아서 생각을 했다. 새벽 1시였다. 링컨센터는 불이 꺼지고 문이 잠겨 있을 터였다. 다른 무용수들과 식당에 있을 수도 있었다. 친구네 집에서 자고 오는지도 몰랐다. 다른 SAB 학생들에게 전화를 걸었다. 모두들 잠에 취한 목소리로 전화를 받았다. 데버러는 친구들 집에 없었다. 니넷이 저녁 공연을 마친 다음에 데버러가 집에 간다고 했다고 전했다.

"음, 네, 매슈스 부인, 조금 긴장한 모습이긴 했어요."

니넷이 하품을 참으며 말했다. 나이트가운을 걸친 어깨 위로 헝클어진 긴 머리가 흘러내렸다.

"하지만 이제 겨우 두 번째로 참가한 본 공연이었으니까, 제 생각에는……."

니넷이 말끝을 흐렸다. 나는 그 소녀가 어떻게 생각하는지 듣고 싶지 않았다. 나는 틀림없이 간섭 심한 엄마로 비쳤을 것이다.

그렇고말고.

한 시간을 더 기다렸다. 데버러는 집에 오지 않았다. 나는 택시를 불러 센트럴파크 남쪽에 있는 캐럴라인 올슨의 아파트로 갔다.

틀림없이 캐럴라인이었다. 자기가 바이오개량되었다는 사실을 알았을 터였다. 나는 몰락하기 전의 캐럴라인이 추는 춤을 보았다. 발레에 대한 철저한 헌신과 즐거움. 어쩌면 그녀는 다른 무용수들에게 불법 바이오개량 시술을 받게 하는 일이 그들을 위하는 길이라고 생각했을지도 몰랐다. 에어블란트 박사처럼 자신에게 시험관 시술된 필연적으로 파괴적인 재조작과 유럽 무용수들이 받는 바이오개량 시술은 다르다고 생각했는지도 몰랐다. 아니면 자신의 춤이 갑작스럽게 흐트러진 일과 어머니가 자신을 유전적으로 조작하여 발레에 봉헌한 사실을 연결 지어 생각하지 못했는지도 몰랐다.

아니면 그만한 가치가 있다고 생각했을 수도 있었다. 짧지만 화려한 삶. 예술을 위해서라면 무엇이든 하는. 어쨌든 대부분의 무용수들은 불구가 되었다. 단지 그 과정이 더 느릴 뿐이었다. 저 위대한 수잰 패럴은 계속해서 턴아웃한 결과 골반이 망가져 인공 엉덩이뼈를 박아야 했다. 미하일 바리시니코프는 무릎을 버렸다. 미란다 메인스는 스물여덟에 걷지 못하는 몸이 되었다. 어쩌면 캐럴라인 올슨은 어떤 희생도, 심지어 죽음조차도 발레를 위해서라면 치를 수 있다고 생각했을지도 몰랐다.

하지만 내 딸 데버러의 목숨은 안 된다.

캐럴라인의 아파트 초인종을 5분 내내 눌렀다. 답이 없었다. 마침내 시스템이 정중한 목소리로 말했다.

"방문하신 거주인이 응답하지 않습니다. 계속 초인종을 누르실 경우 방해 죄로 처벌될 수 있습니다. 지금 돌아가십시오."

나는 엄지손가락을 물어뜯으며 택시로 돌아갔다. 도저히 살아서 이겨낼 수 없을 것만 같은 절망감을 느꼈다. 몸을 집어삼키고 숨을 틀어막는 절망감이었다. 운전기사는 무심한 표정으로 기다렸다. **어디로 가지?** 세상에, 그들은 뉴욕 안 어디에든 있을 수 있었다.

아무도 불법 유전자 시술이 행해지리라고 생각하지 않을 만한 장소. 안전하고 보호받으며 무용수들이 의심받지 않고 쉽게 드나들 만한 곳.

운전사에게 로빈 후드가 훔쳐낸 납세 신고서에서 기억해두었던 애나 올슨의 집 주소를 건넸다. 그런 다음 핸드백에 있던 권총을 주머니에 넣었다.

나는 거의 제정신이 아니었다.

9

캐럴라인과 나는 택시를 탄다. 나는 택시를 좋아한다. 머리를 창밖으로 내민다. 택시에서 여러 가지 냄새가 난다. 우리는 데버러의 집 앞에 선다. 캐럴라인과 내가 데버러를 데려온다.

"생각이 바뀌었어."

데버러가 말한다. 문이 아주 조금만 열려 있다. 데버러는 문 뒤에 서 있다.

"안 갈래."

"와야 해."

"넌 내 엄마가 아니야!"

캐럴라인의 냄새가 바뀐다. 캐럴라인은 지팡이를 짚고 있다. 지팡이에 기댄다. 캐럴라인의 목소리가 부드러워진다.

"그래, 난 네 엄마가 아니야. 그리고 엄마처럼 널 밀어붙이지도 않을게. 그럴 때 어떤 기분인지 알아, 정말이야. 하지만 선배 무용수로서 나와 함께 가자고 부탁할게. 엎드려 빌 수도 있어. 그만큼 중요한 일이야. 너뿐만 아니라 나에게도 말이야."

데버러가 바닥을 본다.

"난처해하지 마. 그냥 내 말이 진심이라는 걸 알아줘. 빌고 엎드릴게. 그러기 전에 우선 무용단의 선배 무용수로서 부탁하는 거야."

데버러가 고개를 든다. 화난 냄새가 난다.

"네가 왜 상관하는데? 이건 내 삶이야!"

"그래, 너와 프리비테라의 삶이지."

캐럴라인이 눈을 감는다.

"너도 그에게 빚을 지고 있어. 아니, 그걸 고려하진 마. 그저 내가 부탁하니까, 와줘."

데버러에게서는 계속 화난 냄새가 난다. 그래도 데버러는 우리와 같이 나온다.

택시를 타고 캐럴라인의 어머니 집으로 간다. 내가 말한다.

"오늘 밤에 파티 해요?"

데버러가 웃는다. 이상한 웃음소리다. 캐럴라인이 대답한다.

"그래, 엔젤. 또 파티를 할 거야. 음악을 들으며 춤을 추고 이야기를 할 거야. 너한테 프레즐도 줄게."

"전 프레즐을 좋아해요. 데버러는 프레즐을 좋아해요?"

"아니."

데버러가 말한다. 이제 데버러한테서 무서워하는 냄새가 난다.

우리는 뒷문으로 간다. 캐럴라인이 열쇠를 갖고 있다. 사람들이 지하실로 온다. 누군가 음악을 켠다.

"너무 커!"

한 남자가 말한다.

"아니, 괜찮아. 어머니는 아직 유럽에 계시고, 일꾼들은 어머니가 없을 때면 휴가를 나가거든. 여기엔 우리밖에 없어."

한 여자가 나에게 프레즐을 갖다 준다. 사람들이 말한다. 캐럴라인과 데버러와 두 남자가 구석에서 말한다. 무슨 소리인지 들리지 않는다. 파티에서 들리는 말은 늘 매우 어렵다. 나는 캐럴라인을 지켜보고, 프레즐을 먹고, 음악에 맞춰 춤추는 두 사람을 본다.

"젠장."

춤추던 남자가 말한다.

"꼭 이렇게 흥겨운 척해야 돼?"

"그래."

춤추던 여자가 내 쪽을 본다.

"캐럴라인이 그랬어."

구석에서는 두 남자가 데버러에게 종이를 보여준다. 캐럴라인이 그들과 함께 앉아 있다. 데버러가 울음을 터뜨린다.

나는 캐럴라인을 지켜본다. 데버러는 캐럴라인을 만져도 된다. 두 남자는 캐럴라인을 만져도 된다. 캐럴라인은 파티가 즐거운 일이라고 했다. 아무한테서도 행복한 냄새가 나지 않는다. 이해할 수 없다.

초인종이 울린다.

아무도 움직이지 않는다. 사람들이 서로를 살핀다.

"문 아직 열려 있어? 그냥 둬. 아마 애들일 거야. 집에는 우리밖에 없어."

초인종이 계속계속 울린다. 멈춘다. 캐럴라인이 데버러에게 말한다. 계단 위쪽의 문이 열린다.

캐럴라인과 함께 있던 남자가 주머니에서 재빨리 병을 꺼낸다. 종이를 바닥에 놓고 병 속에 든 것을 그 위에 붓는다. 종이가 사라진다.

"자, 모두들, 파티를 하자."

계단을 뛰어 내려오는 소리가 들린다.

"잠깐! 내려가면 안 돼요! 그 아래로 가면 안 돼요!"

화난 목소리가 큰 소리로 말한다. 캐럴라인의 어머니다.

나는 캐럴라인에게 다가간다. 캐럴라인에게서 놀란 냄새가 난다.

한 여자가 지하실로 들어온다. 권총을 들고 있다. 나는 귀를 쫑긋 세우고 캐럴라인 옆에 선다.

"움직이지 마."

여자가 말한다.

"엄마!"

데버러가 말한다.

캐럴라인이 여자, 데버러, 여자를 번갈아 본다. 지팡이를 짚고 여자에게 다가간다.

"거기 멈춰."

여자가 말한다. 화나고 겁에 질린 냄새를 풍긴다. 내가 캐럴라인과 함께 움직인다.

"세상에, 무슨 싸구려 홀로비드 주인공처럼 말씀하시네요. 데버러의 어머니세요? 여기서 대체 뭐 하시는 거예요?"

계단 위에서 캐럴라인의 어머니가 소리쳤다.

"캐럴라인! 이게 대체 무슨 일이니?"

여자가 아주 빠른 속도로 말했다.

"데버러, 큰 실수 하는 거야. 바이오개량 시술을 받으면 한동안은 춤추는 데 도움이 될지도 모르지만, 그게 널 죽일 수도 있어. 파리에서 열린 유전공학 학술회의에서…… 사람을 죽이는 바이오개량 시술이 있다는 과학적인 증거가 제시되었어. 25년 전 기술의 결과가 이제야 밝혀지고 있다면, 최근 개발된 시술을 받은 결과가 얼마나 위험할지

대체 어떻게 알 수 있겠니? 내 말을 못 믿겠으면, 오늘 아침 뉴스에 나올 거야. 퍼스는 체포당했어. 나쁜 놈. 네가 숨겨놓은 약은 경찰이 오기 직전에 내가 찾아냈어. 그걸로 이 돈을 마련했지? 데비…… 어떻게 이렇게 **어리석은 일**을 저지를 수가 있니?"

"잠깐만요."

캐럴라인이 말한다. 지팡이에 기댄다.

"우리가 **데버러를 바이오개량하려고** 여기에 데려왔다고 생각하셨어요?"

캐럴라인이 웃기 시작한다. 손으로 얼굴을 덮는다.

"세상에!"

캐럴라인의 어머니가 계단 위에서 소리친다.

"경찰에 신고한다."

캐럴라인이 아주 빠르게 말한다.

"제임스, 어머니를 여기로 모셔 와. 의자에서 들어내 안고 내려와야 할 거야. 키스, 의자를 가져와."

두 남자가 계단을 뛰어 올라간다.

캐럴라인이 떤다. 나는 캐럴라인 옆에 선다. 내가 으르렁거린다. 여자는 여전히 총을 들고 있다. 캐럴라인을 겨누고 있다. 나는 캐럴라인이 '**공격해**'라고 말하기를 기다린다.

여자가 말한다.

"부인할 생각 마. 발레를 위해서라면 뭐든 하겠지? 너희들은 다 그래. 넌 아플지 몰라도…… 내 딸을 죽이진 못할 거야!"

캐럴라인의 표정이 달라진다. 캐럴라인의 냄새가 바뀐다. 나는 내 머리 위에 얹힌 캐럴라인의 손을 느낀다. 손이 떨리고 있다. 캐럴라인의 몸이 경련한다. 나는 어떤 분노보다 더 큰 분노의 냄새를 맡는다. 나는 '공격해'를 기다린다.

데버러가 말한다.

"완전 틀렸어요, 엄마! 엄마는 늘 그렇죠! 여기가 바이오개량 연구소처럼 보여요? **그래요?** 이 사람들은 절 개량하려는 게 아니라…… 그만두게 하려는 거예요! 저 두 남자는 의사이고, 저를 '단념하게' 하려는 사람들이죠. 마치 엄마가 제 평생을 계획하려고 했던 것처럼요! 엄마는 제가 춤추기를 원치 않았죠. 엄마는 늘 저를 **엄마가** 바라는 모습으로, 귀엽고 깜찍한 여대생으로 만들고 싶어 했어요. **제가** 바라는 삶이 아니라!"

남자들이 캐럴라인의 어머니와 캐럴라인 어머니의 의자를 가지고 계단을 내려온다. 캐럴라인의 어머니를 의자에 앉힌다. 캐럴라인의 어머니에게서도 화난 냄새가 난다. 그러나 캐럴라인이 누구보다도 화난 냄새를 풍기고 있다.

"친애하는 어머니, 많이 들어본 얘기죠? 데버러가 하는 말요? **어머니는** 유전공학 학술회의에서 뭘 알아 오셨나요? 제가 몇 달 동안 했던 말 그대로였겠지요? 어머니가 무용의 제단에 바친 선물은 죽어가고 있어요. 어머니가 어떤 대가를 치르더라도 프리마 발레리나를 갖고 싶어 하셨으니까요. 그 대가를 치러야 하는 사람이 바로 저라고 해도 말이에요."

캐럴라인의 어머니가 말한다.

"넌 춤을 사랑해. 나만큼이나 사랑했어. 넌 스타였어."

"제게는 제가 정말 춤을 사랑하는지 알아낼 기회조차 없었어요! 전혀 터무니없는 얘긴 아니잖아요? 그랬다면 전 지금도 춤추고 있었을

지도 몰라요! 하지만 그 대신 저는…… **만들어졌죠.** 빚고 꿰매고 깎아서요. 어머니가 바라는 모습으로."

데버러의 어머니가 총을 내린다. 그녀의 눈이 휘둥그레졌다. 캐럴라인의 어머니가 말한다.

"넌 스타였어. 한철 잘 보냈지. 내가 아니었다면 넌 아무것도 아니었어. 아무 가치도 없었어."

한 남자가 아주 작은 소리로 말한다.

"하느님 맙소사."

캐럴라인이 심하게 떤다. 캐럴라인이 또 넘어질까 봐 걱정이 된다. 캐럴라인은 지팡이를 짚고 있다. 지팡이가 떨린다. 다른 손으로는 나를 잡고 있다.

"냉혹하고 이기적인 년……."

캐럴라인이 말한다.

어린 소녀가 계단을 뛰어 내려온다.

"탕트 아나, 탕트 아나! 우 에트 부?"*

소녀가 계단 아래에 멈추어 선다. 겁먹은 냄새가 난다.

"키 송 투 세 장?"**

캐럴라인이 소녀를 본다. 소녀는 맨발이다. 머리털은 길고 검다. 뒷다리를 캐럴라인이 춤출 때처럼 내밀고 있다. 발가락이 이상하게 생겼다. 나는 소녀의 발가락 생김새를 이해하지 못한다.

캐럴라인이 되풀이해 말한다.

"냉혹하고 이기적인 년."

---

* Tante Anna, Tante Anna! Ou êtes-vous?, 애나 이모, 애나 이모! 어디 있어요?
** Qui sont tout ces gens?, 이 사람들은 누구예요?

이제 캐럴라인의 목소리는 부드럽다. 캐럴라인은 더 이상 떨지 않는다.

"언제 만들었어요? 5년? 6년 전? 개선된 신모델인가요? 더 빨리 썩어버리고 말?"

캐럴라인의 어머니가 말한다.

"넌 히스테릭한 멍청이야."

"엔젤…… 공격해. 지금."

내가 캐럴라인의 어머니를 공격한다. 의자를 넘어뜨리고 그녀의 앞다리를 문다. 누군가 비명을 지른다.

"캐럴라인, 맙소사, 캐럴라인!"

나는 캐럴라인 어머니의 머리를 문다. 나는 캐럴라인을 보호해야 한다. 이 사람은 캐럴라인을 아프게 한다. 나는 캐럴라인을 보호해야 한다.

총성이 울리고, 나는 아프고 아프고 아프고…….

나는 캐럴라인을 사랑한다.

10

ABT가 여름 시즌 동안 공연할 도시인 새러토가는 그 자체가 밝고 화려한 무대였다. 관광객들은 경마장과 새로 지은 전자 미술관, 역사적인 전쟁터에 모여 들었다. 1777년에 바로 여기에서 베네딕트 아널드와 그의 훈련받다 만 혁명군들은 존 버고인 장군이 이끈 영국군을 무찔렀다. 구질서로부터 자유를 쟁취한 첫 번째 대승이었다.

올해까지는 뉴욕시립발레단이 매년 이곳에서 여름 공연을 했다. 그러나 공연예술센터는 시립발레단과의 계약을 연장하지 않기로 결정했다. 뉴욕에서도, 시립발레단의 관객 수는 불과 몇 년 전의 절반에도 미치지 못한다.

새러토가의 공연장은 전원을 즐길 수 있도록 설치된 야외무대였다. 발레 애호가들이 자리를 채우고 경사진 잔디밭에 담요를 펼치고 앉아 차이콥스키나 쇼팽뿐 아니라 귀뚜라미와 개똥지빠귀의 울음소리에 맞추어 춤추는 무용수들을 지켜본다. 새러토가의 발레는 갓 깎은 잔디와 같은 향을 풍긴다. 고전적인 〈흰 발레〉—〈백조의 호수〉, 〈레실피드〉—들은 녹색으로 기억에 남는다. 새러토가에서 처음 발레를 맛본 소녀들은 평생 동안, 야생화 위를 스치며 날아가는 토슈즈를 꿈꿀 것이다.

나는 일반 관객석 뒤쪽에 자리를 잡고 앉는다. 작은 오케스트라의 악기들이 튜닝을 마친다. 지휘자가 우레와 같은 박수를 받으며 들어선다. 비록 그의 이름을 아는 사람이나 애써 궁금해하는 사람도 몇 없겠지만 말이다. 사람들은 이곳에 춤을 보러 왔다.

드뷔시가 전원을 누비며 울려 퍼진다. 〈목신의 오후〉. 녹아들듯이 느린 곡이다. 바와 거울들밖에 없는 텅 비다시피 한 무대 위에서 연습복을 입은 발레리노가 일어나 스트레칭을 한다. 힘없고 노곤하게 움직이며 근육을 풀었다.

거울 속에서 한 소녀가 나타난다. 진짜 거울이 아니라 배경 장막에 구멍을 낸 자리다. 그녀도 스트레칭을 한다. 포즈, 플리에. 두 무용수가 서로를 바라본다. 거울에 비친 자신의 모습에 너무 몰입한 나머지 서로의 존재를 인식하는 데 시간이 걸린다. 인식한 후에도 둘은 서로에게 대상으로, 단지 춤출 상대로서만 존재한다. 마지막에 소녀가 다시 거울 속으로 물러간다. 마치 소년에게 소녀는 사실 존재하지 않았던 꿈 속 사람이었던 것 같은 느낌이다.

데버러가 처음 주연을 맡은 단막극이다. 데버러의 도약은 높고 턴 아웃은 완벽하다. 데버러의 움직임은 분명하고 강렬하고 한결같으며 발레의 즐거움으로 가득 차 있다. 나는 차마 딸을 보고 있을 수가 없 다. 이것이 데버러가 얻은 보상, 바이오개량을 계속한 결과로 딸이 받 은 성배다. 앤턴 프라비테라 밑에서는 아니지만 데버러는 여전히 춤 추고 있다. 데버러는 열광한 언론에 자기 이야기를 판 돈으로 코펜하 겐에 가서, 이제는 합법화된 바이오개량 시술을 1년 반 동안 받았다. 그 결과 딸아이는 자신의 음악성, 율동감, 집념에 어울리는 몸을 갖게 되었다.

목신이 마침내 소녀에게 손을 내밀고, 소녀를 천천히 에튀튜드에서 회전시킨다. 데버러가 미소 짓는다. 지금은 데버러의 오후다. 과학자 들은 딸이 받은 시술이 초래할 결과를 아직 짐작조차 하지 못하지만, 데버러는 밤이 어떤 값을 요구하든 기꺼이 치르려 한다.

프리비테라는 소속 무용수들 중에 바이오개량한 사람들이 있다는 사실을 틀림없이 알았을 것이다. 시립발레단의 지극히 불충분한 바이 오스캔, 프리마 발레리나의 터무니없이 낮은 부상률……. 프리비테라 가 몰랐을 리가 없다. 어쩌면 직원들이 하계의 이단을 숨기며 그를 공 식적인 무지 속에 내버려두었는지도 모른다. 심지어 사업 담당인 존 콜이 캐럴라인이 바이오개량을 원하는 다른 무용수들을 '단념시키려 는' 것을 방해하려 했다는 소문까지 있었다. 콜에 관한 소문은 한 번도 입증되지 않았다. 그러나 작년 한 해 동안 시립발레단은 살아남기 위 해 발버둥 쳤다. 너무 많은 후원자들이 후원을 중단했다. 자연스러운 예술의 신비는 다른 모든 신비와 마찬가지로 영원히 지속되지 않았다. 한철은 괜찮았다.

"만약 선택할 수 있었다면, 발레로 성공할 방법이 **오직** 그 길뿐이었다면, 그래도 배아 조작을 선택했을 것 같아?"

데버러는 교도소의 방탄유리 너머에 앉은 캐럴라인에게 전자음향 설비를 통해 이 한 가지만을 물었다. 교도관이 날카로운 눈초리로 지켜보고 있었다. 2급 살인죄로 재판을 기다리고 있던 캐럴라인은 데버러의 무뚝뚝한 태도와 자아도취된 모습에 그다지 마음 쓰지 않는 것 같았다. 캐럴라인은 아주 오랫동안 침묵했다. 기억 속의 둥그스름했던 얼굴은 이제 여위어 길어 보였다. 캐럴라인이 입을 열었다.

"아니."

"난 했을 거야."

캐럴라인은 그저 데버러를 바라보기만 했다.

그들, 캐럴라인과 개도 여기에 있다. 잔디밭 위 어딘가에 전동 휠체어를 탄 캐럴라인과 내 총에 맞아 세 다리만 남아 절름거리는 엔젤이 와 있을 것이다. 캐럴라인은 일시적인 정신착란으로 석방되었다. 재판 기간 동안 엔젤은 캐럴라인과 함께하지 못했다. 재판부는 엔젤이 증언하게 하지도 않았다. 좀 비정상적이긴 해도 불가능한 일은 아니었으리라. 엔젤은 바이오칩과 유전자 재조작을 통해 다섯 살 인간의 지능을 갖고 있었고, 다섯 살이면 경우에 따라 증언을 할 수 있었다. 아니, 그다지 비정상적인 얘기가 아닌지도 몰랐다. 어쩌면 앤턴 프리비테라뿐 아니라 우리 모두는 비정상에 대한 정의를 새롭게 내려야 할지도 몰랐다.

다섯 살은 많은 것을 아는 나이이다.

"부 아베 아사신 마 탄타 아나!"*라고 외친 사람은 마르그리트였다.

경찰은 몰랐지만 그 아이는 내가 누구를 겨냥했는지 알았다. 마르그리트는 내가 그 늙은 여자를 얼마나 증오했는지는 몰랐으리라. 마치 내가 사랑한다는 이유로 내 딸에게 그랬듯이, 자신이 바라는 모습대로 딸을 만들어냈던 그 여자를.

데버러가 무대 위에서 피루에트를 한다. 캐럴라인 편인 의사들이 수집한 점점 불어나는 회의적인 증거에도 불구하고, 어쩌면 데버러가 받은 바이오개량 시술은 괜찮을지도 모른다. 재조합된 RNA 종양 바이러스를 이용해 처음 암의 치료법이 개발되었을 때, 죽어가던 말기 환자들은 오래 질질 끄는 식품의약국의 검사를 받기 전에 약을 받기를 원했다. 환자들 중 일부는 오히려 시험약 때문에 예상보다 더 빨리 죽었다. 어떤 사람들은 아흔 살까지 살았다. 무언가의 최첨단은 복권과 같다. 보호는 변화, 광인, 혹은 잘못된 판단 앞에서 아무 소용이 없다. **나는 캐럴라인을 보호해요.** 엔젤은 총에 맞아 고통에 허덕이면서도 띄엄띄엄 되풀이했다. **나는 캐럴라인을 보호해요.**

데버러가 한쪽 무릎을 구부리고 발끝으로 일어서 르트레로 날아오른다. 파트너가 데버러를 머리 위로 들어 올려 천천히 돌린다. 딸의 토슈즈를 신은 발이 완벽한 곡선을 그리며, 허공에서 춤춘다.

---

* Vous avez assassiné ma tante Anna!, 당신이 애나 이모를 죽였어!

과학소설 독자와 발레 애호가 사이의 교집합은 그다지 크지 않은 것 같다. 주디스 메릴을 칭송하는 사람이 메릴 애슐리를 칭송하거나, 그 반대인 경우는 좀처럼 없다. 그래서 이 글이 '무엇에 관한' 소설이냐는 질문을 받으면 나는 으레 '유전공학, 신인류 탐색, 엄마 노릇의 함정에 대한 글'이라고 답한다. 처음 둘은 모양새 좋은 SF적인 답이고, 마지막 것은 모양새 좋은 문학적인 답이다. 물론 틀린 답은 아니지만…… 독자에게만 그렇다. 작가에게 이 이야기는 그랑 제테, 아다지오 훼테 같은 단어들을 놓고 우물거릴 기회였다.

나는 늘 무용수가 되고 싶었지만, 그것은 연금술만큼이나 불가능한 일이기에 대신 이 글을 썼다. 발레와 SF의 교집합에 머무르고 있는 우리 같은 사람들의 즐거움을 위하여.

　낸시 크레스는 20대 후반에야 글을 쓰기 시작했다. 어렸을 때 작가를 꿈꾼 적도 없었다. 이탈리아계 미국인 가정이었고, 대학을 간 친척은 하나도 없었다. 어머니는 어린 딸에게 "선생님, 간호사, 비서 중에 뭐가 될래?"라고 물었고, 열두 살 낸시는 선생님이 되겠다고 대답했다. 어머니가 생각할 수 있는 여자의 직업은 그 세 가지뿐이었다. 하지만 어머니는 "걘 시집을 갈 수 있을 만큼 예쁜데 왜 대학을 보내니?"라는 집안 어른의 말과 '여자아이'를 대학까지 보낸다는 주변의 수군거림에도 불구하고 딸을 대학에 입학시켰고, 낸시 크레스는 졸업 후 초등학교에서 교편을 잡았지만, 직장 생활은 4년으로 끝났다. 남편을 따라 한적한 교외로 이사한 작가는 종일 집 안에서 첫째아이를 돌보았고, 둘째를 임신했다. 일도 없고 친구도 없고 차도 없었다. 낸시는 아기가 낮잠을 잘 때 틈틈이 펜을 들고 글을 쓰기 시작했다. 진지하게 작가를 꿈꿨다기보다는, 그게 아니면 드라마를 보는 것밖에는 달리 할 일이 없었고 무엇보다 답답해서 미칠 지경이었기 때문이었다고 한다.

낸시 크레스는 1976년에 첫 단편을 유명한 SF 잡지《갤럭시Galaxy》에 싣는 데 성공했지만 고료를 받지 못했다. 작가는 자신이 SF 커뮤니티에 속해 있지도 않았고 정보도 전혀 없었기 때문에 데뷔를 한 것 같다고 회고한다.《갤럭시》는 SF라는 장르를 확장시키고 1950년대의 고전적인 SF에서 뉴웨이브로의 문을 연 중요한 잡지였다. 그러나 1970년대 후반《갤럭시》는 재정난에 시달려 지면을 채울 원고를 마련하지 못하는 처지였다. 잡지사의 사정을 아는 작가들이 고료를 못 받을까 봐 투고하지 않았기 때문이다. 한적한 동네에 고립된 주부였던 낸시 크레스는 이런 업계 사정을 모르고 원고를 잡지사에 보냈고, 그렇게 소설가가 되었다.* 다음 단편소설은 1년 뒤에야 팔렸다. 그다음 단편소설까지 또 1년이 걸렸다.

그 사이에 작가는 출산을 했고, 어린 아들들을 키우며 야간 대학원에서 영문학 석사를 받기 위해 분투했다. 서른 살이 되었다. 잠깐 복직을 했고, 이혼을 했다. 광고회사에 취직하고 짬을 내어 계속 글을 썼다. 주로 크게 주목을 받지 못한 판타지였고, 그나마도 1980년대 초반까지 1년에 두세 편 정도를 간신히 지면에 선보일 수 있었다.

그렇게 글을 쓴지 10여 년이 지난 1986년, 낸시 크레스는 과학소설 단편「저 반짝이는 별들로부터」(1985)**로 네뷸러 상을 수상하면서 마침내 SF 작가로 주목을 받기 시작했다. 1990년경에 작가는 광고회사를 그만두고 전업 작가가 되겠다는 결단을 내렸고, 그다음 해인 1991년, 마흔세 살에 대표작인「스페인의 거지들」을 선보인다. 낸시 크레

---

* 몇 년 뒤, 결국은 고료로 150달러를 나누어 받았다고 한다.
** 필립 K. 딕 외, 『저 반짝이는 별들로부터』(창비, 2009)에 수록.

스는 이 중편 소설로 휴고 상, 네뷸러 상, 《아시모프》지 독자상을 휩쓸며 본격적으로 이름을 알렸고, 그때부터 지금까지 쉴 새 없이 왕성하게 활동하고 있다. 30권 이상의 과학소설을 출간했고 네뷸러 상 6회, 휴고 상 2회, 로커스 상 2회, 그 외에도 존 W. 캠벨 기념상, 시어도어 스터전 상 등을 수상했으며, 거의 해마다 수상 후보에 이름을 올렸다. 지금은 네 번째 남편인 소설가 잭 스킬링스테드Jack Skillingstead와 시애틀에서 살고 있다.

낸시 크레스의 작품 세계는 다음의 세 가지 특징을 갖는다. 첫째, 과학적 지식보다는 인물 중심이라는 점, 둘째, 소재 면에서 생명공학과 유전공학을 자주 다룬다는 점, 셋째, 좋은 중·단편을 많이 발표했다는 점이다. 이 책은 낸시 크레스의 이 세 가지 특징이 잘 드러나는 대표적인 중·단편 열세 편이 실린 소설집이다.

작가가 왕성하게 활동한 1990년대는 과학소설이 다변화하던 시기였다. 전통적인 잡지 중심의 등단 체계가 약화되었고, 세기말의 과학적 발견이 이어졌다. 한쪽에서는 조 홀드먼, 할란 엘리슨, 어슐러 K. 르 권 같은 1960년대에 등장한 중견작가들이 계속 좋은 작품을 내놓고 있었고, 다른 한편에서는 마이클 스완윅, 제임스 모로,* 테리 비슨** 과 같은 예리하고 풍자적인 작가들이 작품을 내놓았다. 로이스 맥마스터 부졸드***와 같은 수준 높은 스페이스 오페라 작가들이 등장했

---

* 신의 시체가 하늘에서 추락하는 이야기인 『하느님 끌기』(웅진지식하우스, 2007)에 번역·소개됨.
** 대표작 「개들 몸은 고깃덩어리래」가 『저 반짝이는 별들로부터』에 번역·소개됨.
*** 대표적인 스페이스 오페라 시리즈인 '마일즈 보르코시건 시리즈'가 꾸준히 번역·출간 중.

고, 부졸드 외에도 옥타비아 버틀러,* 코니 윌리스,** 캐런 조이 파울러, 캐서린 아사로 같은 여성 SF 작가들의 작품이 주목을 받았다. 그렉 이건,*** 제프리 A. 랜디스,**** 테드 창*****과 같이 과학적 배경을 가진 작가들의, '박사님 소설'을 넘어선 작품들이 독자들을 만나기 시작했다.

낸시 크레스는 이런 흐름 안에서, 인물 중심의 과학소설을 쓴 작가로 평가받고 있다. 물론 과학적인 소재를 사용하기는 하나 그 소재는 대개 부차적이고, 인물들의 감정과 행동에 초점을 맞춘 글을 주로 발표했다. 작가 본인도 자신의 작품을 인물 중심이라고 평가한다. 작가는 과학적인 지식에 신경을 쓰기는 하지만 가장 중요한 것은 사람, 즉 인물들이고, 인물을 먼저 구상한 다음에 본인이 그 인물이라면 어떻게 행동할지를 생각하며 글을 쓴다고 한다. 낸시의 작품에 서로 밀접한 관계를 맺고 있는 인물들이 자주 등장하고, 그 인물들 사이의 감정들이 생생하게 그려져 있는 것도 바로 이런 창작법 때문일 것이다.

예를 들어, 작가는 이 책에 실린 「오차 범위」의 자매들에 대해 이렇게 말한다. "여성들은 언제나 일과 가정 사이에서 갈등하죠. (…) 커리어를 쌓으려면 누군가가 아이를 키워줘야 해요. 집에 있으면 세상에서 자기 자리가 사라질지 모른다는 걱정에 사로잡히죠. 이 문제에는

---

* 대표작 『킨드레드』가 번역·출간 예정.
** 대표작 『개는 말할 것도 없고』(열린책들, 2001), 『둠즈데이 북』(열린책들, 2005)이 번역·소개됨.
*** 대표적인 하드 SF 『쿼런틴』(행복한책읽기, 2003)이 번역·소개됨.
**** 나사NASA 과학자. 달을 배경으로 한 「태양 아래 걷다」가 단편집 『저 반짝이는 별들로부터』에 번역·소개됨.
***** 한국에서도 많은 사랑을 받는 SF 작가. 대표적인 단편집 『당신 인생의 이야기』(행복한책읽기, 2004)가 번역·소개됨.

도무지 해결책이 없어요. 이 단편은 유전공학을 소재로 하지만, 여성들에게는 아주 현실적인 문제를 두고 분투하는 글이기도 해요." 또한 작가는 이야기를 만들어낼 수 있을 만큼 친밀하고 강력한 관계는 네다섯 가지 정도밖에 없다고 지적하며, 자매 관계를 자주 다루는 이유를 설명한다. "이성 관계나 동성 관계에 집중하면 로맨스로 빠지기 쉽고, 로맨스 장르의 클리셰와 감성을 피하기가 매우 어려워요. 그러면 남는 것은 부모자식 간이나 형제자매 간의 관계이지요."

낸시 크레스는 세계를 구축하기보다는 인물과 그들 간의 관계를 구축하는 작가라 할 수 있을 것이다. 이 책에 실린 글들을 보면 길이가 꽤 긴 중·장편이라도 등장인물의 수가 많지 않은 편이고, 다루는 시간선 역시 상당히 짧다. 우리나라에 소개된 동시대 작품들 중 어슐러 K. 르 귄의 헤인 연대기(광대한 세계), 수세대의 변화를 다룬 케이트 윌헬름의 『노래하던 새들도 지금은 사라지고』, 시간여행물로 역시 상당히 긴 시간과 커다란 변화를 다루는 코니 윌리스의 『개는 말할 것도 없고』 등과 비교하면 이 차이는 더욱 두드러진다. 낸시 크레스는 '지금 여기'의 현실에 가까운 SF 작가다.

낸시 크레스 작품의 또 다른 특징은 주로 생명공학과 유전공학을 소재로 한다는 점이다. 이 책에 실린 작품들 중 다수가 직접적으로 생명공학과 유전공학적 소재를 다루고 있고(「스페인의 거지들」, 「오차 범위」, 「진화」, 「성교육」, 「허공에서 춤추다」 등), 「경계들」, 「올리트 감옥의 꽃」과 같은 작품들에서도 작가가 동시대의 생명공학적 발견에 관심을 가지고 있었던 점을 확인할 수 있다.

낸시 크레스는 중편에 능한 소설가로 평가받는다. 중편은 그 애매한 길이 때문에 출판이 쉽지 않은 편이다. 중편소설은 보통 잡지에 2

~3회에 걸쳐 연재되는데, 이후 작가 개인의 소설집이 출간되거나, 장편으로 개작되지 않으면 독자를 다시 만나기가 쉽지 않다. 더욱이 과학소설 작가의 중편을 만나기는 매우 어렵고 한 작가의 대표작만 모아 읽을 기회는 더욱 드물다. 작가는 중편의 장점이 '새로운 세계를 건설하기에 충분할 만큼 길면서 하나의 플롯만 있어도 충분할 만큼 짧다', '장편소설보다 밀도가 높으면서도 작업을 할 만한 공간은 있다'고 말하며 중편에 대한 애정을 여러 차례 밝힌 바 있다.*

이 책은 낸시 크레스를 스타작가의 반열에 올린 걸작인 「스페인의 거지들」, 네뷸러 상 수상작인 「올리트 감옥의 꽃」, 세 표 차이로 휴고상을 아깝게 놓쳤던 「허공에서 춤추다」,** 「경계들」과 같은 작가의 중편이 다수 실려 있다는 점에서 매우 귀한 단행본이다. '잠을 자지 않는 사람이 있다면?'이라는 가정에서 출발한 「스페인의 거지들」은 인물들 간의 강렬한 감정과 갈등, 현실적인 세계관이 인상적인 작품이다. 「올리트 감옥의 꽃」은 자매 갈등과 외계인/다른 세계와의 접촉이라는 두

* 그리고 낸시 크레스는 그런 말을 할 때마다 중편으로는 생계를 유지할 수 없다고 덧붙이곤 했다. 이 책에 실린 작품 중 「스페인의 거지들」은 추후 장편으로 개작되어 3부작으로 늘어났는데, 두 번째 권까지는 작가 본인이 자발적으로 쓴 것이나 시리즈의 셋째 권은 에이전시가 개입했다고 한다. 그러나 이 3부작은 이 책에 실린 중편만큼 좋은 평가를 받지 못했고, 특히 셋째 권은 작가 본인이 자조적으로 "모두 그 책을 싫어했지요"라고 회고할 정도로 반응이 나빴다.

작가는 2000년대 초에 「올리트 감옥의 꽃」의 세계관을 확장한 '확률 우주Probability Universe' 시리즈도 발표했는데, 이 시리즈는 '거지들' 3부작보다는 좋은 평가를 받았지만, 낸시 크레스의 작가로서의 역량은 장편이나 스페이스 오페라 시리즈보다는 중·단편에 있다는 점을 보여주었다.

** 작가는 이 소설집에 실린 중편 중에 이 소설을 가장 좋아한다고 말한 적이 있다. 당시 휴고 상 중편 부문 수상작은 찰스 셰필드의 「내 마음 속의 조지아Georgia on my mind」였다. 이 작품은 찰스 셰필드의 유일한 휴고 상 수상작이기도 하다. 찰스 셰필드는 낸시 크레스의 세 번째 남편으로, 두 사람은 1998년에 결혼하여 2002년 찰스 셰필드가 사망할 때까지 부부였다.

가지 관계를 차분하게 그리고 있고, 「경계들」은 절대적 교감이라는 불가능한 상태에 대한 갈망과 관계의 허망한 이면을 담담하게 보여준다. 이 책의 표제작인 「허공에서 춤추다」는 부모자식 간의 사랑과 갈등, 이상과 목표에 대한 처절한 집념, 생계와 일상의 그늘, 대가를 치러야 하는 선택들의 무게를 생명공학과 발레라는 일견 이질적인 수 있는 두 가지 소재로 아름답게 짜 내려간 글이다.

이외에도 이 책에는 판타지로 분류될 만한 「딸들에게」와 「여름 바람」, 사이버펑크의 영향이 느껴지는 「언제나 당신에게 솔직하게, 패션에 따라」, 가벼운 대체역사물인 「인생은 짧고 예술은 길다」와 같은 다양한 시도들도 실려 있다. 이 책은 한 작가가 가장 왕성하게 활동하던 시기의 작품들이 압축적으로 실려 있는 묵직한 소설집이다.

지금까지 한국에 소개된 과학소설 중 상당수는 1960년대부터 1970년대 후반 사이의 뉴웨이브 작품들이었다. 뉴웨이브기가 이미 걸작으로 공인된 과학소설이 집중적으로 출간된 시기이기 때문이기도 하고, 과학소설에 대한 편견을 넘을 만한 작품들을 한국 독자들에게 소개하고자 한 기획자들의 노력이 반영된 결과이기도 할 것이다. 그리고 최근에는 영미권의 좋은 과학소설이 한국어로 번역·출간되는 간격이 짧아진 편이다. 테드 창의 『당신 인생의 이야기』, 존 스칼지의 『노인의 전쟁』, 엘리자베스 문의 『어둠의 속도』, 피터 와츠의 『블라인드 사이트』, 코리 닥터로우의 『리틀 브라더』 등은 원서로 출간된 지 수년 이내에 한국에 소개되었다. 동시대의 훌륭한 과학소설을 한국어로 만날 수 있다는 것은 독자에게 무척 행복한 일이다.

그러나 한편으로는 그 사이, 즉 1980년대부터 1990년대 사이에 출간된 과학소설은 한국에 적잖게 소개되었음에도 불구하고 아직 그 이

전이나 이후에 나온 영미 과학소설들에 비해 체계적으로 정리되지 못한 편이다. 이 책이 한국의 과학소설 독자들에게 1990년대 과학소설의 일면을 보여주기를 바란다.

그 출발은 늦었으나 자신의 삶을 원하는 대로 살아가고 원하는 글을 마음껏 써온 작가의 훌륭한 과학소설을 국내 독자들에게 소개하는 것은 번역자에게 큰 기쁨이고 영광이다. 이 번역 원고가 독자들을 만나기까지는 오랜 시간이 걸렸다. 기회를 준 현대문학, 원고를 아껴준 제갈은영 님, 꼼꼼히 검토해준 황민지 님, 지지해준 이수현 님에게 감사드린다. 이 책의 「파이겐바움 수」의 전문용어는 권정민 님, 「허공에서 춤추다」의 발레 용어는 손진영 님*, 책 전반의 의학 용어는 이효민 님이 살펴주셨다. 여러 분의 전문적인 도움에도 혹여 부족한 점이 있다면 모두 옮긴이의 책임이다. 이 책의 표제작인 「허공에서 춤추다」의 원제인 'Dancing on Air'에는 '더없이 행복한'이라는 뜻이 있다는 점도 여기에 밝혀둔다.

번역에는 토르 출판사의 1998년 하드커버 판본과 킨들 이북 판본을 사용했고, 옮긴이의 말에는 작가의 홈페이지(http://nancykress.com/)와 《옴니비전OmniVision》(1998년), 픽션와이즈Fictionwise(2000년), 《로커스Locus》(2010년 12월호)에 실린 인터뷰 기사를 주로 참고했다.

---

* 원문의 발레 용어는 모두 프랑스어로 표기되어 있다. 그러나 옮긴이는 프랑스어를 음차하지 않고, 러시아 발레의 영향도 받은 한국 발레계에서 일반적으로 사용하는 용어로 표기했다.

작품 연보

■ 『허공에서 춤추다』 수록 작품

1991 「Beggars in Spain」(《Isaac Asimov's Science Fiction magazine》 4월
호)_휴고 상, 네뷸러 상, 《아시모프》지 독자상 수상작

1993 「Dancing on Air」(《Isaac Asimov's Science Fiction magazine》 7월
호)_《아시모프》지 독자상 수상작

1993 「Grant Us This Day」(《Isaac Asimov's Science Fiction magazine》
9월호)

1994 「Margin of Error」(《Omni》 10월호)

1994 「Ars Longa」(『By Any Other Fame』, DAW)

1995 「Fault Lines」(《Isaac Asimov's Science Fiction magazine》 8월호)

1995 「Evolution」(《Isaac Asimov's Science Fiction magazine》 10월호)

1995 「Feigenbaum Number」(《Omni》 12월호)

1995 「Summer Wind」(『Ruby Slippers, Golden Tears』, Avon)

1995 「Unto the Daughters」(『Sisters in Fantasy』, Roc)

1996 「Flowers of Aulit Prison」(《Isaac Asimov's Science Fiction magazine》,
10~11월호)_네뷸러 상, 시어도어 스터전 상, 《아시모프》지 독자상
수상작

1996 「Sex Education」(『Intersections: The Sycamore Hill Anthology』,
Tor)

1997 「Always True to Thee, In My Fashion」(《Isaac Asimov's Science Fic
-tion magazine》 1월호)

■ 소설 시리즈

불면인The Sleepless

· 「Beggars in Spain」(1991)_중편/『Beggars in Spain』(1993)_장편으로 개작됨

- 『Beggars & Choosers』(1994)
- 『Beggars Ride』(1996)
- 「Sleeping Dogs」(1999)

맹세와 기적/로버트 카버노프 Oaths and Miracles/Robert Cavanaugh
- 『Oaths and Miracles』(1997)
- 『Stinger』(1998)

데이비드 브린의 아웃 오브 타임 David Brin's Out of Time
- 『Yanked!』(1999)_이 시리즈는 총 세 권으로 2권은 실라 펀치Sheila Finch의 『Tiger in the Sky』(1999), 3권은 로저 맥브라이드 앨런Roger MacBride Allen 의 『The Game of Worlds』(1999)로 출간

확률 우주 Probability Universe
「Flowers of Aulit Prison」(1996)

확률Probability
- 『Probability Moon』(2000)
- 『Probability Sun』(2001)
- 『Probability Space』(2002)

그린트리Greentrees
- 『Crossfire』(2003)
- 『Crucible』(2004)

로저/소울바인 무어 연대기 Roger/Soulvine Moor Chronicles_청소년 소설로 애나 켄 들Anna Kendall이라는 필명으로 발표
- 『Crossing Over』(2010)
- 『Dark Mist Rising』(2011)
- 『A Bright And Terrible Sword』(2012)

■ **작품집**
1985 『Trinity and Other Stories』(Bluejay)

1993 『The Aliens of Earth』(Arkham House)
1998 『Beaker's Dozen』(Tor)
2008 『Nano Comes to Clifford Falls and Other Stories』(Golden Gry
-phon Press)
2012 『Future Perfect: Six Stories of Genetic Engineering』(Phoenix Pick)
2012 『The Body Human: Three Stories of Future Medicine』(Phoenix Pick)
2012 『AI Unbound: Two Stories of Artificial Intelligence』(Phoenix Pick)
2012 『Fountain of Age: Stories』(Small Beer Press)
2015 『The Best of Nancy Kress』(Subterranean Press)

■ 단행본
1981 『The Prince of Morning Bells』(Timescape/Simon & Schuster)
1984 『The Golden Grove』(Bluejay)
1985 『The White Pipes』(Bluejay)
1988 『An Alien Light』(Arbor House)
1990 『Brain Rose』(William Morrow)
1993 『Beggars In Spain』(Avon)
1994 『Beggars and Choosers』(Tor)
1996 『Beggars Ride』(Tor)
1997 『Oaths and Miracles』(Forge)
1998 『Maximum Light』(Tor)
1998 『Stinger』(Forge)
1999 『Yanked!』(Avon)
2000 『Probability Moon』(Tor)
2001 『Probability Sun』(Tor)
2002 『Probability Space』(Tor)_존 W. 캠벨 기념상 수상작
2003 『Crossfire』(Tor)
2003 『Nothing Human』(Golden Gryphon Press)
2004 『Crucible』(Tor)
2008 『Dogs』(Tachyon Press)
2009 『Steal Across the Sky』(Tor)

2012	『After the Fall, Before the Fall, During the Fall』(Tachyon)_네뷸러 상, 로커스 상 수상작
2012	『Flash Point』(Viking)_청소년 소설
2010	『Crossing Over』(Gollancz and Viking)_청소년 소설
2011	『Dark Mist Rising』(Gollancz)_청소년 소설
2012	『A Bright And Terrible Sword』(Indigo)_청소년 소설
2014	『Yesterday's Kin』(Tachyon)_네뷸러 상, 로커스 상 수상작

■ 논픽션

1993	『Beginnings, Middles, and Ends』(Writer's Digest Books)
1998	『Dynamic Characters』(Writer's Digest Books)
2005	『Characters, Emotion, and Viewpoint』(Writer's Digest Books)_박미낭 역, 『소설 쓰기의 모든 것: 인물, 감정, 시점』(다른, 2011)으로 출간

옮긴이 정소연

서울대학교에서 사회복지학과 철학을 전공했다. 2005년 '과학기술 창작문예' 공모에서 스토리를 맡은 만화 「우주류」로 가작을 수상하며 활동을 시작한 이래 소설 창작과 번역을 병행해왔다. SF 단편집 『잃어버린 개념을 찾아서』『백만 광년의 고독』『아빠의 우주 여행』 등에 작품을 실었으며, 최근 소설집 『옆집의 영희 씨』를 출간했다. 옮긴 책으로는 『노래하던 새들도 지금은 사라지고』『어둠의 속도』『화성 아이, 지구 입양기』『저 반짝이는 별들로부터』『초키』『플랫랜더』 등이 있다. 과학 에세이집 『미지에서 묻고 경계에서 답하다』, 연구서 『상상력과 지식의 도약』에도 참여하는 등 폭넓게 활동하고 있다.

허공에서 춤추다

초판 1쇄 펴낸날 2015년 11월 24일
초판 2쇄 펴낸날 2024년 10월 31일

지은이 낸시 크레스
옮긴이 정소연
펴낸이 김영정

펴낸곳 폴라북스
등록번호 제22-3044호
주소 06532 서울시 서초구 신반포로 321(잠원동, 미래엔)
전화 02-2017-0280
팩스 02-516-5433
홈페이지 www.hdmh.co.kr

ISBN 978-89-93094-80-0 03840